Folgende Titel der Reihe »Die Chroniken der Seelenwächter« sind bisher erschienen:

Erschienene E-Books:

Band 1-24

Über die Autorin:

Nicole Böhm wurde 1974 in Germersheim geboren. Sie reiste mit 20 Jahren nach Phoenix, Arizona, um Zeichen- und Schauspielunterricht am Glendale Community College zu nehmen. Es folgte eine Ausbildung an der American Musical and Dramatic Academy in New York, bei der sie ihre Schauspielkenntnisse vertiefte. Das Gelernte setzt sie heute ein, um ihre Charaktere zu entwickeln. Sie lebte insgesamt drei Jahre in Amerika und bereiste diverse Städte in den USA und Kanada, die nun als Schauplätze ihrer Geschichte dienen.

Sie fotografierte jahrelang nebenberuflich für eine Tierfotoagentur und verkaufte ihre Fotos an Bücher oder Magazine. Zurzeit lebt sie mit ihrem Mann und Pferd Bashir in der Domstadt Speyer. Seit August 2014 erscheint ihre eigene Serie »Die Chroniken der Seelenwächter« bei der Greenlight Press.

Weitere Informationen:

http://www.die-seelenwaechter.de

http://www.facebook.com/chroniken.der.seelenwaechter

http://www.twitter.com/Seelenwaechter

http://www.greenlight-press.de

Neuigkeiten direkt aufs Smartphone.

Hol dir jetzt die kostenlose Seelenwächter-App!

Die Chroniken der Seelenwächter

Erwachende Mächte 1:

Fremde Gefahren

(Bände 13 - 15)

von Nicole Böhm

Für Dich!
Den wahren Helden dieser Geschichte.

1. Auflage Juli 2018

Autor: Nicole Böhm
Cover: Nicole Böhm
Lektorat: Andreas Böhm, Beate Szentes
Satz: Jürgen Straub
Innenillustration: Nicole Böhm

Bibliografische Information der Deutschen Nationalbibliothek Die Deutsche Nationalbibliothek verzeichnet diese Publikation in der Deutschen Nationalbibliografie; detaillierte bibliografische Daten sind im Internet über http://dnb.dnb.de abrufbar.

Herstellung und Verlag:
Greenlight Press
Gartenstr. 44B
76133 Karlsruhe
E-Mail: info@greenlight-press.de

Printed in Germany
ISBN: 978-3-95834-293-4

Sie finden uns im Internet unter:
http://www.greenlight-press.de
http://www.die-seelenwaechter.de
http://www.facebook.com/chroniken.der.seelenwaechter

XIII

Das Böse erwacht

Was bisher geschah

Jessamine

Es war einmal ~~ein Mädchen~~ eine junge Frau namens Calliope Jessamine Harris, die mitten in der Nacht in eine Kirche einbrach, um den Geist eines verstorbenen Pfarrers zu beschwören. Sie wusste, dass es keine gute Idee war, ein Wesen aus der anderen Welt zu rufen, denn ihre stete Begleiterin und beste Freundin war eine Fylgja – ein Schutzgeist. Von Jess' Mutter gerufen, um auf sie aufzupassen, denn ihre Aura war anders als die von anderen Menschen ...

»Sie strahlte wie ein Leuchtfeuer und lockte jede Menge übersinnliches Getier an. Solange Violet dieses Strahlen eindämmte, war Jess sicher. Doch sie schlug alle Vorsicht in den Wind, betäubte Violet, rief den Geist des Pfarrers und begab sich auf eine Reise um Leben und Tod«, kritzelte ich weiter und rief mir das Erlebnis in der Kirche wach. Warum ich in der dritten Person über mich schrieb, wusste ich nicht genau. Womöglich half es mir, Abstand zu allem zu gewinnen und die Dinge neutraler zu bewerten. Vielleicht wurde ich auch langsam schizophren, wer wusste das schon.

Ich legte den Kopf schräg und betrachtete mein Gekrakel. Noch war es nicht viel, aber sicher würde es am Ende mein Notizbuch füllen. Ich sollte das alles verwerten und als Roman veröffentlichen. Ha! Sicher. Das würde mir kein Mensch glauben!

Doch genauso war es passiert, und ohne diesen *Fehler* in der Kirche wäre ich nie Jaydee oder einem der anderen begegnet. Ich hätte nie gegen Dämonen oder Undinen kämpfen, mich nie mit verrückten Theaterbesitzerinnen herumplagen müssen; wäre nie fast erfroren, nie fast zu Tode geprügelt oder angekettet, geschlagen und getreten worden ...

Wenn ich das so betrachtete, hatte ich ganz schön viel einstecken müssen, und dennoch empfand ich die letzten Monate nicht als Folter. Also doch schizophren. Oder irre.

Ich setzte den Stift erneut an: ~~*Jessamine hatte einen Hang zur Selbstgeißelung.*~~

Ich grinste über meine Gedanken. Sicher war nicht alles nur schlecht gewesen. Es hatte auch schöne Seiten gegeben. Meinen ersten Kuss zum Beispiel. Also irgendwann hätte ich sicherlich jemanden geküsst, aber nicht ihn. *Jaydee.*

Außerdem wäre ich nie in den Genuss gekommen, die Natur zu umarmen oder mit dem Wind zu sprechen oder das Feuer zu berühren, ohne von ihm verletzt zu werden. Akil. Anna. Will. Sie alle wären mir nie über den Weg gelaufen. Ich wäre nie auf dem Rücken eines Parsumi um die Welt geritten, hätte nie diese Gruppe Ureinwohner in den Bergen Kanadas getroffen, wäre nie über mich hinausgewachsen und stärker, mutiger und selbstsicherer geworden, als ich es mir je zu träumen gewagt hatte.

Nein, rückblickend betrachtet war diese Nacht alles andere als ein Fehler gewesen, auch wenn ich dadurch herbe Verluste ertragen musste ...

Kein Kampf blieb ohne Opfer: Ariadne; Violet.

Beide hatten mir nahegestanden, Violet mehr, als es eine Schwester je gekonnt hätte. Beide hatte ich gehen lassen müssen. Beide fehlten mir mit jedem Atemzug.

»Was treibst du?«

Ich zuckte zusammen, als ich Jaydees Stimme über mir hörte. Seine Silhouette hob sich scharf gegen den glasklaren Himmel ab, die Sonne stand hinter ihm, ließ mich blinzeln und seine Haare in einem dunklen Kupfer erstrahlen. Sie waren wieder kinnlang und verstrubbelt, wie bei unserer ersten Begegnung. Er trug wie fast immer Jeans und ein schwarzes Shirt. Eine Hand hatte er zur Faust geballt, der Muskelstrang stach scharf hervor.

»Ich schreibe«, sagte ich. »Und ich ...« Hatte keine Ahnung, wo ich überhaupt war. Ich blickte mich um. Erst da nahm ich die Umgebung wahr, als hätte jemand das Licht angeschaltet und die Szenerie zum Leben erweckt. Ich saß auf einer Picknickdecke in einem Park, neben mir stand Eistee, auf einem Teller lagen frisch geschnittene Apfelschnitze. Die Sonne schien, es wehte eine angenehme Brise, die Vögel zwitscherten. Die perfekte Kulisse an einem perfekten Frühlingstag in einem perfekten Leben.

»Wie bin ich denn hierhergekommen?«, fragte ich.

»Du träumst. Das ist nicht echt.«

»Oh ...«

»Also? Was schreibst du?«

»Über meine Erlebnisse.«

»Wozu?«

»Für mich. Damit ich sie nicht vergesse.«

»Wie könntest du etwas vergessen, bei dem du hautnah dabei gewesen warst?«

»Ich dachte, es könnte mir helfen.«

Jaydee fläzte neben mir und griff nach meinen Notizen. »Lass mal sehen.«

»Hey!« Ich wollte sie ihm wegnehmen, aber er war schneller und drehte sich damit auf die andere Seite.

»Das geht dich nichts an!«

»Das geht mich sehr wohl etwas an. Nachher schreibst du falsche Dinge auf, und irgendwann finden das unsere Kinder und denken, ich wäre das größte Arschloch unter der Sonne.«

Ich stockte. »Du willst Kinder?«

Er lachte lauthals. »Ach, Jess. Keine Ahnung. Aber egal, wer das findet: Ich will, dass die Geschichte richtig erzählt wird.«

»Aber, wenn ich sie richtig erzähle, kommst du definitiv als Arschloch weg.«

Er sah mich an, erst glaubte ich, er wollte etwas darauf erwidern, doch dann nahm er einen Eiswürfel aus dem Glas und ließ ihn in die Rückseite meines Shirts fallen. Ich schrie vor Schreck.

»Siehst du! Ständig ärgerst du mich!«

»Ich necke dich.« Er stützte sich auf dem Ellbogen ab und sah mir dabei zu, wie ich hilflos nach dem Eis unter meinem Shirt fischte. Ich warf ihm einen finsteren Blick zu, doch das beeindruckte ihn nicht sonderlich.

Jaydee grinste, drehte sich auf den Rücken und schlug die Hände unter den Kopf. »Schreib ruhig weiter. Ich passe auf.«

»Wie willst du aufpassen, wenn du die Augen zuhast?«

»Schlaf. Unterbewusstsein. Ich bin ein Teil von dir. Ich weiß, was du weißt.«

Endlich fand ich die Überreste des Eiswürfels und warf sie weg. »Dann hättest du mich auch nicht fragen müssen, was ich tue.«

»Stimmt.« Er grinste. »Hätte ich nicht.«

Ich rollte mit den Augen, drehte mich auf den Bauch, nahm meinen Stift. »Aber du quatschst nicht dazwischen.«

»Wir werden sehen.«

Ich wandte mich meinem Blatt Papier zu:

Jessamine lebte in einem Haus an einem kanadischen See. Ihr Leben war idyllisch gewesen, sorgenfrei und unbeschwert, bis zu dem Tag, an dem ihre Mutter spurlos verschwand. Cassandra Harris war auf einmal wie vom Erdboden verschluckt. Für Jess – die damals erst zehn Jahre alt war – brach eine Welt zusammen. Sie suchte gemeinsam mit Ariadne ihre Mutter über alle möglichen Wege: Polizei, Nachrichten, Privatdetektive – sogar ein Medium beauftragten sie. Alles ohne Erfolg.

»Hier könntest du doch das mit dem schwarzmagischen Zauber erwähnen«, sagte Jaydee. »Dass sie den auf dich legte, um deine wahre Herkunft zu verschleiern und dir deine musikalische Gabe zu nehmen. Hätte Anna damals nicht so darauf beharrt, dass ihr verwandt seid, hätten wir nie in der Richtung weiterüberlegt. Und vergiss nicht zu schreiben, dass der Zauber der Grund ist, weshalb wir uns nicht berühren können. Und dass deine Mutter nicht spurlos verschwunden ist, sondern irgendwo anders verweilt. Und dass Coco hinter dir her ist, und ...«

»Dein Vorsatz, die Klappe zu halten, hat richtig lange gehalten.«

Er drehte sich zu mir. »Es ist so viel passiert, wie willst du das zusammenfassen, ohne dabei den Faden zu verlieren?«

»Es wird mir schon gelingen. Also sei still.«

Er schmunzelte. Er würde keine fünf Minuten Ruhe geben. Jaydee tat selten, was man von ihm verlangte. Ich schob mein Kinn vor, bedachte ihn mit einem herrischen Blick und fuhr fort:

Schließlich stellten sie die Suche nach der Mutter ein, und Jessamine kehrte in ihren Alltag zurück. Sie ging weiter zur Schule, fand Trost bei ihrer Ziehmutter Ariadne, ihrer Fylgja Violet und ihrem besten Freund Zachary.

Und schon musste ich den Stift erneut absetzen. Auch ihn hatte ich verloren. Zac lebte zwar noch, aber er war nicht mehr bei mir. Ich hatte ihn angelogen, ihn in Kanada zurückgelassen und Dinge vor ihm verheimlicht. Sollte er je die Wahrheit herausfinden, war es das vermutlich mit unserer Freundschaft.

»Und das alles nur, weil ich in die Kirche gegangen bin.«

»Und weil ich Joanne habe entkommen lassen. Sie hätte nie zur Kirche gefunden, wenn ich sie getötet hätte.«

Das stimmte. Joanne war eine Schattendämonin. Sie hatte uns das Leben zur Hölle gemacht, um die diabolischen Pläne ihres sogenannten Meisters Ralf umzusetzen. Er missbrauchte meine beste Freundin als Gefäß für einen Urdämon aus der Hölle. Violet hatte die Qualen ihrer Taten nicht verkraftet und war innerlich daran zerbrochen. »Ich musste sie erlösen.«

»Ja.«

Jaydee sagte mir das immer wieder, und ich war ihm unendlich dankbar dafür. Ich brauchte seine Worte, seinen Trost, seine Nähe. Er konnte mir Violet nicht zurückbringen, aber aus seinem Mund zu hören, dass ich richtig gehandelt hatte, machte es für mich erträglicher. »Das hast du damals auch getan.«

»Was denn?«

»Als Joanne Ariadne getötet hatte, hast du mir geholfen. Du hast mir einen Teil der Trauer entzogen, weißt du noch?«

»Weil ich dich jeden Abend nach dem Training berührt habe.« Seine Fingerkuppe zeichnete kleine Kreise auf meine Schultern. »Und über meine Empathie deine Gefühle entzog.«

Lange Zeit waren Berührungen zwischen uns absolut undenkbar gewesen. Bei unserem ersten Zusammentreffen prügelte Jaydee mich sogar halb tot, damals konnte ich nur mit Glück entkommen, und auch beim zweiten Mal – in einem Kerker – hatte nicht viel gefehlt, und ich wäre erledigt gewesen.

Ich drehte mich zu ihm und sah ihn an. Er hatte die Augenbrauen zusammengezogen, sein Blick ruhte auf meinem. Ich streckte den Finger aus und fuhr über sein stoppeliges Kinn. »Wie konnte es nur soweit zwischen uns kommen?« Wie konnten wir zueinander finden?

»Magie«, flüsterte er.

Ja. Vielleicht war es das. Denn trotz der Gewalt, die zwischen uns hing, war da noch etwas Anderes. Jaydee schaffte es, mein Herz auf eine Art zu berühren, wie es noch nie jemand vor ihm gelungen war. Als er mir das erste Mal seine Zuneigung schenkte, war es, als würde sich ein Schleier aus endloser Trauer lichten und ich endlich wieder atmen können. Jaydee brachte Licht zurück, wo nur Dunkel gewesen war, er heilte mein Herz, meine Seele, und er berührte mich tief im Inneren. Unser Gespräch im Stall war das erste Mal gewesen, bei dem wir uns zueinander wandten, statt gegeneinander zu kämpfen. Der erste Schritt auf einer langen Reise. Wir behielten unsere Differenzen, doch die Momente, in denen er nett zu mir war, wurden mehr. Und schließlich war es geschehen: Wir hatten uns geküsst. Das erste Mal in New York und später noch mal in der Karibik. »Du hast gesagt, dass du mich liebst.«

Jaydee blinzelte und strich mit den Lippen über meinen Oberarm. »Und du hast noch nichts darauf erwidert.«

»Ich weiß.« Wir hatten keine Gelegenheit dazu gehabt, außerdem war sein Geständnis ziemlich überraschend gekommen. Ich musste es erst mal sacken lassen.

Klar war: Ich mochte ihn. Sehr. Mehr als *sehr*, aber war es Liebe? Ich hatte keine Ahnung von solchen Dingen, ich war noch nie verliebt gewesen, noch nie soweit, mich einem Mann hinzugeben. Und es brachte nichts, mit diesem Jaydee in diesem Moment darüber zu sprechen. Es war schließlich nur ein Traum.

Ich atmete aus und wandte mich wieder meinem Block zu. »Ich habe noch gar nichts über die Seelenwächter geschrieben.«

»Was willst du denn schreiben?«

»Na alles. Was ihr macht, warum es euch gibt, gegen wen ihr kämpft. Es gibt so viel zu erzählen.« Ich sah ihn an und schwelgte einige Sekunden in seiner Schönheit. Vielleicht war es kitschig, das zu tun, aber er war nun mal wunderschön. *Jaydee.* Die Abnormität unter den Seelenwächtern.

»Außerdem klingt es doch episch: *Die Seelenwächter.*« Ich senkte meine Stimme, um meinen Worten mehr Gehalt zu verleihen. Wie im Kino, wenn ein großer Film angekündigt wurde. »Vor Tausenden von Jahren von einer Zauberin erschaffen, indem sie ihre eigene Seele in vier Teile spaltete und diese den vier Elementen übergab. Fortan sollten die Seelenwächter gegen die gefährlichen Schattendämonen kämpfen: Verloren gegangene Seelen, die nach ihrem Ableben nicht den Weg ins Licht fanden, sondern in der Zwischenwelt hängenblieben und sich von den Lebenden ernährten.«

Jaydee schmunzelte. »Auf die Sache mit den Elementen solltest du allerdings näher eingehen.«

»Oh ja, das ist in der Tat extrem cool.« Ich räusperte mich und fuhr mit meiner Kino-Epos-Stimme fort: »Dabei bedient sich jeder Seelenwächter der Magie eines Elementes: Feuer, Wasser, Erde, Luft. Nur gemeinsam ergeben sie eine Einheit und erhalten ihre volle Stärke im Kampf gegen die Urmächte des Bösen. Und?«

Er verzog das Gesicht. Jaydee war kein Mann der vielen Worte. Er brauchte nur seinen Dolch und einen Gegner, dann war er glücklich. Na ja, ab und an war er auch glücklich, wenn er magische Tinte hatte, um sich Tattoos zu stechen, damit wir uns anfassen konnten, aber das stand auf einem anderen Blatt.

»Denkst du noch oft darüber nach, warum du so anders bist? Warum du Fähigkeiten aller Elemente in dir vereinst und nicht nur von einem?«

»Gerade denke ich darüber nach, dass ich dich wirklich gerne flachlegen würde.« Er drehte den Kopf und grinste mich an.

»Nur gucken, nicht anfassen.«

»Eigentlich habe ich lange genug nur geschaut.« Er streckte einen Finger aus und strich mir eine Haarsträhne aus dem Gesicht. »Wobei ich nie genug von dir bekommen kann.«

Ich biss auf meine Unterlippe, wandte mich von ihm ab und schrieb weiter.

Joanne arbeitete Hand in Hand mit Williams Bruder Ralf. Gemeinsam wollten sie den Dämon Emuxor aus der Hölle beschwören, der alle Schattendämonen auf die nächste Stufe der Evolution heben sollte. Damit hätten die Schattendämonen die Menschen als dominierende Spezies abgelöst.

Im Laufe des Kampfes mussten die Seelenwächter herbe Verluste einstecken. Ralf attackierte den Rat – und somit die vier ältesten lebenden Seelenwächter – und holte sich eine Seele nach der anderen. Ilai, Kirian, Soraya und Logan mussten in den Tempel der Wiedergeburt gebracht werden, jenen Ort, an dem die Seelenwächter geboren wurden. Seither harren die Vier bei ihrem Element, um sich zu regenerieren. Nur mit Hilfe der Dowanhowee Indianer – denen auch der Detective Benjamin Walker angehört – gelang es, den Emuxor zurück in die Hölle zu bannen. William besiegte in diesem Kampf seinen Bruder und tötete ihn, während Joanne ein weiteres Mal floh und noch immer auf freiem Fuß war.

Ich hielt inne und blickte in den Himmel. Es war kein Wölkchen zu sehen. Die Sonne stand nach wie vor am gleichen Fleck, und Jaydee lag still neben mir und betrachtete mich.

»Willst du gar nichts mehr dazu sagen?«

»Im Moment nicht. Es war eine verrückte Zeit.«

»Ja. Soll ich das in New York eigentlich auch aufschreiben?«

»Liegt ganz bei dir, wie schmuddelig du das gestalten magst.«

»Es war ja jugendfrei.«

»Gerade so.«

Jaydee und Jessamine machten in all dem Chaos einen Ausflug nach New York ..., kritzelte ich auf das Blatt Papier und malte kleine Herzchen drumherum.

»Oh, bitte«, keuchte er.

Ich lachte und stupste ihn mit dem Bleistift in den Arm. »Ich weiß: Du bist nicht der Typ für diesen Romantikkram.«

»Wahrlich nicht.«

Ich blickte ihn eine Weile verstohlen an, und er ließ es zu. So übel war diese Traumsache gar nicht. In der Realität hätte er mich schon längst angemotzt, dass ich nicht so starren soll.

»Du siehst aus wie ein Welpe, der vor einem saftigen Stück Fleisch sitzt«, sagte er schließlich. »Fang bloß nicht an zu sabbern.«

»Du bist sowas von arrogant, das ist unfassbar.«

Im Big Apple angekommen, hatten Jaydee und Jessamine eine kleine Unterredung mit Ashriel. Sie war eine ehemalige Seelenwächterin, die ein Theater in der Stadt betrieb. Ein ziemlich gruseliges Theater mit lebenden Wänden und Angestellten, die sich ihrem Job bis in alle Ewigkeit verschrieben hatten. Jaydee und Jessamine wären fast nicht wieder lebend herausgekommen. Doch immerhin erfuhren sie interessante Dinge über ihre Mutter. Ashriel stellte anhand von Jess' Blut fest, dass in ihr die Essenz des Todes wirkte. Laut Ashriel gab es neben den vier Grundelementen des Seins, Wasser, Erde, Feuer, Luft, noch zwei weitere: das Leben und den Tod. Letzterer verbarg das Leben, den wahren Kern einer Seele und somit Jess' wahre Herkunft als Nachfahrin einer ganz besonderen Blutlinie, der auch Anna angehörte. Außerdem unterdrückte der Zauber in Jessamine die Gabe zu musizieren oder zu singen.

»Hoffentlich hat der Zauber nicht noch andere Nebenwirkungen«, sagte ich. »Ich meine, es ist immerhin schwarze Magie, und die fließt durch meinen Körper.«

»Ashriel hat es ja gesagt: Solange sie nicht mit anderer Magie gekreuzt wird, bleibt sie ungefährlich.«

»Ich frage mich echt, woher meine Mum das alles wusste. Sie führte den Zauber an mir ja nicht einfach auf gut Glück durch. Wenn wir sie nur endlich finden würden.«

Als Hinweis auf den Aufenthaltsort von Cassandra hatte Ashriel Jessamine eine Kugel überlassen, mit der sie angeblich ihre Mutter aufspüren konnte.

»Ist Liebe ein zartes Ding? Sie ist zu rau, zu wild, zu tobend, und sie sticht wie Dorn. Möge deine Geschichte nicht so tragisch enden wie die der Julia. Viel Glück bei deiner Suche.« Das hatte sie auf den Zettel geschrieben, der bei der Kugel gelegen hatte. Noch hatten wir keine Zeit gehabt, sie näher zu untersuchen, aber ich hoffte, dass wir das bald nachholen konnten.

»Ich muss auch das mit Coco notieren«, sagte ich mehr zu mir selbst. Wir waren uns einmal begegnet, und diese Zusammenkunft war ziemlich gruselig gewesen.

»Sie würde auf alle Fälle für den schwarzen Fleck in deinem Herzchen-Geschreibsel sorgen.«

»Du musst mir noch genauer von eurer Begegnung in Arizona berichten. Als du sie gestellt hast.« Ich wusste auch nur davon, weil er es kurz angeschnitten hatte, nachdem Akil zurückgekehrt war.

»Ich weiß.«

»Und hast du es noch vor?«

Er zuckte die Schultern. Natürlich konnte er das nicht beantworten. Nicht in einem Traum.

Ich machte einen Strich unter meine Notizen und schrieb *Coco* darüber.

Coco war rein äußerlich ein Mädchen, mit langen schwarzen Haaren und diabolischen Augen. Sie wirkte unschuldig, fast ein wenig schmächtig, doch in Wirklichkeit war sie unfassbar stark. Sie lebte schon seit mehreren hundert Jahren und war auf der Suche nach einer speziellen Nachfahrin. Sie war auf der Suche nach Jessamine.

»Deshalb meine Fylgja.« Damit ich vor Coco versteckt war. Solange Violets Schutz um mich lag, konnte sie mich nicht finden. Jetzt, da Violet weg war, übernahm das ein Amulett für sie. Meine Finger suchten den Anhänger. Er war wie ein Tropfen geformt und trug im Inneren mein Blut. Ich blickte zu Jaydee. »Nun haben wir beide Schmuck, der uns helfen soll.«

Er tastete nach dem kleinen weißen Jadestein an dem Lederband. Er hatte den Stein getragen, als er damals bei Pfarrer Stevens vor der Kirche als Säugling abgegeben worden war. Als er zu den Seelenwächtern kam, hatte er ihn verloren, aber ihn zwischenzeitlich wiedergefunden. »Ariadne sagte mir, dass er mir helfen wird, aber ich habe noch immer keine Ahnung, wobei.«

Ich schrieb Jadestein auf den Block und machte ein Fragezeichen dahinter.

»Coco und ich sind uns übrigens in der Antarktis begegnet«, sagte ich. Als Ralf mich dorthin verschleppt hatte und ich aus Verzweiflung mein Amulett abnahm, damit mich die anderen finden konnten. »Du musst mir vertrauen. Die, mit denen du kämpfst, stehen nicht auf deiner Seite. Du bist zu Großem erschaffen. Du bist das Licht, das Leben, die Freiheit. Wecke dein Potenzial.«

»Was?«, fragte Jaydee.

»Das hat sie zu mir gesagt, als wir uns trafen. Kurz bevor der

Kranich sich aus dem Kästchen befreite und sie mit seiner Magie vertrieb.« Der Kranich war so etwas wie die ultimative Waffe gegen Coco. Zumindest schien es so.

»Davon hast du mir nichts erzählt.«

»Nein.« Ich hatte dazu noch keine Gelegenheit. »Das Kästchen ist leider zu Staub zerfallen, nachdem Keira es verwendet hatte.« Wie sie in der ganzen Sache mit drinhing, wusste ich noch nicht. Sie wollte es mir eigentlich erzählen, aber ich hatte sie nicht mehr gesehen.

Ich überflog meine Notizen, um nachzusehen, ob ich etwas vergessen hatte. Jaydee hatte recht gehabt. Die letzten Wochen waren der pure Wahnsinn gewesen, und ich hoffte inständig, dass ruhigere Zeiten auf mich zukämen. Ich musste auch dringend zu Hause vorbeischauen, mich mit Zac unterhalten, überlegen, wie es generell weiterging. Wo ich leben sollte ... Alles Sachen, über die wir nie gesprochen hatten. Wobei es mir das Herz zusammenzog, wenn ich daran dachte, Jaydee oder einen der anderen nicht mehr zu sehen. Aber ich konnte doch auch nicht einfach so mein menschliches Leben hinter mir lassen. Ich hatte eigentlich aufs College gewollt, studieren, arbeiten, keine Ahnung.

»Was macht ihr eigentlich wegen des Anwesens in Arizona?« Die Häuser waren an die Oberhäupter der Seelenwächter gebunden. Wurde etwas zerstört, konnten sie sich sogar eigenständig heilen. Doch da Ilai verletzt im Tempel der Wiedergeburt lag, konnte er dem Anwesen nicht dabei helfen.

»Ich gehe davon aus, dass Akil nicht scharf darauf ist, der neue Anführer der Familie zu werden, also muss Will das übernehmen. Er wird die Macht von Ilai kanalisieren, und dann kann sich das Anwesen erholen.«

»Und wie genau geht das?«

Jaydee zuckte die Schultern. Natürlich. Im Traum konnte er mir keine Antwort darauf geben.

Ich klappte das Notizbuch zu und rollte mich auf den Rücken.

Auf einmal fühlte ich mich, als hätte jemand sämtliche Energie aus meinen Knochen gezogen. »Kann man müde werden, wenn man träumt?«

»Sieht so aus, oder?«

»Ich sollte noch das mit Akil vermerken.« Bei ihm ging es schließlich auch drunter und drüber.

Akil hatte beim letzten Angriff von Joanne seine Seelenwächter-Fähigkeiten verloren. Weil er das nicht verkraftete, zog er los, um Party zu machen und wurde dabei von seinem Ex-Freund Noah entführt. Allein wenn ich darüber nachdachte, merkte ich, wie abstrus das war. Im Leben der Seelenwächter lief echt nichts normal. Nach einigem Hin und Her traf Akil schließlich auf die Drahtzieherin des Ganzen: eine Frau namens Ananka. Sie war eine Magierin oder Heilerin und hatte Akil ein Armband verpasst, das in ihm Flashbacks auslöste. So musste er seine Kindheit und viele Erlebnisse noch mal durchleben. Ananka wollte mit seiner Hilfe an die Fähigkeiten der Seelenwächter gelangen, ihnen sämtliche Magie entziehen und zu ihrer eigenen machen. Damit wäre jeder Wächter menschlich geworden. Nicht auszudenken, wenn sie es tatsächlich geschafft hätte. Leider konnte sie entkommen. Akil war zurück nach Malea Island gekehrt, wo er Jaydee und mich in einer äußerst prekären Situation erwischt hatte.

Nachdem er uns seine Geschichte erzählt hatte, bekam er einen weiteren Flashback, in dem er erkannte, wie er seine Fähigkeiten zurückbekommen würde: Jaydee hatte ihm vor neun Jahren ins Herz gestochen und ihn damit geschwächt. Wenn sie dies wiederholten, könnte Akil diese Energie wieder von Jaydee zurückerhalten. Also hatten sie es getan ...

Ich wusste es noch ganz genau. Es war kein schöner Anblick gewesen, wie Akil blutend auf der Couch gelegen hatte.

Ich blinzelte. Die Umgebung wechselte, und mein Traum von eben verblasste.

Auf einmal war ich zurück in der Karibik.

Zurück auf Malea Island.

Ein warmer Lufthauch wehte durch das Fenster herein und brachte den Geruch von Akils Blut mit sich.

Von sehr viel Blut ...

1. Kapitel

Malea Island – Vor vier Monaten

Jessamine

Jaydee«, stammelte ich.

»Schon gut. Setz dich, du kippst gleich um.« Er nahm neben Akil Platz und rüttelte ihn an den Schultern. »Komm zu dir!«

Ich taumelte rückwärts, suchte Halt an der nächsten Wand. Mir war übel von dem vielen Blut. Obwohl ich schon in einige Kämpfe verwickelt gewesen war, stieg mir die Galle nach oben. Denn das hier war eine absolute Katastrophe! Jaydee hatte Akil tatsächlich den Dolch ins Herz gerammt, und nun warteten wir darauf, dass er sein Bewusstsein zurückerlangte.

Jemand hustete. Ich drehte mich um. Es war Colin, der langsam zu sich kam und sich auf die Seite rollte. Jaydee hatte ihn dummerweise k.o. geschlagen. Es war eine seiner typischen Kurzschlussreaktionen gewesen. Colin hatte ihn abführen wollen, um ihn in die Isolation zu bringen, und Jaydee hatte sich geweigert, weil er erst Akil helfen wollte.

Dafür hat er einen Monat länger Isolationszeit abbekommen. Er musste vier statt drei Monate weg.

Colin stemmte sich nach oben, aus seiner Nase tropfte Blut. Sicher wäre er dieses Mal nicht mehr so nachsichtig. Er ballte die Hand zur Faust. Unter seinen Fingern glühte es, er erzeugte einen Feuerball.

»Tritt sofort vom Sofa zurück«, blaffte er Jaydee an.

Jaydee ignorierte ihn und schüttelte Akil noch einmal. »Jetzt mach schon!«

»Vertrauen«, brabbelte Akil. »Hab Vertrauen ... Das hab ich ...«

»Du wirst sofort mitkommen«, sagte Colin.

»Gib mir noch eine verfluchte Minute«, antworte Jaydee.

»Ich werde dich auf keinen Fall erneut auffordern. Es reicht!«

Oh je, das würde nie und nimmer gut ausgehen. Colins Adern stachen auf seinen Armen hervor, so sehr staute er das Feuer in sich. Seine Haut glühte, das Leuchten verstärkte die Brandnarben, die sich von seinen Händen nach oben zogen.

Ich stieß mich von der Wand ab, lief zu Colin und legte meine Finger über seine. »Jaydee wird mit dir gehen, aber bitte lass ihm noch einen Moment mit seinem Freund.«

Colins Hand war brütend heiß, die Flammen züngelten daraus hervor, doch sie verbrannten mich nicht. Feuerwächter kontrollierten ihr Element. Jederzeit.

»Bitte, Colin. Er wird Akil drei ... nein, vier Monate nicht mehr sehen.« Und mich auch nicht, aber das stand auf einem anderen Blatt. »Diese Sache ist wichtig. Für beide.« Ich verstärkte den Druck auf seine Hand und hoffte, ich konnte an sein Mitgefühl appellieren.

Colin und Jaydee mochten sich nicht, was nicht außergewöhnlich war. Mit Jaydee kamen die Wenigsten zurecht. Doch Colin hatte sich mir gegenüber als nett und fürsorglich gezeigt. Er war ein guter Seelenwächter, mit einem guten Herz.

»Nur eine Minute«, schob ich nach.

Er biss den Kiefer aufeinander und nickte zähneknirschend. »Also schön, aber nicht länger.«

»Danke«, hauchte ich, ließ ihn los und lief zurück zur Couch, auf der Akil lag und noch immer mit seiner Verletzung kämpfte. Ich stellte mich Jaydee gegenüber und beugte mich über die Lehne. Akil war blass, sein Atem kam flach. Immerhin hatte die Wunde in seiner Brust aufgehört zu bluten, mehr noch: Sie schien sogar zu heilen. Kleine Wassertropfen bildeten sich um die Ränder und fügten sie zusammen wie ein unsichtbares Pflaster.

Jaydee legte die Hand darauf und schloss die Augen. »Komm schon, Bruder.«

»Hab Vertrauen ...«, flüsterte Akil erneut.

Vertrauen mussten sie beide haben. Es war ein wahnsinniges Risiko gewesen, diese Sache durchzuziehen. Wenn Jaydee nur einen halben Zentimeter danebengestochen und Akils Herz verletzt hätte ...

»Die Minute ist gleich um«, sagte Colin.

Jaydee beugte sich tiefer über Akil, strich über seine Wange. »Kannst du mich hören?«

»Hab Vertrauen ...«

»Akil, bitte! Ich habe keine Zeit mehr. Wach auf, verflucht noch eins! Ich kann unmöglich gehen, wenn du nicht ...«

Auf einmal schoss Akils Hand hoch und packte Jaydee am Genick. Ich schrie vor Schreck und schlug die Hand vor den Mund. Akil riss die Augen auf, starrte Jaydee an.

»Hat es funktioniert?«, stammelte Jaydee. »Hast du deine Fähigkeiten wieder?«

Ich lehnte mich nach vorne. Ganz leicht vernahm ich den Geruch nach feuchter Erde und Moos.

»Oh, mein Gott«, sagte ich.

Es war wieder da. Das Element Erde.

Akil blinzelte, ein leichtes Lächeln umspielte seine Lippen. Er sah zu der Wunde in seiner Brust, zu mir, zurück zu Jaydee.

»Du elender Mistkerl hast es geschafft!«, sagte Akil.

Jaydee ließ erleichtert die Luft aus den Lungen.

»Das heißt, du hast deine Fähigkeiten wieder?«, fragte ich. Ich musste es hören. Aus seinem Mund.

Akil schluckte und atmete tief ein, als würde er zum ersten Mal einen ganz besonderen Duft wahrnehmen. »Und wie ich sie wiederhabe, Schatz.«

2. Kapitel

Vier Monate später

Keira zupfte an ihrem Ausschnitt und überprüfte ein letztes Mal den Sitz ihrer Waffen. Viel Platz ließ das Outfit nicht, doch es hatte sich bei dieser Art von Einsätzen bewährt. Es war ein eng anliegendes Kleid in einem dunklen Stoff, der je nach Licht die Farbe wechselte und mal dunkel-, mal hellrot schimmerte. In einer eingenähten dünnen Korsage konnte sie hinten ein Messer verstecken. Zwei weitere Dolche trug sie rechts und links an ihrem Slip, den sie extra für diesen Zweck angefertigt hatte. Er bestand aus festem Stoff, der auch als Hotpants durchgehen würde. Außerdem hatte sie in ihrer Handtasche einen Lippenstift, in dem sich Betäubungsgift befand. Anthony hatte ihr das Spielzeug vor fast einem Jahr überlassen. Sobald sie den Deckel des Stiftes abschraubte, wurde das Gift freigesetzt. Keira musste nur damit über die Haut eines anderen streifen, und das Toxin legte das Nervensystem lahm. Es war unangenehm, aber nicht gefährlich. Nach einer halben Stunde verlor es seine Wirkung.

Aus Gewohnheit strich sie über die Stellen auf ihrer Haut, wo früher die Tattoos angebracht waren. Auch wenn es schmerzhaft war, sie stechen zu lassen und sie danach tagelang Migräne bekam, waren sie nützlich. Durch die Zeichen konnte sie die Stärke ihres Gegners absorbieren. Je kräftiger, umso unbesiegbarer wurde Keira und umso schneller brannten die Tattoos aus. Den Zeichen war es zu verdanken gewesen, dass sie damals Jaydee überwältigen konnte, als er in seine Raserei verfallen und auf sie losgegangen war. Zum Glück war die Wunde, die er ihr zugefügt hatte, mittlerweile kuriert. Wobei Keira sich die Wunderheilung nicht erklären konnte, genauso wenig wusste sie, warum sie eines Morgens mit einer weißen Haarsträhne aufgewacht war. Das

Letzte, an das sie sich erinnerte, war, dass sie mit Anna und Will gesprochen hatte. Danach hatte Keira weder Kontakt zu den Seelenwächtern noch das Bedürfnis gehabt, diesen herzustellen. Sie war froh, wenn sie nichts von ihnen hörte, abgesehen davon hatte sie sowieso Besseres zu tun. Die Suche nach Coco musste finanziert werden.

Und genau deshalb war sie hier.

»Heute wird gespielt.«

Sie zog den Schlüssel von ihrer Maschine, steckte ihn in die Handtasche und überquerte die Straße. Noch immer war der Asphalt nass von dem Regenguss, der vorhin heruntergekommen war. Keira hatte sogar kurz angehalten, damit ihre Frisur nicht zerstört wurde. Immerhin hatte sie lange genug dafür gebraucht, bis ihre Haare so drapiert gewesen waren. Der Club, den sie besuchen wollte, lag in einem der reicheren Viertel in Orlando. Normalerweise würde Keira sich nicht hierherverirren, sie verbrauchte ihr gesamtes Geld für die Suche nach Coco, doch Auftrag war Auftrag, auch wenn sie nicht wusste, wer sie engagiert hatte – was häufig vorkam. Im Grunde spielte es auch keine Rolle. Hauptsache, sie bekam ihr Geld, und dieser Einsatz heute würde äußerst lukrativ werden.

Das Wummern der Musik im Inneren empfing sie bereits, als sie sich dem Club näherte. Mit jedem Schritt fühlte Keira sich mehr in ihre Rolle hinein. Sie schwang die Hüften aufreizend, streckte ihren Busen nach oben, senkte den Blick. Männer reagierten so leicht auf äußere Reize. Sie war es gewohnt zu bekommen, was sie wollte. Vor allen Dingen in Clubs wie diesen. Selbstbewusst schlenderte sie an den Wartenden vorbei, als wäre sie die Königin der Stadt. Einige pöbelten sie an, andere rollten genervt mit den Augen. Keira störte es nicht. Sie konzentrierte sich auf ihre Aufgabe, mehr gab es nicht zu tun.

Beim Vorbeigehen scannte sie den Club ab. Er war giftgrün gestrichen, Laser waren am Dach angebracht und zeichneten in unterschiedlichen Farben Muster in den Himmel. Die Lightshow passte zu dem Rhythmus, den die Musik drinnen vorgab. Vor der Eingangspforte blieb sie stehen. Es war eine gusseiserne Tür mit Koboldköpfen als Klopfer. Zwei Rausschmeißer warteten davor, einer kontrollierte die Karten der Gäste, der andere behielt die Menge im Blick. Keira trat vor ihn.

»Ich möchte Lough sehen.«

»Jeder will Lough sehen.«

»Ich bin nicht jeder.« Sie zog ein Kärtchen aus ihrer Handtasche. Es hatte die gleiche Farbe wie die Außenwände des Clubs, auf der einen Seite war ein vierblättriges Kleeblatt, auf der anderen ein Speer, auf dessen Schneide Keiras Name graviert war. Wenn sie das Kärtchen drehte, schimmerten die Buchstaben sogar in verschiedenen Farben. Die Einladung hatte sie von ihrem Auftraggeber erhalten, sie waren exklusiv und limitiert.

Der Türsteher nahm sie entgegen, nickte und ließ sie vorbei.

»Sehr freundlich, danke.«

Sie trat ins Innere und sah sich sofort um. Immer wenn sie einen Ort zum ersten Mal betrat, ging sie gleich vor. Sie hielt für fünf Sekunden die Luft an, blickte erst nach rechts, dann nach links, nach oben und unten. Sie machte sich genau bewusst, wo sie gerade war, fokussierte all ihre Sinne auf den Moment. Wie weit war sie von den Wänden entfernt? Wie hoch war die Decke? Wie war der Boden beschaffen? Es half Keira, ein Gefühl für den Raum zu bekommen. Sie nahm seine Schwingung, seine Energie auf, und sie spürte, ob ihr Gefahr drohte oder nicht. Waren die fünf Sekunden verstrichen, ging sie langsam los.

Keira bemerkte jede Bewegung in ihrem Blickfeld, sie hörte und fühlte die Musik in ihrem Körper pulsieren. Dunkle keltische Klänge, mit Trommeln unterlegt. Eine Musik, um in Trance zu fallen, und tatsächlich wirkten die Gäste leicht entrückt. Sie tanzten und wiegten sich im Rhythmus, viele hatten die Augen geschlossen, andere streckten die Hände in die Luft, als wollten sie eine unsichtbare Macht kanalisieren. Es war Keira nicht geheuer. Die Magie an diesem Ort triefte förmlich von den Wänden. Ein Grund mehr, wachsam zu sein.

Keira bog nach rechts ab und gelangte in den hinteren Teil des Clubs. Ein Wachmann stand vor einer Tür und schaute griesgrämig. Er war klein und untersetzt. Seine Wangen waren gerötet, als hätte er zu viel getrunken. Wenn man ihm einen grünen Mantel und die passenden Hosen anziehen würde, könnte er glatt als Kobold durchgehen.

Sie blieb vor ihm stehen und grüßte höflich. »Lough erwartet mich.«

»Was sind deine Fähigkeiten?«

Keira rollte die Augen, natürlich wusste sie von diesem albernen Brauch. »Muss das wirklich sein?«

»Was sind deine Fähigkeiten?«

Jeder, der zu Lough gelangen wollte, musste Besonderheiten nachweisen. Es war eine Art Ritual für ihn, eine Wertschätzung an den keltischen Sonnengott Lugh, nachdem er sich selbst benannt hatte. Keira hatte natürlich vorher recherchiert. Lough stammte aus Irland und liebte sein Volk. Er besaß einundzwanzig Bars in Orlando und unzählige in Irland und Schottland. Dieser Typ war stinkreich und angeblich genauso skrupellos.

»Also gut: Ich kann kämpfen.«

Die Wache hob die Braue. Offenbar genügte ihm das noch nicht.

»Ich kann *wirklich* gut kämpfen. Mit einem Schwert. Mit einem Messer. Mit einer Schusswaffe, wenn es sein muss. Ebenso habe ich mir verschiedene Kampfsporttechniken aus Jiu-Jitsu, Taekwondo, Karate angeeignet.« Mittlerweile hatte sie ihren eigenen Stil gefunden. »Reicht das?«

Die Wache schüttelte den Kopf.

»Okay, ich kann Motorradfahren.« Ziemlich halsbrecherisch, aber sie kam von A nach B.

Keine Regung im Gesicht der Wache.

»Ich kann ... ich bin schlau. Ich kann mir Dinge gut merken.« Gut, das klang selbst in ihren Ohren lahm. »Bitte, lass mich ein.« *Oder ich muss dir zeigen, wie gut ich kämpfen kann.*

»Was sind deine Fähigkeiten?«

Na gut, was sollte der Geiz: »Ich kann einen Greif zähmen, einen Jäger fangen, teleportieren – okay, das geht nur mit Hilfsmitteln –, und ich bin in der Lage, fünf Minuten lang die Luft anzuhalten. Außerdem kann ich einen Handstand.«

Die Wache blinzelte.

Keira trat näher und beugte sich zu ihm. Natürlich war ihr bewusst, dass ihr der Kerl so voll in den Ausschnitt glotzen konnte. »Soll ich ihn dir vorführen?« In einem Kleid wäre das überaus spannend für ihn.

»Das wird nicht nötig sein«, erklang eine Stimme durch eine Sprechmuschel neben der Tür. »Lass sie ein.«

Die Wache nickte und trat zur Seite. Keira zwinkerte ihm zu. »Beim nächsten Mal.«

Keira lief in das Büro und gab sich erneut ihre fünf Sekunden. Es waren nur ein paar Augenblicke, gerade so viel, dass man es nicht als unhöflich empfand, ihr aber genügte, um sich ein Bild von der neuen Umgebung zu machen. Sie atmete tief ein, bemerkte eine leicht herbe Unternote, die im Raum hing. Es roch nach Tier.

Auf der Rückseite des Büros gab es eine zweite Tür. Keira wusste von den Bauplänen – die sie vorher natürlich studiert hatte –, dass diese in einen Flur und der nach draußen in den Hinterhof führte. Es war früher ein Lieferanteneingang gewesen.

Das Büro war modern eingerichtet, die Farben dunkel mit viel Grün. Lough saß hinter einem schweren Schreibtisch aus Eiche. Er sah anders aus, als sie ihn sich vorgestellt hatte. Natürlich kannte sie ihn von Bildern, aber jemandem persönlich gegenüberzustehen und die Aura der Person wahrzunehmen, war eine andere Sache. Er wirkte ... freundlicher. Lough hatte schulterlange blonde, leicht gewellte Haare. Nicht Keiras Geschmack, aber es stand ihm. Seine Augen waren von Lachfältchen umgeben und wirkten in dem dämmrigen Licht dunkelbraun, doch sie wusste, dass sie eher honigfarben waren. Um den Hals trug er eine goldene Kette mit einer Münze daran befestigt. Sie sah antik aus.

»Sei gegrüßt, Keira Bennett.«

»Hallo.« Sie nickte ihm zu und blieb vor dem Schreibtisch stehen. Das Büro war etwa dreißig Quadratmeter groß, es gab eine Sitzecke, eine dritte Tür – vermutlich die Toilette – und drei Schränke. An einer Wand hing ein Gemälde von einem Kobold, der einen Topf mit Gold im Arm hielt. »Hübscher Gnom.«

»Das ist ein Leprechaun. Eins der Wahrzeichen Irlands. Eine Erinnerung an meine Heimat.«

Keira ließ sich langsam auf den Stuhl nieder. Hinter ihr surrte eine Kamera und behielt jede ihrer Bewegungen im Auge. Keira blickte demonstrativ in die Richtung.

»Reine Vorsichtsmaßnahmen«, sagte Lough.

»Und das, obwohl du einen Hund bei dir hast.«

Lough grinste. »Du hast ihn bemerkt.«

»Natürlich.«

»Balor«, rief Lough. Ein schwarzer Hund schob sich unter dem Tisch hervor und lief zu Keira. Es war keine Rasse, die sie kannte, vermutlich irgendein Mischling. Er war etwa so groß wie ein Deutscher Schäferhund, hatte leuchtend goldene Augen und ein tiefschwarzes Fell.

»Balor, wie nett.« Lough war wirklich vernarrt in den irischen Volksglauben. Balor war der Sage nach der Großvater von Lugh – dem Sonnengott.

Der Hund kam zu Keira und schnupperte an ihrer Hand. An seinem Halsband baumelte ein kleines Prisma, das jedes Mal in einer anderen Farbe glänzte, wenn er sich bewegte.

»Keine Angst, er beißt nur, wenn ich es ihm sage.«

Keira nahm das Prisma zwischen die Finger, um es besser ansehen zu können. »Wozu einen Wachhund, wenn du so einen tollen vor der Tür hast?«

Lough grinste breit. »Weil ich es kann.«

»Diese Fragerei nach den Fähigkeiten nervt übrigens.«

»Erstens ist es eine alte Tradition, zweitens hilft es mir, meinen Besucher einzuschätzen. Du kannst dir nicht vorstellen, was man alles über einen Menschen erfährt, wenn er gezwungen wird, mit seinen Fähigkeiten aufzuwarten.«

Klar, einige prahlten, andere hielten sich klein, wieder andere nervte es. Die, die am wenigsten mit ihrem Können angaben, waren oft die gefährlichsten. »Wie dem auch sei: Ich bin hier, um dir ein Angebot zu machen.«

»Das weiß ich.«

»Dann brauchen wir ja nicht lange drumherum zu reden.« Keira öffnete ihre Handtasche, zog einen Umschlag heraus und warf ihn vor Lough auf den Tisch. »Fünfzig Millionen. Die anderen fünfzig gibt es, wenn ich mich der Echtheit des Artefaktes versichert habe.«

Lough betrachtete den Umschlag, strich mit dem Daumen darüber. »Du läufst mit ziemlich viel Geld herum.«

»Ich kann darauf aufpassen, außerdem gehört es mir ja jetzt nicht mehr.«

Er nahm den Umschlag entgegen und öffnete ihn. Im Inneren befand sich eine Chipkarte von einer privaten Bank.

»Du musst bei der Nummer auf der Rückseite anrufen. Dort erhältst du alle relevanten Daten.«

»Mein Assistent wird das überprüfen.« Lough drückte einen Knopf an seinem Telefon. Keine zehn Sekunden später kam ein Mann mittleren Alters zur Tür herein. Er trug einen Anzug, ebenfalls in der Farbe Grün. Anscheinend war das die Corporate Identity hier. Der Mann grüßte Keira knapp, nahm die Karte entgegen und verschwand wieder.

»Nur interessehalber: Warum verkaufst du das Artefakt?«

»Weil ich wissen wollte, wer mir dieses obszöne Angebot macht.«

Keira kniff die Augen zusammen. Das klang eher so, als hätte er gar nicht vor, das Ding herzugeben. »Du hast es dir hoffentlich nicht anders überlegt.«

»Mitnichten.«

»Gut.« Denn Keiras Auftrag war klar: Besorge das Artefakt, egal, was es kostet. Je schwerer es wird, umso mehr Kohle gab es am Ende für sie. »Wo ist es?«

Lough erhob sich, er war größer, als Keira gedacht hatte und maß sicherlich an die Einsneunzig. Balor blieb sitzen und blickte seinem Herrchen hinterher. Keira folgte Lough, ohne den Hund dabei außer Acht zu lassen. Gemeinsam liefen sie zur hinteren Tür, die hinaus in den Lieferantenflur führte. Lough öffnete für sie und ließ sie als Erstes eintreten. Es war ihr nicht recht, doch sie würde ihm den Gefallen tun. Der Gang war mit grauem Linoleum ausgelegt, die Strahler an der Decke hüllten alles in einen kalten Schein. Ungemütlich.

»Letzte Tür rechts«, sagte Lough und deutete den Flur entlang.

Keira lief los und spürte dabei den musternden Blick ihres Gastgebers im Nacken. Ihr war klar, dass er sie damit verunsichern wollte. Leider gelang es ihm ein bisschen. Keira musste mal wieder feststellen, dass sie sich mit ihren Tattoos deutlich wohler fühlen würde.

Ein Piepsen erklang. Lough griff in seine Tasche und zückte sein Smartphone. »Mein Assistent bestätigt die Zahlung.«

»Sehr gut. Dann kann es ja weitergehen.«

Sie blieben vor der besagten Tür stehen. Lough drehte sich herum, tippte einen Code in das Zahlenfeld an der Wand und entriegelte für sie. Dieses Mal ging er zuerst in den Raum. Keira folgte ihm und stolperte über die Schwelle. Sie konnte sich gerade noch an Lough abfangen, aber ihre Handtasche fiel zu Boden. »Wie ungeschickt von mir.«

Lough machte sich von ihr los, er wirkte irritiert. Natürlich. Keira war nicht die Frau, die einfach so stolperte. Rasch hob sie die Handtasche auf. »Tut mir leid.«

Er kniff die Augen zusammen. Ein Anzeichen von Misstrauen. Sie holte Luft, drückte ihre Schultern durch und lächelte ihn so freundlich an, wie sie konnte. Er wirkte noch immer unsicher, doch wenigstens zeigte er ihr den Raum. Es gab keine Fenster, die einzige Tür war die, durch die sie eben gekommen waren. Das Zimmer roch, als wären sie in einer Grabkammer, in der seit Jahrhunderten nicht mehr gelüftet worden war. Die einzige Lichtquelle stand in der Mitte: ein rundes, etwa eineinhalb Meter hohes Podest mit einem Regenbogen ringsum eingraviert. Es wurde von sechs Strahlern angeleuchtet, die sich oben in einem Prisma bündelten und alle paar Sekunden die Farbe wechselten. Im Zentrum schwebte eine gläserne Phiole mit einer grünen Flüssigkeit, als würde sie von unsichtbaren Fäden gehalten. Keira trat näher. Die Flüssigkeit wirkte dicker als Wasser, wie Sirup. »Was ist das für Zeug?«

»Nektar. Aus einer alten Blume gewonnen, die einst in Irland wuchs, aber mittlerweile ausgestorben ist. Man sagt, sie habe anregende Kräfte.«

»Anregend? Wofür?«

Lough grinste und schob sein Becken nach vorne.

Na toll. *Und dafür gibt jemand hundert Millionen Dollar aus* ... wobei es sie nicht wundern sollte. Keira hatte schon etliche Gegenstände beschafft, die sie lieber auf den Müll geworfen hätte. Sie streckte die Finger aus, um danach zu greifen, und bekam einen elektrischen Schlag.

»Autsch.«

»Ach so, du solltest aufpassen: Sie ist durch ein Kraftfeld geschützt.«

Keira rieb sich die Finger und blickte zu Lough. »Wärst du so nett und würdest es senken?«

»Nein.«

Keira atmete einmal durch, sie hasste es, dieses Wort zu hören, vor allen Dingen im Zusammenhang mit einem wichtigen Auftrag. »Ich werde dich nicht darum bitten. Ich halte mich an unseren Teil der Abmachung. Fünfzig Millionen jetzt, die andere Hälfte, wenn ich die Echtheit bestätigt habe.«

»Die Flüssigkeit ist echt, keine Sorge, aber sie ist nicht zu verkaufen. Sag das deinem *Auftraggeber*.«

Oh, na großartig! Sie hätte es sich denken können. »Ich werde das Zeug mitnehmen, wie abgemacht.«

Lough drückte eine Tastenkombination auf seinem Handy, und die Phiole löste sich vor Keiras Augen in Luft auf.

»Wo ist sie hin?«

»Wie gesagt, sie ist nicht zu verkaufen. Du darfst meinen Club nun verlassen. Wenn du bevorzugst, es auf deinen Beinen zu tun, würde ich gleich gehen.«

»Nicht ohne das Artefakt.«

Lough atmete ein, griff in seine Tasche und zog eine kleine Pistole heraus. »Wie du willst.«

Ohne weitere Vorwarnung drückte er ab.

3. Kapitel

Jessamine

Auf gar keinen Fall!«, rief ich.

»Stell dich nicht so an, Schatz«, antwortete Akil.

»Nein!«

»Ach, komm schon! Da ist doch nichts dabei!«

»Du hast leicht reden. Dich erschüttert es ja nicht mal, wenn man dir einen Dolch ins Herz treibt!«

Er lachte. Wie schön, dass er das konnte, denn mir war gerade alles andere als zum Lachen zumute. Mir war übel und kalt und ich hatte schlechte Laune.

»Überleg mal, was du alles schon geschafft hast. Das ist ein Klacks für dich, Jess.«

»Pffff!«

»Du musst nur einen Schritt machen.«

»Nein, hab ich gesagt!«

»Sei keine Memme.«

»Ich bin keine Memme!« Das war ja wohl eine Frechheit!

»Du solltest sie nicht so unter Druck setzen.«

»Danke, Anna!«, rief ich. Wenigstens eine, die auf meiner Seite stand.

»Spinnst du? Wo setze ich sie denn unter Druck?«

»Indem du sie zwingst, etwas zu tun, was sie nicht will.«

»Papperlapapp! Ich motiviere sie, über sich selbst hinauszuwachsen. Raus aus der Komfortzone und so. Was ist denn nun, Kleine?«

»Meine Antwort bleibt Nein. Und du darfst gehen! Du solltest sowieso nicht hier sein!«

»Jess ...«

»N.E.I.N.«

»Du darfst mir gerne helfen, Anna.«

»Das werde ich auch. Weg mit dir.«

»Was?«

»Weg, hab ich gesagt, du verwirrst sie total.«

»Aber ich ...«

Alles Weitere ging in einem unverständlichen Gemurmel unter. Ich hörte Schritte, die sich entfernten, Akil redete auf Anna ein, doch sie blieb beharrlich. Ich nutzte die Zeit, drehte mich zu einem der zahlreichen Spiegel in der Umkleide und betrachtete mein halbnacktes Gegenüber in dem schwarzen Spitzen-BH mit den dazu passenden Höschen.

»Hör auf, mich zu schlagen, ich will sie nur unterstützen«, sagte Akil, während er sich entfernte. »Aus rein wissenschaftlichem Interesse!« Seine Worte gingen in seinem eigenen Gelächter unter.

Der Kerl war so ein Spinner. Unfassbar. Aber genau deshalb mochte ich ihn. Er war mir eine unglaubliche Stütze in den letzten vier Monaten gewesen, hatte stets ein Ohr für mich gehabt, wenn ich mich ausheulen musste, und mich mit seiner unbeschwerten Art aufgemuntert. Egal, ob ich wegen Jaydees Abwesenheit, wegen Violets Fortgang, wegen allem, was passiert war, gejammert hatte: Akil hatte zugehört. Still und ruhig. Er hatte mich festgehalten und mir mit seiner ureigenen Erdenergie geholfen. Er war zu einem meiner besten Freunde geworden, genau wie Will und Anna. Ich könnte mir mein Leben mittlerweile nicht mehr ohne sie vorstellen.

Ich rückte den Spiegel zurecht und drehte mich, damit ich mich von allen Seiten betrachten konnte.

Vier Monate waren vergangen.

Vier Monate voll wirrer Gefühle, Trauer, Freude, Ablenkung und Eiscreme-Fressattacken.

Vier Monate, in denen wir zurück nach Arizona gezogen waren, ich zusehen durfte, wie Will einen Teil von Ilais Macht übertragen bekommen hatte, damit sich das Anwesen heilen konnte.

Vier Monate, in denen ich mit Anna und Akil mein Training

wiederaufgenommen hatte, in denen ich verdammt viel Zeit gehabt hatte, nachzudenken.

Vier ewige Monate ...

Und jetzt hatte ich sie überstanden.

Genau wie Jaydee. Endlich durfte er zurück nach Hause. Zurück zu mir. Zu uns.

Morgen.

Wobei ihm noch eine Aufgabe bevorstand, ehe er endgültig frei war: Jeder, der aus der Isolation entlassen wurde, musste sich Tests unterziehen. Der Rat wollte sicherstellen, dass derjenige rehabilitiert war, schließlich saß man nicht umsonst in Gefangenschaft. Gerade bei Jaydee würden sie besonders genau hinsehen. Niemand wusste, in welchem Zustand er sich befand. Ob er ruhig oder wild war, ob der Jäger ausgebrochen war oder er ihn unter Kontrolle hatte. Bei Jaydee war alles möglich. Und genau das machte ihn so unberechenbar.

Normalerweise wurden diese Tests beim Rat im Tempel durchgeführt, doch da es noch immer keinen vollzähligen Rat gab, kamen Derek und Marysol – eine der Neuen, oder eher: der Alten im Rat – zu uns nach Arizona. Mit Jaydee. Er musste gefesselt bleiben, bis alle sicher waren, dass er sich im Griff hatte.

Und so lange durfte ich ihn nicht sehen ...

Auf der einen Seite verstand ich diese Vorsichtsmaßnahme, denn sollte der Jäger die Oberhand gewinnen, wäre ich sein erstes Opfer. Auf der anderen Seite ärgerte es mich. Ich wollte endlich Zeit mit Jaydee verbringen, mit ihm zusammen sein, nur er und ich.

Ich seufzte, riss mich von meinen Grübeleien los und drehte mich, um meine Kehrseite zu betrachten. Seit ich trainierte, war mein Hintern fester geworden, die Haut straffer und ich vor allen Dingen ausdauernder. Früher bekam ich schon einen Herzkollaps, wenn ich bei uns im Haus die Treppe hochrannte. Mittlerweile konnte ich zehn Kilometer in unter einer Stunde laufen.

Ich strich den Träger des BHs glatt, fuhr die Spitze am Hosenbund nach. Bisher hatte ich mir nicht viel aus Reizwäsche gemacht, und bei dem Blick in den Spiegel fühlte ich mich alles andere als wohl. Doch ich wollte Jaydee etwas Besonderes bieten.

Falls er denn überhaupt zu mir durfte, und falls die Tattoos noch wirkten. Die Zeichen waren die einzige Möglichkeit, wie Jaydee und ich uns anfassen konnten. Wegen des Zaubers, der in meinem Blut wirkte, waren meine Emotionen für ihn so stark, dass er sie nicht ertragen konnte und regelrecht dabei ausflippte. Mit Hilfe der Tattoos wurde Jaydees Empathie gedämpft, so dass er erst gar keine Gefühle von mir aufnehmen konnte.

Ich strich über meinen Bauch, fuhr kleine Kreise über meine Haut und ging die Stellen ab, die Jaydee schon mal berührt hatte. Mit geschlossenen Augen rief ich mir unsere letzte Begegnung wach, kurz bevor er hatte gehen müssen.

Unser letzter Kuss ...

»Die Minute ist endgültig um«, sagte Colin. »Deinem Freund geht es gut. Du wirst mitkommen.«

Akil richtete sich auf und sah zu Jaydee. »Geh. Ich komme klar.«

»Sicher?«

»Ja. Nutze die restlichen Sekunden und verabschiede dich.« Akil nickte in meine Richtung.

Ich trat vom Sofa zurück, rieb über meine Arme, obwohl mir nicht kalt war.

Jaydee stand von der Couch auf, lief zu mir und strich mit der Rückseite seines Fingers über meine Wange. Seine Berührung war warm und angenehm kribbelnd.

»Vergiss nicht, was ich dir vorhin gesagt habe«, flüsterte er.

»Was genau ...« Bevor ich fertig reden konnte, lagen seine Lippen auf meinen und versenkten mich in einen gierigen Kuss. Ich schlang sofort die Arme um seinen Hinterkopf, zog ihn enger an mich, als hätte ich nur darauf gewartet, dass er mich endlich wieder festhielt. Sein Duft drang in meine Nase. Ich roch Blut, Erde, Feuer, Wasser ... Jaydee war so vieles. Der Kuss fühlte sich surreal an, als würde ich es träumen, und vielleicht war es auch so.

Falls ja, möchte ich bitte nie mehr aufwachen.

Jemand räusperte sich lautstark hinter mir, ich fühlte etwas Warmes in meinem Rücken. Colin hielt einen weiteren Feuerball bereit. Er drohte Jaydee. Mit Widerwillen löste ich mich von ihm, nahm die Hände aus seinem Nacken und schob ihn von mir. »Du solltest gehen.«

»Ich weiß.«

Er drückte mir einen Kuss auf die Stirn. »Das muss für die nächsten vier Monate reichen.«

Und vielleicht musste es für immer reichen, wenn seine Tattoos bis dahin verblassten.

Seine Lippen strichen über meine Nasenspitze, so sachte, dass es kitzelte. »Ich liebe dich, Jess. Denk dran«, hauchte er und wandte sich von mir ab.

Wie benommen stand ich da, die Augen noch halb geschlossen, das Gefühl von Jaydees Fingern auf meiner Haut. Ich strich über meine Lippen, versuchte so, seinen Geschmack zu konservieren.

Ich liebe dich, Jess.

Er hatte es einfach so gesagt. Vor Colin. Vor Akil.

»Ich ...«, drehte mich um. Sah ihm nach.

Jaydee blickte über seine Schulter zurück und lächelte. »Wir sehen uns in vier Monaten.«

»Ich ...« *liebe dich auch.* Das sollte ich sagen, oder? Es wäre richtig und gut, und bestimmt war es das, was er hören wollte, aber fühlte ich es auch?

Auf einmal war meine Kehle staubtrocken. Ich konnte kaum atmen, denken, hatte keine Ahnung, was in mir vorging. Warum wusste ich das nicht?! Wie war es, verliebt zu sein? Welche Maßstäbe musste ich ansetzen? Wie konnte ich herausfinden, ob es Liebe war, was ich empfand oder nicht? Wie, bitteschön?

»Jaydee ...« Ich machte einen Schritt nach vorne, doch Colin und er verließen das Haus.

Die Tür schloss – und ich blieb zurück. Mit Worten auf den Lippen, die ich aussprechen sollte, aber nicht konnte.

Weil ich Angst hatte.

Angst davor, etwas falsch zu machen.

Angst, mich einem Mann hinzugeben, der gefährlicher für mich war als jedes Raubtier dieser Erde.

Angst vor seiner Liebe, die so tief in mein Herz schnitt, dass es schmerzte.

Er liebte mich ...

»Bad boys, bad boys, whatcha gonna do? Whatcha gonna do when they come for you?«, erklang die Melodie auf meinem Handy und riss mich zurück in die Gegenwart. Ich bückte mich und kramte in meiner Tasche. Es gab nur drei Menschen auf dieser Erde, die meine neue Nummer besaßen. Ich zog es heraus und nahm ab. »Hey, Zac.«

»Zuckerschnecke! Wie geht es dir?«

»Ganz okay. Was machst du? Oder eher: Wo bist du?«

»Wir sind auf Bali. Das ist der Wahnsinn, sag ich dir. Ein Paradies für digitale Nomaden.«

Das war Zacs neuester Trip. Er wollte unbedingt für ein Jahr aussteigen und die Welt sehen. Nachdem er Tobias kennengelernt hatte, waren sie nach New York, die Ostküste runter bis nach Washington und schließlich Miami gefahren. Zac hatte Gefallen am Reisen gefunden und sich vorgenommen, das erste Jahr nach der High-School dafür zu nutzen. Tobias war ebenfalls dabei, was mich freute. Zac hatte es verdient, eine gute Partnerschaft zu führen.

»Ich glaube, hier könnte ich es aushalten. Unfassbar, mit was die

Leute ihr Geld verdienen. Die haben nur Laptops dabei und steuern von der Insel aus ihr Business auf der ganzen Welt. Kannst du dir das vorstellen? Arbeiten, während man am Strand liegt.«

»Klingt verlockend.«

»Und du klingst schon wieder traurig, was ist denn los?«

»Nichts. Ich ...« Ich ließ mich gegen die Wand sinken und zog die Beine an. »Ich vermisse dich.« Was stimmte. Zac war ein Teil meines normalen Lebens, der realen Welt. Er war wie ein Anker in diesem ganzen Zirkus der Abnormität. Und er wusste noch immer nichts von Ariadne. Oder Violet. Nun waren es schon zwei Verluste, von denen ich ihm berichten musste. Aber wie sollte ich das übers Telefon tun? Bis auf das kurze Treffen in New York hatten wir uns nicht mehr gesehen, und da hatte ich es eilig, weil ich zu Ashriel wollte.

»Was macht denn Violet so?«, fragte er.

Ich biss auf meine Lippen und donnerte mit dem Hinterkopf gegen die Wand. *Nicht. Nicht diese Fragen, bitte!*

»Jess?«

»Ja. Es geht ihr gut. Uns allen. Aber ich muss eigentlich auch ... ich hab gar nicht lange Zeit zu plaudern. Wir sind unterwegs.«

»Ist dieser Typ noch bei dir?«

Ich rollte die Augen. Mit dem Typ meinte er Jaydee, und Zac war alles andere als gut auf ihn zu sprechen. Bei ihrem ersten Zusammentreffen in New York hatte Jaydee sich nicht gerade von seiner Schokoladenseite gezeigt. »Er musste für ein paar Monate geschäftlich weg.«

»Zum Glück! Der Kerl tut dir nicht gut. Und er ist gewalttätig.«

»Das ist er nicht.« Ha! Und ob. Aber es war anders, als Zac dachte. »Ich hab dir gesagt, dass er Tobias aus der Vergangenheit kannte und die beiden nicht gut klarkamen.«

»Das ist doch kein Grund, ihm die Nase zu brechen!«

»Ach, Zac. Müssen wir das wirklich noch mal durchkauen? Wir haben doch schon darüber geredet. Lass es einfach sein!«

»Schon gut, zick mich nicht an.«

»Ich zicke dich nicht ...!« Ich atmete einmal tief durch. Doch, genau das tat ich. Ich war mürrisch und übellaunig und viel zu schnell in der Luft. Seit Jaydees Ankunft näher rückte, war ich unausstehlich. »Entschuldige. Du hast recht. Ich bin zickig.«

»Kein Ding, Babe, aber du musst echt mal durchatmen. Man sollte meinen, dass dein Langurlaub in Griechenland für Erholung gesorgt hat.«

Ich hatte Zac erzählt, dass ich mit Ariadne und Vi nach Griechenland gegangen war. In Wahrheit hatte ich eben mal mitgeholfen, die Menschen vor einem grausigen Urdämon aus der Hölle zu retten, und gleichzeitig musste ich vor einem verrückten, Jahrtausende alten Mädchen fliehen, das hinter mir her war. Nicht wirklich erholsam also. »Ja. War alles etwas stressig. Wann kommst du denn heim?«

»Keine Ahnung, aber sobald ich es weiß, sag ich es dir, und dann treffen wir uns endlich.«

»Auf alle Fälle!«

»Was gibt es sonst Neues in Riverside? Hab von dem Chemieunfall in den Nachrichten gehört, muss ja ziemlich abgegangen sein.«

»Ja, aber sie haben alles unter Kontrolle.« Die Sache mit dem Chemieunfall war die offizielle Geschichte gewesen, nachdem der Emuxor so viele Menschen getötet hatte. Ben war vor Ort im Krisenstab und kümmerte sich mit seinen Kollegen um den Wiederaufbau. Wir hatten ein paar Mal gesprochen in den letzten Wochen, aber er hatte so viel zu tun, dass auch dafür kaum Zeit blieb.

»Jess?«, fragte Anna von draußen.

»Ja«, rief ich. »Zac, ich muss Schluss machen. Wir können nachher noch mal schreiben, okay?«

»Klaro. Schick mir 'ne Push.«

»Ist das der neueste Trend? Redest du jetzt so? Schick mir 'ne Push?«

»Klingt doch lässig, oder? Also, bis dann. Hab dich lieb, Schatz.«

»Ich dich auch.« Ich verstaute das Handy in der Tasche, rieb mir übers Gesicht und stand auf. Manchmal wusste ich nicht, was besser war: Weiter mit Zac zu telefonieren und jedes Mal daran erinnert zu werden, was ich verloren hatte, oder gar nichts mehr von ihm zu hören.

»Jess?«, fragte Anna noch mal. »Alles klar bei dir?«

»Ja. Natürlich.«

»Akil ist weg. Du könntest also tatsächlich rauskommen.«

Rasch prüfte ich mein Spiegelbild, wischte meine Augen trocken, kniff mir in die Wangen, damit ich nicht so blass aussah. »Komm du doch rein. Das wäre mir lieber.« Ich schlang die Arme um mich und wartete.

Sie schob den Vorhang zur Seite und streckte den Kopf durch. Sofort wehte der Duft nach Mandarine ins Innere. Mittlerweile liebte ich diesen Geruch. Anna war so unglaublich sanft in ihrer Art, besonnen und ruhig.

»Wow.« Anna trat ganz in die Umkleidekabine und kam neben mich. »Jess. Sieh dich an.« Sie drehte mich zum Spiegel, nahm meine Handgelenke und löste mich vorsichtig aus meiner eigenen Umarmung.

Anna war ein paar Zentimeter größer als ich, aber um einiges zierlicher, was erst recht auffiel, weil ich nur einen BH und ein Höschen trug. Anna war wie ein fragiler Engel mit hellblonden Haaren, blauen Augen und einer Anmut in ihren Bewegungen, die man nicht lernen konnte. Wie immer trug sie eine langärmelige Bluse, die ihre zahlreichen Narben verdeckte.

»Du siehst absolut hinreißend aus.«

»Ach, ich weiß nicht. Das ist …« Ich blickte mir selbst im Spiegel ins Gesicht. »Bin das wirklich ich? Ich habe noch nie in meinem Leben diese Art von Wäsche getragen.« Bisher hatte es allerdings noch keinen Mann gegeben, den ich in dieser Hinsicht beeindrucken wollte.

»Es wird ihn umhauen, glaub mir, auch wenn ich selbst in diesen Dingen nicht sehr ...« Sie räusperte sich, suchte nach den richtigen Worten. »... nicht sehr aktiv bin.«

Ich sah auf unsere Spiegelbilder. In den letzten Wochen hatte sie sich mehr als sonst zurückgezogen, war oft stundenlang nicht aufzufinden gewesen, und wenn sie zurückkam, hatte sie sich neue Wunden zugefügt. Je länger Jaydee weg war, umso tiefer versank sie in sich selbst, und keinem von uns gelang es, sie aus dem Morast zu ziehen, in den sie sich hineinnavigierte. Nicht einmal Will ließ sie an sich heran. Dabei hatte ich eigentlich gehofft, dass die beiden sich näherkamen.

»Das solltest du auf alle Fälle nehmen«, sagte sie. »Was ist mit dem Weißen?«

»Den habe ich noch nicht anprobiert.«

»Dann mal los. Ich warte draußen, sag Bescheid, wenn du soweit bist.«

»Was hast du eigentlich mit Akil gemacht?«

»Ich habe ihm gesagt, wenn er noch einmal zur Umkleide kommt, werde ich jeder Frau oder jedem Kerl, den er demnächst abschleppen will, suggerieren, dass Akil ungepflegt ist und aus dem Mund stinkt.«

Ich lachte. Anna wäre dazu durchaus in der Lage. Sie war eine Seelenwächterin der Luft und konnte die Gedanken von anderen manipulieren.

»Er würde so schnell keinen Sex mehr haben. Das hat ihn recht gefügig gemacht.«

»Man muss nur wissen, wo man die Leute packen kann.«

»So ist es.«

Sie strich über meine Haare und drückte mich kurz an sich. »Bis gleich.«

Ich sah ihr nach, wie sie die Kabine verließ, und wandte mich wieder meinem Ebenbild zu.

Am Ende entschied ich mich für das schwarze Outfit. Anna hatte mir versichert, dass es toll aussah, und ich hatte mich darin am wohlsten gefühlt. Als wir von den Umkleiden nach vorne kamen, lehnte Akil an der Theke und machte das, was er mit am besten konnte: Er flirtete. Dieses Mal mit der adretten Kassiererin, die sich sichtlich über die Aufmerksamkeit freute.

Es war ein kleines Geschäft, mit wenig Auswahl, aber dafür sehr teuer. Ich wäre nie im Leben auf die Idee gekommen, hier einzukaufen, doch Anna hatte darauf bestanden. Für Seelenwächter war Geld Nebensache. Jeder bekam vom Rat ein Konto eingerichtet, auf das er von überall auf der Welt zugreifen konnte.

Anna schüttelte den Kopf, als sie Akil sah. »Das ist doch typisch.«

»Zum Glück bekommt Noah das nicht mit«, sagte ich und legte die Sachen auf den Tresen zum Bezahlen.

»Noah weiß genau, auf was er sich mit mir einlässt, und außerdem hab ich nur geschaut und nichts angefasst. Das wird ja wohl erlaubt sein.«

»Wie läuft es denn mit euch? Du hast in letzter Zeit gar nichts von ihm erzählt.«

Er zuckte die Schultern. »Er ist mit dem Aufbau seiner neuen Galerie beschäftigt. Wir haben uns seit ein paar Wochen nicht mehr gesehen.«

»Aber es ist nicht vorbei mit euch, oder?« Ich mochte Noah. Leider hatte ich nicht viel Gelegenheit gehabt, mit ihm zu reden, da wir recht bald Malea Island verlassen hatten, doch die Gespräche waren wirklich angenehm gewesen; wenn man die Tatsache mal überwunden hatte, dass er Akil entführt hatte. Doch wenn er seinem Ex vergeben konnte, konnte ich es ja wohl auch. Am Ende hatte ich ihm sogar meine Handynummer gegeben, damit er zur Not mit uns in Kontakt treten konnte. Akil wusste nichts davon, und Noah hatte mir versprochen, nur in einer Zwangslage durchzuklingeln. Mein Handy funktionierte sowieso nur sporadisch, wenn ich auf dem Anwesen in Arizona war.

Akil lehnte sich lässig auf den Tresen. »Schätzchen, wir haben keine Beziehung, also kann nichts vorbei sein. Wir haben lediglich hemmungslosen, verruchten und extrem heftigen Sex.«

»Okay, so genau wollte ich das gar nicht wissen.«

»Dann frag doch nicht.«

Er tippte mit den Fingern auf den Tresen. Akil trug ein kurzärmliges Shirt, wie meistens. Vermutlich liebte er diese Art von Kleidung, weil sie seine Muskeln perfekt zur Geltung brachten, und davon hatte er reichlich. Genau wie von seinem Selbstbewusstsein. Ich sah auf das silberne Armband, das Noah ihm angelegt hatte und das dafür verantwortlich war, dass Akil heftige Flashbacks durchleben musste. Wobei sich das mittlerweile geändert hatte, allerdings nicht zum Besseren. Will hatte bereits versucht, es zu entfernen, bisher ohne Erfolg.

Akil bemerkte meinen Blick und fuhr mit den Fingern darüber. »Neulich wurde ich gefragt, wo man sowas kaufen kann.«

»Das wäre es doch, oder? Schmuck inklusive Trips in den eigenen Geist. Funktioniert besser als jede Droge.«

»Ich könnte ein Vermögen damit machen.«

»Könntest du.«

Er sagte das mit seinem üblichen Charme und diesem Hauch von Humor, der oft in seiner Stimme mitschwang, doch ich spürte, dass es nicht echt war. Bei diesem Thema war Akil nicht mehr zu lachen zumute, er versuchte es lediglich auf seine Art zu verarbeiten.

Er ließ von dem Armband ab und drehte sich nach hinten. »Bevor ich es vergesse: Von denen solltest du auch welche mitnehmen.« Er legte mir eine Packung Kondome vor die Nase. »Ich persönlich mag ja lieber die mit Erdbeergeschmack, aber da tickt jeder anders.«

Das war er eindeutig: Der Moment, in dem ich liebend gerne ein Loch gebuddelt hätte und darin verschwunden wäre.

Akil bemerkte mein erstarrtes Gesicht. »Oh, entschuldige.

Wenn du anders verhütest, brauchst du das natürlich nicht, ohne ist sowieso viel schöner. Ich wollte dich nur darauf hinweisen. Jaydee ist schließlich kein vollwertiger Seelenwächter und sicher in der Lage, dir ...«

»Akil. Stopp! Das ist ... ich habe es verstanden. Danke. Verhütung ist super. Und wichtig.« Und überhaupt. Ich griff die Gummis und schob sie unter den Stapel Unterwäsche. Die Kassiererin unterdrückte ein Grinsen. Schön, wenn alle außer mir Spaß an dieser Plänkelei hatten.

Akil trat näher zu mir. Ich atmete seinen Duft ein. Endlich roch er wieder nach Erde und Moos und dieser wundervollen Unternote, die die Natur annahm, wenn sie morgens erwachte. Sein Geruch war nicht mehr ganz so intensiv wie früher, doch ich hoffte, das würde wiederkommen. Er beugte sich zu mir, bis sein Atem meine Wange kitzelte. »Wenn du die Gummis auspackst, solltest du darauf achten, dass ...«

Rasch wandte ich mich ab und hielt mir das Ohr zu. »Ich will das nicht hören. Ich will das nicht hören. Ich will das wirklich nicht hören.«

»Herrje, Mädchen. Du bist fast so verklemmt wie Will.«

»Jetzt aber! Ich bin überhaupt nicht verklemmt! Ich will nur nicht in der Öffentlichkeit über solche Dinge sprechen.«

»Ach so, sag das doch gleich. Dann klären wir das nachher. Allein. In Privatsphäre. Ich bring auch 'ne Gurke mit.«

»Wozu bitte bringst du eine ...« Doch da dämmerte es mir. Unser Biolehrer hatte welche im Unterricht dabei, als er uns zeigte, wie man Gummis richtig benutzte. »Vergiss es. Ich hab gar nicht gefragt.«

»Gut. Am lebenden Subjekt willst du ja sicherlich nicht üben.«

Ich starrte ihn an. Er wollte mich provozieren, das war mir durchaus klar. Akil würde mir niemals in irgendeiner Form zu nahetreten oder ernsthafte Avancen mir gegenüber machen. Dafür hatte er viel zu viel Respekt vor Jaydee.

»Okay, ich formuliere das um: Ich möchte weder in der Öffentlichkeit noch im Privaten über solche Dinge sprechen. Zumindest nicht mit dir.«

»Dabei hab ich so viel Erfahrung.«

»Mh, zu viel!« Ich pikste ihn mit dem Finger in die Brust. Er grinste und zwinkerte mir zu.

»Seid ihr fertig?«, fragte Anna und hielt mir die Tüten mit meinen Einkäufen hin. »Denn ich wäre soweit zu gehen.«

»Ach, meine beiden Ladies«, sagte Akil und schob sich zwischen uns. Er hakte sich bei Anna und mir ein und lief mit uns zum Ausgang. Bevor wir die Tür erreichten, drehte er sich zur Kassiererin zurück. »Ich komme mal wieder vorbei, der Service hier ist ausgezeichnet.«

»Jederzeit gerne«, antwortete die Kassiererin.

»Wie schön, dass du den Service gar nicht in Anspruch genommen hast«, sagte ich. »Oder willst du dir demnächst selbst schöne Dessous kaufen und Noah damit überraschen? Rosa Spitze steht dir bestimmt.«

»Ja? Ich denke, das beißt sich mit meinem Teint. Anna? Was meinst du?«

»Ich meine, dass ich unsere Pferde hole und wir so schnell wie möglich nach Hause reiten. Es sei denn, ihr wollt weitershoppen.«

»Nein«, sagte ich. »Ich hasse shoppen sowieso.« Außerdem wollte ich tatsächlich gerne zurück und mich weiter damit beschäftigen, dass Jaydee bald zurückkam.

Wir traten hinaus auf die Straße, die um die Mittagszeit mäßig befahren war. Wir hatten uns zum Einkaufen London ausgesucht und waren in einem ruhigen Viertel mit vielen exklusiven Schneidern und kleineren Läden. Anna und Akil kannten sich fast überall aus, für sie gab es keine Grenzen oder Entfernungen. Einfach auf einen Parsumi – und man konnte um die Welt reisen. In Sekundenschnelle.

»Da drüben ist ein Schönheitssalon«, sagte Akil und deutete nach links. »Falls du gerne ein Waxing hättest. An bestimmten Stellen kommt das wirklich ...«

Ich schlug ihn auf den Arm. So fest ich konnte. Er wich zurück und fing an zu lachen.

»Wenn du noch einmal die Klappe aufmachst, trete ich dir dahin, wo die Sonne nicht scheint.«

Er lachte noch mehr. Mir war klar, dass ich ihm absolut nichts entgegenzusetzen hatte. Akil war ein Muskelberg und dank seiner Seelenwächternatur sowieso stärker als jeder normale Mensch. Dennoch musste ich mir ja nicht alles gefallen lassen. Ich trat zum Nachklang nach ihm, doch er wich mir mit Leichtigkeit aus.

»Nett, Kleine. Wirklich ...« Auf einmal blieb er stehen, das Lachen auf seinem Gesicht erstarb. Er keuchte, seine Finger fingen an zu zittern.

»Akil?«

Seine Augen fixierten einen Fleck, aus seiner Nase lief ein dünner Faden Blut.

»Anna! Es geht wieder los.«

Sofort war sie bei ihm, nahm sein Gesicht in beide Hände und zwang ihn, sie anzusehen. »Konzentriere dich, Akil! Halt dich an meiner Stimme fest!« Er legte seine Finger auf ihre Unterarme. Sie drückte die Finger fester auf seine Schläfen. »Du musst nicht fallen.«

»Ich ...« Seine Augen drehten sich nach oben. Das war der Moment, an dem es sich entschied. Entweder Akil wurde bewusstlos, oder er bekam eine Vision.

Ich stand neben den beiden und kaute auf meinem Daumennagel. Viel konnte ich leider nicht machen, wir hatten festgestellt, dass es ihn verwirrte, wenn mehrere Menschen auf ihn einredeten. Da Anna am schnellsten in seinen Geist eindringen konnte, war sie die Beste, um ihn aufzufangen.

Akil atmete tief ein. Sein Atem kam abgehackt. Auf einmal packte er Anna an den Schultern und schob sie von sich weg.

»Da drüben unter den Bäumen. Auf einer Bank«, sagte Akil außer Atem. »Ein Mann, in einem grauen Anzug. Er bekommt gleich einen Herzinfarkt.«

Kaum hatte er ausgesprochen, rannte er auch schon quer über die Straße und wich dabei geschickt den Autos aus, die ihn jedoch nicht wahrnahmen. Dank des Amuletts, das alle Seelenwächter um den Hals trugen, wurden sie nur bemerkt, wenn sie das auch wollten.

Ich blickte Akil nach, wie er zwischen den Bäumen auf der anderen Straßenseite verschwand.

Also Option Nummer eins: die Vision.

Anna kam neben mich, ich griff nach ihrer Hand, die sich kühler als sonst anfühlte. »Alles klar bei dir?«

»Ja.«

Es war für Anna anstrengend, Akil zu fangen, weil sie selbst psychisch so labil war und immer wieder in Flashbacks rutschte.

»Komm«, sagte sie und folgte Akil in Windeseile. Anna besaß eine beneidenswerte Schnelligkeit, kaum blinzelte man, schon war sie woanders. Ich kam nicht ganz so elegant über die Straße. Ein Auto bremste mit quietschenden Reifen. Die Frau am Steuer kurbelte die Scheibe runter und betitelte mich mit Schimpfwörtern, bei denen mir die Zunge weggeätzt wäre, hätte ich sie in den Mund genommen. Anna war bereits auf der anderen Seite, bis ich mich endlich durchgekämpft hatte.

Es dauerte nur Sekunden, bis ich Akil sah. Er näherte sich einem Mann mittleren Alters, der es sich mit seiner Zeitung und einem Kaffee auf einer Bank unter den Bäumen bequem gemacht hatte. Beim Näherkommen sah ich, dass dem Mann der Schweiß auf der Stirn stand und er sich das Herz massierte. Akil setzte sich neben ihn und sprach ruhig auf ihn ein.

»Warte hier«, sagte Anna und lief langsam näher. Akil lehnte sich zu dem Mann und legte ihm wie beiläufig die Hand auf die Stirn. Sofort wurde der Fremde ruhiger, sein Gesicht entspannter. Akil flutete ihn mit seinen Heilkräften, die absolut großartig waren. Ich selbst war schon öfter in den Genuss gekommen.

Der Mann sackte gegen die Lehne der Bank und seufzte entspannt. Langsam nahm Akil die Hand von der Stirn des Fremden. Anna setzte sich auf die andere Seite und legte ihre Finger auf sein Knie. Akil stand auf, sah sich kurz um und kam zu mir. Er schwankte ziemlich und war blass im Gesicht.

»Geht es?«, fragte ich. Seit er das Armband trug, schien es ihn mehr Kraft als früher zu kosten, wenn er jemanden heilte.

Akil blieb vor einem Baum stehen und presste seine Hände gegen die Rinde. So nahm er die Energie der Erde wieder auf. »Dieses verdammte Armband«, keuchte er und lehnte seinen Kopf gegen den Stamm.

»Will findet sicher noch einen Weg, wie man es dir abnehmen kann.« Hoffentlich. Er versuchte es schon seit vier Monaten. Leider war niemand da, den er um Rat fragen konnte. Noah wusste nicht, wie man es, ohne das entsprechende Gerät, abbekam, und Ananka – die das Armband gefertigt hatte – war verschwunden. Auch ihre Schwester Tyche – sie war eine geheimnisvolle Quelle und hatte Akil seine Fähigkeiten zurückgegeben – konnten wir nicht fragen. Die Quelle öffnete nur alle tausend Jahre.

Akil brummte leise. Er wirkte noch immer schwach, was so gar nicht zu ihm passte.

Ich strich über seinen Rücken. Es war alles, was ich tun konnte: Ihm zeigen, dass er nicht alleine da durchmusste. Die Flashbacks in seine Vergangenheit hatten aufgehört, nachdem Akil seine Fähigkeiten wiedererlangt hatte. Dafür trafen ihn in sporadischen Abständen nun diese Visionen. Dabei sah er in das Schicksal eines Menschen, der gerade in der Nähe war. Bisher war es zweimal passiert, heute war der dritte dran gewesen. Jedes Mal war derjenige kurz davor gewesen zu sterben. Ob durch einen Herzinfarkt, Schlaganfall oder einen Autocrash – Akil war zur Stelle gewesen und konnte jeden Einzelnen retten. Aber nicht, ohne dafür selbst geschwächt zu werden.

Akil blickte zu dem Mann auf der Bank, der sich deutlich erholt hatte. »Auf der einen Seite kann ich es kaum abwarten, das Armband loszuwerden, auf der anderen möchte ich es behalten. Egal, wie schlimm die Visionen sind: Wenn ich keine gehabt hätte, wäre der Typ nun tot, verstehst du?«

»Fertig«, sagte Anna und schloss zu uns auf. »Er erinnert sich nicht mehr an uns. Ich habe seine Erinnerung manipuliert.«

»Danke!« Akil drückte sich von dem Baum ab und pfiff nach den Pferden »Lass uns nach Hause. Am besten bleibe ich dort, dann können mich diese Scheiß-Visionen am Arsch lecken.«

Er hatte Frust. Ich konnte es verstehen. Akil hatte mit diesem Armband viel durchgemacht. Ich wandte mich an Anna, die ihre Hände aneinanderrieb. »Geht es?«

Sie nickte halbherzig. Ich wollte weiterfragen, als ich Hufgetrappel, gefolgt von einem aufgeregten Wiehern hörte. Die Parsumi kamen um die Ecke geschossen und blieben vor uns stehen. Niemand von den vorbeilaufenden Passanten reagierte auf die drei Pferde, die wie aus dem Nichts aufgetaucht waren. Die Magie der Seelenwächter sorgte dafür, dass die Parsumi unentdeckt blieben. Ich hatte es schon so oft erlebt, und dennoch faszinierte es mich jedes Mal aufs Neue.

Mirabell brummelte leise, als sie mich sah. Ich tätschelte ihren Hals und zog mich in den Sattel. Mittlerweile hatte ich mich ans Reiten zwischen den Welten gewöhnt. Es war eine rasante Fahrt, einmal rund um die Welt. Auch wenn ich es am Anfang gehasst hatte, besaß es eindeutig seine Vorteile. Wir wären in nicht mal fünf Minuten zurück in Arizona. Kein Jetlag, keine Reiseübelkeit, keine Turbulenzen. Einfach durch ein Portal galoppieren – und schon war die Fahrt vorbei.

»Dann mal los«, sagte ich und folgte den beiden zurück nach Hause.

4. Kapitel

Sie hatte es gespürt. Als er in seine Tasche gegriffen hatte, waren sämtliche Alarmglocken angesprungen und hatten sie darauf vorbereitet. Keira schnellte im gleichen Moment zur Seite, als Lough feuerte. Die Kugel surrte an ihrem Kopf vorbei, sie fing sich mit einer Rolle nach rechts ab, zückte im Fallen das erste Messer von ihrer Hüfte. Lough folgte ihr, zielte ein zweites Mal und drückte erneut ab. Zeitgleich warf sie das Messer und erwischte ihn am Bein. Der Schuss ging daneben, er schrie, taumelte, griff an die Klinge und zog sie heraus.

Das hättest du nicht tun sollen, jetzt blutet es noch mehr.

Keira blieb in Bewegung, packte ihre Handtasche und suchte hinter dem Podest Deckung.

»Du bekommst die Phiole nicht«, stammelte Lough.

Keiras Herz schnürte sich zusammen. Ähnliche Worte hatte ihr Vater damals benutzt, als er Coco sagte, dass sie die Harfe nie bekäme. Kurz darauf hatte sie ihn umgebracht.

Sie blickte um das Podest herum, um zu sehen, was Lough tat. Er stützte sich an der Wand ab und presste eine Hand auf die Wunde, die Waffe hielt er in der anderen. »Mit Leuten wie dem, der dich schickt, mache ich keine Geschäfte.«

»Welchen Leuten denn?« Nun war sie noch neugieriger zu erfahren, wer ihr Auftraggeber war.

Lough legte die Waffe an, feuerte ein drittes Mal auf sie. Sie zog den Kopf ein und griff an das zweite Messer. Nichts lag ihr ferner, als jemanden zu verletzen, aber sie würde sich den Weg rauskämpfen, wenn es sein musste. Natürlich mit der Phiole.

Vorausgesetzt, ich finde sie.

Auf einmal klickte die Tür. Keira spähte ein weiteres Mal aus ihrem Versteck. Lough verließ den Raum und wollte hinter sich zuziehen, doch die Tür verhakte.

Sehr gut.

»Was ist ...?« Lough sah nach unten, erkannte zu spät, dass ein Lippenstift in der Schiene der Schwelle lag. Keira sprang los, erwischte Lough mit einem gezielten Tritt in den Bauch. Er stürzte in den Gang gegen die nächste Wand.

Keira zog nach, trat ihm in die Beinwunde. Er schrie vor Schmerz. Zeitgleich flog die Tür auf, die am Ende des Flurs ins Büro führte. Der untersetzte Typ, der sie vorhin nach ihren Fähigkeiten gefragt hatte, rannte in den Gang. Er erfasste das Szenario rasch, hob die Hand und sprach in ein Mikro im Ärmel. Keira fluchte und schleuderte das zweite Messer auf seinen Arm. Der Mann flog zurück, die Waffe blieb stecken. Keira wirbelte herum, schnappte sich den Lippenstift und klemmte stattdessen ihre Handtasche in die Tür, damit sie nicht ganz zuflog.

Lough rappelte sich auf, er hob die Waffe, wollte aus der Nähe auf Keira feuern, aber sie war schneller, packte seinen Arm und drehte ihn nach hinten. Der Schuss landete in der Wand.

»Balor!«, plärrte Lough. Keira verpasste ihm einen Hieb auf die Nase. Er röchelte und klappte bewusstlos zusammen.

Keira ließ ihn los, wollte zurück in den Raum. In der Sekunde schoss der Hund mit gefletschten Zähnen auf sie zu. Keira wollte nach dem Messer in ihrer Korsage greifen, aber Balor war zu schnell. Er sprang und landete auf ihr. Sie rutschten einige Meter über den Boden, Keira blieb unter ihm liegen, bekam seine Kehle zu fassen. Der Hund hatte eine Wahnsinnskraft, der Geifer troff ihm aus den Lefzen. Keira drückte ihre Finger zusammen, schnürte ihm so hoffentlich die Luft ab, doch das machte ihn nur wütender. Sie zog die Beine unter sich an, drückte gegen den Körper des Hundes, um ihn von sich fernzuhalten. Mit der freien Hand drehte sie den Lippenstift heraus, suchte nach einer Stelle, an der sie das Betäubungsgift anbringen konnte. Es musste auf die Haut gelangen, durch das dichte Fell würde sie nie im Leben kommen. Balor knurrte, kam näher an ihr Gesicht heran. Ihr Blick fiel auf das Prisma an seinem Halsband.

Es funkelt wie ein Regenbogen …

Tumult entstand um sie herum. Die Wache, die noch an der Wand festhing, bellte Befehle in den Raum dahinter. Keira sah an Balor vorbei. Zwei Männer stürmten in den Flur. Sie hatte keine Zeit mehr.

Sie holte mit dem Lippenstift aus und versuchte, damit Balors Nase zu erwischen, er schnappte sofort nach ihr, biss in ihre linke Hand. Keira schrie, verlor den Lippenstift. Sie hatte keine Wahl: Sie musste die Kehle des Hundes loslassen. Er rüttelte an ihr, senkte seine Zähne tiefer in ihr Fleisch, die Schmerzen waren betäubend. Keira keuchte, hielt gegen die Kraft des Tieres und ließ seine Kehle los, um sich den Lippenstift zu holen. Die Männer hatten sie fast erreicht. Balor stellte sich auf Keira, drückte seine Pfoten gegen ihren Oberkörper und pinnte sie so am Boden fest.

»Brav, Balor. Alles gut«, sagte einer der Männer und zückte Handschellen, während der andere die Waffe auf sie richtete.

Keira keuchte vor Anstrengung, ihre Hand brannte. Hoffentlich war sie überhaupt noch zu gebrauchen. Endlich kam sie an den Lippenstift. Die Wache beugte sich über sie – und dann ging alles rasend schnell. Keira drückte Balor den Stift auf die Nase. Er schüttelte sich, ließ für Sekunden von Keira ab. Das Gift sollte schnell wirken, hoffentlich auch bei Tieren. Der Mann packte Keira am Arm, sie schlug nach ihm, während sie weiter versuchte, ihre Hand aus Balors Maul zu befreien. Er winselte, sein Körper zitterte, sein Biss lockerte sich.

Keira schob den schlaffer werdenden Hund von sich herunter. Für einen Moment irritierte das die Wache, Keira nutzte die Chance, sprang auf die Füße und nutzte den Kerl als Schild zwischen sich und dem anderen Mann mit der Waffe. Die linke Hand brannte höllisch, ihre Finger waren taub, das Blut rann ihren Arm hinab.

Der Mann wehrte sich gegen sie, wollte nach ihrer Kehle greifen. Keira hatte Situationen wie diese schon tausend Mal geübt, sie musste nicht einmal mehr über die Handgriffe nachdenken. Auch wenn sie klein und zierlich war, konnte sie es mit größeren und stärkeren Gegnern aufnehmen, man musste nur wissen, wo man zuzuschlagen hatte. Sie donnerte dem Mann die Handflächen auf die Ohren. Der Schmerz in ihrer verletzten Hand machte sie fast benommen, aber sie biss die Zähne zusammen. Der Mann schüttelte sich, Keira nutzte die Gelegenheit und trat ihm in den Bauch. Der andere Mann zielte mit der Waffe, schoss aber nicht. Er wollte seinen Kumpel nicht treffen, an ihnen vorbei konnte er auch nicht, weil dafür der Flur zu schmal war. Keira griff in ihren Rücken, zückte das nächste Messer und schleuderte es nach dem Kerl mit der Waffe. Es landete in seiner Schulter, obwohl Keira weiter nach rechts auf seinen Arm gezielt hatte. Er schrie, feuerte aus Reflex. Die Kugel schlug neben ihrem Ohr in den Boden ein.

Knapp.

Endlich war sie frei, doch es kam eine weitere Wache in den Flur.

Keira sammelte ihre Kräfte und ging zum Angriff über. Ein Kampf entbrannte, so heftig, wie sie ihn schon lange nicht mehr ausgefochten hatte. Sie wehrte sich gegen die Männer, trat und schlug um sich. Ihr Körper schaltete auf Autopilot, spulte die Bewegungen ab, die sie wieder und wieder und wieder übte. Sie bekam Schläge, sie teilte aus. Die Männer waren gut, aber nicht so gut wie sie. Vermutlich waren sie mehr darauf trainiert, Menschen einzuschüchtern, statt sich mit ihnen anzulegen. Auf engstem Raum mit jemandem zu kämpfen, war schwierig, aber Keira war schwierige Situationen gewohnt. Das Adrenalin beflügelte ihren Körper, sie spürte kaum Schmerzen oder Erschöpfung.

Nach wenigen Minuten war der Kampf fast entschieden. Keira trat dem letzten Angreifer in den Bauch und schlug gegen seine Kehle. Er röchelte, schnappte nach Luft, sie zog nach und knockte ihn aus.

Sie gab sich ein, zwei Sekunden, um zu Atem zu kommen. Die

Männer lagen um sie herum und keuchten. Es würde nicht lange dauern, bis sie wieder auf die Beine kämen.

Keira hob ihre Hand. Sie war blutüberströmt, doch sie konnte die Finger wieder bewegen und sie zur Faust ballen. War also nicht so schlimm, wie es sich im ersten Moment angefühlt hatte. Sie bückte sich und durchsuchte die Taschen einer der Männer, bis sie ein Tuch fand. Rasch wickelte sie es als provisorischen Verband um ihre Hand, rannte zu Balor und drehte ihn herum. Der Hund war nach wie vor gelähmt, seine Zunge hing schlaff aus seinem Maul, die Augen waren offen und fixierten sie grimmig. Sie griff an das Halsband und löste das Prisma. Balor knurrte, doch er rührte sich nicht.

»Bald geht es dir wieder gut.« Sie strich ihm über den Kopf und lief zurück in den Raum mit dem Podest. Es war nach wie vor leer, die Phiole nicht zu sehen, doch Keira war sich sicher, dass sie noch da war.

Sie umrundete das Podest und sah es sich von allen Seiten an. Die Strahler wechselten die Farbe: Blau zu Grün.

»Dann wollen wir mal sehen, ob deine Vorliebe für irische Bräuche so funktioniert, wie ich es hoffe.« Sie hielt das Prisma von Balor gegen das andere, das über dem Podest befestigt war. Es hatte eine kleine Kerbe, in die das kleinere Glasstück perfekt hineinpasste. Die Farbe der Strahler änderte sich ein weiteres Mal und traf auf die beiden Prismen. Mit einem Mal wurde der Raum in den unterschiedlichsten Farben ausgeleuchtet.

»Wow.« Ein Regenbogen zog sich über Keiras Kopf hinweg. Er startete von dem Podest und endete zwei Meter weiter. Keira blickte herum und lächelte. Ein zweites Podest kam zum Vorschein, ebenso mit Strahlern und einem Prisma darüber, der die Farben brach. »Und am Ende des Regenbogens wartet ein Topf mit Gold.« Es war eine von vielen Geschichten, die man sich über Kobolde erzählte.

In der Mitte schwebte die Phiole, eingehüllt in ein helles Licht.

Sicher ein Kraftfeld. Entweder sie war die ganze Zeit schon dort gewesen und die auf dem ersten Podest war nur eine optische Täuschung gewesen, oder ein Zauber hatte sie von einem Podest zum anderen teleportiert.

Egal wie: Keira würde sie mitnehmen.

Sie steckte die Prismen ineinander, damit der Regenbogen erhalten blieb, und lief zu der Phiole. Dieses Podest sah anders aus als das erste. Statt eines Regenbogens war der Leprechaun rund um die Umrandung graviert. Er blickte grimmig und hielt eine Hand ausgestreckt, als wartete er darauf, dass ihm jemand Geld gab. Keira hatte viel über diese Sachen gelesen, bevor sie hergekommen war. Es gab verschiedene Versionen über den Topf mit Gold am Regenbogen. Angeblich war der Leprechaun geizig und wollte sein Geld nicht freiwillig herausrücken.

Keira kniete sich vor die Abbildung und betrachtete sie genauer. Auf seinen Schultern waren kleine Einkerbungen angebracht.

Wie Schalter zum Drücken.

Es gab – laut Legende – nur eine Möglichkeit, dem Leprechaun sein Gold abzunehmen: Man musste ihn an den Schultern festhalten und dann nicht mehr aus den Augen lassen. Keira drückte die Hände gleichzeitig auf die Einkerbungen des Kobolds. Etwas klickte im Inneren, der Regenbogen verlor kurz an Intensität. Aus dem Auge des Kobolds fuhr eine Linse, sie löste einen roten Lichtstrahl aus, der Keiras Gesicht scannte.

Ist das gut oder schlecht?

Als er fertig war, fuhr die Linse zurück, und aus der Decke kamen Düsen heraus, die Gas ausstießen.

Okay, also eher schlecht.

Keira nahm sofort den beißenden Geruch wahr. Hoffentlich kein Giftgas! Sie hatte vorhin nicht gelogen, als sie sagte, dass sie fünf Minuten die Luft anhalten konnte. Mal sehen, ob sie gleich ihren Rekord brechen musste. Sie blickte zu der Phiole.

Das Kraftfeld war nach wie vor in Takt. Keira sah zurück zu dem Kobold, kramte in ihrem Gedächtnis, was sie noch über diese Kultur gelesen hatte. Sie begutachtete die Gravur von oben bis unten und blieb schließlich an der ausgestreckten Hand hängen.

Geld.

Gold.

Sie mochten Gold.

Die Münze!

Keira sprang auf und rannte hinaus in den Flur. Die Männer waren nach wie vor weggetreten, doch einer von ihnen richtete sich langsam auf. Keira ging zu ihm und schlug ihn ein zweites Mal nieder. Dann lief sie zu Lough, griff nach der Kette, die er trug, und riss sie durch. Die Goldmünze war schwer und massiv.

»Danke schön.« Sie rannte zurück in den Raum. Mittlerweile hatte sich das Gas komplett ausgebreitet und biss in der Lunge, Keira wurde schwindelig. Sie trat einen Schritt zurück, nahm den letzten tiefen Atemzug an der Tür und hielt die Luft an.

Fünf Minuten.

Wobei sie das nur schaffte, wenn sie sich voll und ganz darauf konzentrierte und ruhig meditierte. In Aktion und mit dem Stress war das eine andere Hausnummer.

Mit der Münze eilte sie zurück zu dem Kobold. Sie drückte das Geld flach auf seine Hand, es passte perfekt in die Kuhle.

Nur leider passierte nichts.

Keira unterdrückte einen Fluch und blickte ihn an.

Was? Was noch?

Aus Verzweiflung packte sie ihn erneut an den Schultern.

Wieder ertönte ein Klicken, das Podest vibrierte, und das Kraftfeld um die Phiole senkte sich.

Keira stand auf und wollte nach ihr greifen, doch in dem Moment, als sie den Kobold losließ, richtete sich das Kraftfeld wieder auf.

Mist!

Doch leider logisch. Schließlich durfte man den Kobold nicht mehr aus den Augen lassen, wenn man ihn einmal hatte.

Also gut.

Sie legte eine Hand auf die linke Schulter des Kobolds, die rechte fixierte sie mit ihrem Knie. Es passte genau in die Einkerbung, und zum Glück war Keira gelenkig, so dass ihr diese Verrenkung leichtfiel. Der einzige Nachteil an dieser Position war, dass sie nichts erkennen konnte. Sie drückte das Knie fester auf, es klickte, das Kraftfeld erlosch. Ihre Lungen fühlten sich an, als würden sie gleich platzen. Bald musste sie ausatmen und dann wieder Luft in sich bekommen. Rasch tastete sie mit der freien Hand nach der Phiole, ihre Finger glitten über die glatte Oberfläche des Podests. Sie hatte keine Ahnung, wie weit sie noch entfernt war. Ihre Lungen schmerzten, der Drang einzuatmen wurde übermächtig. Das Gas biss in den Augen, Tränen rannen ihre Wangen hinunter. Keira konzentrierte sich voll und ganz auf ihre Finger, beugte sich weiter nach vorne, ohne dabei den Kontakt zu dem Kobold zu verlieren.

Endlich ertastete sie das Glas.

Keira rückte noch näher an das Podest, schaffte einen weiteren Zentimeter. Luft entwich aus ihren Lungen. Sie konnte es unmöglich aufhalten. Ihre Finger schlossen sich um die Phiole. Sie riss sie zurück, sprang auf und rannte los. Die restliche Luft floss nach draußen, ihre Lungen sanken förmlich in sich zusammen. Keira zwang sich, nicht sofort einzuatmen. Die Umgebung flirrte vor ihr, ob vom Sauerstoffmangel oder vom Gas, wusste sie nicht. Sie sprang in den Flur, stolperte fast über die Männer. Gierig atmete sie ein, doch der Flur füllte sich ebenso mit dem Gas. Sie hustete, sehnte sich nach der frischen Luft draußen. Kurz blickte sie sich um. Wenn sie die Tür offenließ, würde das Gas sich weiter im Flur ausbreiten und womöglich den Männern und dem Hund zusetzen. Sie zog ihre Handtasche aus der Tür des kleinen Raumes und riegelte somit die weitere Zufuhr ab. Dann drehte sie herum und rannte den Gang hinunter, bis sie den Hinterausgang erreichte. Die Tür war zum Glück nicht verschlossen, Keira warf sie auf und atmete die angenehme Nachtluft ein.

Einmal.

Zweimal.

Dreimal.

Gut!

Sie stand in einem verdreckten Hinterhof. Abfall lag auf dem Boden herum, die Mülltonnen quollen über. Keira steckte die Phiole in ihre Handtasche, zog ein Stück Holz zwischen die Tür, damit im Flur die Luft zirkulieren und das Gas entweichen konnte, und rannte um das Gebäude herum.

Sie wollte die Phiole so schnell wie möglich abliefern und dann ab nach Hause.

Keira erreichte ihr Motorrad, legte die Handtasche mit dem wertvollen Inhalt in das Fach unter ihrem Sattel und stieg auf. Es war gut, die Maschine unter sich zu spüren, wie jedes Mal fühlte sie sich sofort frei und unabhängig. Sie sah noch mal nach ihrer Hand, in die sie gebissen worden war. Die Wunde pochte dumpf, das Blut lief unter ihrem Verband hindurch. Sie musste zum Arzt.

Keira blickte zurück zur Bar. Es warteten nur noch vereinzelte Leute auf Einlass, doch da die Türsteher hinten im Flur lagen, würde es heute wohl niemand mehr zur Party schaffen. Keira kickte ihre Maschine an und wollte gerade Gas gaben, als etwas im Augenwinkel ihre Aufmerksamkeit erregte. Etwa zehn Meter vor ihr stand ein Mann und zog an einer Zigarette. Keira erkannte sein Gesicht nicht, da er das Licht im Rücken hatte, doch seine Silhouette hob sich klar und deutlich von der Umgebung ab. Er war hager und etwa einen Kopf größer als sie. Trotz des Gegenlichts wusste sie sofort, wer das war. Vier Monate war es her, als sie ihn mit einem Messer bedrohte, weil er bei ihr eingebrochen war.

Instinktiv griff sie nach dem Ersatzdolch, den sie unter ihren Motorradsitz geschnallt hatte. »A.J. ...«

Der Kerl, den Joshua geschickt hatte, damit er ihr den nächsten Auftrag aushändigte. Alles was danach geschah, war mit einem dunklen Schleier überzogen. Sie konnte sich nicht einmal mehr daran erinnern, ob sie wirklich einen Auftrag für Joshua ausgeführt hatte oder nicht.

»Hallo, Keira«, sagte A.J., schnippte die Zigarette weg und kam näher. »Wir müssen reden. Sofort. Und nimm die Phiole mit.«

5. Kapitel

Jessamine

Heute.

Das war mein erster Gedanke, als ich am nächsten Morgen aufwachte.

Heute war er gekommen: der Tag, an dem Jaydee zurückkehrte.

Akil war früh aufgebrochen, um zu den Isolationszellen zu reisen. Er sollte Jaydee fesseln und Marysol Bescheid geben, damit sie ihn auf das Anwesen in Arizona teleportieren konnte. Falls Jaydee sich nicht im Griff hatte, sobald die Türen aufgingen, war Akil derjenige, der ihn am ehesten kontrollieren und vor allen Dingen knebeln konnte.

Ich hätte alles darum gegeben mitzudürfen, doch Menschen war der Zugang zu den Gefängnissen verwehrt. Wenigstens hatte Akil mir versprochen, dass er versuchen würde, uns ein paar Minuten abzuzweigen. Irgendwie mussten wir es hinbekommen, dass wir uns kurz sehen konnten.

Doch dazu musste ich erst mal aufstehen! Ich sprang aus dem Bett und stürmte ins Bad. Eigentlich war ich nicht der fitteste Mensch in der Früh, doch heute war alles anders. So schnell es ging, putzte ich mir die Zähne, machte mich frisch und richtete meine Haare. Ich hatte sie wachsen lassen, und so reichten sie mir bis knapp unter die Brust. Keine Ahnung, ob es Jaydee gefallen würde, abschneiden konnte ich sie ja immer noch. Nach einem Kontrollblick in den Spiegel, mit dem ich einigermaßen zufrieden war, eilte ich zurück ins Zimmer und zog meine vorbereiteten Klamotten an: Langarmshirt, Jeans, Sneakers. Im November war es eindeutig angenehmer in Arizona als im Hochsommer. Die Temperaturen betrugen im Moment um die fünfzehn Grad. In Kanada war schon der erste Schnee gefallen. Irgendwie abgefahren.

Mein Blick fiel auf das schwarze Kleid, das über der Lehne

hing und das ich mir extra für den heutigen Abend gekauft hatte. Ich strich über den seidigen Stoff, stellte mir Jaydees Gesicht vor, wenn er mich darin sehen würde. Vorausgesetzt, er war ruhig genug.

Ich hoffte es so sehr.

Ich hoffte, der Jäger schwieg.

Ich hoffte, die Tattoos waren noch da.

Ich hoffte, wir konnten die Nacht miteinander verbringen.

Nur wir zwei. Völlig ungestört. Ein Luxus, von dem ich kaum zu träumen wagte und es dennoch tat.

Ich drehte herum und sah zu dem Dolch, der auf der Kommode lag. Jaydee hatte mich gebeten, ihn immer bei mir zu tragen, wenn ich mit ihm zusammen war. Er war die einzige Waffe, die der Jäger fürchtete, die einzige, die ihn nachhaltig verletzen konnte, das letzte, was mir von meiner Mutter geblieben war, nachdem sie mich verlassen hatte. Ich ging zu der Kommode. Neben dem Dolch lag das Kästchen mit der Kugel von Ashriel. Ich nahm sie fast täglich in die Hand und überlegte, wie sie mir weiterhelfen konnte. Will hatte sie sich auch schon angesehen, daran aber nichts Außergewöhnliches feststellen können.

Ich nahm den Dolch, band ihn um meine Wade und zog die Hose darüber.

Ein letztes Mal kontrollierte ich mich im Spiegel und riss meine Zimmertür auf. Sie quietschte lautstark, als wollte sie jeden Moment aus den Angeln springen. Seit das Haus so demoliert worden war, gab sie diese Geräusche von sich, aber das war nicht die einzige Baustelle. Ich ignorierte es und huschte hinaus in den Flur. Es hatte sich einiges verändert. Die Grundmauern waren größtenteils geheilt, auch wenn das Esszimmer nach wie vor ramponiert war und das Dach an einigen Stellen undicht. Da es in der Wüste selten regnete, war es nicht so schlimm. Jeden Tag heilte ein Stück mehr. Es war, als würde man einem riesigen Tier zusehen, das langsam seine Wunden leckte.

Das finale Ritual, das Will als Oberhaupt der Familie bevollmächtigte, stand noch aus, doch sobald es abgeschlossen war, kehrte hier hoffentlich Ordnung ein. Will scheute noch davor zurück, weil es bedeutete, dass er noch mal in den Tempel und Ilais Kräfte dort endgültig absorbieren musste. Er war noch nicht so weit, das zu tun – und ich konnte es verstehen. Insgeheim hofften wir alle darauf, dass die Ratsmitglieder, denen Ralf die Seele ausgesaugt hatte, zurückkehren würden. Auf Soraya konnte ich zwar gut und gerne verzichten, aber Ilai und Logan fehlten mir.

Ich eilte den Flur hinunter, bog um zwei Ecken und erreichte die Treppe. Unten angekommen, schoss ich durch das Foyer, riss die linke Eingangstür auf und donnerte voll gegen Will. Er schlang aus Reflex die Arme um mich und stolperte einige Schritte rückwärts. Es fühlte sich an, als würde ich mich in abgebrannter, angenehm warmer Kohle wälzen. Jeder Seelenwächter war so individuell wie sein Element. Feuer. Erde. Luft. Nur das Wasser fehlte in dieser Familie.

»Entschuldigung«, stammelte ich und machte mich von ihm los. Will trug lange dunkle Hosen aus einem festen Stoff und ein langärmliges Shirt. Das war sein Standartoutfit. Selbst im Hochsommer konnte es passieren, dass er lange Sachen anzog. Feuerwächtern konnte es nie warm genug sein.

»Keine Ursache. Ich kann mir schon denken, warum du es so eilig hast.«

Ich lächelte ihn unschuldig an. Will würde es nie gutheißen, wenn ich Jaydee heimlich treffen wollte.

»Du wirst dich allerdings gedulden müssen, bis die Tests vorüber sind.«

»Das weiß ich. Ich wollte in den Stall. Die Boxen misten. Dachte, ich mache mich nützlich, bis Akil zurückkommt.«

»In dem Outfit?«

»Was ist daran falsch?«

»Es sieht nicht so aus, als wolltest du es schmutzig machen.«

»Ist doch egal.« Es gab keine technischen Geräte im Haus. Schmutzwäsche warf man entweder weg, wenn sie zu dreckig war, oder sie wurde durch einen Zauber gereinigt. Genauso wurde auch das Haus sauber gehalten. Wobei durch die Zerstörung diese Zauber im Moment nicht richtig funktionierten.

Will schmunzelte, kam näher. »Ich glaube eher, dass du dich herumdrücken willst, weil du hoffst, Jaydee kurz zu sehen, bevor er zu seinen Tests muss. Vermutlich haben du und Akil etwas ausgeheckt, damit ihr euch heimlich treffen könnt.«

Ups. »Ich ... äh ... nein. Wie kommst du denn darauf?« Bravo, Jess. Das klang doch mal richtig glaubhaft.

»Was habt ihr euch überlegt? Akil lenkt uns ab, und Jaydee und du huscht schnell hinter den Stall?«

Ja, so in der Art hatten wir uns das vorgestellt. Ich schüttelte den Kopf.

»Ich werde das nicht erlauben. Er kann gefährlich sein, Jess.«

»Genau: Er *kann.* Muss aber nicht.«

Will legte die Hände auf meine Schultern. Seine Wärme floss in meine Glieder. »Nach allem, was zwischen euch passiert ist, wäre es absolut fahrlässig von mir, dich sofort zu ihm zu lassen.«

»Ich bin erwachsen und kann wählen, welches Risiko ich eingehe. Abgesehen davon verstehe ich sowieso nicht, warum uns niemand sagen kann, was mit ihm ist. Jemand musste doch bei ihm gewesen sein, um ihn zu überwachen.«

»Was denkst du denn, warum es Isolation heißt? Jaydee hatte seit vier Monaten keinen Kontakt zu irgendwem.«

»Aber wie ... wer hat ihm das Essen gebracht? Oder andere Klamotten. Was, wenn er durchgedreht wäre und sich schlimm verletzt hätte? Ihr könnt ihn doch nicht sich selbst überlassen. Das ist barbarisch.«

»Natürlich wurde er von Zaubern überwacht, die die Aufseher sofort informiert hätten, falls etwas mit ihm passiert wäre. Er bekam zu essen, zu trinken, und er durfte sich waschen. Es ist gewiss nicht schön, aber während der Zeit verwildert auch niemand. Die Isolationszellen haben ein Fenster, er bekam frische Luft und konnte sich genügend bewegen. Es ist eher die Einsamkeit, die an einem nagt.«

»Warst du schon mal dort?«

»Nicht als Gefangener.«

Natürlich nicht. William war der perfekte Seelenwächter. Akkurat. Höflich. Respektvoll. Pflichtbewusst. Oder, wie Akil es nannte: *besessen von den Regeln*. Dennoch schätzte ich diese Seite an Will.

»Also? Wirst du dich benehmen?«, fragte er.

»Immer.«

»Jess. Bitte.«

»Es ist nicht so einfach! Stell dir vor, es wäre Anna, die zurückkommt, und du musst dich von ihr fernhalten.«

Seine Muskeln versteiften sich. Damit schnitt ich ein heikles Thema an. Er liebte Anna mit seinem Herzen und seiner Seele, aber er hatte leider keine Chancen bei ihr. In den letzten Monaten hatte sie sich zurück in ihr Schneckenhaus gezogen und ließ kaum jemanden an sich heran.

»Glaub mir, ich weiß, wie schwer das für dich ist. Wir machen das, um dich zu schützen, nicht, um dich zu bestrafen. Wir werden uns beeilen, versprochen, und wenn es ihm gutgeht, könnt ihr so viel Zeit miteinander verbringen, wie ihr wollt. Gib uns nur die paar Stunden.«

»Kann ich wenigstens kurz mit ihm reden? Meinetwegen könnt ihr auch dabei sein. Ich will nur Hallo sagen.« Nein, ich wollte ihn umarmen, küssen, festhalten.

»Du hast es vier Monate geschafft, du schaffst es ein paar Stunden länger. Wenn du dich nützlich machen willst, kannst du eins der Gästehäuser für Aiden und Kendra vorbereiten. Ich habe gerade mit Aiden gesprochen, sie wollen übermorgen einziehen.«

»Muss das eigentlich sein? Die Zwei können mich nicht ausstehen.« Zumindest Kendra konnte es nicht. Wie Aiden zu mir stand, wusste ich nicht so genau.

»Das bildest du dir ein.«

»Oh nein, Will, das tue ich nicht.« Kendra war zudem scharf auf Jaydee, und wenn sie mitbekam, was mittlerweile zwischen uns lief, würde sie bestimmt Gift und Galle spucken. »Warum müssen sie überhaupt zu uns? Sie waren die ganze Zeit in London, können sie da nicht bleiben?«

»Aiden schafft es nicht, das Anwesen zu heilen, egal wie sehr sie es versucht. Ich werde ihr helfen und sie unterrichten, daher wäre es praktisch, wenn sie erst mal bei uns wohnen. Außerdem waren Logan und Ilai befreundet. Er hätte es befürwortet.«

Ich seufzte. Will hatte ja recht, und eigentlich störte mich auch nur Kendra mit ihrer schnippischen Art mir gegenüber. »Also gut. Ich helfe natürlich, wo ich kann.« Es würde mich tatsächlich ablenken.

»Gut. Marysol und Derek müssten auch gleich da sein, dann kann ich mich um die beiden kümmern.«

Marysol war für Kirian beim Rat nachgerückt. Sie hatte sich erst dagegen gesträubt, doch schließlich hatte sie sich breitschlagen lassen.

»Wie geht es denn Derek?«

»Er hat den Rollstuhl verlassen und kann am Stock gehen. Immerhin. Im Moment muss er die Hälfte des Tages im Kraftplatz bei seinem Element verbringen, die andere kann er arbeiten. Wir werden sehen, ob er sich vollständig regeneriert.«

Daran war Ralf schuld. Er hatte Derek seinen Dämonen zum Fraß vorgeworfen. Letztlich war es Joanne und Jaydee zu verdanken gewesen, dass er das überlebt hatte. Hoffentlich stimmte ihn das milde, wenn es gleich an die Tests ging.

Es zischte hinter uns. Will und ich drehten herum und blickten den Kiesweg hinunter. Vor dem Engelstor waren eine Frau und ein Mann aufgetaucht. Aus der Entfernung konnte ich sie nicht richtig erkennen, doch sie trug ein langes hellblaues Kleid und hatte kinnlange blonde Haare. Derek stand neben ihr und stützte sich auf seinem Stock ab.

»Ist sie teleportiert?«, fragte ich.

»Ja. Das ist für Derek einfacher, als zu reiten.«

Wir gingen ihnen entgegen. Will hob die Hand, die beiden Torflügel klappten gleichzeitig auf und gewährten ihnen Zutritt.

»Du hast das Anwesen gut im Griff«, sagte ich.

»Wir wachsen langsam zusammen, aber lieber wäre es mir, wenn Ilai zurückkäme und diese Rolle wieder übernehmen könnte.«

»Uns allen.«

»William«, sagte Marysol, als sie näherkam. Ihre Haare wehten um ihr Gesicht, obwohl kein Wind ging. Sie war eine Wächterin der Luft, genau wie Anna. Ich hätte es auch gesehen, wenn ich es nicht schon vorher gewusst hätte. Ihr schwebender Gang verriet sie.

»Es freut mich, dich wiederzusehen.«

»Ich grüße dich, Marysol«, sagte Will, nahm ihre ausgestreckte Hand und hauchte einen Kuss darauf.

»Galant wie eh und je.« Sie neigte den Kopf und blickte zu mir. »Du bist dann wohl Jess. Der Mensch.«

An diese leicht abfällige Art der Begrüßung war ich mittlerweile gewohnt. Die älteren Seelenwächter waren mir gegenüber oft herablassend. Bis auf Logan und Ilai. Die beiden hatten mich von Anfang an auf Augenhöhe gesehen. Für alle anderen schien *Menschsein* gleichbedeutend mit einer ansteckenden Krankheit. Was mich stets wunderte, denn eigentlich waren die Seelenwächter dazu da, die Menschen zu schützen.

»Ich habe schon viel von dir gehört«, sagte sie, während sie mich musterte.

War das nun gut oder schlecht? Ich grüßte sie mit einem verhaltenen Lächeln.

»Hallo, Derek.«

Er nickte mir zu. Er sah erholter aus als bei unserem letzten Abschied. Seine Haare waren gewachsen, er war braungebrannt, was seine spanischen Züge unterstrich, und er hatte sich einen Bart stehen lassen. Ich hoffte für ihn, dass er bald wieder richtig gehen konnte.

»Wo können wir die Tests durchführen?«, fragte Derek. »Ich muss einiges aufbauen.«

»In der Bibliothek«, sagte Will. »Ich helfe mit den Vorbereitungen. Sobald du bereit bist, Marysol, werde ich die Schutzzauber senken, damit du raus- und wieder reinteleportieren kannst.«

»Einverstanden.«

»Wie genau läuft das eigentlich ab?«, fragte ich. »Die Tests, mein ich.«

»Wenn Akil mir das Zeichen gibt, hole ich Jaydee ab und teleportiere ihn in die Bibliothek. Dort werde ich seinen Geist erkunden und sehen, was in ihm vorgeht«, sagte Marysol.

Oh, darauf freute er sich bestimmt. Wirklich schade, dass ich nicht dabei sein konnte, ich würde zu gerne erleben, wie er Marysol erklärte, was er davon hielt, wenn jemand in seinem Kopf herummarschierte.

»Derek wird meine Ergebnisse untersuchen und hoffentlich bestätigen. Sofern Jaydee gesetzt ist, darf er sich frei bewegen.«

»Warum macht das nicht Anna?«

»Weil sie zu befangen ist. Außerdem ist es Aufgabe des Rates, nicht der eigenen Familie.«

»Was, wenn Jaydee sich weigert?«

»Dann wird er zurückgeschickt«, sagte Derek. »Wir gehen keine Kompromisse ein. Das haben wir schon genug mit ihm getan.«

Mir lief es eiskalt den Rücken runter, als er das sagte. Jaydee war nicht gerade kooperativ, wenn es um den Rat ging.

»Wollen wir?«, fragte Will und deutete den Weg hoch.

»Natürlich«, sagte Derek. Er humpelte los und stützte sich dabei voll auf den Stock. Das Gehen fiel ihm wirklich schwer.

Marysol folgte den beiden langsam. Als sie an mir vorbeilief, streifte mich ein kühler Windhauch. Im Gegensatz zu Anna roch sie nicht nach Mandarine, eher nach Bergen und Weite und Freiheit. Sie hielt neben mir an und beugte sich zu mir. »Ihr könnt euch kurz sehen«, flüsterte sie.

»Was?«

»Was ist das für ein Gebäude da drüben?«

»Äh, der Stall.«

»Gut. Sei dort bereit. Derek darf es auf keinen Fall mitbekommen. Verstehst du?«

Ich nickte völlig perplex.

»Fünf Minuten. Mehr kann ich euch nicht schenken, und er wird gefesselt bleiben. Sollte er nur den Hauch von Ärger machen, muss ich euch sofort trennen.«

»Wieso ...«

»Ach Kind ...« Sie strich eine Haarsträhne aus meinem Gesicht. »Es ist so schön, jung und verliebt zu sein.«

»Ich ...«

Sie zwinkerte mir zu. »Verrate mich nicht.«

Wie benommen schüttelte ich den Kopf. Ohne ein weiteres Wort wendete sie sich ab und folgte Will den Weg hinunter.

Jung und verliebt.

Jung, ja. Verliebt?

Womöglich.

Vielleicht.

Sehr wahrscheinlich?

Nach vier Monaten war ich mir noch immer nicht sicher.

Doch wenn ich es daran maß, wie heftig mein Herz gerade klopfte, konnte es durchaus so sein. Ich schluckte die plötzliche Trockenheit hinunter und lächelte. Ich würde ihn sehen. Nicht erst später, wenn die bescheuerten Tests vorbei waren, sondern gleich.

Ich darf ihn sehen.

Erst als die Drei außer Sichtweite waren, rannte ich los. Der

Kiesweg zog sich über das gesamte Anwesen, er verband alle Gebäude miteinander wie die Adern eines Blattes. Das Haupthaus, die Gästehäuser, Bibliothek, Trainingshalle. Nach einem kurzen Sprint erreichte ich den Stall. Leise öffnete ich die Seitentür und huschte hinein. Die Parsumi waren im Winter ganztägig auf den Koppeln und konnten raus oder rein, wie sie wollten.

Mit hämmerndem Herzen ging ich bis zu der Stelle, an der Jaydee und ich uns zum ersten Mal unterhalten hatten. Hier war es damals passiert. Hier waren wir uns nähergekommen, und er hatte mir einen winzig kleinen Blick auf den liebenswerten Mann gestattet, der in ihm schlummerte.

Ich schloss die Augen, strich über meine Wange, ähnlich wie er es damals getan hatte, als er meine Tränen verfolgt hatte. Es hatte eine wahnsinnige Intimität zwischen uns gehangen, obwohl wir uns nicht mal berührten. Auf einmal spürte ich seine Nähe wieder, konnte seinen Duft wahrnehmen, der so unverwechselbar war, auch wenn er ständig schwankte. Die Seelenwächter rochen alle nach ihrem Element, in Jaydee mischten sie sich zu etwas ganz Individuellem. Er war die Luft und das Wasser, die Erde und das Feuer. Er war gutherzig und böse, liebevoll und kalt. Jaydee besaß unendlich viele Facetten, und ich war mir sicher, dass ich gerade erst die Oberfläche angekratzt hatte ...

»Blümchen«, sagte auf einmal eine mir sehr bekannte Stimme.

Ich riss die Augen auf und starrte ihn an.

Da stand er.

Einfach so.

Vier Monate hatte ich auf diesen Moment gewartet.

Vier Monate hatte ich ihn mir in meiner Fantasie ausgemalt, mir vorgestellt, wie es sein würde. Wie er mich anblicken würde.

In meinen Träumen wusste ich genau, wie ich mir die kommenden Minuten wünschte, was ich mir von ihm erhoffte.

»Du ... du bist wirklich da.« Ich konnte kaum sprechen, denken, atmen. War das echt? Oder schlief ich schon wieder?

Aber dann würde es sich nicht so intensiv anfühlen, oder?

Er verharrte ganz still und musterte mich. Marysol stand neben ihm, hielt ihn am Ellbogen fest, doch ich beachtete sie nicht weiter. Ich wollte alles von ihm aufsaugen, ihn bewusst wahrnehmen, ihm die folgenden Minuten schenken.

Er hatte sich verändert. Seine Haare waren gewachsen, die Haut blasser, vermutlich, weil er nicht viel Sonnenlicht gesehen hatte. Erstaunlicherweise wirkte er erholt und ausgeschlafen. Seine Gesichtszüge waren nicht so hart wie sonst. Er hatte Muskeln zugelegt, seine Schultern und Arme waren deutlich breiter geworden, und er trug einen Vollbart.

»Fünf Minuten«, sagte Marysol. »Die Zeit läuft.«

Ich nickte, ohne Jaydee aus den Augen zu lassen. Seine Arme waren hinter seinen Rücken gefesselt. Er kam einen Schritt auf mich zu, fixierte mich, als könnte er mich so festhalten.

»Sind die Tattoos noch da?« Ich fürchtete mich vor der Antwort, und gleichzeitig sehnte ich sie herbei. Meine Augen wanderten tiefer, blieben auf seiner Brust hängen. Durch das Shirt konnte ich nichts erkennen.

Sag Ja, sag Ja, schrie alles in mir. *Bitte, bitte – sag Ja.*

Er starrte mich wortlos an. Ich hatte keine Ahnung, was in ihm vorging. Seine Miene verriet nicht das Geringste, aber das war nichts Neues. Jaydee war der geborene Pokerspieler, wenn er nicht wollte, dass jemand seine Gefühle las, dann konnte man es auch nicht.

»Bitte, rede mit mir«, stammelte ich.

Seine blassgrauen Augen scannten mich ab. Die Luft zwischen uns knisterte, ließ meine Nervenenden vibrieren.

Rede mit mir!

Noch ein Schritt. Etwas Silbernes funkelte in seinem Blick. War es die Gier des Jägers, die Freude über seine Heimkehr, die Sehnsucht nach mir, was?

»Jaydee, quäl mich nicht so.«

Sein Mundwinkel zuckte, er beugte sich nach vorne. Langsam, als würde er jede einzelne Sekunde ganz bewusst auskosten. Ich wollte erneut fragen, doch dann presste er seine Lippen auf meine.

Vor Schreck hielt ich die Luft an, wusste nicht, wie ich reagieren sollte. Er drängte mich nach hinten, bis ich gegen die Wand stieß. Erst war der Kuss hart, fast ein wenig grob, doch das änderte sich rasch. Er keuchte leise, drückte sich an mich. Seine Schultern spannten sich, ich spürte, dass er mich gerne umarmen würde, es aber wegen der Fesseln nicht konnte. Dafür hatte ich die Hände frei. Ich griff in seinen Nacken, erwiderte seinen Kuss, wollte mehr von ihm schmecken, riechen, fühlen.

Nur ganz kurz ließ er von mir ab, damit ich nach Luft schnappen konnte.

»Also ist die Antwort auf meine Frage: ja«, flüsterte ich.

»Und wie sie noch da sind.« Er lächelte und kam zurück zu mir. »Gott, hab ich dich vermisst.«

6. Kapitel

Jaydee

Endlich!

Endlich. Endlich.

Das hier, genau dieser Moment, war es, auf den ich gewartet hatte. Den ich herbeigesehnt hatte, der mich über Wasser gehalten hatte, während die Einsamkeit mich fast um den Verstand brachte.

Ich wollte mehr davon.

Ich wollte sie.

Jetzt! Sofort! Für alle Zeit!

Das war meine Entschädigung. Meine Belohnung. Ich hatte durchgehalten, um das zu erleben, und es war genauso, wie ich es mir vorgestellt hatte.

Nein, es war besser. Intensiver. Berauschender. Und es durfte nie enden.

Ich pinnte Jess zwischen die Wand und mich, ließ ihr kaum Luft, doch ich konnte unmöglich von ihr abrücken. Ich musste alles von ihr aufsaugen, alles inhalieren, die Leere, die in den vergangenen Monaten entstanden war, mit ihr füllen. Die Tattoos wärmten sich auf, sie verstärkten ihre Wirkung, hielten Jess' Emotionen von mir fern. Mein Panzer. Meine Wand. Mein Schutz.

Für die letzten Monate hatte ich sie nicht gebraucht, ich war mir nicht sicher gewesen, ob sie noch funktionieren würden, doch sie taten es. Ich spürte nichts von Jess, ihre Emotionen blieben hinter einer Mauer gefangen. Doch trotz der Tattoos, trotz der Gefahr, die sie von mir abhielten, spürte ich den Jäger in meinen Eigenweiden rumoren. Er war übellaunig, gereizt und überdreht. Die Isolation hatte ihm nicht gutgetan.

Marysol räusperte sich hinter mir. »Wir müssen weiter, bevor sich die anderen fragen, wo wir sind.«

Noch nicht …

Jess krallte ihre Nägel in meine Kopfhaut. Sie dachte das gleiche wie ich, ganz sicher. Ihr Körper strahlte eine angenehme Wärme aus, ihr Duft berauschte meine Sinne; wie so oft, wenn ich sie berührte, spürte ich sie überall an mir, nicht nur dort, wo sie mich anfasste. Diese Frau war intensiv, betörend wie eine Droge.

»Sofort!«, schob Marysol nach.

Jess löste ihre Hände aus meinem Nacken und drückte mich von ihr. »Du musst gehen, sonst bringen sie dich zurück in die Isolation.«

Ich küsste sie auf den Hals.

»Derek hat es angedroht«, sagte Jess und drehte sich von mir weg. »Wenn du nicht mitmachst, wirst du wieder eingesperrt.«

Das hatte mir Akil auch schon eingebläut. »Heute Nacht«, flüsterte ich. »Heute Nacht gehörst du mir. Ganz allein.« Und wehe demjenigen, der es wagen sollte, uns zu stören.

»Versprochen?« In ihrem Blick lag mehr als nur eine Frage. Es war eine Bitte, eine Aufforderung, dass ich mich von meiner guten Seite zeigen sollte, dass ich brav die Tests über mich ergehen ließ und dadurch ein freier Mann wurde.

Der Jäger antwortete für mich. Ich gab ein tiefes Grollen von mir, Jess zuckte zusammen, drückte sich gegen die Wand.

»Bitte, reiß dich zusammen«, flüsterte sie. Ihre Stimme kratzte über meine Nerven, es schwang so viel Hoffnung und Verzweiflung in diesen Worten mit. Sie hatte Angst, dass ich sie enttäuschen würde. Sie kannte mich.

»Ich verspreche es«, antwortete ich und strich mit den Lippen über ihre Haut, atmete ein letztes Mal ihren Duft ein. »Du siehst übrigens großartig aus.«

Ich trat zurück zu Marysol, sie nahm mich am Ellbogen. Mir war klar, dass sie ein weiteres Mal mit mir teleportieren musste. Schließlich wollten wir ursprünglich in der Bibliothek ankommen, es würde auffallen, wenn wir durch die Vordertür spazierten.

»Ich hasse den Scheiß«, sagte ich und blickte auf ihre Hand.

»Das tun alle, aber da musst du durch.«

Ich sah wieder zu Jess, wollte mich auf sie konzentrieren, während die Umgebung um mich schwand. Sie wirkte erholt. Gesetzt. Es war gut, dass sie zugenommen hatte, dass sie Farbe bekommen hatte und zur Ruhe gekommen war. Vielleicht hatte ihr der Abstand zu mir sogar gutgetan, damit sie über alles nachdenken konnte.

Vielleicht weiß sie mittlerweile, was sie für mich empfindet.

Denn mir war es vollkommen klar. In den letzten vier Monate hatten sich meine Gefühle für sie tief in mir verankert und waren zu einer unerschütterlichen Konstante geworden: Ich liebte diese Frau. Mit jeder Faser meines Körpers.

Blieb nur die Frage, ob diese Liebe stärker als der Jäger war. Ich würde es gleich herausfinden.

Der Sog quetschte meinen Magen zusammen, der zum Glück noch leer war. Der Stall verschwand, die Gerüche nahmen ab, die Geräusche verstummten. Jess' Lächeln begleitete mich auf die nächste Reise. Ich schloss die Augen und wartete, bis das unangenehme Drücken in meinen Eingeweiden nachließ.

Als ich sie öffnete, war ich in der Bibliothek.

Es war warm. Das Feuer im Kamin brannte, der Raum war gefüllt mit dem Duft nach Kohle und Rauch. Das Element Feuer war stark in diesen Wänden. Ich blinzelte, blickte mich um. Der Tisch in der Mitte war mit Zeichen aus schwarzem Pulver bemalt. Im Zentrum der Symbole stand ein Kelch und lag ein Messer.

Derek saß an einem Ende, Will stand am anderen. Er betrachtete mich interessiert, als wäre ich ein Objekt, das er studieren müsste, und gleichzeitig schien er auf dem Sprung zu sein. Er wartete, ob der Jäger losbrechen könnte.

»Hi, Will«, sagte ich. Er wirkte größer. Nicht körperlich, es kam eher aus seiner Aura. Sie hatte sich ausgedehnt, war mächtiger, kräftiger und selbstbewusster geworden. Er war innerlich gewachsen, und das trug sich nach außen.

»Jaydee.« Er nickte mir zu und zeigte auf einen von zwei Stühlen, die vor dem Tisch standen. Ich zog an meinen Fesseln. Sie saßen stramm. Anders hätte ich es nicht von Akil erwartet. Er wusste, dass ich mir schwer bei den Tests tun würde und meine niederen Instinkte alles daransetzen würden, ihnen zu entkommen. Leider hatten wir nicht viel Zeit gehabt, miteinander zu reden, doch er hatte mir versprochen, dass er mir später alles erzählen würde, was ich in den vier Monaten verpasst hatte.

»Kommt Anna auch?« Es wäre schön, wenn sie da wäre, ihre Gegenwart war purer Balsam für mich.

»Nein«, sagte Will. »Niemand von den anderen ist bei den Tests zugelassen.«

»Verstehe.«

»Sobald Marysol fertig ist, werde ich dir Blut nehmen und ihre Ergebnisse bestätigen oder widerlegen«, sagte Derek.

»Ich irre mich nie«, sagte Marysol.

Derek nickte. »Du kennst die Vorschriften.«

Sie rollte die Augen und setzte sich mir gegenüber. »Es wird schnell gehen, wenn du mitmachst.«

»Natürlich.« Trotzdem wusste ich nicht, ob ich mich zügeln konnte. Die Vorstellung, dass jemand in meinem Kopf herummarschierte, war inakzeptabel.

»Wir erwarten nicht, dass dein Charakter sich um hundertachtzig Grad gedreht hat«, fügte sie an. »Wir wissen, mit was du kämpfst.«

Ich schnaubte. Sie hatten keine Ahnung. Die Seelenwächter waren mir gegenüber skeptisch, manche hatten sogar Angst vor mir. Wie alle Anomalien einer Gesellschaft war ich eine Gefahr. Eine unberechenbare, mächtige Bedrohung, die weggesperrt gehörte. Es gab mehr als genug Wächter, die es gerne gesehen hätten, wenn ich in der Isolation verrottet wäre.

Marysol beugte sich nach vorne. »Ich war schon in so vielen Köpfen von so vielen Wesen. Ich kenne Abgründe, die sich niemand vorzustellen vermag.«

Das mochte sein, doch ich war mir sicher, dass ich eine Schippe drauflegen konnte.

»Keine Angst«, sagte sie.

»Die hab ich nicht.«

Sie legte die Finger an meine Schläfen. Ich zuckte automatisch zurück. Ein Reflex, den ich mir jahrelang antrainiert hatte. Ich hasste es, ungefragt angefasst zu werden. Vor allen Dingen von Leuten, die ich kaum kannte. Meistens luden sie ihren emotionalen Müll bei mir ab, mit dem ich dann tagelang herumlaufen durfte. Doch da meine Empathie durch die Tattoos unterdrückt war, kam nichts von Marysol bei mir an. Es war schön und befremdlich.

»Es geht darum zu sehen, was du aus diesen vier Monaten mitgenommen hast, ob du dich in unsere Gesellschaft einfügen kannst, ob du dich zusammenreißen wirst.« Sie übte leichten Druck mit ihren Fingerspitzen aus. Ich fühlte ein Kribbeln auf meiner Haut. Instinktiv lehnte ich mich nach hinten, baute die Schutzmauern auf, die ich mir mit jahrelangem Training hart erarbeitet hatte.

»Kämpfe nicht gegen mich an«, sagte sie.

Wenn es nur so einfach wäre.

»Das ist keine lapidare Sache, Jaydee«, sagte Derek. »Ilai hat jahrelang seine schützende Hand über dich gehalten, genau wie Logan. Sie haben dir viele Respektlosigkeiten durchgehen lassen und dein aufbrausendes Temperament geduldet. Du hast dich schlecht im Griff, du nutzt die Dämonenjagd als dein persönliches Pläsier, und du scheust nicht vor übertriebener Gewalt zurück.«

Jetzt brachte er bestimmt gleich die Sache mit Joanne aufs Tablett.

»Ich muss dich nicht daran erinnern, was durch deine Nachlässigkeit ausgelöst wurde.« Ich hörte das Klacken seines Stockes auf dem Boden. Er kam neben mich gelaufen. Ich konnte den Kopf nicht drehen, weil Marysol mich fixierte, aber das war nicht nötig. Dereks Duft verriet mir seine Gemütslage: Er war zornig auf mich. Vermutlich machte er mich auch dafür verantwortlich, dass er nicht mehr richtig gehen konnte, dabei hätten die Dämonen ihn komplett ausgesaugt, wenn ich damals nichts mit Joanne unternommen hätte.

»Wir können deine Ausrutscher nicht länger dulden, auch du musst dich an die Regeln unserer Gesellschaft halten.«

»Klar doch. Ich soll schön artig sein, aber bei euch aufgenommen werde ich trotzdem nicht.« Ich war kein vollwertiges Mitglied bei den Seelenwächtern, es fing schon damit an, dass alle außer mir vom Rat bezahlt wurden. Nicht, dass ich mir viel aus Geld machte, aber es ging ums Prinzip.

»Du wirst das Monster in dir zügeln. Alles Weitere wird sich zeigen.«

»*Er will dich nur provozieren*«, hörte ich Marysols Stimme in meinem Kopf. »*Das ist ein Teil des Tests. Lass dich nicht verunsichern.*«

Meine Oberlippe zuckte, ich fühlte ein Brennen in den Eingeweiden, das mich die letzten Monate so intensiv begleitet hatte. Dem Jäger war der Test scheißegal. Er wollte raus. *Musste* raus. Er musste töten und sich im Blut seiner Opfer suhlen. Wenn ich das Marysol zeigen würde, wäre ich postwendend zurück in der Isolation.

Sie zischte, verstärkte den Druck auf meinen Schläfen. »Was haust in dir?«

»Das Böse«, antwortete ich, ohne nachzudenken. Lag es an Marysol? Zwang sie mich dazu, mein Innerstes nach außen zu kehren?

Falls ja, setze ihr ein Ende! Der Jäger bäumte sich auf, riss an den Ketten, die sich tiefer in meine Handgelenke schnürten.

Ein Lichtblitz flackerte vor meinen Augen auf. Ich schüttelte mich, wollte gegen das Fremdgefühl ankämpfen, das sie in mir hinterließ. Es war, als würde jemand ungefragt mein Zimmer betreten und mich mit seiner Nähe penetrieren.

»Sperr mich nicht aus!«, sagte sie.

»Ich ...«, konnte nicht anders. Alles in mir lehnte sich dagegen auf. Ich würde diese Tests verbocken, würde alles aufs Spiel setzen und mich wieder dahin verfrachten lassen, wo ich hergekommen war.

Reiß dich los! Töte einen nach dem anderen!

Derek wäre leicht zu überwältigen. In seiner Verfassung hatte er keine Chance, wenn ich ihm zuerst das Genick …

»Jaydee!«, sagte Marysol zwischen zusammengepressten Zähnen. »Stopp!«

Ich keuchte, zwängte den Jäger zurück in meine Eingeweide, doch das Gefühl wurde nicht besser.

Sie rückte näher an mich heran, ich schloss die Augen, versuchte so, ihre Nähe auszublenden. Es gelang mir kein bisschen. Mein Leben lang hatte ich mich von anderen ferngehalten, ich ließ nur wenige an mich heran, noch nie jemanden so nah wie Marysol gerade.

»Ich kann dich nicht gehen lassen, wenn du dich nicht im Griff hast«, sagte sie.

Der Lichtblitz flackerte ein weiteres Mal auf, die Geräusche kamen nur noch gedämpft zu mir, einzig Marysols Stimme klang klar und deutlich in meinem Kopf.

»Beruhige deinen Geist«, sagte sie. »Beruhige das Monster in dir. Du kannst es bezwingen. Du bist stärker.«

Wenn sie sich da mal nicht irrte! Ich zerrte ein weiteres Mal an meinen Fesseln, wollte mich so gerne befreien, einem nach dem anderen die Kehle aufreißen und zusehen, wie sie ausbluteten. Das Schlimme war, dass ich dazu absolut in der Lage war. In Schottland hatte ich in meiner Raserei unzählige Dämonen mit der bloßen Hand zerstückelt.

»Du hast noch fünf Minuten«, sagte Derek. »Wenn er nicht kooperiert …«

»Das wird er!« Sie wandte sich wieder mir zu. »Lass mich dir helfen. Nimm mich mit in deine Gedanken.«

Ich bohrte die Fingernägel in die Handflächen, bis ich etwas Feuchtes spürte und mir der Geruch nach Blut in die Nase stieg. Ja, genau das war es: Gewalt und Blut. Davon ernährte ich mich! Das war es, was ich ihr zeigen konnte und sie sicherlich nicht sehen wollte.

Bilder flackerten in mir hoch. Von meinen Taten, von den vielen, vielen Seelen, die ich getötet hatte. Schattendämonen. Streng genommen waren sie schon tot, was den Kick der Jagd ein wenig schmälerte, aber nichtsdestotrotz liebte ich das Gefühl, wenn ich ein warmes Herz in den Händen hielt, wenn ich eine Kehle umschloss und dem Körper das entriss, was ihn aufrechthielt.

Marysol schauderte und keuchte leise. Ihre Finger zitterten, drückten fester – fast schmerzhaft – auf meine Schläfen.

»Das ist nicht der Weg, den du gehen wirst. Nicht heute«, flüsterte sie in mein Ohr. *»Denke an Jess. Denke an das, was ihr miteinander habt.«*

Ihre Stimme hinterließ einen Hall in meinem Inneren. Ich rief mir Jess' Gesicht vor Augen und den Kuss, den wir vorhin erleben durften. Es war gut, dass ich sie gesehen hatte, dass ich sie hautnah spüren durfte.

»Lass mich ein.«

War es Marysol klar gewesen? Hatte sie uns deshalb zusammengeführt, damit Jess mich für die Tests stärken konnte?

Ich atmete tief ein, und tatsächlich gelang es mir, langsam die Schutzmauern zu senken. Marysol drang in meinen Geist, flutete meine Gedanken mit ihren. Ich hatte keine Ahnung, was sie alles in mir finden würde, aber ich hatte auch keine andere Wahl, als es ihr zu gestatten.

7. Kapitel

Schlafe, mein Mädchen, komm, schlafe schön ein. Mama ist bei dir, bringt dich sicher heim.« Anna summte die Melodie, die sie als Kind von ihrer Mutter gelernt hatte und nun ihrer eigenen Tochter weitergeben konnte. Sie drückte das Bündel Stoff fest an ihr Herz, hielt es sicher umschlungen, damit ihm nichts geschehen konnte.

»In der Nacht komm'n die Engel, betten dich zur Ruh, drum schlafe mein Mädchen, schlafe im Nu.« Anna küsste den schmutzigen Lumpen und hielt an einem Baum an. Sie blickte sich um, doch es war niemand zu sehen. Alle waren beschäftigt. Das war gut. Dann merkte niemand, dass sie hier war, und wenn es niemand merkte, konnte sie auch niemand bestrafen.

Sie kniete sich in das Gras, bettete den Stoff vorsichtig neben sich und hob mit den bloßen Händen ein Loch aus. Ihre Finger schmerzten, die Wunden waren noch frisch, die Erde brannte auf ihrer Haut, doch sie machte weiter und weiter und weiter. Sie musste ihre Tochter schlafen legen, sie musste sie vor Andrew in Sicherheit bringen.

»Er wird dich niemals finden, hörst du? Du musst keine Angst haben, kleine Maus, Mami passt auf.«

Das hatte sie ihr versprochen, als sie ihr Mädchen das erste Mal in den Armen hielt. Sie hatte ihr versprochen, dass ihr niemals etwas passieren würde.

»Niemals.«

Als sie das Loch fertig ausgehoben hatte, rieb sie sich die Hände an ihrem Kleid sauber und griff nach dem Bündel Stoff. Es fühlte sich leichter als vorhin an. Warum war es leichter?

Rasch zog sie an einem Ende, öffnete es, um nach ihrer Tochter zu sehen. Leere sprang ihr entgegen. Sie war nicht mehr da!

»Nein! Nein, nein! Nein!«

Panisch wickelte sie den Rest auf, blickte sich um, suchte ihre Kleine. Sie konnte doch nicht weg sein! Sie war noch ein Baby, erst wenige Stunden alt. Wo war sie hin?!

»Anna, deine Tochter ist tot.«

Jaydees Worte hämmerten in ihren Ohren. Sie hielt sie sich zu, presste die Hände flach auf. »Lüg nicht!« Anna hatte sie eben noch gehalten, sie wollte sie zu Bett bringen, ihr Nachtlieder singen. Sie konnte nicht tot sein.

»Du hast sie selbst begraben. Unter dem Magnolienbaum in eurem Garten. Weißt du noch?«

»Magnolienbaum. Ja, ja, der Magnolienbaum.« Sie blickte auf. Der Baum. Das vor ihr war er nicht. Es war eine Palme. Anna sprang auf die Füße, wich zurück, als könnte die Pflanze jeden Moment ihre Schlingen ausfahren und nach ihr greifen.

Hier stimmte etwas nicht. Das war alles falsch! Alles!

»Wo bin ich?« Sie drehte sich um ihre eigene Achse. Die Umgebung wirkte fremd. Vor ihr lag eine Wiese, eine Mauer, noch mehr Palmen. Die Sonne ging unter, das Abendlicht warf rötliche Schatten auf ihre Haut. Rot. Blut. Immer war da so viel Blut. Anna streckte ihre Arme aus, kratzte darauf herum. Tiefer und tiefer und tiefer. Sie musste das abstellen. Das war nicht echt. Nichts hiervon war echt. Sie schrie vor Verzweiflung, bohrte ihre Nägel in ihr Fleisch, wollte es sich am liebsten herunterreißen, doch es gelang ihr nicht. Egal, wie fest sie drückte, wie stark sie zog – ihre Haut löste sich nicht von ihr. Sie war wie ein Käfig, der ihr die Luft zum Atmen nahm. Schnürte sie ein, entzog ihrer Seele das Licht, das sie zum Leben brauchte.

Anna taumelte ziellos weiter.

Ich träume. Das ist ein Traum. Ein Flashback.

Nichts hiervon ist real. Oder? Palmen. Wüste. Sonne. Arizona. Sie war in Arizona. Ihre Füße brannten von dem Kies. Sie trug keine Schuhe, wusste nicht einmal, wo und wann sie die ausgezogen hatte.

Meine Tochter. Ich muss doch meine Tochter in Sicherheit bringen. Andrew darf sie niemals bekommen.

Das war alles falsch. Anna hatte ihre Tochter nicht verloren, sie hatte sie hergegeben. An Aimee. Sie gehörte zu den Sapiern und wollte die Nachfahren schützen. Anna war eine davon. Sie war wichtig gewesen, sie trug die Gabe, aber Andrew hatte sie zerstört. Er hatte ihre Seele gebrochen.

Er würde ihrer Tochter nicht die Seele brechen.

Deshalb hatte sie sie fortgegeben und später geglaubt, sie wäre gestorben. Weil Aimee es so wollte, weil sie mit der Macht des Kranichs Anna diese Erinnerung geschenkt hatte.

Sie blieb stehen, drehte herum. Sie hatte die Orientierung verloren, sich verirrt. Sie war eine Gefangene, jetzt und für alle Zeit. Eingesperrt in einem Körper, der nicht ihr gehörte.

»Anna?«, rief eine Stimme.

Ein Mann. Männer waren nicht gut. Sie brachten Schmerzen und Kummer und Leid.

Anna wirbelte herum, zog instinktiv das Messer, das an ihrem Gürtel hing, ohne zu wissen, warum es dort war.

»Hey, bist du da?«

Nein! Er durfte sie nicht finden. Auf keinen Fall! Anna wich vom Weg ab, huschte hinter einen Baum. Sie war schnell. Sie war schon immer eine gute Läuferin gewesen, aber Andrew hatte sie trotzdem eingeholt. Immer.

»Anna? Ist alles okay?«

Er klang besorgt, doch das waren die gefährlichsten. Erst taten sie scheinheilig, und dann zeigten sie ihr wahres Gesicht. Anna drückte sich an die Rinde des Baumes und hielt die Luft an. Sie hörte Hufgetrappel, der Mann ritt auf einem Pferd.

Genau wie Andrew ... genau wie Andrew ... genau wie Andrew ...

Eine Windböe strich ihr übers Gesicht. Sie brachte einen alten Duft mit sich, einen, den sie vergessen sollte, aber nicht konnte.

Er war da. Ganz in der Nähe. Er war immer da ...

»Sie muss hier irgendwo sein«, sagte Andrew.

»Wollt ihr die Suche nicht aufgeben, Herr? Die Nacht bricht an, und von Westen zieht ein Sturm auf«, antwortete Gareth.

Anna mochte ihn nicht. Er war ein schmieriger, kreuzbuckeliger Diener, der alles tat, um Andrew zu gefallen. Außerdem starrte er sie stets an, wenn sie alleine waren. Einmal hatte er ihr sogar an ihr Gesäß gefasst. Anna hatte sich überlegt, ob sie ihn bei Andrew verraten sollte, aber sie wusste, dass ihr Ehemann Gareth dann beide Arme abhacken würde. Niemand durfte Anna anfassen, wenn Andrew es nicht wollte, und er wollte es nur, wenn es von Nutzen für ihn war.

»Auf keinen Fall. Sie hatte zuletzt den Schlüssel für mein Schlafzimmer. Sie muss wissen, wo er ist! Ich will die Harfe wieder.« Das Leder des Sattels knarzte. Andrew musste sich in die Steigbügel gestellt haben. »Anna!«, schrie er.

So nah. Er war so nah ...

»Wenn du rauskommst, werde ich dich nicht bestrafen. Sei bitte vernünftig, Schatz.«

Er log! Sie hörte es an dem leicht schneidenden Unterton in seiner Stimme. Sollte Andrew sie erwischen, würde er sie so lange verprügeln, bis sie nicht mehr gehen konnte, aber sie wusste nicht, wo der Schlüssel war. Nicht mehr. Anna spürte die Reste einer Erinnerung in sich. Ganz dunkel sah sie sich selbst, wie sie den Schlüssel an eine Frau übergab, doch die Bilder verblassten von Sekunde zu Sekunde mehr. *Aimee, ihr Name war Aimee gewesen. Sie war eine besondere Frau. Sie gehörte zu einem geheimen Bund.*

Anna biss auf ihren Daumennagel, bis sie Blut schmeckte. Schmerzen mit anderen Schmerzen zu bekämpfen, war eine gute Methode, um sich zu fokussieren. Anna hatte das mittlerweile begriffen.

Das Pferd schnaubte. Es wurde unruhig, weil der Wind zunahm. Anna spürte das aufziehende Gewitter in ihren Knochen. Nicht mehr lange, und es würde regnen.

»Verfluchtes Weib«, zischte Andrew. Die Hufe des Pferdes trampelten auf dem Asphalt. Anna machte sich klein, zog die Beine an und drückte sich, so fest sie konnte, hinter die Hauswand. Bis ins Dorf hatte sie es geschafft, dort endete ihre Flucht. Sie hatte geglaubt, dass Andrew erst spät nach Hause kehrte, doch er war schneller geritten als erwartet, weil er dem Sturm davoneilen wollte.

Eigentlich hatte sie gar nicht abhauen wollen. Die Fluchtversuche bestrafte er stets am heftigsten, aber als sie sah, dass die Harfe nicht mehr in seinem Schlafzimmer war, konnte sie nicht anders. Alles in Anna hatte nach Flucht geschrien. Auf keinen Fall wollte sie hier sein, wenn Andrew bemerkte, dass sein geheiligtes Musikinstrument, für das er so viel Geld bezahlt hatte, weg war.

Darum war sie davongelaufen, in der Hoffnung, er würde sich beruhigen.

Dumm. Dumm. Dumm.

Sie schlang die Arme um die Beine und zog sie enger an sich. Die ersten Regentropfen prasselten auf sie nieder. Es waren dicke, kalte Tropfen, die den Herbst ankündigten.

»Anna!«, rief Andrew. Er klang weiter weg. Er war an ihr vorbei. Noch ein bisschen aushalten, dann könnte sie sich ein sicheres Versteck suchen. Nur für kurze Zeit, bis der schlimmste Zorn verraucht war und er sich beruhigt hatte.

Der Regen nahm zu, prasselte in einem wilden Stakkato auf die Blätter der umstehenden Bäume, ihre Schultern, ihre Arme, ihre nackten Füße. Nicht einmal Schuhe hatte sie sich angezogen, weil sie es so eilig gehabt hatte.

Binnen weniger Augenblicke war sie vollkommen durchnässt, doch es machte ihr nichts aus. Manchmal wünschte sie sich, sie würde eine Lungenentzündung bekommen und daran sterben. Sie hatte es sich schon oft überlegt, ob sie eine Klinge nehmen und sich die Adern aufschneiden sollte, aber sie konnte es nicht. Etwas in ihrer Seele hielt sie zurück, als wäre da ein kleines Licht, das ihr zeigte, dass nicht alles schlecht in ihr war.

»Da bist du ja, Liebling«, erklang auf einmal eine Stimme neben ihr. Sie schreckte hoch. Andrew stand neben ihr, starrte vom Pferd aus auf sie herunter. »Wir müssen uns dringend unterhalten.«

»Ich weiß nicht, wo die Harfe ist.«

»Warum bist du dann weggerannt?«

»Weil ich ... weil ich Angst vor dir habe.«

Andrew funkelte sie an. Ein leichtes Lächeln umspielte seine Mundwinkel. Er hatte es immer gemocht, wenn Menschen ihn fürchteten.

»Wo ist die Harfe?«

»Ich weiß es nicht.« Je öfter sie das sagte, umso mehr sackte dieser Glaube in sie, umso mehr verblasste alles andere. Sie wusste wirklich nicht, was mit dem Instrument geschehen war. Die Erinnerung war ausgelöscht. Für immer womöglich.

»Dann müssen wir ihr auf die Sprünge helfen, oder Gareth?«

Der Diener ritt neben Andrew, kesselte so Anna zwischen ihnen und der Hauswand ein. Sie wagte nicht, sich zu bewegen oder einen weiteren Fluchtversuch zu starten. Alles würde schlimmer, wenn sie sich wehrte.

»Sehr wohl, Herr.«

»Bind sie an mein Pferd, mal sehen, wie schnell sie dann laufen kann.«

Anna stürzte auf den Kies und atmete Dreck ein. Ihre Füße brannten, so schnell war sie über den Kiesweg gehetzt. Ihre Lungen, ihr Herz ... alles raste, als wollte es jeden Moment aus ihrer Brust springen. Sie atmete. Es roch nach Salbei und Staub und Wüste. Ihre Haut vibrierte, als würde jemand mit elektrisierender Energie über sie gleiten.

Wind strich ihr durch die Haare, über ihren Körper, ihre Wunden. Es war ein angenehmes Gefühl. Es war stark. Sie war stark. Oder?

»Komm schon, mein Mädchen!«, brüllte Andrew und trieb sein Pferd voran. »Das kannst du besser!«

Anna schrie vor Schmerz. Ihre Füße waren wundgerieben, ihre Handgelenke brannten von den Fesseln. Die Arme, die Schultern, ihr Oberkörper ... der Zug des Pferdes war so stark, dass es Anna jeden Moment in zwei Hälften spalten würde.

»Wo ist die Harfe?!«

»Ich weiß es nicht!« Annas Stimme überschlug sich vor Schmerz und Angst. Sie bekam keine Luft mehr, ihr Herz raste, am liebsten hätte sie sich hingeworfen, doch dann würde er sie mit dem Bauch über die Steine ziehen.

»Schneller!«, schrie Andrew.

Anna spürte einen Schlag im Rücken. Gareth war hinter sie gekommen und hatte ihr einen Hieb ins Kreuz verpasst. Sie taumelte, verlor kurz das Gleichgewicht, fing sich wieder ab.

»Du hast deinen Herren gehört! Renn schneller, Hure!«

Und Anna rannte.

Und rannte.

Und rannte.

Der Wind peitschte in ihr Gesicht, um ihren Körper, in ihre Haare. Er umschlang sie mit unsichtbaren Händen, als wollte er sie auffangen.

»Das ist mein Element.«

Mein Element.

Luft.

Rein und klar und sicher. Anna sog sie tief in ihre Lungen, spürte, wie die Kraft in ihre Glieder floss. Schneller und schneller rannte sie, sonst war sie verloren. Genau wie ihre Tochter. Sie musste sie begraben. Lebendig. Tot. Anna wusste es nicht, aber sie musste ihr Mädchen in Sicherheit bringen.

Schlafe, mein Mädchen, komm, schlafe schön ein ...

Und so rannte sie weiter. Weg von einer Gefahr, die sie seit Jahrhunderten verfolgte und niemals in Ruhe ließ.

8. Kapitel

Keira folgte A.J. in den Rohbau eines Bürogebäudes zwei Straßen weiter. Sie sprachen kein Wort miteinander, Keira vermutete, dass er sich das aufheben würde, bis sie in einer Umgebung waren, in der sie ungestört reden konnten.

Die beiden krochen unter der Absperrung hindurch und betraten eine große leere Halle, die wohl später der Empfangsbereich werden sollte. Aus der Decke hingen lose Kabel, auf dem Boden war Folie ausgebreitet. Der Duft nach Weihrauch empfing Keira bereits am Eingang. Kerzenlicht flackerte in einem hinteren Zimmer. A.J. lief zielstrebig weiter und durchquerte mit ihr den großen Raum. Den ganzen Weg über behielt sie die leeren Gänge rechts und links im Auge, blickte in die Schatten, machte sich darauf gefasst, dass jederzeit etwas oder jemand daraus hervorspringen könnte.

»Bitte«, sagte er und blieb an der Tür zu dem Zimmer mit den Kerzen stehen. »Hab keine Angst, Keira.«

Sie hatte auch nicht direkt Angst, ihr war nur nicht ganz wohl bei der Sache. Bei ihrer letzten Begegnung hatte Keira die Hosen angehabt und A.J. bedroht, doch er hatte bereits angekündigt, dass er beim nächsten Treffen besser vorbereitet sein wollte. Sie traute ihm nicht, wobei sie keinem wirklich traute. Nicht mal Anthony, der sie quasi aufgenommen hatte. *Gerade nicht Anthony ...*

Die Handtasche fest unter den Arm geklemmt, trat sie in das Zimmer. Das Ersatzmesser vom Motorrad hatte sie vorsorglich an ihrem Slip befestigt.

Es war ein kleines Zimmer mit einer Art Theke. Sie hatte Einkerbungen, für Monitore. Das würde sicher irgendwann ein Überwachungsraum werden. A.J. hatte einen Kreis mit Kerzen aufgebaut, in dessen Mitte stand ein kleiner Tisch und ein Behandlungsstuhl. Er war aus hellem Leder, mit Nackenstütze und Armlehnen, an denen Manschetten angebracht waren. Es war klar, dass er dazu diente, jemanden zu arretieren. Und Keira verwettete ihr ganzes Vermögen darauf, dass sie diejenige sein sollte.

»Wenn du willst, sehe ich mir deine Hand an«, sagte er und holte eine Sporttasche hinter der Theke hervor. »Was ist passiert?«

»Ein Hund hat mich gebissen. Es wird schon wieder.« Doch es pochte noch immer, die Wunde fühlte sich heiß an.

»Bitte, setz dich.«

»Ich stehe lieber.«

»Das wirst du nicht können für das, was ich mit dir vorhabe.« Er öffnete die Tasche und kramte nach einem Infusionsbeutel mit einem langen Schlauch.

Keira trat einen Schritt zurück, machte sich bereit zur Verteidigung, falls es notwendig werden sollte. A.J. war ein hagerer Kerl. Sie sollte ihn mit Leichtigkeit überwältigen können, hatte es schon einmal getan. »Was hast du vor?«

A.J. lächelte sie an. »Ich will dir wirklich nichts tun. Wir beide müssen zusammenarbeiten, aber dafür ist es notwendig, dass du dich an alles erinnerst. Zum Beispiel, woher du die weiße Haarsträhne hast.«

Aus Reflex griff Keira danach. »Ich ...«

»Sie ist nicht durch Stress entstanden, so viel kann ich dir sagen. Wenn du mir vertraust, werde ich den Schleier heben, der über deinem Geist liegt.«

»Woher weißt du das?«

»Erinnerst du dich an Joshua?«

»Natürlich.« Keira hatte schon viele Aufträge für ihn in der Vergangenheit erledigt.

»Erinnerst du dich auch an das letzte Mal, als ihr euch gesehen habt?«

»Ich ...« Es war noch nicht lange her, dass sie geredet hatten, sie wusste es genau, doch sie konnte nicht danach greifen. »Du bist bei mir eingebrochen und hast mir die Mappe überreicht.«

»Ja, aber was geschah danach?«

Sie hatte nicht den geringsten Schimmer.

»Es ist verdeckt, nicht wahr? Du weißt, dass da Erinnerungen sein müssten, aber du kommst nicht drauf. Als ob man versucht, den Namen eines alten Bekannten abzurufen. Er liegt dir auf der Zunge, aber je mehr du dich bemühst, umso mehr entgleitet er dir.«

Sie nickte. Mehr konnte sie gerade nicht tun.

»Was hast du danach getan?«

»Ich habe für die Seelenwächter gearbeitet.« Glaubte sie zumindest. »Anna hatte mich gebeten, ein Artefakt für sie zu beschaffen.« Aber auch das fühlte sich nicht richtig an, als wäre das gar nicht echt.

»Vieles wird sich klären, wenn du mir vertraust, ich kann dafür sorgen, dass sich der Schleier hebt. Ich kann dir deine Erinnerungen zurückgeben. Es liegt nun einzig an dir, ob du es auch willst.«

»Und wie willst du das anstellen?«

»Wenn du mir netterweise die Phiole gibst, die du eben Lough abgeknöpft hast, werde ich es dir zeigen.«

»Wie?«

»Sie enthält ein sehr wirksames Mittel, das in der richtigen Dosierung in der Lage ist, Erinnerungen auszugraben. Sobald ich es dir injiziere, wird der Zauber ausgelöst und dein Geist freigesetzt.«

Keira schloss die Finger fester um die Handtasche. »Er sagte, die Flüssigkeit stammt von einer Pflanze und wäre ein Aphrodisiakum.«

A.J. schmunzelte. »Sicher kann man es auch dafür verwenden, es kommt ganz darauf an, welchen Zweck man verfolgt. Ich wäre dir wirklich dankbar, wenn du sie mir gibst, schließlich habe ich genug dafür bezahlt.«

»Das warst du? Du bist der Auftraggeber?«

A.J. nickte. »Ich habe das alles für dich getan, damit du dich erinnerst.« Er trat vor sie und streckte ihr die Hand hin. »Lass mich dir deine Erinnerungen zurückgeben.«

9. Kapitel

Jessamine

Ich strich über das Kleid und betrachtete mich im Spiegel. Für einen Moment blieb selbst mir die Luft weg. Die Frau, die mir entgegenblickte, konnte unmöglich ich sein.

Ich trug das schwarze Trägerkleid, das mir bis knapp unter die Knie reichte. Der Stoff schmiegte sich perfekt an meinen Körper, als wäre er genau für mich geschneidert worden. Die Haare ließ ich offen, hatte sie sogar glattgezogen, was ich normalerweise nie tat. Ich war schon immer der Sneakers-Jeans-Pferdeschwanz-Typ gewesen. Das letzte Mal, dass ich ein Kleid getragen hatte, war auf der Abschiedszeremonie von Mum gewesen. Ariadne hatte sie organisiert, weil sie glaubte, es würde mir helfen, mit allem abzuschließen und einen Schlussstrich zu ziehen. Damals war ich dreizehn gewesen.

Vor fünf Jahren ... Unglaublich, was sich seither verändert hatte. Ich fuhr meine Taille entlang und wünschte mir, Violet könnte mich so sehen. Sie hätte Spaß an dem Mädchenkram gehabt, wobei sie mir in diesem Fall eher einen Vortrag gehalten hätte, wie gefährlich Jaydee für mich war. Die beiden hatten sich bis auf die letzten Minuten, in denen Violet noch bei uns gewesen war, nicht gut verstanden. Meine Finger blieben an dem Amulett hängen, das ich ab jetzt trug, damit meine Aura geschützt war. Meine neue Fylgja. Ein erbärmlicher Ersatz für sie.

»Ich wünschte, du wärst hier ...« Ich schluckte den Kloß hinunter und blickte zum Fenster hinaus. Die Sonne neigte sich dem Horizont zu, bald brach die blaue Stunde an. Meine Lieblingszeit am Tag.

Heute war Neumond. Passend zu einem Neubeginn, womöglich. Oder einem neuen Erlebnis. Eins zwischen Jaydee und mir. Eins, auf das ich schon lange wartete – auf das jedes Mädchen wartete – und vor dem ich mich gleichzeitig fürchtete.

»Heute Nacht gehörst du mir. Ganz allein.«

Mich schauderte bei dem Gedanken. Aus Vorfreude, aus Verlangen, aus Angst. Jaydee war immerhin der erste Mann, mit dem es weiter gehen könnte. Natürlich war ich aufgeklärt, und ja, ich wusste auch, wie man Kondome verwendete. Theoretisch. Trotzdem hatte ich keine Ahnung, was genau ich tun sollte, wie ich mich verhalten musste, wie schnell alles gehen sollte. *Durfte.* Ich wollte es richtigmachen. Jaydee hatte viel mehr Erfahrung als ich, er sollte nicht denken, ich wäre ein verklemmtes Mauerblümchen. Und genauso wenig wollte ich mich ungeschickt anstellen.

Mir fehlte definitiv jemand, mit dem ich ganz unbefangen darüber sprechen konnte ...

Ein Klopfen an der Tür riss mich aus meinen Gedanken.

»Hey, ich bin es«, sagte Akil.

War das nun ein Zeichen? Ich wandte mich von meinem Spiegelbild ab und öffnete ihm. Wieder gab meine Tür diesen kläglichen Laut von sich. Bei Gelegenheit musste ich unbedingt nach Öl suchen, um die Scharniere zu schmieren.

»Hast du zufällig ...« Er zupfte einen Strohhalm von seinem Shirt und sah auf. Seine Miene gefror, sein Mund klappte auf, er hielt sogar die Luft an. »... heilige Scheiße, du siehst bombastisch aus.«

Ich lächelte verlegen. »Danke.«

Akil pfiff durch die Zähne. »Jaydee ist ein Glückspilz, echt.«

Mir wurde warm, meine Wangen begannen zu glühen. Konnte auch an den letzten Sonnenstrahlen liegen, die gerade durchs Fenster drangen und mich wärmten. »Ich hoffe, das sieht er auch so.«

»Glaub mir, das wird er.«

Ich räusperte mich. »Tja, das werde ich dann wohl merken.« Oder so. »Was gibt‘s?«

»Mh?«

»Du stehst doch nicht ohne Grund vor meiner Tür.«

»Ich ...« Seine Augen wanderten tiefer mein Dekolletee entlang bis zu meinem Ausschnitt.

Ich legte eine Hand auf den Ansatz meiner Brüste. »Akil! Konzentration!«

»Ist ja gut. Wenn du die Dinger so zur Schau stellst, muss Mann hingucken. Ist ein Schlüsselreiz.«

»Dann sag deinen Schlüsselreizen, sie sollen sich benehmen und beantworte meine Frage: Warum bist du hier?«

»Hast du Anna gesehen?«

»Nein, ich bin ihr heute noch gar nicht begegnet, warum?«

»Weil ich schwören könnte, dass sie vorhin unten herumhuschte. Ich habe nach ihr gerufen, aber sie hat nicht reagiert.«

»Und was heißt das konkret? Müssen wir sie suchen?«

»Sie war in Richtung ihres Kraftplatzes unterwegs. Vielleicht hat sie mich nicht mehr gehört.« Akil schnalzte mit der Zunge. »Sie gefällt mir ganz und gar nicht in letzter Zeit. Es ist gut, dass Jay wieder da ist, ich hoffe, er kann ihr helfen.«

»Vorausgesetzt, sie lässt ihn an sich heran.« Ich wünschte es mir so sehr. Mich schmerzte es, Anna dabei zuzusehen, wie sie in sich selbst versank. Aber wir konnten auch nichts für sie tun. Nicht, wenn sie sich dagegen wehrte.

»Das wird sich zeigen.«

Ich strich durch meinen Nacken. »Da wir gerade über ihn reden ... sind die Tests schon abgeschlossen?«

»Nope.«

»Aber du wirst es erfahren, und sobald sie durch sind, schickst du ihn zum See, richtig?« Das hatten wir vorher so besprochen. Ich wollte Jaydee etwas Besonderes bieten und hatte ein Picknick vorbereitet. Es erschien mir passend für den Anlass.

»Entspann dich, wir bekommen das hin – und er genauso.«

Ich lehnte mich gegen den Türrahmen und seufzte. »Ich hasse warten.«

»Er wird das schaffen, Herzchen.«

»Auch, wenn jemand Fremdes in seinem Kopf herumspaziert und ihn aushorchen will? Du weißt doch, wie er ist.«

Akil strich sich über den Bart und musterte mich erneut. »Wir hätten vielleicht vorher ein Foto von dir in diesem Outfit machen sollen, das hätte ihn sicherlich motiviert. Tut mir übrigens leid, dass ich ihn nicht zu dir schmuggeln konnte. Marysol war schon da, als ich ihn aus der Zelle holte.«

»Wir haben uns trotzdem gesehen.« Und geküsst. »Sie hat ihn kurz zu mir gelassen.«

»Echt? Das ist ziemlich ...«

»Nett?«

»Verboten. Wenn das Derek mitbekommen hätte, wäre der Teufel losgewesen. Sie ist immerhin ein Ratsmitglied, wobei es zu ihr passt. Marysol hat sich noch nie um die Regeln geschert, genauso wenig um den Rat. Sie ist übrigens noch älter als Kirian.«

Normalerweise war immer der älteste Seelenwächter eines Elements im Rat. Der Platz hätte von Anfang an Marysol zugestanden, nicht Kirian. »Konnte sie das einfach so abgeben?«

»Nein, nicht einfach, aber sie hat es trotzdem gemacht. Die Frau hat Feuer, ich sag's dir, obwohl sie zum Element Luft gehört. Marysol war schon immer ein Draufgänger gewesen. Ich habe sie seit einigen Jahren nicht mehr gesehen und geglaubt, sie wäre ruhiger geworden. Anscheinend nicht.«

»Zum Glück. So hatten Jaydee und ich wenigstens kurz Zeit füreinander. Er hat einen recht ruhigen Eindruck gemacht.«

Akil lehnte sich an die gegenüberliegende Seite. »Als sich die Türen zur Isolationskammer öffneten, waren seine ersten Worte: Wie geht es Jess? Nichts mit: Schön dich zu sehen, oder: Toll, dass ich raus darf ... Ich glaube, seine Gedanken sind nur noch um dich gekreist. Den Jungen hat es ganz schön erwischt.« Er betrachtete mich, doch dieses Mal hatte ich nicht das Gefühl, dass er mein Outfit bewunderte, sondern eher wissen wollte, wie ich zu Jaydee stand.

Ich wich seinem bohrenden Blick aus und biss auf meine Lippe.

»Du wirst es noch herausfinden, glaub mir«, sagte er. »Im richtigen Moment wirst du genau wissen, was du für ihn empfindest.«

»Glaubst du?«

»Ich weiß es.«

»Also warst du schon mal verliebt. So richtig?«

Akil kniff die Augen zusammen und legte den Kopf schräg. Ein Mundwinkel zuckte, aber er antwortete nicht.

»Du hast uns so viel aus deiner Vergangenheit erzählt, aber das nicht.« Er hatte ja selbst gesagt, dass er die Sache mit Noah nicht als richtige Beziehung sah.

Akil trat neben mich, schloss die Hand um meinen Hinterkopf und zog mich an sich. Ganz sachte hauchte er einen Kuss auf meine Stirn. Es war eine freundschaftliche Geste, die mir Mut machen sollte. »Ihr zwei schafft das schon.«

»Danke, auch wenn du meiner Frage ausweichst.«

Akil lachte leise. »Ich habe euch beiden mehr anvertraut als jedem anderen, den ich kenne. Nicht einmal Ilai wusste, was alles in Madaktu passiert war. Lass mir meine Geheimnisse.«

»Okay.« Auf einmal kribbelte meine Nase und ich musste niesen.

»Gesundheit!«, sagte Akil.

»Danke.« Plötzlich juckte es auch auf meiner Haut, als würden hundert Ameisen darüber laufen. Ich kratzte darüber.

»Alles klar?«

»Ja.« Nein. Ich war mir nicht sicher. Das Kribbeln fokussierte sich an eine Stelle an meinem Hals. »Liegt vermutlich an der Sonne.« Die allerletzten Strahlen drangen in mein Zimmer und blendeten mich.

»Du fühlst dich nicht kränklich oder so?«

»Kein bisschen.«

Er kam näher und strich mit der Nase über meine Haare. Es fühlte sich komisch an, als würde er nach etwas suchen.

»Was ist?«

»Ich weiß nicht, du riechst auf einmal so .... anders.«

»Muffel ich etwa?« Dabei hatte ich extralange geduscht, meine Haut geschrubbt und mit einer fruchtigen Lotion eingecremt.

»Nein, da ist etwas ...« Er beugte sich näher zu mir, glitt hinunter zu meinem Hals. Mich schauderte, als er an die Stelle kam, an der ich von Jaydee so gerne geküsst wurde.

»Akil, das ist ein wenig zu ...«

»Sht.« Er drückte die Nase fester auf, auch wenn es keine Anmache war, fühlte es sich recht ähm, *intim* an. Jedem anderen hätte ich schon längst das Knie in den Bauch gerammt.

»Da ist ein Geruch ... ich kann ihn nicht richtig ausmachen, er schwingt verdeckt unter allen anderen.«

»Also muffle ich doch!?«

»Nein.« Er nahm einen weiteren tiefen Atemzug. »Mh, jetzt ist er weg.« Er lehnte sich zurück, damit er mir in die Augen blicken konnte. Wir waren so nah aneinander, dass ich ihn doppelt sah. Akil presste die Hand auf meine Stirn. Sofort sackte ein Kribbeln in meinen Kopf. Es war ein angenehmes, vertrautes Gefühl. Akil hatte mich schon so oft geheilt, mein Körper reagierte ganz automatisch darauf.

Nach ein paar Minuten schüttelte er den Kopf. »Da ist nichts.« Er nahm die Hand weg. »Ich hab mich wohl getäuscht. Meine Sinne sind noch wirr, neulich habe ich Äpfel gerochen, obwohl keine da waren. Tut mir leid. Ich wollte dich nicht beunruhigen.«

»Schon okay.« Das Jucken hatte auch aufgehört.

Akil wich einen Schritt nach hinten und glotzte mir voll in den Ausschnitt. »Wirklich hübsch.«

Ich gab ihm einen Klaps auf die Brust. »Du nutzt schamlos die Situation aus!«

»Hey, so bin ich.« Er wandte sich zum Gehen, hielt dann aber inne. »Ach, kommst du eigentlich mit den Gummis klar? Soll ich dir noch ein paar ...«

»NEIN! Keinc Tipps! Keine Gespräche darüber. Danke! Mach's gut. Viel Spaß, bei was auch immer du vorhast. Geh und angle dir 'ne Frau. Oder einen Mann. Ist mir egal.«

»Wenn du Anna siehst, sag ihr, dass ich sie gesucht habe.«

»Mach ich liebend gerne. Wiedersehen.«

Er winkte ab, drehte herum und lief pfeifend den Flur hinunter.

Ich schmunzelte und blickte ihm nach. Tja, für mich blieb dann wohl nur abwarten.

Wobei ich das nicht unbedingt hier machen musste. Ich drehte herum, nahm meine Handtasche von der Kommode und verließ das Haus. Genauso gut konnte ich am See sitzen, da war es immerhin schöner.

Der See war Teil der Trainingshalle am anderen Ende des Anwesens. Sie war so groß wie ein Stadion und zum Teil in den Berg hineingebaut. Es war eine Oase, die ich in den letzten Wochen sehr lieben gelernt hatte. Drinnen gab es ein Wäldchen, besagten See – sogar mit Wasserfall – und viel Natur. Es war jedes Mal wie ein Nachhausekommen, wenn ich die Halle betrat.

Nach einem kurzen Fußmarsch hatte ich sie auch schon erreicht.

Ich eilte den Hang hinunter und öffnete die erste Schleusentür. Im Inneren war eine ausgeklügelte Klimaanlage eingebaut, die selbst in der Mörderhitze Arizonas die Temperaturen auf zweiundzwanzig Grad hielt. Ich wartete auf das Zischen, das signalisierte, dass ich die zweite Tür öffnen konnte, und trat in das künstliche Paradies. Ich schaltete nur die kleinen Lichter am Boden an. Da die Halle ein Glasdach hatte, konnte ich so den endlosen Sternenhimmel über mir bewundern. Es war ein schönes Gefühl, unter der Kuppel zu spazieren.

Fast wie in meinem ehemaligen Zuhause ...

Ich nahm einen tiefen Atemzug, inhalierte die Waldluft, roch das Moos, das Gras, die Pinien, das Wasser. Langsam ging ich weiter, strich beim Vorbeigehen mit den Fingern über die Baumstämme.

Schließlich gelangte ich zur Mitte der Halle und zum See. Die Picknickdecke lag ausgebreitet im Sand. Ich hatte vorher alles hergebracht, damit ich in meinem schönen Outfit nichts mehr schleppen musste. Ich kniete mich auf die Decke und holte das Besteck aus dem Korb. Vermutlich hatte ich viel zu viel für uns eingepackt, doch ich wusste nicht, worauf Jaydee Appetit hatte. So hatte ich alles an Essen mitgenommen, was ich in der Küche finden konnte: Brot, Wurstaufschnitt, Käse, Trauben, kaltes Hähnchen von heute Mittag und Getränke. Sogar eine Flasche Sekt hatte ich eingepackt, vielleicht half es gegen meine Aufregung.

Ich zündete die Ölfackeln an, die ich rechts und links am Ufer aufgestellt hatte, zog meine Schuhe aus, blickte aufs Wasser und wartete.

Und wartete.

Und wartete.

Wenn es eine Sache auf dieser Welt gab, die ich wirklich hasste, dann war es das.

Ich seufzte, zog die Beine an, sah dem Wasser zu, wie es kleine Wellen schlug und sich die Lichter am Ufer darin spiegelten.

Die Zeit verging. Viel zu langsam für meinen Geschmack. Ich verlagerte meine Position, spielte mit der Sektflasche, überlegte, ob ich sie öffnen sollte, stellte sie zurück.

Irgendwann stand ich auf, schlenderte am Ufer des Sees hin und her. Das Wasser war mäßig warm, das wusste ich aus Erfahrung. Im Training war ich schon ein paar Mal darin gelandet. Besonders wenn wir Balanceübungen machten, ließ Akil mich gerne auf einem Baumstamm laufen, der an einem Ufer quer über dem

Wasser lag. Ich konnte schon gar nicht mehr zählen, wie oft ich runtergefallen war.

Nach einer gefühlten Ewigkeit kam ich zurück zur Decke, ließ mich darauf nieder und starrte nach oben. Da keine Uhr in Sichtweite war und kein Mond am Himmel stand, hatte ich keine Ahnung, wie viel Zeit vergangen war.

Zu viel vermutlich.

Was konnte ich noch tun, um mir ...

... auf einmal zischte die Tür zur Halle.

Ich setzte mich sofort auf und blickte in das Wäldchen. Die Lichter am Boden beleuchteten nur die Umrisse, alles andere verlor sich in Schwärze. Ich lauschte auf jedes Geräusch, saß regungslos da und wartete. Schritte näherten sich. Unterholz knackte. War das Jaydee? Bis auf Anna konnte ich niemanden am Gang erkennen. Ich stand auf, strich über mein Kleid, über meine Haare, fischte ein Blatt heraus und wischte einen Sandfleck weg.

Als ich wieder hochsah, stand er plötzlich da.

Er wartete regungslos zwischen zwei Bäumen, als wäre er Teil der Umgebung. Seine Haare glänzten feucht, er hatte den Bart abrasiert, trug dunkle Jeans, Stiefel, ein langärmeliges Shirt. Seine Augen waren fest auf mich gerichtet. Weder blinzelte er noch schien er zu atmen.

»Hi«, sagte ich leise. Warum starrte er mich so an? Hatte ich noch irgendwo Dreck hängen? Ich blickte an mir hinab, doch da war nichts.

Er näherte sich langsam. Ein Funkeln glomm in seinen Augen auf, aber es war nicht der Jäger, der sich meldete. Mittlerweile erkannte ich die Warnzeichen recht gut. Zwei Meter vor mir blieb er stehen. Der Duft seines Haarshampoos stieg mir in die Nase.

Statt etwas zu sagen, glitten seine Augen meinen Körper entlang. Er sog alles von mir in sich auf, scannte mich ab, als würde er mich zum ersten Mal sehen. Ich verlagerte unruhig mein Gewicht von einem Fuß auf den anderen, nestelte in meinen Haaren.

»Wie ... wie waren die Tests?«, fragte ich, nur um die Stille zu überbrücken.

»Müßig.« Jaydee kam einen Schritt auf mich zu, sein Blick fand meinen. Das Glimmen verstärkte sich. Oft hielt Jaydee seine Gefühle verschlossen, vielleicht, weil er es seit Jahren gewohnt war, die Leute auszugrenzen, doch heute ließ er mich ein. Ich erkannte die Zuneigung, die er für mich empfand. Bewunderung. Anerkennung.

»Du siehst absolut umwerfend aus, Jess.«

»Danke.«

»Dieses Kleid ...«

Ich hob die Arme. »Hab ich extra für heute gekauft.«

Jaydee trat näher an mich heran, bis wir nur noch Zentimeter voneinander entfernt waren. Ich fühlte die Verbindung, die sich zwischen uns aufbaute. Es war diese besondere Magie, die uns festhielt und die Umwelt ausblendete.

Er und ich. Wir beide. Nicht mehr.

Er beugte sich nach vorne, erst glaubte ich, er wollte mich küssen, doch er strich nur mit der Nase dicht über meine Haut, so ähnlich wie Akil es vorhin getan hatte, und nahm einen tiefen Atemzug. Ob er riechen konnte, dass Akil mir zuvor nahegewesen war? Und wie würde er reagieren?

»Der pure Wahnsinn«, hauchte er.

Mir wurde schwindelig von seiner Nähe. Meine Nackenhaare stellten sich, meine Nervenenden richteten sich auf ihn aus. Ich konnte kaum noch atmen oder schlucken. Meine Gedanken sprangen wild umher, ich wollte alles gleichzeitig: ihn festhalten, ihn ausziehen, ihn küssen, mit ihm reden.

»Wie geht es dir?«, fragte ich. War immerhin ein Anfang.

Er ließ sich Zeit mit der Antwort, verharrte dicht an meinem Ohr. Ich fühlte seinen Atem in meinen Haaren, die Wärme seines Körpers, roch den Duft seines Aftershaves.

»Im Moment gerade ... gut.«

»Willst du über die Tests ...«

»Nein. Nicht jetzt. Nicht später. Hake es ab.«

»Okay.« Doch es fuchste mich. Ich wollte näher an ihn heran, nicht nur körperlich, ich wollte wissen, was in ihm vorging. Akil konnte er es doch auch zeigen, warum nicht mir? Ich drehte mein Gesicht, damit ich ihn ansehen konnte. »Ich nehme an, das gilt auch für die letzten vier Monate?«

»Das gilt vor allem für die letzten vier Monate. Die Isolation ist vorbei. Ich habe es überstanden, und das ist alles, was zählt. Wir sind wieder zusammen.«

»Du solltest es aber nicht mit dir herumtragen.«

Er nahm eine Haarsträhne zwischen die Finger und zwirbelte sie. »Was ist in dem Korb?«

»Essen. Ich dachte, wir könnten ein Picknick machen, oder möchtest du lieber ausgehen?«

»Ich möchte nur eins: dich küssen.«

»Dann solltest du das tun.«

Er lächelte und kam näher. Seine Finger glitten in meinen Nacken und drückten mich sachte an sich. Unsere Lippen fanden sich. Dieses Mal ging er es ruhiger an, zärtlich, forschend, als würden wir uns eben erst kennenlernen. Ich seufzte. Darauf hatte ich gewartet. Genau auf diesen Augenblick, in dem ich das endlich kompromisslos tun durfte. Er trug keine Fesseln, es war niemand da, der uns stören oder drängen konnte, keiner käme gleich vorbei, um ihn abzuführen. Hoffte ich.

Unser Kuss blieb zurückhaltend und bei Weitem nicht so gehetzt wie vorhin. Ich genoss es. Badete in seiner Nähe, in dem Augenblick, nahm alles von ihm auf.

Schließlich machte er sich von mir los, ohne ganz von mir abzurücken.

»Hast du die Halle abgeschlossen?«, fragte ich. »Nicht, dass Akil auftaucht und uns wieder eine seiner Geschichten erzählen will.«

»Die Halle kann man nicht abschließen, aber ich habe Akil gesagt, falls er es wagen sollte herzukommen, werde ich ihm ein weiteres Mal einen Dolch in die Brust rammen, und dann werde ich sein Herz nicht verfehlen. Außerdem darf ich dich daran erinnern, dass du ihn auf Malea Island hereingelassen hast, nicht ich.«

»Sei nicht so kleinkariert.«

»Kleinkariert?« Er hob eine Augenbraue.

Ich konnte nicht anders und musste dabei grinsen. »Es war eine spannende Geschichte.«

»Nicht halb so spannend wie das, was ich mit dir heute Nacht anstellen werde.«

Hitze schoss mir in die Wangen. Die Aussicht war verheißungsvoll und beängstigend. Jaydee hatte die letzten Male ein ordentliches Tempo angeschlagen, und auch wenn es mir gefallen hatte, plagten mich nach wie vor Selbstzweifel. Was, wenn ich ihm doch nicht genügte? Ich hatte null Erfahrung auf dem Gebiet.

Er strich mit dem Handrücken über meine Wange. »Auch, wenn es für uns wichtig ist, dass ich deine Gefühle nicht spüre, wüsste ich zu gerne, was in dir vorgeht.«

»Ich ... ich bin nur ...« Ich sah ihn an, doch er wartete geduldig, bis ich bereit war, ihm zu antworten. Nur, was sollte ich sagen? Dass ich nervös war, spürte er sicherlich, immerhin konnte er mein Herz schlagen hören.

»Ich glaube, ich brauche einen Schluck Sekt.« Und ich wurde immer unruhiger! Warum nur? Ich wollte das! Mit ihm! Heute. Jetzt war endlich der Moment da, an dem uns niemand stören konnte. Es gab also keinen Grund, aufgeregt oder zurückhaltend zu sein. Oder?

Jaydee kniff die Augen zusammen, als überlegte er, was in mir vorging. Statt etwas zu sagen, ließ er mich los und schnappte sich die Flasche. Ich folgte ihm, sank auf die Decke und holte die Gläser aus dem Korb.

»Hast du Hunger?«, fragte ich.

»Nicht wirklich.« Der Korken knallte, er hielt die Flasche weg, damit der erste Schwall nicht auf die Decke tropfte. »Aber wir können gerne etwas essen.« Er setzte sich neben mich und goss mir ein. Kaum war mein Glas voll, kippte ich es auch schon in einem Zug hinunter.

Jaydee hielt inne und beobachtete mich. »Du musst dir keinen Mut antrinken.«

Und wie ich das musste! »Darf ich trotzdem noch?«

Er goss mir nach und sich endlich ein. Ich stieß mit ihm an und trank dieses Mal langsamer.

»Ich ... ich ... Oh, Mann, ich bin ganz schön neben der Spur.« Ich strich mit dem Finger über den Rand des Glases, wischte die Reste meines Lippenstiftes weg. »Ich möchte so viel und am liebsten alles gleichzeitig. Es gibt jede Menge zu erzählen, aber ich weiß nicht, wo ich anfangen soll.«

»Komm her.« Er stellte das Glas zur Seite, nahm mir meins ebenfalls weg und zog mich an sich. Sofort schmiegte ich mich gegen ihn und ließ mich mit ihm auf die Decke sinken. Ich bettete meinen Kopf auf seine Brust, lauschte seinem Atem, seinem Herzschlag, der ebenso schnell ging wie meiner. Das war auch für ihn ein Abenteuer, etwas Neues, Unbekanntes.

Ich drückte mich fester an ihn, genoss die Wärme, die er ausstrahlte. Das Wasser plätscherte friedlich, die Fackeln knisterten, Jaydees Brustkorb hob und senkte sich in langsamen Zügen. Es war ein schöner Moment, und ich spürte, wie mit jedem Atemzug die Spannung aus mir wich.

»Was ist in den letzten Monaten passiert?«, fragte er schließlich. »Akil und ich hatten noch nicht viel Zeit zu reden. Er meinte, er würde nach Anna suchen. Ist alles okay mit ihr?«

»Das weiß ich nicht genau. Es geht ihr nicht gut, seit du weg bist.«

»Inwiefern?«

»Sie ist sehr in sich gekehrt, hat sogar Will ausgesperrt. Wenn wir sie fragen, wie wir ihr helfen können, blockt sie ab.«

Jaydee ließ es sacken und dachte darüber nach.

»Sie vermisst dich«, sagte ich und blickte auf.

»Ich ... ich habe sie auch vermisst.« Er sagte es vorsichtig, als könnte er mir damit zu nahetreten.

»Verbringe so viel Zeit mit ihr, wie sie benötigt«, schob ich nach. Er sollte nicht das Gefühl bekommen, dass ich eifersüchtig auf Anna war oder er sich meinetwegen zurückhalten musste. »Es ist okay, wirklich.«

Er lächelte leicht. »Danke.«

Ich bettete meinen Kopf wieder auf seine Brust. Er spielte mit meinen Haaren, ließ eine Strähne nach der anderen durch seine Finger gleiten.

Endlose Minuten vergingen, bis er weiterredete.

»Warum trägt Akil eigentlich noch das Armband?«

Ich erklärte ihm das mit den Visionen und dass Akil dadurch bereits drei Menschen gerettet hatte.

»Und Will kann es ihm nicht abnehmen?«, hakte er nach.

»Bisher noch nicht, nein. Noah war auch noch keine Hilfe.«

Er brummte missmutig. Jaydee war gar nicht gut auf Noah zu sprechen, also wechselte ich rasch das Thema. »Außerdem haben wir, kurz nachdem du weg warst, Malea Island verlassen. Skyler und Raphael waren enttäuscht, sie hätten uns gerne weiter beherbergt, aber ich war froh drum.« Die beiden waren nett, doch intensiv in ihrer Art. Vor allen Dingen Skyler hatte versucht, Pluspunkte bei mir zu sammeln und sich tausend Mal entschuldigt, dass sie so über Jaydee hergefallen war. So ganz hatte ich ihr das noch nicht verziehen, aber ich musste zugeben, dass sie nett war. »Dann hat Derek Will geholfen, sich mit dem Anwesen zu verbinden ...« Ich erzählte weiter, erklärte alles, was wir getan hatten, wie mein Training voranschritt, wie es allen ergangen war. »Übermorgen ziehen Kendra und Aiden bei uns ein, damit Will sie unterrichten kann. Außerdem habe ich mir noch ein paar Mal die Kugel angesehen, die uns Ashriel hinterlassen hat, aber ich bin nicht weitergekommen.« Sie lag nun auf meiner Kommode.

»Darüber habe ich mir auch viele Gedanken gemacht. Wir werden sobald wie möglich Auguste besuchen und sie nach den Tagebüchern deiner Mutter fragen.«

Ich blickte auf. »Wirklich?«

»Natürlich.«

»Ja, ich dachte nur ... das Thema geht dir immerhin nahe und du ...« hast Tobias in New York deshalb eine auf die Nase geschlagen.

»Jeden Morgen bin ich aufgewacht und habe als Erstes nachgesehen, ob die Tattoos noch da sind. Wir müssen unbedingt einen Weg finden, wie wir uns ohne die Zeichen anfassen können. Und dazu müssen wir den Zauber lösen, den deine Mutter auf dich gelegt hat.« Er strich mit dem Finger mein Rückgrat hinunter. Sogar durch den Stoff kribbelte seine Berührung auf meiner Haut. »Ich will nicht abhängig von irgendwelchen magischen Tattoos sein, die jederzeit verblassen könnten.«

Ich fuhr mit der flachen Hand über sein Shirt, bis an die Stelle, wo sie waren. Er fühlte sich wärmer dort an. »Warum halten sie dieses Mal?«

»Ich habe keine Ahnung.«

Langsam glitt ich mit den Fingern zum Saum des Shirts und schob meine Hand unter den Stoff. Jaydee hielt die Luft an und brummte leise. Seine Haut fühlte sich weich und gleichzeitig fest an. Die Bauchmuskeln waren ausgeprägter, ich strich die Wölbungen entlang.

»Du hast ganz schön an Muskeln zugelegt.«

»Training war das einzige, mit dem ich mich beschäftigen konnte.«

Ich biss auf meine Lippen. Zu gerne hätte ich ihn ausgefragt, hätte gewusst, wie er seine Tage verbracht hatte, was er dachte, was er tun musste, um bei Verstand zu bleiben. Womöglich würde ich es nie erfahren.

»Weißt du, was ich nicht verstehe? Zac hatte damals – als wir den Ausflug nach Athen machten – mit mir telefoniert. Er sagte, dass er mit Auguste gesprochen hatte, und sie meinte, wir können jederzeit vorbeikommen und in den Tagebüchern von Mikael lesen. Sie lägen bei ihr im Keller. Du sagtest aber, dass sie ihre Wohnung abgebrannt hat.«

»Ja, das war circa sieben Monate nach dem großen Brand in der Kirche damals. Auguste kam danach in ein Altersheim.«

Davon hatte Zac definitiv nichts erwähnt, aber Jaydee sagte mir später, dass Auguste vieles durcheinanderbrachte. »Meinst du, sie hat die Tagebücher von Mikael mit denen von meiner Mum verwechselt?«

»Ich kann es dir erst beantworten, wenn ich mit ihr gesprochen habe. Vielleicht hat Zac sich auch verhört in dem ganzen Trubel.«

»Ja, kann sein.« Stück für Stück arbeitete ich mich an seinem Oberkörper entlang, strich jede Erhebung, jeder Vertiefung aus, als würde ich etwas Fremdes erkunden.

Jaydee lag ruhig da und genoss es. »Das kannst du meinetwegen die ganze Nacht tun.«

»Ich würde gerne noch mehr als das tun.« Ich küsste ihn seitlich an den Hals. Seine Haut zog sich zusammen. »Aber ich ... ich hab Bammel.« So. Jetzt war es draußen. Vielleicht war es gut, wenn ich es ausformulierte.

Er drehte den Kopf, sah mich an. »Dann werde ich alles dafür tun, dass du keinen Bammel haben musst.«

Seine Worte hinterließen eine wohlige Wärme in meinem Bauch. Ich sog sie auf, bis sie ganz tief in mir angekommen waren.

»Ich will dich, aber ich werde dich zu nichts drängen.« Er griff in meine Haare und hielt sie im Nacken zusammen. Ein Lächeln huschte über seine Lippen. »Du bist so unglaublich schön.«

Ich schloss die Augen. Es machte mich verlegen, wenn er mich so betrachtete.

»Und ich liebe dich«, schob er nach.

Das war das dritte Mal, dass er mir das sagte.

»Im richtigen Moment wirst du genau wissen, was du für ihn empfindest.«

War er das? Ich fühlte eine Wärme in meinem Bauch, eine Aufregung, wenn ich an Jaydee dachte, wenn er mich hielt und bei mir war. Aber war das dieser Moment?

»Du denkst zu viel nach«, flüsterte er, zog mich zu sich hinunter und küsste mich erneut. Ich ließ es zu, ließ ihn bestimmen, reagierte nur auf das, was er tat; was er vorgab. Er war behutsam und zärtlich. Ich fühlte das Verlangen hinter seinen Küssen, und gleichzeitig spürte ich, wie er sich zügelte, damit er mich nicht überforderte.

Ich sank zurück neben ihn, griff an seine Schulter und zog ihn auf mich, ohne dabei von dem Kuss abzulassen. Er folgte mir sachte, sein Gewicht drückte mich in den weichen Boden. Es war ein schönes Gefühl, als würde ich von unten und von oben in Wärme geschlossen.

Für ewig lange hielten und küssten wir uns nur. Mal zärtlich, mal fordernder. Er strich mit den Lippen über meine Wange, meinen Hals, hinunter an diese Kuhle über dem Schlüsselbein, die mehr als alle anderen Körperstellen auf ihn reagierte. Mit jedem Kuss, jeder Berührung, ließ ich mich tiefer fallen, bekam mehr Vertrauen.

Ich glitt mit den Händen nach unten, über seinen Rücken, seine Taille, bis zu seiner Hüfte. Vorsichtig schob ich die Finger unter den Stoff seines Shirts, strich über die warme und feste Haut, über seinen Bauch, hoch zu seiner Brust. Er stöhnte leise in meinem Mund, griff an den Kragen und zog sich das Shirt mit einer fließenden Bewegung über den Kopf.

Ich blickte nach unten. Da waren sie – die magischen Tattoos, die er sich nur für uns gestochen hatte. Mit den Fingern fuhr ich die Konturen nach. »Sie sehen aus wie am ersten Tag.«

»Ja.« Jaydee kam zurück zu mir, küsste mich fordernder. Ich zog ein Bein unter ihm heraus, er griff an meinen Hintern und drückte mich gegen seine Erregung. Ein Kribbeln wanderte durch meinen Unterleib. Seine Muskeln spannten sich mit jeder Bewegung, sein Atem kam abgehackt, die Hitze zwischen uns wurde intensiver. Ich drehte meinen Kopf, er küsste sich meinen Hals abwärts, fuhr gleichzeitig mit den Händen in meinen Rücken und rollte mit mir herum. Jetzt war ich oben. Seine Finger fanden zielstrebig den Reißverschluss meines Kleides. Ich beugte mich nach vorne, damit er besser drankam, er zog ihn mit einem Ratsch nach unten und schob den Stoff über meine Schultern. Ich hatte natürlich den schwarzen BH an, den ich gestern besorgt hatte. Jaydee hielt die Luft an, strich über den seidigen Stoff.

»Hab ich auch für dich gekauft.«

»Du siehst absolut atemberaubend aus.« Er richtete sich auf, strich mit den Lippen über mein Dekolletee nach oben, biss zärtlich in meine Schulter. »Aber ich werde ihn dir trotzdem ausziehen.« Er glitt zu dem Verschluss und hielt inne. »Wenn ich darf?«

Ich nickte.

Langsam öffnete er den BH. Es war noch immer ungewohnt, mich so vor ihm zu entblößen, aber Jaydee ließ mir Zeit. Ich schloss die Augen, lehnte mich nach hinten und genoss seine Berührungen. Das Kleid bauschte sich um meine Hüfte herum, wirkte wie ein Polster zwischen unseren Körpern. Ich drückte mich an ihn, kratzte mit den Nägeln über seine Rückenmuskeln.

»Jaydee ...«

Er blickte mich an. Ich strich ihm eine Haarsträhne nach hinten, fuhr die Konturen seines Gesichtes nach. Er war ein unglaublich schöner Mann. Im Moment mehr denn je. Die Härte war aus seinen Zügen verschwunden, der unterschwellige Zorn, die Gier nach einem nächsten Opfer, die Lust, jemandem wehzutun

– das alles schwieg und hatte anderen Emotionen Platz gemacht. Zärtlichkeit und Ruhe. Er musste mir nicht sagen, dass er mich liebte, ich sah es in seinen Augen, fühlte es in der Art, wie er mich anfasste und mich da abholte, wo ich war.

»Ich ...« Zuneigung breitete sich in meinem Magen aus. Wohlige, innige und starke Zuneigung. Sie arbeitete sich durch meine gesamte Mitte, bis hoch zu meinem Herzen. Wie ein Schutzpanzer legte sie sich um meine Eingeweide, um meine Seele. Als könnte mir nie mehr etwas passieren, wenn er und ich zusammen waren.

Wir hatten eine Verbindung, und egal, was nach heute passierte: Sie würde bestehen bleiben. Mein Finger blieb an seinen Lippen hängen, er drehte den Kopf, drückte einen Kuss in meine Handinnenfläche. Die Berührung wanderte meinen Arm nach oben, schickte mir eine Gänsehaut. Ich presste mich näher an ihn, wollte mehr. Ich wollte ihn überall an und in mir spüren, wollte keine Hindernisse zwischen uns, keinen Stoff, der uns bremste.

»Ich ... ich liebe dich auch«, sagte ich auf einmal.

Er ließ von meiner Hand ab, starrte mich an, als könnte er nicht glauben, was er eben gehört hatte. Ich biss auf meine Zunge, mein Herz raste, mir wurde heiß und kalt und heiß und ... *oh je.* Die Worte waren draußen, ich hatte sie gesagt.

Er blinzelte, schluckte, die Stränge an seinen Kiefermuskeln malmten. »Sag es noch mal.«

»Ich liebe dich. Und ich will dich. Alles. Heute Nacht.« Wow. Auf einmal war alles da. Dort, wo vorher Zweifel herrschten, war nun Klarheit.

Jaydee schloss die Augen, seufzte leise, als würde er einen Geschmack auskosten. »Noch mal.«

Ich lächelte. »Ich liebe dich. Ich liebe dich. Ich ...«

Plötzlich warf er mich auf den Rücken. Ich japste und lachte gleichzeitig. Der nächste Kuss war hart und berauschend. Es war okay so. Als hätten meine Worte eine Mauer zwischen uns eingerissen und die Schüchternheit weggespült. Vielleicht hatte ich es ihm erst sagen müssen, bevor ich endgültig loslassen konnte.

Jaydee nestelte an seinem Hosenknopf, ich am Kleid. Ich schob es nach unten, pfefferte es mit den Beinen weg. Er kramte in seiner Jeanstasche und holte eine kleine Packung heraus. Er hatte ebenfalls vorgesorgt. Rasch befreite er sich aus seiner Hose, ohne sich ganz auszuziehen, und kam wieder auf mich. Ich schlang meine Beine um seine Hüfte, die Hitze zwischen uns war sengend. Auf einmal gab es nichts mehr, das uns zurückhielt, keine Hemmungen, keine Scheu. Er küsste mich, auf die Lippen, den Hals, meine Brüste, tiefer und tiefer und tiefer. Seine Finger schoben sich unter mein Höschen. Bisher waren wir immer an der Stelle unterbrochen worden.

Jaydee schien zu fühlen, woran ich dachte und lächelte gegen meine Haut. »Dieses Mal nicht.« Langsam zog er an meinem Slip.

Ich hielt die Luft an, er spürte mein Zögern, wartete.

»Ist das wirklich okay für dich?«

»Ja«, flüsterte ich. Es war nicht die Furcht, die mich zurückhielt, sondern das Unbekannte. Die Spannung.

Er küsste mich in die Einkerbung neben meinem Hüftknochen. Ich keuchte. Es war prickelnd und jagte einen Schauer nach dem anderen durch meinen Körper. Vorsichtig machte er weiter, ein Wimmern drang über meine Lippen. Die Erwartung auf das, was kommen würde, trieb mir ein Brennen in den Unterleib. Ich war gespannt, besorgt, ungeduldig, aufgeregt.

Er küsste mich noch einmal. Tiefer. Wieder musste ich zucken.

»Vertraust du mir?«

»Ja.«

Ein kühler Luftzug streifte mich, als er den Slip herunterzog. Jaydees Finger strichen zärtlich über meine Haut, berührten mich dort, wo mich noch nie ein Mann zuvor angefasst hatte. Ich bäumte meinen Oberkörper auf, grub meine Hände in den Sand. Es war ein befremdliches, intimes und wahnsinnig erregendes Gefühl. Jaydee war überall an mir. Seine Hände, seine Lippen, sein Atem, ich konnte es nicht mehr unterscheiden, wollte es auch gar nicht. Er beflügelte mich mit seinen Berührungen, trieb die letzten Zweifel aus meinem Geist. Mir war schwindelig, obwohl ich lag, drehte sich alles.

Ich gab mich diesen neuen Empfindungen hin, ließ sie zu und mich fallen.

Er würde mich auffangen. Ich wusste es.

10. Kapitel

Jaydee

Noch nie in meinem Leben hatte ich einen derartigen Frieden empfunden.

Ich wusste es, denn ich konnte jeden verfluchten Moment meines Daseins abrufen. Jedes Detail, jedes Erlebnis, jedes Gespräch, alles konnte ich nach Belieben erneut durchleben.

Etwas wie heute war definitiv noch nie dagewesen. Heute war alles neu. Alles perfekt. Noch nie hatte ich eine solche Ruhe in mir gespürt. Noch nie waren mein Geist und mein Körper so wunderbar leer und gleichzeitig voll mit Eindrücken gewesen.

Sogar der Jäger schwieg.

Für den Moment.

Ich küsste Jess auf die Haare und gab uns einen Augenblick, zur Ruhe zu kommen. Ihr Puls hämmerte gegen meine Brust, sie war noch außer Atem, auf ihrem Rücken stand ein feiner Schweißfilm. Ich legte den Arm um sie, hielt sie fest, lauschte dem wilden Pochen ihres Herzens.

Für Jess war es eine Premiere gewesen, für mich genauso. Ich war noch nie mit einer Frau zusammen gewesen, die ich liebte.

»Rede mit mir«, sagte ich leise.

»Ich weiß nicht, was ich sagen soll.« Sie hob den Kopf, ihre Haare standen in wirren Strähnen ab.

Ich strich sie zurück, suchte in ihren Augen nach ihren Gefühlen. Sie hatte gesagt, dass sie mich liebte. Mehrfach. Also hatte ich es mir wohl nicht eingebildet.

»Das war unglaublich.« Sie fuhr mit dem Zeigefinger über mein Kinn, weiter zur unteren Lippe. »Anders, als ich erwartet hatte. Besser. Intensiver.« Sie kicherte. Es war ein schönes Geräusch. Losgelöst. Frei. Ungewohnt. Sie sollte das definitiv öfter tun.

Ihr Blick blieb auf meinen Lippen haften. Ein Funkeln trat in ihre Augen, auch ihr Geruch änderte sich. Meine Empathie war ausgeschaltet durch die Tattoos, aber meine Sinne funktionierten bestens.

»Ich glaube, ... ich brauche noch mehr davon«, sagte sie leise.

»Das lässt sich einrichten.« Ich griff um ihre Taille, zog sie zurück auf mich.

Sie lachte, stützte sich auf meiner Brust ab. »Was, jetzt gleich?«

»Alles andere wäre Zeitverschwendung.« Ich packte ihre Hände, setzte mich auf, so dass wir uns direkt ansehen konnten, und zog sie höher auf meine Hüfte. Sie reagierte sofort und schlang ihre Beine und ihre Arme um mich. Noch immer duftete sie herrlich nach mir, nach uns, nach Sex.

Sie griff in meine Haare, drückte ihre Lippen auf meine. Die Scheu, die sie vorhin zurückgehalten hatte, war wie weggeblasen. Jess hatte den Schalter umgelegt, sich aus ihrer Schüchternheit befreit und zugelassen, die Frau zu sein, die in ihr steckte. Sie war atemberaubend schön, berauschend und absolut begehrenswert. Wenn es nach mir ginge, würden wir die ganze Nacht genauso weitermachen.

Sie ließ von mir ab, beugte sich zu ihrer Tasche und zog eine Zehnerpackung Gummis heraus.

»Hast du etwas Größeres vor?«, fragte ich.

Sie blickte mich an und wurde knallrot. »Die gab es nur so.«

»Sicher.« Ich lehnte mich nach hinten und stemmte mich auf den Händen auf.

»Sieh mich nicht so an, das ist mein Ernst.«

»Ich habe kein Problem damit, alle aufzubrauchen, aber ich fürchte, das hältst du nicht durch.«

Sie gab mir einen Klaps auf die Brust. »Mittlerweile habe ich eine Super-Kondition.«

»Das ist mir aufgefallen.«

Sie kniff die Augen zusammen und schürzte die Lippen. »Weißt du, ich habe lange auf diesen Moment gewartet und etliche Wissenslücken. Du strengst dich also besser an, sie zu füllen.«

Ich fuhr mit einer Hand über ihre Vorderseite zwischen ihren Brüsten hindurch. Zog kleine Kreise um ihren Bauchnabel. Sie gurrte leise, das Geräusch setzte sich als angenehmes Ziehen in meinem Unterleib fort. »Fordere mich nicht heraus.«

»Und ob ich das tue, Jaydee.«

»Wie du willst.« Ich umschlang ihren Oberkörper und warf sie zurück auf den Rücken. Sie lachte, boxte nach mir. Ich pinnte ihre Arme mit einer Hand über ihrem Kopf fest und beschwerte sie mit meinem vollen Gewicht. Sie blickte mich an, in ihren Augen lag ein provozierendes Funkeln. Sie fand Spaß an der ganzen Sache. Perfekt. Ich griff nach der Packung mit den Gummis und zog eines heraus. Mal sehen, wie weit wir kämen.

Natürlich hatten wir Jess' Sammelpack nicht aufgebraucht, dennoch war die Nacht schnell vorübergegangen. Jess war zwischen unseren Abenteuern eingedöst, ich hatte gar nicht geschlafen. Es störte mich nicht, ich kam auch mal zwei Tage ohne aus, doch sie wirkte, als würde sie gleich zusammenklappen. Sie stand neben mir, hielt die Decke vor ihren Körper gepresst, gähnte alle paar Sekunden und sah mir zu, wie ich zusammenpackte. Ihre Haare waren ein wirres Nest, ihre Augen träge, ihre Züge entspannt. Ich sammelte alles ein, kippte den warmen Sekt in den See und nahm ihr die Decke ab. »Du solltest dich hinlegen.«

»Ich lag doch andauernd.«

»Und schlafen.«

Sie lächelte. »Schlaf wird überbewertet.«

Ich küsste sie auf die Stirn, faltete die Decke zusammen, legte sie in den Korb und klemmte ihn unter den Arm. »Willst du barfuß bleiben?«

Sie nickte und hob ihre Schuhe auf.

Wir liefen Richtung Ausgang. Die Sonne ging auf, der Himmel

war diesig, das Licht drang gedämpft durch die Glaskuppel. Jess schlenderte neben mir her, ihre Nähe war mir mit jeder Zelle bewusst. Ihr Geruch hing auf meiner Haut, in meinen Haaren, in meiner Seele. Ich wollte ihn nie wieder loswerden.

»Alles klar bei dir?«, fragte ich. »Oder schläfst du gleich im Gehen ein.«

»Ich glaube, ich schaffe es bis in mein Zimmer.«

Ich öffnete die erste Tür für sie und ließ sie durch. Sie tapste in den Vorraum, wartete, bis ich geschlossen hatte, um die nächste Tür zu öffnen. Statt durchzugehen, blieb sie stehen und sah mich an. Ihre Augen glänzten tief und braun. Ihre Haut hatte eine gesunde Farbe, sie strahlte von außen und von innen.

»Was?«, fragte ich, weil sie sich nicht in Bewegung setzte, sondern mich musterte, als wäre ich eine Erscheinung.

Sie grinste. »Ich hatte Sex.«

»So ist es.«

Sie giggelte wieder, drehte eine Strähne um ihre Finger und trat nach draußen. Ich folgte ihr. Es tat gut, sie so losgelöst, so frei zu sehen. Das war das erste Mal, seit ich sie kannte, dass sie absolut unbeschwert wirkte. Keine Trauer hing über ihr, kein Verlust, kein Tod, keine Gewalt. Sie war einfach nur eine junge Frau, die etwas Schönes erlebt hatte und sich darüber freute.

Jess atmete tief ein, der Morgen war frisch und kühl. Eine ganz spezielle Atmosphäre hing in der Luft. Sie duftete nach etwas Neuem, Beständigem. Sie duftete nach Zukunft. Vielleicht eine, in der Jess und ich eine Chance hatten.

Wir schlenderten den Weg entlang.

»Okay«, sagte sie auf einmal. »Wie viele?«

»Wie viele was?«

Sie überholte mich, drehte sich um und lief rückwärts vor mir weiter. »Wie viele gab es vor mir?«

Oh-oh ... »Du erwartest darauf nicht ernsthaft eine Antwort?«

»Doch! Du weißt es ja auch von mir.«

»Das ist was Anderes.«

»Und warum bitte?«

»Weil es nicht ... weil es sich so ergeben hat.« Außerdem war der Gedanke, dass sie schon mal jemand anderes geküsst haben könnte, absolut unerträglich.

»Nun sag schon!«

»Ich weiß es nicht mehr.«

Sie warf den Kopf in den Nacken und lachte. »Das ist der Witz des Jahrhunderts! Du kannst dich an alles erinnern.«

»Ich habe es verdrängt.«

Auf einmal gefror ihr Lächeln und sie blieb abrupt stehen. Ich wäre fast in sie hineingelaufen.

»Es waren viele, richtig? Deshalb willst du es nicht sagen.«

Ja. »Nein.«

»Mehr als hundert?«

»Jess ...«

»Zweihundert?«

Sie wurde blass um die Nase. Das war kein gutes Thema.

»Es spielt keine Rolle.«

»Für dich vielleicht.«

Fakt war, dass ich tatsächlich nicht genau wusste, wie viele es waren. Zumindest nicht, ohne vorher jedes einzelne Abenteuer im Kopf noch mal durchzugehen, und darauf hatte ich nun wirklich keine Lust. Ich ließ die Sachen fallen, schlang meine Arme um sie und zog sie an mich.

Sie starrte auf einen Punkt über meiner Brust. »Ich denke mir, dass es viele sind, du bist mit Akil befreundet, und der ist schließlich kein Kind von Traurigkeit.« Sie hob den Kopf, blickte mir in die Augen. Ich sah ihr an, wie die Rädchen in ihrem Hirn ratterten. »Wie alt warst du beim ersten Mal?«

»Achtzehn, genau wie du.«

Sie runzelte die Stirn. »Ich hätte gedacht, dass du früher ...«

»Ich konnte nicht. Wegen meiner Empathie.«

»Oh.« Sie nickte, verarbeitete diese Information. »Und hast du auch schon mal mit einem Mann …?«

»Nein. Ist nicht mein Ding.«

»Dafür mit genügend Frauen …«

Ich drückte sie fester an mich. »Es ist vollkommen egal, wie viele es vorher gab. Erstens kann ich es nicht rückgängig machen, und zweitens will ich nur dich.« Ich beugte mich zu ihr und küsste sie seitlich auf den Hals. Ein Schauer fuhr durch sie hindurch. »Jetzt und für immer. Also hör auf, dir über meine Vergangenheit Gedanken zu machen.«

»Es gibt aber so vieles, das ich gerne von dir erfahren möchte.«

»Ich weiß.« Am liebsten wäre ihr, ich würde mein Innerstes auf einem Tablett vor ihr ausbreiten, aber ich war noch nie der Typ gewesen, der sich leicht öffnete. Niemandem gegenüber. Dass Akil und Anna so viel von mir wussten, lag zum Großteil daran, dass sie mich durch eine meiner schwersten Phasen begleitet hatten. »Lass mir einfach Zeit, okay?«

Sie nickte und drehte mir ihr Gesicht zu. Meine Lippen fanden ihre, sofort schlang sie die Arme um meinen Hals und ließ sich auf meinen Kuss ein.

Konnte man je genug von einem anderen Menschen bekommen? Bisher war es mir noch nie mit einer Frau so gegangen, noch nie hatte ich das Bedürfnis gehabt, jemanden ständig anzufassen, mehr und mehr von demjenigen in mich aufzunehmen. Jess drängte sich an mich, ihr Geruch veränderte sich schon wieder, sie wollte mehr. Genau wie ich.

Ich hörte Schritte, jemand näherte sich, doch es war mir egal. Wir hatten uns lange genug zurückgehalten, wir hatten beide viel nachzuholen.

»Oh, guck wie süß«, sagte Akil. »Sie turteln.«

Ich löste mich von Jess und blickte über ihre Schulter. Sie hielt die Luft an, ihr Herz machte einen Satz. Vermutlich hatte sie mal wieder nicht mitbekommen, was um sie herum passierte. Daran mussten wir dringend arbeiten. Wenn sie in unserer Welt überleben wollte, musste sie aufmerksamer werden.

»Guten Morgen«, sagte Will und starrte demonstrativ zu Boden.

»Lasst euch bloß nicht stören.« Akil grinste breit. »Hab nix gegen ‘ne gepflegte Knutscherei.« Er trug Trainingskleidung, Will hingegen seine normalen Sachen.

Ich nahm Jess' Hände aus meinem Nacken und hob den Korb auf.

»Hast du mit Anna gesprochen?«, fragte Jess.

»Ja«, antwortete Akil. »Ganz früh heute Morgen. Sie war auf dem Weg zu ihrem Kraftplatz, um bei ihrem Element zu sein.«

»Schon wieder?«, fragte Jess.

»Manchmal ist sie tagelang dort«, antwortete Will.

Mist. Wenn Anna bei ihrem Element war, hieß das, dass ich sie nicht sehen konnte. Ich konnte zwar die Kraftplätze betreten, aber es war umständlich für mich, außerdem wollte sie sicher alleine sein.

»Was für einen Eindruck hat sie denn gemacht?«, fragte Jess.

»Einen ziemlich guten«, sagte er. »Sie wirkte aufgeräumt, nur ein wenig müde.«

Jess sah zu Akil. »Sagtest du nicht, sie wäre gestern vor dir davongerannt?«

Er zuckte mit den Schultern. »Sie meinte, sie hätte mich nicht gehört. Sie war zu sehr in Gedanken abgedriftet.«

Anna hatte immer mal wieder Phasen, in denen sie sich mehr als üblich zurückzog. Sie brauchte dann Zeit für sich, um sich zu sammeln. »Was für Gedanken?«

»Das hat sie nicht näher erläutert, du weißt ja, wie sie ist. Vermutlich hat sie sich genauso Sorgen wegen deiner Tests gemacht – wie jeder von uns.«

Das konnte sein. Anna wusste, zu was ich fähig war.

»Hatte sie neue Wunden?«, fragte Jess.

»Nope.«

Ich blickte zum Berg, wo ihr Kraftplatz war. »Ich würde sie echt gerne sehen.«

»Kann ich verstehen«, sagte Akil. »Aber es ist besser, wenn sie von sich aus zu dir kommt.«

Ja. Ich wollte Anna nicht bedrängen, davon hatte sie genug in ihrem Leben gehabt. »Also gut.« Ich hob die Sachen auf und deutete nach vorn. »Ich begleite Jess zurück.«

»Wenn du kurz Zeit hättest, Jaydee«, sagte Will, »würde ich gerne noch mit dir sprechen«.

»Gut, das können wir danach.«

»Wenn du das zulässt, werden sie nicht wiederkommen«, sagte Akil. »Sobald die Zwei das nächste Bett sehen, liegen sie drin. Ohne Klamotten, versteht sich.«

»Du bist ein Idiot«, sagte ich. Aber er hatte recht. Ich sollte mich mit ihr die nächsten Tage einschließen und jede Minute auskosten.

»Ich kann dich ja zurückbegleiten«, sagte Akil. »Ich trag auch den Korb, so wie du aussiehst, fehlt dir dazu die Kraft.«

»Oh nein«, sagte Jess. »Du wirst mich nur die ganze Zeit ärgern und mich ausquetschen.«

Er winkte ab. »Ich muss dich nicht ausquetschen, Schatz. Man sieht dir an, dass du nach allen Regeln der Kunst flachgelegt wurdest.«

Was für ein Drecksack. Leider konnte ich mir das Grinsen nicht ganz verkneifen.

Jess wandte sich mir zu. »Das hat er eben nicht wirklich gesagt, oder?«

»Doch, hat er.«

Jess schnaubte. »Ihr seid doch ... grrr. Egal. Ich gehe auf mein Zimmer. Allein! Wir sehen uns nachher.«

Ich küsste sie ein letztes Mal, atmete noch einmal ihren Duft in meine Lungen. Jess schnappte sich den Korb und ließ uns zurück.

Akil holte Luft, doch ich fuhr ihm über den Mund. »Spar dir jeden weiteren Kommentar. Egal welchen.«

»Ich wollte dir nur sagen, dass ich mich für dich freue.«

»Nein, du wolltest fragen, wie es war, ob wir Spaß hatten, was wir getan haben. Am besten alles im Detail.«

Er lächelte. »Na ja, vielleicht auch das. Aber ich wollte wirklich erst sagen, dass ich mich freue.«

Ich boxte ihn auf den Arm. »Geh trainieren.«

Er zuckte die Schultern und lief den Weg hinunter, den ich eben mit Jess gekommen war. Will wartete, bis Akil weg war. Er wirkte ernst. Will war zwar noch nie wirklich losgelöst gewesen, aber heute Morgen trieb ihn etwas um, ich sah es ihm an.

»Was ist passiert?«

Er blickte Jess nach und lächelte leicht. »Es freut mich wirklich, dass ihr beide einen Weg für euch gefunden habt.«

»Wegen der Tinte, ja. Danke noch mal, dass du sie für mich verlängert hast.«

»Mir ist es dennoch ein Rätsel, warum die Zeichen so lange halten. Ich konnte nichts an der Substanz selbst verändern, ich habe sie nur gestreckt, damit es mehr wurde.«

Ich strich über meine Brust. »Hat das vielleicht die Haltbarkeit beeinflusst?«

»Vielleicht, vielleicht auch nicht. Fremde Zauber sind schwer zu durchschauen. Ich müsste genau wissen, was in der Tinte war, um sie besser analysieren zu können, aber dazu besteht ja keine Möglichkeit.«

Weil Anthony weg war und wir keine Tinte mehr hatten. »Das war allerdings nicht der Grund, weshalb du mit mir reden willst, oder?«

»Nein. Ich weiß auch noch nicht genau, wie – oder ob das der richtige Zeitpunkt ist. Seit vier Monaten mache ich mir darüber Gedanken und bin zu keinem Ergebnis gekommen.«

»Klingt geheimnisvoll.«

»Ich will dir nicht den Tag verderben oder dich aus deinem Glücksrausch zerren, aber ich denke, es ist Zeit, dass du einiges erfährst.«

Etwas in seiner Stimme beunruhigte mich. Ich war mir noch nicht sicher, ob ich es wirklich hören wollte. Will und ich hatten unsere Differenzen, auch wenn wir sie im Ernstfall zur Seite legen und miteinander arbeiten konnten. Das hieß nicht, dass wir uns mochten. »Was ist passiert?«

»Als ich Ilai zurück in den Tempel der Wiedergeburt brachte, hat er mir einige Dinge aus seiner Vergangenheit gezeigt. Es ging dabei auch um dich. Vor Kurzem habe ich dann durch Keira weitere Puzzleteile zu dem Bild gefunden, und ich denke, du solltest es dir ansehen.«

Mit allem Möglichen hatte ich gerechnet, aber nicht damit. Auf einmal ebbte der Taumel von heute Morgen ab. Als hätte mir Will volle Breitseite eiskaltes Wasser ins Gesicht geschüttet.

»Was willst du damit andeuten?«

»Du solltest erfahren, woher du kommst und was du bist, Jaydee.«

11. Kapitel

Keira schrie vor Schmerzen. Das Brennen floss über die Kanüle in ihren Arm und breitete sich in ihrem Kopf aus. Es fraß sich durch ihren Schädel, drang bis in die letzten Hirnwindungen vor und raubte ihr fast das Bewusstsein.

»Hör auf, bitte, hör auf!«, brüllte sie zum wiederholten Male, aber A.J. hörte nicht auf.

Er hatte sie auf den Schmerz vorbereitet, sie wusste, was sie erwartete, aber dass es so schlimm werden würde, hatte sie nicht geahnt.

A.J. stand hinter ihr, hielt sie an den Schläfen fest, strich ihr über den Kopf und versuchte, sie so zu beruhigen. Sie ruckte an ihren Fesseln, mit denen er sie an den Stuhl gebunden hatte, doch sie konnte sich nicht befreien. Arme, Beine, Oberkörper, Kopf – alles war fixiert.

»Halt durch, es muss sein«, sagte A.J. Er hatte Räucherwerk angezündet, das die Schmerzen lindern sollte. Es drang in Keiras Nase, lenkte sie kurzzeitig ab.

Bilder blitzten vor ihren Augen auf. Sie sah sich selbst in einer Hütte. Ein Fremder saß ihr gegenüber und redete mit ihr. Nein, es war kein Fremder, es war Joshua ... ihr alter Auftraggeber, der sie so oft schon engagiert hatte. Er redete. Von Coco. Von einer alten Fehde zwischen den Seelenwächtern, von Verrat und von Engeln und von Magie. Keiras Finger krampften in das Leder des Stuhls. Sie biss sich auf die Zunge, ihr Herz flatterte.

»Weiter, Keira. Du hast es bald geschafft.«

In Gedanken blätterte sie in einem Buch, Joshua redete auf sie ein, erklärte ihr, wie gefährlich Coco war und dass sie unbedingt aufgehalten werden musste, bevor sie die Nachfahrin in die Finger bekam.

»Die Nachfahrin«, keuchte sie.

»Jessamine Harris, ja.«

»Alles begann vor Tausenden von Jahren. Als eine Seelenwächterin namens Lilija erschaffen wurde.«

»Sehr gut. Bleib dran. Wir gehen gemeinsam auf diese Reise.«

Lilija war eine großartige Seelenwächterin gewesen und besessen von dem Wunsch, alle Elemente in einer Person zu vereinen. Sie wollte, dass die Wächter sämtliche Fähigkeiten nutzen konnten, nicht nur die eines Elementes.

»Aber das dürfen sie nicht. Es bringt das Chaos auf die Erde und hebelt die Naturgesetze aus.«

Lilija mutierte von einem guten Wesen zu einem grausamen Geschöpf. Sie wollte einen Menschen erschaffen, der alle Fähigkeiten in sich trug, doch das würde das Chaos über die Erde bringen. Es durfte nicht sein. Niemals.

»Du weißt, wer dieser Mensch ist«, sagte A.J. »Joshua hatte nicht daran geglaubt, aber das Kind lebt!«

»Es lebt ... es lebt ... Jaydee ...« Er vereinte die Elemente in sich. Er war das, was nicht sein durfte. Er war das Erbe von Lilija. »Großer Gott, es kommt alles zurück.«

»Sehr gut, dann lass es zu.«

Als sie Jess auf Malea Island in Sicherheit gebracht hatte, war sie noch mal zurück in die Hütte gegangen. Sie hatte die Bücher geholt, weil sie Jess alles erzählen wollte. Sie musste wissen, dass sie eine Nachfahrin war und eine besondere Gabe in sich trug. Aber Will hatte ihr das alles genommen. »Er hat meine Erinnerung ausgelöscht.«

Er und Anna.

»Und ich schenke sie dir wieder.«

Aus dem Augenwinkel erkannte sie, wie A.J. nach dem Infusionsbeutel griff und an dem Rädchen drehte. Die Flüssigkeit tropfte schneller in den Schlauch. Der Schmerz kehrte zurück, grub weiter in Keiras Gehirn, bis sie glaubte, daran zu vergehen.

Sie schrie erneut, und mit jedem weiteren Herzschlag wurde das Bild klarer ...

12. Kapitel

Jaydee

Ich stand in der Bibliothek und starrte auf die Bücher, die Will vor mir auf den Tisch gelegt hatte. Der Geruch nach jahrtausendealter Geschichte stieg aus ihnen auf. Die Blätter waren vergilbt, der Ledereinband zum Teil speckig.

»Du kannst sie aufschlagen, sie sind magisch konserviert.«

»Was ist das?«

»Das ist deine Geschichte, Jaydee. Zumindest ein Teil davon. Alles andere werde ich dir besser erzählen.«

Ich starrte ihn an, wusste nicht, was ich darauf erwidern, was ich fühlen sollte. Heute Morgen war ich noch gefangen gewesen im Glückstaumel, umringt von Gefühlen, die ich mir nie erträumt hätte, und nun drohte das alles zu zerbröseln. Ich hätte in Jess' Armen bleiben sollen.

»Lies bitte«, sagte Will.

Und genau das tat ich. Wie benommen blätterte ich in dem Buch, sog die Informationen in mich auf, betrachtete die Bilder, tauchte in eine uralte Geschichte ein, die sich fremd und gleichzeitig vertraut anfühlte. Jedes Wort, jedes Bild schien nur dafür gemacht worden zu sein, damit ich es betrachtete. Sie erzählten von den Anfängen der Seelenwächter, von Magie und Hoffnung, von einer Frau, die mehr als andere wollte. Bei ihrer Abbildung blieb ich hängen. »Lilija.« Sie war wunderschön mit feuerroten Haaren und moosgrünen Augen.

Du bist ein Geschöpf meiner Herrin.

Das hatte Coco zu mir gesagt, als ich sie hier in Arizona gestellt hatte und gerade so vor ihr entkommen war.

Ich blickte zu Will, der still abwartete. Seine Miene war neutral, mit einem Hauch Sorge darin.

»Was hat das zu bedeuten?«

»Ilai wusste von Anfang an, was du bist. Er hatte nur Angst, es dir zu sagen. Er wollte nicht, dass du ... dass du dich verlierst.«

Meine Hände ballten sich zu Fäusten. Ich wollte nicht hören, was Will mir zu sagen hatte, und gleichzeitig hätte ich am liebsten alles aus ihm herausgeschüttelt. »Er hat mich belogen.«

»Ich würde es gerne abstreiten, aber das kann ich nicht.«

Ich schloss die Augen, ließ diese Information sacken. Wut flammte auf, die ersten Regungen des Jägers, seit Jess ihn gezähmt hatte. »Warum jetzt? Warum gerade du?« Von allen anderen hätte ich es erwartet, aber nicht von Will.

»Weil ich nicht glaube, dass dir geholfen ist, wenn du länger im Dunkeln tappst. Ilais Schweigen hat nichts genutzt. Du bist immer noch unstet, unberechenbar und launisch. Vielleicht kannst du den Jäger besser kontrollieren, wenn du weißt, woher er kommt.«

»Ich wurde von Lilija erschaffen.« Ich war ihr Geschöpf. Der Jäger war ihr Geschöpf.

»Es kommt noch mehr, Jaydee. Ich weiß nicht, ob du ... wenn du eine Pause zwischendurch brauchst.«

Ich schüttelte den Kopf. »Rede.«

»Ilai hat dich als Baby gefunden. In einer Hütte. Deine leibliche Mutter hieß Sangita. Sie war eine arme Bäuerin, die sich nichts sehnlicher wünschte als ein Kind. Bis es ihr jemand schenkte.«

»Lilija.«

»Vermutlich, ja.«

»Woher weißt du das alles?«

»Ilai hat es mir gezeigt. Als ich ihn in den Tempel der Wiedergeburt gebracht habe, hat er mich in seinen Geist gezogen und mich mit auf eine Reise in die Vergangenheit genommen. Ich habe gesehen, wie er Sangita in der Hütte besuchte und dich ihren Armen entnommen hat. Sie lag im Sterben, die Geburt war zu viel für sie gewesen.«

Ich schloss die Augen. Meine Mutter starb, als sie mich auf die

Welt brachte ... Ein dumpfes Ziehen breitete sich um mein Herz aus.

»Ilai erklärte mir einiges, aber nicht alles. Mit Hilfe des Buches konnte ich mir schließlich zusammenreimen, wann du geboren wurdest: Lilija lebte vor viertausend Jahren, genau wie Sangita.«

Ich musste mich an der Tischkante abstützen. »Viertausend ...« Das konnte unmöglich wahr sein. Nichts davon, und dennoch fühlte es sich absolut logisch an.

»Lilija wollte alle vier Elemente in einem Körper vereinen. Sie verstand nicht, warum sie nur die Fähigkeiten eines Elementes nutzen durfte.«

Der Gedanke war gar nicht so unsinnig. Es wäre hilfreich, wenn auch andere Wächter heilen könnten, nicht nur die der Erde. Oder teleportieren oder zaubern, oder, oder, oder.

»Sie wurde immer besessener von ihren Plänen, schreckte vor keinen Opfern zurück. Auch Unschuldige unterlagen ihrem Wahn. Die Seelenwächter mussten sie aufhalten. Da sie nicht ihresgleichen töten konnten, erschufen sie ein Gefängnis. Ähnlich wie deine Isolationszelle. Sie war aus Jade erbaut.«

»Aus ...« Ich griff an den Stein, den ich um den Hals trug.

Will nickte. »Das ist ein Bruchstück aus ihrem Gefängnis. Ilai glaubte, dass es dich ankern könnte, deinen Geist beruhigen.«

War es das, was Ariadne meinte?

Du musst ihn wiederfinden. Er gehört zu dir. Er wird dir helfen.

Ihre Worte hallten in mir nach, als hätte ich sie eben erst gehört.

Er wird mir helfen. Er soll mich ankern. Aber tat er das auch? Wäre ich verloren gewesen, wenn ich ihn nicht gehabt hätte?

»Lilijas Gefängnis war allerdings nicht stark genug.« Will tippte auf das zweite Buch. »Schlag es auf.«

Ich tat es. Die Geschichte ging weiter. Lilija war auf einer Abbildung zu sehen. Sie steckte in einer Zelle und hämmerte gegen die Wände. Risse zogen sich durch das Gestein.

»Sie wäre fast entkommen, aber die Seelenwächter bekamen unerwartete Hilfe von Sophia: dem Engel des Mitleids und der Güte.«

»Sophia ...«

»Die Urmutter, die ihre Magie den Sapiern zur Verfügung gestellt hat, um die Nachfahrin vor Coco zu schützen.«

»Wie hängt sie da mit drin?«

»Das ist das einzige, das ich dir nicht beantworten kann. In den Büchern taucht sie einfach so auf, ebenso in Ilais Vision. Er hatte sie in der Wüste herbeigerufen. Sie sah dich und sagte: *Beende das Leben, das ich irrtümlich geschenkt habe.*«

»Aber ich dachte, Lilija hat mich erschaffen.«

»Wie gesagt: An der Stelle beißt sich die Geschichte. Fakt ist jedoch ...« Will deutete auf das Buch, und ich blätterte um. »... dass Sophia aktiv geholfen hat, die Mauern um Lilijas Gefängnis zu stärken und sie somit für ewig zu bannen.«

Das nächste Bild zeigte Sophia, die vor der Zelle stand und die Arme erhob. Aus ihren Fingern schossen Energiestrahlen, die sich in vier Richtungen bündelten und um die Mauern rund um Lilija schlossen.

»Sophia gab dabei alles auf, was sie ausmachte. Der Engel wurde zum Mensch.«

Mich schüttelte es. Ich hätte mit vielem bezüglich meiner Herkunft gerechnet, aber das war einfach ... Ich streckte eine Hand aus, drehte sie nach oben, nach unten. »Ich verstehe das mit den Elementen nicht ganz. Sie wirken doch schon in mir. Ich fühle jedes einzelne von ihnen, mal mehr, mal weniger stark, und dennoch dreht sich die Erde weiter. Ich lebe, ich atme. Wo ist das angekündigte Chaos?«

»Lilija konnte ihre Pläne mit dir nicht ganz umsetzen. Sie pflanzte alle Essenzen in dich, aber ich fürchte, sie haben sich nie voll entfaltet. Du sagst ja selbst, dass sich deine Fähigkeiten erst nach und nach einstellten.«

Das stimmte. Meine Empathie kam, als ich sieben Jahre alt war, die erste Magie wirkte ich mit zwölf, als ich diese dämliche Rose verwandelte. Akils Fähigkeiten hatte ich erst kürzlich entzogen. Jeden Tag konnte etwas Neues über mich hereinbrechen.

»Irgendetwas schlummert in dir. Genau das hatten die Seelenwächter damals gefürchtet, und vermutlich tun sie das noch. Wenn du deine volle Macht entfaltest, wirst du das Chaos über die Erde bringen. So steht es zumindest geschrieben.«

Ich strich mir durchs Gesicht, versuchte, das alles zu verarbeiten. »Wenn das vor vielen tausend Jahren passiert ist, wie bin ich dann zu Mikael gekommen?«

»Es gibt nur zwei Wege: Entweder Sophia ist mit dir durch Zeit und Raum gereist, oder sie hat dich so lange irgendwie am Leben gehalten.«

»Konnte sie das?«

»Wenn sie noch ein Engel war, ganz sicher.« Will schnalzte mit der Zunge. »Und je länger ich darüber nachdenke, wäre es sogar ein genialer Einfall, dich in die Zukunft zu bringen. Niemand konnte dich so finden. Vor allen Dingen nicht Lilija.«

»Wusste Mikael davon?« Hatte er mich ebenso angelogen? Mein Leben lang.

»Das kann ich dir nicht beantworten. Ich habe keinerlei Hinweise auf ihn gefunden.«

Er gab mir eine Minute, um das sacken zu lassen, doch ich brauchte keine Minute. Es würde Stunden, Tagen, vielleicht Wochen dauern, bis ich das verdaut hatte. »Die Fylgja sagte, dass es schon mal einen wie mich gegeben hat. Er wäre allerdings gestorben.«

»Vielleicht war es einer von Lilijas Versuchen. Es kann gut sein, dass es ihr nicht gleich gelang, dich zu erschaffen. Du solltest übrigens noch von den Nachfahren lesen. Es ist wichtig. Für dich und Jess.«

Ich blätterte weiter und fand die Geschichte. Über David. Und die Harfe. Und die Macht der Musik ...

13. Kapitel

Keira zitterte vor Anspannung. Der Schmerz, die Erinnerung, das Räucherwerk: Alles legte sich um sie wie ein Schleier und raubte ihr sämtliche Energie. Die Bilder ratterten vor ihrem geistigen Auge umher, wirbelten herum, sortierten sich, verwirrten sie.

Es war viel. Es war alles so viel.

»Weiter, Keira. Da ist noch mehr. Was weißt du noch? Was ist mit der Nachfahrin?«

»Sie stammt von Sophia ab. Einem Engel. Sie hatte geholfen, Lilija zu verbannen. Dabei wurde sie menschlich und bekam eine Tochter. Die erste Nachfahrin.«

»Gut. Jetzt kommst du der Sache näher.«

»Die Nachfahren müssen beschützt werden, weil sie eine kostbare Gabe in sich tragen.«

»Ja, ja, weiter.«

»Doch die Gabe zeigt sich nicht bei allen Nachfahren, sie tritt nur sporadisch auf. König David war einer von ihnen! Er ... er spielte. Ein Lied. Ein geheimes Lied ... es war so mächtig, dass es das Gefängnis von Lilija erschütterte.«

»Du bekommst die Harfe nicht ...« Die Harfe ... König Davids Harfe ... »Mein Vater ... er war auch ein Sapier. Er hat auf die Harfe aufgepasst. Es gibt die Beschützer und die Hüter. Er war ein Hüter. Er hütete die Harfe.« Und hatte das Geheimnis, wo sie war, mit ins Grab genommen.

»Mach weiter, Keira. Du hast es gleich.«

»Ich ...« Sie krampfte, als die nächste Schmerzwelle sie traf. »Joshua war ein Beschützer. Der letzte. Er ist tot. Wegen ... Wegen Coco. Sie hätte uns fast erwischt. In der Antarktis.« Eine weitere Erinnerung drang nach vorne, Keira sah sich selbst, wie sie sich in die Hand schnitt und Worte aussprach. »Da ist mehr ... ich ...« Leistete sie einen Eid? Wenn ja, worauf? »Joshua zeigt mir etwas.

Ich kann ... ich sitze vor dem Kästchen mit dem Kranich. Ich kann es benutzen. Ich kann Sophias Magie anrufen, aber sie hat einen Preis. Sie nährt sich von meiner Lebensenergie.« Deshalb die weiße Haarsträhne! Sie entstand, als Keira die Magie verwendet hatte. Je öfter die Sapier Sophia anriefen, umso schneller alterten sie.

Auf einmal brach ein Feuer in ihrem Kopf aus. Die Bilder ertranken in einem Ball aus Licht und Hitze. Die Reise ging weiter, sie war auf Malea Island. Will schleuderte einen Feuerball auf sie, und danach war sie aufgewacht, mit einer Erinnerung an die letzten Tage, die nicht echt war.

Keira riss die Augen auf. A.J. zog seine Hand weg. »Anna und Will. Sie haben mich belogen. Sie haben ... sie hat meine Erinnerungen manipuliert. Mir falsche eingetrichtert.« Das Amulett, das Keira angeblich für Anna besorgt hatte: Es war alles erfunden.

»Ja«, sagte A.J. leise. Er wirkte genauso erschöpft wie sie. »Du hast es geschafft, Keira. Es ist alles wieder da, oder?«

»Ich glaube schon.«

»Sehr gut.« A.J. umrundete den Stuhl und löste eine Fessel nach der anderen. Sie setzte sich langsam auf, rieb ihr Handgelenk, um die Haut wieder zu durchbluten. Sie fühlte sich, als hätte sie drei Nächte durchgemacht. Ihr Körper war vollkommen ausgezehrt und erschöpft, aber ihr Geist platzte aus allen Nähten. Sie betrachtete ihre Handinnenfläche, in die sie sich in ihrer Erinnerung geschnitten und in die sie vorhin Balor gebissen hatte. Die Wunde fühlte sich besser an. Sie heilte. Womöglich durch die Infusion.

»Hier, trink das.« A.J. reichte ihr ein Glas Wasser. Keira nahm es entgegen und stürzte es mit gierigen Schlucken hinunter.

»Großer Gott, was habe ich nur getan?« Sie hatte mit dem Eid sich selbst alles entzogen, was sie am Leben gehalten hatte. Sie hatte sich um ihre eigene Rache betrogen, um ein Mädchen zu schützen, das sie kaum kannte. Im Nachhinein betrachtet, war es nicht die klügste Entscheidung gewesen, aber nun war es zu spät.

»Woher hast du gewusst, dass ich manipuliert worden bin und wie du es lösen musst.«

»Ich arbeite für Joshua seit zwanzig Jahren. Er hatte für den Fall seines Todes vorgesorgt und mir strikte Anweisungen hinterlassen. Sollte er sterben, gab es zwei Dinge, die ich tun musste: Erstens musste ich dich aufsuchen und herausfinden, was du wusstest; Joshua erklärte mir, dass er dir eine Fülle an Informationen zukommen lassen wollte. Er sagte, falls du sein Vermächtnis fortführen würdest, würdest du auf der Stelle die Suche nach Coco einstellen und dich einer jungen Dame annehmen: Jess. Da dies nicht geschehen war und du dich nach Joshuas Tod deinem Alltag gewidmet hast, bin ich erst davon ausgegangen, dass er nicht mehr dazu kam, dich einzuweihen.«

»Was nicht stimmte. Ich konnte mich nur nicht mehr daran erinnern.«

»Das wurde mir später auch klar. Um sicherzugehen, habe ich dir noch einige Aufträge zukommen lassen, leichte Dinge. Das alte Kreuz, das du vor dreieinhalb Monaten beschafft und einem Museum zurückgebracht hast?«

»Das warst du?« Der Auftrag war recht reibungslos abgelaufen. Keira war in die Villa eines Neureichen eingebrochen und hatte ihm ein antikes Kreuz geklaut, weil er nicht der rechtmäßige Besitzer war.

»Das und noch einige andere, die danach folgten. Ich wollte eine Bestätigung haben, dass du wirklich nichts wusstest. Als ich bemerkte, dass du dein Geld weiterhin darauf verwendest, nach Coco zu suchen, wusste ich, dass etwas schiefgegangen war. Ich habe dich lange beobachtet, habe darauf gewartet, dass du dich um die Nachfahrin kümmerst, doch es ist nichts dergleichen geschehen. Und da nahm ich mir die Freiheit, die zweite von Joshuas Vorkehrungen zu aktivieren. Er hatte sein Wissen niedergeschrieben und in einem Schließfach in einer Bank in Zürich deponiert. Es war so versiegelt, dass nur ich es öffnen konnte. Genau das tat ich und wurde in die Geheimnisse des Bundes eingeweiht. Mir wurde mehr offenbart, als ich mir je zu träumen gewagt hatte.«

»Das Gefühl kenne ich.« Sie zog die Beine an und schlang die Arme darum. Ihr Körper fühlte sich merkwürdig klamm an, als müsste er noch das Gegenmittel abbauen.

»Bei Joshuas Unterlagen fand ich ebenfalls sein Tagebuch. Er hatte aufgeschrieben, dass du den Bluteid geleistet hattest und Teil des Bundes geworden bist.«

»Er musste das notiert haben, als ich kurz draußen war.« Wenig später waren sie in die Antarktis aufgebrochen. »Wie ist das in der knappen Zeit zu den Unterlagen gelangt?«

»Die Sachen wurden nach seinem Tod eingepackt. Wie gesagt: Er hatte Vorkehrungen getroffen. Jeder seiner Mitarbeiter hatte eine andere Aufgabe, so konnte er sicher sein, dass niemand zu viel wusste. Als ich in dem Tagebuch las, war mir klar, dass ich dir helfen musste. Ich bin zurück zu deiner Wohnung und setzte meine Beobachtungen fort. Ich fragte mich: Wenn du den Eid geschworen hast, warum verhältst du dich nicht so?«

»Weil ich es nicht besser wusste ...«

»Deshalb bin ich bei dir eingebrochen. Ich habe Haare aus deiner Bürste ...«

»Moment! Moment! Du bist bei mir eingebrochen? Schon wieder?!«

»Ich hatte dir gesagt, dass ich beim nächsten Mal besser vorgehen würde.«

Sie ballte die Hände zu Fäusten und hätte sie ihm am liebsten in seine Visage geschlagen. Wobei sie daran selbst schuld war! Sie hätte damals schon umziehen sollen!

»Weiter.«

»Nun, ich habe deine Haare untersucht und fand Rückstände von Magie. Nach einigen Recherchen in einschlägigen Kreisen erfuhr ich, dass diese davon rührten, wenn die Seelenwächter das Gedächtnis eines Menschen beeinflusst hatten. Mir war also klar, dass etwas mit dir nicht stimmte. Ich suchte nach einem Gegenmittel, fand es bei Lough und schickte dich auf diesen Auftrag.«

»Er sagte, er würde Leuten wie dir die Phiole nicht geben.«

»Lough hätte das Mittel niemandem gegeben. Er trennt sich ungern von seinen Sachen.«

Keira atmete tief durch. Ihr Kopf schwirrte, als würden die zurückgeholten Erinnerungen herumtanzen und noch einen Platz suchen, an den sie gehörten. »Danke, dass du mir geholfen hast.«

»Gern geschehen.«

»Auch, wenn du mich wegen Lough hättest vorwarnen können. Das wäre fast danebengegangen.«

»Fast. Aber du bist ein Profi. Ich wusste, dass du es schaffst, außerdem liebst du doch Herausforderungen. Normale Aufträge sind dir zu langweilig.«

Da hatte er bedauerlicherweise Recht. Keira war ein Adrenalinjunkie. Sie rieb sich über die Stirn, massierte die Anspannung weg. »Okay, da ich nun alles weiß, werde ich mich wohl darum kümmern, dass Jess in Sicherheit ist. Ich muss zu den Seelenwächtern. Außerdem hat Will mir die Bücher entwendet, die ich von Joshua aus der Hütte geholt hatte.« Das war nach ihrer Rückkehr passiert, als sie auch den Hund Benson dabeihatte.

»Ich habe ehrlich gesagt noch einen zweiten Plan, bevor du dich um Jess kümmerst.« Er ging zu der Sporttasche, die er vorhin neben dem Stuhl abgestellt hatte, griff hinein und zog einen zusammengefalteten Zettel und eine Box heraus. Von der Größe her würde ein Fußball hineinpassen. »Joshuas Unterlagen waren sehr detailliert, es dauerte drei Tage, bis ich alles durchhatte und auch den Sinn dahinter verstand. Unter anderem waren Informationen über das Archiv der Sapier enthalten und eine Art Inventarliste.« A.J. überreichte Keira die Gegenstände. Sie faltete den Zettel auf. Es war eine abfotografierte, handgeschriebene Notiz. Die Schrift wirkte alt, das Papier war vergilbt.

»*Wenn das Licht die Nacht erhellt und gestorb'ne Engel sprechen, eine*

Feder auf die Erde fällt, um die Macht des Kind's zu brechen.« Keira blickte auf. »Was ist das?«

»Öffne die Schachtel.«

Sie legte den Zettel weg und betrachtete die Box. Sie war aus Holz. Schlicht. Nichts Wertvolles. Keira klappte den Deckel auf und zuckte zusammen. Im Inneren lag ein menschlicher Schädel. Er war alt, die Oberfläche gelblich mit zahllosen Rissen auf dem Knochen. »Nett.«

»Das ist der Schädel von Sophias Ehemann Leander.«

»Bitte was?« Sie starrte A.J. an. Das konnte doch unmöglich wahr sein! »Du meinst *die* Sophia. Die Urmutter.«

»Ganz genau. Joshua hatte den Schädel in Verwahrung.«

»In einer alten Holzschachtel?«

»Er ist konserviert, keine Sorge. Der Kopf ist die Eintrittskarte in die Archive der Sapier.«

»Ich verstehe kein Wort.«

»Es ist auch sehr schwer zu erklären. Ich denke, ich zeige es dir besser. Gib ihn mir.«

Keira gehorchte und hob ihn vorsichtig aus der Schachtel. Er war leicht und erstaunlich stabil. »Ich hatte übrigens ein Bild von der Tür, die zu den Archiven führt. Sie war in meiner Akte, die Anthony über mich angefertigt hatte.«

»Vermutlich ist er irgendwann darauf gestoßen. Er hatte ein Auge für das Ungewöhnliche. Hast du es noch?«

»Nein. Joshua hat es verbrannt.« Er war völlig entsetzt, als sie es ihm zeigte.

»Es ist gefährlich, dass es existiert. Niemand darf davon wissen.«

»Warum eigentlich nicht?«

»Weil die Gefahr zu groß ist, dass dann auch Coco von uns erfährt und die Nachfahrin findet. Geheimhaltung, Keira! Das ist das einzige, was uns bis hierhergebracht hat.«

»Das ist nicht schlimm, es war sowieso eine Fälschung.« A.J. kramte ein weiteres Mal in der Tasche. »Über die Jahre sind Gerüchte über die Archive entstanden. In diversen Kreisen ging die Nachricht um, dass dort angeblich der Reichtum der Sapier versteckt lag. Um diese Gerüchte weiter zu schüren und die echten Archive gleichzeitig zu schützen, hat der Bund das Foto erstellt und es in Umlauf gebracht. Es sollte Leute wie Anthony beschäftigt halten, und offenbar hat es ja funktioniert. Letztlich war es nur eine Tür. Ich bin mir nicht mal sicher, ob sie wirklich existiert.«

Das war unfassbar. Das Foto war gar nicht echt gewesen? »Aber die echten Archive gibt es?«

»Ja, nur sind sie nicht über eine Tür zu betreten, sondern über ein Portal.«

»Warum hat Joshua dann so ein Theater wegen des Bildes gemacht? Er hätte es mir einfach sagen können.«

»Vielleicht wollte er dir nicht noch eine Last aufbürden. Abgesehen davon war es ihm eh nicht möglich gewesen, die Archive zu betreten.«

»Warum?«

»Weil ihm ein entscheidender Gegenstand fehlte, um sie zu öffnen.« A.J. öffnete die Faust. Darin lag eine goldene Stimmgabel.

»Das ist meine!« Eher die ihres Vaters. Keira hatte sie Anthony überlassen, um ihm die Teleportationskapseln abzukaufen, mit denen sie dann nach Athen gereist war. Sie war einer Spur von Coco gefolgt, die durch Einbrüche in Museen für einiges Aufsehen gesorgt hatte. Das war auch der Ausflug gewesen, bei dem sie Jaydee kennenlernte. »Woher hast du sie?«

»Ich habe – als ich dich beobachtete – auch nach Anthony gesehen. Da du mir nicht sagen wolltest, wo er sich aufhielt und er schon längere Zeit nicht mehr daheim gewesen war, habe ich mich dort umgeschaut. Die Stimmgabel habe ich sofort erkannt durch die Inventarliste von Joshua.«

»Sie gehörte dem Bund?« Aber wunderte sie das wirklich? Ihr Vater war ein Teil des Bundes gewesen, er war der Hüter der Harfe.

»So ist es. Wusstest du, dass sich der Ton einer Stimmgabel verstärkt, wenn man ihn gegen den Schädelknochen hält?«

»Ja. Mein Dad hat das früher mit mir gemacht. Er hat sie angeschlagen und dann gegen meine Stirn gehalten.« Keira hatte sich jedes Mal dabei kaputtgelacht.

»Wenn man sie gegen ganz bestimmte Schädelknochen hält, kann sie auch ganz bestimmte Töne erzeugen.« Er schlug die Stimmgabel gegen die Kante des Behandlungsstuhls, um sie in Schwingung zu versetzen. Dann hob er ihren Fuß auf die Oberfläche des alten Schädels.

Erst erklang ein helles Summen, das Keira bis in ihr Zwerchfell spürte. Sie kannte den Ton der Stimmgabel in- und auswendig. Nachdem ihr Vater gestorben war, saß sie oft in ihrem Zimmer im Pflegeheim und schlug stundenlang die Gabel an, um sie sich an ihre Stirn zu halten. Es war, als könnte sie über den Ton eine Verbindung zu ihm herstellen und mit seiner Seele Kontakt aufnehmen. Albern, aber als kleines Mädchen hatte sie das getröstet.

Das Summen veränderte sich, wurde lauter und tiefer. »Leander starb, kurz nachdem Sophia ihr menschliches Leben hinter sich gelassen hatte. Man sagt, er habe den Verlust seiner Frau nicht überwunden und sei selbst vor Trauer umgekommen. Die Sapier wollten sein Erbe wahren und konservierten seinen Schädel. Mehr noch, sie speisten ihn mit einer ungewöhnlichen Magie, die – wenn sie in die richtige Schwingung versetzt wird – ein Bild erzeugen kann.« A.J. neigte die Stimmgabel, der Ton sank eine weitere Oktave nach unten. Das Summen breitete sich im gesamten Raum wie wabernder Nebel aus. Ein Glühen entstand zwischen der Gabel, erst schwach, doch mit jeder verstreichenden Sekunde wurde es stärker. Es leuchtete hell, ganz ähnlich wie der Kranich geleuchtet hatte, als er aus dem Holzkästchen entfesselt worden war.

»Was ist das?«, fragte Keira.

»Pass auf.« A.J. drehte sich so, dass das Leuchten der Gabel auf die nächste Wand fiel.

»Wie eine Diaprojektion«, sagte Keira.

»Genau.« A.J. drehte die Gabel ein Stück nach links. Die Lichtpunkte sortierten sich an der Wand und bildeten einen Torbogen. »Es ist ein Portal«, sagte A.J. »*Das* ist der Weg in die echten Archive. Es kann nur von einem Sapier betreten werden.«

»Du willst, das ich dorthin gehe.«

»Ja. Als ich Joshuas Unterlagen durcharbeitete, habe ich natürlich auch von der Prophezeiung gelesen und von dem Kind, das Lilija erschaffen wollte.«

Jaydee. Keira hatte gewusst, dass er gemeint war, als sie in dem Buch blätterten. Dort war eine Abbildung einer Flasche gewesen. In ihr wurde eine silberne Flüssigkeit gehalten. Angeblich entstand diese Farbe, wenn alle Elemente in der gleichen Dosis gemischt wurden. Keira hatte sofort Jaydees Augenfarbe darin erkannt.

»Joshua glaubte nicht daran, dass dieses Kind je geboren worden war.«

Sie schüttelte den Kopf. Er hatte es sogar abgestritten.

»Aber du und ich wissen es besser«, sagte A.J.

»Tun wir das?« Sie wollte erst abwarten, ob er den gleichen Verdacht hegte.

»Er lebt. Du hast ihn kennengelernt und gegen ihn gekämpft. Momentan ist er bei den Seelenwächtern in Arizona zu Hause und somit in direkter Nähe zur Nachfahrin.«

Keira schloss die Augen. A.J. wusste es also auch.

»Ich habe euch beobachtet. Als er dir und Anthony einen Besuch abgestattet hat. Das war eine meiner Aufgaben gewesen. Joshua wollte immer über dich informiert sein, also war ich dir ständig auf den Fersen.«

Jaydee hätte sie fast umgebracht. Er war wütend gewesen, weil Anthony und Keira ihn an Joanne ausgeliefert hatten.

»Du hast gesehen, wie wir kämpften und mir nicht geholfen?«

»Du hattest alles gut im Griff, dank deiner Tattoos. Was hätte ich da ausrichten sollen?«

Sie rollte mit den Augen. »Es wäre nett gewesen. Wäre ich dabei draufgegangen, hätte ich für Joshua genauso wenig Aufträge ausführen können.«

»Du lebst. Du atmest. Du stehst hier vor mir. Es ist alles in Ordnung, würde ich sagen.«

Keira verschränkte die Arme vor der Brust. Was für ein Idiot! »Also schön. Du weißt von dem Kind. Was hast du vor? Und warum hast du Joshua nichts davon erzählt?«

A.J. zuckte mit den Schultern. »Wir hatten keine Gelegenheit dazu. Joshua hätte handfeste Beweise für seine Existenz gewollt. Die konnte ich ihm nicht liefern, und nun ist es zu spät.«

»Mh ...« Das mochte so sein. Joshua war ein sehr skeptischer Mann gewesen.

»Du erinnerst dich an den Reim, den ich dir vorhin gezeigt habe? Mit der Feder.«

»Natürlich.«

»Ich glaube, dass dieses Kind damit gemeint ist. Man kann die Macht des Kindes brechen.«

»Ich kann dir noch nicht ganz folgen.«

A.J. tippte die Stimmgabel ein weiteres Mal an und hielt sie erneut gegen den Schädel. »Sieh dieses Mal genauer hin.«

Er projizierte das Bild wieder an die Wand. Keira trat näher, damit sie die Zeichen und Linien besser erkennen konnte. Das Portal war halbrund, an jeder Ecke war ein Gegenstand abgebildet. Oben links ein Dolch, oben rechts ein Amulett, unten rechts ein Ring und unten links ... »Eine Feder.«

A.J. verstärkte das Bild, in dem er die Gabel neigte. »Und siehst du noch mehr?«

Keira kniff die Augen zusammen. Die Linien vermischten sich, formten kleine Punkte wie Tausende und Tausende von

Sternen. Im unteren Bereich kniete eine Frau mit langen Haaren, sie blickte nach oben und hielt die Hände gen Himmel getreckt.

»Wenn das Licht die Nacht erhellt und gestorb'ne Engel sprechen.«

»Die Feder, die Lichter. Der Engel«, sagte A.J. und nahm die Gabel vom Schädel. Sofort verblasste das Bild. »Ich glaube, in den Archiven finden wir etwas, das Jaydee kontrollieren kann.«

»... um die Macht des Kind's zu brechen.« Keira drehte sich zu A.J. herum. »Ich werde dir auf keinen Fall helfen, ihn zu töten.« Das war nicht ihr Ding. Auch wenn sie Jaydee nicht mochte. »Ich bin keine Mörderin.«

»Ich will genauso wenig, dass er stirbt, und ich denke nicht, dass *brechen* gleichzeitig *töten* heißt. Alles, was mir am Herzen liegt, ist Joshuas Werk fortzusetzen. Ich will helfen, die Nachfahrin zu schützen. Ihr drohen verschiedene Gefahren. Nicht nur von Coco, und das weißt du. Wenn Jaydee seine Kraft entfesselt, ist er unberechenbar und skrupellos.«

Keira strich sich über den Bauch, dort wo Jaydee sie aufgespießt hatte. Sie konnte sich noch gut an die Schmerzen erinnern.

»Keira, diese ganze Sache ist so viel größer als wir. Jaydee ist ein wandelndes Pulverfass. Ich habe gesehen, wie er auf dich losgegangen ist, was, wenn er das bei der Nachfahrin macht? Was, wenn er sie ernsthaft verletzt? Das können wir nicht riskieren – und du am allerwenigsten. Du musst sie schützen.«

Sie kniff sich in den Nasenrücken. Langsam bekam sie Kopfschmerzen von diesem vielen Geschwätz.

»Gehe in die Archive, suche nach dieser Feder und bringe sie zu mir. Wir führen Joshuas Aufgabe fort und auch die deines Vaters. Er ist immerhin für die Sapier gestorben. Mache ihn stolz, tue das Richtige. Das Richtige für den Bund. Das Richtige für die Menschheit. Schütze die Nachfahrin, breche Lilijas Werk.«

Breche Lilijas Werk ... Breche Jaydee ... Tief im Inneren befriedigte sie dieser Gedanke, das musste sie sich leider eingestehen. Jaydee hatte versucht, sie zu erdolchen und es fast geschafft, er wollte sie in dem von Schattendämonen verseuchten Dorf zurücklassen, er hatte nie einen Hehl aus seiner Abneigung ihr gegenüber gemacht.

»Bist du dabei?«, fragte A.J. und hielt ihr seine Hand hin, damit sie einschlagen konnte.

Keira atmete tief ein. Sie ergriff A.J.s Hand und drückte sie. »Ich bin dabei. Wir machen ihn unschädlich.«

14. Kapitel

Jaydee

Ich stand da, starrte auf das Buch und wusste nicht, was ich sagen sollte.

Mein Leben lang hatte ich auf diesen Moment gewartet. Wieder und wieder hatte ich mir vorgestellt, wie es wäre, wenn ich endlich die Wahrheit erfuhr.

Woher kam ich?

Wer waren meine Eltern?

Warum hatten sie mich vor Mikaels Kirche abgelegt?

Da waren sie. Die Antworten. Fast schon unscheinbar lagen sie vor mir, ausgebreitet in einem alten staubigen Buch.

Gefielen sie mir?

Ich wusste es noch nicht. Sie fühlten sich falsch und richtig und irreal an. Als wäre ich aus einem intensiven Traum aufgewacht, der noch lange in mir nachhallen sollte.

»Sag bitte etwas dazu«, meinte Will. »Es gefällt mir nicht, wenn du so still bist.«

»Ich weiß nicht, was.« Meine Nerven waren überreizt, meine Haut juckte, meine Augen brannten. Nicht mal den Jäger spürte ich, als wäre er genauso schockiert wie ich. »Wer weiß noch davon?«

»Ich wollte es schon Anna und Jess erzählen, aber es erschien mir falsch, solange du noch weg warst. Anna ahnt jedoch etwas. Ich hatte sie damals darum gebeten, Keira sämtliche Erinnerungen an die Bücher und alles, was damit zusammenhing, zu entziehen und dass ich ihr später erklären würde, was das alles zu bedeuten hat.«

»Und sie hat es einfach so getan.«

»Weil sie mir vertraut, ja.«

Luftwächter mussten nicht zwangsweise mit ansehen, was sie

aus dem Kopf eines anderen holten. Es war manchmal besser so. »Sie müssen es wissen. Beide.« Es war genauso ihre Geschichte wie meine.

»Da stimme ich dir zu.«

»Ich bin erschaffen worden.« Von einer Seelenwächterin. Von Lilija. *Ich bin ihr Geschöpf.* Und Coco brauchte Jess, um Lilija aus dem Gefängnis zu holen, damit sie dort weitermachen konnte, wo sie aufgehört hatte. Um mein gesamtes Potenzial zu entfalten. »Was würde geschehen, wenn Lilija ihre Pläne umsetzt? Sie wollte die Elemente vereinen, sie hat es zum Teil in mir bereits geschafft, aber wie sollte es dann weitergehen?«

»Hätte Lilija ihre Pläne vollendet und die Macht über alle Elemente erlangt, dann hätte sie diese auch über die Seelenwächter bekommen. Sie wäre unsere Königin geworden, wir ihre Untergebenen.«

Ich kniff die Augenbrauen zusammen. Ein Leben in Sklaverei? War es das?

»Lilija war an einen Punkt angelangt, an dem sie vor nichts zurückschreckte. Sie hat sogar Menschen getötet. Denkst du, sie wäre mit dieser Macht verantwortungsbewusst umgegangen?«

Ich schüttelte den Kopf. Nein, das wäre sie nicht. Das war mir so klar, wie ich Luft zum Atmen brauchte. Ich spürte die Boshaftigkeit in meinen Zellen. *Ihre* Boshaftigkeit. »Ist deshalb der Jäger in mir? Ist es das Böse, das sie in mir hinterlassen hat?«

»Es kann gut sein, ja.«

»Und Ilai wusste von all dem.« Es war keine Frage, sondern eine Feststellung.

»Erinnerst du dich, als ihr damals – nach Annas Flashback – in der Bibliothek nach Hinweisen zu dem Kranich und Coco gesucht habt?«

Ich nickte.

»Ilai wollte, dass ich alles vor euch verstecke. Ich wusste nicht warum oder was es zu bedeuten hatte, aber ich vertraute ihm. Er hat mich genauso angelogen wie dich auch.«

Ich schlug mit der Faust auf den Tisch. Will zuckte zusammen.

»Dieser verfluchte ...« Ilai hatte danebengestanden und zugesehen, wie ich mich über dieses Thema zermürbte. Gerade in meiner Anfangszeit bei den Seelenwächtern lastete das Unwissen schwer auf mir. Ich hatte Mikael verloren, die einzige Familie, die ich bis dahin gekannt hatte. Ich war einsam, verwirrt und unendlich traurig gewesen. Wie oft hatte ich mir den Kopf zermartert, ob sich wohl meine echten Eltern melden würden, weil sie mitbekommen hatten, dass die Kirche abgebrannt und ich obdachlos geworden war; weil sie wissen wollten, ob es mir gut ging. Jedes Mal, wenn wir in einer Stadt waren, sah ich mir die Nachrichten an, suchte in Zeitungen nach Anzeigen von einer Familie, die ihren verschollenen Sohn suchte.

Aber da war nichts.

Wie auch, wenn meine Mutter seit fast viertausend Jahren tot war? »Hast du etwas über meinen Vater herausgefunden? Hat Ilai etwas dazu gesagt?« Gab es überhaupt einen, oder hatte Lilija mich durch Magie erschaffen?

»Nein, leider nicht.«

Ich stieß einen frustrierten Schrei aus, stapfte in der Bibliothek auf und ab, strich meine Haare zurück, massierte meine Schläfen.

»Wenn ich dir irgendwie ...«, sagte Will, doch ich schüttelte den Kopf. Ich hatte die Schnauze voll davon. Alles in mir schrie danach, diese Anspannung rauszulassen. Ich musste etwas tun, statt nur darüber zu reden. Ich musste meinen Impulsen folgen: Weg! Raus! Töten! Jetzt!

»Wenn du willst, erkläre ich Jess alles.«

»Auf keinen Fall! Du wirst die Klappe halten, verstanden?!« Eigentlich wollte ich nicht so hart mit ihm reden, aber ich konnte es nicht kontrollieren. Der Jäger brauchte Beschäftigung.

»Natürlich«, sagte Will und senkte den Kopf. »Es ist deine Geschichte.«

Meine Geschichte. Aufgebaut auf Verrat und Enttäuschungen, auf Skrupellosigkeit und Machenschaften, die die Weltordnung aus den Fugen werfen konnte. »Zum Teufel damit.« Ohne mich noch einmal umzudrehen, stürmte ich hinaus ins Freie.

Will hielt mich nicht zurück oder rief nach mir. Er wusste, dass er mich nicht bremsen konnte.

Mit ausladenden Schritten stapfte ich den Kiesweg hinunter Richtung Stall. Ich musste nachdenken. Irgendwohin, wo ich meine Ruhe hatte.

Oder besser: in eine Stadt. Eine große! Mit vielen Dämonen. Ich könnte bis zur Erschöpfung kämpfen, könnte dem Jäger das geben, was er forderte und was ihn dennoch nie befriedigte.

Ich starrte in den Himmel. Er war noch immer diesig, die Wolkendecke drückte mich nieder, war geladen mit einer Spannung, die ich auf meiner Haut fühlte. Mein Körper stand kurz vorm Explodieren. Ich kam an einer Palme vorbei, hielt an und donnerte mit voller Kraft meine Faust dagegen. Das Krachen meiner Knochen setzte sich in meinem Oberkörper fort. Der Schmerz rauschte durch mich hindurch, gefolgt vom Adrenalin, als sich alles wieder zusammenfügte.

Ich schlug noch mal zu. Die Rinde krachte. Meine Knöchel ebenso.

Noch mal.

Alles schwirrte wild umher. Gefühle, Bilder, Worte ...

Noch mal.

Sie hatten sich wie ein eiserner Ring um meine Lungen gelegt und drückten fester und fester zu.

Noch mal.

Und noch mal

Und noch mal.

Ich brüllte all meinen Frust hinaus, ließ zu, dass der Jäger kurz an die Oberfläche trat und mich beherrschte.

Was sollte ich tun? Wohin konnte ich gehen? Wer würde mir helfen?

Schwer atmend ließ ich von dem Baum ab und stützte mich dagegen. Meine Hand war blutüberströmt. Der Stamm hatte einen langen Riss. Nicht mehr viel, und das Ding würde umkippen.

Ich strich durch mein Gesicht und roch *sie*.

Jess.

Ihr Duft haftete noch immer an meiner Haut, ihre Energie lag auf meiner Seele. Ich atmete sie tief in mich ein, rief mir unser Erlebnis heute Nacht wach und das, was ich für sie empfand.

Liebe.

Simple, tiefe, bedingungslose Liebe.

Sofort kehrte Ruhe in meinen Bauch. Es war, als würden die Gedanken an Jess den Aufruhr in mir stoppen, als würde ihre Nähe den Knoten der Anspannung in meinen Eingeweiden lösen. Brauchte ich wirklich die Jagd? Den Tod? Das Blut? Musste ich wegrennen, um bei mir anzukommen?

Ich drehte herum, stakste wie von einem unsichtbaren Faden gezogen zurück ins Haus. Auf einmal war mein Kopf leer. Ich wollte nur zu ihr, sie sehen, fühlen, atmen, schmecken. Zielstrebig trugen mich meine Füße weiter und weiter durch das Foyer, die Treppen hoch, den Flur entlang ...

... bis ich vor ihrem Zimmer stand.

Ihr Duft war intensiver, er hieß mich willkommen, lud mich ein, mich darin fallenzulassen.

Konnte ich es wagen?

Durfte ich es wagen?

Würde sie es aushalten?

Ich lehnte die Stirn an die Tür und lauschte. Ihr Herz schlug gleichmäßig, aber nicht so langsam, als würde sie schlafen. Ich hörte Wasser rauschen, die Badezimmertür, Jess summte leise und lief drinnen herum.

Meine Hand ballte sich zur Faust, ohne mein Zutun klopfte ich gegen das Holz.

Jess verstummte und kam in meine Richtung. Ich hörte jeden einzelnen Schritt, wusste genau, wie weit sie entfernt war.

Noch könnte ich weg. Abhauen, wie ich es immer tat, wenn mir Nähe zu viel wurde. Doch egal, wie sehr ich es wollte, meine Füße rührten sich nicht von der Stelle. Als wäre mein Körper nicht mehr in der Lage, sich von ihr abzuwenden.

Diese Frau hatte mich im Griff. Ich wusste nicht, warum.

Die Tür öffnete mit einem lauten Quietschen. Sie trug ein langes Shirt, das ihr bis zu den Knien reichte. Erst lächelte sie, doch es erstarb sofort. »Was ist passiert?«, fragte sie. »Was ist mit deiner Hand?«

Mein Mund klappte auf, ich wollte ihr antworten, brachte es nicht fertig.

»Geht es um das Gespräch mit Will? Hat er dir etwas Schlimmes gesagt?«

Ihr Wesen, ihre Seele, ihre Aura. Sie streckten sich nach mir aus und hielten mich fest. Ob ich wollte oder nicht.

»Jaydee, bitte sag etwas.« Sie wollte nach meiner Hand greifen, doch ich packte zuerst zu und zerrte sie an mich.

Ich küsste sie hart, drängte sie nach drinnen, schob die Tür zu und zog gleichzeitig mein Shirt aus.

»Was ist los?«, keuchte sie.

Noch immer konnte ich nicht reden, ich wollte nur ihre Nähe spüren. Ihre Haut an meiner Haut. Ihre Lippen auf meinen. Ich hob sie an der Hüfte hoch, damit sie ihre Beine um mich legen konnte, und trug sie zum Bett. Fanatisch küsste ich sie, zärtlich, hart, ruhig. Jess umschlang mich, drückte mich fester an sich, als würde sie genau spüren, was ich brauchte.

Meine Finger glitten unter ihr Shirt, ich schob es ihren Körper hoch, rutschte gleichzeitig mit den Lippen nach unten. Sie trug nur einen Slip darunter, duftete nach Seife und nach ihr selbst. Ich atmete sie tief in meine Lungen, ließ ihre eigene Magie in mir wirken. Mit jeder Berührung wurde ich innerlich ruhiger, als könnte sie mit ihren Händen die Anspannung aus mir holen und neutralisieren.

Jess drehte sich zur Seite, griff in die oberste Schublade ihres Nachttischs und holte ein Gummi heraus. Ich zog meine Jeans und den Rest aus, nahm es ihr ab und streifte es über. Kaum war ich soweit, war ich wieder auf ihr, bei ihr, in ihr.

Sie griff an meine Hüfte, drückte mich fester gegen sich, als wäre sie genauso versessen darauf, mehr von mir zu spüren. Wir bewegten uns im gleichen Rhythmus, verschlungen in uns selbst, mit einer Gier, die wir wohl beide nicht erklären konnten.

»Ich liebe dich«, hauchte ich in ihr Ohr und drang tiefer in sie.

Egal, was in meinem Leben passiert war, egal, wie verloren ich mich fühlte:

Solange ich hier bei ihr sein konnte, war ich zuhause.

15. Kapitel

Coco riss das Herz aus der Brust des Mannes und biss davon ab. Es war noch warm, sie versenkte ihre Zähne darin, das Blut tropfte aus ihren Mundwinkeln, fast meinte sie, einen Rest an Leben in dem Organ kosten zu können. Doch es war nicht das Leben, nach dem sie dürstete, es war der Tod, den sie aufsaugen wollte.

Mit jedem Bissen spürte sie seine Macht in ihren Körper sickern, mit jedem Bissen entfernte sie sich weiter von ihrer eigenen Sterblichkeit, mit jedem Bissen verankerte sie sich selbst in dieser Welt.

Es war ihre Art zu überleben, ihr Weg, dem Gevatter täglich von der Schippe zu springen. Indem sie sich seine Energie zunutze machte und sich daran labte.

Sie schluckte den letzten Bissen und wischte sich den Mund ab. Anfangs hatte sie die Prozedur angewidert. Sie war kaum in der Lage gewesen, das rohe Fleisch bei sich zu behalten, aber schließlich hatte ihr Wille über den Ekel gesiegt. Es war das einzige, was ihr geblieben war, nachdem sie alles verloren hatte, das einzige, auf das sie sich verlassen konnte: ihre innere Stärke. Ihre Fähigkeit, sich selbst zu Dingen zu zwingen, die niemand anders bereit war zu tun.

Sie war eine Kämpferin, und sie würde siegen, denn aufgeben käme nicht infrage.

Langsam stand sie auf, genoss den Rausch des fremden Blutes in ihrem Körper. Dieses Herz war gut gewesen, es würde sie einige Tage versorgen können. Sie streckte die Arme zur Seite und gab sich diesem Gefühl hin. Die eingeritzten Zeichen auf ihrer Haut flammten auf, die Magie, die sie für diese Prozedur anwendete, aktivierte sich. Komplex und düster drang die Energie in ihre Zellen und erneuerte alles, was sonst sterben würde.

Coco hatte dieses Ritual vor Jahrtausenden von einem alten

Hexenmeister gelernt. Er hatte ihr alles beigebracht, was sie dafür wissen musste, hatte ihr die ersten Herzen von Menschen gefüttert, sie dabei begleitet, während sie diese aß.

Und dann hab ich den alten Narren getötet und sein Herz verspeist.

Niemand durfte Macht über sie haben. Niemand ihre Schwachstellen kennen. Coco hatte sich von allem abgenabelt, war die nötigen Schritte in ihre eigene Unsterblichkeit gegangen. Egal, wie hoch der Preis dafür war. Sie hatte erkannt, dass sie sich dem Tod zuwenden musste, wenn sie leben wollte.

Als der Rausch nachließ und die Zeichen in ihrer Haut verschwanden, atmete sie ein letztes Mal durch und trat aus dem Kreis aus Blut, den sie für das Ritual gezogen hatte.

»Carlos«, rief sie.

»Ja, Herrin«, antwortete ihr Diener. Er wartete wie immer an der Tür und achtete darauf, dass sie niemand störte, während sie aß. Es war wichtig, dass sie in der Zeit unbehelligt blieb.

»Entsorge den Müll.«

»Sehr wohl, Herrin. Habt Ihr Wünsche für die nächste Mahlzeit?«

»Bring mir einen Polizisten. Einen von den Selbstlosen. Ich hatte schon lange keinen mehr.«

»Natürlich.«

Ihre nackten Füße tapsten auf den Fliesen. Die *Küche*, wie Coco diesen Raum nannte, war einst ein altes Schlachthaus gewesen. Es war nicht spirituell, aber es hatte sich als praktisch erwiesen, ihre Mahlzeiten in solchen Räumlichkeiten einzunehmen. Jemandem das Herz aus dem Körper zu reißen, hinterließ jedes Mal eine Sauerei, und da sie ihre Nahrung zweimal die Woche benötigte, nahm sie mittlerweile die Ungemütlichkeit des Raumes für das Praktische in Kauf.

Carlos hielt ihr einen seidenen Umhang hin, damit sie ihren nackten Körper bedecken konnte. Er blinzelte nicht, während er das tat, noch beachtete er ihre Weiblichkeit. Hätte er es getan, würde Coco ihm persönlich den Kopf abreißen. Sie wählte ihre Diener mit Sorgfalt aus und präparierte sie ebenso intensiv. Würde sich Carlos oder einer der anderen auf einmal für ihre Reize interessieren, wären sie nicht mehr zu gebrauchen. Coco duldete keine Ablenkung.

Sie verließ die Küche und lief den Flur hinunter zum Wohnzimmer. Das Haus war eine alte Villa in einem weitläufigen Anwesen nördlich von London. Coco war es vollkommen gleich, wo sie wohnte. Sie wählte ihre Behausungen nach der Energie, die sie ausstrahlten. Je düsterer, umso besser. Außerdem musste sie darauf achten, dass sie das Portal zu ihrer Freundin aufbauen konnte. Die neumodischen Häuser waren dafür selten geeignet, Coco brauchte feste Mauern, die im besten Fall einige Jahrhunderte überlebt hatten.

Heute war es endlich wieder soweit. Heute war Neumond, Black Moon, um genauer zu sein. Der dritte Neumond in dieser Jahreszeit, die Nacht, in der die Risse in Lilijas Gefängnis zu durchdringen waren. König David hatte damals mit seinem Gefiedel dafür gesorgt, dass die Mauern brachen, auch wenn die Seelenwächter das Gefängnis aufrechterhalten konnten, hatten sie nicht alle Lücken gekittet. Für wenige Minuten konnten Lilija und Coco miteinander kommunizieren. Coco fieberte diesen Momenten entgegen, sie konnte ihrer Freundin ganz nahe sein, ihre Stimme hören, manchmal sogar ihre Energie spüren.

Und bald können wir wieder zusammen sein.

Sie blieb vor der Steinwand im Wohnzimmer stehen. Es war alles vorbereitet. Ihre Diener hatten strikte Order, diesen Bereich genauso zu lassen, wie er war. Auf einem Opfertisch lagen die Sachen bereit, die sie benötigte: eine Kerze, eine Schale Wasser, eine Handvoll Erde, eine Feder und das Amulett, geladen mit der Macht der vier Welten.

An der Wand war der Kreis der Elemente mit den zwei übereinanderliegenden Achten gezogen. Die Magie der Seelenwächter. Sie schirmte Lilijas Gefängnis ab, und sie hielt Coco und ihre Freundin getrennt.

Nicht mehr lange.

Coco nahm das Amulett und ritzte sich mit der scharfen Kante, die sie hineingefeilt hatte, das Handgelenk auf. Sie trat näher an die Wand und tupfte ihr Blut auf die Spitze der Acht; dort, wo das Element Feuer symbolisiert wurde. Sie zündete eine Kerze an und drückte sie auf ihrer Haut aus. Der Schmerz war gut und schlecht zugleich. Für Lilija würde sie alles ertragen.

Coco führte ihre Hand weiter nach rechts zu dem Symbol des Wassers. Dieses Mal brachte das Element keinen Schmerz, sondern Linderung. Sie kippte die Schale mit dem Wasser über ihre Haut, wartete, bis das Prickeln nachließ, und fuhr mit der Erde und der Luft genauso fort. An jeder Stelle vereinte sie ihr Blut mit dem jeweiligen Element, bis der Kreis geschlossen war.

Ehrfürchtig trat sie zurück und kniete sich vor die Steinwand.

»Lilija, hörst du mich?«

Die Steine erzitterten, kleine Stücke bröckelten ab. Der Boden vibrierte, und Coco fühlte den Windhauch in ihren Haaren. Er brachte einen alten Geruch mit sich. Den Geruch nach Lilijas Grab, den Geruch nach Erde, das Element, welches das Wasser beherrschte und ihre Freundin gefangen hielt.

»*Coco*«, erklang die weiche Stimme Lilijas. Sie hallte von den Wänden, griff nach Cocos Herz und nach ihrer Seele.

»Ja.« Am liebsten hätte sie vor Freude geweint. Lilijas Stimme zu hören, beseelte ihr Innerstes mit so viel Glück, dass sie es kaum fassen konnte. »Ich bin hier.«

»Sprich, Schwester.«

»Ich hatte Kontakt zu der Nachfahrin. Ihr Name ist Jessamine Harris. Sie ist geeignet. Ich erkannte in ihrer Aura die Gabe, aber sie ist im Moment überschattet.«

»Von was?«

»Ihre Aura trägt Spuren schwarzer Magie, einer Magie, die wir kennen. Sie stammt aus den vier Welten.«

»Aus welcher von den Vieren?«

»Das weiß ich noch nicht. Ich konnte dem Mädchen meine Worte in den Kopf pflanzen, bevor der Schutz des Kranichs über sie gelegt wurde. Sie hatten mittlerweile genug Zeit, in ihr zu reifen, vermutlich spürt sie die ersten Auswirkungen. Es wird nicht mehr lange dauern, bis in ihr der Drang erwacht, zu mir zu kommen.«

»Du musst aufpassen. Die vier Welten vertragen sich nicht mit anderer Magie. Du darfst der Nachfahrin auf keinen Fall schaden!«

»Das werde ich nicht. Ich bin sehr behutsam mit ihr, mein Zauber sickert nur langsam ein, wird nur in den letzten Sonnenstrahlen eines Abends aktiv. Wir werden nicht noch eine Nachfahrin verlieren.« So wie damals an diesen verrückten perversen Möchtegernkönig. Coco erinnerte sich sehr gut an Andrew. Er hatte seine Frau Anna so lange misshandelt, bis ihre reine Seele zerstört war und die Gabe, die eigentlich dafür sorgen sollte, Lilija zu befreien, vernichtet wurde. »Das wird kein zweites Mal passieren.« Zudem wollte Coco herausfinden, wer die dunkelhäutige Frau gewesen war, die die Nachfahrin in der Antarktis begleitet hatte. Sie war Coco bekannt vorgekommen, doch noch wusste sie nicht, woher.

»Was ist mit meiner Schöpfung?«

»Wir sind uns begegnet. Der Jäger ist perfekt geworden, aber er ist ungehorsam. Er hat sich nicht von mir kontrollieren lassen, kämpfte sogar gegen mich an.«

Ein Grollen ging durch die Wände. Lilija war wütend.

»Bestimmt hat Ilai ihn verdorben! Er hätte den Jungen nie in die Finger bekommen sollen!«

»Es ist geschehen, wir machen das Beste ...«

Doch Lilija hörte ihr nicht zu. »Seine Kräfte entwickeln sich eigenständig, er wird unbeherrschbar sein, wenn ich ihn nicht zähme, und das kann ich erst, wenn ich hier draußen bin!«

»Bitte, beruhige dich! Ich arbeite daran. Du kannst mir vertrauen.« So wie immer. So wie seit viertausend Jahren. Sie überlegte, ob sie Lilija auch von ihrer Befürchtung erzählen sollte, doch vermutlich würde sie dann noch aufgebrachter sein. »Da ist noch mehr ...« Es hatte keinen Sinn. Sie hatten sich geschworen, niemals Geheimnisse voreinander zu haben. »Er kennt die Nachfahrin. Ich habe ihn nur gefunden, weil ich eine Spur verfolgte, die mich zu ihr bringen sollte.« Die Schattendämonin Joanne hatte Coco erklärt, wo sie die Nachfahrin finden konnte. Als sie in Arizona ankam, traf sie schließlich auf den Jäger. »Als ich ihn darauf ansprach, wollte er mir keine Antwort geben. Er will sie beschützen. Ich habe es gespürt.«

»Nein, nein, Coco! Die beiden dürfen nicht zusammen sein! Sie wird ihn mit ihrer Liebe vergiften! Sie darf ihn nicht ankern!«

»Ich werde es verhindern.« Sie wusste nur noch nicht, wie.

Schweigen.

Das war das Schlimmste, was Lilija tun konnte. Die beiden hatten nicht viel Zeit miteinander, und Coco wollte sie nicht in Stille verbringen. »Bitte, rede mit mir, der Mond zieht gleich weiter.«

»Hast du die Harfe gefunden?«

Coco atmete auf. »Noch nicht, aber ich gehe verschiedenen Hinweisen nach. Erst glaubte ich, sie wäre in einem Museum aufbewahrt, verschiedene Spuren haben darauf hingedeutet, doch die Sapier haben geschickt falsche Fährten gelegt. Es wird ihnen nicht viel nutzen: Ich bekomme die Harfe noch.« Sie hatte auch gar keine andere Wahl. Die Harfe, die Nachfahrin, die Noten – alles musste zusammenkommen, wenn Lilijas Gefängnis fallen sollte.

Ein Beben ging durch den Raum. Der Mond war weitergewandert, die Verbindung würde jeden Moment kappen.

»Lilija«, hauchte Coco, stand auf und legte ihre Hände flach auf den Stein. Ihr Herz schnürte sich zusammen, gleich müssten sie ihre Unterhaltung beenden, sich wieder trennen, bis die Gestirne sich ein nächstes Mal in die richtige Ordnung fügten. »Ich vermisse dich.«

Sie seufzte lang und tief. »Ich dich auch, Coco. Nicht mehr lange, dann sind wir wieder vereint.«

»Für immer.«

»Ja.«

Ja. Der Gedanke beflügelte Coco. Das war genau das, was sie antrieb: die tiefe Liebe, die sie zu Lilija empfand und die durch nichts gebrochen werden konnte. »Es ist so schwer ohne dich«, flüsterte sie.

»Ich weiß, Liebes. Ich weiß. Halte durch.«

Die Wand vibrierte unter Cocos Haut. Sie spürte, wie die Energie abflachte, der Zauber, der sie mit Lilija sprechen ließ, seine Kraft verlor.

»Bis bald«, sagte sie – und dann war es vorbei. Sie bekam keine Antwort mehr. Coco lehnte sich nach vorne und presste ihr Gesicht gegen den Stein. Er fühlte sich wärmer an, war noch aufgeladen mit der Macht ihrer Freundin. Viertausend Jahre. So lange schon waren sie getrennt. So viel schon hatten sie beide entbehren müssen.

Aber nicht mehr lange. Bald könnten sie vereint sein und vollenden, was sie begonnen hatten.

Und dann würden die vier Elemente und die Seelenwächter ihnen zu Füßen liegen.

Dann wären sie die wahren Herrscher.

Ende

XIV

Engelsblut

1. Kapitel

Keira atmete tief ein. Im Grunde war ihre Aufgabe simpel. Bedauerlicherweise waren es meist diese Aufträge, bei denen etwas schiefging. So wie mit Lough und dem Gegenmittel, das ihre Erinnerungen zurückgeholt hatte. Auch das war eine Routinesache gewesen und hatte im Kampf geendet.

Egal, du schaffst das! Gehe durch das magische Portal, das dich weiß Gott wohin bringt, betrete das Archiv eines Jahrtausende alten Geheimbundes und hole eine magische Feder, mit der die Macht des gefährlichsten Mannes, den du je kennengelernt hast, gebannt werden kann.

Klang doch nicht so simpel, wie sie gedacht hatte. Insofern stiegen die Chancen exorbitant an, dass diese Aktion gut ging.

»Hast du alles verstanden?«, fragte A.J. und kam neben sie. »Sobald wir die Feder haben, brechen wir Jaydees Macht.«

»Ja, das ist klar. Du hast mir allerdings noch nicht erklärt, wie genau du das machen willst.«

»Das werde ich, wenn du zurück bist. Vertrau mir.«

»Das tue ich ganz gewiss nicht.«

»Es dauert zu lange, dir das jetzt zu erklären. Wir müssen noch mal in die Unterlagen von Joshua sehen. Dort hat er ein Ritual aufgeschrieben, das dafür notwendig ist. Lass uns bitte einen Schritt nach dem anderen gehen, sonst verzetteln wir uns.«

Keira kniff die Augen zusammen. Die Antwort missfiel ihr, aber sie wollte trotzdem in die Archive. Keira war neugierig darauf. Falls ihr nicht zusagte, was A.J. vorhatte, konnte sie die Feder immer noch für sich behalten.

»Hast du den Zettel mit dem Reim dabei?«

Wenn das Licht die Nacht erhellt und gestorb'ne Engel sprechen, eine Feder auf die Erde fällt, um die Macht des Kind's zu brechen. Keira kannte die Worte mittlerweile auswendig, dennoch hatte sie den Zettel eingesteckt. »Leg los.«

Er nickte und hob den Schädel hoch, den er in Joshuas Sachen gefunden hatte und der angeblich von Sophias Mann Leander stammte. Mit der anderen Hand schlug er die Stimmgabel an einem Tisch an und versetzte sie in Schwingung.

Da es keine Rolle spielte, wo sie das Portal aufbauten, waren sie für diese Aktion in Keiras Wohnung gegangen. Sie hatte ihre Couch zur Seite geschoben, um die Wand dahinter als Projektionsfläche für das Portal zu nutzen.

»Und die Lichtershow startet«, sagte A.J. und setzte die Stimmgabel auf die Vorderseite des Schädels. Wie zuvor ging ein tiefes Vibrieren durch den Raum. Keira genoss den Klang, sog ihn bis in ihren Bauch ein. Wenn ihr etwas Stärke verleihen konnte, dann dieses Geräusch. Eine Erinnerung an ihren Vater.

A.J. neigte den Winkel der Gabel, der Ton veränderte sich, ein Leuchten entstand um den Schädel herum. Er trat näher an die Wand heran und richtete das Glühen auf die Tapete aus. Wie zuvor bestand das Portal aus einem Torbogen mit halbrunden Ecken, an denen je ein Gegenstand abgebildet war. Unten in der Mitte kniete eine Frau. Der Engel aus dem Reim vermutlich.

»Sobald du durch bist, muss ich die Stimmgabel absetzen. Ich kann das Portal nicht die ganze Zeit aufrechterhalten. Auf der anderen Seite solltest du einen Mechanismus finden, wie du das Portal öffnen und zurückkehren kannst.«

»Du hast eben nicht ernsthaft das Wort *›sollte‹* benutzt.«

»In den Aufzeichnungen von Joshua stand, dass man zurückkommen kann, aber nicht genau, wie. Insofern: Ja, es *sollte* eine Möglichkeit geben. Falls du in zwei Stunden nicht da bist, baue ich das Portal auf und halte es, so lange es geht. Wenn der Ton verklingt, schlage ich ihn erneut an. Ich lasse dich nicht im Stich, keine Sorge.«

Freu dich, Keira! Die Bedingungen für den Erfolg dieses Auftrages wurden stetig besser. »Na gut, ich habe mein Handy dabei und hoffe, dass es die Reise übersteht.«

A.J. nickte. »Gutes Gelingen. Ich freue mich auf deine Rückkehr.«

Und ich erst.

Sie straffte ihre Lederjacke und trat auf die Wand zu. Wie immer war sie mit zahlreichen Waffen ausgestattet. Zwei Messer an den Beinen, zwei weitere an der Hüfte, eine Pumpgun auf dem Rücken. Sie hatte noch überlegt, ihr Schwert mitzunehmen, aber sie wollte sich lieber frei bewegen können. Außerdem ging sie in die Archive der Sapier, nicht in den Höllenschlund. Sie prüfte den Verband an ihrer linken Hand. Bei dem letzten Auftrag hatte sie ein Hund gebissen. Dank A.J.s Behandlung heilte die Wunde gut, aber sie behinderte Keira noch beim Zupacken.

»Bis gleich.« Sie trat vor das Portal und berührte die Wand. Ihre Finger glitten durch die feste Fläche, als wäre sie gar nicht da. Etwas mutiger steckte sie die ganze Hand hindurch.

Es klappte!

Keira schloss die Augen und trat komplett ein.

Sie war schon öfter durch Portale gereist. Meistens war der Weg unangenehm, der Sog drückte auf den Bauch, und man hatte das Gefühl, als würde man durch eine zu enge Röhre gequetscht. Dieses Portal jedoch war wie eine federleichte Berührung, die sanft über ihre Haut glitt. Als würde sie durch einen feinen Sprühnebel mit warmem Wasser laufen.

Sie spürte einen Windhauch auf ihrem Gesicht, die Temperaturen fielen, aber nicht unangenehm. Eher wie in einer Herbstnacht, die den ersten Geruch von Winter mit sich trug.

Keira atmete tief ein und sah sich um. Sie stand auf festem Sandboden, rings um sie war Dunkelheit, und über ihr zog sich ein intensiver Sternenhimmel. Sie blickte nach oben, erkannte aber keines der Sternenbilder.

Wo bin ich?

Keira drehte sich um ihre eigene Achse. Das Portal war hinter ihr. Ganz schwach konnte sie A.J. auf der anderen Seite erkennen, dann verblasste sein Bild. Keira trat auf das Portal zu. Es stand einfach so im freien Raum, ohne Begrenzung. Sie ging einmal drumherum, aber es sah auf beiden Seiten gleich aus. Vorsichtig tippte sie dagegen, doch es blieb undurchlässig. Einen Mechanismus fand sie auf die Schnelle ebenfalls nicht.

Fängt schon mal gut an.

Rasch griff sie in ihre Tasche und checkte den Empfang auf ihrem Handy. Null Balken. Natürlich.

Sie steckte es zurück, rotierte den Nacken, bis die Wirbel knackten. Es half ihr, sich zu konzentrieren. Kurz sammeln, durchatmen, dann konnte es weitergehen. Sie würde ein Problem nach dem nächsten lösen. Erst einmal den Auftrag durchführen.

Keira drehte herum und lief los. Da sie nichts von der Umgebung erkannte, spielte es womöglich auch keine Rolle, in welche Richtung sie ging. Sie zählte fünfzig Schritte, wendete neunzig Grad nach rechts und lief dann ebenfalls fünfzig Schritte. Auf keinen Fall wollte sie das Portal aus den Augen verlieren. Falls sie die Archive nicht finden würde, müsste sie am Ausgangspunkt warten, bis A.J. es öffnete.

Keira ging weiter, verfolgte ihre Methode, bis sie einmal komplett im Karree gelaufen war und eigentlich vor dem Portal stehen sollte.

Eigentlich.

Denn es war weg.

»Verdammt!« Sie rannte ein paar Schritte in die Richtung. Sie war sich absolut und hundertprozentig sicher, dass es hier sein musste.

Doch das war es nicht.

»Das kann nicht sein!« Keira hatte diese Methode schon zigmal angewandt. Sie funktionierte immer!

Auf einmal hörte sie ein dunkles Brummen hinter sich. Es klang nah, bedrohlich. Der Ton legte sich um ihr Zwerchfell und ließ ihr die Nackenhaare nach oben stehen.

Langsam drehte sie sich um, zog zeitgleich die Pumpgun vom Rücken.

»Ach du Scheiße!« Vor ihr stand ein großer Vogel mit Flügeln, die sicher eine Spannweite von zwanzig Metern maßen. Statt Vogelbeinen hatte er einen Löwenrumpf mit langen Klauen, seine gelb-glühenden Augen fixierten sie. Er stampfte mit einem Fuß auf, der Boden vibrierte.

Keira kannte das Vieh. Das war der Greif, vor dem sie gemeinsam mit Jaydee geflohen war.

Sie hatten ihm eine Feder geklaut ...

2. Kapitel

Jessamine

Ein Klacken weckte mich aus einem traumlosen Schlaf. Ich brauchte einige Sekunden, um zu realisieren, dass ich in meinem Bett lag, und weitere, um zu begreifen, was geschehen war.

Vorhin.

Heute Nacht.

Gestern Nacht.

Wir hatten es getan. Jaydee und ich. Wir hatten Sex gehabt ... und es war fantastisch gewesen. Mein Körper vibrierte von Jaydees Berührungen nach, genau wie meine Seele. Ich konnte noch immer nicht glauben, dass wir tatsächlich diesen Schritt gewagt hatten, dass ich mit einem Mann geschlafen hatte, der mich weit an meine Grenzen und darüber hinaus getrieben hatte.

Träge öffnete ich die Augen, es war so finster im Zimmer, dass ich kaum etwas erkannte. Ein kühler Luftzug streifte mich, ich drehte mich auf die Seite, das Laken hatte sich um meine Beine gewickelt, als hätte ich in den letzten Stunden damit gekämpft. Meine Haut hatte Jaydees Geruch aufgesogen. Nun duftete ich nach Frühling, nach Erde, nach Wasser, nach ihm. Es war herrlich angenehm und prickelnd. Ich tastete auf der anderen Betthälfte herum, doch sie war leer.

»Ich bin hier«, sagte er.

Ich drehte mich zur Nachttischlampe und knipste sie an. Jaydee stand komplett angezogen vor der Balkontür und hatte sie halb geöffnet.

»Wo willst du denn hin?«, fragte ich. Seit er gestern über mich hergefallen war, hatte er kaum ein Wort gesprochen. Er war den ganzen Tag über mit Will in der Bibliothek gewesen. Was auch immer die beiden besprochen hatten, es musste etwas Schlimmes gewesen sein. Ich hatte Jaydee mehrfach gefragt, was ihn so aufgewühlt hatte, ihn darum gebeten, mit mir zu reden, aber er hatte geschwiegen, fast schon fanatisch meine Nähe gesucht, als wäre es das einzige, was ihm Halt geben konnte.

»Wie spät ist es?«, fragte ich.

»Gleich halb vier. Ich wollte dich nicht wecken, und weil deine Zimmertür so quietscht ...« Er ließ den Griff der Balkontür los.

»Du wolltest abhauen.«

»Mich ablenken.«

»Im T-Shirt. Es sind unter null Grad draußen.«

»Das macht mir nichts aus.«

Ich befreite meine Beine aus der Decke. »Wie wäre es, wenn du stattdessen bleibst und mir erzählst, was dich umtreibt?«

Sein gesamter Körper versteifte sich, als wäre es das Schlimmste, was ich von ihm verlangen konnte.

»Du musst mit mir reden, Jaydee.«

»Ich weiß, ich ... ich will auch.« Er blickte über seine Schulter zu mir. Im Halbdunkel schimmerte seine Haut braun, seine Haare wirkten schwarz. Auf seinem Kinn sprossen die ersten Bartstoppeln. Seine Augen scannten meinen Körper, und mit jeder Sekunde, in der er mich musterte, wich die Anspannung aus seinen Zügen und machte einer tiefen Liebe Platz. »Selbst zerzaust siehst du traumhaft aus.«

»Danke.« Ich fasste meine Haare zusammen und legte sie auf meine Schulter. »Aber du lenkst ab. Was ist los?«

Er sah mich eine ganze Weile an, bewegte sich keinen Millimeter, als wäre er eine Statue, die schon immer an meinem Fenster stand und über meinen Schlaf wachte.

Als ich ihn erneut bitten wollte, fing er schließlich an: »Seit Stunden gehe ich die Sachen in meinem Kopf durch, überlege, wie ich dir das erklären soll, wo ich anfangen muss, damit es einen Sinn ergibt. «

»Rede einfach, wir bekommen das schon hin.«

Er atmete tief ein und drehte sich zurück zum Fenster. »Will hat mir gesagt, wer ich bin. Oder eher: was ich bin.«

Jaydee sprach so leise, dass ich es kaum verstand.

»Wie ist das möglich?«

»Er ... er hat mir ein altes Buch gezeigt, das unter anderem meine Geschichte enthält. Es ist viel darin erklärt, wann und wo ich geboren wurde, wer meine Mutter war. Ilai hat davon gewusst. Er hat es Will gezeigt. Im Geist. Er ... er hat es die ganze Zeit gewusst.«

»Aber er kann doch nicht ... er wusste, wer deine Eltern sind und hat es dir nicht gesagt?«

»Ja.«

Mir schnürte es die Kehle zu. Es war schlimm, wenn man im Dunkeln tappte und sich nichts sehnlicher als erlösende Antworten wünschte. »Wo sind sie? Leben sie noch? Wissen sie von dir?«

»Keine Ahnung, ob ich einen Vater hatte, aber meine Mutter ist tot ... Schon lange. Ich ... Scheiße.« Er kniff sich in den Nasenrücken. Die Muskeln in seinem Arm spannten sich. Er stand kurz davor zu platzen. Ich sah es ihm an. »Schon sehr lange ...«

Ich warf die Decke zur Seite, lief zu ihm und presste meinen nackten Körper gegen seinen Rücken. Er bebte vor Anspannung. Seine Muskeln, sein Atem – alles war verkrampft.

Auf einmal drosch er auf den Fensterrahmen ein. Das Holz splitterte, die Scheibe wackelte. Ich zuckte zusammen und wich einen Schritt zurück. Ein leises Knurren entwich seiner Kehle.

Das Geräusch kannte ich. Zu gut. Aus Reflex sah ich zu dem Dolch meiner Mutter, der auf der Kommode lag. Die einzige Waffe gegen den Jäger. Das einzige, was ihn zur Vernunft bringen konnte.

»Ich habe das Gefühl zu ertrinken«, flüsterte er.

Ich schluckte meine Furcht vor dem Jäger hinunter und erinnerte mich daran, was wir in den letzten Stunden erlebt hatten. Jaydee würde mir nicht schaden.

Nicht willentlich, zumindest.

»Du bist nicht alleine. Wir schaffen das. Gemeinsam.«

»Was, wenn nicht? Was, wenn es zu viel für uns wird?« Er blickte zu mir. Selbst im Halbdunkel erkannte ich das silberne Glühen, das den Jäger ankündigte. »Was, wenn ich zu viel für dich werde?«

»Das kannst du gar nicht.«

Er drehte sich zurück. Seine Finger kratzten über den Holzrahmen, hinterließen tiefe Furchen. »Ich möchte am liebsten diese Scheibe einschlagen.« Seine Fingerkuppen bluteten, so fest ratschte er über das Holz. Er drehte die Hand, blickte sie an. »Blut. Und Zerstörung. Genau das bin ich.«

»Nein, das bist du nicht.«

Er schnaubte. »Du hast keine Ahnung ...«

»Ich habe es doch schon gesehen. Ich habe in den Abgrund geblickt, deine dunkle Seite kennengelernt. Gleich als du mich bei unserer ersten Begegnung verfolgt hast. Ich weiß, zu was du fähig bist, Jaydee. Ich bin der Spur deiner Verwüstung gefolgt. Du hast mir in die Augen gesehen, während du mir mit einer Kette um den Hals das Leben aus dem Leib gequetscht hast. Ich kenne den Jäger.« Besser, als mir lieb war. »Und ich kenne dich.«

»Du weißt nichts über mich. Bis gestern wusste ich es selbst nicht.«

Vorsichtig ging ich näher und glitt mit den Fingern nach vorne zu seiner Brust. Seine Haut glühte so stark, dass ich es durch das T-Shirt spürte. Ich erreichte sein Herz, legte meine Hand flach auf. Es raste. »Hab Vertrauen in mich ...«

Zischend stieß er den Atem aus. Seine Muskeln waren hart. Er fühlte sich an wie ein Raubtier, das mit seiner Kraft kämpfte und sich davor fürchtete, wenn sie ausbrach.

»... weil ich dich liebe.« Ich küsste zärtlich seinen Nacken. »Erzähle mir, was los ist«, hauchte ich gegen seine Haut. »Schließ mich nicht aus.« *Bitte.*

Er brummte leise, ließ zu, dass ich ihn weiter küsste.

Nach etlichen Minuten redete er endlich.

»Ich bin ... ich wurde erschaffen. Von einer Seelenwächterin namens Lilija. Sie brauchte ein Gefäß, in dem sie alle vier Elemente vereinen konnte.«

Und so erklärte er mir alles genau, erzählte von Ilai, von Sophia und von seiner leiblichen Mutter. Ich konnte kaum fassen, was er von sich gab, hing an seinen Lippen und sog jedes einzelne Wort auf. Mehr und mehr krampfte er beim Reden, seine Anspannung breitete sich im Raum aus, setzte sich als Brennen auf meiner Haut ab. Wie unter Schock sprach er und starrte dabei zum Fenster hinaus, als könnte er es nicht wagen, mich anzusehen. Schließlich erklärte er mir alles über König David, die Harfe und welche Macht sie besaß. Eine Macht, die ich entfesseln konnte, sobald der Zauber, den meine Mutter über mich gelegt hatte, gebrochen war. Einen Teil davon wussten wir, weil wir es uns über die Flashbacks von Anna und die Erzählungen von Keira zusammengereimt hatten.

»Hat Keira das alles gewusst? War sie deshalb zusammen mit Joshua in der Antarktis gewesen?«

»Vermutlich.«

»Sie wollte es mir eigentlich erklären, aber dann war sie auf einmal weg gewesen, und ich habe nie wieder von ihr gehört. Ich habe Will gefragt, ob wir sie suchen könnten, doch er meinte, sie wollte nichts mehr mit uns zu tun haben und hätte sich komplett gegen uns abgeschirmt.«

»Das war gelogen. Es war genau andersherum gewesen: Will hatte gemeinsam mit Anna ihre Erinnerungen manipuliert, damit sie nicht auf die Idee kommt, dich einzuweihen.«

»Wie bitte?« Das war doch! »Dieser ...! Warum?«

»Weil er erst mit mir in aller Ruhe über alles reden wollte, und dazu musste er warten. Er wollte das Wissen schützen.«

Ich schürzte die Lippen. Auch wenn ich verstehen konnte, warum Will geschwiegen hatte, war ein Minianteil von mir gekränkt. Wir waren schließlich Freunde!

Jaydee verharrte still und wartete auf meine Reaktion. Ich atmete durch und kämpfte das Grummeln nieder.

»Was ist mit dem Jäger in dir? Hatte er dazu auch eine Erklärung?«

»Er vermutet, dass es das Ungleichgewicht ist, wenn alle vier Elemente in einem vermischt werden, oder Lilija hat schlicht und ergreifend das Böse in mir hinterlassen.«

Ich wollte gerne sagen, dass ich das nicht glaubte, dass er nichts Böses in sich trug, doch das wäre gelogen. Wir wussten das beide.

»Erinnerst du dich an das, was Violet sagte, bevor sie ging?« Bevor ich sie weggeschickt hatte ...

»*Es gab schon mal jemanden wie dich.*«

»*Er ist gestorben. Vor sehr langer Zeit*«, ergänzte ich. »Womöglich war er ebenfalls eins von Lilijas Experimenten gewesen und hat es nicht überlebt.«

Aber woher wusste Vi davon?

»Kann sein.« Jaydee drehte sich ganz herum und lächelte traurig. Ich legte die Hände um seine Wangen und strich mit den Daumen über seine Haut. Er schloss die Augen, genoss meine Berührung. »Ich weiß wirklich nicht, womit ich dich ...«

»Sht.« Ich schlang die Arme um seinen Nacken und zog ihn an mich heran. Er stöhnte leise, presste eine Hand zwischen meine Schulterblätter und vergrub seine Nase an meinem Hals. Noch immer spürte ich einen Widerstand in seinem Körper, als würde sich etwas in ihm gegen unsere Nähe sperren. Vielleicht war es der Jäger, vielleicht waren es die Umstände. Vielleicht spielte es keine Rolle, und ich musste einfach nehmen, was er mir geben konnte.

»Was machst du nur mit mir?«, nuschelte er gegen meine Haare.

»Ich halte dich fest.«

Er gab einen kehligen Laut von sich, der in meinem Oberkörper vibrierte. Ich küsste ihn auf die Ohrmuschel, drückte mich stärker gegen ihn. »Du bist ein liebenswerter und guter Mann. Völlig egal, welche Kräfte in deinem Inneren wirken.«

Seine Hand glitt tiefer zu meinem Hintern, aber ich hatte nicht das Gefühl, dass er mich anbaggern wollte, sondern mehr Hautkontakt brauchte. Je länger ich ihn festhielt, umso mehr blendete sich die Umgebung aus. Wir kehrten zurück in unsere Glocke, in unsere eigene Welt. Vielleicht war das eine Art Insel, die versteckt und geheim in einer Nebelbank lag, so dass sie kein Fremder betreten konnte. Sie gehörte uns allein.

»Was willst du tun?«, fragte ich schließlich.

»Einen Schritt nach dem anderen gehen. Deine und meine Geschichte hängen zusammen, das ist mittlerweile klar, und die beste Spur, die wir im Moment haben, sind die Tagebücher deiner Mutter.«

Mikael hatte es extra noch mal erwähnt, kurz bevor er zurück ins Licht kehrte und endlich Frieden fand: »Cassandra hat Tagebuch geführt. Frag Auguste ...« Und dann gab es noch eine andere Sache, bei der wir bisher nicht weitergekommen waren. »Was ist eigentlich mit Ashriel? Sie hat mir doch die Kugel mit dem Spruch geschickt und mir viel Glück bei meiner Suche gewünscht.«

»Du hast gesagt, dass ihr nichts darüber herausgefunden habt.«

Ich nickte. Will hatte sie gründlich analysiert. Er hatte etliche Zauber daran ausprobiert, sogar mein Blut verwendet, aber keine Hinweise oder Sonstiges gefunden. Es hatte ihn fast zur Verzweiflung getrieben, dass er mir keine Antworten liefern konnte, doch die Kugel behielt ihre Geheimnisse für sich. »Wir könnten noch mal nach New York und ...«

»Auf keinen Fall!«

Okay, ich war auch nicht scharf darauf, ein weiteres Mal in das Theater des Schreckens zu tauchen, aber was blieb uns übrig? »Ashriel hat mir das Ding doch nicht ohne Grund gegeben.«

Jaydee nahm mein Gesicht in die Hände und sah mich fest an.

»Nein. Wir gehen nicht noch mal so ein Risiko ein, wenn wir es nicht unbedingt müssen! Lass mich erst mit Auguste reden, okay?«

Ich nickte zögerlich.

»Und ich gehe alleine.«

Nicht okay.

»Auguste ist alt, ich will sie nicht mehr aufregen als unbedingt nötig.«

»Das verstehe ich.« *Nicht.* Aber es war sinnlos, mit Jaydee darüber zu streiten. Wenn er sich etwas in den Kopf gesetzt hatte, zog er es gnadenlos durch. »Weißt du denn, wo sie lebt?«

»In einem Altersheim in Riverside.«

»Dann kannst du gleich Ben besuchen. Er hat öfter nach dir gefragt.« Wie er mir am Telefon neulich erzählte, war er mittlerweile gut mit dem Bürgermeister von Riverside Springs befreundet. Nachdem der Emuxor ein immenses Chaos hinterlassen hatte, war Ben fast rund um die Uhr beschäftigt gewesen, es zu beseitigen.

»Wie geht es ihm denn?«

»Gut. Er ist seit zwei Monaten auf einem Gesundheitstrip. Joggt jeden Morgen durch den Park.«

»Also keine Snickers mehr.«

Ich winkte ab. »Als ich ihn das letzte Mal gesehen habe, lagen drei leere Verpackungen in seinem Mülleimer, insofern weiß ich nicht, wie ernst er das Training nimmt.«

»Ich werde es herausfinden, ich breche gleich auf, Riverside liegt in der Zeit vor uns.«

Ich schmunzelte. »Alles andere wäre schließlich Zeitverschwendung.«

Er lachte leise, weil er das gestern zu mir gesagt hatte, nachdem wir das erste Mal Sex gehabt hatten und ich gleich eine zweite Runde wollte. »Ich würde lieber mit dir weiter die Laken zerwühlen, glaub mir, aber ich muss etwas tun, sonst werde ich verrückt.«

»Das kann ich verstehen. Ich würde nur gerne helfen.«

»Das tust du, indem du in Sicherheit bleibst.«

»Ich habe es dir schon oft gesagt: Ich bin nicht ...«

»... aus Zucker, das ist mir klar, aber allein der Gedanke, was dir alles zustoßen könnte, treibt mich in den Wahnsinn. Niemand weiß, was Coco als Nächstes plant. Sie war sogar schon auf dem Anwesen, versucht vielleicht in dieser Sekunde, die Schutzzauber außer Kraft zu setzen.«

»Das hätte sie die letzten vier Monate schon tun können. Will hat die Zauber im Griff. Außerdem hat er mir erklärt, dass er das gesamte Areal verschleiert hat. Falls Coco noch mal in der Gegend auftauchen sollte, würde er erstens alarmiert werden und sie zweitens gar nicht bis zum Haus durchkommen. Es ist eine Art Verwirrungszauber oder so.«

»Verirrung, nicht Verwirrung. Damit schützt man Orte. Der Suchende wird quasi in die Irre geführt und auf falsche Fährten weg vom Ziel gelockt. Trotzdem kann sie dir woanders auflauern.«

»Wir waren so vorsichtig in den letzten Monaten. Coco hat keine Ahnung, wo ich bin, und sie kann mich nicht aufspüren, solange ich das Amulett trage.«

»Ich sollte dich auf einer einsamen Insel aussetzen. Ihr hättet auf Malea Island bleiben sollen.«

»Okay, stopp. Das reicht. Du wirst mich nicht bemuttern! Erstens wäre ich auf der Insel früher oder später durchgedreht, und zweitens sagte Will, dass die Schutzzauber dort schwach sind. Anscheinend sieht Colin es nicht ein, sich mitten im Meer vor Dämonen zu schützen.«

»Ich ...«

Ich drückte den Finger auf seine Lippen. »Schluss, Jaydee.«

Er küsste meine Hand, nahm sie von seinem Mund. »Ich mache mir eben Sorgen. Ich habe schon mal jemanden ...«

... verloren, den er liebte. »Ich weiß. Geht mir genauso. Dennoch werde ich mich nicht verkriechen. Ich trainiere weiter, ich werde besser, ich werde lernen, mich zu verteidigen.«

»Gegen Coco hast du keine Chance. Die hatte nicht einmal ich. Es war pures Glück, dass ich entkommen konnte.«

»So wie ich das verstanden habe, braucht Coco diese spezielle Gabe von mir, richtig? Dass ich dieses Lied von König David spielen kann.«

»Ja.«

»Gut. Solange meine Gabe durch den Zauber meiner Mutter gehemmt ist, kann sie definitiv nichts mit mir anfangen. Du hast ja bemerkt, wie unmusikalisch ich bin.« In New York hätte uns das bei Ashriel fast den Kopf gekostet.

»Und solange der Zauber wirkt, kann ich dich nicht ohne Tattoos anfassen. Ist dir eigentlich klar, wohin das alles führt? Auf was es hinausläuft?«

Ich schüttelte den Kopf.

»Vielleicht wollte deine Mutter dich nicht nur vor Coco schützen, als sie die schwarze Magie auf dich legte. Sondern auch vor mir. Vielleicht hat sie es gewusst.«

Ich dachte über seine Worte nach. Jaydee war Lilijas Geschöpf – des *Bösen*, wenn man sie so bezeichnen wollte –, und meine Mutter hatte mich genau davor bewahren wollen ...

Was für ein ekelhafter, unnützer Gedanke.

»Es ist mir vollkommen egal, ob meine Mutter den Zauber gewirkt hat, damit wir uns nicht anfassen können.« Ich strich über die Stelle, an der seine Tattoos waren. »Das mit uns kann nicht schlecht sein. Dazu fühlt es sich zu gut an.«

Er erwiderte nichts.

»Hast du gehört?«

»Ja.«

»Hör bitte auf, dir solche Gedanken zu machen.«

Er nickte verhalten. Jaydee konnte nicht gut mit Nähe und Zuneigung umgehen. Ich musste Geduld mit ihm haben. Wir brauchten beide Zeit, um uns aneinander zu gewöhnen.

Meine Augen blieben auf seinem Jadestein hängen, den er um

den Hals trug und von dem Ariadne behauptet hatte, dass er ihm helfen könnte. Ich nahm ihn in die Finger und drehte ihn. »Er stammt also aus Lilijas Gefängnis?«

»Ja, er ist ein Bruchstück daraus. Ilai meinte, dass er mich ankern solle.«

Ich betrachtete ihn genauer. Seit er den Stein geholt hatte, besaß ich noch keine Gelegenheit, ihn mir näher anzusehen. Erst war ich von Ralf entführt und in die Antarktis verschleppt worden, dann brach das Chaos wegen des Emuxors aus, dann musste ich Violet zurückschicken, schließlich ging Jaydee in die Isolation – und danach waren wir mit anderen Dingen beschäftigt gewesen …

»So langsam glaube ich allerdings, dass er einfach nur ein Stein ist und sie es selbst nicht besser wusste.«

Ich fuhr mit dem Daumennagel die kleinen Rillen und Furchen nach. »Hast du ihn schon Will gezeigt? Vielleicht findet er etwas Magisches daran.«

»Nein. Dazu war noch keine Zeit.«

»Wir sollten das tun.«

Jaydee seufzte.

»Einen Versuch ist es wert«, schob ich nach.

»Also schön.« Er griff sich in den Nacken, band ihn ab und gab ihn mir. »Wenn du willst, kannst du das tun, während ich weg bin, aber versprich dir nicht zu viel davon.«

Ich schloss den Stein in meine Faust. Er fühlte sich gut an und war noch aufgewärmt von Jaydees Körper. »Ich werde gut darauf aufpassen.«

»Du kannst ihn meinetwegen behalten.«

»Er ist dir aber wichtig.«

»War. Er war mir wichtig. Jetzt ist er eine von vielen alten Erinnerungen. Ich weiß, das klingt schräg, aber es ist so. Seit ich Mikael noch mal gesehen habe, mit ihm sprechen konnte, alles von Will erfahren habe …« Seine Hand glitt in meinen Nacken, er zog mich näher. »Die Vergangenheit liegt hinter mir. Die Erlebnisse ebenso. Ich möchte lieber neue sammeln.«

Er beugte sich zu mir. Ich wartete, bis sich seine Lippen auf meine senkten, stattdessen drückte er sie auf meine Stirn. Ich gab einen enttäuschten Seufzer von mir.

»Wenn ich dich richtig küsse, komme ich nie von dir los.« Sein Atem kitzelte gegen meine Haut.

»Ich hätte nichts gegen eine weitere Runde Kissenschlacht.«

»Das holen wir nach.«

»Versprochen?«

»Versprochen. Nun marsch ins Bett! Und ruh dich aus.«

»Ich kann auf keinen Fall noch mal schlafen.«

»Versuche es, oder gehe trainieren. Ab morgen stelle ich dir einen neuen Plan zusammen, dann ist es sowieso vorbei mit den Schmusetrainingseinheiten.«

»Du darfst mich gerne richtig anpacken.«

Er schlug mir so fest auf den Hintern, dass es brannte. Ich japste und strich darüber.

»Ich habe es dir gestern schon gesagt: Fordere mich nicht heraus.«

Mir wurde heiß bei dem Gedanken. »Soll ich dir nicht doch bei den Vorbereitungen helfen?«

»Oh, nein. Ich wäre morgen noch nicht in Riverside. Außerdem muss ich unbedingt ... ich muss nach Anna sehen. Ich hatte noch gar keine Zeit für sie.«

Ich hörte das Bedauern und die Vorsicht in seiner Stimme. Er und sie hatten ein sehr inniges Verhältnis, eines, das nicht jeder Partner tolerieren würde.

»Sie vermisst dich. Du wirst ihr guttun. Es ist okay.« Und das meinte ich auch. Ich sah Anna nicht als Konkurrentin für mich. In den letzten vier Monaten hatte ich sie so gut kennengelernt, ihr Interesse an Jaydee war rein freundschaftlicher Natur.

Er nahm meine Hand und küsste sie zart. »Danke.«

»Sie ist mir genauso wichtig, ich hasse es, wenn sie leidet.«

Er nickte, drehte herum und wollte die Balkontür schließen. Ich rieb einen Fuß an meiner Wade, um mich aufzuwärmen. Die Nachtluft hatte das Zimmer heruntergekühlt.

»Machst du doch keinen Abgang über die Balustrade?« Wie in der Karibik, als wir uns geküsst hatten und er meine Nähe nicht mehr ertragen konnte.

»Da du wach bist, kann ich zur Tür raus.«

»Schade. Das war ziemlich sexy.«

»Ach ja?«

»Alles was du machst, ist sexy.«

Er öffnete den Mund, schloss ihn, dann drehte er herum, öffnete die Tür und rannte auf den Balkon. Er hüpfte auf das Geländer, balancierte mit Leichtigkeit auf dem schmalen Grat und blickte über seine Schulter zurück zu mir.

Wie konnte ein Mann nur so unverschämt gut aussehen?

»Bis dann, Prinzessin.«

Ich lachte und blickte ihm nach, wie er in der Tiefe verschwand.

Ein Schatten, verschmolzen mit der Dunkelheit.

So war er. Nicht zu greifen, aber dennoch da.

Ich schlang die Arme um mich, nicht nur, um mich gegen die kühle Luft zu schützen, sondern weil ich jetzt schon seine Abwesenheit spürte. Ich hatte das Gefühl, dass ab heute die ruhige Zeit vorüber war.

Das Leben hatte uns eingeholt.

3. Kapitel

Keira feuerte einmal.

Zweimal.

Dreimal.

Die Kugeln glitten durch den Greif und verpufften wirkungslos.

Keira fluchte, schoss die Pumpgun komplett leer, gleichzeitig wich sie vor dem Monstrum zurück. Der Greif spannte die Flügel weit auseinander. Der Windstoß, der dadurch entstand, wehte sie fast von den Füßen. Sie griff eines der Messer an ihrer Hüfte, im gleichen Moment schoss das Tier nach vorne und hackte mit seinem Schnabel nach ihr.

Keira wich aus, machte eine Rolle seitwärts, fing den Schwung ab und schleuderte das Messer auf seinen Hals. Als die Klinge das Gefieder traf, flog auch sie hindurch und löste sich in Luft auf.

»Was ...!?«, schrie Keira, doch ihr blieb nicht viel Zeit. Ein Flügel traf sie an der Schulter, der Schmerz überwältigte sie. Keira hielt sich die verletzte Stelle und kam ins Straucheln.

Der Greif setzte zum nächsten Angriff an, hob eine Pranke und wollte Keira zertreten. Ohne nachzudenken, zückte sie das zweite Messer. Egal, ob ihre Waffen Wirkung hatten oder nicht, sie würde auf keinen Fall kampflos aufgeben. Die Löwenklaue sank auf sie herab, Keira drehte die Klinge und ratschte einmal quer über die Unterseite der Tatze. Erneut glitt das Messer wirkungslos durch die Haut und hinterließ eine glühende Spur. Etwas Helles floss aus der Wunde. Wie flüssige Lava. Keira riss einen Arm hoch, um sich dagegen zu schützen. Das Leder ihrer Jacke zischte, kleine Brandlöcher entstanden, doch zum Glück fing der Stoff das meiste ab.

Sie rollte herum, schob sich unter dem Vogel hervor, sprang auf die Füße und rannte los. Der Greif verfolgte sie sofort. Plötzlich änderte sich die Beschaffenheit des Bodens. Er wurde rutschig, etwas Feuchtes überzog die Oberfläche. Keira strauchelte, stürzte nach vorne, fing sich mit den Händen ab. Sie ertastete etwas Klebriges, Warmes. So schnell es ging, kam sie auf die Beine und betrachtete ihre Handinnenflächen.

Blut.

Das war Blut.

Überall.

Keira keuchte. Sie blickte an sich hinab. Ihre Stiefel sanken in die Erde ein, hinterließen mit jedem Schritt schmatzende Geräusche.

Der Greif holte auf, Keira spürte ihn im Rücken, sie beschleunigte. Der Vogel hob ab, stieg über ihren Kopf hinaus und landete vor ihr. Sie bremste, drehte herum, wollte in die andere Richtung, aber er wiederholte das Spiel. Er riss den Schnabel auf, zielte auf sie. Keira wich nach hinten, der Greif erwischte sie am Ärmel, biss zu. Sie schrie vor Schmerz. Es fühlte sich an, als würde er ihren Knochen durchtrennen. Sie zog das nächste Messer, stach auf seine Augen ein. Die Klinge verschwand in einem grellen Lichtblitz und wurde absorbiert. Der Greif ließ sie los, schüttelte sich kurz, als müsste er sich sammeln.

Pure Panik schlang sich um Keiras Herz. Noch nie in ihrem Leben war sie so hilflos und verloren gewesen. Egal, was sie tat: Sie konnte das Tier nicht aufhalten.

Sie wich rückwärts. Ihr Körper fühlte sich schwach und ungelenk an. Als hätte sie alles vergessen, was sie sich über die Jahre antrainiert hatte. Auf einmal stolperte sie über etwas am Boden. Keira sah nach unten. Da lag ein Teddy.

Nein, nicht irgendein Teddy.

»Mr. Curly.«

Keira hatte ihn bei sich gehabt, in der Nacht, in der Coco ihren Vater getötet hatte. Rasch hob sie ihn auf und rannte erneut davon. Der Greif hob zum nächsten Schlag an, erwischte sie dieses

Mal am Hinterkopf. Keira stürzte nach vorne, landete bäuchlings in dem Blut, das sich mittlerweile überall ausgebreitet hatte.

Sie hustete, spuckte aus, drehte sich herum. Mr. Curly hielt sie fest an sich gedrückt, umarmte ihn wie früher, wenn sie sich im Wandschrank versteckte, damit sie niemand finden konnte.

Der Greif baute sich über ihr auf, breitete die Schwingen aus und sah auf sie hinab. Sie hatte noch ein Messer, das vermutlich genauso wirkungslos bleiben würde wie all die anderen Waffen davor. Dennoch griff sie danach, drehte es herum und schleuderte es gegen das Tier.

Wieder absorbierte der Greif ihre Waffe, riss den Kopf hoch und setzte seine Pranke auf ihren Oberkörper. Sie hielt dagegen, versuchte sich darunter herauszuwinden, doch sie hatte keine Chance. Der Koloss drückte sie mit seinem vollen Gewicht in die Erde. Er riss den Schnabel auf, stieß einen letzten Brüller aus und sauste auf sie nieder.

Keira sah das gierige Funkeln in seinen Augen und wusste, dass es vorbei war.

Es gab nichts, was sie tun konnte. Sie war vollkommen wehrlos.

Sie schloss die Augen, der Hieb des Greifs traf sie mit voller Wucht in den Oberkörper. Schmerz schoss durch ihren Leib, als würde sie in der Mitte gespalten.

Ihre Finger schlossen sich fester um Mr. Curly. Er gab ein klägliches *Tröt* von sich, als wollte er sie damit trösten. Doch sie hatte versagt. Sie hatte ihren Vater nicht mehr rächen können.

Coco lebte.

Keira war tot.

4. Kapitel

Jaydee

Ich war eine gefühlte Ewigkeit über das Anwesen gelaufen und hatte nach Anna gesucht. Mittlerweile dämmerte es, der Morgen brach an.

Ohne Jess in meiner Nähe überrollten mich die Ereignisse von gestern gnadenlos. Ich fühlte mich aufgeputscht von tausend Emotionen. Der Jäger war angespannt, kratzte an meiner Seele und forderte sein Recht. Ich konnte ihn nicht unendlich hinhalten, das war mir durchaus klar. Jess hatte mich abgelenkt, mir ein anderes Ventil geliefert, doch das würde nicht mehr lange halten.

Ich brauchte endlich das Gefühl von Blut an meinen Händen. Ich wollte die Angst meines Opfers riechen, mich daran erfreuen, wie es seinen letzten Atemzug nahm. In dem vollen Bewusstsein, dass ich es war, der sein Leben beendete ...

Lass mich raus ...

Ich schloss die Augen, schluckte die Euphorie nieder. Ich war aufgeputscht. Und ich hatte zwei Tage so gut wie nicht geschlafen. Ich hatte es heute Nacht versucht, aber ich konnte nicht mit Jess neben mir. Seit ich sieben Jahre alt war, mied ich es, mit jemandem zusammen einzuschlafen. Meine Schutzmauern funktionierten dann nicht, die Gefühle des anderen überrollten mich ungehindert. Obwohl ich die Tattoos hatte, die genau das abblockten, hatte ich es dennoch nicht geschafft, Ruhe zu finden. Mein Unterbewusstsein war zu sehr auf Distanz programmiert.

»Anna!«, rief ich zum hundertsten Mal, während ich dem Kiesweg über das Gelände folgte. Mit ihr war es nie ein Problem gewesen, in einem Bett zu liegen. Wir hatten beide unsere Grenzen und akzeptierten diese bedingungslos.

»Verflucht, wo steckst du denn?« Bei ihrem Kraftplatz war sie nicht, da hatte ich als Erstes nachgesehen, danach war ich zurück ins Haus gegangen, hatte nach ihr gerufen und mir gleich noch Essen für unterwegs in einen Rucksack gepackt. Ich war quer über das Anwesen in die Trainingshalle gelaufen, vorbei an den Gästehäusern, der Bibliothek.

Nichts.

Während ich ging, konzentrierte ich mich auf meinen Geruchssinn, suchte nach dem kleinsten Hauch von Mandarine, der mir verraten konnte, ob Anna hier gewesen war. Normalerweise leiteten mich meine Instinkte zu ihr, wie eine unsichtbare Schnur, der ich nur folgen musste. Heute Morgen schwieg diese Verbindung.

Lag es an dem, was ich für Jess empfand? Hatte die Liebe für sie Annas Liebe verdrängt? Oder waren die Erlebnisse aus den beiden Nächten zu präsent? Es fiel mir schwer, Jess aus meinem Kopf oder von meinem Körper zu bannen. Als wären ihre Hände noch auf mir und würden über jeden Zentimeter meiner Haut gleiten. Wenn ich nur daran dachte, was wir alles miteinander angestellt hatten, geriet mein Blut in Wallung. Manchmal war es wirklich ein Fluch, nichts vergessen zu können. Sobald ich kurz innehielt, blitzten die Bilder auf und wurden in meinem Geist so lebendig, dass ich Jess' Küsse auf meiner Zunge schmeckte.

Ich blieb stehen, atmete durch, fokussierte mich auf die Umgebung. Die Vögel zwitscherten, die Temperatur war angenehm, der Geruch nach Abenteuer hing in der Luft.

Um die zu erleben, musste ich allerdings aufbrechen.

Ich seufzte und beschloss, die Suche nach Anna einzustellen. Es hatte keinen Zweck. Wenn sie nicht gefunden werden wollte, würde ich es auch nicht.

Ich lief Richtung Stall, zog den Rucksack vom Rücken und holte einen Muffin heraus, den ich mir vorhin eingesteckt hatte.

Auf halbem Weg wurde ich eingeholt.

»Hey, Jaydee«, rief Akil und schloss zu mir auf.

Ich hielt an und wartete auf ihn. »Guten Morgen.«

Er blieb vor mir stehen und schielte auf meinen Muffin. Ich brach die Hälfte ab, erstaunlicherweise hatte ich nicht viel Hunger.

»Danke.« Er stopfte sich das Ding in den Mund.

»Hast du Anna gesehen?«

Er nickte und schluckte den Bissen hinunter. »Gestern Abend, ja.«

»Und wo ist sie? Ich suche sie überall.«

»Zu Aiden und Kendra nach London, um den beiden beim Packen zu helfen. Die zwei ziehen ja heute bei uns ein. Vermutlich ist sie noch dort.«

Ach, Mist. »Wie ging es ihr denn?«

»Gut. Sie wirkte gefestigt, hat sogar gefragt, ob wir heute Abend auf Patrouille gehen.«

»Hat sie nach mir gefragt?«

Er schüttelte bedauernd den Kopf.

»Ich hätte sie echt gerne begrüßt.«

»Tja, was soll ich sagen.«

»Sie geht mir aus dem Weg.«

»Ich fürchte, es ...«

Ich starrte Akil an. »Du meinst, es ist wegen Jess, oder?«

»Für Anna war deine Abwesenheit schwer zu verkraften, nun bist du zurück und hast nur Augen für Jess ... was kein Vorwurf ist, also schau mich nicht so an. Ich gönne euch beiden euer Glück von Herzen, genau wie jeder andere hier, aber erwarte nicht von Anna, dass sie das einfach so wegstecken kann. Bisher hast du ihr jederzeit zur Verfügung gestanden.« Er dachte über seine Worte nach. »Okay, die Formulierung klingt schräg, aber du weißt, was ich meine.«

»Ja, und genau deshalb muss ich sie sehen. Sie muss begreifen, dass wir immer noch Freunde sind.« Dass ich sie noch immer liebte, egal, was mit Jess und mir war.

»Isst du das eigentlich noch?« Er zeigte auf die andere Hälfte meines Muffins. Ich gab sie ihm und stemmte die Hände in die Hüfte.

»Ich muss sie finden.«

»Dränge sie nicht, Jay. Sie wird nur dichtmachen, glaub mir. Mit Zwang kommst du bei ihr nicht weiter.« Er stopfte sich den Rest des Muffins in den Mund und kaute zufrieden.

»Ich weiß.« Aber das machte es nicht besser. Ich vermisste sie.

Akil zeigte auf meinen Rucksack. »Wo willst du eigentlich hin?«

»Nach Riverside. Ich möchte mit Auguste sprechen.«

»Wegen der Tagebücher? Jess hat mir davon erzählt.«

»Und weißt du wegen allem anderen auch Bescheid?«

»Ja. Will hat mich eingeweiht.« Er leckte den letzten Muffinkrümel von einem Finger. »Du wirkst recht ruhig. Hätte gedacht, dass du bei solchen Neuigkeiten ausflippst und den nächstbesten Dämon köpfst.«

»Das hatte ich auch vor. Nachdem er mich aufgeklärt hatte, wollte ich raus. Jagen. Blutvergießen. Das Übliche, aber ich konnte nicht.«

»Wegen?«

Ich blickte zum Himmel, mehr um mich zu sortieren als aus Interesse am Wetter. »Wegen ihr. Jess. Mein Innerstes hat mich zu ihr gezogen, und ich bin dem gefolgt. Wenn sie bei mir ist, dann schweigt etwas in mir.« Ich starrte Akil an und wartete, ob er gleich losprusten musste, aber das tat er nicht. »Scheiße. Ich klinge wie ein liebeskranker Vollidiot.«

»Tust du nicht. Genieß es einfach.«

»Es fühlt sich eher so an, als würde ich im Dunkeln herumtappen und nach dem Lichtschalter suchen.«

Akil lachte. »Das muss nicht unbedingt schlecht sein.«

Aber es war verwirrend.

»Liebe ist etwas Gutes, glaub mir.«

»Im Moment verleitet sie mich dazu, Jess einsperren zu wollen. Unsere Welt ist zu gefährlich für sie.«

»Jess schlägt sich ganz großartig.«

»Ja, aber wie lange noch? Wer weiß, was uns alles erwartet, ich kann sie nicht ...«

Akil packte mich an den Schultern. »Mal ganz ruhig mit den wilden Pferden. Das Mädel ist erwachsen. Halbwegs. Seit du weg warst, hat sie wie eine Besessene trainiert. Sie wird von Tag zu Tag besser. Wenn du nun anfängst, sie zu beglucken, wird sie irgendwann durchdrehen und dichtmachen.«

»Es ist trotzdem schwer.«

»Jep. Das bringt dieses Gefühlszeugs so mit sich.« Er ließ mich los und grinste. »Lass uns unterwegs weiterreden, ich begleite dich.«

»Nein.«

»*Nein*«, äffte Akil mich nach. »Auf keinen Fall, ich bin der eigenbrötlerische Superheld, der alles alleine machen muss, um möglichst cool und unnahbar zu wirken.«

»Ich ...«

Akil hob den Zeigefinger. »Ich komme mit. Also halt die Klappe und sattel die Pferde. Ich sage Will Bescheid.«

»Hast du zu wenig Sex, oder warum bist du so kratzbürstig?«

»Ich bin nicht kratzbürstig, ich bin autoritär.« Er schmunzelte, weil es wirklich albern aus seinem Mund klang. »Außerdem hab ich dich verflucht noch mal vermisst und möchte gerne Zeit mit dir verbringen.«

Ich seufzte. Er hatte mir genauso gefehlt. »Na schön. Dann komm.«

»Geht doch, und um deine Frage zu beantworten: Ja, ich habe zu wenig Sex. Da hilft es auch nicht, wenn ich euch bei selbigem zuhören darf.«

»Du hast uns gehört.«

»Nachdem Will mir alles erzählt hatte, wollte ich nach dir sehen und wissen, wie du zurechtkommst. Hab deinen Geruch bis zu Jess' Zimmer verfolgt. Als ich dann merkte, dass ihr zwei beschäftigt seid, bin ich gegangen. Hat nicht viel genutzt, ich konnte euch unmöglich ausblenden ...«

Das Haus war für Akils feines Gehör hellhörig, und sein Zimmer lag nicht weit von Jess' Raum entfernt.

»Wobei die Show ganz gut war: *Mehr. Hier. Da. Jaaa! Oh, Jaydee*! Den Namen des Herren hat sie auch ziemlich oft missbraucht.«

»Neidisch?«

»Ha! Bitte, Jungchen! Ich hab Frauen zum Jauchzen gebracht, da warst du noch ein Furz im Universum. Wobei, das stimmt nicht ganz. Streng genommen bist du sogar früher auf die Welt gekommen als ich.«

»Vor viertausend Jahren.«

Er schüttelte den Kopf und betrachtete mich. »Das ist so dermaßen abgefahren, echt.«

»Abgefahren trifft es nicht mal annähernd, ich soll Chaos und Vernichtung mit mir bringen.«

»Das ist nicht wirklich was Neues, oder? Abgesehen davon dreht sich die Erde immer noch fröhlich um sich selbst. Wer weiß also, ob dieser ganze Prophezeiungskram überhaupt stimmt.«

»Du nimmst das ziemlich locker.«

Er verschränkte die Arme vor der Brust und sah mich an. Akil besaß diese Gabe, wenn alle um ihn herum in Panik gerieten, selbst ruhig zu bleiben. Und es war gut so. Es half, den Überblick zu wahren.

»Lass uns aufbrechen.«

5. Kapitel

Keira hustete und erwachte mit einem unglaublichen Brennen im Brustkorb. Sie riss die Augen auf und fuhr hoch.

»Ruhig«, sagte A.J. neben ihr.

Ihr Herz schlug so heftig, dass es jeden Moment explodieren musste. Sie tastete an die Stelle, an der sie der Greif erwischt hatte.

Und fühlte: nichts.

»Was zum ...« Sie blickte an sich hinab. A.J. legte eine Hand an ihren Rücken und stützte sie.

»Trink.« Er reichte ihr ein Glas Wasser. Sie nahm es entgegen, ohne davon zu nippen.

»Was ist denn passiert?«

»Du bist vor circa zwanzig Minuten durch das Portal gefallen und seither ohnmächtig gewesen. Ich habe alles Mögliche versucht, dich wachzubekommen, doch ohne Erfolg. Deine Vitalwerte waren normal, als würdest du schlafen. Ich war kurz davor, einen Krankenwagen zu rufen, aber dann kamst du zu dir.«

Keira stellte das Glas neben sich ab und schraubte sich nach oben. A.J. packte sie am Ellbogen und half ihr. Ihre Waffen waren wieder da, die Pumpgun lag auf dem Boden, offenbar hatte A.J. sie ihr vom Rücken geschnallt. Auch ihre Lederjacke war unversehrt. Von dem Angriff des Greifs war nichts zu sehen. Mr. Curly war ebenfalls verschwunden. »Das gibt es nicht.«

»Was ist geschehen?«, fragte A.J.

»Ich wurde angegriffen.« Sie erzählte ihm von ihrer Begegnung mit dem Greif und wie ihre Waffen wirkungslos geblieben waren.

»Davon stand definitiv nichts in Joshuas Unterlagen.« A.J. schüttelte den Kopf.

»Ich gehe noch mal.« Sie lief zu ihrem Schlafzimmer. Sie würde mehr Waffen mitnehmen. »Vielleicht ist das Ding eine Art Wächter«, rief sie A.J. zu. »Jaydee und ich hatten den Greif damals nicht getötet. Wir hatten ihn nur ruhig gestellt.« Vielleicht musste sie das wiederholen. Keira nahm einen Rucksack aus der Kommode und lief zum Schrank. Sie brauchte ein Seil.

»Du solltest erst mal durchschnaufen«, sagte A.J.

»Es geht mir großartig.« Und das war nicht gelogen. Keira fühlte sich fit und ausgeruht, als hätte es diesen Kampf nie gegeben. In Windeseile packte sie weitere Messer, ihre Armbrust, zwei Dolche und eine ausklappbare Harpune ein. Das Seil behielt sie gleich in der Hand. Mit den Sachen ging sie zurück zum Wohnzimmer und blieb vor der Wand stehen. »Leg los«, sagte sie zu A.J.

Er seufzte, doch er nahm die Stimmgabel, schlug sie an und setzte sie auf den Schädel.

Wie zuvor baute sich das Portal auf und ermöglichte Keira den Zutritt. Sie umschloss das Seil fester und trat durch die schimmernden Zeichen.

Die Reise dauerte wenige Sekunden, und Keira fand sich erneut in der merkwürdigen Sternennacht im Nirgendwo wieder. Sie blickte sich um, richtete ihre Sinne auf die Umgebung. Hinter ihr vibrierte das Portal. Keira drehte sich zurück und sah gerade noch, wie es sich auflöste. Der Weg zurück war weg.

Vorerst.

Sie setzte die Tasche ab und legte das Seil zurecht. Langsam lief sie ein paar Schritte, sah sich um, lauschte auf jedes Geräusch. Doch es geschah nichts.

»Komm raus«, flüsterte sie.

Keira wartete eine gefühlte Ewigkeit, aber der Greif kehrte nicht zurück. Hatte sie ihn doch verjagt? Konnte das sein?

Auf einmal hörte sie ein Knurren hinter sich. Dieses Mal klang es vollkommen anders. Das war definitiv kein Greif ...

Sie blickte über ihre Schulter zurück.

Da stand ein Hund. Einer, der ihr vor gar nicht langer Zeit begegnet war.

Balor.

Der Hund von Lough, der sie beim letzten Einsatz gebissen

hatte. Keira ballte die Hand zur Faust, die Wunde war noch zu fühlen.

Balor fletschte die Zähne und schlich auf sie zu. Er kam ihr größer vor. Bedrohlicher. Sein schwarzes Fell glänzte, seine Muskeln bebten, der Geifer troff von seinen Lefzen. Keira wich zurück, bis sie bei ihrer Tasche war. Sie zog die Armbrust heraus und legte an.

Hoffentlich kann ich wenigstens den töten.

Sie zielte und drückte ab.

Der Bolzen traf Balor am Kopf und löste sich in einem grellen Schein auf.

Der Hund knurrte erneut, nahm Anlauf und stürzte sich auf sie ...

6. Kapitel

Anna saß auf der Aussichtsplattform auf dem Berg, ließ die Beine baumeln und blickte hinunter auf das Anwesen. Jaydee und Akil standen auf dem Kiesweg und unterhielten sich. Von hier oben hatte Anna einen beeindruckenden Weitblick über das Gelände. Sie sah das Haupthaus mit seinem noch immer beschädigten Dach, die Gästehäuser, die Bibliothek, die Stallungen, die Trainingshalle und natürlich die Wüste rundum.

Sie atmete tief ein, sog die Luft in ihre Lungen und hieß ihr Element willkommen.

Der Wind wehte hier oben stärker. Es war ein Teil ihres Kraftplatzes, der hinter ihr fortgesetzt wurde. Wenn Anna dem Pfad bergauf folgte, gelangte sie in eine endlos wirkende Schlucht, in der sich der Wind verfing und auf sie wartete. Anna musste sich nur fallen lassen. Er würde sie auffangen und tragen, so wie er es immer tat, sobald sie sich in die Arme ihres Elements begab.

Sie war die ganze Nacht hier oben gewesen, nachdem sie recht früh von Kendra und Aiden zurückgekehrt war. Anna hatte den beiden Frauen sorgfältig falsche Erinnerungen eingetrichtert und sie glauben lassen, dass sie die ganze Zeit über bei ihnen gewesen war. In Wahrheit hatte sie die Nacht bei ihrem Element verbracht.

Natürlich war es verboten, bei anderen Wächtern die Erinnerungen zu manipulieren, und wenn es je herauskäme, würde Anna Schwierigkeiten bekommen, aber es war ihr egal.

Wie so häufig in letzter Zeit scherte sie sich nicht darum. Hauptsache, sie hatte ihre Ruhe.

Sie blickte auf ihre Arme, die sie sich in den letzten Minuten blutig gekratzt hatte. Normalerweise half ihr der Schmerz, sie in der Gegenwart zu ankern, sich zu fokussieren, aber nicht mal das war im Moment genug.

Ich kann doch nicht die ganze Zeit bei meinem Element bleiben.

Doch genau das war es, was ihr am besten half. Ihre Seele war vollkommen aus dem Gleichgewicht geraten. Dinge, die ihr normalerweise Spaß machten, waren eine Last. Sie hatte keine Energie, keine Lust, sich mit irgendetwas zu befassen. Nicht mal bei dem Shoppingausflug mit Jess hatte sie wirklich Freude gehabt. Anna hatte es getan, weil Jess sie darum gebeten hatte und sie sie nicht enttäuschen wollte, aber eigentlich wäre sie gerne zu Hause geblieben.

Hier oben. Für immer am besten.

Anna schüttelte den Kopf. Ihre Nägel fanden eine Kruste und zogen sie ab. Der kurze Schmerz tat gut. Sie kratzte die Stelle größer, sah dem Blut zu, wie es langsam aus der Wunde quoll und auf ihr Kleid tropfte.

Eine Bewegung erregte ihre Aufmerksamkeit. Sie blickte hinunter. Jaydee und Akil liefen in Richtung Stall.

Vorhin hätte er sie fast gefunden. Er war hier oben gewesen und hatte nach ihr gerufen, aber sie hatte sich versteckt. Es fiel ihr mittlerweile leicht, sich vor den anderen zu maskieren. Sie musste nur in ihre Köpfe eindringen und ihnen suggerieren, dass sie nicht da war, dass der Geruch nach Mandarine nicht in der Luft hing. Sie war gut darin geworden, anderen heimlich Gedanken einzupflanzen, auch wenn sie sich dafür schämte.

Aber sie wusste nicht, was sie sonst tun sollte. Auf der einen Seite sehnte sich ihre Seele nach Nähe, auf der anderen konnte sie es kaum ertragen, jemanden an sich heranzulassen. Auch nicht Jaydee, obwohl er ihr bester Freund, ihr Vertrauter, ihr Gegenstück war. Er bot ihr Ruhe in Zeiten des Sturmes, aber im Moment glaubte sie, das Unwetter alleine durchqueren zu müssen.

Und sie hatte keine Ahnung, warum es so war. Es hatte etwa vor drei Monaten angefangen. Jaydee war noch nicht lange weg gewesen, da waren die ersten Flashbacks aufgetaucht. Erst nur sporadisch, dann schlimmer und intensiver als je zuvor. Früher hatten sich die mentalen Reisen auf wenige Erinnerungen beschränkt und sich meist um das Gleiche gedreht. Nun änderten sie sich, gruben jedes Mal neue Szenarien aus ihrer Vergangenheit aus. Annas Seele stand unter Feuer, und sie wusste nicht, wie sie es löschen konnte.

Sie wischte sich eine Träne weg und sah Akil und Jaydee zu, wie sie im Stall verschwanden. Sie würde noch eine Weile hier ausharren, bevor sie runterging. Dann wären die zwei weg, und Anna hätte weiterhin ihre Ruhe.

Das war schön.

Geistesabwesend zog sie ein kleines Messer heraus, das sie in letzter Zeit stets bei sich trug, und ritzte langsam über eine ältere Narbe, bis auch diese zu bluten anfing.

Oh, dieser Schmerz. Süß und herb und wohltuend.

Sie drückte die Klinge fester auf, schnitt sich Muster auf die Haut. Wie in Trance sah sie dem Blut zu, das stetig weiter auf ihr Kleid tropfte und es rot färbte.

Nachher musste sie sich Heilsirup besorgen. Das hatte sie beim letzten Mal auch getan, nachdem sie vor Akil davongerannt war. Als Anna aus dem Flashback erwacht war, waren ihre Füße wundgescheuert und ihre Vorderseite aufgerieben gewesen, von dem Kies, über den sie gehetzt war.

Im Flashback hatte Andrew sie an einem Pferd hinter sich hergezogen. Anna war ein paar Mal gestürzt und hatte sich dabei verletzt.

Um Fragen von Will oder Akil zu vermeiden, hatte sie sich in die Bibliothek geschlichen und heimlich von dem Sirup genommen. Akil hätte sie fast dabei erwischt, doch sie konnte ihm glaubhaft vermitteln, dass sie auf dem Weg zu ihrem Kraftplatz gewesen war.

Sie drückte die Klinge fester auf, aber der Schmerz half nicht gegen ihre Gewissensbisse. Sie verriet ihre Freunde! Für das hier. Und sie wusste nicht, warum sie es tat, sie wusste nur, dass sie weitermachen musste.

Dass es das einzige war, das sie tun konnte.

Bluten ...

Das Messer rutschte ihr aus den Fingern und fiel hinab in die Tiefe. Anna erschrak, sah ihm nach.

Oh nein!

Nun war sie schutzlos!

Wenn Andrew zurückkehrte, würde sie sich nicht wehren können!

Das ging nicht!

Niemals!

Sie starrte in die Tiefe, überlegte fieberhaft, was sie tun sollte, aber es gab nur eine Antwort: Sie brauchte eine Waffe!

Sofort!

7. Kapitel

Keira stieß einen frustrierten Schrei aus, als sie aufwachte. Das war das fünfte Mal, dass sie in ihre Wohnung zurückkehrte.

A.J. fragte schon gar nicht mehr. Er saß auf dem Sofa und beobachtete sie, während sie sich aufrichtete und ihren Nacken massierte.

»Es ist unfassbar!«, brüllte sie. »Jede Waffe ist wirkungslos, je besser ich mich vorbereite, umso stärker wird mein Gegenüber!« Sie hatte nun gegen alles Mögliche gekämpft. Stets hatte ein Gegner aus ihrer Vergangenheit auf sie gewartet. Beim dritten Mal war es der Schattendämon gewesen, den sie vor vielen Jahren in eine Müllpresse geworfen hatte, um eine Frau vor ihm zu retten. Der vierte war ein Typ gewesen, bei dem sie einst eingebrochen war, um ihm einen Diamanten zu entwenden, den seine Verlobte zurückhaben wollte. Der letzte war Anthony gewesen. Er hatte ihr die Tätowierpistole in die Halsschlagader gerammt und sie so zurück ins Wohnzimmer geschickt. Die Kämpfe waren völlig einseitig. Egal, welche Waffe Keira einsetzte: Sie blieb jedes Mal ohne Wirkung. Sie könnte eine Panzerfaust mitnehmen – und es würde ihr nicht weiterhelfen. Die einzigen Konstanten waren das Blut, das nach einer Weile erschien, und Mr. Curly. Der Teddy tauchte während des Kampfes plötzlich auf, meist stolperte Keira darüber.

Sie strich über die Stelle an ihrem Hals, wo Anthony sie erwischt hatte. Eigentlich stufte sie ihn nicht als Feind ein. Nicht direkt zumindest. Ja, er hatte sie schon viele Male benutzt und für seine Zwecke eingespannt, aber er hatte sie genauso viele Male gerettet. Sie verdankte dem Kerl tatsächlich ihr Leben.

Keira stemmte die Hände in die Hüften und schüttelte den Kopf. Ihr Ehrgeiz war geweckt, das musste sie zugeben. Und sie war frustriert. Beides zusammen war keine gute Mischung.

»Ich geh noch mal rein.«

»Das bringt doch nichts«, sagte A.J. »Wir sollten lieber in Joshuas Unterlagen nachlesen, womöglich habe ich etwas übersehen.«

»Nein. Ich mache es dieses Mal anders.« Keira zog den Waffengürtel ab und legte die Messer auf den Boden, sie schnallte die Pumpgun vom Rücken und ließ alles zurück. »Ich gehe ohne Waffen.« Vielleicht war das Ganze eine Art Test. Vielleicht war es das, was Mr. Curly ihr sagen wollte. Sie musste so wehrlos sein wie das Kind, das sie damals gewesen war. Das klang zumindest logisch.

A.J. runzelte die Stirn. »Meinst du wirklich?«

»Die Sachen sind sowieso unbrauchbar. Öffne das Portal.«

A.J. runzelte die Stirn. »Es ist dein Leben.« Er stand vom Sofa auf, nahm die Stimmgabel und den Schädel und öffnete den Durchgang für sie.

Sie trat hindurch und fand sich auf der anderen Seite wieder.

Bisher hatte es immer ein paar Minuten gedauert, bis die Gegner eintrafen, dieses Mal wartete er bereits.

»Jaydee.« Oder eher: der Jäger.

Seine Augen leuchteten in diesem irritierenden Silber, das Keira mittlerweile viel zu vertraut war. Er grinste diabolisch, ließ die Knöchel seiner Finger knacken und kam langsam auf sie zu.

Sie hob die Hände und ging in Angriffsstellung, doch sie wusste, dass sie in einem Zweikampf keine Chance hatte. Gegen den Jäger hatte sie nur bestehen können, weil sie tätowiert gewesen war.

Er kam langsam näher. Keira zwang sich zur Ruhe. Wenn das alles ein Test war, bestand er womöglich darin, dass sie nicht die Erste war, die zuschlug.

Mit einem selbstgefälligen Grinsen umrundete der Jäger Keira.

Er war unbesiegbar. Das wusste er genau, doch sie verhielt sich ruhig, gab sich alle Mühe, gelassen zu wirken, auch wenn alles in ihr dagegen aufschrie. Sie war nicht der Typ dazu, sich kampflos zu ergeben. Noch nie gewesen.

Das ist nur ein Test, sagte sie sich innerlich vor. Hoffentlich.

»Ziemlich dumm von dir, ohne Waffen herzukommen.« Sie spürte seinen Atem im Rücken.

»Oder mutig«, antwortete sie. »Ich habe immer noch die hier.« Sie hob ihre Fäuste.

Der Jäger lachte. »Die werden dir nichts nützen. Selbst wenn du die beste Kämpferin der Welt wärst. Du kannst nicht gewinnen.«

Er trat näher an sie heran. Keira bekam eine Gänsehaut. Am liebsten hätte sie sich umgedreht, doch sie verharrte an Ort und Stelle.

»Ich will nur in die Archive der Sapier«, sagte sie.

Der Jäger lachte höhnisch. »Wie kann man nur so dumm sein.«

Sie biss die Zähne hart aufeinander. Er wollte sie provozieren.

»Da bist du schon längst.«

Sie schluckte. Blickte sich um. Das konnte nicht sein. Das hier konnten unmöglich die Archive sein.

»Du bist nicht mehr auf der Erde«, sagte der Jäger.

»Wo dann?«

Er trat vor sie, blickte ihr fest in die Augen. Das Silber in seiner Iris schillerte irritierend und gefährlich. Sein Blick bohrte sich durch Keira hindurch bis auf den Grund ihrer Seele. Es war, als würde er sie gemächlich ausziehen und jeden Schutz, jede Mauer, die sie so sorgsam um sich selbst aufgebaut hatte, zerstören.

Auf einmal holte er aus und schlug ihr die Faust in den Magen. Keira krümmte sich zusammen, krallte sich aus Reflex in seine Schultern und schnappte nach Luft. Übelkeit stieg in ihr auf. Sekundenlang konnte sie nicht atmen, grelle Punkte tanzten vor ihren Augen. Der Jäger stieß sie von sich weg.

»Und?«, fragte er. »Lust auf ein Tänzchen?«

Keira hustete und schüttelte den Kopf. Zum Glück war ihr Magen leer, sonst hätte sie alles von sich gegeben.

»Wirklich nicht?« Er schlug ein zweites Mal zu. Härter. Er traf die Seite ihrer Rippen, Keira stürzte nach hinten, taumelte, fiel aber nicht. Der Jäger lachte, als wäre sie ein dummes, einfältiges Kind.

Vielleicht war sie genau das.

»Wir können das eine Weile durchziehen. Ich hab nichts dagegen.« Der nächste Hieb traf sie gegen ihr Kinn, und damit kam der Zorn. Sie würde sich nicht einfach so von dem Mistkerl verprügeln lassen.

Sie spannte die Muskeln, sendete alles an Energie, was sie hatte, in ihre Hände und schoss nach vorne. Ihr Schlag traf gegen seine Schläfe, doch es war, als hätte sie gegen eine Steinmauer gehauen. Keira schrie, rieb sich die Handknöchel und bekam den nächsten Hieb, der sie rücklings auf den Boden schickte.

Der Jäger war sofort auf ihr. Er pinnte ihre Arme fest, schlug und drosch auf sie ein, als wäre sie sein Boxsack. Sie wehrte sich halbherzig, ihre Eingeweide protestierten, ihre Lungen bekamen kaum noch Sauerstoff. Keira schluchzte, hielt die Hände vors Gesicht, um einigermaßen geschützt vor seinen Hieben zu sein.

»Du kapierst es immer noch nicht, oder?« Er packte ihren Kopf, donnerte ihn gegen den Boden. Ihr war übel, sie sah nur noch rot, roch das Blut an ihr und um sich herum. Sie musste nicht hinsehen, um zu wissen, dass der Boden bedeckt davon war. Die warme Nässe sickerte durch ihre Klamotten, durchweichte ihre Lederkluft.

»Du kannst nicht gewinnen.« Er verpasste ihr einen Hieb gegen die Niere. Für Sekunden bekam Keira gar nichts mehr mit. Sie driftete weg, wurde bewusstlos, wartete, bis sie im Wohnzimmer aufwachte.

Plötzlich hielt sie etwas Weiches in der Hand. Sie sah es nicht, aber sie wusste, was es war: Mr. Curly. Er war bei ihr. Keira drückte ihren Teddy an ihre Brust, während der Jäger weiter auf sie einschlug.

Und genau das tat er.

Sie konnte nicht gewinnen ...

8. Kapitel

Jessamine

Ohne Jaydee in meiner Nähe fühlte ich mich merkwürdig nackt.

Noch immer stand ich am Balkon und sah hinaus in die Nacht. Mir war bitterkalt, die Luft war eisig, und ich hatte nichts an. Bald musste ich mich entscheiden: entweder zurück ins Bett und versuchen, noch ein paar Stunden zu schlafen – oder trainieren gehen.

Beides erschien mir im Moment nicht machbar. Mein Kopf war dermaßen voll mit Eindrücken, Bildern und Worten. Nicht nur wegen Jaydees Geschichte, sondern auch wegen unserer Erlebnisse. Diese letzten Tage waren so intensiv gewesen, dass ich das Gefühl hatte, geistig meilenweit hinterherzuhinken. Meine Gedanken schlugen Purzelbäume, in meinem Kopf tanzten Bilder. Von Jaydee. Von mir. Im Bett. In der Trainingshalle.

Gestern.

Heute.

Wir.

Gemeinsam.

Die Bilder wandelten sich in Emotionen, legten sich fest um meine Seele und fluteten mich mit unglaublicher Stärke. Verliebt zu sein, war unfassbar schön und aufregend und voller Magie. Ich hätte es mir nie so vorgestellt. So gut. So erfüllend. So berauschend.

Eine Windböe streifte meine Haut. Ich schüttelte mich, tapste zurück ins Zimmer und schloss die Balkontür. Rasch suchte ich meine Sportklamotten zusammen.

Ich sollte wenigstens versuchen zu trainieren, doch erst würde ich auf dem Weg bei Will Halt machen und ihm den Stein bringen. Hoffentlich war er schon wach, aber Seelenwächter schliefen eh nicht viel.

Ich schlüpfte in meine Sportsachen und verließ das Zimmer. Will wohnte auf der anderen Seite, mit Blick nach Süden, um jeden Morgen mit der aufgehenden Sonne wach zu werden. Feuerwächter liebten die Hitze, vermutlich wäre er am glücklichsten, wenn er den ganzen Tag in der Wüste hocken und sich die Birne brutzeln lassen könnte.

Ohne dabei einen Sonnenbrand zu bekommen, wohlgemerkt.

Ich erreichte seine Tür und klopfte leise an. »Will? Ich bin es.«

Es raschelte im Inneren, kurz darauf öffnete er. Will war barfuß, trug Baumwollhosen und zog sich gerade ein Shirt über den Kopf. Ich hatte ihn noch nie in so lässiger Kleidung gesehen, offenbar war er gerade aufgestanden. Seine Haare waren strubbelig, und er hatte sich noch nicht rasiert.

»Ist alles okay?«, fragte er.

»Ja.« Ich hielt den Jadestein hoch. »Ich bin auf dem Weg ins Training und wollte fragen, ob du dir den ansehen kannst.«

»Das ist Jaydees Stein.«

»So ist es.«

»Komm rein.«

Ich trat ins Zimmer. Tatsächlich war ich noch nie hier drinnen gewesen. Bisher hatten wir uns immer auf dem Gelände, im Trainingsraum, in der Bibliothek oder sonstwo getroffen. Als Erstes fielen mir der Geruch nach abgebrannter Kohle und die Wärme auf. Der Raum strahlte eine wohlige Atmosphäre aus, wie ein knisterndes Feuer. Über dem Bett hing ein großes Gemälde, es zeigte Wills Element. Sieben Dreiecke, aufgetürmt zu einer Art Flamme. Die Wände waren in einem warmen Rotton gestrichen, auf der Kommode lag eine Bibel, daneben standen halb abgebrannte Kerzen. Mir war klar, dass das nichts Romantisches für Will hatte, sondern ihm dabei half, bei seinem Element zu sein. Das Zimmer war ordentlich, aber etwas anderes hätte ich von ihm nicht erwartet.

Er setzte sich aufs Bett und zog sich Socken an. »Ihr sucht noch immer nach Hinweisen?«

»Ja. Jaydee meinte, der Stein wäre einfach nur ein Stein und dass Ariadne sich geirrt habe. Aber das kann ich mir nicht vorstellen.«

Will stand auf und kam zu mir. Ich reichte ihm die Jade. Er drehte und wendete sie, sah sie sich genau an. »Ich habe heute Morgen ein paar Zauber zu erledigen, ich werde den Stein dazunehmen.«

»Du bist ein Schatz.« Ich stellte mich auf die Zehenspitzen und drückte ihm einen Kuss auf die Wange.

Will räusperte sich. »Tja, ähm. Danke.«

Mir war klar, dass ihm diese Gesten unangenehm waren, aber da musste er durch. »Jaydee hat mir übrigens alles erzählt. Also von eurem Gespräch gestern.«

»Oh, das ist gut. Wie ging es ihm denn danach?«

Ich fasste zusammen, wie er es aufgenommen hatte – das mit dem Überraschungssex ließ ich weg, sonst würde Will vor Scham im Erdboden versinken – und dass er auf dem Weg zu Auguste war, um so hoffentlich mehr über meine Mum herauszufinden. »Er wollte allerdings erst noch mit Anna sprechen.«

»Sie ist nicht da. Sie ist gestern Abend zu Aiden und Kendra aufgebrochen und hilft ihnen mit den Vorbereitungen. Sie wollten nachher anreisen.«

»Oh.« Das hatte ich natürlich nicht mitbekommen, ich war ja mit Jaydee beschäftigt gewesen. »Dann wird er warten müssen.« Und sich darüber ärgern.

»Wenn ich noch irgendwie helfen kann, sagt Bescheid«, meinte Will.

»Machen wir. Ich gehe dann mal trainieren.«

»Viel Spaß.«

»Danke. Bis später.«

Ich verließ Will und kurze Zeit später auch das Haus. Der erste helle Streifen zog sich über den Horizont. Mein Atem tanzte in der kalten Morgenluft. Ich schlug die Kapuze über meinen Kopf und joggte los. Manchmal erledigte ich das Aufwärmtraining, indem ich dem Kiesweg rund ums Anwesen folgte. Vor allen Dingen, wenn die Luft so herrlich frisch wie heute Früh war.

Ich war gerade an der vorderen Mauer angekommen, als ich den charakteristischen Knall hörte, der einen Parsumi ankündigte. Der zweite folgte dichtauf. Ich joggte weiter bis zum Tor mit den Engelsflügeln und sah zwischen den Stäben hindurch. Kendra und Aiden waren angekommen und ritten die Anhöhe hoch.

Ich trat näher an das Tor, das sofort aufklappte. Will hatte es so programmiert, dass es auch auf mich reagierte.

Kendra und Aiden hielten vor mir an. Hinten auf die Sättel hatten sie Taschen geschnallt, aus einer lugte ein Schwertknauf heraus. Aiden lächelte freundlich, als sie mich sah, Kendras Miene blieb ausdruckslos. Ihre Haare waren gewachsen, sie sah erschöpft aus. Sogar der selbstgefällige Ausdruck war verschwunden. Kendra trauerte. Immer noch. Die Verluste, die sie erlitten hatte, waren nicht spurlos an ihr vorübergegangen.

»Hallo, Jess«, sagte Aiden und stieg ab. Sie hatte ihre schwarzen Haare zu einem strengen Zopf gebunden, aus dem vereinzelt rote Strähnen herausspickten. Wie immer trug sie komplett schwarze Klamotten. Soweit ich wusste, bestanden sie aus einem speziellen feuerfesten Material.

»Wo habt ihr denn Anna gelassen?«

»Sie kommt gleich nach.«

»Ich zeig euch eure Bleibe«, sagte ich und drehte um.

»Wo sind die anderen?«, fragte Kendra.

»Jaydee und Akil sind unterwegs, und Will wollte gleich in die Bibliothek, um zu arbeiten.«

»Wie geht es Jaydee? Hat er die Isolation gut verkraftet?«

»Ja, alles bestens.« Sollte ich ihr stecken, dass er vergeben war?

Oder einfach abwarten? Wobei das bei Skyler nicht gut funktioniert hatte. Sie war ihm sofort um den Hals gefallen und hatte ihm erst mal die Zunge zur Begrüßung in den Rachen geschoben.

Ob Kendra das auch wagen würde? Soweit ich wusste, war bisher nichts zwischen den beiden gelaufen, auch wenn sie es gerne wollte.

Ich zeigte den beiden den Stall, damit sie ihre Parsumi zu den anderen stellen konnten, und ging mit ihnen weiter zu den Gästehäusern. Wir redeten kaum miteinander, ich wusste auch nicht recht, was ich sagen sollte.

Was macht die Dämonenjagd?

Wie ist das Wetter in London?

Sucht ihr nun neue Anwärter für die Familie, oder bleibt ihr zu zweit?

»Hier wären wir«, sagte ich und blieb vor dem Gästehaus stehen. Es war ein zweistöckiges Gebäude und bot etwa hundertfünfzig Quadratmeter Wohnraum. Es hatte sogar einen kleinen Garten hintendran und besaß zwei Schlafzimmer. »Ich hoffe, das reicht.«

»Ja, perfekt«, sagte Aiden und nahm die Tasche von ihrer Schulter.

»Danke«, sagte auch Kendra. »Wir wollen dich nicht länger vom Trainieren abhalten, du wirst es nötig haben.«

Jetzt wusste ich auch, warum ich sie nicht leiden konnte.

»Falls Jaydee zurückkommt, kannst du ihm ja sagen, dass wir da sind.«

»Natürlich. Soll ich dir auch gleich einen Kaffee bringen oder Plätzchen backen?«

Sie starrte mich an. »Ich trinke keinen Kaffee, danke, und es kommt darauf an, was für Plätzchen. Zu viel Zucker schlägt mir auf den Magen.«

Ganz offensichtlich war ihr der Sarkasmus in meinen Worten entgangen.

»Das wird gewiss nicht nötig sein«, sagte Aiden und warf Kendra einen finsteren Blick zu, aber sie bekam es nicht mit. »Kannst du mir noch sagen, wo wir unsere Waffen verstauen können?«

»Am besten in der Trainingshalle. Da ist die Waffenkammer. Ihr müsst nur dem Weg da folgen und könnt sie nicht verfehlen.«

»Danke dir. Kannst du das erledigen, Kendra? Dann packe ich meine Kräuter aus.«

»Ja. Also, wie gesagt: Für mich bitte Tee statt Kaffee.«

»Und die Plätzchen ohne Zucker, klar«, fügte ich an.

Kendra lächelte. »Wir verstehen uns. Das freut mich.« Sie drehte herum und folgte Aiden ins Haus, die mich entschuldigend anblickte.

Wasserwächter! Man musste sie nicht verstehen. Oder mögen.

Ich drehte um und joggte los.

Immerhin hatte ich nun genug Energie fürs Training!

9. Kapitel

Jaydee

Ein eisiger Wind empfing uns, als wir in Riverside aus dem Portal traten. Die Temperaturen waren im Unterschied zu Arizona deutlich niedriger. Der städtische Park war eingeschneit, die Wiesen, die Wege, die Bäume: Alles verschwand unter einer weißen Glitzerschicht.

Ich strich die Eiskristalle von der Reise zwischen den Welten von meinen Schultern und sah mich um. Wir waren in der Nähe des Sees herausgekommen, auf dem vereinzelt Leute Schlittschuh liefen.

Diesen Zielort hatten wir extra gewählt. Ich war neugierig zu sehen, ob man noch etwas von der Verwüstung erkannte, die der Emuxor hinterlassen hatte, aber bis auf ein paar gefällte Bäume und eine kleine Schneise, die sich der Emuxor geschlagen hatte, als er von Mikael zurück zur Kirche gezogen wurde, war da nichts.

»Hier hat sich nicht viel verändert«, sagte ich.

»Tja, das Leben geht weiter«, antwortete Akil.

Wohl wahr. Auch nach einer Katastrophe. Die Menschen fanden zurück in ihren Rhythmus, suchten neue Ablenkung in neuen Problemen.

Wir ritten den Weg entlang, der um den See und zum Park hinausführte. Ich deutete auf sein Armband. »Jess hat mir von deinen Visionen erzählt.«

»Ey, hör bloß auf mit dem Scheiß! Will hat versucht, mir das Armband abzunehmen, aber sobald er es probierte, bekam ich einen elektrischen Schlag. Er hatte einige Zauber daran getestet, alle ohne Erfolg. Und dann gingen die Visionen los. Sie sind genauso intensiv, wie es die Flashbacks waren. Statt meiner Vergangenheit sehe ich einen Menschen in meiner Nähe, der mit dem Tod ringt, und ich habe geradezu den Zwang, ihm zu helfen. Ich ... ich weiß nicht, es ist wie ein Sog, der mich packt und dorthin führt. Ist bisher mit drei Leuten passiert, ich konnte sie alle retten.«

»Was sagt denn der Mistkerl dazu, der dir das Armband angelegt hat?«

»Er heißt Noah.«

»Mistkerl passt doch viel besser.«

»*Noah* weiß es auch nicht. Er hat sein Armband von den Jungs noch in der Wüste abgenommen bekommen, sie hatten ein spezielles Gerät dafür verwendet, das allerdings im Inferno verloren ging. Wie du dich erinnerst, hatten die Wachen alle Zelte niedergebrannt, Noah war verletzt gewesen, wir hatten Glück, dass wir es überhaupt rausgeschafft hatten. Und der Sender, den Azam verwendet hatte, um das Armband zu steuern, ist ebenfalls weg. Tja, nun ist Azam tot, die Heilerin verschwunden. Es ist niemand da, der mir helfen könnte, es loszuwerden.« Er hob die Hand und betrachtete das Armband. »Es hat noch immer Macht über mich, mit dem Unterschied, dass ich nicht mehr in Flashbacks falle und meine Vergangenheit durchlebe, sondern Visionen bekomme, wobei die, wenn man es genau nimmt, etwas Positives sind. Ich rette Leben.«

»Aber nicht, wenn es dich selbst zerstört. Ich war live dabei, als du einen Flashback hattest, es war kein schöner Anblick.«

»Es fühlt sich auch nicht schön an, aber was soll ich tun?«

Ich rollte mit den Augen. Vielleicht sollte ich Noah einen Besuch abstatten und ihn selbst fragen.

»Ich hoffe, du denkst gerade nicht darüber nach, dass du mal bei Noah vorbeischauen könntest.«

Verfluchter Mistkerl! »Wie kommst du denn auf dieses schiefe Brett?«

»Völlig hirnrissig der Gedanke, oder?«

»Und wie.«

Akil grinste. Er kannte mich zu gut.

»Ich meine das ernst, Jay. Du wirst keine Dummheiten mit ihm anstellen.«

»Dir liegt echt was an ihm.«

»Ja. Wie an jedem anderen Menschen, der das Pech hat, in dein Visier zu geraten, also lass es stecken.« Er blickte mich an. »Mir zuliebe.«

Ich nickte. Natürlich würde ich es respektieren, wenn er mich darum bat, es war Akils Leben, nicht meins. So sehr ich ihm auch helfen wollte. »Kann es sein, dass es an der Quelle, also an Tyche selbst, liegt?«

»Wie meinst du das?«

»Sie hatte dir doch etwas von ihrer Magie geschenkt, damit du deine Fähigkeiten wiedererlangst.«

»Du meinst, das ist ein Rest ihrer Energie?«

»Könnte doch sein, oder?« Tyche selbst war keine wirkliche Person, sondern eine magische Quelle. Sie war eine von drei Schwestern gewesen: Tyche, Ananka und Moira. Letztere konnte sogar in die Zukunft der Menschen blicken, und auch ihre Schwestern besaßen einen Hauch dieser Gabe. Wenn Akil Visionen erhielt und dadurch in das Schicksal eines Einzelnen eingreifen konnte ...

»Ich kann sie leider nicht danach fragen.« Die Quelle öffnete ihre Pforten nur alle tausend Jahre. Die Chance war somit vertan. Ananka war verschollen, und Moira lebte angeblich als Spinnenwesen irgendwo unter einem Gebirge eingeschlossen.

Wir gelangten an einen der Ausgänge des Parks. »Das Altersheim liegt da drüben in der Querstraße.«

Gemächlich ritten wir die Straße hinunter. Keiner der Passanten schenkte uns Beachtung. So lange ich auf einem Parsumi saß, war auch ich quasi unsichtbar.

»Von Auguste hast du noch nie viel erzählt«, sagte Akil schließlich. »Wie ist sie denn so?«

»Verwirrt. Sie war schon zu Mikaels Zeiten sehr eigen, über die Jahre wurde sie immer sturer. Mittlerweile ist sie vierundneunzig.

Ins Altersheim kam sie etwa sieben Monate nach dem Brand in der Kirche. Sie hatte vergessen, den Gasherd in ihrer Wohnung abzustellen und ihr eigenes Feuer verursacht.« Viele von Mikaels Besitztümern waren dabei zerstört worden.

»Und woher weißt du davon? Nach Mikaels Tod warst du doch gar nicht mehr in Riverside gewesen.«

»Ich habe es in der Zeitung gelesen.«

Akil parierte durch. »Okay, und wie zum Teufel bist du an eine Zeitung gekommen? Du warst ständig unter unserer Beobachtung.«

»Erinnerst du dich, als wir diesen Ausflug nach Chicago gemacht haben?«

»Natürlich.«

Mein erster Ausgang sozusagen. Akil wollte sehen, ob ich gesellschaftsfähig war.

»Du bist gleich mal getürmt. Ich habe dich zwei Stunden lang gesucht. Und es hat in Strömen geregnet.«

»Ich war in einer Bibliothek und habe recherchiert. Da sich der Rechner ständig aufgehängt hat, sobald ich in seine Nähe kam, hab ich eine Studentin gefragt.« Es war nicht schwer gewesen, sie zu überzeugen, mir zu helfen. »Sie hat mir alles herausgesucht über den Brand in Riverside und was hinterher geschehen war.«

»Du kleine Ratte. Warum hast du mir das nie gesagt?«

»Weil ich keine Lust dazu hatte.« Damals wollte ich alles schützen, was mit meiner Vergangenheit zu tun hatte. Ich wollte es einschließen wie ein kostbares Juwel, aus Angst, mir könnte eine Erinnerung verloren gehen, wenn ich sie mit einem anderen teilte. Auch heute fiel es mir schwer, darüber zu sprechen, doch ich spürte, wie sich die Blockade lockerte. Womöglich, weil ich Mikael ein letztes Mal hatte sehen dürfen und wir Frieden geschlossen hatten. Oder die letzten vier Monate hatten mir geholfen, mit mir selbst aufzuräumen.

Ich fühlte Akils Blick auf mir.

»Was ist?«, fragte ich.

»Du bist erwachsener geworden. Das ist mir schon aufgefallen, als ich dich aus der Isolation geholt habe. Steht dir gut.«

Da ich nicht wusste, was ich darauf antworten sollte, knetete ich die Zügel fester und sah die Straße hinunter. Mit Kritik konnte ich umgehen. Mit Abneigung noch besser. Ich war Gegenwind gewohnt, und er prallte an mir ab. Aber Lob oder nette Worte ... schwierig. Ich fühlte mich so verletzlich dabei.

»Wie war es da drin für dich?«

Ich zuckte mit den Schultern. »Das fragt mich jeder, und ich weiß nicht, was ihr hören wollt. Ich war vier Monate in eine Zelle gesperrt.«

»Und du bist nicht durchgedreht.«

»Ich wäre es fast, glaub mir.« Die ersten Wochen waren nicht mal die schlimmsten gewesen. Da war ich noch zu sehr beschäftigt gewesen, mir über Jess Gedanken zu machen. Wir hatten uns, kurz bevor ich gehen musste, noch mal geküsst. Ich hatte ihren Duft, ihren Geschmack bei mir, und tatsächlich hatte er mir geholfen, mich zu erden. Aber irgendwann war er aufgebraucht gewesen, und die Unruhe hatte sich eingestellt. An einem Tag hatte ich so lange auf die Mauern eingedroschen, bis ich vor Erschöpfung eingeschlafen war.

»Willst du ...«

»Nein. Ich will nicht darüber reden. Es wird die Sache weder besser noch ungeschehen machen. Ich bin wieder hier. Ich habe diese dämlichen Tests bestanden, ohne jemanden dabei umzubringen. Schätze, das ist alles, was wichtig ist.«

Akil nickte. Er würde nicht weiter nachhaken, das wusste ich. Wenn ich reden wollte, musste ich zu ihm kommen, und er würde mir zuhören.

Wir ritten weiter und gelangten nach kurzer Zeit endlich an unser Ziel.

Das Altersheim lag in einer ruhigen Seitenstraße. Bäume zierten rechts und links die Gehsteige, alte Backsteingebäude reihten sich aneinander. Es war eine schöne Wohngegend mit viel Ruhe und trotzdem nahe der Innenstadt. Schon damals waren Immobilien hier heiß begehrt gewesen.

»Nobel«, sagte Akil.

»Ja.« Ich stieg von Amir ab und lief zu dem schmiedeeisernen Eingangstor. Das Altersheim war früher eine Villa gewesen. Vorne ragten zwei Erker wie kleine Türme aus dem Gebäude. Die Tür war aus massivem Holz mit einem Gargoyleklopfer. Akil und ich folgten dem Weg durch den Vorgarten. Ich klingelte.

»Ich werde mich erst mal zurückhalten«, sagte Akil. Solange er nicht mit jemand anderem in Kontakt trat, würde das Amulett um seinen Hals dafür sorgen, dass er aus dem Bewusstsein der Menschen herausgefiltert wurde. Vielleicht war es ganz praktisch, so würden wir Auguste nicht überfordern.

»Hast du Federnstaub dabei?«, fragte er.

»Ja.« Es war ein feingeriebenes Pulver, das wir nutzten, um Menschen Suggestionen ins Hirn zu pflanzen. Ziemlich umständlich zu handhaben. Für Luftwächter war es wesentlich einfacher, die Gedanken von Menschen zu beeinflussen.

Wenn jeder Wächter die Fähigkeiten aller Elemente in sich vereinen könnte, müsste es nicht mehr umständlich sein.

Der Gedanke schoss mir einfach so durch den Kopf. Er fühlte sich fremd an, als gehörte er gar nicht mir. Vermutlich lag es an der Geschichte von gestern und Lilijas wirren Plänen, alle Elemente zu vereinen. Ich klingelte ein zweites Mal, weil niemand öffnete.

Ich trage etwas von jedem Element in mir und kann dennoch nicht auf alle Fähigkeiten zugreifen.

Meine Macht war begrenzt. Ich konnte mich selbst heilen, aber nicht andere. Ich besaß die Empathie, aber konnte sie nicht so kontrollieren wie die Wasserwächter. Seit einem halben Jahr konnte ich Fähigkeiten eines anderen entziehen, was ebenfalls manche Luftwächter beherrschten. Wobei ich es noch lange nicht im Griff hatte. Ich hatte Akil mit dieser Sache sogar ziemlich geschadet und mit dafür gesorgt, dass er vorübergehend menschlich wurde. Aber was wäre, wenn es anders bei mir wäre? Wenn ich alle Elemente beherrschen könnte ...

»Worüber denkst du denn gerade nach?«, fragte Akil.

»Was?«

»Du drückst schon zum fünften Mal die Klingel.«

»Ich ...« Hatte ich das? Ich zog meine Hand zurück und sah ihn an. »Es ist wohl niemand da.«

Auf einmal flog die Tür auf, und eine junge Frau mit verstrubbelten schwarzen Haaren öffnete. Sie trocknete sich die Hände mit einem Tuch ab und trug helle Baumwollhosen mit dem passenden Shirt. Auf der Brust prangte das Emblem des Altersheims, daneben ihr Name: *Payden*. »Es ist sehr wohl jemand da, aber ich bin kein D-Zug. Was ist denn so dringend am Sonntagmorgen?«

Vielleicht hätten wir vorher nachschauen sollen, welcher Wochentag war. Wir lebten außerhalb der menschlichen Zeit und achteten selten darauf. Kalender führten wir ebenfalls keine, wegen Anna. Sie verband mit jedem Wochentag eine andere grausige Erinnerung. »Ich möchte mit Auguste Witz sprechen«, sagte ich.

Die Frau musterte erst mich, dann fiel ihr Blick auf Akil. »Und du?«

Akil hielt die Luft an. »Sie kann mich sehen.«

Payden schüttelte den Kopf. »Nur weil ich in einem Altersheim arbeite, heißt das nicht, dass ich schlechte Augen habe.«

»Das hat auch niemand behauptet«, antwortete Akil. »Ich habe mich nur gewundert.«

Sie musterte ihn von oben bis unten, doch im Gegensatz zu den meisten Frauen wirkte sie nicht von seiner Erscheinung beeindruckt. »Oh, super. Du bist einer von den Typen, die sich selbst für unwiderstehlich halten, nur weil Mutter Natur ihnen ein hübsches Gesicht verpasst hat.«

Auf den Mund gefallen war sie ebenfalls nicht.

»Du stammst nicht zufällig von den ansässigen Dowanhowee ab, die oben in den Bergen leben?«, fragte ich. Sie hatte leicht exotische Züge, nicht ungewöhnlich in Riverside. Viele der Anwohner hatten indianische Wurzeln, aber gerade Bens Volk war einzigartig und sehr außergewöhnlich. Er selbst hatte uns auch sofort erkannt und war immun gegen unsere Fähigkeiten.

Sie kniff die Augen zusammen. »Mein Großvater kam von da oben, warum?«

»Dann wirkt der Federnstaub vermutlich gar nicht.« Wenn ich ihr das Pulver ins Gesicht pustete und sie immun dagegen war, würde sie sicherlich ausflippen. Oder die Polizei rufen.

Sie griff an die Tür und machte sich bereit, sie vor unserer Nase zuzuschlagen. Ich trat nach vorne und bremste sie mit meinem Fuß.

»Ich muss wirklich mit Auguste sprechen. Wir kennen uns von früher.«

»Das kann nicht sein. Seit dem Brand hat sie niemanden mehr.«

»Das stimmt so nicht.« Ich sah ihr fest in die Augen. Sie konnte nicht viel älter als zwanzig sein, womöglich erinnerte sie sich nicht an alle Einzelheiten, aber mein Bild ging damals durch die Presse. Die Polizei hatte sogar eine Suchmeldung ausgeschrieben, natürlich ohne Erfolg. »Ich bin Mikael Stevens ... Sohn.« Es fühlte sich merkwürdig verdreht an, dieses Wort auszusprechen. Jetzt mehr denn je.

»Der ist verschollen.«

»Und hiermit aufgetaucht.«

Payden scannte mein Gesicht, meinen Körper ab, doch sie blieb skeptisch.

»Ich bin Jaydee Stevens. Vielleicht hat Auguste schon von mir erzählt.«

»Vielleicht.«

»Ich muss mit ihr reden. Es ist wichtig.«

»Wir lassen niemanden einfach so zu unseren Bewohnern.«

Ohne mein Zutun machte ich einen weiteren Schritt auf sie zu und knurrte leise. Der Jäger meldete sich zu Wort. Geduld war nicht seine Stärke.

Payden zuckte zusammen, ihre Augen weiteten sich vor Schreck, doch sie hatte sich schnell im Griff. »Ihr solltet besser gehen.«

Akil trat hinter mich, ich roch seinen erdigen Geruch, fühlte seine Wärme. Er legte eine Hand auf meine Schulter und drückte sachte zu. Sofort floss seine Energie in meinen Körper.

»Wir wollen keinen Ärger«, sagte er. »Jaydee ist nur diesen einen Tag in der Stadt, bevor er weitermuss, und es ist ihm wichtig, mit Auguste zu sprechen.«

Payden rümpfte die Nase. Sie traute uns nicht.

»Gib dir einen Ruck«, sagte Akil. »Sie haben sich seit Jahren nicht gesehen.« Seine Stimme klang sanft und schmeichelnd. Er konnte das. Die meisten Menschen erlagen irgendwann seinem Charme. »Bitte.«

Payden stieß die Luft aus und betrachtete mich noch einmal skeptisch. »Sollte sie sich aufregen, lasse ich euch rauswerfen, klar?«

»Glasklar.«

Sie machte uns Platz und bat uns hinein. Ich hielt meinen Blick nach unten gerichtet, ich wollte sie nicht weiter provozieren.

Der Empfangsraum war in angenehm warmen Farbtönen gehalten. Rechts und links gingen Türen ab, eine führte in einen Salon mit einem Kamin, mehr konnte ich nicht erkennen. Das Haus strahlte eine gute, fast schon lebendige Energie aus. Anders, als ich es in einem Altersheim erwartet hätte.

»Geht es bei dir eigentlich?«, fragte mich Akil leise.

»Ich denke schon. So viel zu deinem Lob, dass ich mich gut im Griff habe.«

»Hast du auch. Früher wärst du der armen Frau gleich an die Gurgel gegangen.«

»Ihr Zimmer ist im ersten Stock«, sagte Payden und schloss zu uns auf. »Ich begleite euch.«

Sie zeigte die Holztreppe nach oben. Ein älterer Mann kam nach unten und hielt sich bei jedem Schritt am Geländer fest.

»Warum nimmst du nicht den Aufzug, Bo? Das ist doch einfacher.«

»Ja, aber ungesund«, gab er zurück. »Meine Uhr sagt, dass ich noch mindestens fünfhundert Schritte gehen muss.« Er zeigte auf sein Handgelenk, an dem er ein schwarzes Armband mit blauen Ziffern trug.

»Dann viel Spaß weiterhin«, sagte Payden und ging voran.

Wir folgten ihr mit einigem Abstand. »Wie geht es Auguste denn so?«, fragte ich.

»Mal gut, mal schlecht. Ihre Arthritis macht ihr zu schaffen.«

»Und geistig?«

Payden blickte über ihre Schulter zurück. »Ich nehme an, du hast in der Zeitung gelesen, dass sie ihre Wohnung abgefackelt hat, weil sie angeblich eingeschlafen ist?«

Ich nickte. »Stimmt es denn nicht?«

»Das soll sie dir am besten selbst erzählen, dann wirst du auch wissen, in welchem Zustand sie ist.«

Wir erreichten den zweiten Stock und bogen nach links ab. Ganz leicht nahm ich den Geruch von Tod wahr, aber er hielt sich in Grenzen. In Einrichtungen wie diesen war das eine Seltenheit.

»Hier sind wir«, sagte Payden. Ich blickte auf die Holztür. Neben der Klinke war ein Türschild. ›Auguste Witz‹ .

Gleich war es also soweit, und ich würde erneut einen Schritt in die Vergangenheit wagen. Es fühlte sich merkwürdig an, nicht ganz so schlimm wie gedacht, aber dennoch beunruhigte es mich.

Akil spürte es offenbar. Er lehnte sich zu mir. »Du hast das mit Mikael überstanden«, sagte er leise. »Das hier schaffst du erst recht.«

Ich hoffte es.

Payden klopfte an. »Auguste? Hier ist Besuch für dich. Zwei junge Männer.« Sie drehte sich zu Akil. »Wie heißt du eigentlich?«

»Akil.«

Sie hob die Augenbrauen und schien zu warten, bis er seinen Nachnamen nannte.

»Nur Akil. Ist persisch und sehr alt.«

Payden schüttelte den Kopf und klopfte ein weiteres Mal. »Eigentlich müsste sie wach sein, sie ist keine Langschläferin.«

Kurz darauf hörte ich auch schon Schritte im Inneren. Unwillkürlich spannte ich mich an. Akil trat näher zu mir. Nun war ich froh, dass er mich begleitete. Seine Stärke übertrug sich auf mich, genau wie seine erdige Ruhe. Die Türklinke drehte sich, mein Herz schlug automatisch schneller. Meine Vergangenheit. Meine lebende, atmende Vergangenheit. Gleich musste ich ihr in die Augen blicken.

Die Tür öffnete sich, als Erstes sah ich ihre Schuhe. Schwarz, schlicht, leichte Absätze. Sie trug Strumpfhosen und einen Rock. Ihre Beine waren noch immer schlank und sie noch immer verdammt klein. Früher konnte ich sie in den Arm nehmen und mein Kinn auf ihrem Kopf ablegen. Ihr Herz legte einen Takt zu, ihr Atem stockte. Ich wagte nicht, ihr in die Augen zu sehen und glotzte wie gebannt auf ihre Füße.

»Der junge Mann hier sagt, dass er dich kennt«, hörte ich Payden sagen, aber sie klang unendlich weit entfernt.

»Beim heiligen Herren!«, sagte Auguste mit brüchiger Stimme.

Sie wusste es. Obwohl wir uns neun Jahre nicht gesehen hatten, ich vom Teenager zum Mann gewachsen war, erkannte sie mich.

»Jaydee?« Auguste trat auf mich zu, sie machte kleine vorsichtige Schritte, bis sie vor mir stand und ich sie ansehen musste.

Alt war sie geworden. Sie hatte mehr Falten, ihre Haare waren dünner, aber noch immer zu einem ordentlichen Dutt gebunden. Sie schlug die Hände vor den Mund und schüttelte den Kopf. Tränen stiegen in ihre Augen.

»Ich dachte, du bist tot«, flüsterte sie erstickt.

Ich trat nach vorne, agierte nur noch mechanisch. Auf einmal schloss ich sie in meine Arme und zog sie an mich. Sie seufzte. Ihr zierlicher Körper bebte, wurde gepackt von Schluchzern, die sie seit Ewigkeiten zurückzuhalten schien.

»Du lebst.«

»Ja.« Ich legte mein Kinn auf ihrem Kopf ab, so wie ich es früher getan hatte. Wobei ich mich weiter nach unten beugen musste, sie war geschrumpft.

»Du lebst wirklich«, wiederholte sie und tastete meinen Rücken ab. Ich ließ ihr die Zeit, die sie brauchte. Die wir beide brauchten, denn ich wollte sie genauso wenig loslassen wie sie mich.

Irgendwann trat sie zurück und betrachtete mich. Ihre Hände zitterten. »Du bist ganz schön gewachsen.«

»Und du ganz schön klein geworden.«

Ihr Lächeln wurde wehmütig. »Wie kannst du einer alten Frau das antun und sie glauben lassen, du wärst gestorben? Ich hatte Albträume deinetwegen!«

»Das tut mir leid, ich ... ich konnte nicht zurück. Oder mich melden, ich war zu ... durcheinander.«

»Ich sollte dich ohrfeigen.«

»Tu dir keinen Zwang an. Ich habe es verdient.«

Auguste kniff die Augen zusammen, als dachte sie wirklich darüber nach, doch dann winkte sie ab, drehte herum und ging in ihr Zimmer. »Komm rein. Ich habe gerade frischen Kaffee aufgesetzt.«

»Dann kann ich euch wohl alleine lassen«, sagte Payden.

»Ach so, ja. Danke, Payden«, antwortete Auguste von drinnen.

»Keine Ursache. Wenn was ist, dann klingel einfach.«

Sie rauschte an uns vorbei, doch ich bekam auch das kaum mit.

Ich warf Akil einen raschen Blick zu. Auguste hatte ihn nicht bemerkt, aber es wäre mir lieber, wenn er sich für das Gespräch mit ihr zeigen würde. Er nickte. Er hatte verstanden.

Ich betrat Augustes Reich. Es war ein kleines Apartment mit einer offenen Küche, einem Wohnzimmer plus Balkon, der auf einen Garten zeigte. »Schick.«

»Ja, hier kann man es aushalten.«

Akil klopfte an die Zimmertür und steckte den Kopf herein. »Darf ich auch?«

Auguste drehte herum und sah ihn an.

»Das ist ein Freund von mir«, sagte ich. »Akil. Er hat mich netterweise in die Stadt begleitet.«

»Dann komm rein.«

Akil nickte, trat ins Zimmer und schloss hinter sich. Auguste lächelte ihn an und verschwand in der Küche, während er zu mir lief.

»Ich will mich ja nicht beschweren«, flüsterte er. »Aber sie wirkt weder dement noch senil noch sonst irgendwie gebrechlich auf mich.«

»Ich ...«

»Ich habe außerdem ein ausgezeichnetes Gehör«, sagte Auguste. »Und ja, ich bin weit davon entfernt, senil zu sein. Die Zeitungen haben mir damals eine Demenz angedichtet, nachdem meine Wohnung abgebrannt war. Vermutlich besser so.«

»Sie schrieben, dass du eingeschlafen bist und vergessen hast, den Gasherd abzustellen«, sagte ich.

»Das ist nicht wahr. Ich habe sie absichtlich abgebrannt, weil ich mich vor den Dämonen schützen musste.«

Akil und ich starrten uns an.

Dämonen.

Sie hatte Dämonen gesagt.

Auguste kam mit einem Tablett, bedeckt mit drei Tassen, einer Kanne und Gebäck zurück.

»Kaffee?«, fragte sie und lächelte uns an, als wäre es das Natürlichste der Welt, über Dämonen zu plaudern.

10. Kapitel

Jessamine

Mein Herz schlug mir bis zum Hals. Mir rann der Schweiß den Nacken hinab, meine Beine brannten. Ich rannte weiter. Sprang auf einen Stein, auf der anderen Seite hinunter. Kurz kam ich ins Straucheln, doch ich fing mich sofort und eilte weiter.

Den Zorn nach dem Gespräch vorhin hatte ich längst aufgebraucht. Mittlerweile liebte ich Sport wirklich.

Ich legte einen Zahn zu, sprang in die Höhe, griff nach den Sprossen, die oberhalb meines Kopfes befestigt waren, und hangelte mich über den Graben. Bis ich auf der anderen Seite war, glühten meine Handinnenflächen, ich ignorierte es, atmete einmal tief durch und eilte weiter. Als Nächstes kamen die Treppen. Zehn nach oben, auf der kleinen Plattform folgten fünfzehn Sprünge auf der Stelle, dann ging es nach unten.

Ich setzte zum letzten Sprint an, erreichte schließlich die Endlinie und krachte dort zusammen. Mein Puls hämmerte in meinem Kopf. Ich starrte ein paar Atemzüge an die Decke und sah den Wolken zu, wie sie über dem Glasdach entlangzogen, dann schraubte ich mich nach oben und lief in einem gemächlichen Tempo, bis sich meine Atmung normalisierte. Bei jedem Schritt konzentrierte ich mich auf meinen Körper. Er reagierte schon viel besser. Erholte sich schneller, auch wenn meine Klamotten klatschnass geschwitzt waren.

Ich sah auf die Uhr an der Wand. Ein batteriebetriebenes Modell, das zwar ab und an stehenblieb, aber recht zuverlässig lief. Zwei Stunden hatte ich insgesamt trainiert. Gut.

Nach einem Verschnaufpäuschen würde ich noch einige neue Übungen ausprobieren, die Akil mir zur Selbstverteidigung gezeigt hatte. Bisher trainierte er mich darauf, dass ich möglichst schnell abhauen konnte. Er meinte, es würde mir nichts bringen, aktiv auf einen Gegner zuzugehen, da Menschen nicht dafür gemacht wären, Dämonen zu jagen. Vermutlich hatte er recht, doch irgendwie würde ich gerne dazugehören und es auch probieren. Es war ja nicht so, dass ich noch nie gegen Dämonen gekämpft hatte.

Ich kam zurück zu meinen Sachen, nahm meine Wasserflasche und trank ein paar Schlucke.

Auf einmal hörte ich ein Zischen. Jemand kam vorne zur Schleuse herein.

»Hallo?« Ich stellte die Flasche ab und lief zum Eingang. »Wer ist da?«

Keine Antwort.

Ich ging ein paar Schritte den Weg entlang und spitzte die Ohren. Leider waren meine Sinne gegen die der Seelenwächter nahezu verkrüppelt.

»Hallo?«, rief ich noch mal, doch außer Stille kam nichts zurück. Ich joggte den restlichen Weg. Beide Türen standen offen. Was sollte das denn? Ich schloss die innere, damit die Luftzirkulation nicht gestört wurde. Ganz leicht meinte ich, Mandarine zu riechen.

»Anna?« War sie schon zurück? »Bist du das?«

Etwas huschte hinter mir herum. Es war so schnell, dass ich es nicht mit dem bloßen Auge verfolgen konnte. Ich sah nur helle Schemen und vage Umrisse.

Anna war dazu in der Lage.

Sie war schneller als der Wind. Sie war Luft. Das war ihr Element.

Aber warum antwortete sie nicht?

Ich drehte um und lief zurück in die Halle. Ein komisches Gefühl beschlich mich. »Anna?«, rief ich noch einmal.

Doch wieder erntete ich nur Schweigen.

Auf einmal traf mich ein Schlag in den Rücken. Ich landete bäuchlings im Dreck und hustete.

»Das nennst du Training?«, fragte eine weibliche Stimme über mir.

Oh, diese Göre! Ich wirbelte herum und blickte auf. Kendra stand über mir. Ihre Haare strahlten feuerrot im Gegenlicht. Sie trug einen Rucksack auf der Schulter, verschränkte die Arme vor der Brust und starrte auf mich nieder, als wäre sie eine Göttin.

»Sag mal, hast du sie noch alle?«, fragte ich.

»Es ist viel zu einfach, dich zu überrumpeln. Was bringen sie dir denn hier bei?«

Auf alle Fälle nicht, wie man Wasserwächtern den Mund stopfte! Ich richtete mich langsam auf und klopfte mir den Dreck aus den Hosen. »Was willst du?«

»Unsere Waffen in eurer Waffenkammer verstauen.« Sie deutete auf ihre Tasche. »Ich dachte eigentlich, dass du im Haus bist.«

»Und Plätzchen backe?«

»Das hast du zumindest behauptet.«

Ich schluckte den Zorn hinunter. Ob mir eine weitere Trainingseinheit helfen konnte, oder sollte ich mit Kendra ein paar Nahkampftechniken ausprobieren? Aber ich würde sowieso verlieren. Leider.

»Die Waffenkammer ist da drüben.« Ich deutete nach hinten und lief los.

Kendra folgte mir.

»Das geht dir gehörig gegen den Strich, oder?«, fragte sie auf halber Strecke.

»Was genau? Dass du eine arrogante, herablassende Zicke bist und mich behandelst, als wäre ich ein jämmerlicher Wurm – oder dass du mir eine reingehauen hast?«

Sie schmunzelte. »Dass wir hier wohnen, und du bist kein Wurm, du bist nur ein Mensch.«

»Ach! Du warst auch mal einer, falls du dich erinnerst.«

»Nein. Das tue ich nicht. Was vorbei ist, ist vorbei.«

»Dann solltest du dir das ab und an ins Gedächtnis rufen. Es könnte helfen. Außerdem habe ich ganz und gar nichts dagegen, dass ihr hier wohnt.« Freundlich könnte sie trotzdem sein.

»Wir Wasserwächter werden oft falsch eingeschätzt, aber es stört mich nicht mehr. Mit der Zeit gewöhnt man sich an vieles.«

»Ich hoffe, du erwartest kein Mitleid. Für dein Benehmen bist nur du allein verantwortlich.«

»Ich erwarte gar nichts von irgendwem. Du kannst mich entweder mögen oder nicht, es ist mir egal. Hass. Liebe. Neid. Das alles sind nur Emotionen.« Sie machte eine wegwerfende Handbewegung. »Das bedeutet nichts.«

Was ging denn in ihrem Hirnkasten vor sich? »Würde es dir denn schaden, freundlicher zu sein? Brichst du dir dabei einen ab?« Oh, Mann, ähnliche Worte hatte ich damals Jaydee an den Kopf geworfen, als er mich trainiert und sich wie ein Oberarsch benommen hatte. Ich war schließlich geplatzt und hatte ihn im Stall angebrüllt. Er hatte es ertragen und genauso geschmunzelt wie Kendra gerade. In Jaydee wirkte das Wasser mit am stärksten. Wenn diese Arroganz zu dem Element gehörte, wunderte es mich nicht, dass er diese Seite in sich trug.

Kendra gab mir keine Antwort, wir legten den Rest des Weges schweigend zurück und gelangten endlich an die Waffenkammer. »Da ist sie.« Erstaunlicherweise stand auch hier die Tür offen.

»Ab hier komme ich alleine zurecht«, sagte Kendra.

»Bitte, sehr gerne. Musst dich nicht bedanken.«

Sie hob eine Augenbraue. Offenbar hatte sie das auch nicht vorgehabt. Ich ging in die Kammer und warf einen Blick hinein. Leer. Es roch nach Waffenöl, Leder und ... war das Mandarine? »Anna?«

Kendra kam hinter mich. »Hier ist niemand.«

»Ach, wirklich?«

»Könnte ja sein, dass du schlechte Augen hast.«

Ich schluckte den Zorn hinunter. Sie wollte mich provozieren. Oder mich ärgern. Oder was auch immer!

»Bis dann«, sagte ich und ließ sie stehen. Während ich ging, kickte ich einen Stein nach dem anderen weg. Diese dumme arrogante Ziege! Sie hatte es mal wieder geschafft, mich zu reizen!

Selbst schuld, Jess! Was ließ ich mich auch auf Gespräche mit ihr ein? Das hatte in London schon nicht funktioniert und würde es jetzt auch nicht! Am besten, ich ging ihr aus dem Weg, während sie hier wohnte, wobei das auch albern war.

Ich gelangte zurück an die vorderen Türen und nahm schon wieder den Mandarinenduft wahr.

Ich blieb stehen, blickte mich um. »Anna?« Warum zeigte sie sich nicht, wenn sie hier war?

Sie macht es ähnlich wie mit Akil gestern ...

Auf einmal raschelte etwas neben mir. Ich sah nur einen hellen Schemen, viel zu schnell für das menschliche Auge.

»Was ist ...« Etwas Silbernes blitzte vor mir auf, ich schrie vor Schreck, riss einen Arm hoch. Die Klinge sauste auf mich nieder, ich machte einen Sprung zur Seite und wurde am Bein getroffen. Schmerz preschte durch meinen Oberschenkel. Ich griff an die Stelle, bekam noch einen Schlag ins Gesicht. Verzweifelt schlug ich um mich, wollte mich wehren, doch mein Angreifer war so schnell weg wie ein Windhauch.

Sekundenlang sah ich nur Sterne und Lichtblitze vor meinen Augen. Der nächste Hieb ging gegen meinen Nacken. Der Schlag wummerte durch mich hindurch, alles schwirrte, mir wurde übel, meine Beine knickten ein, und ich stürzte zu Boden. Ich röchelte, spürte, wie die Bewusstlosigkeit an mir zog. Mein Angreifer schien überall um mich zu sein. Ich bekam einen weiteren Tritt in die Seite, der mir die Luft raubte.

Bildete ich es mir ein, oder roch es nach Mandarine?

Mein Blickfeld verengte sich, in meinem Inneren schwirrte alles wirr umher. Ich drückte ein gequältes »Kendra« heraus, bekam den nächsten Hieb.

Und dann umschloss mich die Dunkelheit.

11. Kapitel

Keira schlug die Augen auf und wusste sofort, dass sie zu Hause war. Die Risse in der Decke wollte sie schon die ganze Zeit dem Vermieter melden. A.J. erschien in ihrem Blickfeld und reichte ihr wortlos die Hand. Er zog sie auf die Beine. Von ihren Verletzungen war nichts mehr zu spüren, genau wie zuvor auch. Sie war geheilt. Oder sie waren nie dagewesen, sie wusste es nicht.

Keira atmete tief durch.

Du kannst nicht gewinnen.

»Du bist schon wieder getötet worden«, sagte A.J. mit einem Hauch Bedauern in der Stimme.

»Ach, wirklich?«

»Und du bist schlecht gelaunt.«

»Ja, verdammt. Es *muss* einen Weg geben, an dem Wächter vorbeizukommen!«

»Lass uns in den Unterlagen ...«

»Nein! Ich gehe noch mal.«

Du kannst nicht gewinnen.

Das war einer der Sätze, den Keira nicht leiden konnte, sogar abgrundtief hasste. Es gab immer einen Weg, selbst, wenn die Situation hoffnungslos erschien. Meistens stand man dann kurz vor der Lösung, wenn man bereit war, aufzugeben.

»Und wie lange willst du das noch durchziehen?«

»Bis ich es verstanden habe. Es macht keinen Sinn, die Archive zu erschaffen und dann eine Hürde aufzubauen, an der man nicht vorbeikommt.«

A.J. schüttelte den Kopf. »Deshalb wollen wir ja in Joshuas Sachen nachsehen. Vermutlich gibt es einen Schlüssel oder Gegenstand, mit dem man den Wächter überrumpeln kann. Wir müssten nur die Papiere genauer studieren.«

»Dann mach das, meinetwegen, aber erst schickst du mich

noch mal rein.« Sie übersah etwas. Das spürte sie, und auf ihre Gefühle hatte sie sich schon immer verlassen können.

»Das ist doch Schwachsinn.«

»Mir egal. Öffne das Portal!«

A.J. seufzte. »Es sind deine Nerven.« Er hob die Stimmgabel, das vertraute Summen legte sich um Keiras Bauch. Sie atmete tief ein und trat ein weiteres Mal durch das Portal.

Du kannst nicht gewinnen ...

Vielleicht ging es auch gar nicht darum. Vielleicht musste sie nicht gewinnen, durfte es erst gar nicht versuchen. Gut, mit dem Jäger hatte sie auch lange gewartet, bevor sie sich wehrte, aber vielleicht musste sie es von Anfang an so machen.

Ohne sich weiter umzusehen, setzte Keira sich im Schneidersitz auf den Boden und schloss die Augen. Es kostete sie alle Überwindung, einen Sinn auszuschalten. Normalerweise behielt sie alles um sich herum genau in ihrem Blick.

Du kannst nicht gewinnen.

Aber Keira war nicht geboren, um zu verlieren. Sie war eine Kämpferin, sie gab nie auf, sie war ausgebildet zu siegen, und sie vollendete immer einen Auftrag.

Es hatte nur eine Situation in ihrem Leben gegeben, die sie nicht im Griff gehabt hatte.

Damals.

Als Coco in ihr Haus eingedrungen war und ihren Vater ermordet hatte.

Keira war zu klein gewesen, um helfen zu können, aber sie hatte das lange nicht begriffen.

Und vielleicht musste sie genau das lernen.

Vielleicht wollten das diese Wächter von ihr. Das hier war das Archiv der Sapier. Ein Bund voller Geheimnisse und voller Loyalität einer Aufgabe gegenüber. Vielleicht wollten sie auf diese Art herausfinden, wie wichtig es Keira war, zum Bund zu gehören. Natürlich hatte sie einen Bluteid abgelegt und der Rache an Coco abgeschworen, aber wenn sie ehrlich zu sich selbst war, wusste sie nicht, ob das auch stimmte.

»Hallo, kleines Mädchen«, sagte eine Frau.

Keira gefror das Blut in den Adern. Sie erkannte sie sofort, und sie hasste diese Stimme mehr als alles andere auf der Welt.

Langsam öffnete sie die Augen.

Coco stand drei Meter von ihr entfernt und lächelte. Sie trug ein langes weißes Kleid, das am Saum mit Blut vollgesogen war. Ihre schwarzen Augen hafteten fest auf Keira. »Es ist schön, dich zu sehen.«

In Keira krampfte alles. Ihr Körper reagierte automatisch. Er wollte Coco an die Gurgel springen, wollte ihr den dürren Hals herumdrehen, wollte sie schlagen, töten, zerreißen, bis nichts mehr von ihrer schwarzen Seele übrig blieb.

Du kannst nicht gewinnen ...

Nicht hier.

Nicht heute.

Genau das war es!

Keira blickte nach unten. In ihrem Schoß lag Mr. Curly und sah sie mit seinen braunen Kulleraugen an. Sie hob ihn auf, drückte seinen Bauch. Er gab ein leises ›*Tröt*‹ von sich.

Auf einmal durchfloss Keira eine unglaubliche Ruhe, als hätte sie nach einer langen Irrfahrt endlich den richtigen Weg gefunden.

Es ging überhaupt nicht ums Gewinnen.

Coco kam langsam auf sie zu. Keira schluckte. Ihre Beine zuckten aus Reflex. Ihr Körper reagierte, er wollte aufstehen, weg von dieser unvorteilhaften Position. Die Kämpferin in ihr wollte sich verteidigen, stattdessen grub sie die Nägel in das weiche Fell von Mr. Curly und konzentrierte sich auf ihren Atem.

»Willst du dich gar nicht gegen mich wehren?«, fragte Coco.

»Nein.« Das Wort kam ganz leicht über ihre Lippen und überraschte sie selbst.

»Dabei wäre das die beste Gelegenheit dazu.«

Coco hielt ein Kästchen in der Hand, das Keira sofort erkannte. Mit dem hatte Joshua die Macht der Urmutter Sophia entfesselt und den Kranich gerufen. Er hatte Coco vertrieben, er war die einzige Waffe, vor der sie sich fürchtete. Zumindest soweit Keira wusste.

»Du weißt, wo du bist«, sagte Coco.

»In den Archiven der Sapier.«

»Und sie bewahren ihre Schätze auf. Solche wie diesen.« Sie hielt das Kästchen in Keiras Richtung. »Deins ist kaputtgegangen, richtig?«

Es war zu Staub zerfallen, nachdem Keira Jess und sie aus der Antarktis gerettet hatte und mit ihr zurückteleportiert war.

»Nimm es mit.«

»Ich bin nicht deshalb gekommen.«

»Was spielt das für eine Rolle? Ich schenke es dir.«

»Ich will es nicht.«

Coco kam näher, ging vor Keira in die Hocke, bis sie in Augenhöhe war. Keira konnte kaum ertragen, dem Mädchen ins Gesicht zu sehen. Sie hasste dieses Wesen so abgrundtief. Coco lachte leise, hielt das Kästchen vor Keiras Nase. »Nimm. Es ist okay.«

Keiras Hand zuckte.

»Du kannst mich besiegen. Da draußen in der echten Welt.«

Verdammt seist du!

Keira starrte auf das Kästchen. Es sah genauso aus wie das, das kaputtgegangen war. Auf dem Deckel war der Kranich eingestanzt. Er hatte die Flügel ausgestreckt, als wartete er nur darauf, entfesselt zu werden.

»Es ist echt«, sagte Coco.

Keira schluckte. Ihr Mund war trocken, ihre Augen brannten.

Eine Waffe.

Es war eine Waffe gegen ihre Erzfeindin.

Sie musste nur danach greifen und sie mitnehmen.

Sie quetschte Mr. Curly zu fest, er trötete ein weiteres Mal, riss

Keira aus ihren Gedanken. »Nein«, hauchte sie. »Ich werde gehorchen und mich verstecken.« So wie damals. Im Wandschrank. In Sicherheit. So wie es ihr Vater von ihr verlangt hatte. »Ich werde nicht mehr gegen dich kämpfen. Ich kann nicht gewinnen.«

Tränen lösten sich aus ihren Augen, tropften auf das flauschige Fell ihres Teddys.

Keira blickte auf und sah Coco fest an. »Ich will das Kästchen nicht. Ich will keine Rache. Du kannst gehen.«

Coco verzog das Gesicht voller Verachtung. »Du bist so eine Närrin.« Sie griff hinter sich, zückte ein Messer hervor und rammte es ohne Vorwarnung in Keiras Hals. Sie zuckte zusammen, röchelte, fühlte das Blut aus der Wunde schießen.

»So eine verfluchte dumme Närrin ...«

12. Kapitel

Anna kauerte hinter einem Baum, lugte um die Ecke und kratzte sich dabei die Unterarme auf. Sie war auf dem Weg in die Waffenkammer, um einen Ersatz für das Messer zu holen, das sie verloren hatte. Sie brauchte es, sonst wäre sie Andrew hoffnungslos ausgeliefert!

Sie hatte es bis fast in den Keller des Schlosses geschafft, als plötzlich diese Frau vor ihr aufgetaucht war. Anna konnte sich gerade noch hinter dem Baum verstecken.

»Hallo?«, rief die Fremde und drehte sich um ihre eigene Achse. »Anna? Bist du das?«

Nein! Geh weg!

Aus unerfindlichen Gründen kam ihr die Frau bekannt vor, doch Anna hatte sie nie zuvor gesehen. Vielleicht eine neue Angestellte. Sie wechselten oft.

Plötzlich tauchte eine zweite Frau auf und stürzte sich auf die erste. Anna wollte schreien, konnte es sich gerade noch verkneifen. Die andere Frau hatte leuchtend rote Haare und bewegte sich agil und selbstsicher. Bestimmt war sie eine Hexe! Anna hatte von ihnen gehört, Andrew könnte sie beauftragt haben, um sie zu finden. Doch das würde sie nicht zulassen.

»Sag mal, hast du sie noch alle?«, rief die Braunhaarige.

»Es ist viel zu einfach, dich zu überrumpeln. Was bringen sie dir denn hier bei?«

Anna biss sich auf die Lippe, drehte herum und eilte lautlos davon. Sie war so nah dran, sie durfte sich nicht ablenken lassen.

Während die beiden Frauen stritten, schlich sie weiter.

Normalerweise war die Waffenkammer abgeschlossen, aber Anna hatte einen Weg hineingefunden. An der östlichen Wand waren vier Steine locker, sie musste nur in den angrenzenden Raum und sie von dort herausdrücken. Sie hatte es gleich zu Beginn bemerkt, als sie eingezogen war.

Das Gezeter der Frauen blieb zurück, und Anna erreichte die Waffenkammer. Sie schlich die Steintreppe hinunter, hielt sich dicht an der Wand. Manchmal patrouillierten Wachen durch die Gänge. Sie durften Anna nicht erwischen, sonst würden sie sie zu Andrew schleppen. Auf der untersten Stufe blieb sie stehen und schaute um die Ecke. Der Flur war dunkel und leer. Nur Fackeln beleuchteten die Wände und warfen gespenstische Schatten auf das Gestein. Leise ging sie weiter. Es war feucht und kalt. Genau wie Annas Füße. Sie hatte keine Schuhe an. Manchmal passierte ihr das. Sie vergaß einen Teil ihrer Kleidung oder sie fand sich auf einmal in einem Zimmer, ohne zu wissen, wie sie dorthin gelangt war.

Bestimmt würde sie bald den Verstand verlieren. So wie Emily. Das Mädchen wohnte im Dorf und konnte nur ›Ah‹ und ›Oh‹ sagen. Es war passiert, nachdem sie in den See gefallen und zu lange unter Wasser gewesen war. Sie wäre besser ertrunken.

Anna gelangte in die Kammer.

»Du bist kein Wurm, du bist nur ein Mensch«, sagte die Hexe auf einmal. Sie kamen näher!

»Ach! Du warst auch mal einer, falls du dich erinnerst«, antwortete die andere Frau.

»Nein. Das tue ich nicht. Was vorbei ist, ist vorbei«

Annas Herz machte einen Satz. Sie hatte also Recht gehabt, die Rothaarige war eine Hexe! Anna griff nach der erstbesten Waffe an der Wand: ein Schwert mit kurzer Klinge. Die Waffe lag erstaunlich leicht in der Hand, als wäre sie extra für sie gemacht worden.

Schritte näherten sich der Kammer. Anna schaffte es gerade noch zur Tür hinaus, bevor die Frauen auftauchten.

»Anna?«

»Hier ist niemand.«

»Ach, wirklich?«

»Könnte ja sein, dass du schlechte Augen hast.«

Lichter tanzten um sie herum, der modrige Kellergeruch wurde abgelöst von dem Duft nach Bäumen, nach einem Wald. Irgendwo rauschte sogar Wasser. Ein Wimmern drang über ihre Lippen.

Ruhig. Ruhig. Immer Ruhe bewahren.

Hektisch blickte sie sich um. Sie war nicht in einem Keller, sie war in der Trainingshalle. Sie kannte diesen Ort. Oder?

Aber warum war sie hergekommen?

Was wollte sie hier?

Ihre Arme brannten. Es juckte. Immer. Ihre Haut schien wie ein lebendiges Wesen, das Stück für Stück ihre Seele auffraß. Blind irrte sie vorwärts. Ihre Füße berührten kaum den Boden, sie sah alles nur verschwommen. Der Kerker. Die Halle. Der Kerker. Die Halle. Hell. Dunkel. Kalt. Warm. Sie wusste es nicht mehr.

Anna wollte hinaus, aber da kam jemand von hinten. Die Frau von eben! Sie kehrte zurück! Rasch verschwand sie hinter einem Baum.

Die Frau blieb stehen und sah sich um.

Oh nein! Sie hatte Annas Spur gewittert. Ihre Finger schlossen sich fester um den Griff der Waffe. Sie musste etwas tun. Jetzt. Sonst würde sie ihr nie entkommen.

»Anna?«

Anna trat aus ihrem Versteck und hob das Schwert ...

»Was ist ...«, sagte die Frau, aber sie war viel zu langsam. Anna schlug zu, erwischte ihr Bein. Die Frau schrie, wehrte sie ab. Anna ließ sich nicht verwirren. Sie war stark! Sie war unabhängig! Sie trat der Frau in die Seite, wieder und wieder, bis sie jemanden herbeieilen hörte.

Anna blickte über ihre Schulter. Die Hexe kam zurück! Anna wollte abhauen, aber da griffen Hände nach ihr. Wie benommen drosch Anna um sich, traf die Seite der Hexe. Ihr Schwert glitt durch weiches Gewebe. Die Hexe keuchte.

»Hör auf, dich gegen mich zu wehren! Ich bin es, Kendra!«

Plötzlich bekam Anna einen Hieb gegen die Brust. Sie flog zurück, umklammerte ihr Schwert fester. Ihr war übel von dem Treffer. Sie bekam keine Luft mehr. Die Hexe holte zum nächsten Schlag aus. Sie kämpften miteinander, Anna wurde zurückgedrängt, verlor die Orientierung.

Als sie der Hexe einen Tritt verpassen konnte, nutzte sie die Chance und haute ab. Sie rannte und rannte und rannte, bis frische Luft ihr Gesicht berührte. Sie wusste nicht mehr, wo sie war, eilte einfach weiter. Ein Sog entstand um ihren Bauch herum, zog alles in ihr zusammen, zerquetschte ihre Eingeweide.

Etwas packte sie an den Knöcheln, wickelte sich um ihre Füße und brachte Anna zu Fall. Sie stürzte auf weiche Erde, Äste knackten unter ihr. Anna wirbelte herum, blickte an sich hinab. Ihr Fuß steckte an einer Wurzel fest. Rasch versuchte sie, sich zu befreien. Der Sog in ihrer Mitte wurde stärker, riss sie in die Vergangenheit.

Anna spürte es.

Sie fiel und konnte nichts dagegen tun ...

Mit einem Mal änderte sich alles. Die Umgebung verblasste, baute sich neu auf. Gerüche wandelten sich, die Luft wurde schwüler, das Licht gedämpft, als hätte jemand Kerzen angezündet.

Anna lag wieder auf dem Holzboden in Andrews Zimmer. Ihre Stärke von eben war wie weggeblasen. Ihre Muskeln waren schwach. Ein Hieb traf sie ins Gesicht. Sie schrie erstickt, schmeckte ihr eigenes Blut.

»Dir werde ich es zeigen, noch mal vor mir abzuhauen!«, brüllte Andrew ihr entgegen. Sein Atem stank nach Alkohol. »Du bist meine Frau! Merk dir das für alle Zeit!«

Anna wimmerte, sie drückte sich gegen seine Hände, die sie auf dem Boden festhielten, aber sie konnte sich nicht wehren. Er war zu stark für sie.

»Gareth!«, brüllte Andrew und spuckte Anna dabei ins Gesicht.

»Ja, Herr.«

»Bring sie zum Kamin und halt sie fest.«

»Sehr wohl, Herr.«

Gareths Gesicht tauchte über Anna auf. Er packte sie, zerrte sie in die Höhe und führte sie zum Kamin. Sie wehrte sich aus Leibeskräften, aber sie kam nicht gegen den Mann an. Gareth zog sie unerbittlich weiter, er stank derart nach altem Schweiß, dass es Anna schlecht wurde. Vor dem Kamin warf er sie auf den Boden. Das Feuer war heruntergebrannt, die Glut leuchtete rot. Wenn Anna nur hineingreifen und sie Gareth entgegenschleudern könnte. Er drehte sie auf den Rücken, setzte sich an ihr Kopfende und grinste sie durch die fauligen Zähne an. Anna trat mit den Beinen, verdrehte ihren Oberkörper, doch es half alles nichts. Andrew kehrte zurück, setzte sich auf sie, stopfte ihr einen Knebel in den Mund und zückte ein Messer. In der anderen Hand hielt er einen Becher. Vermutlich mit Wein.

»Das Gebrüll ist nicht auszuhalten«, sagte er, trank einen Schluck und schnitt mit dem Messer Annas Kleid vorne auf, bis sie komplett entblößt vor ihm lag.

Sie sah nach oben. Gareths Augen wurden groß, er starrte auf ihre Brüste, sie konnte es erkennen.

Anna schrie erstickt gegen den Knebel. Tränen rannen ihre Wangen hinunter. Sie war den beiden Männern hoffnungslos ausgeliefert, wusste nicht, wie sie sich wehren sollte, konnte es auch nicht.

Andrew warf den Becher weg, packte ihr Kinn, damit sie ihn ansehen musste. Der Geruch nach Alkohol benebelte sie. Er fuhr mit der kalten Klinge über ihre Wange, ritzte ihr dabei die Haut auf. Der Schmerz war auszuhalten. Noch.

»Ich glaube, ich muss dir zeigen, wem du gehörst, solltest du noch mal auf die Idee kommen, vor mir wegzurennen.« Tiefer und tiefer fuhr er mit dem Messer, bis er zwischen ihren Brüsten ankam. »Wie wäre es, wenn ich dir meinen Namen einritze, mh? Dann vergisst du es nicht mehr.«

Anna keuchte. Sie wollte den Kopf schütteln, doch sie konnte nicht, weil Andrew sie so festhielt.

»Sht, nicht doch. Ich verstehe, dass du das vergessen hast. Du bist eine Frau und nicht sehr klug. Ich mache dir keinen Vorwurf, Schatz. Wirklich nicht.«

Die Klinge stach in ihr Dekolletee. Anna zuckte zusammen.

»Ah, ich glaube, für meinen Namen ist nicht genug Platz, was meinst du, Gareth?«

»Nein, Herr.«

Andrew nickte. »Dann lasse ich mir etwas anderes einfallen.« Er nahm das Messer weg und hielt es in die Glut. Anna atmete schneller, ihr Herz raste. Sie wusste, was er vorhatte. Das gleiche machten sie, wenn sie die Pferde brandmarkten.

Andrew zog das Messer heraus, die Klinge glühte rot. Er drehte sie um und lächelte.

»Wie wäre es mit einem schönen großen A?«

Sie schüttelte den Kopf.

»Doch«, sagte er. »Doch, das gefällt mir gut. Halt sie fest, Gareth. Ich will nicht, dass mein Kunstwerk verwackelt.«

»Jawohl, Herr.«

Gareths Griff verstärkte sich. Anna riss die Augen auf und sah, wie die Klinge auf sie herabsank.

Ein gellender Schmerz breitete sich zwischen ihren Brüsten aus, während Andrew sie für immer mit dem Anfangsbuchstaben seines Namens verunstaltete.

13. Kapitel

Jaydee

Akil und ich saßen auf Augustes Couch und warteten, ob sie noch mehr zu den Dämonen zu sagen hatte.

»Also los, Junge.« Sie warf ein Stück Zucker in ihren Kaffee. »Wo bist du all die Jahre gewesen?«

»Das ist eine lange Geschichte. Ich wurde nach dem Brand bei einer Familie aufgenommen. Sie haben mir ... geholfen.« Ich schielte zu Akil. »Sie haben mich gelehrt, mit meiner Andersartigkeit zurechtzukommen.« Natürlich wusste Auguste, dass mit mir schon als Junge etwas nicht gestimmt hatte. Meine Wunden waren binnen Sekunden geheilt, ich flippte aus, wenn mich jemand berührte, ich war schneller, stärker, kräftiger als andere Jungen in meinem Alter. »Was mich allerdings mehr interessieren würde: Was hast du eben wegen der Dämonen gesagt?«

Sie lächelte und nippte an ihrem Kaffee. »Sag bloß, du wusstest nicht, dass es welche gibt? Du bist in einer Kirche aufgewachsen, Junge. Hast du nie die Energien dort gespürt? Das Gute und das Böse?«

»Ich ... ich weiß nicht.« Dämonen hatte ich dort nie gesehen oder nicht bemerkt, dass es welche waren. »Wie bist du ...«

»Oh, der ist ja großartig!«, sagte Akil, als er von dem Kaffee probierte.

Ich warf ihm einen finsteren Blick zu.

»Ernsthaft, Jay. Ich hab noch nie so guten Kaffee getrunken, und das will was heißen.«

»Das Geheimnis ist eine Prise Salz«, antwortete Auguste.

»Wirklich?«

»Ja, nur einen Hauch, das unterstützt das Aroma. Wenn du ...«

»Okay, könntet ihr beide mal kurz ...«, sagte ich. »Zurück zu den Dämonen, bitte.«

Auguste strich über den Rand ihrer Tasse. »Sie waren zu zweit, hatten einfach die Vordertür eingetreten und angefangen, in meinen Sachen herzumzuwühlen.«

»Wie haben sie ausgesehen?«

»Wie normale Menschen, aber ich bemerkte das Böse in ihnen. Außerdem rochen sie nach Tod und Verderben.«

»Schattendämonen.«

»Du kennst sie auch.«

»Sozusagen. Was wollten sie von dir?« Schattendämonen brachen normalerweise bei niemandem ein.

»Das weiß ich nicht, aber sie haben sich auf die Dinge von Mikael begrenzt. Als wollten sie mehr über ihn herausfinden. Mich hielt einer von ihnen fest und fragte, ob es noch Verwandte von Mikael gäbe. Sie hätten gehört, dass er einen Sohn gehabt hatte.«

»Oh ...«, sagte Akil auf einmal.

»Was?«, fragte ich.

Er schielte zu Auguste, die gespannt abwartete, was er sagen wollte.

»Ich ...« Akil kratzte sich am Hals, das machte er oft, wenn er unsicher wurde. »Verflucht ...«

»Was ist los?«, hakte ich nach.

»Mir ist gerade eingefallen, dass ich doch schon mal so leckeren Kaffee getrunken habe. Vor etwa dreihund... drei Jahren. In einem kleinen Dorf in Panama. Geisha-Kaffee, hieß er. Kein Scherz. Allein wegen des Namens musste ich wissen, wie der schmeckt.«

»Ich glaube, darüber habe ich neulich im Fernsehen einen Bericht gesehen«, sagte Auguste. »Es soll angeblich auch welchen geben, der aus Bohnen gemacht wird, die Katzen ausgeschieden haben. Also, sie fressen die Kaffeebohnen, und dann kommen sie hinten wieder raus. Kopi Luwak oder so ähnlich.«

»Ziemlich krank, auf was die Menschen so kommen«, antwortete Akil.

Ich sah zwischen den beiden hin und her. Mir war klar, dass

er das mit dem Geisha-Kaffee eben erfunden hatte, dafür kannte ich ihn lange genug. Ihm war etwas eingefallen, das er nicht vor Auguste besprechen wollte.

»Wenn ihr euer Kaffeefachwissen ausgetauscht habt, wäre es schön, wenn wir zurück zum Thema kommen: Die Dämonen sind bei dir eingebrochen ...«, half ich nach.

»Ja. Sie ... sie hatten geglaubt, dass du der leibliche Sohn von Mikael seist«, sagte Auguste. »Aber sie fanden die Adoptionspapiere, das hat sie gefreut. Ich weiß nicht, warum.«

In mir keimte langsam ein Verdacht. Ich linste zu Akil, der vorsichtig nickte. Als Ralf den Emuxor heraufbeschworen hatte, war es wichtig gewesen, dass kein leiblicher Verwandter von Mikael existierte. Deshalb hatten wir seine Seele von den Toten zurückholen müssen. Wenn diese Dämonen bei Auguste nach Hinweisen auf Verwandtschaft gesucht hatten, war es gut möglich, dass Ralf sie geschickt hatte.

Ich stand auf, mein Körper prickelte vor Anspannung. Langsam fragte ich mich, ob Ralf nicht noch mehr gemacht hatte, als Auguste die Dämonen auf den Hals zu hetzen. Was, wenn er sogar für den Brand verantwortlich gewesen war? Wenn es gar kein Unfall war?

Wenn er der Mörder von Mikael war?

Ich schloss die Augen. Kämpfte die aufkeimende Wut nieder. »Weiter«, sagte ich leise.

»Nachdem sie die Informationen hatten, die sie brauchten, wollten sie ... also ...«

Ich blickte sie an. Ihre Augen füllten sich mit Tränen. Ich lief zurück zum Sofa und setzte mich neben sie. »Sie wollten dich aussaugen. Sie haben dir die Hand auf Stirn und Brustkorb gelegt, und du hast gedacht, du musst verbrennen.«

Sie nickte. »Der Herd war an, ich wollte gerade Dampfnudeln backen. Das Öl stand daneben, ich habe nur noch reagiert, nicht mehr nachgedacht. Auf einmal war das Feuer da. Die Dämonen ließen mich los und flohen. Ich wollte hinterher, aber ich wurde bewusstlos. Das Nächste, an das ich mich erinnere, war das Krankenhaus, in dem ich aufgewacht bin.«

»In der Zeitung stand, dass eine Nachbarin den Rauch bemerkt und sofort die Feuerwehr verständigt hat. Sie haben dich rechtzeitig aus der Wohnung geholt.«

»Ich weiß.« Auguste blickte zu Boden, knetete ihre faltigen Hände miteinander.

»Ist es nicht so gewesen?«

Sie schüttelte den Kopf, doch sie sagte nichts.

»Was?«

»Das klingt vermutlich noch alberner als das mit den Dämonen.«

»Sag es mir, bitte.«

»Es ... es war ein Engel gewesen. Ich habe einen Engel gesehen, der mich aus dem Feuer gezogen hat. Er trug eine lange Robe und glühte wie die Flammen selbst.«

Ich kniff die Augen zusammen.

Auguste nickte traurig. »Du glaubst mir nicht.«

»Doch.« Außerdem war es ganz und gar nicht alberner als die Sache mit den Dämonen. Ich schielte zu Akil, er zuckte die Schultern. »Hat der Engel zufällig mit dir gesprochen? War es eine Frau oder ein Mann?«

»Ich glaube, es war eine Frau, aber ganz sicher bin ich nicht. Ich erkannte nur einen Schemen. Er hat mir die ganze Zeit Gedichte vorgetragen.«

»Gedichte.«

»Ja, sie waren wunderschön. Ich hatte das Gefühl, dadurch an einen anderen Ort zu schweben.«

Okay, das war wirklich abstrus. Binnen zweier Tage hörte ich nun zwei verschiedene Geschichten über Engel. Wobei Augustes Retter unmöglich Sophia gewesen sein konnte, sie war ja schon lange tot. Es sei denn, Engel wurden wiedergeboren.

»Die Ärzte fragten mich, was passiert sei. Im Schock erzählte ich ihnen das mit den Dämonen und dem Engel, aber sie hielten mich natürlich für verrückt. Oder senil. Schließlich gab ich zu, dass ich eingeschlafen wäre und den Gasherd vergessen hätte. Ich wusste nicht, was ich sonst hätte tun sollen.«

Das konnte ich verstehen. Ich griff nach ihrer Hand und strich über ihre faltige Haut, die sich erstaunlich weich anfühlte. Auguste erwiderte die Geste.

»Ich bin alt, ja, und ich vergesse manche Dinge. Aber ich weiß, was ich gesehen habe.«

»Ich glaube dir. Jedes Wort.«

Sie atmete erleichtert aus. »Du bist so ein guter Junge.«

Oh nein, das war ich ganz und gar nicht.

Auguste strich mir eine Haarsträhne zurück. »Die sind noch immer nicht zu bändigen.«

Früher hatte sie mich ständig aufgefordert, mir die Zotteln abzuschneiden. Da ich wegen meiner Empathie keinen Friseurbesuch überstanden hätte, hatte ich es selbst gemacht. Das Ergebnis war nie sonderlich gut gewesen. Vielleicht wuchsen sie deshalb heute kreuz und quer.

»Mikael hat dich wirklich abgöttisch geliebt. Du warst sein Sohn.«

Ihre Worte berührten mich tief im Herzen, und ich musste mich beherrschen, nicht die Fassung zu verlieren. Ich blickte sie an. Ihre Augen waren glasig und voller Liebe. Auguste legte den Kopf schräg und grinste. »Und wer ist die Frau, die dein Herz erobert hat?«

»Bitte?«

»Oder ist es ein Mann?« Sie blickte zu Akil.

»Nein«, sagte ich rasch. »Wie kommst du darauf, dass es jemanden gibt?«

»Du strahlst dieses besondere Funkeln aus, das nur Verliebte besitzen. Mein Gespür für Menschen ist unfehlbar.«

Na prima. Ich hoffte, sie würde mich nicht ausquetschen, aber eigentlich musste ich ihr sowieso von Jess erzählen. »Sie heißt Jessamine, ist Cassandra Harris' Tochter und der Grund, warum wir hier sind.«

»Cassandra Harris.« Auguste dachte über den Namen nach und nickte. »Sie kam früher oft in den Gottesdienst und hat mit Mikael gesprochen. Sie war eine wunderschöne Frau mit langen braunen Haaren und einem gütigen, aber sehr traurigen Lächeln. Als würde sie die gesamte Last dieser Welt auf ihren Schultern tragen.«

»Sie ist verschwunden. Seit vielen Jahren schon. Jess will sie finden. Wir glauben, dass sie noch lebt.«

Ich erzählte Auguste von Jess, von ihrer Suche, von Ariadnes Tod. Dabei schiffte ich so gut es ging um das Thema Seelenwächter und Schattendämonen herum. Ich wollte Auguste nicht überfordern und sie mit allen möglichen Informationen bombardieren. Die Wahrheit über mich ließ ich ebenfalls außen vor. Es spielte keine Rolle.

»Jess hat einen alten Brief von Mikael gefunden«, log ich. »Darin stand, dass Cassandra Tagebuch geführt hat. Seither versucht Jess, an diese Notizen zu kommen.« Ich konnte Auguste unmöglich sagen, dass wir Mikaels Geist angerufen hatten, um den Emuxor zurück in die Hölle zu befördern. Sie mochte einen offenen Verstand haben, aber irgendwann war es sicherlich auch für sie genug.

Auguste nickte. »Ich erinnere mich sogar an den Tag, als Cassandra die Unterlagen brachte. Sie war sehr aufgelöst und wollte nur mit Mikael sprechen. Die beiden verschwanden lange in seinem Büro, ich habe nicht viel von dem Gespräch mitbekommen, aber Mikael war danach völlig verstört gewesen. Er kam zu mir in die Küche und sagte, dass er das Gefühl habe, dass Cassandra kurz davor stand, eine große Dummheit zu begehen, und er nicht wisse, wie er ihr helfen solle. Er meinte außerdem, dass sie ihre

Tagebücher bei ihm gelassen hätte, mit der Bitte, diese wegzuschließen. Das habe ich getan. Wir haben alle wichtigen Unterlagen in einem Schließfach aufbewahrt. Nach dem Brand hatte ich es geöffnet und alles zu mir geholt. Ich wollte die Sachen den Besitzern zurückgeben, aber dazu kam es nie.«

»Wegen dem Brand in deiner Wohnung.«

»So ist es, tut mir leid. Die Sachen wurden größtenteils zerstört. Ich fürchte, ich kann euch nicht weiterhelfen.«

»Verdammte ...« *Scheiße*, wollte ich eigentlich sagen, doch als ich Augustes strafenden Blick bemerkte, schluckte ich es runter. Sie hasste es, wenn ich fluchte. Ich stand wieder auf, um meinen Beinen Beschäftigung zu geben. Im Grunde hatte ich es schon geahnt, als ich herkam, doch ich wollte mich ja unbedingt an diesen Strohhalm klammern.

»Wenn du sagst, die Sachen wurden *größtenteils* zerstört«, sagte Akil: »Blieb noch etwas davon übrig?«

»Die Feuerwehr hatte den Brand relativ schnell im Griff, einige Möbel waren noch zu retten, genau wie andere persönliche Sachen von mir. Ich habe sie einlagern lassen, weil ich es weder schaffte sie wegzuwerfen noch sie bei mir zu haben.«

Ich wurde hellhörig, aber Auguste wiegelte sofort ab.

»Mach dir bitte keine Hoffnung, Junge. Die Tagebücher von Cassandra und die anderen Unterlagen sind völlig unbrauchbar. Sie sind alle eingerußt.«

»Können wir sie uns ansehen?«

Auguste wollte aufstehen, doch sie zuckte vor Schmerz zusammen und sackte zurück aufs Sofa. »Ach, diese elende Arthritis. Wärst du so nett, Junge? Da drüben im Schrank, in der untersten Schublade.«

»Natürlich«, sagte ich.

»Darf ich mal?«, fragte Akil Auguste. Ich hörte die Sofakissen rascheln. Mir war klar, was er vorhatte. »Ich kenne eine alte Akupunkturtechnik, die gegen Arthritis helfen soll. Du musst die Augen schließen. Ich werde dir gleich eine Hand auf die Stirn legen, und mit der anderen klopfe ich die Punkte ab.«

»Das kannst du dir sparen, ich habe schon so viel probiert.«

»Das wird dir helfen, glaub mir«, sagte ich. »Akil kennt sich sehr gut mit alternativen Heilmethoden aus.«

Ich blickte kurz zu ihm. Er setzte sich hinter Auguste und nickte mir zu.

»Danke«, formte ich mit den Lippen. Es war ihm eigentlich nicht gestattet, das zu tun. Auch wenn die Seelenwächter die Mittel dazu hatten, sollten sie nicht grundlos Menschen heilen. Es sei denn, sie wurden von Schattendämonen angegriffen.

Ich sah ihnen kurz zu. Auguste ließ sich gegen seine breite Brust sinken und schloss brav die Augen.

»Bist du Gärtner?«, fragte sie.

»Nein, warum?«

»Weil du so herrlich angenehm nach Erde duftest, als hättest du gerade darin herumgegraben.«

»Ich liebe die Natur. Bin viel draußen. Jetzt entspann dich.«

Es dauerte nicht lange, bis sie wohlig seufzte. Ich drehte mich zurück, bückte mich und öffnete die unterste Schublade. Ein Karton war darin aufbewahrt, daneben lagen Bilder, eins von Mikael gleich obenauf. Es zeigte uns im Garten bei einem Grillfest. Mir stockte der Atem bei dem Anblick. Ich war damals zwölf Jahre alt gewesen und zum Küchendienst verdonnert worden. Den ganzen Tag über hatte ich geschmollt, weil so viele Menschen da waren, aber Mikael hatte es übergangen. Er war einfach nur selig gewesen. Mit dem Grillfest hatte er fünftausend Dollar gesammelt, die er für eine maßgefertigte Prothese für ein behindertes Mädchen ausgegeben hatte.

»Das ist erstaunlich!«, rief Auguste auf einmal. Ich blickte über meine Schulter zurück. Akil war fertig, sie rotierte ihre Schultern, streckte die kurzen Beine aus, drehte die Knöchel und sah äußerst zufrieden aus. »Ich fühle mich zehn Jahre jünger.«

Akil grinste. Auguste fiel ihm um den Hals. »Danke!«

»Gern geschehen.«

Tja, ob Jung oder Alt, er konnte einfach jeden um den Finger wickeln.

»Darf ich dich weiterempfehlen? Pete am Ende des Flurs hat so schlimme Gicht. Hilft es auch dagegen?«

Akil strich sich durch den Nacken. Er sah erschöpft aus.

»Akil ist nur auf der Durchreise und muss bald zurück in seine Heimat«, sagte ich und blickte ihn fragend an. Das Heilen hatte ihn Kraft gekostet, warum auch immer.

Er wiegelte ab. Vermutlich wollte er das nicht weiter vor Auguste ausbreiten.

»Schade«, sagte Auguste.

Ich hob den Karton aus der Schublade, ging damit zurück zu den beiden und stellte ihn auf dem Tisch ab. Auguste nahm den Deckel herunter. Im Inneren lagen einige Schlüssel. Sie zog einen silbernen heraus. »Der gehört zur Lagerhalle. Commercial Street 5, Lager 133. Mein Name steht dran.«

»Alles klar«, sagte ich, nahm den Schlüssel entgegen und sah auf die anderen. Ich erkannte sie sofort. Sie hingen früher in Mikaels Büro neben der Tür. »Die sind von der Kirche.« Vom Büro, von den Vordertüren, den Seidentüren, dem Gartenzaun ...

»Ja, Kind. Willst du sie haben? Sie sind mittlerweile nutzlos, aber ich konnte mich nicht davon trennen.«

Ich schüttelte den Kopf. Das wäre zu viel des Guten. »Ich ... ich muss auch wieder ...«

»Du willst gehen, oder?«, fragte Auguste.

»Ja.«

»Verstehe«, sagte sie leise.

»Es liegt nicht an ...«

»Schon gut, Junge. Du musst mir nichts erklären. Wirst du mich noch mal besuchen kommen?«

Sollte ich das wirklich tun? War das klug? Jeder, der mit uns zu tun hatte, wurde früher oder später in Dinge hineingezogen, die nicht gut für ihn waren. Ben konnte ein Lied davon singen. Jess sowieso. Unsere Welt war nichts für Menschen.

Sie lächelte milde und stand auf. Auguste verstand. Das tat sie immer. »Lass dich noch einmal umarmen.«

Ich drückte sie an mich. Sie fühlte sich warm und angenehm vertraut an.

»Es ist alles gut«, sagte sie. »Du musst mir nichts erklären.«

»Wenn ich könnte ...«

»Ich hab dich lieb, Junge.«

»Ich dich auch.« Ich küsste sie auf die Haare, genoss einen Moment ihre Nähe, bevor ich sie losließ. Raus. Sofort! Wenn ich länger hierbleiben würde, würde ich einknicken und nie den Weg zurückschaffen. Ich lief mit schnellen Schritten zur Tür. Akil schloss zu mir auf, blieb in meiner Nähe und half mir, so wie er mir vorhin schon geholfen hatte.

Am Rahmen blieb ich stehen und blickte noch mal zurück. Auguste saß auf dem Sofa und lächelte zufrieden. Genauso wollte ich sie in Erinnerung behalten.

Glücklich.

»Ich habe noch eine Frage.«

»Nur zu.«

»Hast du vor Kurzem mit einem jungen Mann namens Zac telefoniert? Er meinte, er hätte bei dir angerufen und dich nach Cassandra Harris gefragt. Du hättest ihm gesagt, dass Mikaels Unterlagen alle bei dir im Keller wären und er nur vorbeikommen müsse, um sie sich anzusehen.«

»Ach ja?« Sie dachte darüber nach. »Ich kann mich nicht daran erinnern, ehrlich gesagt. Wann sollte das gewesen sein?

»Im Sommer.« Jess war noch nicht lange bei uns gewesen. Wir hatten einen Ausflug nach Athen gemacht. Dort hatte sie sich ein neues Handy gekauft, um mit Zac zu telefonieren. Er sollte glauben, dass sie Urlaub mit Ariadne und Violet machte.

Auguste schüttelte den Kopf. »Tut mir leid. Das wüsste ich. So viele Menschen rufen mich nicht an.«

Also hatte Zac gelogen?

»Danke, trotzdem.« Ich drehte mich zurück und verließ mit Akil das Zimmer.

»An das Telefonat kann ich mich erinnern«, sagte Akil und zog die Tür hinter sich zu. »Ich sagte Jess, dass sie dich darauf ansprechen soll, aber dann bist du los, um Coco in dem Museum zu verfolgen.«

Und kurz danach war ich mit Keira gestrandet. Die Ereignisse hatten sich überschlagen, wir waren von einem Abenteuer ins nächste gestolpert, das mit Zac war vollkommen in Vergessenheit geraten.

»Warum erzählt er Jess so etwas, wenn es nicht stimmt?«, fragte ich.

»Vielleicht wollte er angeben oder ihr eine Freude machen. Sie war ziemlich geknickt zu der Zeit.«

»Ich weiß nicht.« Und uns blieb nur eines übrig: Wir mussten ihn fragen und herausfinden, ob er gelogen hatte – und wenn ja: warum.

Akil lehnte neben mir an der Wand. Er wirkte matt und erschöpft.

»Du siehst ziemlich fertig aus, seit du Auguste geheilt hast.«

»Das liegt am Armband. Es kostet mich mehr Energie, wenn ich anderen helfe.«

Ich schüttelte den Kopf.

»Nein, das ist kein weiterer Grund, Noah aufzusuchen«, sagte Akil. »Ich glaube, du brauchst zuerst dringend frische Luft. Ich sehe die zornigen Funken in deinen Augen sprühen.«

»Ich brauche viel mehr als das.« Eine anständige Prügelei zum Beispiel.

»Okay, dann gehen wir jagen«, sagte Akil. »Du und ich. Wie früher.«

Allein beim Gedanken daran spürte ich die Euphorie hochkochen. Es würde nicht schwer sein, Dämonen aufzuspüren. Mittlerweile trieben sie sich in jeder größeren Stadt herum. Ich könnte endlich Blut vergießen, meine Finger um eine Kehle legen, mich im Leid eines Opfers suhlen ...

»Eins musst du mir vorher noch sagen.«

»Du willst wissen, ob Ralf den Brand in der Kirche gelegt und somit Mikael getötet hat.«

»Kennst du die Antwort?«

»Ja.«

»Und wird sie mir gefallen?«

Er schüttelte den Kopf.

Ich biss die Kiefer so hart zusammen, dass es schmerzte. »Lass uns zur Jagd.«

14. Kapitel

Keira lag auf dem Rücken. Über ihr zogen sich Sterne und Dunkelheit, hüllten sie ein wie eine Decke, die eine Mutter über ihre Tochter ausgebreitet hat.

Das war dieses Mal definitiv nicht ihr Zuhause.

Sie war noch in den Archiven.

Sie war am Leben.

Sie hatte es geschafft!

Vorsichtig richtete sie sich auf. Das Blut war verschwunden, genau wie der Teddy und Coco und das Messer und das Kästchen.

»Willkommen in den Archiven der Sapier, Keira Bennett.« Eine Frau erschien in ihrem Blickfeld.

Keira kannte sie nicht. Sie war schlank und groß, trug ein langes weißes Kleid mit weit ausgestellten Ärmeln. Ihre Haare reichten fast bis zur Hüfte. Sie schimmerten in einem bläulich-weißen Glanz und funkelten bei jeder Bewegung. Ihr Gesicht war blass, alterslos, ihre Augen voller Tiefe und Güte. In einer Hand hielt sie einen langen Holzstab.

Definitiv niemand aus Keiras Vergangenheit.

Die Frau lächelte. »Mein Name ist Sophia. Du kennst mich, denn ich habe bereits durch dich gewirkt.«

»Was?« Keira stand auf, auch wenn sie das Gefühl hatte, die Erde würde sie festhalten. »Du ... du bist aber nicht ... das ist nicht ...«

»Ich bin die Urmutter. Der Engel des Mitleids und der Gnade und der Grund, warum all dies existiert.« Sie machte eine ausschweifende Handbewegung. »Das ist meine Welt. Der einzige Ort, an dem ich leben kann.«

Keiras Mund klappte auf. Wieder zu. Es hatte nicht viele Momente in ihrem Leben gegeben, in denen es ihr die Sprache verschlagen hatte. Sechsmal hintereinander zu sterben und dann auf einen Engel zu treffen, überforderte ihren Geist definitiv.

»Es ist in Ordnung«, sagte Sophia. »Du musst keine Angst haben.«

»Die ... dic habe ich nicht.« Mit Erstaunen stellte sie fest, dass das stimmte. Keira hatte sich noch nie in ihrem Leben so sicher gefühlt. »D-du bist ein Engel. Du bist *der* Engel.«

»Nein, nicht mehr. Dies ist nur ein Fragment meiner Seele. Ich selbst bin schon lange tot. Die Archive sind ein Reich des Todes, deshalb musstest du sterben.«

»Okay, Moment.« Jetzt wurde es eindeutig zu viel. »Ich bin bitte was?«

»Es ist nur vorübergehend, deine Seele kann jederzeit zurück in deinen Körper, wenn du es wünschst. Du darfst natürlich auch gerne bleiben.«

Keira drückte eine Hand auf ihr Herz. Es schlug. Stark und kräftig. »Bin ich ein Schattendämon?«

»Nein, aber es funktioniert nach einem ähnlichen Prinzip, nur dass du dich nicht von Seelenenergie ernähren musst, um zu überleben. Du wirst von der Energie hier drinnen gespeist.«

»Ich ... Wo ist mein Körper? Also, mein echter?«

»Er wird konserviert, bis du zurück in deine Welt kehren möchtest. Im Grunde könntest du Jahre hier verbringen, ohne zu altern oder krank zu werden. Ein Jungbrunnen, wenn du so willst.«

»In dem ich allerdings recht eingeschränkt wäre.«

»Wie man es nimmt. Mein Mann Leander hat diesen Ort gemeinsam mit den Seelenwächtern für mich erschaffen. Ich kann alles nach meinen Wünschen formen.«

»Eine eigene kleine Welt.« Oder ein eigenes Universum.

Du bist nicht mehr auf der Erde ...

»Und nur die Sapier haben Zugang?«

»Alle, die mit mir verbunden sind, dürfen dieses Reich betreten.«

»Also auch die Nachfahrin.« Sie stammte schließlich aus Sophias Blutlinie.

Der Engel nickte.

»Warum das alles?«

Sophia ging ein paar Schritte. »Als ich damals in meiner menschlichen Hülle gestorben bin, konnte meine Seele nicht ins Licht kehren. Der Weg war mir versperrt. Vielleicht, weil ich einst ein Engel gewesen war. Wir waren nicht erschaffen worden, um wiedergeboren zu werden, genauso wenig konnte ich zum Schattendämon wandeln. Meine Seele begann sich zu zersetzen. Um mich davor zu schützen, kreierten die Seelenwächter diesen Raum für mich und stifteten ihn später den Sapiern. Die Gruppe, die sich gegründet hatte, um meine Tochter Aurelia und alle späteren Nachfahren zu schützen. Aber dieser Ort hatte einen hohen Preis.« Sophia schloss die Augen und atmete tief ein. »Leander war hierfür gestorben. Er hatte das Wertvollste zur Verfügung gestellt, was er besaß: seine eigene Seele. Nun ist sie hier bei mir.« Sophia streckte einen Arm aus, auf ihrer Haut hatte sich ein feiner Glitzerfilm gebildet, als wäre sie durch den Regen gelaufen. »Ich spüre ihn mit jedem vergehenden Wimpernschlag. Wir sind vereint. Für immer.«

Keira bekam eine Gänsehaut. Die Urmutter stand vor ihr! Leibhaftig und echt. Sie atmete sogar, verströmte einen leichten Duft nach Blumen. Auf einmal fühlte Keira sich winzig klein, als wäre sie ein Atom in der Unendlichkeit der Zeit. »Wozu benötigst du die Wächter? Ich habe fünf Mal versucht, hier reinzukommen und bin jedes Mal zurückgeworfen worden. Wenn es nur darum geht zu sterben, hatte ich das doch bereits mit dem Greif erfüllt.«

»Es spielt eine Rolle, *wie* du stirbst. Die Wächter nehmen für jeden eine andere Form an, sie sind die Seelenspiegel derer, die Einlass in die Archive begehren. Erst, wenn du über dich selbst hinausgewachsen bist, etwas gelernt hast, kannst du den nächsten Schritt gehen. Du musst das Alte hinter dir lassen, um Platz für das Neue zu schaffen.«

»Und der Teddy und das Blut?«

»Der Teddy steht für deine Unschuld, das Blut für das, aus dem du geboren wurdest. Die Kriegerin, die heute vor mir steht, wurde in jener Nacht erschaffen.« Sophia sah Keira eindringlich an. »Kämpfen ist nicht der einzige Weg, das war der erste Schritt für dich zu erkennen, und als du das getan hattest, musstest du begreifen, dass du die Rache an Coco loslassen musst. Du hast den Schritt getan, in dem du die Waffe ausgeschlagen hast, die ihr hätte schaden können.«

»Also war das Kästchen echt?«

»Ja. Du hättest es haben können, aber dafür hättest du die Archive umgehend verlassen müssen. Alles hat seinen Preis.«

Keira spürte einen leichten Stich des Bedauerns, auch wenn sie wusste, dass sie richtig gehandelt hatte. »Warum schadet das Kästchen Coco?«

»Wegen dem, was ich damals erschaffen habe. Die Magie des Kranichs ist der Überrest meiner Macht in der menschlichen Welt. Genau das fürchtet Coco.« Sophia trat näher an Keira heran und deutete auf die weiße Haarsträhne. »Wie ich sehe, hast du sie schon angerufen und den Kranich erweckt.«

Keira nickte. »Es hat mich sprichwörtlich umgehauen.« Sie war danach in eine Schockstarre gefallen.

»Meine Macht ist nicht leicht zu handhaben. Du musst sie achtsam verwenden, sie kann tödlich für Menschen sein.« Sie griff nach der Strähne. Keira musste die Luft anhalten, als ihre Hand so nah an ihrem Kopf war. Sophias Energie war unbeschreiblich intensiv. Als würde sie alles Schlechte und Böse verdrängen und einem angenehmen Frieden Platz schaffen. »Es ist traurig, dass ich diese Wirkung auf euch habe, aber der menschliche Körper ist nicht dafür erschaffen worden, Engelsmacht zu ertragen.« Sophia ließ die Haarsträhne los und seufzte. »Ich freue mich jedoch, dass du das Kästchen ausgeschlagen hast, dein Hass auf Coco ist ein schlechter Weggefährte.«

»Mag sein, aber Joshua hatte auch eins besessen.«

»Weil er anders damit umgegangen ist. Es geht nicht ums Gewinnen, Keira.«

»Sondern ums Verlieren.«

»Ums Vertrauen«, fügte Sophia an. »Um die Liebe, die ebenfalls in deinem Herzen wohnt und viel zu wenig Platz zum Atmen findet.«

Keira knirschte mit den Zähnen. Sie mochte diese Art von Gesprächen nicht. Egal, ob sie es mit einem Menschen oder einem Engel führte: Es ging ihr zu sehr unter die Haut. Sie schüttelte sich und fokussierte sich auf ihren Körper. Sie war wegen eines Auftrags hier. Das durfte sie nicht vergessen.

»Ich bin ... ich brauche etwas von dir.« Sie zog das Blatt Papier heraus und zeigte es Sophia. »Weißt du, was damit gemeint ist?«

Sophia blickte darauf, ohne den Zettel in die Hand zu nehmen. Ein leichtes Lächeln umspielte ihre Mundwinkel. »Der gestorbene Engel, wie pathetisch.«

»Das bist du, nehme ich an?«

Sie nickte. »Das ist ein Teil einer Prophezeiung, die mein Mann Leander verfasst hat. Die Feder ist das Symbol von Ká-Ajal. Eine von vier Welten.«

»Davon habe ich noch nie gehört.«

»Das wundert mich nicht. Das Wissen um die vier Welten besaßen damals nicht viele Menschen. Es ist sehr gefährlich.«

»Ist die Feder hier? Kann ich sie mitnehmen?«

»Wozu benötigst du sie?«

»Weil ich weiß, wer das Kind ist, von dem in dem Reim gesprochen wird, weil ich ihn kenne und er gefährlich ist. Und weil ich seine Macht brechen will, so wie es dort geschrieben steht. Es muss sein, für die Sicherheit der Nachfahrin.«

»Es wird nur leider nicht so funktionieren, wie du es dir vorstellst.«

»Sondern?«

»Die Feder und alle anderen Gegenstände aus den vier Welten

werden ihn schwächen, sie können ihm bis zu einem gewissen Grad sogar schaden, aber nur die Nachfahrin kann seine Kräfte endgültig bändigen. So ist es vorgesehen, so habe ich es erschaffen.«

»Bitte was?«, fragte Keira.

Sophia strich an ihrem Stab hinunter, fuhr mit den Fingern die Verzierungen im Schaft nach. »Du weißt, dass Lilija in ein Gefängnis gebannt ist.«

»Ja, und dass du geholfen hast, sie einzusperren und dabei deinen Engelsstatus verloren hast.«

»Die Seelenwächter hatten sie erst in ein gewöhnliches Gefängnis gesperrt, erbaut aus der reinsten Jade, die es je gegeben hat.«

»Warum Jade?«

»Weil es einer der ältesten und mächtigsten Steine ist, den es gibt. Früher bezeichneten die Menschen sie auch als Himmelsstein. Sie glaubten, man könne über die Jade mit den Göttern in Kontakt treten, aber der Stein genügte nicht, um Lilija zu halten. Sie versuchte, sich zu befreien. Daher bot ich meine Hilfe an. Ich fühlte mich mitverantwortlich für alles, was geschehen war. Gemeinsam mit den Seelenwächtern erschuf ich die vier Welten. Sie bilden das Fundament des Gefängnisses, in dem Lilija seither ausharrt.« Sophia strich über die Spitze ihres Stocks. »Es kostete mich all meine Kraft, den Zauber der Welten zu aktivieren.« Sophia stampfte mit dem Stock auf, ein Beben ging durch den Boden, Sterne rieselten aus dem Stab auf die Erde.

Keira blickte sich um. Die Sterne rotteten sich zusammen – wie Konfetti, das im Wind tanzte. Sie formten vier Masken mit Hörnern. Um ihren Hals trugen sie Ketten, mit je einem Gegenstand daran. Einem Messer, einem Amulett, einem Ring und ... der Feder. Die Masken ähnelten sich fast bis ins Detail. Lediglich der Ausdruck auf den Gesichtern war anders. Es erinnerte Keira an die lachende und die weinende Maske, die das Theater repräsentierte, nur wirkten diese Gesichter, als blickten sie in den Abgrund der tiefsten Hölle.

Sophia trat an die erste Maske.

Die Augen blickten nach oben, der Ausdruck wirkte verwirrt und verloren. Der Gegenstand an der Kette war ein Dolch.

»Ud-davá – Die Welt des Vergessens«, sagte Sophia und ging weiter zur zweiten Maske. Dieses Gesicht war verzerrt in schlimmster Agonie, der Gegenstand an der Kette war ein Ring: »Sá-Aché – Die Welt des Schmerzes.«

Das nächste Gesicht trug als Gegenstand ein Amulett. Es hatte die Augen fest geschlossen und den Mund in Schrecken geöffnet: »As-Malú – Die Welt der Dunkelheit.«

Und die letzte starrte mit leeren Augen ins Nichts und trug die Feder um den Hals: »Ká-Ajal – Die Welt des Todes.«

Keira ließ die Masken auf sich wirken, sah eine nach der anderen genau an.

»Durch die Macht der vier Welten werden die Gefängnismauern gespeist. Es war mein letzter Akt als Engel, bevor ich zum Mensch wurde.«

»Vergessen. Schmerz. Dunkelheit. Tod. Das klingt nicht nach etwas, das ein Engel erzeugen würde.«

»Sie sind finstere Magie, das stimmt, aber manchmal muss man in der Finsternis das Gute suchen. Das Vergessen kann ein Segen sein, der Schmerz die einzige Möglichkeit zu wissen, dass man noch am Leben ist, die Dunkelheit muss kommen, damit das Licht sie vertreiben wird, und der Tod, weil nach allem, was stirbt, ein Neuanfang beginnt. Sie sind in ihrer Einheit unzerstörbar. Die einzelnen Gegenstände sind ihre Anker in der echten Welt.«

»Das heißt, neben der Feder existieren auch der Dolch, der Ring und das Amulett.«

»So ist es. Jede Magie braucht einen Gegenpol. Ich musste etwas in der realen Welt hinterlassen, damit die vier Welten ihre Kraft entfalten konnten. Keine Magie dieser Erde kann sie beeinflussen. Zumindest dachte ich das, bis König David dieses Lied komponierte und alles in Gefahr brachte. Die Erschütterung war bis in den letzten Winkel der Erde zu spüren. David stammte aus meiner Blutlinie. Er war eines meiner Kinder, und er besaß eine besondere Gabe, die ich meinen Nachfahren vererbt hatte. Ich hätte vorausahnen müssen, dass diese Gabe die Gefängnismauern schwächen würde, doch das tat ich nicht. Ich war zu geblendet von meinen eigenen Fehlern.«

»Was meinst du?«

»Durch meine Güte wurde alles, gegen das ihr heute kämpft, erst ausgelöst. Ich habe geholfen, einem Kind das Leben zu schenken. Einem Kind, das nie hätte geboren werden dürfen.«

»Jaydee.«

»So ist es.«

»Joshua hatte nie daran geglaubt, dass er existiert.«

»Er hatte sich geirrt.«

»Also hat Lilija ihn gar nicht erschaffen, sondern du?«

»Nein«, antwortete Sophia. »Sie ist seine Schöpferin, aber ich habe sie erst auf die Idee gebracht.«

»Ich verstehe es nicht«, sagte Keira.

»Es ist schwer zu erklären. Ich vermute, ich muss es dir zeigen.«

»Okay«, sagte sie zögerlich. Es war nicht die Herausforderung, die sie scheute, doch ihr war schon so viel in den Archiven passiert.

»Es wird nicht schlimm«, sagte Sophia. »Leg deine Hände in meine.«

Keira trat vor sie und gehorchte. Ein warmes Prickeln floss ihren Arm hinauf, als sie den Engel berührte. Es war ein angenehmes, überaus wohliges Gefühl.

Sophie strich mit den Daumen über Keiras Haut. Ein leichter Sog entstand an der Stelle. Das Gefühl war ähnlich, als sie den Kranich aus dem Kästchen erweckt hatte und er sie aus der Antarktis teleportierte.

»Komm in meinen Geist, Keira Bennett. Siehe, was ich getan habe ...«

Der Sog wurde stärker, Keira schnappte nach Luft, als würde sie plötzlich unter Wasser gedrückt. Sie wehrte sich erst dagegen, doch dann durchfloss sie unendliche Güte. Und Mitgefühl. Sie wurde zu Sophia: dem Engel des Mitleids und der Gnade ...

15. Kapitel

Jaydee

Als wir nach Arizona zurückkehrten, war der Jäger zufrieden.

Vorerst.

Der Ausflug war ein voller Erfolg gewesen. Wir waren nach Shanghai geritten, weil dort noch Nacht gewesen war. Eigentlich nicht unser Jagdgebiet, doch es kümmerte uns ausnahmsweise nicht.

Wie erwartet, hatte es nicht lange gedauert, bis wir die richtigen Ecken gefunden hatten, in denen sich Schattendämonen herumtrieben. Erst hatte ich die Befürchtung, dass ich eingerostet sein könnte, doch als ich den ersten Hieb ansetzte, den Jäger von seinen Ketten ließ und in seiner Energie schwelgte, war alles dagewesen.

Ich hatte ihm freien Lauf gewährt, mich darauf verlassen, dass Akil ein Auge auf mich halten und zurückholen würde.

Er hatte mich nicht enttäuscht.

Keine Ahnung, wie viele Dämonen ich in den Tod gerissen hatte, aber es mussten viele gewesen sein. Meine Kleidung war vollgesogen mit schwarzem, stinkenden Blut. Es war bis auf meine Haut gesickert und hatte meine Haare verklebt. Es störte mich nicht. Ganz im Gegenteil. Der Tod klebte an mir, und ich genoss es.

Blut. Und Zerstörung. Genau das bin ich.

Meine Worte an Jess heute Nacht. Ich hatte sie so gemeint. Diese dunkle Seite war ein Teil von mir, und oft hatte ich keine Ahnung, wo die Grenze zwischen Gut und Böse verschwamm. Vielleicht gab es keine.

»Alles klar?«, fragte Akil.

Ich nickte.

»Fühlst du dich besser?«

Ich nickte erneut. Mehr als das! Ich fühlte mich frei. Und lebendig. Als wäre ich eben in meinem ganz eigenen Element gewesen.

Akil tankte sich bei der Erde auf, Anna bei der Luft, Will beim Feuer – und ich? Ich hob eine Hand, betrachtete die schwarz-getrockneten Blutkrusten und wünschte, sie wären rot. Menschlich statt dämonisch. Ich wollte mehr. Ich brauchte mehr.

Ich bin Lilijas Geschöpf. Ich bringe die Zerstörung. Ich bin die Zerstörung. Das hier ist mein Element.

»Jay?«

Ich blickte herum. Wir standen vor dem Stallgebäude.

»Was?«

»Mir scheint, als hätte dich dieser kleine Ausflug eher aus dem Gleichgewicht geworfen.«

»Wie kommst du darauf?«

»Weil ich dir zweimal gesagt habe, dass du reingehen sollst und ich die Pferde versorge.«

Hatte er? Verflucht.

»Okay.« Ich stieg ab und atmete durch. Es tat gut, festen Boden unter den Füßen zu spüren.

»Sicher, dass alles klar ist?«

»Ja.« Nein. »Ich habe ... ich habe zwei Tage nicht geschlafen. War wohl alles etwas viel.« Akil war nicht mehr darauf eingegangen, was wirklich mit Mikael passiert war und ob Ralf die Kirche damals in Brand gesetzt hatte. Töten konnte ich den Drecksack dafür nicht mehr, das hatte Will bereits übernommen. Also hatte ich meinen Zorn auf andere Weise kanalisiert, aber ich fühlte noch immer das Brodeln unter der Oberfläche. Es war nicht genug. Vielleicht war es das nie.

»Gut, dann gehst du jetzt unter die Dusche und ins Bett.«

»Jawohl, Mutter.«

Akil grinste und stieg ebenfalls ab. Ich sah Richtung Trainingshalle. Jess sollte dort sein und üben.

»Und ich meine übrigens: allein ins Bett«, sagte Akil. »Ihr braucht mal 'ne Pause zwischendurch, auch wenn deine Hormone lieber was anderes tun würden.«

Bedauerlicherweise hatte er recht. Ich würde keine Ruhe finden, wenn ich mit Jess zusammen war, und neben ihr einschlafen konnte ich auch nicht. »Wir sollten uns das Lager von Auguste noch ansehen.« Ich unterdrückte ein Gähnen.

»Ja. Genau. Am besten steigen wir gleich wieder auf. Ich binde dich am Sattel fest, falls du zwischendurch einnicken solltest.«

»Idiot.«

»Geh schlafen«, sagte Akil dicht neben mir. »Ich kann dich auch gewaltsam ins Bett bringen, wobei ich lieber drauf verzichten würde. Heizt nur die Gerüchteküche an.«

»Na schön.« Ich überließ ihm die Zügel von Amir.

»So ist's brav. Wenn ich dich zudecken soll, sag Bescheid.«

Ich gab ihm einen Klaps auf die Schulter, drehte um und trottete zum Haus.

Mein Körper stand unter Spannung, gleichzeitig spürte ich die Erschöpfung. Ich hatte nicht geschlafen, wenig gegessen und mehr über mich erfahren als in den letzten fünfundzwanzig Jahren zusammen. Mein Kopf wusste nicht mehr, wie er mit all diesen Informationen umgehen sollte.

Ich erreichte das Haus und lief zum seitlichen statt zum Haupteingang. So konnte ich abkürzen und schleppte nicht den ganzen Dreck durch die Flure. Den gleichen Weg hatte ich damals gewählt, als ich zum ersten Mal Jess begegnet war. Sie war oben am Fenster im Flur gestanden und hatte mich beobachtet.

Und dann hatte ich sie fast tot geprügelt.

Unfassbar, was seither geschehen war ...

Ich war noch fünf Meter von der Tür entfernt, als ich es roch.

Blut.

Ziemlich viel Blut.

Ich blieb stehen, drehte mich in die Richtung, nahm die Witterung auf und war plötzlich wieder hellwach.

Unter den Metallduft mischte sich ein anderer. Einer, den ich schon die ganze Zeit über vermisst hatte.

Mandarine.

Anna.

Sofort rannte ich los und folgte ihrer Spur. Sie führte weg vom Haus, in den hinteren Teil des Gartens, wo die Palmen dichter wuchsen. Der Boden war übersät mit Ästen, alten Blättern, Dreck. Da Will noch nicht die gesamte Kontrolle über das Anwesen erlangt hatte, verwilderten manche Ecken. Ich suchte mir einen Weg durch das Gestrüpp und fand sie schließlich.

Anna lag auf der Seite, in ihrer Hand hielt sie ein Kurzschwert, die Bluse hatte sie sich aufgerissen, ihre gesamte Vorderseite war blutgetränkt.

»Anna!« Ich rannte zu ihr, ließ mich neben sie sinken und berührte ihre Stirn. Sie atmete, ihr Puls war schwach. »Verflucht noch mal, was hast du denn getan?«

Ich nahm ihr das Messer ab. Es war aus Titanium. Eine verfluchte Titaniumwaffe! Hätte Anna ihr Herz durchbohrt, wäre es aus gewesen. Vorsichtig drehte ich sie auf den Rücken. Sie keuchte, kam jedoch nicht zu sich. Sie war komplett entblößt, die alte Narbe mit dem Buchstaben A zwischen ihren Brüsten blutete heftig. Ich zückte meinen Dolch aus dem Stiefel, schnitt ein weiteres Stück Stoff von ihrem Kleid ab und drückte es auf die Wunde.

Anna stöhnte, schlug halbherzig nach mir.

»Ich bin es, schon gut.« Keine Ahnung, ob sie mich überhaupt erkannte. Wenn sie in einem Flashback hing, war es gut möglich, dass sie mich als Gefahr wahrnahm. Normalerweise wurden bei Anna die Flashbacks durch Angst ausgelöst, und ich half ihr, indem ich genau diese Angst aus ihr herauszog.

Ich griff an ihre Wange, versuchte, ihre Emotionen aufzunehmen, auch wenn ich wusste, dass es dank der Tattoos unmöglich war. Meine Empathie war lahmgelegt. In diesem Fall eher ein Fluch denn ein Segen.

Vorsichtig schob ich die Arme unter Annas zierlichen Körper und hob sie hoch. Sie kam zu sich, blinzelte und blickte mich an.

»Ganz ruhig.«

Doch sie hörte mich nicht, ich sah es in ihren Augen, die so voller Angst und Entsetzen waren, dass es mir das Herz zusammenschnürte. Auf einmal schrie sie wie von Sinnen und schlug auf mich ein. Ich musste sie zurück auf den Boden legen, die Wunde zwischen ihren Brüsten blutete heftiger. Mit Nachdruck fixierte ich ihre Arme neben ihrem Körper.

»Anna!«

»Hör auf!«, brüllte sie. »Lass mich in Ruhe!«

Scheiße!

Ich blickte mich um, lauschte, ob Akil das Geschrei eventuell hören würde. Anna trat mit den Beinen, versuchte, mich zu beißen, wehrte sich unter mir aus Leibeskräften. Wenn ich sie losließ und sie noch mal auf die Füße käme, wäre sie weg. Niemand holte sie ein, wenn sie erst einmal Fahrt aufgenommen hatte.

Ich zog ihre Hände nach vorne, versuchte sie so gut es ging festzuhalten. Sie trat mich gegen die Seite. Zwei Rippen brachen. Ich keuchte, lockerte meinen Griff für Sekunden. Anna wollte aufspringen, ich riss sie auf die Erde und pinnte sie keuchend in den Boden. Meine Rippen heilten.

»Das tut mir echt leid, Anna.« Aber so ging es nicht. Ich holte aus und schlug ihr seitlich auf den Hals.

Sie verlor sofort das Bewusstsein.

Es schmerzte mich, sie so zu behandeln, lieber würde ich mir noch hundertmal die Rippen brechen lassen, aber sie war im Moment eine Gefahr für sich selbst. Wir mussten ihr helfen.

Ich zog meinen Gürtel aus der Jeans und band ihre Hände vor ihrem Körper zusammen. Sollte sie früher als gedacht wach werden, konnte sie wenigstens nicht viel ausrichten. Wieder hob ich sie auf die Arme. Sie war so leicht wie nie zuvor. Als würde der Kummer sie auffressen und nichts von ihr übrig lassen. »Was machst du nur?«, fragte ich sie, aber erhielt natürlich keine Antwort.

Ich drückte sie an mich und eilte zur Bibliothek. Dort hatten wir Heilsirup aufbewahrt, das einzige, was richtig gegen Titaniumverletzungen half.

Während des ganzen Weges machte ich mir selbst Vorwürfe. Ich hätte früher nach ihr sehen sollen, ihr beistehen, irgendetwas tun müssen!

Aber wie? Sie hatte mich nicht sehen wollen, und je mehr sich jemand Anna aufzwang, umso mehr schottete sie sich ab. Verflucht, ich konnte sie verstehen. Ich war genauso! Akil hatte es damals am eigenen Leib zu spüren bekommen, als er versuchte, mir zu helfen und ich ihn zum Dank mit seinem Dolch aufspießte.

Endlich erreichte ich das Gebäude. Ich drückte die Klinke mit dem Ellbogen und schob die Tür auf. Der Geruch nach Feuer empfing mich. Will war hier, ich roch es sofort.

»Will!«

»Hier hinten.«

»Komm sofort her, Anna ist verletzt!«

Ich hörte ihn aus einem der Seitengänge zu mir rennen.

»Was?«, rief er. »Was ist passiert?«

»Ich habe sie im Garten gefunden, sie hat sich eine alte Narbe aufgeritzt. Wir brauchen Heilsirup!«

Wills Kohleduft hüllte mich ein, machte mich kurz benommen. In der Bibliothek war es warm. Ein Feuer brannte im Kamin, wie immer, wenn er arbeitete.

»Leg sie auf die Couch«, sagte er.

Ich gehorchte, bettete sie ganz vorsichtig auf die Kissen.

»Warum ist sie gefesselt?«

»Weil sie um sich geschlagen hat und ich sie irgendwie festhalten musste.«

»Du hast ...«

Wenn ich ihm noch sagte, dass ich sie ausgeknockt hatte, würde er ganz ausflippen. Bei Anna verstand Will keinen Spaß.

»Ich hatte keine Wahl.«

Will zischte, löste den Gürtel um Annas Handgelenke und griff nach ihren Fingern.

Ich machte ihm Platz, damit er näher bei ihr war, auch wenn ich ihn am liebsten weg von ihr gezerrt hätte. Aber dazu hatte ich kein Recht. Ich rannte weiter zu einem der Schränke auf der Seite und riss das untere Fach auf. Die Flaschen mit Heilsirup waren ins oberste Regal eingeordnet. Kleine Tonkrüge mit einem Korkverschluss. Ich griff einen heraus und eilte zurück. Unterwegs nahm ich eine Decke von der anderen Couch. »Hier«, sagte ich zu Will.

Er griff danach und bedeckte Annas nackte Brust.

Ich reichte Will die Flasche, er entkorkte sie sofort und setzte sie an Annas Lippen. Erst wollte sie nicht trinken, doch schließlich gelang es ihm, ihr ein paar Schlucke einzuflößen.

Ich strich mir durchs Gesicht, lief hin und her. »Sie ist nur noch Haut und Knochen.«

»Sie isst schlecht«, sagte Will.

»Wie kannst du das zulassen?«

»Soll ich sie zwangsernähren? Was stellst du dir denn vor, Herrgott!«

Auf Gott fluchte er nur, wenn er richtig sauer war.

Will gab ihr einen weiteren Schluck. »Wir tun für sie, was wir können. Die letzten vier Monate waren hart, aber nicht so ...« Er blickte zu ihr, schüttelte den Kopf, drückte ihre Finger fester.

»Sie war tief in ihrem Flashback«, sagte ich etwas leiser. »Hatte völlig die Orientierung verloren.«

Will strich ihr eine schmutzige Strähne aus dem Gesicht. Ihr blondes Haar war verkrustet mit Dreck und Blut. Es war ein Elend, sie so zu sehen.

Anna keuchte. Ihre Hände bebten, ihre Augenlider flatterten. Sie kam langsam zu sich.

»Anna«, sagte Will vorsichtig.

»Wo bin ich?«

»In der Bibliothek. Bei uns. Du bist zu Hause.«

»Zu Hause ...?«

»Ja.«

Sie blickte sich um, sah zu Will und dann zu mir. Ihre Augen weiteten sich, das helle Blau bohrte sich in mein Herz.

»Hey«, sagte ich leise.

»Jaydee«, keuchte sie. Ich wusste nicht, was ich tun sollte, was sie von mir erwartete oder verlangte, also blieb ich einfach stehen und sah sie an.

Zögerlich streckte sie mir eine Hand entgegen. Eine Einladung.

Will verstand sofort. Er stand wortlos auf und ließ mich zu ihr. Es war die Hölle für ihn, mich und Anna zusammenzuerleben, und ich verstand ihn. Besser, als ihm klar war.

Ich setzte mich zu Anna auf die Couch, sie stemmte sich ins Sitzen und keuchte vor Schmerzen.

»Mach langsam«, sagte ich, doch sie dachte nicht daran. Sie beugte sich nach vorne, schlang die Arme um meinen Nacken und zog sich an mich. Ich legte eine Hand zwischen ihre Schulterblätter, spürte durch den dünnen Stoff ihr knöchriges Rückgrat.

»Es tut mir so leid«, hauchte sie gegen meine Haare. »Ich wollte das nicht.«

»Ich weiß.«

Etwas Feuchtes rann meinen Hals hinab, sie schluchzte, drückte sich fester an mich. Ihr Körper wurde von leisem Wimmern gepackt.

»Ich falle«, sagte sie. »Es gibt nichts, was ich dagegen tun kann.«

»Wir lassen dich nicht mehr fallen.« Sie durfte auf keinen Fall alleine bleiben.

»Ich habe dich so vermisst«, flüsterte sie in mein Ohr. »Aber ich konnte nicht anders.«

Sollte ich ansprechen, dass sich zwischen uns nichts ändern würde, nur weil ich mit Jess zusammen war? Zum ersten Mal hatte ich keine Ahnung, was Anna fühlte, und es irritierte mich zutiefst.

Langsam löste ich mich von ihr, nahm ihr Gesicht in meine Hände und wischte die Tränen mit den Daumen weg. Sie griff nach der Decke vor ihrem Körper, hielt sie an Ort und Stelle.

»Ich bring dich auf dein Zimmer, dann kannst du dich umziehen.« Und das ganze Blut wegwischen. »Vielleicht kann Jess dir dabei helfen.«

Anna zuckte zusammen, als sie ihren Namen hörte. Sie packte mich an der Schulter. »Jess ...«

»Was?«

»Und Kendra!« Annas Herz schlug schneller, ihre Augen weiteten sich. »Großer Gott ... ich habe ... ich habe ...« Sie starrte mich an. Pures Entsetzen lag in ihrem Blick. Es ging mir durch und durch.

»Was ist los?«, fragte ich.

»Ich habe ... Jaydee! Ich glaube, ich habe sie verletzt! Beide!«

»Was?!«

»Ich ... ich weiß es nicht mehr. Aber sie war da gewesen, und ich hatte das Kurzschwert geholt. Sie hat sich gewehrt! In der Trainingshalle! Ich ... ich dachte, ich wäre im Keller bei uns im Schloss.«

So rasch war ich noch nie in meinem Leben auf den Beinen gewesen. Ich stürmte zur Bibliothek hinaus. Will drehte sich nach mir um.

»Kümmer dich um Anna!«, schrie ich ihm zu und rannte weiter. Als ich den Kiesweg erreichte, sah ich, wie Akil gerade Richtung Haus lief.

»Dort geht es nicht ins Bett, Jay!«

»Jess ist verletzt!«, brüllte ich und rannte weiter. Akil folgte, ohne zu zögern.

Seine Schritte verhallten hinter mir. Er war schnell, verglichen mit einem Menschen, für mich noch immer zu langsam.

Lange vor ihm erreichte ich die Trainingshalle, riss die erste Tür auf, wartete nicht auf den Druckausgleich und öffnete die zweite Tür.

Den Duft, der mich empfing, hätte ich am liebsten ausgeblendet.

Blut. Schon wieder Blut. Nicht nur von Jess. Mittlerweile kannte ich ihren Geruch in- und auswendig.

Mir schnürte es die Kehle zusammen, ich wollte Jess rufen, konnte es nicht.

Der Boden schwankte unter meinen Füßen. Wie im Wahn folgte ich der Duftspur, blind und orientierungslos rannte ich durch das Wäldchen, sprang über Hindernisse, die wir aufgebaut hatten, kämpfte mich durch.

»Jess!«, brachte ich endlich über die Lippen.

Ein Husten als Antwort. Ich bog um einen Felsen und sah sie.

Kendra.

Sie lag auf der Seite in einer Blutlache und presste sich die Hände gegen den Bauch.

Ich eilte zu ihr und ließ mich neben ihr nieder. »Hey.«

»Jaydee«, murmelte sie.

»Wo ist Jess?«

»Ich weiß nicht. Sie war vorhin noch dagewesen.«

Ich griff nach ihrer Hand, die sie auf den Bauch gedrückt hielt. Das Blut war überall. »Halt durch. Akil ist gleich da.«

Ich musste Jess finden! Kendra war verletzt, aber sie konnte nicht daran sterben.

»Das war Anna ...«

»Ich weiß. Sie hing in einem Flashback. Rede nicht so viel. Ich bringe dir Sirup.« Ich sprang auf die Beine und fokussierte meine Sinne. Wegen des Blutes war es mir unmöglich, eine genaue Spur herauszulesen, die Düfte hatten sich zu sehr vermischt.

»Scheiße!«

»Jay!«, rief Akil.

»Hier!«

Ich rannte weiter, ohne auf ihn zu achten. Mir war übel, ich konnte mich kaum noch bewegen, doch ich zwang meine Beine vorwärts. Wie in Trance irrte ich durch die Trainingshalle, blähte meine Nasenflügel, versuchte ihren Duft zu erhaschen.

Wenn ihr etwas zugestoßen war ...

Wenn Anna sie ernsthaft verletzt hatte ...

Wenn ich ...

Ich schüttelte die Gedanken ab. Zwang meinen Geist, sich zu fokussieren.

Wie konnte ich nur so dumm sein zu glauben, sie wäre auf dem Anwesen sicher?

Wie konnte ich sie alleine lassen?

Ich hätte es nie ...

»Jaydee«, hörte ich sie auf einmal von links.

Sofort drehte ich herum, das war aus dem Wäldchen gekommen.

Binnen Sekunden war ich bei ihr. Sie kauerte an einem Baum und hielt sich das Bein. Zwischen ihren Fingern rann Blut hindurch. Ich kniete mich neben sie. Jess stöhnte vor Schmerzen. Meine Kehle war so trocken wie noch nie. »Akil kommt gleich. Er wird dich heilen, hörst du?«

»Anna ... ihr müsst euch um Anna ...«

»Sei still.« Ich drehte herum und schrie nach Akil. Er sollte meiner Stimme folgen können.

Jess zitterte, sie war eiskalt, wobei das auch am Schock liegen konnte. »Sie hat mich niedergeschlagen, Kendra hat mir geholfen, ich bin zu mir gekommen und wollte Heilsirup für sie holen.«

»Wo genau bist du verletzt?«

»Am Bein und hier.« Sie zeigte auf ihre Seite.

Ich tastete vorsichtig ihren Oberkörper ab, sie schrie, als ich ihre Rippen streifte.

Aus Verzweiflung legte ich eine Hand auf ihre Stirn, versuchte, ihr meine Heilenergie zu schicken, auch wenn es sinnlos war.

»Anna war in einem Flashback ...«

»Ich weiß, sei still.«

»Sie konnte nichts dafür.«

Ich schluckte den Zorn hinunter. Zum allerersten Mal, seit ich Anna kannte, empfand ich Wut auf sie. Wenn sie Jess statt Kendra mit dem Schwert erwischt hätte ... verflucht, ich durfte nicht einmal darüber nachdenken.

»Sei nicht böse auf sie«, stammelte Jess.

»Ich bin gleich böse auf dich, wenn du nicht sofort deine Klappe hältst.« Ich drehte mich noch mal um. »Akil! Verflucht!«

»Ich komme!«, rief er von weiter hinten.

Ich hielt Jess und drückte meine Hand fester auf ihre Stirn. Akil hatte mal zu mir gesagt, dass zum Heilen eine große Portion Liebe und Hingabe nötig war. Ich besaß beides für diese Frau. Und tatsächlich fühlte ich ganz leicht ein Kribbeln, aber mehr passierte nicht. »Ich wünschte, ich könnte dich heilen.«

»Okay, bin da. Lass mich«, sagte Akil. Er setzte sich hinter Jess, ich wich zurück. Sofort lag seine Hand auf ihrer Stirn. Sie gab ein wohliges Seufzen von sich und lehnte sich gegen ihn.

Ich nahm ihre Hand, küsste ihre Finger. Sie schmeckten nach ihrem Blut. Nichts, was ich öfter kosten musste, und dennoch spürte ich ganz tief in mir drin einen Hauch Befriedigung. Dem Jäger gefiel es. Er mochte es, wenn sie Schmerzen hatte, wenn sie litt, wenn sie blutete. Ginge es nach ihm, würde ich meine Finger in die Wunde bohren und sie vergrößern.

Ich musste wegsehen, kurz die Augen schließen. Verdammt,

was war ich für ein Mensch, wenn ich immer noch solche Dinge über die Frau dachte, die ich liebte?

Kein Mensch, ein Monster. Lilijas Geschöpf.

Ich zwang die Gedanken hinunter, konzentrierte mich darauf, Jess zu spüren, ihre Liebe für mich wahrzunehmen, mich an das zu erinnern, was wir teilten.

Akil keuchte leise. Der Schweiß stand ihm auf der Stirn. Die Heilung kostete ihn viel Kraft.

Ich sah ihn fragend an. Er wischte sich die Nase an der Schulter ab, ein dünner Blutfaden rann hinab. Seine Arme zitterten, sein Herz schlug viel zu schnell.

»Akil ...«

»Ich habe es, keine Bange.«

Ich hielt Jess' Hand fest und sah den beiden zu.

Mehr konnte ich nicht tun.

16. Kapitel

Keira fühlte eine warme Brise auf ihrer Haut. Es roch nach Sand und Freiheit, nach der unendlichen Weite eines wolkenlosen Tages. Sie blickte an sich hinab. Ihr Körper hatte sich verändert. Ihre Haut war heller, ihre Haare waren länger. Sie strahlten weiß, glitzerten, als wären die Sterne selbst darin gefangen.

Das bin nicht ich.

Du bist in mir, antwortete Sophia. *Hab keine Angst. Ich habe die Eindrücke für dich heruntergeschraubt. Es ist zu überwältigend, das Leben durch einen Engel zu spüren.*

Das glaubte Keira sofort. Sie hatte nur einen Hauch von Sophias Stärke berührt, als sie die Macht des Kranichs angerufen hatte.

Entspann dich, flüsterte Sophia.

Genau das tat sie und wurde selbst zu dem Engel ...

»Bitte, bitte, lieber Gott, liebes Universum, liebes was auch immer die Macht über das Leben hat! Hilf mir! Ich ertrage diese Existenz keinen Tag länger.«

Die Stimme klang jung und flehentlich. Die Worte erschütterten Sophia bis tief ins Mark. Es kam nicht oft vor, dass die Menschen mit so viel Inbrunst und Leidenschaft beteten. Meistens verklangen ihre Bitten in den unendlichen Weiten des Raums, doch diese war so eindringlich, dass Sophia keine andere Wahl hatte. Sie musste der jungen Frau folgen. Sie musste wissen, wer so verzweifelt die Mächte des Lebens anrief.

Sophias nackte Füße berührten die Erde, ihr Umhang flatterte um ihren Körper. Es war ein sonniger Tag mitten in der Wüste, die Luft flirrte in der Ferne über dem Sand, keine Wolke stand am Himmel, aber Sophia spürte weder Wärme noch Kälte.

Vor ihr kniete eine junge Frau. Sie hatte leuchtend rote Haare, in die sie kleine Perlen und Knochen geflochten hatte. Ihre Kleidung war schlicht. Ein Gewand aus dunkel gegerbtem Leder. Schuhe trug sie keine.

Als sie Sophia erblickte, schreckte sie hoch und machte einen Satz nach hinten. »Was ... was bist du?«

»Ich bin Sophia, der Engel des Mitleids und der Gnade. Du hast meine Aufmerksamkeit erregt.«

»Ich habe ...« Die junge Frau blickte sich panisch um. »Das ist ... ich glaube nicht, dass ich das ... Du bist ein Engel?«

»Und du kein Mensch«, sagte Sophia und trat näher. Die Frau hatte eine außergewöhnliche Aura. Sie leuchtete in den schillerndsten Blautönen. Voller Stärke. Voller Energie. Voller Leidenschaft. Kein Wunder, dass Sophia auf ihre Gebete hören musste. Sie waren mächtig. »Wie heißt du?«

»Lilija. Ich bin eine Seelenwächterin.«

»Seelenwächter.« Sophia lauschte in sich hinein, suchte in ihrem Inneren nach dem Wissen über diese Kreaturen. Es dauerte nicht lange, bis sie die Antwort erhielt. Alles war verbunden. Das Universum, die Magie; nichts blieb verborgen. »Ihr wurdet erschaffen, um die Dämonen des Schattens in den Griff zu bekommen, die sich an den Menschen laben, und ihr tragt die Macht der vier Elemente.«

»Ja. Ich bin eine von Vieren. Wir sind die Ersten, wir sollen unter den Menschen Anwärter finden, die sich uns anschließen, aber ich kann es nicht.«

»Du gehörst dem Element Wasser. Ich sehe deine Entstehung, deine Fähigkeiten, deine Aufgaben, genau wie die der anderen drei. Feuer. Erde. Luft. Ihr seid gute Geschöpfe. Kraftvoll. Schön. Stolz.«

»Ich hasse es!«, brüllte Lilija so laut, dass Sophia zusammenzuckte. »Das alles! Ich kann nicht ... diese Emotionen um mich herum. Jeder erschlägt mich mit seinen Gefühlen. Ich will nichts davon! Gar nichts!« Lilija legte die Arme um sich und schluchzte.

»Sie überrollen mich, ihre Angst, ihr Hass, selbst ihre Liebe ist zu viel. Ich bin verloren.«

Sophia ging langsam näher. Die Frau hob die Hand, als wollte sie den Engel bitten, auf Abstand zu bleiben.

»Du bist nicht verloren. Du bist nur nicht mehr Teil eines Ganzen. Die Seele, die einst komplett war, ist nun zerbrochen. Du brauchst Zeit, dich daran zu gewöhnen.«

»Ich habe nicht danach gefragt, so zu sein. Ich wurde einfach …« Ihre Hände gruben sich in ihre Haut. »Ich wurde einfach zerrissen. Wie soll ich den Menschen oder sonst wem helfen, wenn ich unfähig bin zu handeln?«

»Indem du dir deine Macht zunutze machst. Die Erde heilt, das Feuer erschafft neue Wege, die Luft bringt das Vergessen, das Wasser tröstet.« Sophia blickte Lilija fest in die grünen Augen. Sie waren ein See aus Unergründlichkeit und Tiefe. In der Frau vor ihr schlummerte viel Potenzial. Sie musste es nur wecken. »Du musst den Menschen ihre Furcht nehmen, dazu wurdest du erschaffen. Sie brauchen deine Liebe. Sie brauchen Vertrauen.«

Lilijas Züge verhärteten sich. »Liebe. Vertrauen. Trost. Wenn es nur so wäre! Alles was die Menschen fühlen, sind Angst und Hass. Sie bohren sich bis in meine Eingeweide. Ich spüre sie in mir drinnen, als wären sie meine eigenen. Ihre Furcht lähmt mich, genauso wie sie die Menschen lähmt. Ihr Zorn frisst mich innerlich auf. Wie soll ich das ertragen? Sag es mir bitte, denn ich weiß nicht, wie es geht.«

Sophias Herz zog sich vor Kummer zusammen. Lilija war jung. Sie war überfordert mit ihrer neuen Existenz. Womöglich war es ein Fehler von Damia gewesen, ihre Seele zu spalten. Vielleicht waren die einzelnen Anteile tatsächlich verloren.

Lilija sah Sophia an. Eine Träne löste sich aus ihren Augen und kullerte über ihre Wange. Sie wischte sie energisch weg und schnaubte. »Du kannst mir genauso wenig helfen.« Sie wandte sich ab und wollte gehen.

»Bleib«, sagte Sophia.

Lilija hielt an und drehte sich um. Sie wirkte erstaunt, als hätte sie nicht vorgehabt, auf Sophia zu hören.

»Du hast mich gerufen, ich werde dir helfen. Ich muss.« So stand es geschrieben. So musste es sein. Wer es schaffte, Sophias Mitleid zu erregen, durfte ihre Hilfe in Anspruch nehmen. Sie konnte nicht eher gehen, bis sie Lilija einen Teil ihres Schmerzes genommen hatte. »Komm näher.«

Lilija gehorchte, wenn auch etwas zögerlicher dieses Mal.

»Hab keine Angst.«

»Angst ist aber alles, was noch von mir übrig geblieben ist.«

Sophia streckte ihre Hände aus. Lilija betrachtete sie, als wären es Waffen, die sich bei der ersten Berührung in ihr Herz bohrten und ihr unsägliche Qualen brachten.

»Meine Gefühle werden dich nicht überfordern, vertrau mir«, sagte Sophia. »Du darfst mich berühren.«

Zögerlich griff Lilija nach dem Engel. Sophia atmete tief ein. Lilijas Verzweiflung machte sie benommen und klammerte sich um ihre eigene Seele. So viel Schmerz. So viel Kummer. Und ja, auch so viel Angst.

Lilija hatte recht. Es war zu viel für ein einzelnes Wesen. Zu viel für ein Herz.

»Mein armes Kind.«

»Ich ... ich spüre dich nicht«, sagte Lilija. »Deine Gefühle sind nicht da.«

»Sie sind da, ich halte sie nur vor dir verborgen.«

Lilija seufzte erleichtert. »Das ist ... das ist das erste Mal, dass mich jemand ...«

»Festhält?«

»Ja«, hauchte sie und umschlang plötzlich Sophia mit all ihrer Kraft.

Wie konnte das nur sein? Wie konnte jemand ohne Zuneigung, ohne menschliche Wärme überleben? Dieses Kind suchte die

Nähe, so wie es jede Seele tat. Sie fürchtete sich vor dem Alleinsein, vor der Einsamkeit, und sie durfte nicht länger ausgeschlossen werden.

Sophia wusste nun, was zu tun war. Sie legte die Arme fester um Lilija. »Ab heute sollst du dich nicht mehr von den Gefühlen der anderen bestimmen lassen. Ich schenke dem Element Wasser die Fähigkeit, Emotionen bewusst wahrzunehmen und zu steuern. Ab heute und für alle Zeit soll es selbst entscheiden dürfen, was es fühlen will. So sei es, für alle Seelenwächter, die nach dir kommen.« Sophia legte die Hand auf Lilijas Kopf. Ein Lichtblitz erhellte die Umgebung, noch greller als die Sonne es je könnte.

Im nächsten Moment fand Keira sich in der Dunkelheit wieder. In ihrem eigenen Körper. Vor ihr stand Sophia.

Keira musste tief durchatmen, als hätte sie die ganze Zeit über die Luft angehalten. »Du hast dem Element Wasser die Fähigkeit verliehen, Gefühle abzuschirmen.«

»Und somit allen Wächtern, die nach ihr kamen. Niemand musste mehr unter der Empathie leiden. Sobald die neuen Wächter geboren wurden, konnten sie lernen, die Emotionen zu steuern.«

»Was war mit den anderen drei Seelenwächtern? Wie kamen sie zurecht?«

»Besser, zumindest soweit ich das beurteilen konnte. Ilai Malachai war ein Meister der Magie. Der Ruhepol, in dem dennoch das Feuer loderte. Nadira Moréo war die Luft. Eine federleichte Gestalt, mit einem wachen Geist. Und Jason Salvorian die Erde.«

»Warum haben sie Lilija nicht geholfen? Wenn sie so viel besser mit ihren Fähigkeiten klarkamen, hätten sie sie doch unterstützen können.«

»Was hätten sie tun sollen? Die anderen Elemente können nicht über das Wasser bestimmen. Lilija musste selbst einen Weg finden.«

»Das hat sie dank dir.«

»Nur hatte ich keine Ahnung, was mein Geschenk auslösen würde. Ich habe das erschaffen, was sie später wurde: eine gnadenlose Jägerin, die skrupellos ihre Ziele verfolgte und keine Rücksicht auf Opfer nahm. Warum auch? Sie konnte ihre Gefühle nach Gutdünken ab- oder anschalten. Mein Geschenk hatte eine Saat in Lilija hinterlassen. Sie wurde besser, stärker, gefährlicher als jeder andere Seelenwächter. Sie beherrschte ihr Element wie niemand sonst, und sie wollte mehr. Viel mehr. Sie wollte auch die anderen Elemente bezwingen.«

»Und deshalb erschuf sie Jaydee.«

»Er sollte ihr Werkzeug sein«, sagte Sophia. »Sie musste ihn nur großziehen und seine Kräfte entfalten. Dadurch hätte sie die absolute Macht über die Gemeinschaft der Seelenwächter erlangt.«

»Sie wäre die Königin geworden.«

»Es war mein Fehler gewesen«, redete Sophia weiter. »Weil ich ihr gezeigt hatte, dass ein Element zu beherrschen war. Ohne mich wäre sie nie auf diese Idee gekommen.«

»Aber das konntest du doch nicht wissen«, sagte Keira. »Du hast ihr geholfen, weil es in deiner Natur lag. Sie allein ist für ihre Taten verantwortlich. Niemand konnte dir einen Vorwurf daraus machen.«

»Doch das haben sie getan. Den anderen Seelenwächtern blieb nicht verborgen, wie sich Lilija veränderte. Sie fanden Spuren meiner Magie und wussten, dass ein Engel in das Leben eingegriffen hatte. Ilai Malachai rief mich in jener Nacht in der Wüste, als Jaydee geboren wurde. Er hatte den Auftrag erhalten, das Kind zu töten, aber er konnte es nicht. Ilai wollte, dass ich es erledigte, doch Engel sind nicht erschaffen worden, um zu töten, und ich hätte es auch nicht getan, wenn es anders gewesen wäre. Du hättest den Jungen sehen sollen. Ruhig und unschuldig lag er da und beobachtete uns, während wir über sein Leben entschieden. Er hat nicht einmal geweint.«

»Vermutlich hat er gespürt, dass ihr es nicht tun konntet.«

»Vielleicht. Wir beschlossen, ihn zu verstecken, damit er außerhalb von Lilijas Reichweite blieb, bis wir eine Lösung gefunden hatten.«

Keira schüttelte es. Sie fühlte die Macht dieser Geschichte, die Tragweite von Sophias Handlungen.

»Ilai und ich hatten geschworen, dass wir das Geheimnis um ihn mit ins Grab nehmen würden, falls nötig. Und so bin ich mit ihm durch die Zeit gereist. Mir erschien es sinnvoll, ihn in die Zukunft zu bringen. Ich befragte die Sterne, wann und wo der sicherste Ort für ihn war und legte ihn an der Schwelle der Kirche ab. Bei einem Mann, dessen Herz von Liebe erfüllt war. Bei Mikael Stevens. Er sollte den Jungen wie seinen eigenen großziehen. Doch das Schicksal hatte in jener Nacht nicht nur Pläne für uns drei. Es wurde noch jemand Viertes involviert.«

Sophia streckte die Hand aus, Keira verstand.

Sie ergriff Sophias Finger und ließ sich ein weiteres Mal in ihren Körper und in die Geschichte hineinziehen.

17. Kapitel

Anna zog die Beine an und nippte ein weiteres Mal am Heilsirup. Ihre Brust schmerzte höllisch, doch langsam stellte sich die lindernde Wirkung des Gebräus ein. Sie war selbst daran schuld. Wunden durch Titaniumwaffen waren wie pures Gift für die Seelenwächter.

»Wie lange sind sie schon weg?«

»Etwa eine halbe Stunde«, antwortete Will. Er saß auf dem Sofa gegenüber und beobachtete sie besorgt.

»Was dauert denn so lange?« Anna wollte aufstehen, doch der Schmerz schickte sie sofort zurück in die Kissen.

Will sprang auf. »Mach langsam! Die Wunde ist tief.«

Anna atmete ein und biss sich auf die Lippen. Sie presste die Hand auf die Brust, wartete, bis der Schmerz nachließ. So gerne würde sie zu den anderen gehen und nach Jess und Kendra sehen. Wenn sie einem der beiden ernsthaft geschadet hatte, würde sie sich das nie verzeihen!

Dumm! Sie war so dumm gewesen! Sie hatte einfach blind um sich gestochen, geglaubt, dass Kendra eine Hexe wäre ...

»Was habe ich nur getan?« Anna schlug die Hände vors Gesicht und schluchzte stumm.

»Du warst nicht du selbst.« Sie spürte, wie sich die Kissen senkten, als sich Will hinter sie setzte.

»Ich wollte das nicht.«

»Ich weiß.« Er strich ihr sanft über den Rücken. Anna zuckte aus Reflex zusammen, sofort nahm er die Hand weg.

»Hör nicht auf«, sagte sie leise.

Seine Hand kehrte zurück. Warm und tröstend und stark. Er strich ihr durch die Haare, schob ihr eine Strähne hinters Ohr. »Das kann so nicht weitergehen, Anna. Du hättest dich fast umgebracht.«

»Ich ... ich wollte das nicht«, wiederholte sie. Und es stimmte.

Sie wollte nicht sterben, sie liebte ihr Leben, aber in letzter Zeit war es, als würden Ketten sie am Boden halten. »Kannst du nachsehen, was mit den beiden ist?«

»Ich lasse dich nicht alleine. Akil ist dort. Er wird ihnen helfen.«

»Falls ich sie nicht ...«

»Sht ... du hast niemanden umgebracht.«

»Wie kannst du dir so sicher sein?«

»Weil ich es spüre. Der Tod kann nicht über dieses Anwesen kommen, ohne dass ich davon weiß.«

»Das erfindest du.«

»Nein. Seit ich mit allem verbunden bin, fühle ich so vieles. Ich spüre die Seelen, die hier leben, die Natur ringsum, die einzelnen Kraftplätze der Elemente. Das Anwesen lebt, und es atmet mit mir im Einklang. Heute ist hier niemand gestorben, glaube mir.«

»Dann hast du auch mich ... fühlst du uns auch?«

»Nicht so, dass ich sagen könnte, wie es euch geht. Noch nicht, zumindest. Vielleicht kommt das, wenn ich mehr von Ilais Macht absorbiert habe.« Er ließ eine Strähne zwischen seine Finger gleiten. »Und falls ja, wird so etwas wie heute nicht noch einmal passieren.«

Anna seufzte.

»Was ist los mit dir?«, fragte er. »Warum werden die Flashbacks so schlimm?«

»Ich weiß es nicht.«

»Liegt es an Jaydee? Weil er weg war, oder weil er mit Jess zusammen ist?«

Sie zuckte mit den Schultern.

»Rede bitte mit mir.«

»Wenn ich es wüsste, würde ich es dir sagen, aber da ist nur Leere in mir drinnen. Ich ... ich habe keine Ahnung, wo ich hingehöre.«

»Du gehörst hierher! In diese Familie. Du gehörst zu mir.«

Anna schluckte bei seinen Worten. Sie wollte so gerne zu ihm gehören, wollte *ihm* ganz gehören, aber wie sollte sie das je schaffen?

»Ich will dir helfen«, sagte er leise. »Wir alle. Wir lieben dich.« Er nahm seine Hand weg. Anna drehte den Kopf und sah ihn an.

»Ich liebe dich«, schob er nach.

»Ich weiß«, hauchte sie und blinzelte, als sich eine Träne löste.

Will strich sie mit dem Daumen weg, Anna ließ es zu, drehte ihr Gesicht in seine Hand. Er fühlte sich so angenehm tröstend an. Genau das war Feuer. Anna sackte gegen seine Brust. Er fing sie auf, umarmte sie mit seiner Wärme, als würde er einen Schutzmantel um sie legen.

»Du hast so viel Geduld mit mir«, sagte sie.

»Natürlich habe ich das.« Er rieb seine Nase an ihren Haaren, atmete ihren Duft ein. »Bitte, tu mir das nicht noch mal an.«

»Ich wünschte, ich könnte es dir versprechen, aber die Flashbacks kontrollieren mich, nicht umgekehrt. Ich bin eine Gefahr. Für alle.«

Will umschloss sie fester, achtete darauf, dass er keinen Druck auf ihre Wunde ausübte. Es pochte dennoch schmerzhaft.

»Ich habe ...« Anna schluckte. Sie wusste nicht, ob sie es sagen sollte, aber sie wollte es auch nicht verheimlichen. »Ich habe meine Kräfte missbraucht.«

»Wie meinst du das?«

»Ich habe Kendra und Aidens Erinnerungen manipuliert und sie glauben lassen, dass ich heute Nacht bei ihnen gewesen bin.«

Will hielt die Luft an. »Wo warst du stattdessen?«

»Auf dem Berg. Bei meinem Element.«

»Warum ...?«

»Weil ich mich nicht erklären wollte. Eure ständige Sorge um mich ... es wurde mir zu viel. Ich hatte Angst, dass ihr mich noch mehr bemuttern würdet, wenn ihr erfahrt, wie oft ich da oben bin. Wie viel Erholung ich brauche.«

»Anna ...«

»Es tut mir leid.«

»Schon gut.«

Aber das war es nicht. Anna war vollkommen klar, dass er das nur sagte, weil er sie nicht aufregen wollte. »Gestern auch. Als ... als Akil aus der Isolationskammer zurückkehrte und ihr alle bei den Tests mit Jaydee wart. Da hat er nach mir gerufen.«

»Das hatte er erzählt, ja.«

»Und ich bin vor ihm geflohen. Ich war in einem Flashback und konnte mich nicht aufhalten.«

»Hast du dich da auch verletzt?«

Sie nickte. »Ich habe mir die Füße wundgerannt und danach Heilsirup getrunken, damit ihr es nicht mitbekommt. Akil hat mich am Abend noch getroffen, und ich habe ihm weisgemacht, dass es mir gut ginge. Er hat mir geglaubt. Er musste.«

»Weil du nachgeholfen hast.«

»Ja.« Sie fuhr mit ihren blutverkrusteten Fingern über seine Hand. »Ich bin eine scheußliche Person.«

»Das bist du ganz sicher nicht, aber du darfst das nicht mehr machen. Hörst du?«

Sie nickte traurig. Es war ihr klar, dass es falsch und verboten war und Will es eigentlich melden musste. Sie drehte sich zu ihm um und unterdrückte einen Schmerzenslaut. Hoffentlich heilte die Wunde bald.

»Was?«, sagte er und blickte sie fragend an.

Anna schaute ihm in die Augen. Golden und sanft ruhten sie auf ihr. Wills Atem streifte ihre Haut, er öffnete leicht den Mund, als wollte er etwas sagen. Sie glitt mit ihren Fingern über seine raue Haut am Kinn, hoch zu seinen Lippen. Einmal hatte sie ihn geküsst. In der Karibik. Es war kurz und keusch gewesen, aber es hatte ihr gefallen.

Will wartete ab. Er würde nie den ersten Schritt wagen, dessen war sie sich sicher.

»Hältst du mich bitte fest?«, fragte sie leise.

»Für immer, wenn ich darf.«

Sie drehte sich zur Seite, schmiegte sich an ihn. »Du bist sicher, dass mit den anderen alles gut ist?«

»Ja. Ich spüre keine Aufregung. Die beiden haben es im Griff.«

Anna atmete erleichtert aus und hoffte, dass Will ihr das nicht einfach so erzählte. Am liebsten würde sie nachsehen, aber sie konnte sich kaum bewegen, geschweige denn aufstehen.

Ihr blieb nur, abzuwarten und Zeit zu überbrücken. »Erzähl mir eine Geschichte. Wie früher.«

Als Akil sie halb tot geprügelt aus dem Schweinestall gezogen und geheilt hatte, war Will bei ihr am Bett gesessen. Er hatte ihr Märchen vorgelesen. Immer mit einem Happy End, immer Geschichten voller Freude und Liebe und Hoffnung. Vielleicht war es eher etwas für Kinder gewesen, aber Wills Stimme hatte sie damals beruhigt und ihr Mut verliehen. Sie war nicht alleine. Da waren Menschen bei ihr gewesen, die ihr helfen wollten.

Immer noch.

»Es war einmal, vor sehr langer Zeit, in einem Dorf in England, eine junge Frau, die sich nichts sehnlicher wünschte, als die Welt zu bereisen ...«, fing er an.

Anna drückte ihre Wange gegen seine Brust, spürte das sanfte Vibrieren seiner Stimme und seine Finger, die zärtlich durch ihr Haar strichen. Sie lauschte seinen Worten, immer wieder kullerten die Tränen hinab, durchweichten Wills Shirt. Es störte ihn nicht. So wie ihn nie etwas an ihr störte. Ein dicker Kloß drückte sich in ihre Kehle. Sie wollte ihn. Sie wollte seine Liebe. Sie brauchte seine Liebe. Aber sie konnte sie nicht erwidern.

»Hab bitte Geduld mit mir«, flüsterte sie, benommen vor Angst, es könnte eines Tages anders sein.

Er drückte sie fester an sich. »Die habe ich, Anna. Die habe ich.«

18. Kapitel

So, kleiner Mann, du hast es überstanden«, flüsterte Sophia und drückte das Bündel Mensch an sich. Der Junge gluckste und sah sie mit seinen silber-grauen Augen an. Nicht einmal die Reise durch die Zeit hatte ihn beunruhigt. »Du bist so tapfer.«

Sophia blickte sich um. Es war Nacht, der Mond hing satt und voll über den Baumwipfeln. Es war angenehm warm, das Gras roch frisch, die Blumen dufteten. Sie hatte eine gute Jahreszeit gewählt. Die Kirche reckte sich majestätisch und prachtvoll gegen den Himmel. Sophia spürte die Energie im Inneren, die Liebe, die in den Wänden hauste. Ihre Sinne verrieten ihr zudem, dass vier Seelen im Gebäude waren. Zwei im hinteren Bereich, die anderen beiden im Kirchenschiff. Sie erkannte sofort die Seele von Pfarrer Stevens. Sie war markant, strahlend und so stark, dass Sophia ihn durch die Zeit hindurch gespürt hatte. Ein leuchtender Stern unter einer Million von anderen. Das Schicksal hatte entschieden, und Sophia hatte sich davon leiten lassen, so wie sie es immer tat.

Sie strich dem Jungen über die Wange und fegte die Eiskristalle weg, die sich gebildet hatten. Der Kleine nieste einmal kräftig.

»Du bist ein außergewöhnlicher junger Mann.« Zärtlich drückte sie ihm einen Kuss auf die Stirn, aber als ihre Lippen seine Haut berührten, ließ sie ihn fast fallen.

Ein greller Schmerz schoss durch Sophias Kopf. Sie sah Bilder von Zerstörung, von Tod. Menschen rannten schreiend umher, der Himmel blutete und spuckte Feuer, die Erde bebte, das Wasser kochte. Die Welt versank in Qualen. Häuser waren eingestürzt, Passanten suchten Schutz vor herunterfallenden Trümmern.

Sophia sank mit ihnen.

Tiefer und tiefer und tiefer wurde sie in eine Welt gezogen, in der das Chaos regierte. Sie navigierte durch die Zerstörung und fand schließlich ihn. Er stand in der Mitte eines großen Platzes. Komplett in schwarz gekleidet, mit einer Aura so mächtig, als wäre er selbst vom Himmel herabgestiegen. Er verharrte ruhig, behielt die Menge im Blick und freute sich an den Schmerzen um ihn herum. Seine Augen glänzten in einem durchdringenden Silber. Voller Boshaftigkeit. Voller Gier. Sie fanden Sophias Blick. Er grinste sie an.

»Das ist erst der Anfang«, flüsterte er. Eine junge Frau trat hinter ihn und legte die Hand auf seine Schulter. Sie hatte leuchtend rote Haare und grüne Augen.

»Und ob es das ist«, sagte Lilija.

Der Mann breitete seine Arme aus. Ein greller Lichtblitz entstand und schickte eine Energiewelle von unsagbarer Kraft in die Welt hinaus. Eine Kraft, die alles Leben vernichten würde.

Sophia schrie erstickt und atmete tief ein. Das Plärren des Jungen lenkte sie zurück in die Gegenwart.

»Bei allen heiligen Mächten«, sagte sie und drückte ihn an sich. Die Macht in dem Kleinen war stark. Viel zu stark. Sophia spürte sie bis in jede ihrer Zellen. Dieses Baby trug die Energie der vier Elemente in sich. Sobald sie ausbrach, würde es ihn zerreißen.

Der Kleine schrie lauter. Sophia wiegte ihn in ihren Armen, aber er wollte sich nicht beruhigen.

»Nicht doch. Sht«, flüsterte sie. »Wir finden eine Lösung. Es muss nicht soweit kommen.« Die Zukunft war kein festgeschriebenes Ereignis. Sie war zu beeinflussen. Sophia musste nur herausfinden, wie. Der Junge steigerte sich heftiger in seine Unruhe. Sophia ging ein paar Schritte, klopfte ihn sachte, sprach beruhigend auf ihn ein.

Jemand kam auf sie zu. Sie spürte die beiden Seelen im Inneren der Kirche. Sie mussten den Kleinen gehört haben.

Sie hielt an und blickte zu dem Baby hinunter. Dicke Tränen kullerten über seine Wangen, seine Hände hatten sich zu Fäusten geballt. Sie griff an die Kette mit dem Jadeanhänger, den sie von Ilai hatte.

»Binde ihm den Stein um … Es ist ein Bruchstück des Gefängnisses sei-

ner Herrin.« Ilai hatte ihr die Jade mitgegeben, im Vertrauen, dass sie mit ihrer Energie den Jungen halten konnte. Doch während Sophia den Kleinen auf den Armen wiegte, wurde ihr klar, dass das nicht genügen würde. Er war stark. Sie musste mehr tun. Sie musste ihm helfen. Er brauchte einen Gegenpol, der die Unruhe in ihm ausgleichen konnte. Seine Seele brauchte einen Anker.

Vorsichtig bettete sie ihn auf den weichen Boden und legte eine Hand auf sein Herz. Es pochte wie wild, noch immer weinte der Kleine, seine Wangen waren gerötet.

Sophia blendete die Schreie des Jungen aus und konzentrierte sich. »Hiermit dämme ich deine Kräfte. Sie sollen verschlossen bleiben und sich erst mit deinem Erwachsenwerden entfalten. Eine Fähigkeit nach der anderen. Nicht mehr.«

»Hallo?«, rief eine dunkle und weiche Männerstimme.

Die Seitentür der Kirche glitt auf. Sophia blickte herum.

»Ist jemand da?«, fragte der Mann erneut. Er trug dunkle Hosen und einen Pullover darüber. Seine Haare fielen in braunen Wellen auf seine Schultern.

Pfarrer Stevens. Sophia erkannte seine Seele sofort.

Dicht hinter ihm lief eine Frau mit langen braunen Haaren und einem müden Gesichtsausdruck. Auch ihre Seele schillerte hell und vor allen Dingen sehr vertraut. Sophia fixierte sie, überlegte, woher sie diese Frau kannte.

»Beim heiligen Vater!« Sofort rannte der Pfarrer zu dem Jungen und hob ihn auf. »Wo kommst du denn her?«

Sophia trat zurück. Die meisten Menschen konnten sie nicht sehen, dazu fehlte ihnen der Weitblick.

»Ein Baby!«, rief die Frau hinter ihm und schob sich an ihm vorbei. Als sie Sophia nahekam, fühlte sie einen warmen Schauer durch sich hindurchlaufen. Die Frau blieb stehen und blickte dem Engel in die Augen. Manchmal gab es Ausnahmen.

»Cassandra«, sagte der Pfarrer und lenkte die Aufmerksamkeit der Frau zurück.

»Ja.« Sie schüttelte sich. »Wie geht es ihm?«

»Er ist eiskalt, aber er scheint fit zu sein. Kannst du nachsehen, ob noch jemand da ist?«

»Natürlich.«

Cassandra rannte zur Vorderseite der Kirche und verschwand um eine Ecke. Sophia trat neben den Pfarrer und sah auf den Jungen. Er giggelte leise. Die Aufregung von eben schien vergessen. Auch der Pfarrer ging ein paar Schritte um die Kirche herum und rief in die Dunkelheit.

Er würde keine Antwort erhalten.

Cassandra kehrte zurück, sah erneut Sophia an, als würde sie den Engel wahrnehmen.

»Keine Spur«, sagte sie.

»Hier auch nicht«, antwortete der Pfarrer. »Wir müssen die Polizei verständigen.«

»Und einen Arzt rufen.«

»Ja. Würde es dir etwas ausmachen, noch zu ...?«

»Nein. Ich bleibe gerne.«

Mikael nickte ihr dankend zu und wandte sich um. Cassandra wollte ihm nach, streifte dabei versehentlich Sophia.

Beide hielten die Luft an.

»Was ist das?«, fragte Cassandra.

Der Pfarrer hielt inne. »Was meinst du?«

»Ich ... hier.« Sie strich über ihren Arm, schüttelte sich. »Es ist total albern, aber mir war eben, als hätte mich jemand berührt.«

Auch Sophia fühlte den Kontakt zu Cassandra. Diese Frau war ihr vertraut wie ihr eigenes Blut. Wie war das möglich?

»Ich ... ich glaube, hier ist jemand«, flüsterte Cassandra.

Mikael blickte auf. »Wo?«

»Ich weiß es nicht.«

Sophia hob die Hand und hielt sie in ein paar Zentimetern Abstand vor das Gesicht der jungen Frau.

Da war definitiv eine Vertrautheit, und dieses Mal konnte Sophia sie auch benennen. »Du stammst aus meinem Blut.«

Cassandra hielt die Luft an, zitterte. Mikael starrte in die Dunkelheit und rief noch einmal in die Nacht hinaus.

Sophia konnte es nicht fassen: Diese Frau ihr gegenüber war ihre Nachfahrin. Ein Engel würde Kinder bekommen. Das Unmögliche wurde wahr. »Meine Güte ...«

Sophia glitt mit ihrer Hand tiefer, bis sie auf Höhe von Cassandras Bauch ruhte. »Du bist die Lösung!« Cassandra bot den Anker, den der Junge brauchte. Er würde in ihr heranwachsen, im Leibe dieser Frau. Endlich wusste Sophia, was zu tun war. Sie legte die Hand auf Cassandras Unterleib.

Die junge Frau japste. Mikael kehrte sofort zurück zu ihr, doch Sophia ließ sich nicht beirren.

»Du gehörst in meine Blutlinie, du bist meine Nachfahrin. Ich schenke meinen Kindern die Gabe der Liebe. Sie soll sich über Generationen hinweg weitervererben, bis sie in deinem Leib zur Vollendung kommt. Im Alter von fünfundzwanzig Jahren wird der Junge seinem Schicksal begegnen und sein Herz verlieren«, sprach Sophia leise. »Sei gesegnet, Cassandra Harris, und auch deine Tochter, die du in sieben Jahren auf die Welt bringen wirst. Sie wird der Schlüssel zu allem sein.«

Cassandra presste ihre Finger gegen ihren Unterleib.

»Brauchst du einen Arzt?«, fragte der Pfarrer.

»Ich fühle nur ein ... ein Ziehen.« Sie massierte ihren Bauch.

Mikael trat neben sie, schaukelte nebenbei den Jungen, der mittlerweile völlig entspannt war. »Wir gehen sofort rein.«

»Vermutlich ist es nichts Schlimmes. Frauenleiden oder so.«

»Trotzdem«, sagte der Pfarrer. »Komm.« Er führte sie behutsam nach drinnen, während er mit dem anderen Arm das Kind sicher hielt. »Auguste soll dir einen Tee machen. Das ist alles zu viel Aufregung.«

Cassandra folgte Mikael zurück in die Kirche.

»Wie heißt du denn, mh?«, fragte der Pfarrer den Jungen und schloss langsam die Tür.

»Jaydee«, rief Sophia ihnen nach. »Nenne ihn Jaydee.«

Ein greller Lichtblitz entstand, Keira schüttelte es, als sie wieder Herrin über ihren eigenen Körper wurde. Sie brauchte einige Augenblicke, bis sie das eben Gesehene verdaut hatte. Die Bilder der Zerstörung wirkten lange in ihr nach. Sie hatte Sophias Gefühle aufgenommen, die Verzweiflung, den Kummer.

Keira schüttelte die Arme aus, atmete ein paar Mal tief durch, bevor sie weitersprechen konnte. »Du hast deine eigene Nachfahrin getroffen ...«

»So ist es.«

»Hast du ... hast du ihr Jess geschenkt?«

Sophia lachte. »Du meinst wie bei Maria? Die göttliche Empfängnis?«

Keira nickte. Sie kam sich albern vor, das zu fragen, aber sie musste es einfach wissen.

»Nein, das habe ich nicht. Cassandra hat ihre Tochter auf ganz natürlichem Wege empfangen, aber ich habe meine Energie in ihr hinterlassen.«

Keira verdaute die Informationen nacheinander. »Okay, hab ich das richtig verstanden: Du hast Jaydees Macht gezügelt, damit ihn nicht alles sofort überrollt? Seine Fähigkeiten stellen sich erst mit der Zeit ein, aber wenn sie vollständig ausbrechen, wird er das Chaos über die Welt bringen?«

»Ich habe seine Entwicklung gebremst, ja.«

»Und Jess ist quasi ein Anker.«

»So ist es. Ich habe ihr die Macht der Liebe geschenkt. Eine Gabe, die sich in Form der Musik ausgedrückt hat. Sie war in König David vorhanden, sie wird auch in ihr vorhanden sein, wenn es soweit ist.«

Keira hatte Jess noch nicht musizieren gehört, aber sie hatten dafür ja auch keine Gelegenheit gehabt. »Das ist so unglaublich.«

»Nachdem ich Jaydee abgeliefert hatte, kehrte ich zurück zu Ilai. Gemeinsam erschufen wir die vier Welten und sperrten Lilija darin ein. Ich gab mein Blut und meine letzte Macht für diesen Zauber. Die vier Gegenstände sind alles, was noch geblieben ist.«

»Das Amulett, der Dolch, der Ring, die Feder.«

»In ihnen fließt alle Magie, die ich einst besaß.«

»Und sie schaden Jaydee.«

»Sie schwächen ihn. Seine Seele ist noch immer mit Lilija verbunden, so lange sie eingesperrt ist, bleibt auch ein Teil von ihm eingesperrt.«

»Das heißt, er kann seine volle Macht gar nicht entfalten, solange sie verbannt ist?«

»Unterschätze nicht die Kraft der vier Elemente, Keira. Sie werden sich in ihm hocharbeiten und freikämpfen. Nur die Nachfahrin kann ihn endgültig von Lilija lösen.«

»Wie?«

»Folge der Prophezeiung.«

»Du meinst die in den Büchern?«

»Ja.«

»Sie ist nicht mehr vollständig.« Ein Teil davon hatte gefehlt. Joshua hatte sie ihr gezeigt.

Sophia verzog das Gesicht. »Das ist nicht gut.«

»Die Bücher sind alt.« Keira erinnerte sich gut daran, wie sie in ihnen geblättert hatte. Manche Seiten waren verschwunden. »Kannst du mir nicht sagen, wie sie lautete?«

»Nein. Die Prophezeiung wurde von Leander nach meinem Tod verfasst.«

Keira rotierte ihren Nacken. Ihr gesamter Körper kribbelte vor Anspannung. »Also schön, dann müssen wir es anders herausfinden.« Immerhin war es ihr Job. »Aber wir brauchen auf alle Fälle die vier Gegenstände, richtig?«

Sophia nickte.

»Und nur die Feder ist hier?«

Wieder ein Nicken.

»Kannst du sie mir mitgeben?«

»Wenn du bereit bist, dafür zu zahlen, ja.«

Natürlich. Alles hatte seinen Preis. »Was muss ich tun?«

»Du wirst einen Teil deiner Seelenenergie zurücklassen und die Archive damit speisen.«

»Und ... was heißt das genau?«

»Du hast es schon einmal getan.« Sophia deutete auf ihre weiße Strähne.

»Ich werde weiß werden?«

»Es tut mir leid.«

Keira rümpfte die Nase. Sie liebte ihre Haare, das musste sie zugeben, aber was hatte sie für eine Wahl? Sie atmete durch und setzte ein künstliches Lächeln auf. »Na ja, grau ist im Moment ja voll im Trend.« Oder so ähnlich. »Kannst du mir sagen, wo die anderen Gegenstände sind?«

»Leider nicht. Ich bin nicht mehr mit der menschlichen Welt verwurzelt.«

»Zum Glück sind verlorene Artefakte mein Spezialgebeit. Wie bekomme ich die Feder?«

»Halte die Handflächen nach oben«, sagte Sophia.

Keira gehorchte.

»Und nun rufe die Macht der Urmutter Sophia, formuliere deinen Wunsch und nimm, was dir zusteht.«

Keira atmete tief durch, sammelte sich und schloss die Augen. »Ich rufe die Macht der Urmutter Sophia, gib mir die Feder von Ká-Ajal und bringe mich zurück nach Hause.« Ihre Arbeit hier war erledigt. Keira wusste alles, was sie wissen sollte.

Ihre Handflächen bitzelten, als hätte sie in Brause gegriffen. Ein kalter Schauer lief durch sie hindurch, die Macht Sophias schoss in ihre Adern. Keira fühlte sie bis zur letzten Körperzelle.

Sie griff nach der Energie eines Engels, nach der Energie der Schöpfung. Ihr eigenes Wesen wurde kleiner und kleiner, während ihre Kräfte wuchsen.

»Sei gesegnet, Keira Bennett«, hörte sie Sophia noch sagen. Dann wurde alles um sie herum hell, ein Vogel schrie in der Ferne. Der Kranich womöglich. Der Boden löste sich unter ihren Füßen auf, sie fiel, ohne zu stürzen, wurde gefangen, getragen, gehalten.

Etwas zog an ihrer Seele, nahm einen Teil ihrer selbst. Keira spürte ein Prickeln auf ihrer Kopfhaut und wusste, dass sich ihre Haare veränderten. Etwas Weiches streifte ihre Hand. Die Feder. Keira schloss sie fest ein, gab sich der Energie hin und kehrte zurück nach Hause.

19. Kapitel

Jessamine

Der Schmerz pochte in meinem Bein nach. Akils Hand lag noch immer auf meiner Stirn, sendete mir Heilenergie, so wohltuend und herrlich, dass ich am liebsten den ganzen Tag darin gebadet hätte.

Ich schlug die Augen auf und stöhnte leise. Das Erste, was ich sah, waren silber-graue Augen, die mich besorgt anblickten.

»Jaydee«, stammelte ich.

»Bleib liegen«, antwortete er.

Okay. Nichts leichter als das. Ich nahm Akils angenehme Energie auf, die sich in meinem gesamten Körper ausbreitete. Es fühlte sich an, als würde ich mit Wärme aufgefüllt. Sie sammelte sich in meinem Bauch, sank tiefer bis zu meiner Verletzung und entzog den Schmerz von der Stelle. Die Wunde kribbelte, als sie sich langsam zusammenfügte. Mit jedem Atemzug fühlte ich mich freier und leichter.

Jaydee beobachtete uns, biss hart die Kiefer aufeinander. Sein Blick war eine Mischung aus Unruhe und ... Zorn.

Er war stinksauer.

Auf Anna, vermutete ich.

»Sie kann nichts dafür«, sagte ich. »Sie war wie von Sinnen, als sie auf uns losgegangen ist.«

Jaydee schnaubte als Antwort. Er tastete nach meinem Bein und drückte es sanft.

»Tut gar nicht mehr weh«, sagte ich, wobei das nicht ganz stimmte. Normalerweise heilte alles binnen Sekunden unter Akils Händen, doch dieses Mal blieb ein Restschmerz.

»Versuche mal aufzustehen«, sagte Akil und ließ mich los. Ich schraubte mich nach oben, Jaydee half mir.

Leider konnte ich das Zischen nicht unterdrücken, als ich das Bein belastete.

»Ja, ich sehe, dass es nicht mehr weh tut«, sagte er und legte einen Arm um meine Taille.

»Sorry, ich bekomme es nicht besser hin«, antwortete Akil und stand ebenfalls auf. Er schwankte ziemlich und musste sich an einem Baum abstützen.

»Du musst zu deinem Element«, sagte Jaydee.

Akil nickte. »Ich schau noch mal nach Kendra. Ich habe ihr Heilsirup gebracht, aber vielleicht muss sie auch zu ihrem Kraftplatz. Dann kann ich ihr gleich den Weg zeigen.«

»Ohne sie wäre das anders ausgegangen«, sagte ich. »Kendra hat Anna abgewehrt. Sie hat mich gerettet.« Von nun an würde sie wohl noch unerträglicher werden.

Akil stieß sich von dem Baum ab. Noch immer schwankte er.

»Bist du sicher, dass es geht?«, fragte Jaydee.

»Ja. Kümmer du dich um Jess. Die Beinwunde ist noch nicht ganz verheilt.« Er blickte zu mir. »Du solltest es die nächsten Tage nicht so stark belasten.«

»Okay.«

»Bis morgen«, sagte Akil und torkelte los.

Ich blieb mit Jaydee zurück.

Mich fröstelte, meine Klamotten waren kalt und verschwitzt, die Wunde an meinem Bein pulsierte. Ich drückte mich enger an ihn, versuchte, mich an seinem Körper zu wärmen. »Wir müssen Anna Bescheid geben, dass es uns gut geht. Sie macht sich bestimmt Sorgen um uns.«

»Vermutlich.«

»Du bist immer noch stinksauer.«

»Und das, obwohl ich der letzte bin, der ein Recht dazu hat.«

Weil er mich schon viel schlimmer verletzt hatte. Weil er seine Monster genauso wenig kontrollieren konnte wie sie die ihren.

Ich schlang meine Arme um seine Mitte, klammerte mich an ihn, weil ich gar nicht genug von ihm spüren konnte.

Gewalt und Blut. Das war es, was mich bei den Seelenwächtern erwartete, das war ihre Welt, und sie würde mich jeden Tag erneut an meine Grenzen treiben.

»Können wir bitte zurück ins Haus?«, fragte ich. Auf einmal war ich müde. Sämtliche Energie schien aus mir herauszufließen und irgendwo im Raum zu verpuffen.

Jaydee antwortete nicht, er bückte sich und hob mich auf seine Arme. Ich japste vor Schreck.

»Ich kann laufen«, sagte ich.

»Du sollst dein Bein schonen.« Er drehte um und verließ mit mir die Trainingshalle. Ich hätte protestiert, doch es fühlte sich wirklich schön an, von ihm getragen zu werden. Seine Arme hielten mich sicher, ich bettete meinen Kopf an seine Brust und lauschte seinen Herzschlägen.

Die letzten Sonnenstrahlen des Tages empfingen uns, als wir den Weg die Anhöhe hinaufliefen. Ich drehte mein Gesicht ins Licht. Gleichzeitig spürte ich ein komisches Kribbeln an meinem Hals. Ich kratzte über die Stelle.

»Alles klar?«

»Ja, mich juckt es nur. Vielleicht hat mich was gestochen.« Das Jucken ließ nicht nach, breitete sich in meinem Körper aus, als würden Ameisen unter meiner Haut entlangkriechen.

»Jess?«

»Vielleicht 'ne Allergie, das hatte ich vorgestern schon mal.« Als Akil bei mir vor dem Zimmer stand und mein Outfit bewunderte. »Liegt vermutlich an der Sonne.« Was schlecht wäre in der Wüste, doch darüber wollte ich mir gerade keine Gedanken machen. »Was ist eigentlich bei Auguste herausgekommen?«

»Das erzähle ich dir morgen, aber viel ist es nicht.«

»Inwiefern?«

Er schielte zu mir herunter. »Nuschle ich eigentlich? Ich erzähle es dir morgen.«

»Ich bin nur neugierig.«

»Ja, und ungeduldig.«

Ich zupfte einen verkrusteten Dreckklumpen von seinem Shirt. »Du hast gekämpft, oder?«

»Ich war mit Akil auf Dämonenjagd. Ich ... ich musste ...«

Das konnte ich verstehen. Jaydee hatte sich lange zurückgehalten, es hatte sich viel aufgestaut. Mir war es lieber, er ließ seine Energie bei so etwas raus, als dass er alles in sich hineinfraß. Außerdem war es sein Job, Dämonen zu erledigen.

»Hat Auguste etwas zu Zac gemeint? Hast du sie fragen können?«

Er grummelte. »Du wirst nicht aufgeben.«

Ich schüttelte den Kopf.

Wir erreichten das Haus, Jaydee drückte die Tür mit dem Ellbogen auf. Es kostete ihn nicht die geringste Mühe, mich zu tragen.

»Bekomme ich eine Antwort?«, fragte ich zaghaft.

»Sie kann sich nicht daran erinnern, dass er angerufen hat.«

»Oh.«

Er trug mich die Treppen hoch und bog nach links zu meinem Zimmer ab.

»Also hat sie es vergessen?«

»Nein.«

»Er hat mir doch gesagt, dass er mit ihr gesprochen hat.«

»Auguste ist nicht ... also, sie ist ziemlich fit im Kopf. Entgegen meiner Annahme. Wenn Zac sie angerufen hätte, wüsste sie es.«

»Okay. Moment. Du sagst, dass er gelogen hat?«

»Ich erkläre dir lediglich die Fakten.«

»Warum sollte er das denn tun?«

»Keine Ahnung.« Er stieß auch meine Tür auf und trug mich über die Schwelle.

»Das macht überhaupt keinen Sinn! Zac war total aufgeregt gewesen, weil er eine Spur für mich gefunden hatte.« Ich konnte mich noch genau an das Telefonat erinnern! Ich hatte in einer Seitengasse gesessen, damit wir in Ruhe reden konnten.

»Ich muss ihn fragen.«

»Nicht mehr heute.«

»Aber ...!«

»Nicht.Mehr.Heute! Du kannst sowieso nicht auf dem Anwesen telefonieren.«

»Also, wenn ich auf den östlichen Balkon gehe und mich ganz weit nach draußen lehne, funktioniert es.« Aber auch nur, wenn es windstill war und der Himmel klar. Dann hatte ich einen Balken Empfang. Manchmal.

Er sah zu mir. Mir war klar, dass diese Diskussion sinnlos war und wir Zac heute nicht mehr anrufen würden. »Kannst du mir wenigstens einen klitzekleinen Hinweis geben, was Auguste gesagt hat?«

Er seufzte. »Sie hat mir einen Schlüssel zu einer Lagerhalle gegeben. Dort sind alle Sachen aus ihrer Wohnung aufbewahrt. Aber sie meinte, dass die Unterlagen komplett verrußt seien. Ich weiß nicht, ob wir sie entziffern können. Wenn überhaupt, dann nur mit Hilfe eines Feuerwächters. Manchmal können sie Informationen aus Asche herausholen.«

Ich öffnete den Mund, um etwas zu erwidern.

»Morgen!«, fuhr er mir dazwischen. Er lief mit mir weiter zum Badezimmer.

»Was hast du denn vor?«

»Ist das nicht offensichtlich?«

Er stellte mich auf den warmen Fliesen ab und zog mir ohne zu zögern das Shirt aus.

»Ich ... ich bin total verschwitzt.« Und dreckig.

Jaydee griff an meinen Sport-Bh und öffnete ihn.

»Hast du gehört?«

»Meine Ohren funktionieren ganz großartig.«

»Können wir wenigstens kurz ...«

Sofort lag sein Finger auf meinen Lippen. »Wenn du weiter auf dem Thema herumreitest, werde ich dich knebeln. Der Tag war anstrengend. Für dich und für mich. Gönn uns beiden eine Pause.«

Seine Berührung schickte einen Kribbelblitz durch meinen Körper. Ich nickte zaghaft, und er nahm seinen Finger weg.

»Bist du gar nicht neugierig?«

»Doch, aber wir sollten uns auch Zeit füreinander nehmen. Solange wir können.«

Erst begriff ich nicht, was er meinte, doch dann wurde es mir klar: die Tattoos. Ich nahm sie schon als viel zu selbstverständlich wahr, aber das durfte ich nicht. Wir beide nicht. Immerhin konnten sie jede Sekunde verblassen, und dann wäre es vorbei mit unserer Zweisamkeit. Ich durfte gar nicht daran denken ... Ich strich ihm durch die Haare, die vom Dämonenblut verkrustet waren.

»Du hast recht.«

»Ich weiß.« Und schon kniete er vor mir und öffnete meine Schnürsenkel. Geschickt streifte er mir erst den einen, dann den anderen Schuh ab, ich beobachtete ihn dabei und musste schmunzeln. Das war fast wie in New York, kurz vor unserem ersten Kuss.

»Ich glaube, ich habe gerade ein Déjà-Vu«, sagte ich.

Jaydee blickte hoch und strich mit den Fingern meine Wade hoch. »Ich wäre damals fast verrückt geworden, weil ich dich nicht anfassen konnte.«

»Und ich, weil ich glaubte, dass meine Füße muffeln.«

Er hielt inne, starrte mich an. Ich musste lachen, er ebenfalls.

»Das ist mein Ernst«, sagte ich.

»Das glaub ich dir sofort, du machst dir über solche Dinge Gedanken.«

Vorsichtig griff er an den Saum meiner Hose und zog sie herunter. Ich zischte, als er die Wunde streifte, und blickte an mir hinab. Auf meinem Oberschenkel klaffte ein Schnitt, die Ränder waren zusammengewachsen. Es sah aus wie eine Wunde, bei der man frisch die Fäden gezogen hatte.

»Geht es?«, fragte Jaydee.

»Ja.«

Er stand auf, ging zur Dusche und drehte das Wasser auf. Wortlos streifte er sich ebenfalls die Klamotten vom Leib und drehte sich zu mir. Seine Augen glitten über meinen Körper, blieben an meinem verletzten Bein hängen. In seinem Gesicht las ich die Sorge um mich. Vermutlich versuchte er sich gerade von den Gedanken abzulenken, was heute hätte passieren können.

Wir durften beide nicht so viel grübeln.

Ich zog meinen Slip aus und lief zu ihm. Kaum war ich in seiner Nähe, griff er nach meiner Hand und drückte seine Lippen auf meine. Ich schlang die Arme um ihn, öffnete meinen Mund. Er stöhnte leise, manövrierte mich unter die Dusche, bis das heiße Wasser auf uns beide niederprasselte.

Es war ein schönes und sehr prickelndes Gefühl. Die Wärme von oben, Jaydees Wärme von vorne, seine Hände, die langsam meine Kurven nachstrichen. Er drückte mich gegen die Wand und sich selbst an mich. Seine Erregung presste sich zwischen meine Schenkel. Ich hatte keine Ahnung, was er vorhatte. Ohne Verhütung ging nach wie vor nichts bei uns. Irgendwann mussten wir daran etwas ändern. Er griff nach dem Duschgel, verteilte es auf seinen Händen und dann auf meinem Körper.

»Wir hätten in die Wanne gekonnt«, keuchte ich, als er sich langsam nach unten arbeitete.

»Ich hasse baden.«

Ich wollte noch fragen, warum, doch als er tiefer glitt, war ich nicht mehr dazu in der Lage.

Ich vergrub meine Hände in seine nassen Haare und lehnte den Kopf gegen die warme Wand.

Diese Verschnaufpause war doch nicht so übel ...

20. Kapitel

Sie taumelte einige Schritte und fing sich an der Couch ab. Keiras Beine fühlten sich an wie Wackelpudding. Ihr war übel von der Energie, die sie heraufbeschworen hatte, in ihrem Kopf tanzten die Bilder, wirr und ohne Zusammenhang.

Sie wusste noch nicht einmal, wie viel Zeit vergangen war.

»Grundgütiger«, stammelte A.J.

Keira hörte ein Glas zerspringen. Sie blickte herum. Er kam aus ihrer Küche, hatte sich Kaffee eingegossen, der sich mitsamt den Scherben auf den Fliesen ausbreitete. »Was ist mit dir passiert?«

Keira richtete sich auf, lief zu dem Spiegel neben der Tür und stockte. Ihre einst schwarzen Haare hatten sämtliche Pigmentierung verloren. Sie war schneeweiß. Gemischt mit ihrem dunklen Teint gab das einen heftigen Kontrast. Keira starrte sich selbst an, konnte nicht glauben, dass sie es war, die zurückblickte.

A.J. kam hinter sie. »Geht es dir gut?«

»Ja.« Nein. Sie wusste nicht genau, wie es ihr ging. »Kann ich ein Glas Wasser haben?«

»Natürlich.« Er rannte zurück zur Küche, während Keira zur Couch taumelte. Wie beim ersten Mal, als sie Sophias Macht gerufen hatte, fühlte sie sich benommen und schwindelig. Sie hatte etwas Göttliches berührt. Keira war ein Nichts gegen die Mächte, die da draußen wirkten. Ein winziges Zahnrad in dem Gefüge der Zeit.

Kraftlos ließ sie sich auf die Kissen plumpsen. Erst da fiel ihr auf, dass sie eine Hand zur Faust geballt hatte. Sie öffnete sie und entdeckte die Feder. Sophia hatte Wort gehalten und ihr den Gegenstand überlassen. Keira betrachtete sie genauer. Sie war stabil, der Schaft und die Federn bestanden aus einem glänzenden Metall, das dunkel schimmerte. Das hätte sie nicht erwartet, nachdem sie vorhin etwas Sanftes gestreift hatte.

»Du hast sie bekommen«, sagte A.J. und reichte ihr das Wasser.

Keira nickte. »Und dafür bezahlt.« In einem Zug leerte sie das Glas und verschluckte sich dabei.

»Darf ich mal sehen?«

Keira schloss die Feder instinktiv in ihre Faust. »Sie ist nicht das, was du denkst. Wir können nicht Jaydees Macht damit brechen.«

»Warum nicht?«

»Weil ...« Auf einmal verspürte sie den Drang, die Dinge für sich zu behalten. Sie hatte so viel gesehen, so viel erlebt, so viel gespürt. Keira war ein Teil der Sapier, das war ihr klar geworden. Wie ihr Vater gehörte sie zum Bund, das Blut der Jahrtausende floss durch ihre Adern. »Ich kann es dir nicht erklären.«

»Kannst du nicht, oder willst du nicht?«

»Es war viel auf einmal, lass mir etwas Zeit, es zu verdauen, okay?«

A.J. nickte missmutig. »Was war mit dem Engel?«, fragte er. »Der aus dem Reim.«

»Das war ... es war eine Illusion gewesen. Die Archive der Sapier sind ein großer Raum, eine Halle. Sie ist bis zur Decke gefüllt mit Papieren, in der Mitte steht eine Engelsskulptur, sie kniet auf der Erde und hebt die Hände in die Höhe. Ich nehme an, sie soll die Urmutter Sophia darstellen. Sie ... sie hielt die Feder in der Hand. Ich habe sie von ihr weggenommen und daraufhin weiße Haare bekommen.« Keira hatte keine Ahnung, ob A.J. ihr diese Lüge abkaufte, aber das war alles, was sie ihm bieten konnte. Er wäre sowieso nicht in der Lage, die Archive zu betreten, weil er kein Sapier war, und falls es ihm doch eines Tages gelingen sollte, könnte Keira ihre Lüge noch immer eingestehen.

Vorausgesetzt, er käme überhaupt an den Wächtern vorbei.

»Und woher weißt du dann, dass die Feder die Macht des Kindes nicht brechen kann?«

»Ich habe in einigen der Bücher gelesen, da stand es drin.«

»Mh, aber zu irgendetwas muss sie gut sein.«

Keira drehte sie zwischen ihren Fingern. Die Oberfläche glitzerte mit jeder Bewegung.

»Du hättest sie nicht mitbringen müssen, wenn sie nichts kann«, sagte A.J.

Keira griff noch einmal nach einer Strähne. *Na ja, Halle Berry hatte als Storm in X-Men auch weiße Haare ...* Keira hatte damals sogar überlegt, sich die Haare auch so zu färben.

Sie rieb sich durchs Gesicht und stand auf. »Können wir morgen weiterreden? Ich möchte gerne unter die Dusche und mich ausruhen. Dieser Trip war anstrengend.«

»Natürlich.« Er griff nach seiner Jacke, die er über einem Stuhl abgelegt hatte, und packte den Schädel ein.

»Du kannst ihn dalassen«, sagte Keira. Eigentlich standen ihr die Sachen sowieso zu, da sie nun die Letzte im Bunde war, zumindest soweit sie wusste. »Die Stimmgabel auch.«

»Sie gehört Anthony.«

»Ach? Und was wolltest du damit machen, sie ihm zurückbringen?«

A.J. griff in seine Jackentasche und holte die Stimmgabel heraus. Erst glaubte Keira, dass er sie behalten würde, doch er legte sie auf den Tisch. »Nein. Aber falls er die je bei dir sieht, wirst du dich erklären müssen.«

»Das wird nicht passieren.«

A.J. überreichte ihr ebenfalls die Tasche mit dem Schädel. Sie merkte ihm an, wie schwer es ihm fiel, sich davon zu trennen.

»Danke«, sagte Keira. »Für alles.« Ohne ihn würde sie noch immer mit falschen Erinnerungen herumlaufen.

»Es hat ... Spaß gemacht.« Er lächelte schräg. »Das muss ich eingestehen, und es fällt mir nicht leicht, das abzuschließen. Bei Joshua war ich immer nur ein Mitarbeiter gewesen, ein sehr vertrauter, und er beauftragte mich mit Sachen, mit denen er andere nicht behelligte, aber dennoch war ich nur einer seiner Leute. Als ich in seinen Unterlagen las, war es eine Art ... Offenbarung, auch wenn das vielleicht abgefahren klingt. Aber die Sache mit den Sapiern, der Nachfahrin, Sophia ... das ist alles so viel größer als wir. Es war schön, ein Teil dieser Welt zu sein, wenn auch nur kurzzeitig.«

»Ich bin sicher, dass ich auch zukünftig Hilfe brauchen werde.« Sie brauchte die anderen drei Gegenstände. Die Frage war nur, wie viel sie A.J. noch darüber sagen konnte. »Wenn ich also darf, werde ich dich gerne anrufen.«

»Meine Visitenkarte liegt auf deinem Schreibtisch.« Er warf sich die Jacke über den Arm und nickte ihr zu. »Bis bald, Keira.«

»Gute Heimfahrt.« Wo auch immer er wohnte.

A.J. drehte herum und lief zur Tür. Keira nahm auf der Lehne des Sofas Platz, sah ihm nach. Sie würde als Erstes eine heiße Dusche nehmen und sich die Haut vom Körper brutzeln. Bei Jo eine Pizza bestellen mit extra viel Käse und danach tot ins Bett fallen. Morgen früh würde sie dann versuchen, mit den Seelenwächtern Kontakt aufzunehmen. Es musste einen Weg geben. Vielleicht konnte Ben ihr weiterhelfen. Der Polizist hatte selbst viel mit den Wächtern zu tun gehabt. Keira würde einfach weitergraben, bis sie auf eine Spur stieß. So wie sie es immer machte.

Und sie musste unbedingt mit Jess reden. Genau wie mit Jaydee. Er musste wissen, dass es einen Weg gab, seine Mächte zu brechen.

A.J. öffnete die Tür und drehte noch einmal zu ihr um. »Ach, ich habe noch etwas vergessen«, sagte er.

»Was ...« Weiter kam sie nicht, denn in dem Moment traf sie ein Pfeil seitlich am Hals. Keira stockte, griff an das Teil und zog es heraus. Sie blickte auf. Die Betäubung wirkte rasend schnell. Der Raum tanzte vor ihren Augen, ein pelziges Gefühl breitete sich von ihrem Hals aus. A.J. steckte die Pistole ein und kam zurück zu ihr.

»Ich nehme die Feder doch lieber mit.«

Keira stieß sich vom Sofa ab, die Feder entglitt ihren Händen, sie wollte sie festhalten, doch ihr Körper gehorchte ihr nicht mehr. Taumelnd versuchte sie, sich irgendwo abzufangen. Ihre Knie knickten ein, sie stürzte zu Boden. A.J. kam über sie. Keira öffnete den Mund, aber sie konnte nicht mehr sprechen. Er ging neben ihr in die Hocke.

»Nimm es mir nicht übel, aber ich habe zu viel auf mich genommen, um das Ding zu bekommen.«

Sie blinzelte, schluckte, die Spucke lief ihr aus dem Mund. A.J. hob die Feder auf und drehte sie in den Fingern. Keira hörte weitere Schritte. Sie klangen ewig weit weg und gleichzeitig sehr nah. Sie roch Zigarettenrauch. Süßlich und vertraut.

Nein!

Nein, das konnte nicht sein!

Mit letzter Kraft riss sie die Augen auf. Jemand hockte sich neben A.J., zog an der Zigarette und pustete ihr den Qualm ins Gesicht.

Er trug mittlerweile eine Glatze, auf seiner Stirn prangte ein schwarzes Kreuz, das Jaydee ihm einst gestochen hatte, auch die Piercings, die er ihm herausgerissen hatte, waren erneuert.

»A ...«, stammelte sie, mehr kam nicht über ihre Lippen.

»Hallo, Keira-Maus«, sagte Anthony. Er reichte A.J. eine Zigarettenschachtel. Dankbar zog er eine heraus und zündete sich eine Kippe an.

»Es war wirklich nett von dir, dass du die Feder für uns geholt hast.«

Anthony griff in seine Hosentasche, zückte ein Taschentuch und wischte ihr den Speichel vom Mund. »Wirklich überaus nett.«

Anthony drehte die Feder in der Hand und nickte zufrieden. »Wollen mal sehen, ob wir dem kleinen Scheißer ein wenig Feuer unterm Hintern machen können. Er wird noch bereuen, dass er sich selbst die Tattoos gestochen und sich mit meiner Tinte gebrandmarkt hat.«

Ihre Finger zuckten. Die letzten Regungen ihres Körpers, bevor die Betäubung anschlug – und sie in die Dunkelheit riss.

Ende

XV

Auf Leben und Tod

1. Kapitel

Hey, sieh mal, Milo.«

»Was?«

»Da liegt ’ne Frau!«

»Wo denn?«

»Da im Stall. Bei den Schweinen.«

»Du spinnst.«

»Doch. Ich glaube, sie ist tot.«

»Komm da weg. Wir sollen Milch kaufen. Wenn wir trödeln, versohlt uns Paps den Hintern.«

»Aber sie ist schön. Schau sie dir wenigstens an.«

»Wirst du gefälligst ... iih, das Schwein knabbert an ihrem Arm.«

»Ich sag doch: Die is tot! Hab noch nie ’ne Tote gesehen.«

»Warte! Da kommt jemand. Ein Fremder!«

»Schnell weg!«

»Jungs, alles klar? Ihr müsst nicht abhau... oh, verflucht! Mädchen, was ist denn mit dir passiert?«

Anna schreckte hoch, griff an ihren Arm und riss die Augen auf. Ihr Herz wummerte, sie blickte sich um. Noch war es dunkel, aber sie erkannte ihr Zimmer sofort.

Sie lag in ihrem Bett.

Nicht im Schweinestall!

Sie war gesund.

Es war ein Traum ...

Kein Flashback.

Nur ein Traum ...

Sie rieb über die Stelle auf ihrem Arm, an der sie das Schwein gebissen hatte. Es war nichts zu spüren. Bis auf die Wunde zwischen ihren Brüsten, die sie sich gestern im Wahn selbst zugefügt hatte, ging es ihr gut.

Mehr oder weniger.

Ich habe die Kontrolle verloren.

Und sie hatte Jess und Kendra verletzt.

Anna strich über den Verband, den sie sich selbst angelegt hatte. Will hatte ihn mit Heilsirup getränkt und ihr gegeben. So konnte das Mittel auch von außen wirken. In ein paar Tagen sollte von der Wunde nichts mehr zu sehen sein.

»Ist alles okay?«, fragte Will. Anna blickte auf. Er saß im Sessel am Fenster, sie erkannte nur seine Umrisse. Er knipste die Stehleuchte neben sich an. Seine Haare waren wirr, sein Gesicht verschlafen. Offenbar hatte er die ganze Nacht dort ausgeharrt. Auf seinem Schoß lag ein Buch. Er klappte es zu und legte es zur Seite. »Anna?«

»Mh?«

»Geht es dir gut?«

»Ich habe ... schlecht geträumt.«

»Von was.«

Sie kratzte über ihre Arme und zog die Beine an. Er stand auf, lief zu ihr und setzte sich auf die Bettkante. Ihre Nägel bohrten sich tiefer in ihre Haut, Will griff danach, damit sie aufhören musste. »Erzähl es mir.«

Sie drehte den Kopf weg. Ihr war nicht nach reden, aber vielleicht half es ja.

»Ich ... ich war im Schweinestall, kurz bevor Akil mich gefunden hat.«

Will legte einen Arm um ihre Schulter, zog sie an sich und strich mit seinem Kinn über ihre Haare. Sie ließ es zu, umschlang seine Taille und bettete ihren Kopf gegen seine Brust. »Er hat dich gerettet. Darum bist du hier. Es ist vorbei.«

»Ich weiß.« Ihrem Verstand war das alles sonnenklar. Wenn sie die Dinge rational betrachtete, gab es nichts, wovor sie sich noch fürchten musste. Andrew war lange tot, sie selbst besaß die körperliche Kraft von zehn Männern, sie war schnell und ausdauernd, sie konnte mit dem Wind spielen und sich teleportieren. Außerdem war sie von den besten Freunden umgeben, die es gab. Es war alles perfekt.

Doch dic Flashbacks waren nun mal nicht rational zu erklären. Sie waren ein Produkt ihrer Seele. Das Bluten ihres Inneren, das sich nur auf diese Art ausdrücken konnte, und es gab nichts, um diese Blutung zu stillen. »Das ist so sinnlos.«

»Sag das nicht.«

»Sieh mich doch an!«

»Das tue ich. Die ganze Zeit schon.«

»Wie soll ich je wieder arbeiten, wenn es so weitergeht? Ich bin als Wächterin unbrauchbar!«

»Rede bitte nicht so ...«

»Was bleibt mir anderes übrig? Ich bin ein mentales Wrack, Will.« Sie konnte es weder verleugnen noch ignorieren. Sie war kurz davor, überzuschnappen. Noch ein paar Flashbacks – und sie würde sich verlieren. »Ich wäre nicht die erste Wächterin, die es nicht mehr schafft.« Es gab etliche unter ihnen, die ihre Vergangenheit nie ablegen konnten und darüber verrückt geworden waren. Anna kannte einen, der sich auf einer Festung eingeschlossen hatte und niemanden an sich heranließ. Er lebte völlig isoliert. Vielleicht sollte sie sich mit ihm zusammentun. Dann könnten sie sich gemeinsam in ihren Schrecken suhlen.

»Aber du hast uns. Du hast mich.«

»Du kannst diese Bilder nicht vertreiben.«

Er drehte sich, nahm ihr Gesicht in beide Hände und sah ihr fest in die Augen. »Lass es mich versuchen.«

Sein Atem streifte über ihre Haut, so nah waren sie sich. Früher hätte sie das gestört, heute fand sie es schön. Seit sie im Sommer in Wills Gedanken gewesen war und selbst gesehen hatte, was er für sie empfand, war etwas aus ihrer Mauer herausgebrochen. Sie konnte ihn einlassen, wenigstens bis zur Türschwelle.

»Wenn ich nur wüsste, warum das auf einmal hochkommt.«

»Vielleicht war dieses Jahr zu viel für dich. Du hast in Jess deine Nachfahrin gefunden, obwohl du immer glaubtest, dass es keine Blutsverwandten mehr gibt. Du hast viel gekämpft. Wir alle. Du hast mit angesehen, wie ein Ratsmitglied seiner Seele beraubt wurde …«

»Das hast du auch und drehst nicht durch. Es war sogar dein eigener Bruder.« Sie blickte ihn an. Ralf hatte kurzzeitig Wills Körper übernommen und in seiner Gestalt Jess entführt und weiteres Chaos gestiftet.

»Ich habe viel darüber nachgedacht«, sagte Will. »Und ich muss zugeben, dass Jaydee mir geholfen hat.«

»Wie das?«

»Als wir auf Malea Island waren und ich quasi vor mich hinvegetierte, hat er mir meine Schuldgefühle entzogen. Es hat … es hat gutgetan.«

»Das verstehe ich.« Sehr sogar. Anna hatte seine Kräfte auch schon in Anspruch genommen, nur hielten sie bei ihr nicht dauerhaft, und im Moment konnte er ihr nicht helfen, wegen der Tattoos. Dennoch vermisste sie ihn schrecklich. Seit er zurück war, hätte sie sich am liebsten in seine Arme geworfen und nie wieder losgelassen, aber dieser Platz stand ihr nicht mehr zu.

»Außerdem habe ich mit meinem Bruder Frieden geschlossen«, fuhr Will fort. »Ich habe seine Asche begraben und alles andere auch.« Er neigte den Kopf zu ihr. »Vielleicht musst du das genauso tun.«

»Andrew ist bereits tot, ich kann ihn nicht noch mal umbringen.« Und seine Überreste waren schon lange verwest. Anna hatte ihm ihren Dolch ins Herz getrieben und ihm in die Augen gesehen, wie er sein Leben aushauchte. Es war eine feige Tat gewesen, sie hatte Andrew im Schlaf überrascht. Anders hätte sie es nie übers Herz gebracht. Seelenwächter töteten keine Menschen, aber Andrew hatte auch nichts Menschliches mehr gehabt. Er war ein Monster gewesen, und er hatte alles Lebendige und Fröhliche in ihr ausgelöscht. Sie hatte gehofft, sie würde es nach dieser Tat wiedererlangen.

Sie hatte sich getäuscht.

Danach musste sie sich vor dem Rat rechtfertigen. Sie wäre fast verstoßen worden, doch Akil, Will und sogar Ilai hatten für sie gesprochen. Der restliche Rat hatte sich alles angehört und ihre Situation als Ausnahme eingestuft. Anna war lange unter Beobachtung gestanden, aber da sie sich bewährte, durfte sie wieder Teil der Gemeinschaft sein.

Will ließ einige Haarsträhnen durch seine Finger gleiten. Seine Nähe und seine Wärme taten ihr gut. Es fühlte sich so stimmig an. Ihr Blick blieb auf seinen Lippen haften.

Was, wenn er wirklich helfen konnte? Was, wenn er sie auf andere Art heilte?

Seit ihrer Wandlung zur Seelenwächterin hatte sie nie wieder einen Mann an sich herangelassen. Jaydee war der erste gewesen, den sie zaghaft geküsst hatte, und das war ein Fehler gewesen. Aber galt das auch automatisch für Will? Er liebte sie. Jaydee tat das zwar auch, doch auf eine andere Weise.

Sie beugte sich zu Will. Er verharrte ganz ruhig, hielt die Luft an.

Sein Duft wurde intensiver, die Wärme, die er ausstrahlte, umarmte sie, als hätte er mehr als zwei Hände. Zaghaft strich sie mit ihrer Nase über seine. »Du riechst gut.«

Er lächelte. »Danke.«

Sie beugte sich näher, bis sie ein Kribbeln auf ihrer Haut spürte. Wills Ruhe verlieh ihr Mut. Vorsichtig fuhr sie mit ihren Lippen hoch zu seinem Mund, sanft und zurückhaltend. Seine Finger glitten nach hinten, legten sich um ihren Hinterkopf, ohne Druck auszuüben. Sie rückte an ihn heran, die Wunde in ihrer Brust flammte kurz auf, als wollte sie Anna daran erinnern, was sie wirklich war: Andrews Besitz. Seine Frau. Sein Eigentum.

Sie hielt inne.

»Anna ...« Wills Finger gruben sich in ihre Haare. Der Duft nach verbrannter Kohle stieg ihr in die Nase. »Es ist vorbei.«

Ja. Sie wusste das. Sie gehörte Andrew nicht länger, egal, mit was er ihren Körper gebrandmarkt hatte. Er war tot. Gestorben durch ihre eigene Hand.

Sie kam zurück auf Wills Mund. Unsicher, was sie tun sollte, ob es besser war, es dabei zu belassen. Aber ein kleiner Teil von ihr wollte tatsächlich mehr als einen schüchternen Kuss. Zaghaft glitt sie mit der Zunge über seine Lippen. Er schmeckte nach Feuer und nach Rauch und womöglich sogar nach Heilung. Vielleicht musste sie die alten Wunden ausbrennen, damit sie für immer versiegelt blieben. Vielleicht war Feuer genau das Richtige für sie.

Sein stoppeliges Kinn kratzte über ihre Haut, aber es war okay.

Das hier war okay.

Sie spürte, wie sich ihre Seele einen Spalt öffnete und etwas von Will einließ. Anna griff in seinen Nacken, drängte seine Lippen mit ihren auseinander, zog ihn enger an und auf sich. Sie sanken zurück aufs Bett, ohne von dem Kuss abzulassen. Die Wunde auf ihrer Brust meldete sich erneut. Genau wie die Angst, die aufflackerte, als er sie mit seinem Gewicht beschwerte. Ihre Kehle schnürte sich zusammen, sie keuchte.

Er hörte sofort auf und stemmte sich auf die Arme, damit er sie nicht zu sehr bedrängte.

»Lass mich nach oben.« Sie brauchte Kontrolle. Das Gefühl, dass sie bestimmen konnte.

Ohne zu zögern, rollte er von ihr herunter und nahm sie mit. Sie stöhnte wegen der Wunde, doch es war auszuhalten.

Vorsichtig setzte sie sich auf ihn und sah hinunter. Er hielt seine Hände locker auf ihrer Hüfte, strich mit den Fingern über ihr Nachthemd. Sie trug nur ihren Slip darunter. Bei jedem anderen hätte sie schon längst die Flucht ergriffen.

Will fuhr über eine alte Narbe an ihrem Oberschenkel und stockte.

»Ich weiß nicht mal, woher die ist«, sagte sie. Viele hatte sie sich im Wahn selbst zugefügt. Ihre Haut war eine Karte ihrer Seelenqualen. »Mein Körper ist voll davon.«

»Es stört mich nicht. Du bist wunderschön.«

Anna wusste, dass das stimmte. Als sie in seinem Kopf gewesen war, hatte sie es gesehen. Alles was Will bei ihrem Anblick empfand, war bedingungslose Liebe und Hingabe. Dennoch war sie sich nicht sicher, was er fühlen würde, wenn er das volle Ausmaß ihrer Verstümmelungen begriff.

Anna nahm seine Hände von ihren Hüften, stand auf und entfernte sich einen Meter von ihm. Er setzte sich hin. Seine Haare waren zerzaust. Von ihr. Sie mochte das.

»Bleib dort, bitte«, sagte sie.

Er nickte.

Anna atmete tief ein, griff an den Saum ihres Hemdes und zog es sich über den Kopf, bevor sie es sich anders überlegen konnte. Sie hörte Will nach Luft schnappen, und als sie ihn anblickte, glitten seine Augen über ihren Körper.

Es war nicht das erste Mal, dass er sie so sah. Als er und Akil sie aus dem Schweinestall gezogen hatten, war ihre Kleidung zerrissen gewesen. Viele Jahre waren seither vergangen, ihr Körper hatte sich verändert, sie wollte, dass er begriff, was aus ihr geworden war.

Ihr Atem ging schneller, sie war nackt, aber nicht entblößt. Womöglich gaben ihr die vielen Narben Schutz. Wie ein Mantel. Sie strich über ihre Unterarme, fuhr über die kleinen Brandnarben, die schon ewig ihren Körper zierten. »Die gab es montags. Die ersten Narben der Woche.«

Andrew hatte dieses Ritual irgendwann eingestellt, sonst wäre vermutlich nichts mehr von ihrer Haut übrig geblieben.

»Du musst das nicht ...«, setzte Will an, aber sie redete weiter.

»Die Motivationsnarben.« Sie drehte sich herum, strich über die

Wülste auf ihrer Schulter, die sie von der Peitsche zurückbehalten hatte. »Am Dienstag.«

Anna ging alles Schritt für Schritt durch, es war ihr wichtig, dass Will es begriff. Er musste wissen, wer sie wirklich war.

Montag. Dienstag. Mittwoch. Donnerstag. Freitag. Samstag.

Jeden Tag etwas anderes.

Jeden Tag eine neue Narbe.

Außer sonntags. Da hatte sie ihre Ruhe.

Sie zeigte ihm alles, jede alte und jede neue Narbe, und erklärte, so gut sie es noch wusste, woher sie stammten. Als sie fertig war, drehte sie sich zurück und suchte in seinem Gesicht nach Anzeichen von Abscheu oder Ekel.

Sie fand nichts davon.

Er hatte jede Verletzung angesehen und alles, was er ausstrahlte, war Liebe und Bewunderung. »Ich wiederhole mich sehr gerne: Du bist wunderschön.«

Anna schloss die Augen, nahm seine Worte auf und hoffte, sie würden bis auf ihre Seele sickern.

»Sieh sie dir an, Gareth«, erklang die Stimme von Andrew an ihrem Ohr. »Sieh meine frisch angetraute Frau an, ist sie nicht wunderschön?«

»Ja, Herr. Sie wird euch gut dienen.«

Anna schüttelte den Kopf, griff an ihre Schläfe.

»Du gehörst mir«, hauchte er. »Für immer.«

Sie keuchte, sackte in sich zusammen.

»Anna!« Sofort war Will bei ihr, hob das Nachthemd auf und presste es gegen ihren nackten Körper. Er legte die Arme um sie, zog sie an sich. »Schon gut.«

»Nichts ist gut!«

Sie war eine Sklavin. Sie war *seine* Sklavin. Sie gehörte Andrew, und sie wusste nicht, wie sie sich je von ihm befreien konnte.

Anna vergrub ihr Gesicht an Wills Hals, er sagte nichts, hielt sie nur fest.

»Wie erträgst du das nur mit mir?«, fragte sie. Alles in ihr stand unter Spannung, sie zitterte, ihr war eiskalt, trotz Wills Wärme.

»Weil ich dich liebe.« Er küsste sie sanft auf die Haare, umschloss sie mit seiner natürlichen Hitze und vertrieb so hoffentlich die Kälte. »Für immer.«

2. Kapitel

Jaydee

Ein beißender Schmerz in meiner Brust weckte mich. Ich griff an die Stelle und setzte mich auf. Es war ein brennendes Stechen, das sich von oben auf die Seite ausbreitete.

Genau auf den Tattoos.

Ich blickte an mir hinab, doch ich erkannte nicht viel im Dunkeln.

Über mir raschelte es. Jess drehte sich im Bett. Da ich es nicht geschafft hatte, neben ihr einzuschlafen, hatte ich mich auf den Boden gelegt, um wenigstens ein paar Stunden Ruhe zu finden. Mein Geist war einfach nicht in der Lage zu entspannen, wenn jemand dicht bei mir lag; egal, ob ich Schutz durch die Tattoos hatte.

Jess brabbelte etwas Unverständliches, ihr Atem kehrte zurück in einen ruhigen Rhythmus, und sie fiel wieder in ihre Träume.

Ich stand leise auf, lief ins Bad und knipste das Licht an. Es biss in meinen Augen, ich blinzelte, bis sie sich daran gewöhnt hatten, und blickte in den Spiegel.

Da waren sie.

Noch immer tiefschwarz und klar auf meiner Haut zu erkennen. Ich fuhr die Konturen der Zeichen nach. Das Brennen ebbte langsam ab, bis es schließlich verschwand. Als wäre es nie dagewesen.

Diese verdammten Dinger! Auf der einen Seite so unglaublich nützlich, auf der anderen war ich viel zu abhängig davon. Ich durfte nicht einmal im Ansatz darüber nachdenken, was wäre, wenn sie eines Tages verschwanden. Wenn ich Jess nicht mehr anfassen könnte ...

Ich drehte den Hahn auf und ließ mir Wasser übers Gesicht laufen. Die Kühle tat gut, klärte meinen Geist.

Wir mussten diesen verfluchten Zauber in ihrem Blut brechen! Ich hoffte, dass dies die Lösung für uns war. Dass uns tatsächlich diese Magie voneinander trennte, denn wenn nicht, wäre ich verloren. Ich stellte das Wasser ab und sah mich im Spiegel an. Mein Kinn war stoppelig, meine Augen jedoch waren klar und wach. Jedes Mal, wenn ich mit Jess zusammen war, kehrte Ruhe in mich.

»Das mit uns kann nicht schlecht sein. Dazu fühlt es sich zu gut an.«

Ihre Worte von gestern Morgen an mich. Ja, es fühlte sich gut an, und die Furcht, dass alles von einem Moment auf den anderen vorbei sein könnte, hing wie ein Damokles-Schwert über uns. Ich liebte diese Frau, ich brauchte sie, ich wollte nie mehr ohne sie sein.

Ich trocknete mich ab, ging ins Zimmer und schnappte mir eines meiner Shirts, die ich in den vergangenen Tagen hier hatte liegen lassen. Jess schlief friedlich. Sie hatte sich mit der Decke verschlungen, ihre Haare waren verknotet, weil sie sie nicht geföhnt hatte und wir gleich ins Bett gekehrt waren, um fortzuführen, was wir unter der Dusche angefangen hatten ...

Ein Lächeln huschte über meine Lippen bei dem Gedanken an die zurückliegenden Stunden. Diese Frau hatte mich im Griff. Noch nie hatte jemand derart Macht über mich gehabt, konnte mich mit einer Berührung oder einem Blick so aus der Fassung bringen.

Es war gut und erschreckend zugleich.

Als würde sie spüren, dass ich sie beobachtete, seufzte sie zufrieden und schmiegte sich enger an das Kopfkissen.

Ich ging zu ihr und küsste sie auf die Haare. Schlafen konnte ich auf keinen Fall noch wollte ich sie wecken. Also zog ich meine Schuhe an, öffnete, so vorsichtig es ging, die Tür – ohne, dass sie quietschte – und verließ das Haus.

Die Nacht war eisig, ich atmete tief ein und sog die klare Luft in meine Lungen. Ganz leicht vernahm ich die Überreste von Annas Blut von gestern, doch sie würden bald verschwunden sein.

Ein Stich fuhr mir durchs Herz. Sie hatte sich in einem Flashback verloren und war auf Jess und Kendra losgegangen.

Jess' Wunde am Bein belastete sie noch, weil Akil es nicht geschafft hatte, sie komplett zu heilen. Kendra hatte Heilsirup bekommen, sie war an ihrem Kraftplatz, um sich zu erholen. Und Anna war bei Will.

Er hatte sich gleich um sie gekümmert und ließ sie nicht mehr aus den Augen. Das war gut so. Und nötig. Niemand wusste, wann Anna erneut in einen Flashback fallen würde. Wäre Kendra nicht dagewesen, um Jess vor Anna zu schützen, hätte es anders ausgehen können.

Ich knirschte mit den Zähnen. Die Wut saß nach wie vor tief in meinem Bauch, dabei wollte ich das gar nicht. Ich hatte kein Recht, zornig auf Anna zu sein, durfte es nicht einmal. Sie wurde von Dämonen heimgesucht, gegen die sie nichts ausrichten konnte, genauso wenig wie ich gegen den Jäger, wenn er erst die Kontrolle erlangt hatte.

Wer also war ich, dass ich wütend auf sie blieb? Sie hatte Jess verletzt, aber das hatte ich auch. Schlimmer als sie. Anna hatte es nicht mit Absicht getan.

Und obwohl ich es rational begründen konnte, warum Anna meine Wut nicht verdient hatte, konnte ich sie nicht komplett abstellen. Ein kleiner Teil in mir brodelte. Ich musste mit ihr reden und die Wogen glätten, sobald sie fit war. Wir mussten zurück zu unserer Freundschaft finden. Alles andere konnte ich auf Dauer nicht ertragen. Wäre es nicht mitten in der Nacht gewesen, hätte ich gleich bei ihr vorbeigeschaut, aber sie sollte ihre Ruhe haben.

Ziellos schlenderte ich über das Anwesen, ließ die Kälte in meinem Körper wirken und sah in den Sternenhimmel. Ich liebte diese klaren Nächte, wenn tausend Glitzerpunkte am Himmel hingen und die Milchstraße wie ein Schleier aus Wolken sich quer über das Firmament zog. Die Nacht war mir schon immer lieber gewesen als der Tag. Im Schutz der Dunkelheit konnte ich besser meiner Beute auflauern. Die Nacht war die Zeit der Jäger. Sie war meine Zeit.

Ich kam an der Bibliothek vorbei und hörte Schritte. Sofort blieb ich stehen, spannte die Muskeln und lauschte.

Aiden.

Sie kam den Weg entlanggelaufen und erschrak, als sie mich erblickte. »Herrje, du bist ja ... ich habe dich gar nicht gesehen.«

»Mitten in der Nacht noch auf?«, fragte ich.

»Ich kann nicht schlafen, habe Probleme mit Jetlag. Das hat sich leider nie gelegt bei mir. Verrückt, oder?«

Nicht minder verrückt wie Seelenwächter, die Flashbacks erlitten und sich selbst verloren. Jeder hatte mit anderen Dingen zu kämpfen.

Ich deutete auf ihren Korb, den sie in der Hand hielt und aus dem es nach Kräutern duftete. »Warst du Blumen pflücken?«

»Nein, obwohl es durchaus Kräuter gibt, die nur nachts geerntet werden, aber in diesem Fall wollte ich das bei euch in der Bibliothek verstauen. Es sind Utensilien für Zaubersprüche. Sie müssen ordnungsgemäß aufbewahrt werden, Will bot mir an, dass ich sie zu seinen Sachen legen darf. Ich hoffe, ich finde mich zurecht.«

Feuerwächter sammelten oft Gegenstände für ihre Rituale. Dolche, Kerzen, Kräuter. Sie hegten und hüteten diese Dinge wie ihre Augäpfel. Wills Zeug war in einen Schrank gesperrt. »Ich begleite dich, wenn du willst.«

Aiden sah mich skeptisch an.

»Was?«, fragte ich.

»Warum bist du so freundlich?«

War ich das? Falls ja, dann nicht bewusst. Aiden und ich waren bisher recht distanziert miteinander umgegangen. Ich hatte nie das Gefühl, dass sie mich sonderlich mochte, wobei ich mit den meisten Feuerwächtern aneckte. »Vielleicht hat die Isolation mein Hirn durchgepustet.«

Ihre Gesichtszüge waren schwer zu erkennen im Dunkeln, aber es sah aus, als würde sie schmunzeln.

»Außerdem müssen wir ein paar Pluspunkte nach der Sache mit Kendra sammeln. Wie geht es ihr denn?«

»Sie ist in eurem Kraftplatz. Ich habe nicht viel mit ihr gesprochen, aber sie wird schon wieder.« Aiden schlang die Arme um sich. Die Temperaturen waren ungemütlich für Feuerwächter. »Anna konnte nichts dafür.«

Seelenwächter gingen mit Kämpfen und der Gewalt anders um. Sie gehörte in ihren Alltag, sie standen jeden Morgen auf und wussten nicht, ob sie die Abendsonne sehen würden. Es war ihre Natur. Sie waren Krieger – und sie spazierten mit dem Tod Hand in Hand.

»Lass uns die Sachen verstauen.« Wir liefen los und gelangten kurz darauf in die Bibliothek. Ich knipste das Licht an und zeigte Aiden Wills Schrank. Er war nicht abgeschlossen, weil normalerweise niemand ungefragt an sein Zeug ging.

Ich öffnete, der Geruch nach Räucherwerk drang mir entgegen. Es gab etliche Regale mit allerlei Schnickschnack. Phiolen mit Flüssigkeiten, Kerzen in allen möglichen Farben, übereinandergestapelte Notizbücher, Federn in verschiedenen Größen, Kelche und genauso viele Ritualmesser.

»Gute Ausstattung«, sagte Aiden und suchte einen freien Platz für ihre Sachen.

Ich hatte kaum Ahnung von dem ganzen Kram. Mit Magie hatte ich mich noch nie gerne beschäftigt, auch wenn es ein Teil von mir war.

Alle Elemente in mir vereint …

Mein Blick fiel auf das unterste Fach und meinen Jadestein, der in einer Schale mit einer hellen Flüssigkeit lag. Will hatte das Lederband entfernt, es lag im Regal daneben.

Ich bückte mich, nahm die Schale heraus und schwenkte sie hin und her. Die Flüssigkeit war zäh wie Honig.

Ein Bruchstück aus dem Gefängnis von Lilija ... meiner Schöpferin.

Er war mir vertraut und gleichzeitig fremd. Er gehörte zu mir und er stieß mich ab. Ich wusste nicht, ob ich ihn weiterhin tragen wollte.

»Ein Zauber, um Magie zu finden«, sagte Aiden.

»Bitte?«

»Die Flüssigkeit wird zäh, falls an dem Gegenstand Magie haften sollte.«

»Dann ist das Ergebnis wohl eindeutig.« Jess hatte Will den Stein gestern gegeben, damit er ihn untersuchte. Bisher besaßen wir keine Gelegenheit dazu, weil ich vier Monate in der Isolation verbracht hatte. »Wie finden wir heraus, welche Art von Magie es ist?«

»Darf ich mal sehen?«, fragte sie. Ich gab ihr die Schale. Sie hielt eine Hand darüber und schloss die Augen. »Mh, sie ist schwer zu greifen. Ich kann es nicht richtig erkennen, was ist das für ein Stein?«

»Jade. Ich hatte ihn als Baby dabei, als ich vor Mikaels Kirche abgegeben wurde.« Von einem Engel, aber das würde ich ihr sicher nicht auf die Nase binden.

Aiden öffnete ihren Korb. Zum Vorschein kamen etliche Steine in den unterschiedlichsten Farben und Formen. »Ist eine Leidenschaft von mir. Steine gehören zwar zur Erde, aber ich mag es, mit diesem Element zusammenzuarbeiten.« Sie griff einen grünen heraus, drehte ihn in den Fingern. Keine Ahnung, was für einer es war. »In diesen kleinen Dingern steckt so starke Energie, meine Zauber werden viel kraftvoller, seit ich sie mir zunutze mache. Viele Feuerwächter sind festgefahren in ihrem Denken. Sie nutzen die alten Sprüche, die alte Magie, aber sie sind nicht bereit, Neues zu versuchen. Dabei müssten sie einfach nur über den Tellerrand hinausblicken.«

»Schön, was hat das mit meinem Jadestein zu tun?«

Sie warf den grünen Stein zurück, kramte in dem Korb und überlegte vermutlich gerade, warum sie mich vorhin als freundlich bezeichnet hatte. Ich hatte keine Ahnung, wie gut sie als Magierin war, aber da sie hergekommen war, um von Will zu lernen, konnte ich mir nicht vorstellen, dass sie ihm das Wasser reichen konnte.

»Ich hatte auch schon mit William darüber diskutiert. Er mag es, mit der alten Magie zu arbeiten, weil sie schon so lange durch unsere Adern fließt. Ich glaube, deshalb konnte er sich auch schneller mit eurem Anwesen verbinden als ich. Die Zauber, die auf den Häusern liegen, sind so alt wie die Seelenwächter selbst. Mir ist es nach wie vor misslungen, bei uns herrscht das pure Chaos. Darum sind wir hier.«

»Ich weiß.« Ihr Anwesen wurde bei dem Angriff von Ralf zerstört.

»Dafür sind mir andere Dinge geläufiger. Ah, da ist er.« Sie zog einen dunkelroten Stein von der Größe einer Murmel heraus. »Ein roter Turmalin. Ich nutze ihn gerne für Sprüche, um die Wahrheit ans Licht zu bringen. Meinst du, ich darf eine von Wills Schalen benutzen, oder sollte ich erst …«

Ich griff ins Regal und drückte ihr eine in die Hand. »Du darfst.«

Sie nahm sie zögernd entgegen und legte ihren Turmalin sowie meinen Jadestein hinein. Dann griff sie ein weiteres Mal in ihren Korb und holte einen Beutel heraus. Sie öffnete ihn, drehte ihn herum und ließ schwarzes Pulver in ihre Hand rieseln. »Wollen mal sehen, ob der Stein seine Geheimnisse preisgibt.« Sie schüttete das Pulver auf die beiden Steine, bedeckte sie mit ihrer Hand und murmelte leise Worte.

Feuerwächter benutzten ihre eigene Sprache der Magie, auch wenn sie im Grundsatz gleich war. Will hatte mir erklärt, dass manche sogar gänzlich neue Worte erschufen. Ich verstand weder ihn noch Aiden.

Sie nahm die Hand weg und betrachtete ihr Werk. Für mich

hatte sich nichts verändert. Aiden hingegen legte den Kopf schräg. »Das ist ja interessant.« Sie nahm meinen Stein heraus. »Wer hat dir gesagt, dass er aus Jade ist?«

»Wir haben ihn bestimmen lassen.« Damals. Als ich älter wurde und die ersten Fragen gestellt hatte, war Mikael mit mir zu einem Juwelier gegangen. »Warum willst du das wissen?«

»Weil es keine Jade ist, sondern Glas.«

»Bitte, was?«

»Getarnt durch einen Zauber.« Sie schloss den Stein in die Faust und pustete darauf. Als sie die Finger öffnete, hatte er sich verändert. Form und Größe waren identisch, aber das war definitiv nicht mein Stein.

»Das ist doch nicht möglich.« Ich nahm ihn ihr ab, die Oberfläche war glatter, er war sogar leichter, wirkte zerbrechlicher als vorher. »War er die ganze Zeit schon getarnt?« Hatte ich von Beginn an eine Fälschung umhängen?

»Das kann ich dir leider nicht sagen, aber wenn ihr mit dem Stein bei einem Juwelier wart, hätte er es bemerken müssen. Der Zauber wirkt nur oberflächlich. Er kann nicht den Kern des Steins verändern. Wenn ich raten müsste, würde ich sagen, jemand hat den echten gegen eine Fälschung getauscht und sie dir untergejubelt.«

»Das ergibt überhaupt keinen Sinn.« Oder?

Du musst ihn wiederfinden. Er gehört zu dir. Er wird dir helfen.

Die ganze Zeit schon überlegte ich, was Ariadne damit gemeint haben könnte, warum ich absolut nichts spürte, wenn ich den Stein anfasste.

Nun hatte ich die Antwort.

Ich konnte nichts fühlen, weil es gar nicht meiner war!

Neun Jahre lang hatte ich den Stein nicht getragen. Er war in der Kirche verschüttet gewesen, bis Keira ihn in den Trümmern gefunden hatte und ich ihn ihr wiederum abnahm, als wir kämpften.

Keira.

»Diese verfluchte ...!« Natürlich hatte sie die Möglichkeit gehabt, mir eine Fälschung unterzujubeln.

Ich sah auf den Stein in meiner Hand. Er funkelte im Licht, als wollte er mich verspotten, weil er mich so erfolgreich an der Nase herumgeführt hatte.

»Das ist schon das zweite Mal, dass sie mich verarscht.«

3. Kapitel

Jessamine

Sie schläft, aber wirklich besser geht es ihr noch nicht«, sagte Will und zog leise die Tür hinter sich zu. »Ich will sie nicht lange alleine lassen.«

»Musst du auch nicht«, antwortete ich. »Wollte nur kurz vorbeischauen.« Da Jaydee nicht da gewesen war, hatte ich beschlossen, mich nach Anna zu erkundigen.

Ein wenig ärgerte es mich, dass ich schon ein zweites Mal ohne ihn im Bett aufgewacht war. Gestern Morgen war er bereits kurz davor gewesen, abzuhauen. Wäre ich nicht zufällig wach geworden, hätte ich ihn verpasst. Als wäre es ihm unangenehm, den *Morgen danach* mit mir zu verbringen.

»Der Jadestein ist übrigens in der Bibliothek«, sagte Will. »Ich habe ihn mit einem Zauber bedeckt, um herauszufinden, ob Magie daran haftet. Mittlerweile sollte das Ergebnis da sein, sobald Anna wach ist, kann ich ...«

»Ist in Ordnung. Wir warten schon so lange auf irgendwelche Eingebungen bezüglich des Steins, wir halten es noch länger aus.« Abgesehen davon hatten wir ja nun weitere Spuren, die wir verfolgen konnten. Auguste hatte Jaydee den Schlüssel zu einem Lager gegeben, in dem ihre Sachen aufbewahrt wurden. Vielleicht fanden wir dort etwas Brauchbares.

Will legte eine Hand auf meine Stirn. »Hast du Fieber?«

»Nein, warum?«

»Seit wann nimmst du Worte in den Mund wie: *warten* und *ich halte es länger aus*?«

Ich klopfte ihm gegen die Schulter. »Und seit wann machst du Scherze auf Akil-Niveau?«

Er nahm seine Hand weg und lächelte milde. Ich musterte ihn.

Irgendwie wirkte er anders heute Morgen. Gelöster. Vielleicht auch befreiter.

»Annas Nähe tut dir gut, kann das sein?«

»Ich ... ich weiß nicht.« Er grinste. Dass ich das noch erleben durfte: Will grinste tatsächlich! Natürlich waren die Umstände alles andere als rosig, aber so offen hatte ich ihn noch nie gesehen.

»Es ist ... ich wünschte.« Er seufzte. »Es ist schön, dass ich mich um sie kümmern darf.«

Ah, wie süß. Da machte mein romantisches Ich gleich ein paar rosarote Freudenhüpfer. Hoffentlich ließ Anna noch mehr Nähe zu und ihn endlich in ihr Herz. Wenn es jemand verdient hatte, Glück zu finden, dann die beiden.

Hinter Will raschelte es, Anna keuchte leise im Schlaf.

»Geh wieder rein«, sagte ich. »Ich suche Jaydee.« *Und frage ihn, warum er morgens immer abhaut.* Denn das war alles andere als romantisch.

»Sicher?«

»Ja, klar. Los! Spiel den noblen Prinzen.«

»Danke«, sagte Will, schloss die Tür und ließ mich zurück.

Ich machte mich auf den Weg nach unten, durchquerte das Foyer und trat hinaus in die kalte Luft. Es war ein herrlicher Morgen. Sonnenschein und glasklarer Himmel. Ich zog den Reißverschluss meiner Jacke zu und lief los. Als Erstes würde ich in der Halle nachsehen. Vermutlich war Jaydee im Training, was ich am liebsten auch tun würde, aber das durfte ich ja nicht wegen meines Beines. Wenigstens fühlte es sich besser an als gestern. In ein paar Tagen wäre sicherlich nichts mehr davon zu spüren.

Der Kies knirschte unter meinen Sneakers, ich lief langsam, genoss die Luft auf meiner Haut und in meinen Lungen. Heute Morgen roch es stärker nach Salbei und Sand als sonst. Als würde sich die Wüste ebenfalls freuen, dass ein schöner Tag bevorstand.

Ich kam an einer Reihe von Bäumen vorbei.

An einem davon hatte Jaydee mir damals erklärt, was er alles mit mir anstellen wollte ... *»Wenn ich dich berühren könnte ... Dann würde ich genau das tun. Hier zum Beispiel.«*

Ich bekam umgehend Gänsehaut und griff an die Stelle am Hals, an der er mich mit seinem Atem gekitzelt hatte. Ab jetzt waren viele Plätze auf dem Anwesen mit Erinnerungen an ihn verknüpft. Wenn ich allein an den See in der Trainingshalle dachte, musste ich grinsen.

Plötzlich bemerkte ich eine Bewegung aus dem Augenwinkel. Ich blieb stehen und spähte in die Richtung. Das war von den Palmen gekommen, die links den Weg säumten.

Mir wurde mulmig. Das ging gestern mit Anna ähnlich los. Ich hatte nur Schemen erkannt, und plötzlich hatte sie vor mir gestanden, mit angstverzerrtem Gesicht und einer Waffe in der Hand. Sie war doch nicht etwa Will entkommen und schon wieder in einem Flashback? Langsam ging ich näher, doch es war niemand da.

»Ach, verflucht noch mal!«, rief es aus einem der Büsche.

Ich zuckte zusammen und blickte in die Richtung. »Kendra?« Saß sie dahinter? Aber ich sah sie gar nicht.

Auf einmal wackelten die Blätter des Strauchs und verformten sich zu Händen. Ich japste und machte einen Satz. Der Busch wandelte sich weiter, entwickelte Arme und Beine und rote Lockenhaare.

Völlig perplex starrte ich auf die Stelle, an der nun – statt des Gestrüpps – Kendra stand. Sie klopfte sich das Kleid ab und zog ein Blatt heraus.

»Ich ... du ... das da ...«

»Was?«, blaffte sie.

»Du warst ... der Busch?!«

Sie rollte mit den Augen. »Herrje, Mensch! Du lebst schon so lange bei den Seelenwächtern.«

»Aber du ... du warst der Busch!« Äh, hallo?

Kendra schüttelte den Kopf und stapfte davon, ohne weiter

darauf einzugehen, dass sie eben noch eine Pflanze gewesen war. Ich starrte ihr nach.

Blinzelte.

Wartete.

Blinzelte wieder.

Sie war der Busch!

Ich drehte mich um, wartete, ob Akil gleich hinter einer Palme vorspringen und laut »Reingelegt!« rufen würde.

Oder hatte ich bei der Attacke von Anna gestern einen Schlag auf den Kopf bekommen, und das waren die Spätfolgen?

Nach etlichen Minuten sinnlosen Vor-mich-hin-Starrens setzte ich mich schließlich in Bewegung und ging den selben Weg, den Kendra genommen hatte. Er führte zu ihrem Gästehaus. Ich hörte sie schon von Weitem.

»Es klappt nicht!«, sagte Kendra.

»Du bist nur unkonzentriert«, antwortete Aiden.

»Ich habe es verlernt!«

»Das kannst du nicht verlernen. Ich habe es dir schon zigmal gesagt.«

»Nach einigen Minuten verliere ich meine Form.«

»Sei nicht so streng mit dir. Wir sind erst angekommen, und du hast gleich ein heftiges Erlebnis durchgemacht mit Anna.«

»Ach, das bisschen Kämpfen wirft mich doch nicht um! Was wäre ich für eine Wächterin, wenn ich kein Blut sehen könnte?«

Ich ging langsam näher. Kendra lief vor dem Haus auf und ab, während Aiden ihr Sattelzeug putzte. »Hallo, Jess.«

»Guten Morgen.«

Kendra ignorierte mich. »Auf meine Wandlung hatte ich mich immer verlassen können. Wir hätten zu Ebony gehen sollen statt hierher. Sie lebt am Meer, ich wäre bei meinem Element gewesen!«

»Du weißt genau, dass Ebony nicht ansprechbar ist, seit sie

mit angesehen hat, wie Soraja von Ralf geholt worden ist. Das Anwesen ist zerstört und nicht bewohnbar.«

Daran erinnerte ich mich sehr gut. Ich war schließlich hautnah dabei gewesen. Soraja hatte ihre Macht auf ihr Familienmitglied Ebony übertragen wollen, um so den Fängen von Ralf zu entgehen. Mich hatte sie ebenso opfern wollen. Für das Wohl aller.

»Störe ich?«, fragte ich zaghaft.

»Ja«, sagte Kendra.

»Nein«, antwortete Aiden. »Kendra. Hör auf zu wuseln, das macht mich verrückt.«

Sie blieb stehen und stemmte ihre Hände in die Hüften.

»Ich gehe ans Meer, hier ist zu viel Feuer anwesend. Es gibt schließlich noch andere Familien.«

»Nein, du bleibst. Die Energie an diesem Ort ist genau richtig für dich und für mich. Wir müssen beide durchatmen und weg von der Zerstörung kommen.«

Ohne ein weiteres Wort drehte Kendra um und stapfte den Weg hinunter.

Ich blieb neben Aiden stehen. »Sie kann mich echt nicht ausstehen.«

»Das liegt nicht an dir, Liebes. Sie ist gerade extrem gestresst. Der Tod von Logan und Isabella ... Es hat uns beide aus der Bahn geworfen.«

»Du siehst allerdings sehr geordnet aus.«

»Das mag auf dich so wirken.«

Sie lächelte milde, aber es war ein aufgesetztes, unechtes Lächeln, das Leute zeigten, wenn sie dem anderen signalisieren wollten, dass es ihnen gut ging, obwohl das nicht der Fall war. Aiden kämpfte genauso mit der Trauer, sie zeigte sie nur nicht nach außen. Und ich konnte sie verstehen. Ich kannte diese ekelhafte Leere im Inneren, die mit absolut nichts zu füllen war. Kein Wort tröstete, keine Umarmung linderte den Schmerz. Den Tod mussten wir alle auf unsere eigene Weise verarbeiten.

Ich blickte Kendra nach. »Ich habe mir das eben nicht eingebildet, oder? Sie hat sich tatsächlich in einen Busch verwandelt.«

»Du kommst nicht viel mit Wasserwächtern zusammen.«

»Nein.« Zum Glück nicht. Bisher waren mir alle unsympathisch gewesen.

»Manche von ihnen können ihre eigenen Moleküle so verändern, dass sie eine andere Form annehmen. Kendra war darin ziemlich gut und hat es sogar geschafft, Menschen zu imitieren. Das war sehr praktisch auf der Dämonenjagd. Sie hat sich oft getarnt, und wir haben sie in ihre Richtung getrieben, bis sie am Ende eingekesselt waren. Seit das mit Isabella und danach mit Logan passiert ist, kann sie sich nicht mehr richtig fokussieren. Das ist mit ein Grund, weshalb wir hergekommen sind.«

»Vielleicht hättet ihr tatsächlich andere Seelenwächter aufsuchen sollen. Auf Malea Island zum Beispiel. Da hätte sie mehr als genug Wasser gehabt.« Und eigentlich waren alle sehr nett. *Fast alle.*

»Ich habe absichtlich diesen Ort gewählt. Kendra mag diese Familie.«

»Einen ganz besonders ...« Ich biss auf meine Lippen. Das hatte ich nicht laut sagen wollen, aber ich konnte es nicht zurücknehmen. Kendra war scharf auf Jaydee, das war kein Geheimnis.

»Ihr beide seid ein Paar, oder?«, fragte sie. »Kendra hat so eine Andeutung gemacht, sie meinte, er hätte sich gestern sehr liebevoll um dich gekümmert.«

»Ja. Sind wir.«

Aiden nickte und seufzte dabei. Sie hatte also tatsächlich gehofft, dass Jaydee Kendra trösten könnte. Tja, leider falsch gehofft.

»Oh! Verdammt!«, sagte sie auf einmal.

»Was?«

»Ich soll dir etwas geben.«

Sie lief zum Haus, verschwand darin und kam nach wenigen Augenblicken zurück. »Das ist von Jaydee.«

Ich sah sie verwundert an. Ihr hatte er eine Nachricht gegeben und mir nicht?

»Wir haben uns heute Nacht in der Bibliothek getroffen.«

»Aha.«

»Ich konnte nicht schlafen. Er anscheinend auch nicht.«

Was es nicht weniger seltsam machte. Ich faltete den Zettel auseinander. Seine akkurate Handschrift stach mir sofort ins Auge.

»Jess,

Aiden hat eine Entdeckung gemacht. Mein Jadestein ist nicht echt. So wie es aussieht, hat Keira ihn ausgetauscht, bevor sie ihn mir gegeben hat. Das erklärt auch, warum wir die ganze Zeit nichts Außergewöhnliches daran feststellen konnten.«

Ich blickte von dem Blatt auf. »Wie bitte?«

Aiden erzählte mir, wie sie es herausgefunden hatten und was geschehen war.

Ich lauschte fassungslos, konnte gar nicht glauben, dass er mich nicht sofort geweckt hatte. Also las ich weiter:

»Ich werde Keira suchen und sie danach fragen, und bevor du dich aufregst: Ich gehe nicht allein. Ben soll mich begleiten.«

»Das ist doch nicht sein Ernst!«

»Mir ist klar, dass es dich in den Fingern juckt und du gerade überlegst, wie lange du benötigst, um Mirabell zu satteln.«

Da hatte er Recht.

»Es wäre mir allerdings lieber, wenn du bleibst, wo du bist. Ich will dich nicht in der Schusslinie haben.

Ich liebe dich.

J.«

Ich knüllte den Brief zusammen und steckte ihn in meine Hosentasche. »Das ist unglaublich! Er hätte es mir wenigstens persönlich sagen können!«

»Er hatte es ziemlich eilig und ist sofort aufgebrochen.«

»Oh nein, er wollte nur nicht mit mir diskutieren, weil er wusste, dass ich gerne mitgekommen wäre!« Genauso wie mit dem Besuch bei Auguste, da hatte er mich auch ausgeschlossen.

»Ich denke, er ist es nicht anders gewohnt«, sagte Aiden. »Ich kenne ihn zwar nicht so gut, aber Jaydee war schon immer recht eigenbrötlerisch und schwer zu greifen.«

Das mochte sein, aber er hatte genau ins Wespennest gestochen. Er schloss mich aus!

Nun durfte ich hier hocken und brav warten, bis er zurückkehrte. Wie ein Weibchen am Herd!

Es sei denn ... Ich blickte zu Aiden, die mich ruhig ansah und wohl darauf wartete, ob ich gleich einen Wutausbruch bekommen würde. »Hättest du heute zufällig Zeit für mich?«

Sie sah in die Richtung, in die Kendra verschwunden war.

»Nur, wenn du es einrichten kannst«, fügte ich an.

»Ich denke schon. Sie wird sowieso eine Weile schmollen. Was brauchst du denn?«

»Ich würde gerne einen Ausflug machen. Zu einem Lagerhaus.«

Sie runzelte die Stirn, aber ich war Feuer und Flamme für diese Idee.

»Was willst du dort?«

»Dort liegen Unterlagen aus einem Wohnungsbrand, die ich mir gerne ansehen würde. Jaydee meinte, dass sie verrußt sind, aber uns eventuell ein Feuerwächter helfen könnte, und da du einer bist ...«

»Verstehe. Wo ist das Lager?«

»Akil weiß es. Ich werde ihn fragen.« Oder noch besser: Er konnte gleich mit.

Vor Ort könnte ich auch Zac anrufen und ihn wegen des Gesprächs mit Auguste ausquetschen.

Ha! Das war perfekt!

Ich schmunzelte und freute mich auf den Ausflug. Was Jaydee konnte, konnte ich schon lange.

4. Kapitel

In ihrem Kopf tobte ein Sturm. Oder eher: ein Tornado. Nein: ein Hurrikan. Das grausigste Unwetter aller Zeiten.

Keira schlug die Augen auf und stöhnte. Das Hämmern hinter ihrer Stirn breitete sich in ihrem gesamten Schädel aus. Ihre Zunge fühlte sich geschwollen an, sie wollte schlucken, doch dazu fehlte ihr die Spucke. Keuchend drehte sie sich auf die Seite und nahm langsam ihren Körper wahr. Das Betäubungsgift hatte nachgelassen, auch wenn es sich anfühlte, als bestünden ihre Muskeln aus Pudding. Außerdem hatte sie einen bleiernen Geschmack im Mund. Widerlich.

Sie blickte sich um. Keira lag auf einer Pritsche in einem kargen Zimmer mit kahlen Stahlwänden.

Sah aus wie eine dieser provisorischen Unterkünfte, die für Arbeiter auf dem Bau verwendet wurden. Sie richtete sich vorsichtig auf, der Raum drehte sich, ihr Magen machte gleich mit, doch da sie nichts gegessen hatte, kam auch nichts hoch. Keira setzte die Beine auf den Boden, atmete tief ein und aus und sah sich um. Es gab eine Tür und ein vergittertes Fenster, das gekippt war. Eine warme Brise drang herein und brachte den Duft nach Meer und Fisch mit sich. Der Himmel strahlte hellblau, in der Ferne hupte eine Schiffssirene, Möwen krähten. Wenn sie in ihrem Heimatort Fort Winston war, musste sie unten im Hafen sein. Es sei denn, Anthony hatte sie irgendwo anders auf dieser Welt hingebracht. Er hatte durchaus die Mittel dazu.

Neben der Pritsche stand ein kleiner Tisch, auf dem eine geschlossene Flasche Wasser auf Keira wartete. Anthony hatte einen gelben Post-It draufgeklebt: *Trink! Es hilft gegen den Kater.*

Die Flasche war verschlossen, vermutlich, damit sie sicher sein konnte, dass er nichts reingemischt hatte. Sie nahm sie in die Hand. Sollte sie? Anthony könnte das Wasser auch verzaubert haben, doch falls er ihr schaden wollte, hätte er längst dazu Gelegenheit gehabt.

»Wird schon gut gehen.« Sie schraubte den Deckel ab und trank gierig. Es half. Nach wenigen Schlucken fühlte sie sich energetischer und stärker als zuvor.

Langsam stand sie von der Pritsche auf. Ihre Oberschenkel zitterten, aber es ging. Sie trug nach wie vor ihr Lederkampfoutfit von gestern. Es hatte keine Löcher oder Dreckspuren. Wie auch immer Anthony und A.J. sie aus der Wohnung gebracht hatten: Sie waren vorsichtig dabei gewesen.

Keira ging zum Fenster und sah hinaus. Das war definitiv Fort Winston. Sie öffnete das Fenster ganz und prüfte die Gitterstäbe. Sie saßen bombenfest, und Keira hatte keinen Gegenstand, um sie auszuhebeln.

Sie drehte herum, durchquerte den kleinen Raum und probierte die Tür.

Unverschlossen.

So viel zu wagemutigen Ausbruchsplänen.

Leise öffnete sie und trat hinaus in eine große Halle. Es gab noch drei Türen. Das Tor vorne war verschlossen, der Boden nass, als wäre hier vor Kurzem alles ordentlich mit Wasser geschrubbt worden. Bis auf den Tisch in der Mitte und die beiden Stühle war die Halle leer.

Keira ging weiter, sah sich nach allen Seiten um. Als sie die Mitte erreicht hatte, ging eine der Türen auf, und Anthony und A.J. traten heraus.

»... werde ich sie schon überzeugen«, sagte Anthony. In einer Hand trug er eine kleine schwarze Tasche. Er unterbrach sich, als er Keira sah. »Ah, du bist wach. Wie schön.«

Sie spannte die Muskeln und griff aus Reflex an ihren Gürtel, an dem sie normalerweise ein Messer trug.

»Deine Waffen haben wir natürlich in Verwahrung«, sagte Anthony. »Und solltest du dir überlegen, mit welchen Kicks du uns ausschalten kannst, muss ich dich genauso enttäuschen.« Er zog den Kragen seines Shirts ein Stück nach unten. Zum Vorschein kamen schwarze Tattoos, die Keira zu gut kannte. Sie hatte sie selbst früher getragen und damit jeden Gegner besiegt.

Sie blickte zu A.J., ob er auch mit den Zeichen prahlen wollte, doch er schüttelte den Kopf.

»Er verlässt sich in dem Fall auf mich«, sagte Anthony.

»Hoffentlich bist du schnell genug, um den Verräter zu schützen.«

»Setz dich.«

»Warum habt ihr mich entführt?«

»Weil ich deine Hilfe benötige, ich habe einen Auftrag für dich.« Anthony stellte die Tasche auf dem Tisch ab. »Und zu deiner Information: Wir haben dich nicht entführt. Die Tür steht offen, du darfst jederzeit gehen.«

»Ich will meine Sachen zurück.« Vor allen Dingen die Feder, die Anthony ihr entwendet hatte, nachdem er sie mit dem Betäubungspfeil beschossen hatte. Keira hatte so viel auf sich genommen, um sie zu erhalten. Ihre weißen Haare zum Beispiel.

»Die Feder bleibt natürlich hier.«

»Sie wird dir nichts nutzen, das habe ich A.J. schon erklärt. Man kann Jaydees Macht nicht damit brechen.« Das war ihr ursprünglicher Plan gewesen. Sie waren einem alten Reim gefolgt, den A.J. in Joshuas Unterlagen gefunden hatte und der darauf hinwies, dass man mit dieser Feder Jaydees Kraft rauben konnte. Doch dem war nicht so. Keira hatte in den Archiven der Sapier den Engel Sophia getroffen. Die Urmutter. Sie hatte ihr alles genau erklärt. Auch, dass die Feder Jaydee zwar schwächen, aber sonst nichts weiter mit ihm machen konnte. Nur Jess – also die Nachfahrin – war in der Lage, Jaydees Kräfte zu ankern.

»Mir ging es auch nie darum, dem Knilch irgendwelche Mächte zu nehmen, ich wollte lediglich einen Gegenstand, mit dem ich ihm schaden kann«, sagte Anthony. »Und ihm alles heimzahlen, was er mir angetan hat.«

»Du willst dich rächen.« Beide Treffen zwischen Jaydee und Anthony hatten in Gewalt geendet. Beim ersten Mal hatte Jaydee ihm sämtliche Piercings aus dem Gesicht gerissen und ihm ein Kreuz auf die Stirn tätowiert, beim zweiten Mal war er bei Anthony eingebrochen und hatte ihn und Keira bedroht.

»Natürlich will ich das. Aber dazu muss ich den Sack erst einmal finden. Genau das ist deine Aufgabe: Du wirst Jaydee zu mir bringen.«

»Klar«, sagte sie. »Mach ich gleich, nachdem ich am Nordpol war und mit dem Weihnachtsmann im Sonnenuntergang getanzt habe. Oder lebt er am Südpol? Ich kann mir das nie merken.«

»Witzig, Keira-Maus, wirklich. Schön, dass du deinen Sinn für Humor behalten hast.«

»Ich will zurück, was mir gehört. Ich will die Feder.« Sie sah zu A.J. Er verhielt sich ruhig, hielt den Blick halb gesenkt, als könnte er nicht ertragen, in ihrer Nähe zu sein. »Und den Schädel sowie die Stimmgabel. Ihr habt sie doch bestimmt an euch genommen.«

»Haben wir«, sagte Anthony. »Du bekommst die letzten beiden Sachen wieder, wenn du den Auftrag erfüllt hast, die Feder bleibt bei mir.«

»Ich habe dafür bezahlt, außerdem gehört sie den Sapiern.«

A.J. beugte sich zu Anthony. »Wegen der Feder hat sie die weißen Haare bekommen.«

»Verstehe. Die Farbe steht dir extrem gut, macht dich noch verwegener.«

Keira ballte die Hand zur Faust. Anthony bemerkte es natürlich und grinste. »Du hast keine Chance, spar deine Kräfte.«

Gegen ihn konnte sie wohl wirklich nichts ausrichten, das stimmte. Sie sah zu A.J. »Warum? Warum das ganze Gerede über Joshua, die Unterlagen. War das alles erfunden?«

»Nein. Es war so, wie ich es dir gesagt habe. Ich hatte tatsächlich den Zugang zu seinem Bankschließfach. Erst dort wurde mir bewusst, was er all die Jahre vor mir verheimlicht hatte. Ich war einer seiner engsten Mitarbeiter, und er hatte mir so wenig vertraut!«

»Also warst du enttäuscht und hast dich deshalb auf die andere Seite geschlagen. Du armer kleiner Mann.«

»Es war eigentlich nicht meine Absicht gewesen. Ich hatte Anthony gesucht, das wusstest du. Das war einer der letzten Aufträge, die mir Joshua zugewiesen hatte.« A.J. warf einen raschen Blick auf Anthony. Da war etwas in seinen Augen. Unsicherheit oder Angst, womöglich.

»Ich habe ihn allerdings zuerst gefunden«, sagte Anthony. »Als er in meinem Laden herumschnüffelte, habe ich ihn gestellt.«

»Wir kamen ins Gespräch. Oder eher: Er hat alles aus mir herausgequetscht.«

Anthony grinste. »Ich kann sehr überzeugend sein.«

A.J. rümpfte die Nase und zog die Schultern an. Ja, er hatte definitiv Angst vor Anthony. Da brodelte mehr unter der Oberfläche, als er zugab. »Ich erzählte ihm, dass ich nach einem Mittel suchte, um deine Erinnerung wiederherzustellen.«

»Und da kam ich ins Spiel. Ich habe A.J. das Geld gegeben und ihm gesagt, dass Lough ein Gegenmittel hätte. A.J. sollte als Kontaktmann auftreten, aber der alte irische Sack hat herausgefunden, dass ich dahintersteckte und wollte dir das Mittel deshalb nicht geben.«

»Mit Leuten wie dem, der dich schickt, mache ich keine Geschäfte.« Das hatte Lough ihr gesagt. Er hatte gar nicht A.J. gemeint, sondern Anthony. Vielleicht wollte er sie sogar warnen ... Keira kniff sich in die Nase. Was hatte sie da nur angerichtet?

»Gräme dich nicht, Mäuschen. Wenn du das Mittel nicht geholt hättest, würdest du noch im Sumpf deiner falschen Erinnerungen leben.«

»Du hättest mich einfach dortlassen können.«

»Das wäre viel zu schade um dich gewesen. Eine Frau mit deinem Talent sollte nicht in ihrem Geist dümpeln. Außerdem hätte dich die Suche nach Coco früher oder später ins Grab befördert.«

Keira schüttelte den Kopf, stemmte die Hände in die Hüften und atmete durch. Anthony hatte sie mal wieder als Spielstein in seinen verdorbenen Plänen benutzt. Sie sah zu A.J. »Ich verstehe trotzdem nicht, warum du ihm hilfst.«

»Weil ... weil er das einzig Richtige tun wird: Er wird Jaydee aus dem Verkehr ziehen. Das, was ich sagte, meinte ich ernst: Diese Sache ist so viel größer als wir. Jaydees Macht darf nicht ausbrechen, und das wird sie nicht, wenn Anthony ihn gefangen hält.«

»Er wird ihn foltern! Ist dir das klar?« Und dann vermutlich in Stücke reißen. »Es ist der falsche Weg!«

A.J. trat einen Schritt auf sie zu. Das sollte er nicht tun, er kam in Schlagdistanz. »Du hast keine Ahnung, mit wem du dich eingelassen hast. Anthony ist mächtiger, als du ahnst. Du darfst dich ihm nicht in den Weg ...«

Keira sprang nach vorne und donnerte ihm ihre Faust ins Gesicht. A.J. schrie, flog zurück. Sie wollte nachsetzen, doch da traf sie Anthonys Tritt gegen den Bauch. Sie stürzte nach hinten, überschlug sich zweimal und blieb schwer hustend auf dem Rücken liegen. Ihre Lunge brannte, als hätte jemand ein Feuer darin entfacht. Sie hielt sich die Stelle, an der sie getroffen worden war, und wartete, ob sie wieder Luft bekam.

»Scheiße«, blaffte A.J. »Sie hat mir die Nase gebrochen.«

»Ach, das wird schon wieder«, sagte Anthony.

»Hast du 'nen Knall?! Du hast gesagt, dass du sie mir vom Leib hältst.«

»Den einen Schlag hat sie sich verdient. Von nun an wird sie ganz brav sein, hab ich recht, Keira-Maus?«

»Leck mich«, brachte sie zwischen zwei Hustenanfällen über die Lippen. Anthony lachte herzhaft.

Keira rollte sich auf die Seite, ihr war so elend, als wäre ihr Magen zu Matsch geschlagen worden.

»Wenn du dich genügend ausgeruht hast, können wir wieder zum Geschäftlichen kommen«, sagte Anthony. »Du wirst mir Jaydee bringen.«

»Nein.« Sie wollte aufstehen, doch Anthony war schneller, packte sie am Kragen und zerrte sie in die Höhe.

Keira versuchte nicht mal, sich zu wehren. Sie kannte die Wirkung der Tattoos. Natürlich brannten sie aus, wenn Anthony sich zu sehr verausgabte, aber Keira würde das mit ihrer Kraft nicht schaffen. Um Anthonys Tattoos zu schwächen, bräuchte es eher jemanden vom Kaliber der Seelenwächter, und selbst die kamen dagegen nur schwer an. Beim letzten Kampf mit Jaydee und Akil hatte Keira die beiden zu Kleinholz verarbeitet.

»Niemand verarscht mich und kommt ungeschoren davon. Dieses Zeichen ...« Er deutete auf das Kreuz auf seiner Stirn, das Jaydee ihm gestochen hat. »...schickt mir die abstrusesten Halluzinationen. Wenn ich nicht mit dem entgegenwirke ...«, er zeigte auf ein zweites Kreuz, auf der Handinnenfläche, »... sehen alle Menschen aus wie Zombies! Weißt du, wie ätzend es ist, wenn die Wirkung nachlässt und ich durch eine überlaufene Innenstadt gehe? Ein Horrorfilm ist ’n Scheiß dagegen.«

Keira konnte nicht anders und musste sich ein Lachen verkneifen. »Sollte es nicht *gegen* Angstzustände wirken? Das hast du zumindest Jaydee gesagt, als er es dir gestochen hat.«

»Eigentlich! Aber durch seine Stümperei hat der Mistkerl es verhunzt. Der Sack schuldet mir einiges, und ich werde ihn so lange bluten lassen, bis er sich wünscht, nie geboren worden zu sein!«

»Du hättest ihn gleich in deinem Laden erledigen sollen«, keuchte sie. »Als du ihm das Genick gebrochen hast und er wehrlos dalag.«

Anthony kniff die Augen zusammen und beugte sich näher zu ihr. Sein Atem stank nach Zigaretten. »Wie du dich sicherlich erinnerst, war ich damit beschäftigt, dich zu heilen, oder hätte ich dich lieber verbluten lassen sollen?«

Das stimmte. Jaydee hatte sie so schwer verletzt, dass sie daran gestorben wäre, hätte Anthony ihr nicht beigestanden. Sie schüttelte leicht den Kopf. Nur wegen diesem Arsch war sie noch am Leben.

Anthony stieß Keira von sich und ging zurück zum Tisch. »Du wirst mir helfen. Das bist du mir schuldig.«

»Das ist wohl ein Witz. Du willst nur jemanden, der für dich die Drecksarbeit macht! Such ihn doch selbst. Du hast Blut von ihm genommen, dir sollte es möglich sein, einen Suchzauber zu fertigen.« Er schob diesen Auftrag nur vor. Anthony wollte sie fordern, sie ärgern womöglich. Dieser Mann hatte seine Mittel und Wege, wie er Menschen aufspürte, er brauchte nicht zwingend Keira dazu.

»Das Blut habe ich für etwas anderes gebraucht.« Er lächelte selbstgefällig.

Keira war sich nicht sicher, ob er sie einweihen würde, aber Anthony prahlte liebend gerne mit seinen Taten.

»Der Sack hätte niemals meine Tinte verwenden sollen, um sich selbst Tattoos zu stechen. Es ist meine Magie, niemand nutzt sie zu seinem eigenen Vorteil.«

»Wie meinst du das?« Es war ihr recht, wenn er quasselte, solange konnte sie sich sammeln.

»Ich habe die Tinte verändert. Sie wirkt dieses Mal länger, ist im Moment sogar aktiv. Und der Idiot hat sicher keine Ahnung, dass ich sie kontrollieren kann.«

Keira hatte nichts von Tattoos bei Jaydee mitbekommen, so viel hatten sie nicht miteinander geredet. Aber wenn er tatsächlich die Tinte, die er ihr damals weggenommen hatte, dafür verwendet hatte, um sich selbst Anthonys Zeichen zu stechen, war das keine gute Idee. Nichts, was von Anthony kam, war gut, auch wenn es augenscheinlich anders zu sein schien.

»Bring ihn zu mir! Sobald du diesen Auftrag erledigt hast, bist du frei. Für immer. Ich werde dich nie wieder behelligen, du bekommst deine Akten zurück, ich behalte kein belastendes Material von dir.«

»Ich wüsste nicht, was du noch von mir haben solltest, das mich belasten könnte.« Anthony hatte Keira auf diese Art jahrelang für sich arbeiten lassen. Er hatte Film- oder Fotomaterial von ihr während ihrer Einsätze gesammelt und stets damit gedroht, es der Polizei zu melden. Über die Jahre hatte sie sich allerdings alle Beweise zusammenverdient.

Anthony griff in die Tasche und holte einen kleinen Fernseher mit einem Abspielgerät heraus. »Glaub mir, das Material, das ich habe, ist sogar richtig gut.«

Anthony knipste den Monitor an und drückte einen Knopf auf dem Gerät. Ein Schwarzweiß-Film flackerte auf. Es zeigte den Flur hinter Loughs Büro. Keira erkannte ihn sofort. Genau wie die Frau, die auf dem Film kämpfte und einen Kerl nach dem anderen k.o. schlug. »Was soll das?«, fragte sie.

»Du hast in den letzten Tagen keine Zeitung gelesen, was kein Wunder ist. Vorgestern kam es zu einem schrecklichen Amoklauf in einem Club. Der Besitzer, drei seiner Angestellten, zehn Gäste und ein Hund kamen dabei ums Leben.« Anthony hielt das Bild an. Es zeigte Keira von vorne. Ihr Gesicht war sehr gut zu erkennen.

»Ich ... ich habe niemanden umgebracht.«

»Das glaubst du, Mäuschen. Du hättest nicht so schnell gehen sollen. Das Beste kam zum Schluss.«

»Was hast du getan?«

Anthony ließ den Film weiterlaufen: Keira warf ihr Messer auf einen der Wachmänner, sie erinnerte sich daran, den Kerl hatte sie am Ärmel erwischt, aber auf dem Film sah es aus, als hätte sie sein Herz getroffen. »Das ist nicht so gewesen.«

»Mit ein wenig Magie schon.«

»Du hast die Aufnahmen manipuliert.«

Der Film lief weiter. Keira tötete einen nach dem anderen, brach sogar dem Hund das Genick und killte ganz am Ende Lough, als sie ihm das Amulett vom Hals zog, mit dem sie den Kobold auf dem Podest ausgeschaltet hatte. Es sah aus, als würde sie Lough mit der Kette erwürgen.

»Noch sind die Aufnahmen nicht zur Polizei gelangt, doch die Bullen werden sich bestimmt die Finger danach lecken. Die Täterin so schön im Bild eingefangen ... Sicher gäbe es eine landesweite Fahndung nach dir. Du wirst durch alle Medien gehen, du wirst berühmt, Mäuschen.«

Sie musste sich am Tisch abstützen. Das war mit Abstand das Niederträchtigste, das sich Anthony je ausgedacht hatte. »Du hast diese Menschen umgebracht. Vierzehn Opfer.« Dafür?

»Vergiss den Hund nicht. Außerdem war mir Lough schon die ganze Zeit ein Dorn im Auge. Dieser selbstgefällige Mistkerl, der sich in seiner eigenen Arroganz gesuhlt hat.«

Ihre Augen füllten sich mit Tränen, sie blickte zu A.J, der das Taschentuch fest auf die Nase drückte. Vielleicht hätte sie ihn doch nicht schlagen sollen. »Das kannst du nicht zulassen. Du weißt, dass ich niemanden umgebracht habe!«

Er schloss die Augen.

»A.J.! Bitte! Das ist kein Kavaliersdelikt. Sollte es je rauskommen, werde ich dich genauso mit hineinziehen! Du bist in dieser Sache Mittäter.«

Er sah sie an. Keira spürte seine Zweifel, die Angst davor, selbst im Knast zu landen. Sie trat auf ihn zu, er nahm das Taschentuch weg, öffnete den Mund zum Sprechen. Auf einmal gab es einen Knall, und etwas Warmes spritzte ihr ins Gesicht. Keira schrie, riss die Hände hoch und sah gerade noch, wie A.J. nach hinten umkippte.

»Hast recht, Keira-Maus«, sagte Anthony, kam neben sie und steckte die Pistole ein, mit der er eben A.J. ins Gesicht geschossen hatte. »Der ist wie ein Fähnchen im Wind. Er wäre eingeknickt.«

Vollkommen paralysiert glotzte sie auf den Toten vor sich. Eine Blutlache breitete sich um seinen Kopf aus. Es war nicht ihre erste Leiche, dennoch wurde ihr speiübel.

»Wirst aber nicht ohnmächtig, oder?«, fragte Anthony trocken. »Ey, die Sauerei tut mir leid. Ich hol dir ein Handtuch.«

Keira schluckte die Galle hinunter. A.J.s Blut lief in ihre Augen, aber ihre Hände zitterten so stark, dass sie es nicht abwischen konnte. Mechanisch blickte sie zum Tor, das hinaus in die vermeintliche Freiheit führte. Alles in ihr schrie danach, durchzugehen und abzuhauen. Doch wenn sie das tat, wäre es aus mit ihr.

Sie wusste, dass Anthony seine Drohung wahrmachen und sie anzeigen würde.

Keira war erledigt.

Er hatte sie in der Hand.

5. Kapitel

Jaydee

Ich rannte durch den Park. Der Kies knirschte unter meinen Stiefeln, das Adrenalin peitschte in meinen Adern und schwemmte meine Hemmschwelle davon ...

Ich atmete ein und schwelgte in der Euphorie, der Vorfreude, der Gewissheit, dass mir nichts und niemand entkommen konnte.

So war es einst gewesen.

Vor einem halben Jahr.

In diesem Park.

In dieser Stadt.

In meiner Heimat.

Damals war es Sommer gewesen, heute war es Winter. Der Kies hatte sich mit Schnee vermischt und war zu einem braun-weißen Matsch geworden. Die Luft war klar und rein, die Sonne ging auf und tauchte den Schnee auf den Wiesen und Bäumen in Glitzer.

Als wäre das hier ein verfluchtes Feenland.

Doch das war es nicht.

Wieder einmal war ich auf der Jagd.

Wieder einmal suchte ich nach Beute.

Ich joggte den Weg hinunter, fühlte das Blut in mir pulsieren. Es war ein gutes, gesetztes Gefühl. Beim letzten Mal hatte ich mich gehen lassen. Ich hatte dem Jäger die Kontrolle überlassen, hatte ihm gestattet, mit seiner Trophäe zu spielen – und dabei verloren.

Oder gewonnen, je nachdem, wie man es auslegen wollte.

Ich stoppte an der Wiese, an der ich Joanne damals gestellt hatte. Als ich die Eiche sah, musste ich schmunzeln. Joanne hatte sich an diesem Abend atypisch verhalten. Sie hatte das schüchterne Mädchen gemimt, obwohl ihr hätte klar sein müssen, dass ich sie als das erkannte, was sie war: einen Schattendämon.

Doch ich hatte mich auf ihr Spiel eingelassen. Weil es mir Spaß gemacht hatte. Weil ich diesen Kick gebraucht hatte. Immer noch, auch wenn ich mir in den letzten Tagen meinen Spaß woanders geholt hatte.

Kurz darauf war ich erneut hier gewesen und hatte mit Keira gekämpft. Sie hatte Akil und mich fertiggemacht, doch ich hatte ihr dafür meinen Jadestein abknöpfen können, den sie im Schutt in der Kirche gefunden hatte.

Eine Fälschung.

Sie hatte mir eine verfluchte Fälschung überlassen. Und ich Vollidiot fragte mich die ganze Zeit, was Ariadne mir damit hatte sagen wollen. Wie der Stein mir helfen sollte.

Ich wusste noch nicht genau, was mich mehr ärgerte: dass Keira mir eine Kopie angedreht hatte – oder dass ich es nicht bemerkt hatte.

Ich hatte diesen Stein fünfzehn Jahre um meinen Hals getragen, das Ding von Keira hatte sich exakt so angefühlt wie der echte. Er hatte die gleichen Abnutzungserscheinungen, das gleiche Gewicht. Verdammt, ich hatte mir sogar eingebildet, etwas zu spüren, als ich ihn um den Hals gelegt hatte.

»Diese elende kleine Mistkröte.« Sie hatte mich erneut reingelegt. Beim ersten Mal hatte es damit geendet, dass mein Messer in ihrem Bauch gelandet war.

Dieses Mal durfte es nicht so sein, auch wenn der Zorn in meinen Eingeweiden rumorte. Obwohl Keira Jess in einem Kampf gegen Schattendämonen geholfen und ihr vermutlich das Leben gerettet hatte, konnte ich die Frau nicht ausstehen. Wäre es nach mir gegangen, hätte ich sie in dem Dorf ihrem Schicksal überlassen, sie hatte es nur einer Person zu verdanken, dass ich sie mitgenommen hatte:

Benjamin Walker.

Ich schloss die Augen und lauschte. Es waren nicht viele Menschen im Park unterwegs, ich sollte meine Beute also relativ leicht finden können. Langsam ging ich weiter, hielt meine Sinne wach und beachtete jedes Geräusch. Ich atmete tief ein und fand zwischen dem Schnee und der erwachenden Natur endlich den vertrauten Geruch, auf den ich gewartet hatte.

Er war noch einige hundert Meter entfernt, aber die Luft war so klar, dass ich ihn trotzdem witterte. Ich blickte in die Richtung, aus der er gleich auftauchen müsste. Jess hatte mir erzählt, dass er morgens seine Runden im Park drehte. Ich bog vom Weg ab und suchte Deckung hinter einem Strauch.

Da war er.

Ben legte ein gutes Tempo vor, er hatte Stöpsel in den Ohren, trug einen Hoodie mit Schal und Dreiviertelhosen. Sein Atem tanzte in der kalten Luft. Ich ließ ihn an mir vorbei und wartete, ob er mich bemerkte. Er tat es nicht. Auch gut. Hinter ihm joggte ein Pärchen, doch sie bogen nach links ab und rannten den anderen Weg hinunter.

Ich verließ mein Versteck, überquerte die nächste Wiese, sprang über den gefrorenen Bach, der im See endete, und gelangte so auf einen Weg, an dem Ben gleich vorbeikommen musste. Dieser Teil des Parks war stärker mit Bäumen bewachsen. Sie bildeten eine Allee, schirmten auch die anderen Leute ab. Es musste ja niemand mitbekommen, was gleich passieren würde.

Ich drückte mich hinter einen Baum, schloss die Augen und wartete. Die Energie der Erde umfing mich. So viel Natur um mich herum, obwohl ich mitten in einer Stadt war. An manchen Tagen hatte ich das Gefühl, dass ich die Erde stärker spüren konnte. Vielleicht waren das Überreste von Akils Fähigkeiten, die ich ihm einst entzogen hatte. Ich hatte ihm versprochen, diese Sache in den Griff zu bekommen, hatte es aber nach wie vor nicht getan. Wie auch in der Isolation?

Endlich hörte ich seine Schritte. Ben war schneller geworden, wollte offenbar die letzten Meter sprinten. Ich wartete, bis er auf meiner Höhe war und schnellte aus meinem Versteck. Er riss den Kopf herum, hob einen Arm zur Verteidigung, doch er war viel zu langsam. Ich holte ihn von den Füßen, wir purzelten über den Weg auf die Wiese gegenüber und landeten im Schnee. Ben keuchte, verlor seine Ohrstecker. Die Musik lief weiter: »*I'm lookin' to the sky to save me. Lookin' for a sign of life* …«

Ein Zeichen des Lebens konnte ich ihm geben. Nichts half so gut wie ein ordentlicher Kampf, um sich selbst zu spüren. Ich rollte herum und kickte in seinen Bauch. Ben wich mir aus, ich erwischte ihn am Rücken. Er packte einen Bollen Schnee und schleuderte ihn auf mich. Ich zog ihn am Kragen in die Höhe, drängte ihn gegen den nächsten Baum und legte meine Finger um seine Kehle. Schnee rieselte aus den Blättern auf uns hinab.

»Make my way back home when I learn to fly high …«

Ben starrte mir in die Augen. Ein leichtes Lächeln umspielte seine Mundwinkel, doch es verschwand sofort, als er mir mit den Fäusten auf die Ohren donnerte. Mir wurde duselig, ich schüttelte mich, Ben trat gegen meine Seite. Er schlug hart zu, vermutlich, weil er wusste, dass er mich nicht ernsthaft verletzten konnte. Ich wartete, bis der Schwindel abebbte, packte die Ohrstöpsel und schlang sie um seinen Hals.

»Du solltest auf die Dinger aufpassen«, sagte ich und zog sie fester zu.

»Und du auf die …« Ben hob sein Knie und rammte es mir voll in die Weichteile. Ich lockerte meinen Griff, er stieß seinen Ellbogen in meinen Bauch, ich packte ihn am Nacken und zerrte ihn zurück. Bei einem echten Kampf würde ich meinen Dolch zücken und dem Kerl ein Ende bereiten, aber das käme natürlich nicht infrage.

Ich kickte ihn auf die Seite, Ben wehrte mich gut ab und warf das Handy mitsamt den Kopfhörern von sich. Er hob die Hände, tänzelte auf der Stelle, machte sich bereit, mich erneut abzuwehren. »Ich liebe diesen Song! Hättest du nicht warten können?«

Ich grinste und stürzte nach vorne. Er hatte viel trainiert, war fit und ausdauernd. Seine Technik war ausgereift, aber auch etwas steril. Ben bekam nicht oft Gelegenheit, draußen zu kämpfen, es war anders, wenn jemand mit unfairen Mitteln zurückschlug. Ich verpasste ihm den nächsten Tritt, der ihn wieder an einen Baum beförderte. Ben krallte sich an der Rinde fest und hustete. Ich wartete ab. Entweder war das zu heftig gewesen, oder er tat nur so als ob.

»Ist alles in Ordnung?«, fragte auf einmal ein Mann hinter uns. »Brauchen Sie Hilfe?«

Ich drehte mich herum. Ein Typ mittleren Alters wartete mit seinem Fahrrad am Wegesrand.

Ben winkte ab. »Nein. Vielen Dank, Sir! Wir trainieren nur.«

»Sind Sie sicher?«

»Ja. Ich bin Poli... Detective Walker. Ich danke Ihnen wirklich.«

Der Mann sah zu mir, rümpfte die Nase und stieg auf seinen Drahtesel. Ben stemmte sich von der Rinde ab und kam zu mir. Ich spannte die Muskeln, doch er hob die Hände.

»Gönn einem alten Mann 'ne Pause.«

»Du bist weit davon entfernt, alt zu sein.« Auch wenn er einige graue Strähnen bekommen hatte. Entweder hatte er vorher seine Haare gefärbt, oder sie waren in den letzten vier Monaten entstanden. Ben bemerkte meinen Blick und strich sie sich zurück.

»Schrecklich, oder? Werden jeden Tag mehr.«

»Es steht dir, und es ist gut, dich zu sehen.«

Ben lächelte. Wir umarmten uns kurz, als ich ihm auf den Rücken klopfte, hustete er.

»Tut mir leid.«

»Das ist nicht von dir. Ich habe mir letzte Woche beim Training eine Prellung zugezogen. Halb so wild.«

»Indianer kennen doch keinen Schmerz.«

»Woher dieser Blödsinn stammt, möchte ich echt gerne wissen.«

»Ich habe Heilsirup in meiner Satteltasche. Wenn du willst,

kannst du ihn haben.« Ben war der einzige Mensch, den wir bisher getroffen hatten, der den Sirup vertrug.

»Das sind unlautere Mittel.«

»Wen juckt's?«

Ben lächelte, hob sein Handy auf und wischte den Schnee herunter. »Du hast die Foo Fighters gekillt.«

»Bitte?«

»Das Lied. Eben. Das ist von den Foo Fighters.« Er sah mich an.

Ich runzelte die Stirn.

»Du hast keine Ahnung von Musik, oder?«

»Ich komme nicht viel dazu, welche zu hören.« *Schon gar nicht, wenn man vier Monate in einer Zelle hockt.*

Ben schien zu spüren, woran ich dachte. »Wie war es denn für dich?«

»Wie Urlaub.«

»Lügner.«

Akil hatte mich auch schon danach gefragt, aber ich wollte nicht über diese Zeit sprechen. Es war vorüber, das war alles was zählte.

»Trag es nicht allein mit dir herum, irgendwann wird es ausbrechen.«

»Momentan wollen ganz andere Dinge ausbrechen. Ich brauche deine Hilfe.«

»Schade, ich dachte, du kommst vorbei, weil du Sehnsucht hast.« Ben klopfte den Dreck von seinen Hosen und zischte vor Schmerz. Ich drehte herum und pfiff einmal. Es sollte nicht lange dauern, bis Amir da war, und dann hatte ich ja noch einen zweiten Parsumi im Schlepptau ...

»Wir können uns später über alte Zeiten unterhalten, erst muss ich Keira finden.« Ich erzählte ihm von dem Fund mit dem Stein. Als ich fertig war, kam Amir den Weg entlanggetrabt und blieb vor mir stehen. Und nicht nur er.

»Interessant«, sagte Ben, als er den beigefarbenen Hengst sah.

»Das ist Aayan. Akil hat viel Zeit in ihn investiert. Er ist jung, aber vielversprechend.«

Ben schmunzelte. »Also rechnest du fest damit, dass ich mitkomme.«

»Ich hoffe es.« Ich ging an die Satteltasche und holte eine Flasche Heilsirup heraus. »Keira muss mir meinen Stein zurückgeben.«

»Denkst du, sie hat ihn noch?«

»Wenn nicht, wird sie wissen, wo er ist. Schließlich hat sie ihn vertauscht.« Ich reichte Ben die Flasche Heilsirup. »Also? Wirst du mir helfen?«

Er entkorkte sie, ohne davon zu trinken. »Wie stehst du denn zu ihr?«

»Wir sind die besten Freunde geworden und treffen uns einmal die Woche zum Kartenspielen.«

Er nickte. »Also hasst ihr euch noch immer.«

»Das ist mit ein Grund, warum ich zu dir gekommen bin. Ich möchte, dass du mich begleitest. Ich will ihr nicht ...« Ich strich über den Sattel, sortierte meine Gedanken. »Ich fürchte, ich könnte auf sie ...«

»Losgehen.«

»Ja.«

»Das ist ja ein ganz neuer Zug an dir. Vor ein paar Monaten wärst du losgeprescht, ohne Rücksicht auf Verluste.«

»Da war auch noch vieles anders.« Jetzt wollte ich vor allen Dingen Jess nicht enttäuschen. Ich machte das für sie. Für uns. Es durfte nicht ständig Gewalt im Raum hängen, wenn sie mit mir zu tun hatte.

Ben musterte mich. »Du wirkst auch ganz anders. Deine Augen strahlen.«

Ich rollte mit selbigen. »Ich werde mir demnächst ein Schild umhängen.« Da mir offenbar jeder ansah, dass ich verknallt war. »Jess und ich sind zusammen.«

»Ach, nein.«

Ich zog mein Shirt ein Stück hinunter und zeigte ihm die Tattoos. »Darum. Ich habe sie mir vor vier Monaten gestochen. Sie halten ihre Emotionen von mir fern. Ich kann sie endlich anfassen.«

»Gratuliere!«

»Danke.«

»Weiß sie denn, dass du hier bist?«

»Vermutlich.«

Ben runzelte die Stirn.

»Ich ... ich will sie nicht dabeihaben.«

»Weil ...?«

»Weil es ... ich nicht ...«

»... will, dass sie dich sieht, falls du ausflippst? Den Punkt habt ihr in eurer Beziehung schon lange überschritten, mein Freund.«

»Nein. Ja. Herrgott.« Ich deutete auf die Flasche, von der er noch nicht getrunken hatte. »Es wird dich nicht heilen, wenn du es anstarrst.«

»Lenk nicht ab. Sie wird enttäuscht sein, wenn sie merkt, dass du ohne sie unterwegs bist.«

Ganz sicher sogar.

Er sah mich an. Ruhig. Besonnen. Genau wie Akil es immer tat, wenn er mich darauf aufmerksam machen wollte, dass ich mich gerade wie ein Idiot benahm.

»Ich habe ihr einen Zettel hinterlassen.«

»Einen Zettel.«

»Der erklärt, wo ich bin.«

Ben schwenkte den Becher und schüttelte den Kopf. »Im Kämpfen bist du ein Ass, im Beziehungführen eine Null.«

»Tja, was soll ich sagen.« Mein Leben lang hatte ich mich von anderen ferngehalten und so viel Abstand wie möglich zu jedem gewahrt. Manche Gewohnheiten starben schlecht. »Trink endlich das verfluchte Zeug.«

»Ich bekomme jedes Mal Krämpfe und überlege gerade, ob es das wert ist.«

»Einen gesunden Körper zu haben, ohne dass es irgendwo zwickt?«

Er schnalzte mit der Zunge. »Gutes Argument, also rein damit.« Er hielt die Luft an und trank mit wenigen Zügen die Flasche leer.

Es dauerte tatsächlich nicht lange, bis er von Krämpfen geschüttelt wurde. Ich trat näher zu ihm, hielt ihn an den Schultern fest und redete beruhigend auf ihn ein. Er krallte sich an meinen Arm, bis die Heilwirkung einsetzte und seine Muskeln sich entspannten. Langsam richtete er sich auf, drehte den Nacken, drückte sich auf die Stelle, an die ich ihn vorhin getreten hatte. »Fühlt sich an wie neu. Das ist wirklich faszinierend.«

Ich nahm die leere Flasche und steckte sie zurück in die Satteltasche. »Also, wirst du mir helfen?«

»Natürlich. Wozu sind Freunde denn da?! Aber du wirst mir ein neues Handy besorgen.«

»Klar doch.« Ich musste mir nur Akils Kreditkarte leihen.

6. Kapitel

Jessamine

Es war leichter als gedacht, Akil zu überreden, mitzukommen. Aiden und ich hatten ihn abgepasst, als er aus seinem Kraftplatz gekommen war. Ich hatte ihm alles erklärt, auch dass Jaydee wegen des Jadesteins alleine unterwegs war.

Er hatte es sich in Ruhe angehört, zwischendurch etwas wie »Typisch Jaydee« und »Dem gehören mal ordentlich die Leviten gelesen« gebrabbelt und war dann, ohne zu zögern, mit uns gegangen.

Nun ritt ich mit zwei Seelenwächtern an meiner Seite durch ein abgelegenes Industrieviertel von Riverside Springs. Die Kälte umschlang mich, die Straßen waren schneebedeckt, aber der Himmel war genauso strahlend schön wie bei uns. Es war Montagmorgen, dennoch herrschte kaum Verkehr. Die wenigen Leute, die an uns vorbeifuhren, nahmen keine Notiz von uns. Zudem lag das Viertel abgelegen in der Nähe des Waldes.

»Kennst du dich hier aus?«, fragte Akil.

»Nicht wirklich. Wir sind einmal mit dem Auto durchgefahren, weil wir uns verirrt hatten.« Ariadne, Violet, Zac und ich ...

Wie immer, wenn ich an sie dachte, breitete sich ein Ziehen in meinem Magen aus. Violet fehlte mir schrecklich in meinem Alltag. Manchmal fing ich einen Satz an, weil ich ihr etwas erzählen wollte, aber dann fiel mir ein, dass sie gar nicht mehr da war. Zu Beginn war es am schlimmsten gewesen, mittlerweile hatte sich ihre Abwesenheit in ein schales Gefühl der Leere verwandelt. Als würde man an einem gedeckten Tisch sitzen und auf den letzten Gast warten.

Doch der kam nicht.

Nie mehr.

Ich fröstelte. Und das, obwohl ich mir eine extrawarme Winterjacke angezogen hatte.

»Da drüben ist es«, sagte Aiden und deutete auf einen langen Betonbunker, der sich mit anderen völlig identisch aussehenden Gebäuden die Straße teilte. »Commercial Street 5.«

Ich nahm dankbar die Ablenkung an und schloss zu Aiden auf. Natürlich hatten die Parsumi ihr Ziel nicht verfehlt. Wir hatten vorher in der Bibliothek auf einer Karte nachgesehen, damit wir eine genaue Vorstellung von dem Ort hatten. Dann mussten wir den Tieren nur noch die entsprechenden Gedanken mitteilen, und sie trugen uns zielsicher dorthin. Es war pure Magie, und dank Akil wusste ich mittlerweile auch, wie diese entstanden war. Er war maßgeblich an der Züchtung der Parsumi beteiligt gewesen und hatte in der allerersten Stute vor zweitausend Jahren den Funken Zauber gezündet.

Wir hielten vor den Gebäuden an. Es war ein langer Bunker mit Rolltoren in regelmäßigen Abständen. Als hätte jemand Fertiggaragen aneinandergereiht. Auf jeder Seite gab es zehn Tore, genau wie bei dem Nachbargebäude. Die Häuser waren lediglich durch ihre Nummern voneinander zu unterscheiden.

»Lager 133. Auguste sagte, dass ihr Name dransteht«, sagte Akil und kramte in seinen Taschen. »Hab mir zum Glück gestern gleich den Schlüssel geben lassen, bevor wir zur Jagd gingen.«

Wir ritten zwischen den Gebäuden durch und sahen auf jedes Tor, bis wir es schließlich fanden. »Da ist es.«

Akil schwang sich aus dem Sattel und steckte den Schlüssel in das Schloss. Als er ihn nach links drehte, rollte das Tor nach oben. Aiden und ich stiegen ebenfalls ab. Sie griff nach dem Schwert an ihrer Hüfte.

»Denkst du, dass das nötig ist?«

»Man kann nie wissen.«

Auch Akil wirkte angespannt, während das Tor einen dunklen Raum freigab. Ein muffiger Geruch drang nach draußen, hier war definitiv schon lange nicht mehr gelüftet worden.

»Mh«, machte Aiden.

»Was ist?«

»Ich kann das Feuer riechen.« Sie ging voraus und betrat als Erste das Lager. »Oh, das ist gut.« Sie atmete tief ein. »Dadurch, dass kaum jemand hiergewesen war, sind die Energien sehr stark.«

Akil und ich folgten ihr. Das Lager war circa dreißig Quadratmeter groß und mit alten Möbeln zugestellt. Schränke, ein paar Koffer, sogar ein alter Sessel. Weiter rechts standen Kartons übereinandergestapelt.

»Da sind dann wohl die Unterlagen drin«, sagte ich. »Wenn wir ...« Genau in der Sekunde tutete mein Handy. »Moment.« Ich griff in die Innentasche meiner Jacke und holte es heraus. Da ich die ganze Zeit über keinen Empfang gehabt hatte, trudelten nun die Nachrichten ein. Ich hatte fünf Anrufe von Noah verpasst.

Oh-oh. Er rief eigentlich nur an, wenn es wichtig war. Ich schielte zu Akil und verließ das Lager, damit ich die Mailbox abhören konnte. Solange die Seelenwächter in meiner unmittelbaren Nähe waren, brach ständig die Leitung ab. Rasch wählte ich die Nummer und lauschte der Bandansage.

»Hey, Jess, ich bin's. Ähm, Noah. Aber das weißt du ja.« Er lachte nervös. Noah war sehr zurückhaltend mir gegenüber. Mich wunderte, wie er es überhaupt geschafft hatte, Akil zu entführen. So wie ich ihn kennengelernt hatte, war er eher unsicher und schüchtern. »Keine Ahnung, wann du das abhörst, aber ich will dir wenigstens 'ne Nachricht hinterlassen. Kannst du Akil bitte sagen, dass ich eine Spur bezüglich des Armbandes habe? Ich habe jemanden kennengelernt – also nicht, dass da was läuft oder so. Bitte sag ihm das nicht auf die Art.« Wieder ein Lachen. Ein wenig tat er mir leid. Es war sicherlich nicht einfach, als Mensch in einen Seelenwächter verknallt zu sein.

Ha, Jess! Hör dir mal selbst zu! Mir ging es nicht viel besser, wobei Jaydee ja kein echter Seelenwächter war.

»Egal. Sein Name ist Dr. Valerian Bishop. Er ist Kunstlehrer in San Francisco und wollte für die Schule Bilder einkaufen. Da ich meine Galerie neu eröffnet habe, hat er sich umgesehen. Wir haben uns über Gott und die Welt unterhalten, und da meinte er, dass eins seiner Steckenpferde antiker Schmuck sei. Ich habe ihm von dem Armband erzählt, also nicht alles, sondern nur ...«

Die Mailbox piepste, weil die Ansage zu lange geworden war, doch Noah hatte ein weiteres Mal draufgesprochen.

»Ich noch mal. Tut mir leid. Ich schwafle. Also, er meinte, dass er sich das Armband gerne ansehen würde. Wenn du das Akil ausrichten könntest, wäre ich dir dankbar. Er kann mich jederzeit ..., er weiß ja, wo ich wohne. Und arbeite. Schick ihn einfach vorbei.«

Pause. Die Aufnahme lief allerdings noch, ich hörte es knacken.

»Ich ... ich vermisse ihn, aber erzähl es ihm nicht. Bis dann.«

Klick.

Ich legte auf und sah zu Akil. Er öffnete gerade einen Karton und wedelte mit der Hand die aufsteigende Staubwolke davon. Er würde sicher sofort aufbrechen wollen, wenn er das hörte, wobei in San Francisco noch Nacht war.

Ich tippte erneut auf dem Handy herum und wählte Zacs Nummer. Die Gelegenheit war günstig.

Es klingelte viermal.

»Jess?«, antwortete eine verschlafene Stimme. Zac war zurzeit auf Bali, ich hatte gar nicht bedacht, dass es dort wohl mitten in der Nacht war. »Ist alles in Ordnung?«

»Ja, hab ich dich geweckt?«

»Mh.«

»Tut mir leid. Ich kann später noch mal anrufen.«

»Jetzt bin ich wach. Was ist passiert?«

»Nichts Besonderes, ich wollte dich nur etwas fragen.« Ich ging ein paar Schritte, schob den Schnee mit meinen Stiefeln weg.

Zac gähnte herzhaft. »Okay.«

»Wirklich?«

»Ja, ich bin voll und ganz bei dir.«

»Ich ... du hast mir im Sommer erzählt, dass du mit Auguste Witz gesprochen hattest. Weißt du noch?«

Es raschelte in der Leitung. Vermutlich hatte er sich im Bett aufgesetzt. »Natürlich.«

»Du sagtest, sie hätte die Tagebücher von Mikael Stevens und dass ich jederzeit vorbeikommen könnte, um sie anzusehen.«

Zacs *‚Ja'* verlor sich in einem weiteren Gähnen. Meine Finger krampften um das Handy. Ich wollte nicht fragen, aber es musste sein. »In der Zwischenzeit sind wir bei Auguste gewesen. Sie meinte, sie könnte sich nicht mehr an das Gespräch mit dir erinnern.«

»Ach?«

Er klang erstaunlich gefasst.

»Vermutlich ist sie senil. Sie ist ja nicht mehr die Jüngste. Erst nach dem Telefonat habe ich in alten Zeitungsberichten gelesen, dass sie ihre eigene Wohnung abgefackelt hat.«

»Das war ein Unfall. Sie ist sehr fit im Kopf, und sie weiß wirklich nichts mehr von einem Gespräch mit dir.«

»Tja, was soll ich dazu sagen?« Wieder ein Rascheln, gefolgt von einem Klacken. »Ich muss kurz raus, damit ich Tobias nicht wecke.«

»Kein Problem.« Ich hörte das Meer im Hintergrund rauschen, während mir gleichzeitig der Schnee um die Ohren wehte. Zac und Tobias wollten sich auf Bali dem digitalen Nomadenleben widmen. Ein wenig beneidete ich ihn um diese Einfachheit. Am Strand liegen, arbeiten, wenn er wollte, sich keine Sorgen um schwarzmagische Zauber oder andere übernatürliche Dinge machen ...

Mein Leben war auch einmal so gewesen ...

Wobei das nicht ganz stimmte. Mein Leben war an dem Tag aus dem Gleichgewicht gekippt, als Mum mich verlassen hatte.

»Bist du noch da?«, fragte er.

»Natürlich.«

»Man kann nie wissen, du hast normalerweise keine Zeit zum Quatschen.«

In der Regel hielt ich die Gespräche mit ihm so kurz wie möglich, damit er mich nicht nach Ariadne oder Violet fragte. Er wusste noch immer nicht, dass beide nicht mehr da waren. Ich hatte es nie übers Herz gebracht, ihm am Telefon davon zu berichten. »Dieses Mal schon.«

»Also, ich hatte Auguste angerufen, sie meinte, ich könne mir die Sachen von Mikael anschauen und fertig. Hatte mich schon gewundert, dass du gar nicht mehr nachgefragt hast. Wie kommst du gerade jetzt darauf?«

Weil ich es vorher vergessen hatte. Tatsächlich war es so.

Jaydee und ich hatten Zac zusammen mit Tobias in New York getroffen. Tobias war mit Jaydee aufgewachsen, wobei die beiden wohl nicht das beste Verhältnis miteinander gepflegt hatten. Tobias hatte sogar mal auf Jaydee geschossen, weil dieser ihm beweisen wollte, dass er es überlebte, wenn ihm jemand eine Kugel ins Herz jagte.

Kurz nach diesem Treffen war ich von Ralf in die Antarktis verschleppt worden, und danach standen wir dem Emuxor gegenüber.

Ich hatte vollkommen vergessen, dass Zac mich auch auf Auguste hingewiesen hatte, genau wie Mikael Stevens, als wir ihn kurzzeitig von den Toten zurückgeholt hatten. »Ich war zu beschäftigt«, beantwortete ich Zacs Frage.

»Klar, das bist du immer.«

»Zac ...«

»Es ist doch so! Ich bin ... ich finde es nicht schön, dass du so wenig Zeit für mich hast. Jedes Mal, wenn wir quatschen, klingst du unendlich leidend, und wenn ich dich auf Ariadne oder Violet anspreche, wiegelst du ab.«

Ich biss auf meine Unterlippe. Er hatte recht. Das tat ich wirklich.

»Was ist los mit dir?«

»Ich ... ich kann es dir nicht einfach so erzählen. Nicht am Telefon.«

»Liegt es an deinem neuen Kerl?«

»Nein! Ganz und gar nicht.«

»Sondern?«

Ich schluckte den dicken Kloß hinunter, ich konnte es ihm nicht sagen. Nicht so!

»Ich habe das Gefühl, dass wir uns beide verlieren.«

»Das tun wir nicht!« Aber stimmte das wirklich? Die Freundschaft zu Zac kam mir mittlerweile abstrus vor. Als wäre es eine andere Person, die früher mit ihm zusammen gewesen war.

Zac kannte ich mein halbes Leben lang. Er war, neben Violet, einer meiner besten Freunde.

»Wenn du weiter zu ihm Kontakt hast, wird er unter die Räder kommen.«

Das hatte Jaydee zu mir in New York gesagt, und ganz tief in meinem Inneren wusste ich, dass es stimmte. Die übernatürliche Welt war nichts für Menschen. Ich hatte es hautnah erlebt. Womöglich waren meine kurzen Gespräche mit Zac der Schutz meines Unbewussten gewesen. Vielleicht wollte ich, dass unsere Freundschaft versandete, damit ich kein schlechtes Gewissen haben musste, weil ich mich nicht um ihn kümmerte. »Es tut mir so leid ...«

»Es muss dir nicht leidtun, sag mir einfach, was los ist. Oder ich komme nach Hause und wir reden in Ruhe.«

Ich drehte mich zum Lagerhaus um, wo Aiden in einem Karton wühlte und so glücklich aussah, als wäre sie auf Gold gestoßen. Akil stand mit dem Rücken zu mir und durchsuchte einen Schrank.

»Das wird nicht nötig sein.«

Zac schnaubte. »Siehst du! Genau das meine ich! Das hättest du früher nie getan! Du hättest mich sehen wollen, mir alles erzählt. Ich bin doch kein Trottel, Jess. Dich treibt etwas Gewaltiges um. Was ist es?«

»Ich ... ich kann nicht.«

»Natürlich nicht.«

»Es ist nicht so einfach.«

»Das ist mir schon klar, dennoch funktioniert es so nicht ... echt, Jess. Ich gehe wieder ins Bett.«

»Nein! Warte!«

»Ruf mich an, wenn du reden willst – und zwar *richtig* reden.«

»Bitte leg nicht auf.«

»Ich hab dich lieb. Mach's gut.«

Es tutete. Er hatte das Gespräch beendet. Er hatte tatsächlich aufgelegt.

Ich nahm das Handy vom Ohr und betrachtete den schwarzen Bildschirm, auf den die Flocken fielen. Meine Finger zuckten. Ich wollte ihn zurückrufen. Sofort. Ich wollte ihm alles erklären, aber ich konnte es nicht. Wie auch, wenn ich selbst so vieles nicht verstand?

Mich schüttelte es vor Kälte. Sie kroch in meine Seele und ließ mich innerlich erstarren. So verlor man Freundschaften. Genau so. Mit Lügen und Märchen.

»Hey, Jess, alles klar?«, rief Akil.

Ich wischte durch mein Gesicht und ging zurück zu den beiden.

»Was ist los?«, fragte er.

»Ich habe mit Zac telefoniert. Es war ... es war kein schönes Gespräch.«

»Was ist passiert?«

Ich zuckte mit den Schultern und kämpfte gegen die Tränen. »Er ahnt, dass ich etwas vor ihm verheimliche, und ich weiß nicht, wie lange ich das noch aushalte.«

»Ach, Mädchen.« Akil kam auf mich zu und zog mich an seine breite Brust. Ich umschlang ihn, badete in dem Duft aus Erde und Moos.

»Ich will ihn nicht als Freund verlieren, und gleichzeitig spüre ich, dass es schon passiert ist.«

»Das tut mir leid. Ich weiß, wie schwer es ist.«

Und ob er das wusste. Akil hatte in puncto Freundschaft die schlimmste Erfahrung gemacht, die man hatte machen können. Sein bester Kumpel hatte sich damals, in seinem Menschenleben, gegen ihn gewendet und ihm das Leben zur Hölle gemacht.

»Was soll ich denn tun?«

»Lass ihm Zeit. Dann redet ihr noch mal.«

»Aber worüber? Was soll ich ihm sagen?«

»Die Wahrheit.«

Ich blickte zu ihm auf. »Alles? Auch von euch?«

»Entweder das, oder du beendest die Freundschaft. Diese Zwischenlösungen funktionieren nicht, glaub mir.«

»Aber ich darf niemandem von euch erzählen.«

»Du musst es ja nicht gerade dem Rat auf die Nase binden.« Er zwinkerte mir zu – und ich verstand. Die Entscheidung, ob ich Zac in diese Welt ziehen wollte oder nicht, lag bei mir.

Aber wenn ich ihn liebte und ihn schützen wollte, dann beendete ich diese Sache so schnell wie möglich.

»Was hat er denn wegen des Gesprächs mit Auguste gesagt?«

»Er meinte, dass er mit ihr telefoniert hat.«

»Und Auguste konnte sich nicht daran erinnern.«

»Einer von beiden lügt, oder sie ist tatsächlich senil.«

Akil strich mit dem Finger über meine Wange. Seine Energie kribbelte auf meinem Gesicht. »Vermutlich ist es auch egal. Du bist hier. Vor den Unterlagen deiner Mutter. Egal, wer was wie wann gesagt hat: Das Ergebnis ist das gleiche.«

»Ja, kann sein.« Ich ließ Akil los und trat zurück. Ich sollte mir wirklich nicht zu viele Gedanken darüber machen. »Bevor ich es vergesse: Noah hat angerufen, er möchte dich gerne sprechen.« Ich fasste seine Nachricht zusammen.

»Ich reite nachher zu ihm.«

»Du kannst auch gleich los. Wir schaffen das alleine, oder, Aiden?«

»Ja.« Sie griff in einen Karton und grinste wie ein Kind, das sein lang ersehntes Weihnachtsgeschenk bekam. »Das ist absolut faszinierend.«

»Was denn?«, fragte ich.

»Die Energien in diesem Raum. Als wäre das Feuer noch lebendig. Es ist wie eine Reise in die Vergangenheit.« Sie holte eine Glaskugel heraus, schnupperte daran und gluckste vor Freude. »Echt faszinierend ...«

Na, da hatten wir wohl das Feuerwächter-Wunderland gefunden. Schön, wenn wenigstens eine von uns Spaß hatte.

Ich griff nach Akils Hand und strich mit dem Daumen über das Armband. »Geh. Es ist wirklich okay.«

»Echt?«

»Je schneller du das Ding loswirst, umso besser. Noah hat zuversichtlich geklungen.«

Akil legte die Hand um meinen Hinterkopf, zog mich zu sich und hauchte einen Kuss auf meine Stirn. »Danke.«

»Nicht dafür.«

»Ich komme so schnell wie möglich zurück.«

»Wir werden hier eine Weile beschäftigt sein.« So wie Aiden aussah, wollte sie jeden einzelnen Gegenstand in die Hand nehmen, aber dann säßen wir morgen noch hier.

»Nimm den Lagerschlüssel«, sagte Akil und reichte ihn mir. »Falls ihr fertig seid und nach Hause wollt. Ich finde euch schon.«

»Danke.«

Er lächelte mich an und ging. Ich blickte ihm nach, wie er auf Flosi stieg, mir noch einmal zuwinkte und verschwand. Eine Windböe wehte herein und trug eine Ladung Schnee mit sich. Ich schlang die Arme um mich und ging zurück zu Aiden. »Wie kann ich helfen?«

»Gute Frage. Nach was genau suchen wir?«

»Angeblich hat meine Mutter Tagebuch geführt. Auguste sollte es aufbewahrt haben, aber ich weiß nicht mal, ob es verbrannt ist oder nicht.«

»War sie deine leibliche Mutter?«

»Ja, warum?«

»Weil ich dann einen Suchzauber mit deinem Blut erstellen kann. Falls das Tagebuch den Brand überstanden hat, werden wir es so am schnellsten finden.«

»Was muss ich tun?«

»Warte.« Sie lief nach draußen zu ihrem Parsumi und kramte in der Satteltasche. Mit einem kleinen Messer und einem Lederbeutel kam sie zurück. »Ich brauche ein paar Tropfen Blut.«

»Okay.« Wenn ich mich an eine Sache bei den Seelenwächtern gewöhnt hatte, dann an den ständigen Aderlass. Ich streckte meine Finger hin, meine Haut war leicht bläulich, ich hätte mir Handschuhe anziehen sollen.

»Dreh sie um. Innenfläche nach oben.« Aiden öffnete den Lederbeutel. Ein würziger Kräuterduft stieg daraus empor. Mit der freien Hand drückte sie das Messer auf meine Haut und ratschte einmal quer darüber. Ich zischte. Leider tat es jedes Mal gleich weh, egal, wie oft ich es machen musste. Aiden drückte meine Finger zusammen und ließ das Blut in den Beutel tropfen. »Wir müssen improvisieren, aber das wird gehen. Danke.« Sie ließ meine Hand los, schloss den Beutel und schüttelte ihn. Steine klimperten im Inneren. Während sie das tat, rezitierte sie fremde Worte, die ich weder verstand noch je gehört hatte. Bei Will klang es anders, wenn er Magie wirkte. Vielleicht fand jeder Seelenwächter seinen eigenen Slang.

»Okay, dann wollen wir mal sehen«, sagte sie schließlich und öffnete den Beutel erneut. Eine feine Staubwolke stieg auf und ballte sich zusammen. Sie verharrte kurz in der Luft, als würde sie etwas suchen, und schwebte zielstrebig zu einem der Kartons, der zwischen andere gestapelt war. Wir hätten ewig gebraucht, wenn wir den hätten suchen sollen.

»Das war eine gute Idee mit dem Zauber«, sagte ich.

»Ja.«

Wir liefen zu dem Stapel und räumten die Sachen vornedran weg, damit wir an den Karton gelangten. Die Aktion hielt uns ziemlich auf, wir mussten einen Schrank verrücken, fünf Kisten wegziehen und auf einen Stuhl klettern.

Wenigstens wurde mir dabei warm, und als wir endlich den Karton erreichten und herunterhoben, stand mir tatsächlich der Schweiß im Nacken. Der Karton war mit jeder Menge Klebeband zugekleistert. Die Staubwolke aus Aidens Beutel hatte sich darauf abgesetzt. Sie zückte ihr Messer erneut und schnitt das Band durch. »Dann wollen wir mal sehen, ob der Zauber funktioniert hat.«

Sie öffnete, wie bei den anderen drang auch hier der Duft verbrannter Asche nach draußen. Aiden atmete tief ein und seufzte. »Auf alle Fälle waren diese Dokumente mit dem Feuer in Kontakt.«

»So ganz habe ich das noch nicht verstanden, woher du das weißt.«

»Feuer ist Energie. Wobei eine Kerzenflamme natürlich weniger erzeugt als ein Waldbrand. In diesem Fall ist eine ganze Wohnung abgefackelt worden. Du kannst es dir wie ein eigenes lebendes Wesen vorstellen.«

»So wie diese Feuerdrachen, die Ralf gerufen hat.« Und mit deren Hilfe er die Anwesen der Seelenwächter zerstört hatte.

»So ähnlich, ja. Die Drachen waren allerdings die negativen Rückstände dieser Energie. Normalerweise wird sie nicht so stark, aber Ralf hat sie entsprechend gefüttert.«

»Verstehe.«

»Wir konzentrieren uns auf die *positiven* Energien, die hier gewirkt haben. Ich kann sie fühlen, mit ihnen kommunizieren. Wenn ich mich fokussiere, können mir die Überreste eines Feuers sogar Bilder schicken. Ich sehe, was es zerstört hat und kann so auch Informationen zurückholen.«

»Also, könntest du lesen, was auf den Dokumenten stand?«

»Genau. Je frischer der Brand war, umso einfacher.«

Ich dachte darüber nach. Ariadne hatte damals den Brief von Pfarrer Stevens verbrannt. Der Stein, der alles ins Rollen gebracht hatte. Hätte ich damals schon einen Feuerwächter gekannt, hätte er vermutlich auch aus der Asche etwas herauslesen können. Mittlerweile war natürlich nichts mehr davon da. Ariadne hatte den Kamin danach noch ein paar Mal benutzt und saubergemacht.

Aiden griff in den Karton und holte einen Stapel Papiere hervor. Sie waren mit einem Faden zusammengebunden und leider nicht mehr zu entziffern. Die ersten Seiten waren angekohlt, die Schrift verlor sich in schwarzer Asche.

Dennoch wurde ich nervös. Als Mum verschwunden war, waren wir vielen Spuren nachgegangen und hatten alle möglichen Kanäle angezapft. Jedes Mal hatte ich Hoffnung geschöpft. Jedes Mal war ich enttäuscht worden. Über die Jahre hatte ich mir angewöhnt, nicht jedem Fitzelchen an Information hinterherzuhecheln. Ich hatte mich innerlich dagegen abgeschirmt.

Doch dieses Mal fühlte es sich anders an. In diesem Karton lagen die Tagebücher meiner Mum. Zumindest, was davon übrig geblieben war.

Sie hatte auf diesem Papier geschrieben, hatte es in der Hand gehalten und ihre Gedanken darauf verewigt. Fast war es, als würde sie mir über die Schulter blicken.

Aiden schüttelte sich vor Kälte. »Könnten wir das zu Hause fortsetzen? Wenn ich mein Element um mich habe, kann ich mich besser konzentrieren.«

»Natürlich.« Sollten wir weitere Dinge benötigen, konnten wir jederzeit zurückkommen.

Aiden und ich packten zusammen. Erstaunlicherweise fühlte ich die Kälte gar nicht mehr so stark.

Mein Herz wurde von einem Gefühl gewärmt, das ich ewig ausgeschlossen hatte. Noch war es ganz zart, aber es wurde mit jedem Atemzug stärker: *Hoffnung*.

Ich hoffte wieder.

Zum ersten Mal seit acht Jahren.

7. Kapitel

Keira biss die Zähne aufeinander, während Anthony die Tattoos in ihre Haut ritzte. Natürlich brauchte sie die, wenn sie Jaydee überwältigen wollte.

Wobei von *wollen* gewiss nicht die Rede sein konnte.

Sie war Anthony wie ein Roboter ins Büro gefolgt, wo er alles vorbereitet hatte.

Er hatte das von Anfang an genauso geplant, und Keira war ihm voll in die Falle getappt.

Stoisch war sie in den Stuhl gesunken und hatte ihre Jacke und das Shirt ausgezogen, damit Anthony anfangen konnte. Während der gesamten Prozedur flackerte ständig A.J.s Bild vor ihren Augen auf. Der kurze Moment des Zweifels, die eine Sekunde, in der er überlegte, das Richtige zu tun. Sie wusste nicht, wie sie ihm gegenüber empfinden sollte. Auf der einen Seite war sie zornig, weil er sie an der Nase herumgeführt hatte, auf der anderen war da nur Leere. Ein weiteres Opfer in diesen Spielen aus Gewalt. Eine weitere Seele, die nicht mehr auf der Erde wandelte.

Hatte sie schon so viel erlebt, dass sie abgehärtet war?

Sie zischte, weil Anthony über ihr Schlüsselbein stach.

Nein.

Sie spürte noch etwas. Tief in ihr drin. Da waren Wut und Hass, aber genauso Mitleid und Güte. Womöglich hatte Sophia das in ihr hinterlassen. Vielleicht war ein Glimmer des Engels an Keiras eigener Seele haften geblieben.

Oder sie war einfach nur müde und wollte nicht mehr hassen oder zornig sein.

Sie hatte diesen Gefühlen schon so viel Raum in ihrem Leben gegeben, ihnen zu viel Macht verliehen. Und wo hatte es hingeführt? Keira säte Hass und erntete ihn umgehend. Die getöteten Leute im Club gingen auf ihre Kappe. Selbst wenn sie aus dieser Nummer herauskommen würde: Wie sollte sie je wieder in den

Spiegel sehen, ohne Verachtung dabei zu empfinden? Sie hatte diese Leute nicht umgebracht, aber das Blut klebte an ihren Händen.

Sobald Anthony das Video der Polizei zuspielte, war sie erledigt.

Aber vielleicht war das die Lösung. Vielleicht sollte sie sich stellen und alles hinter sich bringen. Oder sie könnte zu Ben. Wenn sie ihm erklärte, dass Anthony das Band gefälscht hatte ...

Würde er ihr helfen?

Konnte er das überhaupt?

Diese Nummer im Club war groß, die Polizei brauchte einen Täter, und Keira hatte absolut keine Beweise, dass es Anthony gewesen war. Womöglich könnten ihr die Seelenwächter helfen. Vielleicht könnte Will das Band zurückverwandeln, damit es die Wahrheit zeigte.

Ja, ganz bestimmt!

Er hatte gemeinsam mit Anna ihre Erinnerungen geklaut und gegen falsche ersetzt. Warum sollte er das also tun?

Keira war auf sich gestellt, sie durfte nicht versagen oder anderen vertrauen.

Sie zuckte erneut, als Anthony über eine besonders sensible Stelle stach. Das Prozedere war jedes Mal schmerzhaft, und Keira bekam davon tagelange Migräne.

»Bist empfindlich geworden«, sagte er.

Sie schnaubte. Sie hatte sich vorgenommen, mit ihm nur zu sprechen, wenn es nötig war.

»Bin aber auch gleich fertig.«

Schön.

»Nimm die Spritze da, die auf dem Tisch liegt.«

Keira sah hin, griff aber nicht danach.

»Es sei denn, du willst gleich einen Migräneanfall bekommen, das geht natürlich auch.«

Mistkerl!

Sie beugte sich zum Tisch und nahm die Spritze an sich.

»Ich ziehe gleich den letzten Strich, dann drückst du dir den Inhalt in den Arm. Klar?«

Sie behielt ihr Schweigen bei.

Anthony rollte mit den Augen. »Geht das die ganze Zeit so? Wirst du rumschmollen wie ein Kleinkind? Das ist nichts Persönliches, Keira-Maus. Es geht einzig und allein um diesen Drecksack. Der Arsch hat mich so dermaßen vorgeführt, das kann ich ihm nicht durchgehen lassen.«

»Wenn das nichts Persönliches ist, dann weiß ich auch nicht.«

»Denkst du, das macht mir Spaß? Ich will dich nicht im Knast sehen, du bist mein bestes Pferd im Stall. Lieber wäre es mir, wenn du Seite an Seite mit mir kämpfen würdest, wir könnten erst den Bastard fertigmachen und dann die Geheimnisse der Sapier ergründen. Das ist sicher lukrativ. Allein wenn ich mir den Schädel ansehe, weiß ich, dass der etliche Millionen bringt. Der ist uralt und top erhalten.«

Typisch Anthony. Geschäft, Geld und Macht. Das war das einzige, um das er sich scherte. Ihr Blick fiel auf die offene Bürotür, die nach draußen in die Halle führte, wo A.J.s Leiche lag.

»Du kannst nach wie vor gehen«, sagte Anthony. »Das meine ich ernst, ich werde dich weder aufhalten noch dich dazu zwingen, etwas zu tun, was du nicht willst.«

»Willst du mich eigentlich verarschen?«

»Aber nicht doch. Ich biete dir Optionen an. Du kannst mir Jaydee bringen oder in den Knast wandern. Die Entscheidung darüber, was du tust, liegt bei dir. Geh. Hau ab. Vielleicht schaffst du es sogar, unterzutauchen und der Polizei für den Rest deines Lebens zu entwischen.«

Vielleicht könnte sie das tatsächlich. Keira war geschickt. Sie könnte sich absetzen. Im schlimmsten Fall könnte sie sogar zurück in die Archive, dort würde sie niemand finden. Aber dazu brauchte sie erstens den Schädel und die Stimmgabel wieder, und zweitens wäre sie nicht in der Lage, ihrer Aufgabe nachzukommen. Sie könnte Jess nicht schützen, wenn sie davonrannte; wenn sie im Knast saß allerdings auch nicht.

»Ach, stopp«, sagte Anthony und schlug sich gegen die Stirn, als hätte er etwas vergessen. »Du kannst ja gar nicht abtauchen. Die Polizei wird dich orten können.«

»Bitte, was?«

»In dem Wasser, das du vorhin getrunken hast, war ein Mittel. Es lässt sich zurückverfolgen. Mit den entsprechenden Werkzeugen, die ich natürlich besitze und liebend gerne meinem Freund vom FBI zukommen lasse.«

Sie schloss die Augen.

Es geht nicht ums Gewinnen, Keira.

Das hatte Sophia zu ihr gesagt. Es ging für sie ums Vertrauen. Um die Liebe, die im Herzen wohnte, aber wohin hatte sie dieses Vertrauen gebracht? Keira stand mit dem Rücken an der Wand. Sie war erledigt.

»Er wird so dankbar sein, dass er dich aufspüren kann, er wird mir mit Freuden meinen Wunsch erfüllen: dich in den Knast draußen in den Outlands zu stecken.«

Die Outlands waren ein großes Sumpfgebiet, das Fort Winston auf einer Seite einrahmte. Nur wenige Einheimische kannten sich dort noch aus. Für alle anderen war es verboten, alleine die Sümpfe zu betreten, dennoch kamen jedes Jahr mindestens zwanzig Menschen um, weil sie nicht auf die Warnhinweise hörten. Sie versanken einfach im Morast und wurden nie wieder gefunden. Im Grunde war es ein gigantischer Friedhof. Die Stadt hatte es sich zunutze gemacht und ein Gefängnis in den Outlands errichtet. Jeder, der bisher von dort geflohen war, war in den Sümpfen verschollen. Es war, als würde die Gegend besonders gerne die Kriminellen verschlucken.

»Hast du gewusst, dass dort nur die Bekloppten hingehen? Also Leute, die richtig üble Dinger gedreht haben. Sowas wie

Menschenopfer für satanistische Rituale. Oder einmal hatten sie einen Typen da, der besessen von Fingern war. Hat jedem, den er traf, 'nen Finger abgerissen und gegessen. Weiß gar nicht, ob es den da noch gibt, aber das lässt sich herausfinden. Ich hab ein paar Leute dort, die mir Gefallen schulden. Die nehmen sich deiner bestimmt gerne an und passen auf dich auf.«

Sie rümpfte die Nase. Sie konnte sich sehr gut vorstellen, wie dieses *Aufpassen* aussehen würde. Anthonys Leute würden dafür sorgen, dass sie keine ruhige Minute mehr hatte.

»Keine Sorge, es gibt extra ein Gebäude für die Frauen. Trotzdem würde ich dir raten, auf der Hut zu sein. Kommt immer mal wieder vor, dass versehentlich eine bei den Männern landet. Soll nicht schön sein.«

»Du bist der größte Sack, der unter dieser Sonne wandelt.«

»Ach, Keira-Maus. Sei doch nicht so streng mit mir. Abgesehen davon glaube ich wirklich, dass du dort klarkommen wirst. Du hast Fähigkeiten, von denen die meisten träumen. Vermutlich hast du schon bald die ganze Bude im Griff und alle tanzen nach deiner Pfeife. Sieh es doch mal so: Du könntest zu einem Star aufsteigen. Jeder läge dir zu Füßen. Oder sie hätten so viel Angst vor dir, dass sie dich umbringen, wenn du unachtsam bist. Solltest dir schon mal überlegen, wie du am besten schlafen willst. Es gibt Mönche, die im Sitzen ...«

»Halt die Klappe!« Sie ballte die Hände zu Fäusten. Am liebsten hätte sie die Anthony in seine Visage gerammt, aber sie hatte keine Chance.

»Überlege es dir einfach. Ich werde die Tattoos vollenden. Bist du bereit?«

Keira schob die Kappe der Spritze ab und nickte.

Er zog den letzten Strich, während sie sich zeitgleich das Mittel in den Arm jagte. In der Sekunde, als er das Zeichen vollendete, schoss ein Schmerz gellend durch ihren Schädel. Sie kannte diesen Druck, besser als ihr lieb war. Etliche Male hatte sie es ausgehalten, hatte sich tagelang zurückgezogen, bis die Migräne endlich nachließ. Anthony hatte ihr nie gesagt, dass er ein Gegenmittel besaß. Vermutlich hätte er das auch nie getan, wenn sie beim letzten Angriff auf Jaydee nicht darauf angewiesen gewesen wäre.

»Geht es?«, fragte er.

Sie drückte den restlichen Inhalt aus der Spritze und kämpfte gegen den Schwindel und die Übelkeit durch die Kopfschmerzen. Ihre freie Hand krampfte. Keira schüttelte es, doch tatsächlich klangen die Schmerzen nach wenigen Sekunden ab.

Das Mittel wirkte.

Keira atmete durch, genoss das berauschende Gefühl der Tattoos. Sie fühlte, wie die Kraft in ihre Zellen sickerte, wie sie sich in ihr ausbreitete und ihr neue Energie lieferte.

Die Tattoos waren wie der erlösende Schuss für einen Junkie, wenn er zu lange ohne seine Droge gewesen war.

Das war gut.

Das war richtig gut.

Ihre Sinne wurden schärfer, die Gerüche, Geräusche, die Luft auf ihrer Haut – alles hatte auf einmal an Intensität gewonnen.

Keira sah zu Anthony, der zufrieden seine Tätowiersachen zur Seite legte und nickte. »Sehr fein, ich gebe dir noch ...«

Wie zuvor mit A.J. handelte Keira rein instinktiv. Sie sprang vom Stuhl und Anthony an den Hals. Beide flogen nach hinten, Keira spürte, wie die Tattoos ihre Arbeit aufnahmen und nach Anthonys Stärke suchten. Sie ballte die Hand zur Faust, holte aus und traf gegen einen harten Widerstand. Es war, als würde sie gegen eine Kraftmauer vor Anthonys Gesicht donnern. Er packte sie an der Kehle und drückte sie gegen die nächste Wand. Keira bekam keine Luft mehr, Anthony schob sie höher, bis sie die Bodenhaftung verlor und ihre Füße im Freien baumelten.

»Denkst du ernsthaft, ich bin so dumm?«

Sie packte seine Handgelenke, versuchte, seinen Griff zu lockern, doch genauso gut hätte sie versuchen können, Stahl zu verbiegen.

»Natürlich steche ich dir keine Tattoos, damit du auf mich losgehen kannst. Das beleidigt mich schon fast!«

Sie keuchte, ihr wurde schwarz vor Augen vom Sauerstoffmangel. Keira zappelte, ihre Augäpfel schienen auf das Doppelte geschwollen zu sein und aus ihrem Schädel poppen zu wollen.

»Benimm dich gefälligst!«, brüllte Anthony und ließ sie los.

Sie plumpste wie ein nasser Sack auf die Knie, griff sich an die Kehle und japste nach Luft. Die Tattoos halfen umgehend. Keira spürte ihre Heilkraft, die lindernde Wirkung, die sich um ihren Hals und ihre Lunge legte.

Langsam richtete sie sich auf. Er streckte ihr eine Hand hin, doch sie ignorierte die Geste.

»Stures Weib.« Er lief zu einem Rucksack, der auf dem Tisch lag, zückte eine Schachtel Kippen und eine runde Kugel. »Was ich eben schon sagen wollte: Ich werde dir Teleportationskugeln mitgeben. Das sind die gleichen, die Joanne und Ralf benutzt haben. Er hat mir welche zugeschickt. Als Bezahlung für gewisse Gefälligkeiten.« Er nahm sich eine Zigarette aus der Packung und warf Keira eine der Kugeln zu.

Sie fing sie mühelos auf. Die Dinger hatten ungefähr die Größe eines Tennisballs, waren genauso leicht und mit einer goldenen Schicht überzogen.

»Du musst die obere und untere Hälfte gegeneinander drehen, überlegen, wohin du teleportieren willst und sie in die Luft werfen. Funktioniert wesentlich besser als die Kapseln, die ich dir verkauft habe.« Er zündete die Zigarette an und nahm einen Zug. »Die gehen allerdings nur einmal, benutze sie also weise. Ich habe fünf, die kannst du haben. Wenn du Jaydee erwischst, bringst du ihn wieder hierher, verstanden? Durch das Portal können problemlos mehrere Leute reisen.« Er holte vier weitere Kugeln aus dem Rucksack und legte sie auf den Tisch.

»Ich muss Jaydee erst mal finden.« Sie hatte tatsächlich keine Ahnung, wo er gerade war, doch das Logischste wäre es, auf dem Anwesen in Arizona nachzusehen; Keira war schon einmal dagewesen, als sie ihn an die anderen abgeliefert hatte.

»Du machst das schon, daran hege ich keinen Zweifel. Den Rucksack kannst du mitnehmen. Dir bleiben genau ...« Er griff in seine Tasche, zog eine Armbanduhr heraus und drückte einen Knopf. »Acht Stunden ab jetzt.«

»Wie bitte?«

»Dann geht das Video zur Polizei.« Er legte die Uhr auf den Tisch. »Die kannst du einstecken, ich habe auch eine und werde benachrichtigt, wenn der Alarm losgeht.«

»Aber, das ist ... ich kann nicht so schnell ...!«

»Ein wenig Zeitdruck wird dich motivieren.« Anthony warf die Kippe vor ihre Füße und schnappte sich seine Tasche. »Wir sehen uns, Keira-Maus. Ich drücke dir die Daumen.«

Und damit verließ er das Büro.

Keira rieb sich über den Hals, wo Anthony sie eben gewürgt hatte.

Sie war sowas von erledigt.

8. Kapitel

Jaydee

Ben und ich gingen durch den Park zurück ins Revier. Amir und Aayan trotteten neben uns her und stritten um die verdorrten Grashalme, die sich durch die Schneedecke hochgearbeitet hatten.

Wir redeten viel. Oder eher: Ben redete, ich hörte zu. Er erzählte mir von Riverside, wie sie alles aufgebaut hatten, nachdem der Emuxor gewütet hatte.

»Was ist mit deiner Partnerin? Kate?«

Ben schloss kurz die Augen. »Sie hat es nicht geschafft. Das halbe Revier wurde getötet, weil unsere Leute natürlich als Erstes helfen wollten.«

Ich nickte und schwieg. Mehr gab es nicht zu tun, wenn jemand gestorben war. Alles andere waren sinnlose Floskeln.

»Einige Anwohner kämpfen noch mit den Spätfolgen durch die Angriffe der Schattendämonen. Obwohl zwei Erdwächter da gewesen waren, um zu heilen, konnten sie nicht allen helfen.«

Genau wie bei Derek. Er war von einigen Dämonen attackiert und seine Seele halb ausgesaugt worden. Es hatte gedauert, bis er sich halbwegs davon erholt hatte, und auch jetzt musste er die Hälfte des Tages bei seinem Element verbringen, die andere konnte er arbeiten. Zudem ging er am Stock, weil ihm die Kraft fehlte.

»Wer waren die Erdwächter?«

»Sie kamen aus Südafrika. Bona und Claude. Kennst du sie?«

»Kann man so sagen.« Wir waren vor vier Jahren das letzte Mal dort gewesen und hatten einen ziemlich eigensinnigen Dämon besiegt. Einer meiner ersten größeren Aufträge, den ich fast nicht überlebt hätte. »Die Familie lebt zu viert in Ruanda. Zwei Erdwächter, einmal Luft, einmal Wasser.«

»Ja, Ivy war auch da. Sie hatte die Erinnerungen der Menschen manipuliert. Sehr nett.«

»Und hübsch.«

»Mag sein.«

Ich schmunzelte. Soweit ich wusste, war Ben Single, zumindest hatte er früher nie eine Frau erwähnt, aber das konnte sich mittlerweile geändert haben.

»Abgesehen davon würde ich nie etwas mit einer Seelenwächterin anfangen. Nichts für ungut.«

»Du sollst dich ja auch nicht auf ewig binden.« Wäre sowieso nicht drin. Ivys Familie war sehr verankert in ihrem Glauben an die Gemeinschaft.

»Flüchtige Bettgeschichten sind aber nicht mein Ding«, sagte Ben.

»Dann solltest du mal dem Altersheim drüben einen Besuch abstatten. Dort arbeitet eine nette Pflegerin, sie heißt Payden, ich habe sie gestern ...«

»Hörst du mal auf?«

»Aber sie könnte dir gefallen! Sie meinte, ihr Großvater stammte von den Dowanhowee ab. Sie hat sich von Akils Magie nicht blenden lassen und ihn registriert, obwohl er sein Amulett trug.«

»Interessant. Wie heißt ihr Opa denn?«

»Keine Ahnung, und da sie von ihm in der Vergangenheitsform gesprochen hat, gehe ich davon aus, dass er nicht mehr lebt. Aber wenn du sie fragen willst, wäre das doch ein Grund ...«

Ben schlug mir auf den Hinterkopf. Hart. Ich hätte ihm vielleicht doch keinen Heilsirup geben sollen.

Ich lachte, revanchierte mich allerdings nicht für den Hieb.

Wir überquerten die Straße und liefen auf das Revier zu. Es fügte sich nahtlos in die restlichen Gebäude ein. Bens Büro lag im dritten Stock. Bei meinem ersten Besuch war ich an der Fassade hochgeklettert und durch sein Fenster gestiegen.

»Weißt du, wo Keira wohnt?«, fragte Ben.

»In Fort Winston in Florida. Straße kenne ich nicht. Die Adresse von Anthonys Laden kann ich dir geben.«

»Ich werde ihre Daten checken. Am besten wartest du im Hof.«

»Mach ich.«

Wir liefen am Haupteingang vorbei weiter zu der Schranke, die die Zufahrt zum Hof versperrte. Ich schwang mich im Gehen auf Amir, so wurde ich aus dem Bewusstsein der Wachen herausgefiltert, und Ben musste nicht erklären, wer ich war.

Ben verstand und ging weiter. Er winkte dem Mann im Häuschen zu, der sich gerade ein Croissant in den Mund steckte.

»Hey, Kent. Hab was im Wagen vergessen, musst nicht aufmachen.«

Kent hob den Daumen, weil er den Mund zu voll zum Sprechen hatte.

»Du kannst da drüben bei den Autos warten, es sollte nicht lange dauern, bis ich ihre Adresse habe.«

»Okay.«

Er wandte sich zum Gehen und steuerte die hintere Tür an.

»Ach, Ben.«

»Ja?«

»Kannst du bei der Gelegenheit noch über jemand anderen recherchieren?«

»Wen?«

»Zachary ...« Verflucht, wie hieß der Knilch mit Nachnamen? »Weiter weiß ich nicht. Er ist mit Jess befreundet, bestimmt sind sie zusammen in die Schule gegangen. Im Moment hängt er mit Tobias Watson herum.« Glaubte ich zumindest. Wir hatten die beiden in New York getroffen, und wenn mich meine Sinne nicht getrübt hatten, lief da was zwischen ihnen, wobei mir früher nie aufgefallen war, dass Tobias auf Männer stand. Aber vielleicht hatte sich das geändert, oder er hatte es sich all die Jahre nicht eingestehen wollen. Das würde auch erklären, warum er sich stets wie ein Arsch verhalten hatte.

Tobias war ein elender Parasit und hatte früher ständig bei uns in der Kirche abgehangen. Seine Eltern hatten der Gemeinde die eine oder andere finanzielle Gefälligkeit erwiesen. Mikael hatte sich verpflichtet gefühlt, sie zu allen möglichen Anlässen einzuladen, auch wenn ich das Gefühl hatte, dass er es nicht wollte. Irgendwann gehörte Tobias fast zum Inventar und ließ keine Gelegenheit aus, mich zu foppen. Meistens bereute er es hinterher, und ich wurde bestraft.

»Wie alt ist dieser Zachary denn?«

»Neunzehn oder achtzehn.«

»Und was willst du von ihm wissen?«

»Was für ein Typ er ist.«

Ben hob die Augenbrauen. »Du willst den aber nicht fertigmachen, weil er Jess angegraben hat.«

»Er gräbt nur Männer an. Ich will lediglich herausfinden, wie er tickt. Er hat Jess bei etwas Wichtigem angelogen, und ich frage mich, warum.« Außerdem war er mir unsympathisch. Wobei ich – zugegebenermaßen – befangen war.

»Dir ist schon klar, dass ich mit solchen Recherchen gegen den Datenschutz verstoße.«

»Ja.«

»Und es ist dir schnurzegal.«

»Ganz so hart würde ich es nicht ausdrücken. Du schaffst das.«

»Klar doch.« Ben winkte ab. »Doch das geht nicht in fünf Minuten.«

»Dann später. Ich will erst mit Keira sprechen.«

»Jawohl, Sir.«

»So ist's brav.«

Ben schüttelte den Kopf und ließ mich allein zurück. Ich freute mich auf den Ausflug mit ihm, und mir war klar, dass es ihm ebenfalls so ging. Egal, wie sehr er nach außen versuchte, lässig zu wirken: Diese Art von Abenteuern hatte ihm gefehlt.

Ich sah es ihm an der Nasenspitze an.

9. Kapitel

Jessamine

Unsere Rückreise ging schnell. Aiden und ich machten uns umgehend auf den Weg, versorgten rasch die Pferde und verschwanden dann in der Bibliothek. Sie entfachte als Erstes ein Feuer im Kamin, und ich stellte den Karton in der Mitte des Tisches ab.

Wie zuvor nahm Aiden den ersten Stapel mit den Papieren heraus. Zum Teil lose Blätter, zum Teil Notizbücher, die schon halb zerfledderten. Zwei weitere Stapel lagen im Inneren. Ich wollte danach greifen, doch sie hielt mich auf.

»Wenn es dir nichts ausmacht, übernehme ich das. Je weniger Energien an den Sachen haften, umso einfacher wird es für mich werden.«

»Natürlich.« Ich würde sogar einen Handstand machen, mit den Füßen wackeln und dabei die Luft anhalten, wenn es ihr half. Ich trat einen Schritt zurück und kaute auf einem Fingernagel.

So nah. Wir waren so nah dran.

Aiden arbeitete langsam und konzentriert. Eine Eigenschaft, die Will ebenfalls an den Tag legte, wenn er sich auf etwas fokussierte. Bestimmt packten die beiden auch ihre Geschenke ganz behutsam aus, damit ja nichts vom Papier kaputtging.

Nein, ich bin nicht ungeduldig …

Sie löste den Faden rund um die Dokumente, hob vorsichtig eins nach dem anderen herunter und verteilte die Blätter sowie die Notizbücher auf dem Tisch. Ich lief davor auf und ab.

»Du kannst gerne Holz im Kamin nachlegen, wenn du etwas tun willst«, sagte Aiden.

Ich gehorchte ohne zu zögern und schürte unser kleines Feuer, als wäre es die wichtigste Aufgabe der Welt.

Leider lenkte es nur für ein paar Minuten ab. »Wie lange noch?«

Aiden hielt eine Hand über ein altes Buch. »Also, ich kann dir schon mal sagen, dass hier drinnen Rezepte stehen.«

»Rezepte.«

»Ja. Für Dampfnudeln.«

»Das ist nicht dein Ernst. Was hat das mit meiner Mutter zu tun?«

»Die Unterlagen sind vermischt. Es kann sein, dass in dem Karton noch andere Sachen waren und nicht nur die Tagebücher deiner Mutter.«

»Aber wir haben doch den Suchzauber ...«

»Ich bin sicher, dass er gewirkt hat. Du musst Geduld haben. Das ist keine leichte Magie. Wir müssen die unnötigen Dinge aussortieren, bis wir haben, wonach wir suchen.« Sie sah mich an. »Mir ist klar, dass du schnellere Ergebnisse wünschst.«

»Ich ... es tut mir leid. Ich will nicht drängeln oder undankbar wirken. Ich bin nur ... angespannt.«

»Das verstehe ich. Glaub mir. Ich verspreche, dass ich mich beeile, okay?«

»Danke.«

»Leg noch mehr Holz nach. Je stärker mein Element um mich wirkt, umso besser kann ich mich konzentrieren.«

»Ich kann dir auch Kerzen aufstellen. Will bewahrt welche im Schrank auf.«

»Gute Idee.«

Genau. Und ich hatte weiter Beschäftigung.

Während Aiden suchte, baute ich einen Kreis aus Kerzen auf dem Tisch und zündete jede einzelne an. Langsam wurde die Luft in der Bibliothek stickiger, aber es machte mir nichts. Hauptsache, wir kamen voran.

Und das taten wir auch: Aiden fand alles Mögliche. Von weiteren Rezepten über alte Predigten bis zu Anweisungen, wann man am besten welche Pflanzen in den Garten setzte. Es war auf der einen Seite faszinierend, wie sie die Informationen aus den Unterlagen erhielt. Sie glitt über das Papier, schloss die Augen und las vor. Wie bei einer Blindenschrift, die allerdings nur sie entziffern konnte.

Ich übte mich in Geduld, drängelte nicht und hielt mich, so gut es ging, zurück, auch wenn es mir mit jeder verstreichenden Minute schwerer fiel.

»Das hier ist interessant.«

»Was?« Ich war sofort hellwach und eilte an den Tisch.

Sie hielt ein Buch in die Höhe. Der Einband war zum Teil erhalten, doch falls es meiner Mutter gehört haben sollte, erkannte ich es nicht wieder. »Diese Schwärze ist nicht durch das Feuer entstanden.«

»Sondern?«

»Ich fühle Magie an den Seiten haften.«

»Magie. Welche Magie? Was hat es zu bedeuten?«

Aiden atmete durch und streckte die Hand aus. Sie schwebte erneut über die Seiten. Mir kam es wie eine halbe Ewigkeit vor, bis sie endlich weitersprach. »Sehr ausgereifte Magie. Ich bin mir nicht sicher, ob ich sie lösen kann.«

Ihre Worte trafen mich mit voller Wucht. Ein Brennen entstand in meinen Eingeweiden. Hieß das, dass alles umsonst war?

»Lass mich mal kurz nachdenken.« Aiden starrte auf die Papiere und spielte mit ihren Fingern, als müsste sie sie für ein Klavierkonzert aufwärmen.

Das Brennen in meinem Inneren wurde unerträglich. Hitze von außen, Hitze von innen ... Ich schielte zu dem Tisch mit der Glaskaraffe und dem Wasser, das stets in der Ecke bereitstand.

»Was ist das denn?«, fragte Aiden.

»Was?«

»Das Helle, das zwischen den Seiten steckt. Sieht aus wie ein Fetzen Papier.«

Aiden zog es vorsichtig heraus. Es war eine zusammengefaltete Karte, die definitiv nicht im Brand gewesen war. »Hier steht ein

Spruch: »*Der Liebe leichte Schwingen trugen mich, Kein steinern Bollwerk kann der Liebe wehren; Und Liebe wagt, was irgend Liebe kann.*«

Mir lief es eiskalt den Rücken herunter. Diese Worte ... sie klangen so vertraut und dennoch fremd. »D-darf ich mal sehen?«

Sie reichte mir die Karte. Mich traf fast der Schlag. Der gleiche Goldrand, die gleiche Schrift ... »Oh, mein Gott.« Das konnte nicht sein!

»Kannst du etwas damit anfangen?«, fragte Aiden.

Meine Hand zitterte. Ich wollte ihr antworten, doch mein Mund war so trocken, dass ich kein Wort herausbekam.

»Jess?«

»Ja. Ich ... das ist ... ich besitze eine ähnliche Karte. Ashriel hat sie mir gegeben.« Sie war bei der Kugel gelegen, die sie mir geschenkt hatte. »Das ... das ist die selbe Handschrift.« Ganz sicher.

Aiden zog die Augenbrauen zusammen. »Die Ashriel? Die ehemalige Seelenwächterin, die in New York lebt?«

»Richtig.« Und ich ging jede Wette ein, dass dieses Zitat ebenfalls aus einem Shakespeare-Stück stammte. Vermutlich sogar aus Romeo und Julia.

»Hast du die Karte noch?«

Ich nickte.

»Kann ich sie sehen?«

Ich nickte einfach weiter. »Sie ist in meinem Zimmer. Genau wie die Kugel, die sie mir dazu geschenkt hat.«

Ist Liebe ein zartes Ding? Sie ist zu rau, zu wild, zu tobend, und sie sticht wie Dorn.

Möge deine Geschichte nicht so tragisch enden wie die der Julia. Viel Glück bei deiner Suche. Ashriel.

Das stand drauf. Ich konnte es auswendig, so oft hatte ich es mittlerweile gelesen.

»Wo in deinem Zimmer?«

»Sie liegen auf meiner Kommode. Ich hole sie.«

»Soll ich mitkommen?«

Ich schüttelte den Kopf.

»Sicher?«

»Ja.« Wie betäubt verließ ich die Bibliothek. Meine Beine fühlten sich an wie Pudding, agierten völlig mechanisch. Während ich ging, rekapitulierte ich den Besuch bei Ashriel. Von dem eigentümlichen Türsteher Horatio bis hin zu unserer Unterhaltung auf der Bühne.

»Wo ist ihre Mutter wirklich?«, hatte Jaydee gefragt, und Ashriel sagte, dass Mum nicht mehr da wäre und dass es extra kostete, wenn wir diese Information von ihr wollten.

Weiter waren wir nicht gekommen, die Situation war eskaliert und hatte in einem Kampf geendet, in dem ich Ashriel tötete. Oder eher: etwas, das aussah wie Ashriel. Die echte war noch am Leben und hatte mir kurz darauf die Karte mit der Kugel geschickt.

Und nun hatte sie einen weiteren Hinweis für uns hinterlassen.

10. Kapitel

Keira stürzte aus dem Portal und landete auf den Knien. Sie keuchte, fing sich mit den Händen ab und wartete, bis der Schwindel nachließ. Diese Art von Teleportation war eindeutig nicht so bequem wie die Reise in die Archive der Sapier. Keira musste erst noch ein Gefühl für diese Kugeln bekommen.

Neben ihr brach das Portal in einem großen Lichtblitz zusammen.

Toll! Das Ding war ein Signalfeuer! Hoffentlich bemerkte es niemand.

Sie stemmte sich nach oben, richtete ihren Rucksack und sah sich um. Immerhin hatte die Zielführung geklappt. Sie war in der Wüste, und sie war in der richtigen Gegend. Keira erkannte den Berg, von ihrem ersten Besuch, als sie Jaydee abgeliefert hatte. Sie musste nur noch die Anhöhe hoch, wobei sie eigentlich geglaubt hatte, dass man die Mauer des Anwesens von hier unten aus sehen konnte, aber vielleicht trübte sie ihre Erinnerung. Keira war damals nicht lange hier gewesen.

Bis jetzt wusste sie noch nicht, wie sie Jaydee herauslocken und überwältigen konnte. Zu allererst brauchte sie Zugang zu dem Gelände. Dazu gab es zwei Möglichkeiten: mit Hilfe ihrer Tattoos hineinstürmen – je nachdem, wie gut die Schutzzauber waren, könnte das klappen – oder, und das war erfolgsversprechender: erst einmal einen auf hilfsbedürftig machen und dann aus dem Hinterhalt angreifen. Der Gedanke widerte sie an, aber was blieb ihr für eine Wahl?

Ich erkläre ihnen alles. Das mit Anthony. Dem Video. Jaydee. Jess.

Sie rieb sich über die Stirn und verbannte diesen Einfall sofort aus ihrem Kopf.

Das war keine Option!

Das war keine Option!

Das.War.Keine.Option!

Es musste in ihren Schädel. Das Risiko war schlichtweg zu groß.

Will hatte ihre Erinnerungen manipuliert! Sie durfte und konnte ihm nicht trauen, auch wenn ihr Herz danach schrie.

Keira wollte unter keinen Umständen in die Outlands. Sie wusste, dass sie dort nicht lange überleben würde. Abgesehen davon hatte sie eine Aufgabe. Sie musste auf Jess aufpassen. Sie hatte es bei ihrem Blut geschworen, und seit dem Besuch bei Sophia wollte Keira es mehr denn je.

Ihr blieb tatsächlich nur ein Ausweg! »Die Haudrauf-Methode.«

Sie musste Jaydee ausliefern, sich das Band geben lassen, alle Beweise vernichten und dann die Dinge in Ordnung bringen.

Erst ihren eigenen Kopf aus der Schlinge ziehen und dann Schadensbegrenzung betreiben.

Ein bitteres Brennen kroch in ihrer Speiseröhre nach oben. Sophia wäre gewiss mehr als enttäuscht von ihr, aber der Engel war nicht da und Keira auf sich allein gestellt.

»Mein Leben steht auf dem Spiel.« Noch während sie das vor sich hinsagte, bemerkte sie, wie falsch sich das alles anfühlte. Sie war im Begriff, eine große Dummheit zu begehen, aber sie wusste nicht, wie sie diesen Zug aufhalten sollte.

Keira stapfte langsam die Anhöhe hinauf.

Die Tattoos wirkten stärker als sonst, als hätte Anthony sie verändert. Sie fühlte sich mit jedem Schritt besser, energetischer, bereit, sich einem Titanen in den Weg zu stellen – und tatsächlich auch einen Hauch skrupelloser.

Sie kam oben an und stockte. »Was ist das denn?«

Statt des Anwesens erwartete sie Leere. Keira war im Kreis gegangen. Oder?

War sie so in Gedanken gewesen, dass sie vom Weg abgekommen war?

Sie drehte sich um ihre eigene Achse. Als wäre sie durch einen Irrgarten gewandert und an eine völlig falsche Stelle gelangt.

Wo war das verdammte Haus?

Sie rannte weiter, suchte nach Anhaltspunkten. Der Berg war dort drüben, sie war sogar auf der Anhöhe, aber wie ging es dann weiter?

Ihr rann der Schweiß den Nacken hinunter. Sie eilte zurück, dorthin, wo sie aus dem Portal getreten war.

»Das ist richtig!« Keira spürte es! Nur das Haus fehlte!

Ein weiteres Mal rannte sie die Anhöhe hoch, konzentrierte sich voll und ganz auf den Weg, setzte einen Fuß vor den anderen, behielt ihr Ziel fest vor Augen. Eine Windböe streifte sie von der Seite, wirbelte Sand um sie herum auf. Keira blinzelte die Staubkörner weg, der Wind wurde stärker, trieb ihr die Tränen in die Augen. Sie drehte den Kopf, schüttelte sich. Es wurde düsterer um sie herum, der Sand war so stark verwirbelt, dass sie überhaupt nichts mehr erkennen konnte.

Keira fluchte, lief dennoch unbeirrt weiter.

Als sie schließlich aus der Wolke heraustrat, war sie schon wieder woanders. »Verfluchte Scheiße!«, brüllte sie und trat gegen einen Kaktus, bis nur noch Matsch übrig war.

Wo zum Henker war sie? Hatten die Seelenwächter etwas verändert? Vielleicht das Anwesen getarnt, damit Keira es nicht mehr fand? Doch dazu mussten sie ja erst einmal wissen, dass sie es suchte.

Verdammt, ich dreh noch durch!

Sie strich den Schweiß aus ihrem Nacken, ihr Herz wummerte, und dieser dumpfe Knoten aus Panik, den sie bereits in den Archiven gespürt hatte, setzte sich in ihre Eingeweide. Wenn sie das nicht durchziehen konnte, war sie verloren.

»Komm schon! Bitte, helft mir!«, schrie sie in die Wüste hinaus. Sie wusste nicht, ob jemand sie hörte, aber einen Versuch war es wert.

»Will! Anna! Jess!« Keira rannte weiter, drehte sich um ihre Achse. Sie hatte sich vollkommen verloren. Wusste nicht mehr, wo sie hergekommen war, wo sie hinwollte. Wie blind irrte sie weiter, schrie sich dabei die Lunge aus dem Leib, bis ihre Kehle brannte und ihr Mund so trocken war, dass sie kaum noch ein Wort herausbrachte.

»Bitte«, krächzte sie und kämpfte gegen die Tränen. »Bitte, bitte. Helft mir. Irgendwer. Hallo?«

Sinnlos.

Niemand antwortete.

Niemand kam.

Keira war allein.

Sie sank auf die Knie und blickte in der Gegend herum. Ein Piepsen an ihrem Arm erklang. Sie erschrak, sah auf die Uhr.

»Oh, mein Gott!« Es waren fünf Stunden vergangen.

Fünf!

»Nein, nein, nein! Das geht nicht!«

Sie war doch gerade erst aufgebrochen, oder nicht? Keira blickte in den Himmel. Die Sonne war weitergewandert und hatte sich ein gutes Stück dem Berg genähert. War sie wirklich so lange herumgeirrt? Es war ihr nur wie ein paar Minuten vorgekommen.

»Verdammt.« Wie auch immer das Anwesen getarnt war, es sorgte offenbar auch dafür, dass Keira die Zeit vergaß.

»Oh Gott, das darf einfach nicht wahr sein!«

Keira schrie, alles in ihr zog sich zusammen, als würde sie in einem Vakuum stecken. Zum zweiten Mal in ihrem Leben war sie absolut hilflos und konnte nichts tun, um die Situation zu retten.

Sie kniff sich in den Nasenrücken und wünschte sich in ihren Wandschrank. So wie damals. Mit Mr. Curly im Arm. Dort war sie wirklich sicher gewesen. Nicht einmal Coco oder einer ihrer Männer hatte sie finden können.

Sie atmete ein paar Mal tief ein und aus, konzentrierte sich auf das Heben und Senken ihrer Lungen und zwang sich dazu, ihren Geist in ihrem Körper zu ankern.

Sie war kein Kind mehr.

Sie konnte kämpfen, wenn es sein musste.

Und sie konnte gewinnen. Völlig egal, was ein halbtoter Engel in einem abstrusen Archiv behauptete!

Es ging immer ums Gewinnen. Und Keira war eine geborene Siegerin.

Sie würde nicht aufgeben!

Entschlossen zog sie ihren Rucksack vom Rücken und sah hinein. Die Teleportationskugeln lagen sicher darin aufbewahrt.

Es gab noch genau eine Person, die ihr helfen konnte.

Sie musste zu Benjamin Walker.

11. Kapitel

Jaydee

Ich saß mit einem übergeschlagenen Bein im Sattel und wartete. Nachdem es wieder angefangen hatte zu schneien, hatten wir uns an eine windgeschützte Stelle im Hof unter ein Dach getrollt. Aayan blickte neben uns interessiert in der Gegend herum. Bisher machte er sich gut, die Warterei war eine ausgezeichnete Übung für ihn, und wenn er mit uns auf Einsätze ging, wäre es genau das, was er am meisten tun musste.

Von hier aus konnte ich ins Wachhäuschen sehen und die Uhr im Blick behalten. Kent unterhielt sich mit einem anderen Typen über das Sportergebnis aus dem letzten Footballspiel der Riverside Wildcats. Sie hatten 43:9 gewonnen. Nicht, dass es mich interessierte.

Ich sah noch mal auf die Uhr. Ben war eine halbe Stunde weg. Wie lange konnte es dauern, ein paar Infos aus einem Computer zu ziehen?

Ich hatte keine Ahnung davon, da ich noch nie einen besessen hatte. Tobias hatte mich früher liebend gerne damit aufgezogen und mir von seinen neuesten Egoshooter-Spielen vorgeschwärmt. Das hatte er so lange getan, bis ich ihn eines Tages mit einer selbstgebauten Schleuder und Nüssen bombardiert hatte. Meine Art von Egoshooter. Er konnte sich wochenlang nicht richtig bewegen, und ich bekam einen Monat Hausarrest inklusive Putz- und Küchendienst bei Auguste. Sie hatte mich im brütenden Sommer das gesamte Lager ausräumen, saubermachen und wieder einräumen lassen. Dumm, dass derlei Erziehungsmaßnahmen bei mir selten den gewünschten Effekt erzielten. Ganz im Gegenteil. So hatte ich wenigstens meine Ruhe vor allen.

Aayan streckte den Hals, schnupperte an einem Auto und biss in die Antenne.

»Hey, lass das!«

Er zuckte zusammen, schnaubte und stampfte mit dem Vorderhuf auf. Vermutlich würde er gleich die nächste Dummheit aushecken, aber so war das mit den Jungspunden. Immer ungeduldig.

»Da kenn ich noch jemanden.«

Vermutlich wusste Jess durch Aiden Bescheid, wo ich war. Es würde mich nicht wundern, wenn sie gleich auftauchen und erst einmal eine Schimpftirade über mir ausschütten würde. Ich konnte sie verstehen, mir war klar, dass sie Zeit mit mir verbringen wollte. Es ging mir ja genauso, dennoch wollte ich sie nicht bei so einem Einsatz dabeihaben. Eigentlich wollte ich sie auf gar keinem Einsatz dabeihaben.

Jess war schlichtweg zu verletzbar. Zu fragil. Menschen waren nicht für unsere Kämpfe gemacht.

Sie sollte eine Seelenwächterin werden.

Dann wäre sie wenigstens körperlich stärker und nicht mehr so leicht zu töten. Aber ich hatte keine Ahnung, ob das überhaupt möglich war. Ilai hatte nie erwähnt, ob Jess dazu auserwählt war, auf diese Seite zu wechseln. Fragen konnten wir ihn nicht mehr, daher gab es nur eine andere Möglichkeit, das herauszufinden: Wir mussten sie in den Tempel der Wiedergeburt bringen und dort testen, aber das ginge erst, wenn der schwarzmagische Zauber aus ihrem Blut entfernt war. Ashriel hatte es klar und deutlich gesagt: Er war nur so lange harmlos, bis er mit anderer Magie gemischt wurde, und der Übergang von Mensch zu Seelenwächter war wohl einer der mächtigsten Zauber, die es gab. Dennoch war der Gedanke, sie in der Gemeinschaft zu haben, schön.

Jess war im März im Sternzeichen Fische geboren, sie wäre eine Wasserwächterin. Und damit empathisch, genau wie ich. Zumindest, wenn die Tattoos verschwanden. Ich schloss kurz die Augen, versuchte mir vorzustellen, wie Jess als Seelenwächterin wäre. Sie würde sich verändern, innerlich und äußerlich. Die Erlebnisse, die sie als Mensch durchgemacht hatte, würden sich noch fester in ihr verankern. Jess musste lernen, mit neuen Eindrücken zurechtzukommen, mit neuer Stärke, neuen Möglichkeiten, und sie musste das Alte loslassen. Ihre Freundschaft mit Zac zum Beispiel. Früher oder später wäre es sowieso vorbei.

Jess würde viel länger leben als er. Sie würde altern, aber viel langsamer. Sie hätte Jahrhunderte, Jahrtausende möglicherweise vor sich.

Und ich?

Keine Ahnung, ob das auch für mich galt. Ich war fünfundzwanzig Jahre alt und sah auch so aus. Bisher war alles normal verlaufen, ich war gewachsen, gealtert, aber es konnte durchaus sein, dass der Prozess bei mir ebenfalls langsamer wurde. Es gab noch keine Erfahrungswerte für jemanden wie mich. Wir mussten es erst herausfind...

Auf einmal erklang ein schrilles Gehupe. Ich blickte auf. Aayan hatte schon wieder die Antenne im Maul und zerrte daran. Und er hatte die Alarmanlage ausgelöst. Er erschrak, machte einen Satz nach hinten und trat versehentlich gegen die Seitentür des nächsten Autos, bei dem ebenfalls der Alarm losging.

»Who«, rief ich, doch er sprang nach vorne. Durch den Schnee war es rutschiger geworden, er schlitterte, donnerte mit den Vorderbeinen an die Motorhaube und schlug eine Delle ins Metall. Aayan erwischte das dritte Auto, zertrümmerte eine Scheibe und rannte los.

»Na großartig.« Ich ritt ihm hinterher, erreichte ihn zum Glück, bevor er den ganzen Hof demolieren konnte. Rasch griff ich in seine Zügel. »So viel zu unserem Ausflug.«

Sofort kamen die Wachen aus dem Häuschen, um zu checken, woher der Radau kam. Natürlich bemerkten sie uns nicht.

»Was ist denn hier los!«, rief Kent. Auf seinem Hemd klebten die Brösel von dem Croissant, das er vorhin gegessen hatte.

»Scheiße!«, rief der zweite und rannte vor zur Straße. »Wer hat die Autos demoliert? Hier war doch niemand!«

Aayan tänzelte neben mir, rutschte auf dem schneebedeckten Asphalt weg. Der Lärm war ohrenbetäubend. Weitere Polizisten kamen aus der Hintertür gerannt, um nachzusehen, wo das Problem war. Ich ritt Richtung Straße, wollte rüber in den Park. Dort konnte er wenigstens nicht so viele Dummheiten anstellen.

Wir passierten gerade den Torbogen, der den Hof vom Gehsteig trennte, als mich etwas in die Seite traf und vom Sattel fegte. Ich schlug hart auf den Asphalt auf. Im ersten Moment sah ich nur Pferdehufe. Sie traten in der Nähe meines Kopfes auf, stampften, trampelten um mich herum. Ich spürte Hände an meiner Kehle und reagierte instinktiv.

So schnell ich konnte wich ich einem Huf aus und schlug gleichzeitig nach meinem Angreifer. Obwohl ich viel Schwung hatte, verpuffte mein Hieb wirkungslos.

»Spar deine Kräfte«, sagte eine weibliche Stimme über mir und zerrte mich in die Höhe.

»Keira!« Ich sah sie an. Sie hatte sich verändert. Ihre Züge waren härter, ihre Haare schneeweiß, genau wie die von Ariadne. »Was zum ...«

Sie verpasste mir eine Kopfnuss. So hart, dass ich sekundenlang nur schwarzsah.

»Wir machen einen Ausflug.«

Sie drückte meinen Arm auf den Rücken, um mich zu fixieren, ich drehte herum und schleuderte sie über meine Schulter. Keira fing sich in einer Rolle ab und trat mir gegen das Bein.

Hart.

Ich stürzte nach hinten gegen die Füße von Aayan, der daraufhin mit den Vorderhufen in die Luft stieg und mich beim Herunterkommen fast erwischte, doch ich konnte rechtzeitig herumrollen, auf Keira zu.

Sie packte mich, und gleichzeitig meldete sich der Jäger. Ich fühlte Zorn, Wut, Rachegefühle. Keira war die Erste, die mir ordentlich Paroli geboten hatte. Das passte meinem Ego überhaupt nicht.

Ich griff an meinen Stiefel, zückte meinen Dolch und rammte ihn in ihr Bein. Sie keuchte, wollte nach der Klinge greifen, aber ich zog sie vorher heraus. Ihr Shirt verrutschte am Kragen und gab den Blick auf die frischgestochenen Tattoos frei.

Scheiße.

Als wir zuletzt miteinander gekämpft hatten, hatte mich Keira nach Strich und Faden fertiggemacht. Obwohl der Jäger mich voll und ganz beherrscht hatte und ich doppelt so stark und schnell gewesen war.

Keira zerrte mich erneut in die Höhe, ich wollte nach ihr treten, doch in der Sekunde warf sie mich auf die Straße. Ich überschlug mich zweimal, dreimal ... ein Auto bremste, kam durch den frisch gefallenen Schnee ins Schlingern. Ein zweiter Wagen fuhr auf den ersten auf. Es schepperte. Ich hatte kurzzeitig die Orientierung verloren, als Keira mich wieder packte und auf die andere Straßenseite an einen Baum donnerte.

Ich knallte gegen die Rinde, sah nur schwarze und rote Flecken. Keine Ahnung, welche Knochen gerade gebrochen waren, aber sie setzten sich sofort wieder zusammen. Der Geruch meines Blutes stieg mir in die Nase.

Ich drehte den Dolch.

Ramm ihn in ihr Herz oder köpfe sie, wenn nötig!

Keira war wieder bei mir, packte meinen Schädel und knallte ihn erneut gegen die Rinde. Ich schmeckte mehr Blut, meine Nase krachte. Sie holte ein weiteres Mal aus, ich zog ein Bein an und kickte auf ihre Kniescheibe.

Endlich ließ sie mich los, ich stürzte haltlos auf den Boden, zwang mich sofort wieder aufzuspringen. Meine Klamotten waren vollgesogen vom Schnee, klebten klamm und eiskalt an mir.

»Hilfe!«, rief eine Frau. »Jemand muss die Polizei rufen! Die bringen sich um!«

Aus dem Augenwinkel bemerkte ich Keira, die schon wieder Anlauf nahm und auf mich zuhechtete. Ich drehte mich zur Seite, meine Sicht war verschwommen, meine Nase pochte.

Der Jäger brach los, ohne dass ich etwas tun konnte. Eine Kraftwelle schoss durch mich, flutete meine Muskeln, stärkte meinen Geist und verschlang meine Moral. Ich ging in die Hocke, wartete, bis sie knapp zwei Meter vor mir war. Es war ein Risiko, sie so nahe an mich zu lassen, aber wenn ich zu früh warf, würde sie das Messer einfach aus der Luft fangen.

Ich schleuderte die Waffe, kurz bevor sie mich erreichte. Sie landete in ihrer Kehle. Keira gab ein gurgelndes Geräusch von sich. Ich wollte die Klinge herausziehen, noch mal zustechen, doch sie kam mir zuvor. Sie kickte mich weg und befreite sich von dem Dolch.

Die Wunde schloss sich fast augenblicklich.

Ich nutzte die wenigen Sekunden, die ich dadurch gewonnen hatte, und trat ihr mit aller Wucht in den Bauch. Sie flog rückwärts, doch ich spürte, wie meine Kraft rapide schwand. Sie hatte mir mit dem Angriff Energie entzogen. Genau wie beim letzten Mal. Je heftiger ich mich wehrte, umso stärker wurde sie.

»Du wirst mit mir kommen«, keuchte Keira. »*Bitte*!«

Verflucht, war mir übel. Ich schluckte, kam auf die Beine, torkelte. Lange würde ich nicht mehr durchhalten, das war mir klar.

Mach sie trotzdem fertig!

Das war genau das Problem des Jägers. Er kannte kein Aufgeben. Obwohl ich gegen Keira verloren hatte, wollte mein tiefstes Inneres weitermachen. Ich würde mich wehren, bis ich tot neben ihr zusammenbrach.

Ich zwang mich, loszurennen. Überlegte fieberhaft, wie ich ihr entkommen konnte und verdrängte gleichzeitig den Wunsch, umzukehren und mich auf einen weiteren Zweikampf mit ihr einzulassen. Etwas surrte durch die Luft. Mein Dolch! Ich duckte mich rechtzeitig, er streifte meine Schulter und riss eine brennende Schneise in meine Haut. Ich hob ihn auf, blickte nicht zurück und eilte weiter.

Bei unserem Zusammentreffen in Athen war es genau umgekehrt gewesen, da hatte ich Keira gejagt und schließlich gestellt. So kam wohl alles im Leben zurück.

Mein Körper erholte sich nur langsam. Ich hatte Mühe, aufrecht zu gehen. Der Schneefall wurde stärker, vernebelte mir zusätzlich die Sicht. Irgendwo spielten Kinder. Sie jubelten und freuten sich, dass Flocken vom Himmel fielen.

Ich rannte blindlings weiter, wollte auf keinen Fall stehenbleiben. Keira war dicht hinter mir. Ich spürte sie im Nacken. Gleichzeitig fühlte es sich so an, als hielte sie sich zurück. Als wäre sie nicht ganz sicher, ob sie auch das Richtige tat.

Ich warf einen raschen Blick über meine Schulter. Sie stand auf dem verschneiten Weg und sah mir nach. Die Arme hingen schlapp an ihrer Seite, ihr Gesicht war verzerrt. Sie kämpfte nicht nur gegen mich, sondern auch gegen sich selbst. Aber warum?

Hinter ihr auf der Straße kam Ben in den Park gerannt. Er hatte drei Männer im Schlepptau, brüllte Anweisungen. Sie schwärmten aus, zückten ihre Waffen und wollten uns vermutlich einkesseln.

Keira bemerkte sie ebenso, fluchte und nahm die Verfolgung erneut auf. Ich legte einen Zahn zu, die kurze Pause hatte mir gutgetan.

Ich fegte über eine Wiese. Der Schneefall hatte zugenommen, nahm mir teilweise die Sicht. Der Weg war nicht mehr vom Rest zu unterscheiden, aber das machte nichts. Ich kannte diesen Park in- und auswendig.

Vereinzelt kamen uns noch Passanten entgegen. Die meisten reagierten instinktiv. Sie spürten die Gefahr, blieben stehen oder wichen aus. Ich gelangte an die Stelle, an der ich gestern mit Akil gelandet war, als wir auf dem Weg zu Auguste gewesen waren.

Der See war mit einer weißen Schicht bedeckt. Heute fuhr niemand darauf Schlittschuh.

Der See.

Natürlich!

Keira verkleinerte den Abstand. Ich bog nach links, sprang eine kleine Böschung hinunter, suchte das Ufer ab. Es gab eine Stelle, an der das Eis stets dünner war. Wir hatten früher Mutproben darauf gemacht und geschaut, wer sich am nahesten herantraute, bevor man einkrachte. Ich hatte immer gewonnen.

Kaum hatte ich das Eis betreten, landete Keira hinter mir und kickte mich in den Rücken. Ich stürzte nach vorne. Meine Füße rutschten weg, Keira folgte mir, sie kam ebenfalls ins Schlingern. Ich rannte weiter, fiel, rannte.

»Jaydee!«, brüllte Ben von oben. »Was treibt ihr da?«

»Erschieß sie!«, rief ich zurück. Mir war klar, dass er es nicht machen würde, aber einen Versuch war es wert.

»Seid ihr irre? Hört sofort auf!«

»Sie hat die Tattoos, schieß auf sie!«

Keira holte mich ein, kickte meine Füße unter mir weg, ich landete bäuchlings auf dem Eis, sie sprang auf mich, fixierte meinen Körper mit ihrem und legte ihre Hände um meine Kehle.

»Es tut mir leid«, keuchte sie. »Aber du musst mit mir kommen! Verstehst du? Ich werde dir alles erklären, nur bitte sei vernünftig.«

Wenn sie Vernunft haben wollte, hätte sie mich nicht zuerst angreifen sollen.

»Entschuldige!« Ihre Finger schlossen sich um meinen Hals. Ich japste, bekam keine Luft. Sie zog mit ihrer Berührung sämtliche Kraft aus mir, meine Muskeln fühlten sich unendlich träge und weich an. Mit allem, was ich noch aufbringen konnte, drehte ich den Dolch und hackte mit der Spitze aufs Eis ein.

Keira stockte kurz. Ich machte weiter, hörte das Knacken unter mir. Sie griff mit der freien Hand in ihre Tasche und zog eine goldene Kugel heraus. Das Ding hatte ich schon mal gesehen.

Das hatte Joanne dabeigehabt, als sie vor mir geflohen war und ein Splitter aus der Kugel Ariadne getötet hatte. Keira klemmte es unter ihr Kinn und entsicherte es.

Ich hackte noch mal aufs Eis. Es knirschte bedrohlich.

Nimm den Dolch und töte sie!

Ja! Ja, genau das wollte ich tun, doch ich malträtierte stattdessen weiter das Eis.

Das Portal baute sich neben uns auf, Keira wollte mich nach oben zerren, aber ich trat ihre Beine weg. Wir fielen zurück. Statt ihren Griff zu lockern, umklammerte sie meine Kehle fester.

»Dann kommst du eben bewusstlos mit.«

Ich blickte an ihr vorbei, fixierte Ben, der mit der Glock in der Hand auf den See rannte. Ich schüttelte den Kopf, ballte die Hand zur Faust und schlug ein letztes Mal aufs Eis.

»Verdammt«, fluchte er, legte die Waffe an.

Tu es!, wollte ich ihn anflehen, aber aus meinem Mund kam nur noch ein gequältes Krächzen. Ich hatte keine Kraft mehr. Mir war übel und schwindelig. Gleich würde ich das Bewusstsein verlieren.

»Ben ...«

»Ich hoffe, du weißt, was du tust.«

Mir wurde schwarz vor Augen, der Sauerstoff reichte nicht mehr aus. Keira hatte mich voll am Wickel.

Ein Schuss! Noch einer. Der Riss unter mir wurde größer, eiskaltes Wasser schwappte gegen meinen Rücken.

»Nein!«, rief Keira, doch es war zu spät.

Das Eis gab unter uns beiden nach, die Kälte umfing uns wie frostige Finger.

Ich umschlang Keira, klammerte mich mit letzter Kraft an sie und riss sie mit mir in die Tiefe.

12. Kapitel

Jessamine

Ich betrat mit der Kugel und der Karte, die Ashriel mir in New York geschrieben hatte, die Bibliothek.

Aiden stand vor dem Tisch und beugte sich über die Dokumente. Der Geruch nach Feuer und Rauch erfüllte den Raum. Die Hitze war derart gestiegen, dass ich sie beinahe greifen konnte.

»Hier ist sie.«

»Sehr gut«, sagte Aiden.

Ich umrundete den Tisch und gab ihr die Kugel mitsamt der Karte. Sie verglich die beiden Papiere miteinander. Sie waren identisch. »Du hast recht, das ist definitiv dieselbe Handschrift.«

»Gut, was will uns das also sagen?«

»Ich habe in der Zwischenzeit alle verrußten Papiere angesehen. Das Notizbuch ist das einzige, an dem Magie haftet, alle anderen sind durch das Feuer eingeschwärzt worden.«

»Also ist dieses Buch von meiner Mutter.«

»Ich gehe davon aus.« Sie griff nach der Kugel und drehte sie in der Hand. »Mh, er sieht zwar aus wie ein Onyx, aber er ist keiner. Auf alle Fälle ist er wunderschön. Rein. Stark. Alt.«

»Will hat ihn untersucht, aber nichts gefunden. Ashriel hatte den Stein auf einen Stab aufgesetzt. Er hatte die Farbe verändert, als sie mein Blut untersuchte.«

»Dann versuchen wir es damit als Erstes.«

»Haben wir schon gemacht. Es ist nichts geschehen. Will hat etliche Zauber an dem Ding probiert, um ihm eine Regung zu entlocken, alles ohne Erfolg.«

»Also schön«, sagte sie und dachte über meine Worte nach. »Wir haben zwei Karten und diese Kugel. Woher stammen die Zitate?«

»Das erste aus Romeo und Julia, und bei dem zweiten vermute

ich es auch, es kommt mir zumindest halbwegs bekannt vor.« Ich hatte mir vor drei Monaten in London das Stück angesehen. Es war eine Art Verzweiflungstat gewesen, weil wir weder mit der Kugel noch mit dem Zitat weitergekommen waren. Außerdem hatte ich Jaydee vermisst und musste mich beschäftigt halten.

Aiden legte die Karten neben die Kugel. »In beiden Zitaten geht es um die Liebe.«

»Einmal sticht sie wie ein Dorn, beim zweiten ist sie stark und durch nichts zu bezwingen.«

»Liebe kann verletzen und heilen.«

Das konnte sie in der Tat. Ich durfte beides erfahren.

»Ashriel hat dir die Kugel gegeben und dir viel Glück bei deiner Suche gewünscht. Ich nehme an, das bezog sich auf deine Mutter.«

»So schätze ich das auch ein.«

»Die Mutter. Die Tochter. Die Liebe. Sie sticht wie Dorn ... Ein Dorn gehört zu einer Rose.«

»Ebenfalls die Blume der Liebe.«

Aiden tippte mit den Fingern auf die Tischplatte. »Sie ist zu rau, zu wild, zu tobend ...«

»Das sagt man auch über das Meer.«

»Mh?«

Ich zuckte mit den Schultern. »Ich habe ewig lange darüber nachgegrübelt, und das ist der Vergleich, der mir stets dazu eingefallen ist: rau, wild, tobend. Genau das kann man auch vom Meer behaupten.«

»Die Idee ist gar nicht so schlecht.« Sie kniff die Augen zusammen. »*Der Liebe leichte Schwingen trugen mich* ... das könnte für die Luft stehen und das Bollwerk für die Erde. Wenn du recht hast und das Raue und Wilde soll sich auf das Meer beziehen ...«

»Fehlt nur noch das Feuer.«

»In manchen Lehren über die Elemente werden Rosen dem Element Feuer zugeordnet.«

Auf einmal drehte sie herum und lief zur Bibliothek hinaus.

»Wo willst du denn hin.«

»Moment«, rief sie von draußen.

Ich lief ihr nach, doch bis ich an der Tür war, kam sie zurück. In ihrer Hand hielt sie ein Häufchen Erde.

»Du willst die Kugel mit den Elementen in Kontakt bringen.«

»Ja.«

Ich schüttelte den Kopf. Aiden ließ entmutigt die Hand sinken. »Das habt ihr auch schon versucht?«

»So ist es.«

»Aber ihr hattet doch gar nicht die zweite Karte.«

»Nein, doch Will meinte, dass ein wenig Elementmagie helfen könnte, leider war dem nicht so.«

»Verdammt!« Sie ließ die Erde auf den Tisch rieseln, nahm die Kugel in die Hand und betrachtete sie noch einmal.

»Bestimmt will uns Ashriel an der Nase herumführen«, sagte ich. Vielleicht hatte sie an anderen Stellen ebenfalls Karten für mich platziert, um sich über mich lustig zu machen.

»So gut kenne ich sie nicht, aber es heißt, dass sie sehr wankelmütig sei«, sagte Aiden.

»Eher hinterlistig und pfiffig.« Ich wischte den Schweiß von der Stirn. Die Hitze in der Bibliothek war kaum zu ertragen, aber das war ich von Will gewohnt. Er feuerte stets kräftig ein, wenn er arbeitete. Ich lief zu dem Beistelltisch, der in der Ecke stand, holte mir ein Glas Wasser und ging zurück zu Aiden.

Sie legte die beiden Karten und die Kugel aneinander. »Wir übersehen etwas. Ganz bestimmt. Es muss eine Verbindung geben.«

»Oder uns fehlt ein Puzzlestück.«

»Das kann natürlich auch sein.« Sie schob die Karten herum, ordnete sie in einer anderen Reihenfolge an, fügte sie wieder zusammen. »*Der Liebe leichte Schwingen trugen mich* ...«

Apropos Luft, es wäre wirklich genial, wenn wir ein Fenster

öffnen und Sauerstoff in die Bibliothek lassen könnten. Ich fächelte mir zu und überlegte, ob ich Aiden fragen sollte. Draußen ging die Sonne unter. Die letzten Strahlen tauchten die Bibliothek in glutrotes Licht und kitzelten in meiner Nase. Wie am Tag zuvor fing meine Haut an zu kribbeln und zu jucken. So langsam glaubte ich wirklich an eine Allergie, wobei es nur im Sonnenuntergang auftrat. Ich nieste einmal kräftig und verschüttete Wasser auf einer der Karten.

»Ach, Mist.« Ich musste dringend Akil fragen, ob er mir helfen konnte, das loszuwerden. »'tschuldigung.«

»Nicht schlimm.«

Rasch tupfte ich mit meinem Shirt die Flecken weg.

Auf einmal ging ein Leuchten quer durch die Kugel. Es passierte so schnell, dass ich nicht sicher war, ob ich es wirklich gesehen hatte. »Aiden.«

»Ja. Ich habe es auch bemerkt.«

Gott sei Dank.

Sie nahm die Kugel in die Hand und betrachtete sie. »Es ist wieder weg.«

»Beträufle das Papier noch mal mit Wasser.«

Ich gehorchte und ließ einige Tropfen darauf fallen. Es geschah ...

... nichts.

Klar, wäre doch zu einfach gewesen.

»Vielleicht musst du vorher niesen.« Aiden blickte mich erwartungsvoll an. Ich runzelte die Stirn.

»Das kann ich nicht auf Kommando.«

»Moment.« Sie eilte an einen der Vorratsschränke, öffnete ihn, kramte darin herum und kam mit einer Feder in der Hand zurück. »Die gehört zu Wills Utensilien, ich hoffe, er flippt nicht aus, wenn er bemerkt, dass ich sie genommen habe.« Sie gab sie mir. »Los.«

»Im Ernst jetzt?«

»Wir hangeln an einem Seil, also ja.«

Ich nahm sie entgegen und kitzelte damit meine Nase, bis ich tatsächlich noch mal niesen musste. Rasch tropfte ich Wasser auf die Karte.

Gebannt starrten wir auf die Kugel, aber sie rührte sich nicht. »Die Idee war immerhin witzig.«

»Und sinnlos.«

Wir griffen in der Tat nach Strohhalmen. Wie so oft. Ich drehte die Feder in der Hand und strich damit über die Karte, als könnte ich ihr so ihre Geheimnisse herauskitzeln.

»Warte!«, rief Aiden. »Nicht bewegen!«

Ich verharrte still.

»Die Kugel hat wieder geleuchtet. Gerade eben.«

»Okay.«

»Was hast du gemacht?«

»Darüber nachgedacht, dass wir nach Strohhalmen greifen.«

»Was noch?«

»Mit der Feder über die Karte gestrichen.«

»Mach das noch mal!«

Ich wiederholte es und blickte auf die Kugel, aber auch dieses Mal rührte sich nichts. »Vielleicht geht es nur einmal.«

»Du hast gesagt, ihr hättet alle vier Elemente mit der Kugel in Verbindung gebracht, richtig?«

»Ja. Will und ich saßen zwei Tage in der Bibliothek und haben alles Mögliche probiert.«

»An der Kugel oder an der Karte?«

»An beidem.«

Aiden hielt die zweite Karte hoch. »Aber ihr hattet nur eine davon!«

Ich nickte. Klar!

»Der Liebe leichte Schwingen trugen mich, Kein steinern Bollwerk kann der Liebe wehren; Und Liebe wagt, was irgend Liebe kann.«, las sie vor.

»Ist Liebe ein zartes Ding? Sie ist zu rau, zu wild, zu tobend, und sie sticht wie Dorn.« Das stand auf meiner.

»Die Karten vereinen in ihren Sprüchen die vier Elemente«, sagte Aiden. »Vielleicht müssen wir genau das tun. Vielleicht funktionieren sie nur gemeinsam. Leg sie übereinander.«

Ich platzierte die Karten auf dem Tisch, Aiden beschwerte sie mit der Kugel. Dann kratzte sie die Erde zusammen, die sie vorhin geholt hatte, und träufelte sie darüber. »Das Wasser, bitte.«

Ich tippte in das Glas und ließ die Tropfen über meine Finger auf die Kugel fallen. Aiden nahm die Feder, strich zart über die Oberfläche und legte sie dann zu den Karten und der Erde.

Und tatsächlich!

Die Kugel leuchtete. Es war ein schwaches Flackern, als würde es gehemmt oder aufgehalten.

»Meine Güte ...«, sagte ich.

»Feuer«, sie schnippte mit den Fingern. Eine kleine Flamme entstand, die Aiden zu den Karten setzte. Sie kroch von ihrer Hand wie ein Insekt, dem man die Freiheit schenkte. »Und ich hätte gerne noch mal etwas von deinem Blut.«

»Kein Problem.« Ich streckte Aiden meine Hand hin. Sie drehte sie herum, nahm den Zeigefinger und stach ganz vorsichtig mit der Spitze des Messers in meine Haut.

Als hätte ich mich an einem Dorn geritzt ...

Zaghaft ließ sie mein Blut auf die glatte Oberfläche der Kugel tropfen.

Das Leuchten wurde heller. »Oh, mein Gott! Es funktioniert!«, sagte ich.

Wir beobachteten gebannt die Gegenstände auf dem Tisch. Das Schimmern auf der Kugel breitete sich aus, als hätten wir ein Feuer im Inneren gezündet. Es zog sich um die Oberfläche herum, bis nach unten. Das Wasser verdunstete, die Erde zerbröckelte, genau wie die Feder – und das Feuer erlosch.

Die Kugel leuchtete heller, wechselte die Farbe zu einem satten Rot.

»Wie eine Sonne«, sagte ich.

»Die Magie bricht aus. Das war es gewesen. Wir mussten alles gemeinsam vereinen und so den Zauber starten.«

Die Kugel strahlte Wärme ab, der Goldrand auf den Karten begann ebenfalls zu leuchten. Er breitete sich nach innen aus. Die beiden Karten zerflossen und vereinten sich zu einer. Auf einmal schmolzen die Buchstaben, die Tinte zerlief und wurde von einem goldenen Schimmer absorbiert. Er zog sich zusammen zu einer Kugel, die sich von den Karten löste und auf das Notizbuch meiner Mutter zurollte.

»Was bedeutet das?«, fragte ich.

»Warte ab.«

Die goldene Kugel berührte die Seiten und löste sich in einem grellen Lichtblitz auf.

Und dann geschah das nächste Wunder.

Das Papier veränderte seine Farbe von rußgeschwärzt zu goldenschimmernd. Zum Vorschein kam eine Handschrift, die ich nur allzu gut kannte. Sie war fein geschwungen, mit einem leichten Linksdrall und blauer Tinte geschrieben.

»Mum«, stammelte ich.

Das war die Schrift meiner Mutter!

Mir stockte der Atem. So lange her. Es war so lange her, dass ich etwas von ihr in den Händen gehalten hatte. »Ich kann es nicht glauben.«

Aiden gab mir eine Minute, um mich zu fangen. Ich fing an zu zittern, meine Kehle, mein Herz, alles zog sich mit einem Mal zusammen.

»Da steht ein Datum«, sagte Aiden und drehte den Kopf, damit sie besser lesen konnte. »Erster September vor neun Jahren.«

Mir wurde schwindelig bei ihren Worten. Es war, als würde ich tief in eine Kiste greifen und ein Erinnerungsstück nach dem anderen daraus hervorholen. »Ein halbes Jahr später war sie weg.«

Ich beugte mich nach vorne, um mehr zu erkennen. Die Buchstaben flackerten.

»Bleib lieber auf Abstand«, sagte sie. »Nicht, dass der Zauber zusammenbricht.«

Sofort trat ich zurück. Alles! Ich würde wirklich alles dafür tun, dass wir in diesem Buch lesen konnten.

Aiden wartete, bis ich bereit war, und fing an: »*Calliope: Meine geliebte Tochter. Wenn du diese Zeilen liest, werde ich nicht mehr bei dir sein.*«

Ich schlug die Hand vor den Mund. Obwohl Aiden sprach, war es, als würde meine Mum dort stehen und diese Worte sagen. Sie lebte durch diese Einträge, sie hatte das geschrieben, für mich.

Mit aller Macht versuchte ich, die Tränen hinunterzuschlucken. Sie kamen trotzdem.

All die Jahre ...

Ich dachte, ich hätte das überwunden.

Ich dachte, der Schmerz wäre vorüber.

Ich dachte, die Wunde wäre geheilt.

Ich hatte mich getäuscht. Sie hatte lediglich gewartet, bis sie endlich aufreißen und den Schmerz herauslassen konnte, den ich seit Jahren in mir verschlossen hatte.

Ich wischte meine Augen trocken, es half nichts. »Tut mir leid, ich will nicht heulen.«

»Wenn du dich erst einmal ...«

»Nein! Bitte lies es mir vor!«

»Gut, aber unterbrich mich jederzeit.«

Ich nickte und rieb über meine Nase.

»Warum nennt sie dich Calliope?«

»Das ist mein erster Vorname. Mum liebte ihn und hat mich nur so gerufen.« Ich liebte ihn weniger, er war wahnsinnig umständlich, und ich musste ihn ständig buchstabieren.

Aiden fuhr fort. »*Dieses Buch ist eine Erzählung. Der Versuch, etwas zu erklären, was eigentlich nicht zu erklären ist. Ich habe alles im Nachhinein niedergeschrieben und Mikael zur Verwahrung gegeben. Er hat mir versprochen, dass er es dir zukommen lässt, sobald du alt genug bist. Er ist ein guter Mann. Melde dich bei ihm, wenn dein Herz schwer wird. Mikael hat eine Gabe, mit Menschen umzugehen. Er wird dir helfen, alles besser zu verstehen.*«

»Das ist leider nicht mehr möglich, Mum.« Mikael war fort, wie so viele andere, die in dieser Sache mit drinhingen. Die Menschen um mich starben, bröckelten einer nach dem anderen aus meinem Leben.

»*Einiges von dem, was du hier lesen wirst, wird deinen Geist überstrapazieren. Ich bitte dich, mir zu vertrauen und die Dinge so hinzunehmen. Du hast einen wachen Verstand, ich bin mir sicher, dass du damit klarkommen wirst.*«

Ich atmete tief ein und aus. Ich wollte das hören, mehr als alles andere, aber ich wusste tatsächlich nicht, ob ich es durchhielt. Diese Worte ... Mum's Worte ... sie schnitten eine tiefe Kerbe in meine Seele und mein Herz. Meine Hände begannen zu zittern, ich stützte mich an der Tischkante ab.

»Geht es wirklich?«, fragte Aiden.

»Ich weiß noch nicht. Wir versuchen es.«

Sie sah mich mitfühlend an und las weiter. Ihre Stimme klang sanft, melodisch, als wollte sie so dafür sorgen, dass ich die Botschaft aushielt: »*Alles begann in einer warmen Juninacht vor fünfundzwanzig Jahren, als ich bei Mikael zu Besuch war und die letzten Details für seine Wohltätigkeitsaktion im Sommer durchsprach. Wir waren gerade fertig, als wir ein Baby schreien hörten. Es kam von dem Vorplatz der Kirche, wir sind sofort rausgerannt – und da lag er: Ein kleiner Junge, noch gar nicht lange auf dieser Welt, und er war nicht alleine. In seiner Begleitung war ein Engel. Ich wusste es in dem Moment, als ich ...*«

»Okay! Stopp!« Das konnte nicht wahr sein! »K-kannst du das noch mal vorlesen?«

»Natürlich.« Aiden wiederholte die Worte von eben, bis sie in meinen Ohren hämmerten.

Ein Engel! Ein Junge! Vor fünfundzwanzig Jahren!

Jaydee ...

»Endlich ergibt das einen Sinn.«

Aiden ließ das Buch sinken und wartete, ob ich sie einweihen würde.

Ich atmete durch, sortierte meine Gedanken. Ich musste ihr mehr darüber erzählen, die Frage war nur: wie viel. Es war Jaydees Geschichte, er musste entscheiden, was andere über ihn wissen durften. »Also, das Baby, von dem sie spricht, ist Jaydee, und ich selbst stamme von diesem Engel ab.«

Sie runzelte die Stirn, ich konnte es ihr nicht verübeln, wenn sie mir nicht glaubte.

»Kennst du die Geschichte um Lilija? Die erste Seelenwächterin?«

»Natürlich. Jeder kennt sie. Die Macht stieg ihr zu Kopf, und sie tötete in ihrem Wahn Unschuldige. Die Seelenwächter haben sie in ein Gefängnis verbannt, in dem sie nach wie vor ausharrt.«

»Und ein Engel hat ihnen dabei geholfen.« Ich fasste für Aiden alles so gut es ging zusammen und erklärte ihr, wie ich von ihr abstammte, dass Sophia menschlich wurde und eigene Kinder bekam und einige von uns die Gabe trugen, Lilija befreien zu können. Die einzige Sache, die ich wegließ, war, dass Jaydee von Lilija erschaffen worden war, weil sie die vier Elemente vereinen wollte. Das konnte er selbst erzählen. Allerdings brauchte ich eine Erklärung, warum Sophia ihn als Baby bei Mikael abgeliefert hatte. »Wir wissen noch nicht genau, was Sophia mit Jaydee zu tun hatte, aber sie hatte ihn damals gerettet und in Mikaels Obhut gegeben. Seither lebte er bei ihm.«

Es war eine kleine Lüge, sicher würde sie mir die verzeihen.

Aiden nickte, ließ sich Zeit, bevor sie etwas sagte.

»Okay, ich glaube, soweit habe ich es verstanden. Und du kannst Lilija aus dem Gefängnis holen, wenn du die Harfe von König David spielst?«

»Genau. Deshalb ist Coco hinter mir und dem Instrument her. Sie will ihre Freundin zurück. Allerdings hat meine Mutter einen Zauber auf mich gelegt, der mir die Fähigkeit genommen hat, zu musizieren.« Und er sorgt dafür, dass Jaydee keine Berührung von mir erträgt. Das sagte zumindest Ashriel. »Ich bin also im Grunde nutzlos für Coco, doch das weiß sie nicht.«

»Dann solltet ihr es ihr sagen. So hört sie vielleicht auf, dich zu jagen.«

»Oh nein, das würde sie mir erstens nicht glauben, und zweitens bin ich nicht scharf darauf, ihr ein weiteres Mal zu begegnen.« Das Mädchen war irre, und das eine Treffen in der Antarktis hatte mir vollkommen gereicht.

»Ich verstehe nicht, wie deine Mutter dir deine Gabe nehmen konnte ... das ist schwere Magie. Ein Mensch ist nicht dazu in der Lage.«

»Sie hatte auch meine Fylgja gerufen.«

»Fylgjas sind dafür erschaffen worden, den Menschen zu helfen. Das kann im Grunde jedes Kind. Nicht, dass ich dir deine Fylgja schlechtreden will.«

»Schon okay.« Vielleicht war es so, dass jeder eine Fylgja rufen konnte, aber ich nicht mehr. Violet konnte kein zweites Mal an mich gebunden werden, und eine andere Fylgja käme nicht infrage.

Ich deutete mit bebenden Fingern auf das Notizbuch. »Vielleicht erzählt Mum, wie sie es gemacht hat.«

Aiden nickte und las weiter: »*Ich wusste es in dem Moment, als ich ihn spürte. Bis dahin hatte ich noch nie einen Engel gesehen, doch meine Seele erkannte ihn sofort. Seine Energie legte sich um meine Seele und rief nach mir. Es war wie die Berührung einer uralten Macht, die nach meinem Herzen griff und mir etwas derart Großartiges zuteilwerden ließ, dass es mein Verstand nicht einmal annähernd erfassen konnte.*

In dieser Nacht habe ich die Göttlichkeit berührt und sie mich.

In dieser Nacht hat sich alles geändert.

Im Nachhinein bin ich davon überzeugt, dass die Visionen nur deshalb kamen, dass ich die Fähigkeiten, die ich besaß, nur ihretwegen hatte. Die Berührung hatte etwas in mir verändert, sie hatte mich ... zugänglicher gemacht oder sehender. Ein besseres Wort fällt mir nicht ein, aber genauso ist es: Auf einmal konnte ich sehen, was andere nicht bemerkten. Doch waren die Bilder, die ich erhielt, die grausigsten, die sich ein Mensch vorstellen kann. Sie zeigten Zerstörung und Chaos und Blut. Alles brach zusammen, Menschen schrien und starben. Ich sah das Ende der Welt, wie wir sie kennen. Und du, Calliope, bist der Schlüssel, es herbeizuführen.«

Aiden blickte hoch.

»Ich …« Auf einmal stieg die Galle in mir hoch. Es kam ganz von allein, ohne Ankündigung. Ich presste die Hand vor den Mund, stürmte aus der Bibliothek und übergab mich auf den Rasen. Meine Knie zitterten, mein Atem rasselte, alles in mir zog sich zusammen, suchte verzweifelt einen Weg nach draußen. Ich stützte mich an der Hauswand ab und rang um Fassung, doch sie wollte nicht kommen. Trauer, Verzweiflung, Angst: ein Brocken unverdaulichen Mülls, der all die Jahre darauf gewartet hatte, endlich rauszudürfen.

Ich hatte meine Mum verloren.

Diese Erkenntnis kam nicht zum ersten Mal, doch heute schmeckte sie bitter.

Plötzlich strichen warme Hände über meinen Rücken, der Geruch nach Feuer stieg mir in die Nase. »Schon gut«, flüsterte Aiden sanft.

»Das ist …«

»Lass dir Zeit.«

Und das tat ich. Die Tränen kamen ohne mein Zutun, die Trauer schnürte mir die Luft ab, während mir Aiden gleichzeitig mit ihren Berührungen Halt schenkte. Sie redete nicht, war einfach nur da. Ich hatte keine Ahnung, wie lange wir draußen standen, aber irgendwann schaffte ich es, mich aufzurichten und mir die Augen trocken zu wischen.

»Willst du warten, bis Jaydee zurück ist und ihr lest gemeinsam?«

Ich schüttelte den Kopf. Natürlich wollte ich ihn bei mir haben, jetzt mehr denn je, aber ich konnte unmöglich bis dahin ausharren. »Wir machen weiter.«

Sie griff nach meiner Hand. Warm und stark und fest schlossen sich ihre Finger um meine. Sachte führte sie mich zurück in die Bibliothek, gab mir ein Glas Wasser und las mit sanfter Stimme weiter:

»In den Visionen warst du ein Instrument des Bösen. Du wurdest missbraucht, deine einzigartige Gabe für die dunklen Mächte benutzt, doch ich wusste es zu verhindern. Ich werde mein Leben dafür geben, dass du in Sicherheit großwerden kannst, und ich hoffe, du wirst mir verzeihen, dass ich deshalb nicht mehr bei dir sein kann.«

Ich schloss die Augen, klammerte mich an dem Glas fest und konzentrierte mich auf meinen Atem. Die Worte vergrößerten die Wunde der Vergangenheit, doch ich musste es hören. Ich musste alles wissen.

»Ich werde versuchen, es so gut wie möglich zu erklären, bitte entschuldige, wenn es mir nicht gelingen sollte. Manchmal kann ich es selbst nicht glauben, obwohl ich alles hautnah erlebt habe.

Eine Sache ist jedoch gewiss, und ich bitte dich, sie zu verinnerlichen: Ich liebe dich, mehr als du dir vorstellen kannst. Du bist der Stern in meinem Leben, mein Universum, du bist meine Freude, mein Glück, meine Sonne. Die wenigen Jahre, die ich mit dir verbringen durfte, waren ein Geschenk, auch wenn ich es nicht so genießen konnte, wie ich es gerne getan hätte. Falls ich dir Kummer bereitet haben sollte, tut es mir leid. Ich weiß, ich war manchmal unberechenbar und habe mit dir geschimpft, obwohl du nichts getan hast.«

Als Kind hatte ich nie verstanden, warum Mum so barsch zu mir gewesen war, später hatte es keine Rolle mehr gespielt. Sie hätte bis an mein Lebensende mit mir schimpfen können, wenn sie dafür wieder zurückgekommen wäre.

»Du wolltest mir helfen. Ich weiß es. Ich wusste es damals, aber gegen meine Leiden gab es keine Hilfe. Nicht einmal Ariadne mit all ihrer Erfahrung konnte mir beistehen. Es tut mir so schrecklich leid, Calliope. Keine Worte dieser Welt können wiedergutmachen, was ich dir zugemutet habe. Ich hoffe, du wirst mir trotzdem verzeihen.«

Ich atmete tief durch und nickte zaghaft.

»Die erste Vision traf mich direkt nach deiner Geburt. Die Ärztin legte dich in meine Arme, und genau in dem Moment ging es los. Ich sah, wie du an einer Harfe saßt, ein Mädchen mit schwarzen Haaren stand neben dir und zwang dich, zu musizieren. Deine Finger bluteten, genau wie dein Herz. Ich sah es dir an, du spieltest unter großen Qualen, in dem vollen Bewusstsein, dass es falsch war. Aber du konntest nicht aufhören. Je länger das Lied erklang, umso stärker bebte die Erde. Die Sonne verschwand, der Himmel verdüsterte sich, der Boden riss auf ... Du warst gefangen. In dir selbst, in dem Lied, in der Magie, die um dich wirkte. Dennoch fuhrst du fort, bis eine Frau aus der Erde kroch und sich aus den Fängen der Unterwelt befreite. Sie war gefesselt mit Seilen aus Dornen, die sich tief in ihre Haut bohrten. Ihre Haare schillerten in einem grellen Rot, ihre Augen leuchteten grün. Sie war lange in Agonie gefangen gewesen, aber als sie das Licht erblickte, fiel das alles von ihr ab. Sie riss sich die Fesseln vom Körper und lachte erfüllt von Boshaftigkeit. Ewig hatte sie auf diesen Moment gewartet. Nun endlich war sie frei. Endlich konnte sie vollenden, was sie begonnen hatte – und die Welt unterjochen.«

»Lilija«, sagte ich. »Meine Mutter hat gesehen, wie ich Lilija befreie.«

»Die Ärzte glaubten, dass ich so aufgewühlt wegen der Geburt war, aber Ariadne wusste, dass das, was ich gesehen hatte, eintreffen konnte. Sie erzählte mir in jener Nacht von dem Bund der Sapier und dass sie zu ihnen gehörte. Sie sagte, sie wäre bei mir, um mich und meine Tochter und alle, die danach kämen, zu schützen. So war es seit Urzeiten, so würde es bleiben. Mich beruhigten ihre Worte, aber ich fühlte, dass wir mehr machen mussten. Du warst so außergewöhnlich, so wunderschön. Vermutlich sagt das jede Mutter über ihr Baby, aber auch Ariadne bestätigte mir, dass du etwas Besonderes seist und viel Schutz nötig haben würdest. Sie redete davon, dass die Macht des Kranichs vielleicht nicht ausreichen würde, um dich vor Coco zu verstecken, daher beschlossen wir, eine Fylgja für dich zu rufen. Ariadne zeigte mir genau, wie das Ritual funktionierte, und so stand ich eines nachts auf einer Wiese und holte Violet zu dir. Deine Weggefährtin, für den Rest deines Lebens.«

»Und wieder liegst du daneben, Mum ...« Ich trank hastig den nächsten Schluck, bevor ich mich ein weiteres Mal in der Trauer verlor.

»*Violet erwies sich als Glücksgriff. Sie versprach, auf dich aufzupassen, deine Aura einzudämmen und dich so vor den Mächten des Bösen versteckt zu halten. Die Visionen, die ich mit dir im Wochenbett hatte, verschwanden und kehrten erst Jahre danach zurück, als du in den Bunker gekrochen bist und außerhalb von Violets Schutz gerietest.*«

»Da war ich sieben und habe Violet als Fylgja enttarnt. Es war ein riesengroßes Theater. Violet hatte so Angst davor, dass ich es Mum erzählen würde und sie dann zurück in ihre Dimension müsste. Nachdem ich mich beruhigt hatte, habe ich ihr versprochen, ihr Geheimnis zu wahren.« Und ich hatte es durchgezogen.

»*Ariadne erklärte mir, dass durch diese Sache Coco auf deine Fährte aufmerksam geworden war, sie aber sofort deine Spuren verwischen konnte. Sie sagte, du wärst sicher, aber die Visionen kehrten dennoch zurück, und sie waren intensiver und schlimmer als je zuvor. Nacht für Nacht suchten sie mich heim und füllten meine Träume, bis ich irgendwann nicht mehr schlafen konnte. Ariadne bestätigte mir täglich, dass ich mich nicht sorgen müsse, doch es half nichts. Die Visionen hielten mich im Griff. Schließlich wusste sie sich nicht mehr anders zu helfen und schleppte mich zu Ärzten, jeder diagnostizierte etwas anderes. Ich bekam Medikamente gegen Angstzustände, gegen Depressionen, gegen Schlaflosigkeit. Je mehr ich versuchte, dagegen anzukämpfen, umso schlimmer wurde alles, als würde ich mit bloßen Händen einen reißenden Fluss aufhalten wollen.*

Ich entschuldige mich von Herzen bei dir für diese schreckliche Zeit. Meine Seele war in Aufruhr, mein Herz erfüllt von Sorge. Ich hätte nicht so viel mit dir schimpfen sollen, aber mein Verstand war vergiftet mit Bildern von Qualen und Terror. Bitte glaub mir, dass ich nie aufgehört habe, dich zu lieben. Bitte, bitte verzeih mir!«

Ich nickte stumm, biss auf meinen Nägeln herum, nur damit ich Beschäftigung hatte.

»*Als ich nicht mehr an eine Lösung glaubte, fiel sie mir schließlich zu: Ariadne und ich waren über ein Wochenende nach New York gereist. Sie hatte mich gezwungen, mit ihr zu gehen, damit ich Zerstreuung fand, obwohl ich nicht wollte. Ich konnte dich doch nicht einfach alleine lassen, doch Ariadne sagte, du wärst nicht alleine, und Violet versprach, dich sofort in Sicherheit zu teleportieren, falls es nötig wäre.*«

Ich lächelte wehmütig. »Das war ein schönes Wochenende für uns gewesen. Violet und ich haben nur Fernsehen geschaut und Eiscreme im Bett gegessen.«

»Wie alt warst du denn da?«

»Neun. Wir mussten Mum versprechen, das Haus nicht zu verlassen.« Keine andere Mutter der Welt hätte ihr Kind in dem Alter alleine gelassen, aber kein anderes Kind hatte einen jahrtausendealten Schutzgeist an seiner Seite. Damals stellte ich das alles natürlich nicht infrage, ich war einfach froh, ein Wochenende ganz allein mit Violet verbringen zu dürfen.

»*Obwohl ich wusste, dass Violet bei dir war und du somit so sicher warst wie in Abrahams Schoß, fand ich kaum Ruhe. Ariadne nahm mich mit ins Theater. Wir sahen uns eine Vorführung von Romeo und Julia an, und da geschah es: Ich saß im Zuschauerraum und hatte das Gefühl, dass die Darsteller nur für mich spielten. Alles um mich herum verlor seine Bedeutung, die anderen Gäste, Ariadne, die Visionen. Es war, als säße ich ganz alleine im Theater. Als die Show vorüber war und wir zurück ins Hotel kamen, fand ich eine Karte in meiner Handtasche. Darauf stand eine handgeschriebene Nachricht: ‚Es gibt eine Lösung für deinen Kummer, wenn du sie hören willst, besuche mich jederzeit. Ashriel.‘*«

Aiden stockte, genau wie ich. »Da ist sie wieder.«

»Was ... was wollte meine Mutter bei Ashriel?«

Aiden fuhr fort: »*Noch in dieser Nacht ging ich zurück zum Theater, ohne Ariadne davon zu erzählen. Ich zeigte die Karte am Bühneneingang und wurde sofort eingelassen. Ein junger Mann führte mich tief in das Gebäude hinein. Erst zögerte ich, doch aus irgendeinem Grund erfüllte mich tiefe Zuversicht. Mir konnte hier geholfen werden. Seit über zwei Jahren plagten mich nun diese Visionen, und ich fühlte, dass ich heute Nacht einer Lösung nähergekommen war. Ich traf mich mit Ashriel, einem Wesen wie aus einem Traum. Weder Mann noch Frau, weder Gut noch Böse. Sie war wie diese Theatermasken, die das Drama und die Komödie symbolisierten. Sie trug beide Seiten in sich, und mir kam sie mit einer unendlichen Güte und Anmut entgegen. Ich glaube, sie war mein persönlicher Schutz. Ich wusste, dass mir nichts Schlimmes von ihr drohte.«*

»Unfassbar.« Ganz anders als bei uns. Wir hatten Ashriel als gefährliches, unberechenbares Wesen kennengelernt. Warum war sie so nett zu Mum gewesen? Was bezweckte sie damit? Oder hatte sie tatsächlich ein weicheres Herz, als wir annahmen?

»*Ashriel hörte sich meine Sorgen an. Sie schenkte mir ihre Zeit und ihre Güte und letztlich auch ihre Hilfe. Am Ende verließ ich das Theater, mit dem Zauber in der Tasche, der dich retten konnte. Ashriel hatte mir alles bis ins Detail erklärt, sie sagte mir, was ich tun musste, welche Gegenstände ich benötigte. Sobald ich alles zusammenhatte, konnte meine Reise losgehen, und du wärst bis in alle Ewigkeiten sicher. Vielleicht hast du schon bemerkt, dass du nicht mehr in der Lage bist, ein Lied zu singen oder zu musizieren. Das ist leider ein Teil des Zaubers, aber dafür wird dein Talent bei mir in guten Händen sein und gemeinsam mit mir in Vergessenheit geraten. Ich weiß noch nicht, was mit mir geschehen wird, wie es in den nächsten Monaten weitergeht, aber ich wollte dir diese Zeilen schreiben, bevor ich mit dem Zauber starte. Solange ich noch alles zusammenbekomme und mein Verstand klar ist.*

Hab bitte keine Angst, Calliope. Ich weiß, dass das verrückt klingt, aber alles, was ich tue, geschieht, um deine Sicherheit zu gewährleisten. Ich will, dass du ein sorgenfreies Leben führst, eine Chance auf Glück hast, dass es dir gut geht. Während ich das hier schreibe, stelle ich mir deine Zukunft vor und hoffe, dass du darüber hinweggekommen bist, keine Mutter mehr zu haben. Vielleicht bist du mit Violet von zu Hause ausgezogen und ihr teilt euch ein Apartment in einer schönen Stadt, vielleicht geht ihr gemeinsam aufs College und du hast die Welt bereist oder bist gerade dabei. Vielleicht hast du dich verliebt. Falls ja, hoffe ich, dass er dich glücklich macht. Das ist mein größter und einziger Wunsch von mir an dich: Werde glücklich. Lebe.

Lache. Falle hin und steh wieder auf. Das Leben bietet so viele wundervolle Gelegenheiten, so viele Abenteuer, so vieles zu entdecken. Du bist jung. Du darfst alles sein, was du gerne sein möchtest.

Ich werde dafür sorgen; weil ich dich liebe, Calliope.

Für immer.

Deine Mutter.«

Aiden sah mich an. »Hier endet der Eintrag.«

»Okay«, sagte ich mit brüchiger Stimme. Die Stille, die einkehrte, war erdrückend und gleichzeitig befreiend. Ich hatte es geschafft. Ich hatte mir alles bis zum Schluss angehört – und ich stand noch immer.

Die letzten Worte meiner Mutter. Da waren sie. Jahrelang hatte ich mir eine Notiz, einen Brief, irgendeinen Hinweis von ihr gewünscht und nie etwas gefunden. Und nun ... ich wusste noch nicht genau, was ich damit anfangen sollte, wie es weitergehen würde.

Ich lehnte mich an die Tischplatte. Es war noch gar nicht lange her, da hatte Jaydee hier gestanden und sich eine ähnliche Geschichte über sich und seine Vergangenheit angehört. Wir beide hatten so vieles gemeinsam, unsere Leben waren miteinander verwoben. Hätte Mum Sophia damals nicht an der Kirche getroffen, wäre alles anders gekommen. Sie hätte wohl nie diese Visionen gehabt, hätte nie den Drang verspürt, mich durch diesen Zauber zu schützen.

Ich strich über meine Arme, drückte meine Nägel auf meine Haut. Da drinnen wirkte er.

Der Zauber meiner Mutter. Sie hatte sich geopfert. Für mich.

»Was kann ich für dich tun?«, fragte Aiden.

»Ich weiß es nicht. Ich weiß es einfach nicht ...« Ich kniff mir in die Nase, versuchte zu ergründen, wie es mir ging, aber da war auf einmal nur noch Leere. Aiden kam um den Tisch herum und schloss mich in die Arme. Obwohl es so heiß in der Bibliothek war, fühlte sich ihre Wärme anders an. Tröstend. Beschützend.

Kräftigend. Als könnte sie beeinflussen, welche Wirkung ihr Element auf mich hatte.

Ich war nicht alleine.

Nicht mehr.

»Weißt du, was ich noch nicht verstehe?«

»Was?«

»Wo ist Mum?« Ich machte mich von Aiden los und trat zurück. »Ich meine, mir ist nun klar, warum sie das alles getan hat, dass sie mich vor Coco und auch Lilija beschützen wollte – aber wo ist sie? Was meinte sie damit, als sie sagte, meine Gabe wäre bei ihr in Sicherheit und würde mit ihr in Vergessenheit geraten?«

»Gute Frage.«

»Ashriel erklärte mir, dass nur meine Mutter den Zauber von mir lösen könnte und dass sie nicht tot sei.« Näher hatte sie es allerdings nicht ausgeführt. »Wir müssen noch mal in das Theater.«

Jaydee würde dagegen sein. Das wusste ich. Wir hatten gestern Morgen erst darüber geredet, und er hatte seinen Standpunkt klargemacht. Auch mich schauderte bei dem Gedanken, einen Fuß in das Gebäude zu setzen, aber was blieb mir anderes übrig?

Ich sah zum Fenster hinaus. Mittlerweile war die Nacht angebrochen und Jaydee noch nicht zurück.

Entweder er hatte Keira gefunden und die beiden plauderten über alte Zeiten, oder – und das war leider viel wahrscheinlicher – er beging eine Dummheit.

Ich musste Ben anrufen. Heute war ein klarer Tag, eventuell funktionierte mein Telefoneck auf dem Balkon. Einen Versuch war es zumindest wert.

13. Kapitel

Jaydee

Kalt.

Dunkel.

Verloren.

Das war alles, was ich im Moment wahrnahm.

Ich fiel. Und fiel. Und fiel.

Für immer, so schien es. Die Kälte hatte mich fest im Griff, mein Körper war taub, meine Lunge randvoll mit Wasser. Alles um mich schimmerte grünlich-schwarz.

Eine surreale Welt, ohne Anfang, ohne Ende. Als wäre ich in einer Zwischendimension gefangen. Nicht tot und nicht lebendig. Nicht wach und nicht schlafend. Warm und kalt. Hell und dunkel.

Ich hielt Keira fest umklammert. Sie wehrte sich kaum noch, brauchte ihre gesamte Kraft für die Heilung, nur um daraufhin wieder zu ertrinken.

Ich ließ uns beide einfach treiben, schwelgte in der Schwerelosigkeit und diesem herrlichen Dämmerzustand.

Dumpfe Geräusche drangen an mein Ohr. Ich sah Schatten weit über mir, hörte Bens Stimme. Ich konnte nicht verstehen, was er sagte, aber nach dem Tonfall gab er seinen Jungs Anweisungen. Er klang weit entfernt. Ich hatte keine Ahnung, wie groß das Loch war, das durch seine Schüsse entstanden war. Womöglich war nur eine kleine Platte herausgebrochen, vielleicht auch die halbe Eisschicht.

Auf einmal spürte ich einen Widerstand im Rücken, dann etwas Weiches. Der Schlick schuf eine sanfte Unterlage. Ich war am Grund angekommen.

Meine Lungen brannten, als stünden sie unter Feuer. Gleichzeitig kühlte mich das Wasser von innen. Jegliche Empfindung war verwaschen. Geräusche, Lichter, Schatten – ein Einheitsbrei aus dieser grünlichen, unwirklichen Umgebung.

Ich ließ Keira los, ihre weißen Haare wehten ihr um den Kopf. Ihre Arme hielt sie zur Seite ausgebreitet, als würde sie fliegen. Wie ein Geist im Schutze der Nacht. Keira sank neben mir auf den Boden und blieb mit dem Gesicht nach unten liegen.

Ich blickte träge zu ihr, hatte keine Ahnung, ob sie das überleben konnte oder nicht. Sicher würden ihre Tattoos sie heilen, aber gleichzeitig würde sie erneut ertrinken und wieder heilen und ertrinken, bis die Dinger ausgebrannt waren und sie nicht mehr konnte.

Keira würde sterben. In einem eiskalten Grab, das sie sich selbst ausgehoben hatte. Sie hatte mit mir gespielt – und dieses Mal hatte sie verloren.

Endlich.

Endlich war sie besiegt.

Endlich hatte sie begriffen, dass sie sich nicht mit mir anlegen sollte.

Endlich hatte ich meine Rache. Ich spürte die Genugtuung bei diesen Gedanken, und gleichzeitig verteufelte ich mich dafür. War es der Jäger, der so dachte – oder ich? Die Grenze zwischen uns verschwamm so oft, dass ich es nicht immer genau sagen konnte. Was, wenn es gar keine Grenzen gab und ich das lediglich als Ausrede nutzte, weil ich selbst tief in meinem Inneren so erfüllt von Hass war? Der Jäger war ich, ich war er. Wir waren Lilijas Geschöpf ...

Über mir regte sich ein Schatten. Etwas sank herunter. Männer. In Taucheranzügen. Unsere Retter. Sie waren schnell gewesen. Mussten sie wohl auch. Ich erkannte sie nur undeutlich, mein Bewusstsein glitt davon an diesen schönen Ort der Ruhe.

Ich konnte hier nicht sterben. Ich wusste es. Dieses Element brachte für mich nicht den Tod.

Ich würde einfach ausharren, bis ich zu einem Klumpen aus Eis gefroren war und eins mit dem Wasser wurde.

Die Männer schalteten ihre Lampen an und schwärmten aus. Sie folgten ihrem eigenen Suchmuster, würden vermutlich Zeit brauchen, bis sie uns fanden, auch wenn der See maximal fünf Meter tief war, doch das Wasser war trüb, wir lagen im Dunkeln. Ich rollte mich zur Seite, stieß Keira an. Sie rührte sich nicht.

Sehr gut. Sie ist hinüber. Lass sie einfach liegen und hau ab.

Ich wollte es tun. Ein Teil von mir wollte das wirklich. Gleichzeitig wusste ich, dass ich mich danach nie wieder im Spiegel ansehen konnte. Ich würde einen Teil meiner Menschlichkeit opfern und damit auch meine Liebe zu Jess. Sie würde mir nie verzeihen, wenn ich Keira ihrem Schicksal überließ.

Ich griff nach Keiras Arm. Sie regte sich kurz, wollte sich ein letztes Mal wehren, aber ihre Kraft war aufgebraucht. Neben mir piepste es leise. Es hörte sich an wie ein Alarm. An Keiras Arm blitzte etwas auf. Eine Uhr. Die Ziffern leuchteten blau, zeigten einen Countdown. Noch eine Stunde, dann wäre er auf null. Was auch immer das zu bedeuten hatte.

Ein Lichtstrahl streifte mich. Ich blinzelte wegen der plötzlichen Helligkeit. Meine Bewegungen hatten die Männer auf uns aufmerksam gemacht. Das Licht ihrer Lampen wurde greller, sie kamen auf mich zu. Ich zog Keira an mich, schlang meine Arme um sie und stieß mich vom Boden ab.

Auf halber Höhe zur Wasseroberfläche wurde ich selbst gepackt und mitgenommen. Ich ließ es zu, wehrte mich nicht gegen die Hilfe.

Einer der Männer hielt mir ein Atemgerät vor den Mund, doch ich schüttelte den Kopf.

Es dauerte nicht lange, bis wir das Eisloch erreichten. Wir waren nicht weit gedriftet, im See herrschte kaum Strömung. Der Mann zog mich unerbittlich Richtung Oberfläche. Wir tauchten auf. Ich spannte die Muskeln an und hustete das Wasser aus.

»Ruhig, Sir. Ich hab Sie.«

Eis trieb neben uns. Das Loch war groß geworden. Meine

Lungen dehnten sich aus, ein beißender Schmerz schoss durch meinen Oberkörper, als sie sich mit der schneeverhangenen Luft füllten.

Ich kannte das bereits. Akil hatte mit mir oft in unserem See trainiert, damit ich lernte, wie es war, unter Wasser zu sein. Meine Heilkräfte strengten sich an, aber ich merkte, dass ich am Ende war. Ich konnte kaum richtig atmen, schnappte nach Luft und klammerte mich an dem Mann fest, der mit mir zum Ufer schwamm.

Keira hing bewusstlos in den Armen des anderen Typen. Ihre Lippen waren blau, ihre Haut war fahl.

Sehr schön. Sie hat bekommen, was sie verdiente.

Ich schüttelte den Gedanken ab und rieb mir durchs Gesicht.

»Wir sind gleich am Ufer«, sagte der Taucher und zog mich weiter.

Es dauerte nicht lange, bis ich den Boden unter meinen Füßen fühlte. Weitere Helfer kamen herbei, zogen mich und Keira aus dem Wasser.

»Ganz ruhig, Sir. Wir werden Sie beide versorgen.«

»Die Frau atmet schwach.«

Ich blickte herum. Zwei Sanitäter nahmen sich Keiras an und versorgten sie mit Sauerstoff. Ein Mann griff nach mir, wollte meinen Puls fühlen, aber ich schlug die Hand weg.

»Ich will Ihnen nur helfen.«

»Ich brauche keine Hilfe.«

»Jaydee!«, rief Ben und eilte zu mir.

Ich spuckte eine Ladung Wasser aus. Der Geschmack nach Algen und Fisch legte sich auf meine Zunge. Alles drehte sich, und ich hätte mich am liebsten auf die Wiese gerollt, doch ich kämpfte gegen den Schwindel an.

»Lassen Sie mich zu ihm«, sagte Ben, und schon war er bei mir.

»Ich brauche Heilsirup«, flüsterte ich.

»Okay.«

»Detective Walker, machen Sie mir bitte Platz. Ich muss ihn ...«

Ben half mir aufzustehen. Er legte die Hand um meine Taille, hielt mich aufrecht.

»Mir geht es gut. Ich bin ...«

»Er ist ... äh ... Apnoetaucher.«

»Ich muss dennoch darauf bestehen, dass Sie mit ins Krankenhaus kommen. Das Wasser ist eiskalt.«

Ich blickte den Kerl an. Es war ein Arzt, um die vierzig, mit Schnauzbart. Er machte einen ruhigen, gesetzten Eindruck und würde sich nicht so schnell abwimmeln lassen.

Nebenan luden sie Keira in den Krankenwagen und fuhren mit Blaulicht davon.

»Wir dürfen sie auf keinen Fall alleinlassen«, sagte ich zu Ben.

Er verstand und drehte sich um. »Mark!«

»Ja?«

»Fahr ins Krankenhaus und behalte die Frau im Auge.«

»Verstanden.«

Ben wandte sich wieder zu mir. »Du solltest auch gehen. Ich komme gleich nach und bringe dir alles, was du brauchst.«

Ich nickte ihm zu. Ben ließ mich los, was keine gute Idee war. Sofort schwankte ich.

Der Arzt und Ben reagierten gleichzeitig und stützten mich. Zwei Sanitäter kamen mit einer Trage angerannt.

»Ruh dich aus«, sagte Ben.

Ich brummte missmutig, doch die Aussicht, mich hinzulegen, war wirklich verlockend. Ich ließ mich auf die Trage plumpsen.

Die Fahrt ins Krankenhaus bekam ich kaum noch mit.

14. Kapitel

Jessamine

Er hat bitte was getan?«, schrie ich ins Telefon. Die Verbindung krachte und knirschte, ich verstand nur jedes zweite Wort.

»Er ... Krankenhaus. Keira auf ihn ...«, antwortete Ben.

»Wer ist im Krankenhaus?«

»Keira und ... ich ... nicht ...«

Das war vor ungefähr fünfzehn Minuten gewesen. Da die Leitung nicht gehalten hatte, war ich mit Aiden sofort aufgebrochen und nach Riverside geritten. Als wir aus dem Portal getreten waren, hatten wir uns im Chaos vorgefunden. Amir und Aayan standen auf einer Wiese im Park, Aayan war an einen Baum gebunden. Autos waren ineinandergefahren, Polizisten nahmen den Unfall auf, redeten mit Passanten. Von einer Zeugin hörte ich ein Gespräch mit, sie sagte, dass ein Mann und eine Frau sich geprügelt hätten und im Park verschwunden seien. Ich wollte schon hinterher, als mir Ben entgegenkam, mich am Arm packte und auf den Vordersitz des nächsten Polizeiwagens verfrachtete. Er erklärte mir, was passiert war: Keira hatte versucht, Jaydee zu entführen.

Bevor ich weiter fragen konnte, rief er einen Kollegen herbei, der zu mir einstieg und sich hinters Steuer setzte. Ben beteuerte, dass er sofort nachkommen würde, und dann war er weg.

Wir rasten mit Blaulicht quer durch die Stadt, und ich erlebte meine zweite Fahrt in einem Polizeiwagen – dieses Mal zum Glück nicht als Mordverdächtige.

Am Krankenhaus angekommen, stürmten wir in die Notaufnahme. Dank des Polizisten an meiner Seite wurde ich sofort durchgelassen und war nun kurz davor, Jaydee zu treffen.

Er war noch im vorderen Behandlungsbereich, die einzelnen

Betten waren mit Vorhängen voneinander getrennt. Ich hörte ihn schon von Weitem. Seine charakteristische Stimme mit dem angenehmen Timbre, das so beißend klingen konnte, wenn er sich aufregte.

In diesem Fall über eine Schwester.

»Sie müssen endlich aus den nassen Sachen raus!«, sagte sie.

»Lass mich in Frieden!«

»Sie werden sich eine Lungenentzündung holen.«

»Besser, als *das* anzuziehen!«

»Sie sind eiskalt!«, sagte die Schwester.

»Okay, mir reicht's ...«

Es schepperte, ich beschleunigte meine Schritte, erreichte den Vorhang und zog ihn zur Seite.

Er war aufgestanden. Die Schwester und Jaydee blickten herum. Er sah furchtbar aus. Seine Augen hatten dunkle Schatten und lagen tief in den Höhlen, seine Wangen waren eingefallen, als wäre er von einem Schattendämon ausgesaugt worden. Die Haare verklebt mit Schlick und Dreck, seine Kleidung klatschnass und zerrissen. Ich eilte zu ihm und warf mich in seine Arme. Er fiel zurück auf die Pritsche und zog mich an sich. Die Nässe durchweichte auch meine Jacke, aber das machte mir nichts. Es tat einfach nur gut, seinen Körper an meinem zu spüren, seine Arme um mich zu fühlen, seine Nähe einzuatmen, auch wenn sie gerade nach See und Schlamm stank.

»Wie kommst du denn hierher?«

»Ich war bei Ben. Im Revier. Er hat mir alles erklärt. Was wollte Keira von dir?«

»Hat sie nicht gesagt, sie ist sofort auf mich losgegangen.«

»Ben meinte, sie hätte schon das Portal geöffnet ...«

»Ja.«

Ich drückte ihn fester an mich. Da er saß und ich stand, war er kleiner als ich. Er legte die Hand gegen meinen unteren Rücken, schmiegte sein Gesicht an meinen Bauch. Am liebsten würde ich ihn nicht mehr loslassen. Wenn Ben zu spät gekommen wäre ... Wenn sie ihn mitgenommen hätte ...

Ich durfte gar nicht darüber nachdenken. Jaydee sorgte sich ständig um mich, dass mir etwas passieren konnte, aber wie war es umgekehrt?

»Tu so etwas bitte nie wieder«, sagte ich und strich durch seine Haare. Er antwortete nicht. Er wollte mir vermutlich keine Versprechen geben, die er nicht einlösen konnte. »Rede wenigstens das nächste Mal mit mir.«

Er löste sich von mir, blickte auf, blinzelte. Ich beugte mich zu ihm und küsste ihn sachte. Seine Lippen fühlten sich genauso eiskalt an wie der Rest von ihm.

»Ich war so sauer auf dich«, flüsterte ich zwischen unseren Küssen.

»Kann ich verstehen.«

Aber der Zorn verrauchte mit jeder Sekunde. Jaydees Energie war nicht so intensiv wie sonst, ich fühlte keine Glocke um uns herum, doch seine Arme und seine Nähe gaben mir Halt. Ich strich über seinen Hals, spürte das Pochen seines Pulses. Er war da. Hier bei mir.

Die Schwester räusperte sich. »Vielleicht können Sie ihrem Freund sagen, dass er die nassen Sachen ausziehen muss.«

Ich drehte mich herum, sah auf den Kittel, den sie in der Hand hielt, dann zu Jaydee.

Er hob die Augenbrauen. »Vergiss es.«

»Ich hätte nie gedacht, dass du eitel bist.«

»Ich bin nicht eitel. Trotzdem ziehe ich das nicht an. Das ist lächerlich.«

Ich schmunzelte und nahm der Schwester den Kittel ab. »Danke. Wir machen das schon.«

Sie schüttelte den Kopf und wollte etwas erwidern, da glitt der Vorhang ein weiteres Mal auf und Ben kam herein. »Oh, hallo Margery.«

»Detective Walker, schön Sie zu sehen.«

»Ich hoffe, er hat sich benommen.« Ben nahm eine Sporttasche von der Schulter und stellte sie vor Jaydees Füße.

»Wenn er sich eine Grippe holt, ist das zumindest nicht meine Schuld!«

»Der ist hart im Nehmen, keine Sorge. Danke Ihnen.«

»Bitte.« Margery warf Jaydee einen finsteren Blick zu und verließ unser Separee. Ben bückte sich, öffnete die Tasche und reichte ihm als Erstes eine Flasche Heilsirup. »Mit Grüßen von Aiden.«

Deshalb war er vorhin nicht gleich mitgekommen. Er hatte Aiden erst um den Sirup gebeten.

»Ist sie auch da?«, fragte Jaydee.

»Sie ist auf dem Revier und kümmert sich um die Schadensbegrenzung. Sie meinte, sie wird ein paar Zauber wirken und die wenigen Anwesenden, die etwas mitbekommen haben, mit Federnstaub beeinflussen.«

Jaydee entkorkte die Flasche, rümpfte die Nase und trank einen Schluck. Soweit ich wusste, schmeckte das Zeug eklig.

Ben holte ein paar Cargohosen, einen Pullover, Socken, Unterwäsche und abgenutzte Stiefel aus der Tasche. »Ich hoffe, die passen. Hab sie aus der Kleiderkammer.«

»Danke!« Jaydee streifte die nasse Jacke und das Shirt ab. Der Geruch nach See breitete sich aus. Auf seiner Brust heilten einige Schürfwunden und blaue Flecken. Normalerweise wären sie binnen Sekunden verschwunden.

Er bemerkte meinen Blick. »Das liegt an Keiras Tattoos. Mein Körper hatte nicht genug Energie, um zu heilen. Dauert vermutlich, bis der Sirup anschlägt.«

Ich nickte, antwortete aber nichts darauf.

»Jess, ich ...«

»Schon gut. Es ist, wie es ist.« Er war ein Kämpfer. Ich kannte ihn nur so. Es war trotzdem nicht schön, seine Verletzungen zu sehen. »Hast du wenigstens deinen Jadestein bekommen?«

»Ich hatte keine Gelegenheit, danach zu fragen.«

»Ihr habt das halbe Revier auf Trab gehalten«, sagte Ben. »Ich nehme mal an, die kaputten Autos im Hof gehen auch auf dein Konto?«

»Aayan hat sich aufgeregt.«

Ben nahm Jaydee das verschmutzte und zerrissene Shirt ab und steckte es in die Tasche. Bei dem Klamottenverschleiß, den die Seelenwächter hatten, konnten sie sich quasi jede Woche neu eindecken. »Deine Sachen muss ich eigentlich sicherstellen, aber ich lasse mir etwas einfallen.«

»Danke«, sagte Jaydee. »Was ist mit Keira?«

»Laut ihrem behandelnden Arzt ist sie schwach, doch stabil«, sagte Ben. »Mark passt auf sie auf, außerdem steht eine zusätzliche Wache vor ihrer Tür. Meine Leute haben ihren Rucksack im See gefunden und durchsucht. Sie hatte Kugeln darin.«

»Zum Teleportieren«, sagte Jaydee. »Sie hat eine davon verwendet, um das Portal aufzubauen.«

»Das glücklicherweise rasch wieder zusammengebrochen ist. Ich muss noch überlegen, wie ich das meinen Jungs erkläre, aber da kann womöglich auch Aiden helfen.«

»Ihre Tattoos sollten verbraucht sein, dennoch bleibt sie gefährlich.« Jaydee zog den Pulli über den Kopf. »Sie wird mir erklären, was diese Aktion sollte.«

Vermutlich war nun der richtige Zeitpunkt, ihm auch alles andere zu sagen. »Da gibt es noch mehr, was du erfahren solltest.« Ich holte tief Luft, als ich sie wieder ausließ, zitterte auf einmal meine Stimme. Dennoch schaffte ich es, ihm alles zu erzählen. Von dem Zauber mit den Karten. Von Ashriel. Von den Notizen meiner Mutter.

Als ich fertig war, starrten mich Ben und Jaydee fassungslos an. »Verflucht noch mal, Jess ...«

Das Gespräch hatte mich aufgewühlt. Der Kloß in meinen Eingeweiden kehrte zurück und nahm mir die Luft zum Atmen.

Meine Augen füllten sich mit Tränen, ich verknotete die Finger miteinander, knetete sie. »So sieht es aus. Es war ... es war ziemlich heftig.«

Jaydee zog mich an sich. »Entschuldige, dass ich nicht da war.«

Seine Hände legten sich um meinen Hinterkopf, er drückte mich an seine Brust, ich krallte mich in seinen Pulli. Obwohl er den Sirup getrunken hatte, fühlte er sich nach wie vor kalt an.

»Es war, als würde Mum neben mir stehen und mit mir sprechen.«

»Ich kann es mir vorstellen.«

»Sie hat so viel durchgemacht und ist nur gegangen, damit ich sicher bin.«

»Und es gab keinen Hinweis, wo sie sein könnte?«

»Nicht den geringsten. Sie sagte, meine Gabe würde mit ihr in Vergessenheit geraten. Ashriel hat Mum geholfen. Kannst du dir das vorstellen?«

»Nein. Ganz und gar nicht.«

»Wir müssen noch mal zu ihr! Gestern noch hatte ich es dir gesagt! Wir hätten sie ...«

Jaydee drückte mich fester. »Nicht. Hör auf damit. Ashriel noch mal aufzusuchen, wäre keine gute Option gewesen. Sie hätte uns wie beim ersten Mal abserviert.«

»Das weißt du doch nicht!«

»Wenn sie uns diese Information hätte geben wollen, dann wäre das sofort geschehen. Sie wollte, dass du ihren Brotkrumen folgst.«

War es so? Keine Ahnung. Mein Hirn war leer. »Aber sie konnte unmöglich davon ausgehen, dass wir bei Auguste vorbeischauen. Sie wusste doch nicht, dass ihr beide in Verbindung standet, oder?«

»Na ja, das wäre leicht für sie zu recherchieren gewesen. Die Zeitungen waren damals voll von Bildern mit uns und dem

Brand. Vor allen Dingen, als Auguste kurz danach ihre Wohnung abgefackelt hatte, war sie noch mal in den ...«

Jaydee stockte, als wäre ihm etwas eingefallen. Ich ließ ihn los, damit ich ihn ansehen konnte.

»... kann das sein?«, sagte er.

»Was?«, fragte ich.

»... *es war ein Engel gewesen. Ich habe einen Engel gesehen, der mich aus dem Feuer gezogen hat. Er trug eine lange Robe und glühte wie die Flammen selbst* ...«, sagte er.

»Ich kann dir leider nicht folgen.«

»Das hat Auguste zu mir gesagt. Sie meinte, als es brannte, wäre ein Engel aufgetaucht, der sie aus den Flammen getragen hätte. Sie konnte nicht näher definieren, ob es ein Mann oder eine Frau gewesen war.«

Genau wie Ashriel ... »Aber sie ist kein Engel.«

»Auguste hat es vermutlich nur angenommen. Ashriel gehörte einst zu den Seelenwächtern, ihre Aura ist genauso schillernd wie die der anderen. Auguste meinte, der Engel hätte mit ihr in Reimen oder Gedichten gesprochen. Es hätte sie beruhigt und ihr das Gefühl vermittelt, als wäre sie nicht länger in ihrer Wohnung.«

»So wie ich damals, als ich auf der Bühne gestanden habe.« Mein Geist war in dem Theater ständig gewandert. Die Energien dort hatten mich magisch angezogen. »Warum hat Ashriel Auguste gerettet?«

»Vielleicht aus Nächstenliebe?«, fragte Ben.

»Eher nicht«, antwortete Jaydee. »Ashriel macht nichts ohne Grund.«

»Dann wollte sie, dass ihr das Notizbuch findet und darin lest«, sagte Ben. »Warum sollte sie sonst die Karte dort verstecken. Im Grunde hat sie es für euch aufbewahrt.«

»Aber das hätte sie alles einfacher haben können«, sagte ich. »Wir waren doch bei ihr. Im Theater. Sie hätte es uns persönlich mitteilen können.«

»Sie spielt mit uns«, sagte Jaydee. »Es ist eine Inszenierung. Das ist genau das, was sie am liebsten macht. Sie lässt die Menschen nach ihrer Pfeife tanzen, wie verfluchte Schauspieler auf einer Bühne.«

»Wir müssen noch einmal zu ihr«, sagte ich.

Jaydee brummte missmutig.

»Wir haben keine andere Wahl, Jaydee.«

»Ich weiß.« Er küsste mich auf die Nase. »Wir dürfen trotzdem keine Schnellschüsse machen.«

»Wenn ich euch irgendwie helfen kann ...«, sagte Ben.

Jaydee nickte. »Wir werden sehen.«

»Weißt du, was auch komisch ist: Meine Mum schrieb in dem Buch, dass ich mich an Mikael wenden soll, wenn ich Kummer habe. Sie hatte allerdings noch mitbekommen, dass er gestorben ist.« Und sie war deshalb am Boden zerstört gewesen.

»Du sagtest vorhin, die Notizen wären auf September datiert gewesen.«

»Ja.«

»Der Brand war im Oktober gewesen.«

»Aber dann hätte sie das Notizbuch doch holen und jemand anderem geben können. Weißt du, was ich meine? Sie wollte ja, dass ich es lese, wenn ich alt genug bin, aber Mikael war nicht mehr in der Lage, es mir zu überreichen.«

»Dafür aber Auguste. Vermutlich hat es deiner Mutter genügt zu wissen, dass es sicher aufbewahrt war.«

»Das kann natürlich sein. Mum wusste ja nicht, dass Auguste ihre Wohnung abgefackelt hatte.« Das war geschehen, als sie schon verschwunden war.

»Lass uns erst mit Keira reden. Wenn wir wieder daheim sind, frage ich Akil und Will, ob sie uns mit Ashriel helfen.« Jaydee ließ mich los, zog den Rest seiner Sachen aus und die frischen Klamotten an. »Hast du zufällig meinen Dolch eingesteckt?«

»Nicht zufällig«, sagte Ben, griff in seine Jacke und zückte Jaydees Waffe. »War pure Absicht.«

»Perfekt! Danke!« Jaydee verwahrte ihn im Stiefelschaft und zog die Hose darüber. Als er fertig war, blickte er zu Ben. »Können wir?«

»Dort entlang.« Er öffnete den Vorhang und führte uns weg von der Notaufnahme einen Gang hinunter.

Das Zimmer war nicht zu verfehlen, eine Wache wartete vor der Tür. Der Mann nickte Ben zu. »Detective Walker.«

Ben grüßte ihn zurück, griff an die Türklinke und betrat mit uns den Raum. Dort saß ein zweiter Beamter im Stuhl und blätterte in einer Zeitschrift. Er stand sofort auf.

»Hi, Mark«, sagte Ben. »Was macht unsere Patientin?«

»Auffallend ruhig.«

Jaydee schob sich an Ben vorbei und lief zu Keira. Er ballte die Hände zu Fäusten, an seinen Unterarmen traten die Sehnen hervor.

Keira starrte unbeeindruckt an die Decke. Ihre Hände waren mit Handschellen an das Gestell gekettet. Ihre Augen wirkten leblos und matt. Ihr Atem ging ruhig. Sie zuckte kurz zusammen, als sie Jaydee bemerkte, doch das war alles, was sie an Reaktion zeigte. Ich behielt Jaydee im Blick. Mein Dolch steckte im Stiefel. Ich hatte ihn extra mitgenommen. Gegen Schattendämonen half er nicht viel, aber gegen den Jäger schon ...

»So ist sie schon die ganze Zeit«, sagte Mark. »Sie redet kein Wort. Hat sich auch nicht gewehrt, als ich die Handschellen angebracht habe. Da auf dem Tisch liegen ihre Sachen. Ich nehme sie mit aufs Revier.«

»Danke. Das mache ich nachher«, sagte Ben. »Wir müssen mit ihr sprechen.«

»Verstanden. Ich bin draußen, wenn du was brauchst.« Mark verabschiedete sich und ging.

Kaum war er weg, packte Jaydee Keira am Kragen. »Was zum Teufel sollte das?«

»Okay, ganz ruhig«, sagte Ben und versuchte ihn von ihr wegzuziehen, doch er hielt locker dagegen.

Seine Finger schlossen sich um ihr Hemd. Er drehte den Kragen zusammen, schnürte ihr so die Luft ab. Sie schloss die Augen, ließ es einfach über sich ergehen. Er schüttelte sie. »Antworte!«

»Jaydee.« Ich trat an seine andere Seite und legte die Hand auf seine Schulter. Er wollte sie wegschlagen, aber er beherrschte sich. »Nicht so.«

Ein leises Knurren drang über seine Lippen.

»Bitte«, schob ich nach, und tatsächlich ließ er Keira los und wich zurück.

Sie japste nach Luft, ich zog den Hemdkragen für sie herunter, damit sie freier atmen konnte. »Geht es?«

Sie drehte den Kopf. Der gleichgültige Ausdruck in ihren Augen verschwand und wechselte in Freude. Keira und ich kannten uns noch nicht lange, aber wir hatten gemeinsam gekämpft und gesiegt. Sie hatte mich gegen eine Horde Dämonen verteidigt.

»Jess ...« Sie rüttelte an ihren Handschellen. »Ich muss unbedingt mit dir reden.«

Ich sah zu Ben. »Können wir sie nicht losbinden?«

»Auf keinen Fall«, antwortete Jaydee. Er stellte sich ans Bettende, umschloss das Gestell so fest, dass seine Knöchel scharf hervortraten.

»Aber, wenn ihre Tattoos nicht mehr wirken ...«

»Es spielt sowieso keine Rolle«, sagte Keira. »Ich kann nicht gewinnen.« Sie lachte verzweifelt. Fast ein wenig hysterisch. »In zwanzig Minuten ist meine Zeit abgelaufen.«

»Was meinst du damit?«, fragte ich.

»Dann ist es vorbei. Ich habe versagt. Und weißt du, was das Skurrile daran ist? Es macht mir nichts aus. Diese ganze Kämpferei.« Sie sah zu Jaydee. »Du. Ich. Der Jäger. Coco. Ich will das nicht mehr. Wenn ich nun dafür zahlen muss, dann soll es so sein. Dann gehe ich eben ins Gefängnis. Ich hätte mir nur gewünscht, dass ich auf dich aufpassen kann.« Sie blickte zu mir.

»Wieso solltest du ins Gefängnis?«, fragte Ben.

»Weil ich eine Mörderin bin. Ruf bei deiner Dienststelle an. Ihr bekommt bald ein Video, das mich zeigt, wie ich vor ein paar Tagen in einer Bar Amok laufe und vierzehn Menschen töte.«

»Du meinst den Vorfall unten in Orlando? Davon habe ich im Ticker gelesen. Die Fahndung läuft landesweit, weil sie so wenig Anhaltspunkte haben.«

»Dein Täter liegt hier vor dir. Vielleicht wirst du befördert, wenn du mich auslieferst.«

»Aber du hast doch sicher keine Menschen getötet!«, sagte ich. Keira war tough, zugegeben, aber das passte nicht zu ihr.

Jaydee beugte sich nach vorne und blähte die Nasenflügel. Seine feinen Sinne sagten bestimmt das gleiche. »Du lügst. Wieso?«

»Weil ich am Ende bin und es egal ist.«

Er umklammerte das Bettgestell fester, bis das Metall quietschte. »Wenn dir sowieso alles egal ist, kannst du mir auch verraten was du mit meinem Jadestein gemacht hast.«

»Deinem Jadestein?«

»Wir haben herausgefunden, dass du mir eine Fälschung angedreht hast. Damals im Park.«

Sie zog die Augenbrauen zusammen und schüttelte den Kopf. »Das hab ich ganz bestimmt nicht.«

Jaydee schlug auf das Bettgestell. Es schepperte. »Lüg.Mich. Nicht.An.«

»Ruhig bleiben«, sagte Ben. »Wenn du rumschreist, ist dir nicht geholfen.«

»Das ist mir scheißegal! Ich habe diese Spielchen satt! Wo ist mein Stein?«

»Ich habe ihn nicht. Ich schwöre es dir! Ich habe ihn in der Kirche gefunden, einen Suchzauber damit machen lassen, um dich aufzuspüren, und dann hast du ihn mir im Kampf abgenommen. Seither habe ich ihn nie wieder gesehen.«

Jaydee fixierte sie aus zusammengepressten Augen. »Dafür hast du mich vorhin aber ziemlich zielsicher gefunden.«

»Weil ich nicht wusste, wohin ich sollte. Ben war mein letzter Anhaltspunkt. Ich bin in Arizona gewesen, habe das Anwesen gesucht und mich dabei ... ich habe mich verirrt.«

Ich sah zu Jaydee. Er hatte mir davon erzählt. Gestern Morgen, als wir vor der Balkontür standen und er mir alles über sich und Lilija erklärte. »Ist das dieser Zauber, von dem du gesprochen hast?«

»Ja. Er lässt Unbefugte falsche Wege gehen. Jeder, der nicht eingeladen ist, verirrt sich.«

»Das erklärt einiges«, sagte Keira.

»Es ist unser Schutz vor Coco«, sagte ich. »Weil sie schon mal auf dem Areal gewesen war.« Wobei es mich trotzdem wunderte, dass sie mich nicht intensiver suchte. Wir hatten ja Kontakt in der Antarktis gehabt, sie wusste, wie ich aussah, konnte ihre Spione aufstellen, aber es war eher, als würde sie auf etwas warten.

Meine Haut fing an zu kribbeln. Ich kratzte darüber, bis es aufhörte.

»Es tut mir leid, dass dein Stein weg ist, ich würde dir helfen wenn ich könnte, aber das einzige, was mir noch übrig bleibt, ist euch zu warnen. Anthony ist hinter dir her.« Sie sah Jaydee fest in die Augen. »Er hat einen Gegenstand erhalten, der dir schaden kann, und er will etwas mit deinen Tattoos anstellen.«

Jaydee griff an die Stelle. »Was genau hat er vor?«

»Das weiß ich nicht, aber er ... er hat die Tinte so verändert, damit sie bestehen bleibt.«

Jaydee starrte mich an. Mir wurde heiß und kalt. Seine Finger krampften um seine Brust, er schluckte hart.

Oh, mein Gott. Anthony war es gewesen! Er war der Grund, weshalb sie hielten. Sämtliches Blut sackte in meine Füße.

»Wie hat er das gemacht?«, fragte Jaydee.

»Mit dem Blut, das er von dir abgezapft hat, als du bewusstlos bei uns im Laden lagst. Es ist seine Tinte, seine Magie. Er kann sie beeinflussen, wie er möchte. Das war keine gute Idee, dich damit zu tätowieren.«

»Ich weiß.« Jaydee schloss die Augen. Wir wussten, dass es nicht schlau gewesen war, aber wir waren das Risiko dennoch eingegangen, und nun waren wir abhängig von diesen Zeichen. Wir brauchten sie!

»Er wollte mich dazu zwingen, dich zu ihm zu bringen«, redete Keira weiter. »In eine Lagerhalle in Fort Winston, wobei ich denke, dass er dich von dort aus woanders hingeschleppt hätte. Anthony ist nicht dumm.«

»Welchen Gegenstand hat er, der mir schaden kann?«

»Eine Feder aus einem besonderen Metall. Sie ist eine von vier Gegenständen: die Feder, ein Dolch, ein Amulett und ein Ring. Es ist eine lange Geschichte. Ich weiß nicht, wie schnell deine Leute kommen, um mich abzuholen.«

»Ich rufe im Revier an und erkundige mich nach diesem Video«, sagte Ben. »Aber noch mal für mich zum Verständnis: Das sind Aufnahmen von dir, wie du diese Menschen in dem Club tötest?«

»Ich bin dort gewesen, aber ich habe niemanden umgebracht. Nur gekämpft. Anthony hat das Band so manipuliert, dass es aussieht, als wäre ich die Täterin. In Wirklichkeit hat er alle getötet. Damit wollte er mich dazu zwingen, Jaydee zu entführen.«

»Wäre dir fast gelungen.«

»Ja.«

»Hättest du im Park nicht gezögert ...,«

»... hättest du den See nicht erreicht und ich dich überwältigen können.«

»Dein Warten hat mir den entscheidenden Vorsprung verschafft.«

»Ich weiß.«

Jaydee nickte. Also hatte Keira ihn nur halbherzig gejagt.

Die beiden sahen sich eine Weile in die Augen. Die Luft zwischen ihnen lud sich auf, als würden sie auf ihre eigene Art kommunizieren. Beide waren Kämpfer, beide waren erfolgsverwöhnt, beide kannten die Spielregeln und wussten, dass sie sich in gewisser Weise ebenbürtig waren. Vielleicht half dieses Erlebnis heute, dass sie endlich Waffenstillstand schlossen.

»Okay.« Ben zückte sein Handy und drückte auf dem Display herum. »Du störst den Empfang.«

»Kann nichts dafür«, sagte Jaydee.

»Ich bin gleich wieder da. Stell bitte keine Dummheiten an, demolier nicht das Krankenzimmer – und lass Keira am Leben.«

»Er wird sich beherrschen«, sagte ich. Jaydees Oberlippe zuckte, doch ich war mir sicher, dass er ihr nichts tun würde.

Ben verließ das Zimmer. Keira versuchte, sich aufzusetzen, aber die Handschellen hinderten sie daran. »Ich muss dir noch so viel erzählen, Jess. Wollte es damals schon, als wir auf Malea Island waren.«

»Ich weiß. Wir haben alles über die Sapier und Sophia herausgefunden, auch, dass Will dir deine Erinnerungen genommen hat.«

Keira rollte mit den Augen.

»Er hat es getan, um das Wissen zu schützen«, schob ich nach. »Es war keine elegante Methode, das gebe ich zu.« Aber wir hatten zu dem Zeitpunkt alle unter Stress gestanden.

»Dann weißt du auch, was du bist?«, fragte sie an Jaydee gewandt.

»Ja. Er hat mir die Bücher gezeigt, die er dir entwendet hat.«

»Gut. Das ist sehr gut. Jeder sollte wissen, woher er kommt.« Sie legte den Kopf zurück auf die Kissen. »Und ich habe in der Zwischenzeit noch viel mehr herausgefunden.« Sie holte tief Luft. »Ich habe Sophia getroffen. Die Urmutter. Deine Urahnin, Jess.«

Ich hielt die Luft an, schluckte trocken und blickte zu Jaydee. Er wirkte nicht minder geschockt als ich.

Keira atmete ein und erklärte uns alles. Sie redete von dem Schädel, der Stimmgabel und von dem Engel Sophia, der in den Archiven hauste. Eine merkwürdige Stille legte sich auf das Zimmer. Obwohl ich von draußen noch den Lärm der Ärzte und Patienten hörte, klangen sie weit weg. Als wären wir losgelöst in einer Kapsel, in der die Zeit anders lief.

»Es war grotesk. Sophia lebt. Also ihre Seele lebt. Sobald sie die Archive verlässt, wird sie ausgelöscht. Sie hat mich mit in ihren Geist genommen und mir gezeigt, wie sie dich, Jaydee, als Baby vor der Schwelle von Pfarrer Stevens abgelegt hat.«

Er nickte, sagte jedoch nichts darauf. Der Schock über diese Erkenntnis war nicht mehr so groß, nachdem er es von Will bereits erfahren hatte.

»Ich habe so viel erlebt. Ich habe sogar Lilija gesehen, habe ihren Kummer gespürt, weil sie so überwältigt von ihrer neuen Existenz war. Und schließlich sah ich auch deine Mutter. Cassandra.«

»Wir haben Notizen von ihr gefunden, in denen sie berichtet, wie sie einen Engel getroffen hat.« Mum hatte sich nicht getäuscht. Sophia hatte sie berührt und ihr diese schrecklichen Visionen von mir geschickt.

Wir redeten viel miteinander, füllten gegenseitig die Lücken des anderen auf, bis endlich ein komplettes Bild entstand. Sophia wollte Lilija helfen und hatte so erst ihre böse Seite geweckt. Sie erschuf Jaydee, der wiederum von Sophia in die Zukunft in Sicherheit gebracht wurde. Gleichzeitig traf der Engel ihre eigene Nachfahrin – meine Mutter – und wusste, dass sie eines Tages Kinder bekommen würde. Sie segnete Cassandra und schenkte ihren Erben die Gabe zu musizieren, die mir meine Mutter entwendet hatte, damit mich Coco nicht für die Befreiung von Lilija missbrauchen konnte. Wobei sie dazu noch die Harfe von

König David benötigte, von der nur Keiras Vater gewusst hatte, wo sie war. Und Keiras Vater war tot.

Wir hatten das Puzzle zusammengesetzt. Ein gigantisches Bild voller Mystik und Rätsel, voller Gefahren und verschütteter Tränen. So viele Seelen hatten gelitten, so viele mussten sich opfern. Sophia. Meine Mutter. Vielleicht sogar Lilija und auch Jaydee.

Er verharrte still am Ende des Bettes, verarbeitete Keiras Worte. »Sophia hat dafür gesorgt, dass meine Fähigkeiten erst nach und nach herauskommen?«

»So habe ich es verstanden, ja. Niemand weiß genau, was alles aus dir ausbrechen wird«, fuhr Keira fort. »Ich glaube, nicht mal Sophia konnte das abschätzen, aber ... « Auf einmal piepste ihre Armbanduhr. Keira erschrak und wurde blass. »Der Alarm. Meine Zeit ist abgelaufen. Das Video wird dem FBI zugespielt.« Sie schluckte, ihre Finger fingen an zu zittern.

Ich legte meine Hand auf ihre und drückte sachte. »Ben kann bestimmt helfen. Er hat gute Kontakte. Wenn er ...«

Keira schüttelte den Kopf. »Nein! Ich muss euch noch das mit den vier Welten erzählen! Es ist wichtig!« Sie sah zu Jaydee. »Wie gesagt, es gibt vier Gegenstände. Sie können dir schaden! Sophia soll ... wenn ich es nicht schaffe.« Sie atmete durch, fing sich wieder. »Ihr braucht den Schädel und die Stimmgabel. Anthony hat sie mir weggenommen, aber er wird sie bestimmt nicht behalten, sondern verkaufen. Seid vorsichtig, wenn ihr sie sucht! Ihr müsst die Stimmgabel in Schwingung versetzen und an den Schädel halten. Es erzeugt ein Portal, das ihr an eine Wand projizieren könnt. Sophia sagte, dass jeder, der mit ihr verbunden ist, die Archive betreten kann, also auch Jess. Sie ist ihre Nachfahrin.«

»Keira ...« Ich wollte nicht, dass sie so redet. So endgültig, als könnten wir nichts mehr tun, um ihr zu helfen.

»Geht zu ihr! Sie muss euch alles Weitere erklären! Du kannst

Jaydee ankern, Jess. Du bist wichtig für ihn! Ihr müsst nur aufpassen. Die Archive werden von Wächtern abgeschirmt. Es sind Spiegel. Der Seele. Also, man muss ...«

Es rumpelte draußen vor der Tür. Ich blickte zu Jaydee. Er zog die Augenbrauen zusammen und lauschte. »Bleib hier.«

Im Gehen zückte er den Dolch aus seinem Stiefel. Ich sah zu Keira, sie spannte ihre Arme, rüttelte an den Fesseln. Wenn ich wenigstens die Schlüssel hätte, um sie loszubinden!

»Wir holen dich hier raus«, sagte ich.

Plötzlich flog die Tür auf, ein glatzköpfiger Kerl stürmte herein und attackierte Jaydee ohne Vorwarnung.

Vielleicht lag es an dem Angriff von Keira zuvor, vielleicht war sein Körper noch nicht wieder bei seiner vollen Stärke, vielleicht wirkte der Heilsirup nicht stark genug ... Jaydee war zu langsam, und so schaffte es sein Angreifer, ihm einen metallenen Gegenstand in den Oberarm zu treiben. Jaydee schrie vor Schmerz, er ließ fast den Dolch fallen. Ich eilte zu ihm, wollte ihm helfen, doch in dem Moment fuhr der Typ herum und trat mir in die Seite. Ich flog nach hinten auf Keiras Bett.

»Anthony!«, schrie sie.

Ich war ihm bisher nie begegnet. Er war ein hagerer Typ mit etlichen Piercings und einem tätowierten Kreuz auf der Stirn.

»Hallo, Mäuschen.«

Jaydee zog den Gegenstand aus seinem Arm, es war eine silberne Feder.

Die Feder ...

Ich warf Keira einen raschen Blick zu, sie nickte.

»Nicht so schnell, Kamerad«, sagte Anthony und schlug Jaydee auf die Wunde. Er stürzte gegen die Wand, Anthony entriss ihm die Feder und stach sie ihm seitlich in die Schulter. Er schrie erstickt.

»Ah, das ist großartig!«, rief Anthony. »Es wirkt tatsächlich.«

Ich rappelte mich auf, kämpfte gegen die Übelkeit und zückte ebenfalls meinen Dolch aus dem Stiefel.

»Jess, nicht!«, schrie Keira, aber sie warnte mich zu spät. Ich stürzte mich auf Anthony, attackierte ihn, wie ich es von Akil gelernt hatte. Dummerweise war Anthony auf genau so etwas vorbereitet. Er wich mir mit Leichtigkeit aus, packte meinen Arm und verdrehte ihn auf meinem Rücken. Mein Ellbogen knirschte. Anthony griff sich meinen Dolch und hob ihn hoch.

»Was ist das denn für ein schickes Teil?« Er drehte ihn herum, betrachtete ihn von allen Seiten. ».Wirklich schick.« Anthony steckte meinen Dolch in seinen Gürtel. Neben mir keuchte Jaydee. Er hielt sich am Tisch fest, versuchte verzweifelt, bei Sinnen zu bleiben. Seine Finger tasteten nach der Feder, die in seiner Schulter steckte, er griff sie, rutschte ab, probierte es erneut. Es war, als würde das Ding ihm jegliche Kraft rauben.

»Was hast du mit ihm gemacht?«, schrie ich.

»Ein wenig experimentiert, hätte nicht gedacht, dass das Ding so eine durchschlagende Wirkung hat, aber umso besser.«

»Ich ...«, stammelte Jaydee, er wollte nach vorne springen, doch er knickte ein.

Keira schrie, zerrte ein weiteres Mal an ihren Handschellen, aber sie kam nicht los.

Ich trat nach hinten aus, traf Anthonys Kniescheibe, seinen Fuß, aber es war, als würde ich auf Beton dreschen.

Er hielt mich fest an sich gepresst, blies mir seinen Zigarettenatem ins Gesicht. »Hat Keira dir nicht gesagt, dass niemand eine Chance gegen mich hat?«

Jaydee keuchte, schaffte es endlich, die Feder aus seiner Schulter zu ziehen und fallen zu lassen, doch statt zu heilen, blutete es unaufhörlich weiter.

Mein Herz stockte bei dem Anblick.

»Was für eine Lachnummer!«, sagte Anthony.

Voller Verzweiflung schlug ich mit dem Ellbogen zu, versuchte,

Anthonys Finger umzubiegen, aber es half nichts. Er spottete über meine Bemühungen, die wirkungslos an ihm abprallten.

Keira brüllte. Sie machte so viel Lärm! Wo blieben denn die Polizisten?

»Keira-Maus, ich muss sagen, dass ich sehr enttäuscht von dir bin. Ich habe dir extra die Zeit gelassen, die ich dir versprochen hatte. Dachte, du ziehst noch ein Ass aus dem Ärmel und bringst mir den Knilch. Wobei ich es mir hätte denken können. Du bist einfach zu weich innen drin. Wärst du nicht so voller Moraldenken, hättest du schon längst Coco gefunden, aber was soll's. So hast du ihn für mich genügend geschwächt, dass ich ihn überhaupt attackieren konnte.« Er zog mich enger an sich und atmete den Duft meiner Haare ein. »A.J. hat mir viel über dich erzählt, Kleine. Bist ja ganz schön wertvoll.«

Ich drehte den Kopf und sah zur Tür. »Ben! Mark!«

»Ach so, hätte ich erwähnen sollen, dass die Bullen nichts mitbekommen? Hab sie draußen abgelenkt. War ziemlich gut, als ich Gas in der Notaufnahme aus 'ner Leitung habe strömen lassen. Ich glaube, in dieser Stadt sind alle ein wenig empfindlich, was das angeht. Der Bulle vor der Tür ist auf alle Fälle gleich losgeflitzt, um die aufgeregten Patienten zu beruhigen. Ach ja, dieses Zimmer ist schalldicht isoliert. Ihr könnt so viel schreien, wie ihr wollt.«

Schalldicht. Hatte ich deshalb vorhin das Gefühl gehabt, dass die Geräusche von draußen leiser geworden waren?

Anthony griff in seine Tasche und zückte eine Kugel. »Hält leider nicht lange, daher werden wir einen Ausflug machen und uns an einem kuschligeren Ort unterhalten.

Jaydee kam langsam zu sich, er blickte auf, aus seiner Nase lief Blut. Seine Muskeln krampften.

»Du solltest dich nicht so viel bewegen«, sagte Anthony.

Jaydee krallte die Nägel in die Tischplatte und kam endlich auf die Beine. Seine Augen leuchteten silbrig, aber nicht so intensiv wie sonst. Anthony trat ihm mit dem Fuß voll ins Gesicht, ohne mich dabei loszulassen. Jaydee flog zur Seite aufs Bett und halb auf Keira.

Sie zerrte an ihren Handschellen. Das Bett wackelte gefährlich, mehr passierte nicht.

Neben mir knallte es, ein Lichtblitz entstand, und das Portal baute sich mitten im Raum auf. Anthony stieß mich hindurch, ich wollte mich an etwas festhalten, aber der Sog war zu stark. Er packte mich und zerrte mich mit an einen unbekannten Ort.

Das letzte, was ich noch mitbekam, war, wie Anthony die Feder aufhob, Jaydee am Kragen zog und ebenfalls mitnahm.

Keiras Schreie begleiteten mich, während sich das Krankenhauszimmer auflöste und wir davongetragen wurden.

15. Kapitel

Keira schrie sich die Seele aus dem Leib. Ihre Arme brannten wie Feuer, ihre Haut war wundgescheuert von den Handschellen.

Die Feder! Anthony hatte die Feder verwendet und Jaydee verletzt. Es war genauso, wie Sophia es vorhergesagt hatte. Das Metall schwächte ihn, und nun hatte Anthony die Macht über ihn.

Unten am Bett lag Jaydees Dolch. Er hatte ihn verloren, als Anthony ihm eine verpasst hatte. Wobei sie sich nicht sicher war, ob er ihn nicht absichtlich zurückgelassen hatte. Damit sie sich befreien konnte. Mit dem Fuß schob sie ihn zu sich hoch. Die Klinge war scharf, womöglich konnte sie damit die Handschellen kappen.

»Was ist denn hier los?«, rief eine Schwester und stürmte ins Zimmer. »Was ist passiert?«

Keira verdeckte rasch die Waffe mit dem Bein.

»Ma'am? Sind Sie verletzt?«

Sie schüttelte den Kopf, hätte aber am liebsten genickt. Ja, sie war verletzt. Ihr Ego war in tausend Scherben zerbrochen, ihre Seele blutete. Ihr Schicksal war besiegelt. Sie war am Ende, und sie hatte das einzige verloren, auf das sie geschworen hatte aufzupassen: Jess.

Draußen entstand erneut Radau, es dauerte nicht lange, bis zwei Polizisten und Ben das Zimmer stürmten.

»Was ist passiert?«

»Er hat sie mitgenommen. Anthony hat sie! Beide! Jess und Jaydee.«

»Was? Wie?«

»Bind mich los!«

Ben sah ins angrenzende Badezimmer, als könnten sich die zwei dort versteckt haben.

»Ben! Verflucht noch mal!«, schrie Keira.

»Ganz ruhig bleiben, Miss«, sagte Mark, der am Bett stehengeblieben war. Das Funkgerät an seinem Ärmel knackte. »Hier 232, wir haben alles unter Kontrolle. Das angebliche Gasleck war keins.«

»Verstanden 232.«

»Mark, such draußen nach dem Mann und der Frau, die mich begleitet haben«, sagte Ben. »Ich kümmere mich um Keira.«

Mark nickte und nahm den zweiten Polizisten mit. Ben trat ans Bett. Er haderte mit sich, sah auf die Handschellen, in ihr Gesicht. »Ich habe das Video auf mein Handy geschickt bekommen. Es ist raus.«

»Ich bitte dich, Ben! Du kennst mich. Ich schwöre dir bei allem, was mir lieb und teuer ist ... ich schwöre auf die Urmutter, den Kranich, meinen verstorbenen Vater. Egal! Ich war es nicht! Anthony hat die beiden entführt! Wenn wir ihnen helfen wollen, müssen wir sofort los! Bitte, bitte binde mich los.«

»Das FBI ist auf dem Weg hierher. Sie haben mitbekommen, dass du in diesem Krankenhaus liegst.«

»Ich habe ... ich trage eine Art Sender in meinem Blut, über den sie mich überall finden können.« Vermutlich war Anthony ihr auf gleichem Wege gefolgt. »Wie lange braucht das FBI?«

»Ich schätze: noch fünf Minuten. Ich habe die Order, dich festzuhalten, bis sie da sind.«

»Wenn sie mich einsperren, kann ich Jaydee und Jess nicht mehr helfen.«

»Ich weiß.«

»Ich war das nicht. Ich habe diese Leute im Club nicht umgebracht.«

»Auch das weiß ich. Die Bilder waren ... heftig. Ich glaube nicht, dass du zu so etwas fähig wärst. Also rein körperlich schon, aber du würdest es nicht tun. Diese Art von Gewalt liegt dir nicht.«

»Wirst du mir helfen?«

»Ich kann ... beim heiligen Ikandu, ich kann das nicht einfach so. Wenn das FBI herausfindet, dass ich dich habe laufen lassen ...«

»Ich verstehe.« Keira hob ihr Bein und zeigte ihm Jaydees Dolch. »Ich könnte mich damit befreit haben.«

Er rieb sich durchs Gesicht und stöhnte voller Missmut.

»Ben ..., bitte!« Sie hatte keine Ahnung, wie sie die beiden finden sollte, aber sie würde nicht einfach so aufgeben. Sie musste Anthony aufhalten. Er war stark. Er war geschützt durch seine Tattoos, aber er war auch nur ein Mensch. Er musste verletzlich sein. »Die Seelenwächter können mir womöglich helfen. Gemeinsam werden wir sie finden!« Hoffentlich.

»Aiden ist in der Nähe des Reviers«, sagte er zögerlich. »Im Park.«

Keira hatte von ihr gehört, aber noch nichts mit ihr zu tun gehabt.

»Mach mich bitte los.«

Ben zögerte, doch dann nahm er Jaydees Dolch und setzte ihn an den Kettengliedern der Handschellen an. Es dauerte nicht lange, bis er beide aufgeschnitten hatte, die Klinge war schärfer als ein Laser. Keira war frei.

Sie rieb sich die Handgelenke und sah auf Bens Jacke. Er trug seine Waffe am Gürtel, nicht in einem Holster an der Brust. Er folgte ihrem Blick, legte die Finger auf den Griff seiner Glock.

»Es gibt nur eine Möglichkeit, wenn du keinen Ärger bekommen willst«, sagte Keira.

»Ja.« Er biss die Zähne aufeinander, bis die Kieferstränge hervorstachen. Er wusste, was gleich kommen würde. Was kommen musste.

Sie sprang nach vorne. Er überließ ihr den ersten Schlag. Keira donnerte ihm die Faust ins Gesicht, versuchte, so wenig Schaden wie möglich anzurichten. Ben schlug zurück, traf sie in den Bauch. Sie knallten gemeinsam gegen die nächste Wand, Keira griff nach seiner Glock, er hielt dagegen.

Ben lockerte seine Finger, Keira zog die Waffe, drehte sie herum und stieß Ben den Griff auf die Nase. Er keuchte, sackte zusammen. Sie trat ihm mit dem Knie in die Seite und schickte ihn zu Boden.

»Ich bringe sie zurück«, flüsterte sie und sprang auf. Sie spähte aus ihrem Zimmer um die Ecke. Die Beamten waren mit drei anderen Typen in Anzügen im Gespräch. Das FBI war also da.

Sie huschte zurück ins Zimmer. Keira musste sich als Erstes anziehen. Draußen herrschten Minusgrade, in ihrem Krankenhauskittel käme sie nicht weit. Und sie benötigte natürlich ihren Rucksack.

Ben keuchte. Er kam wieder auf die Füße. Vermutlich würde er gleich Alarm schlagen. Er musste, wenn er seine Glaubwürdigkeit nicht verlieren wollte. Keira lief zurück zu ihm, attackierte ihn ein weiteres Mal. »Es tut mir so leid ...«

Sie ging zum Tisch. Ihr Rucksack mit den Teleportationskugeln lag neben einer Tüte, in der ihre Klamotten aufbewahrt wurden. Keira zog ihre Stiefel und ihre Hose über den Kittel. Die Sachen waren klamm und eiskalt, aber besser als nichts. Ihr Shirt ersparte sie sich, lediglich die Lederjacke zog sie obendrüber.

Kaum hatte sie ihre Sachen an, durchflutete sie mehr Energie, als wäre sie durch ihr Outfit geschützter.

Sie schloss kurz die Augen, nahm drei tiefe Atemzüge und sortierte ihre Gedanken.

Sie hatte nichts mehr zu verlieren.

Absolut und rein gar nichts.

Sie öffnete die Augen, schulterte den Rucksack, steckte die Glock in die Innentasche und legte sich den Dolch zurecht. So schlich sie zurück zur Tür und wartete. Es dauerte nicht lange, bis eine junge Frau in der Krankenhauskluft vorbeikam. Keira trat nach vorne, die Frau blieb stehen. »Ist alles in Ordnung?«

Erst da bemerkte sie die Waffe, die Keira in der Hand hielt. Sie machte einen Satz nach hinten, Keira reagierte ebenso, griff sich die Schwester, presste sie an sich und hielt ihr die Klinge an den Hals.

»Hilfe!«, schrie die Schwester sofort. Natürlich drehten sich sämtliche Köpfe in ihre Richtung.

Keira quetschte ihr den Arm auf den Rücken. »Schön ruhig bleiben. Ich will nur hier raus. Niemandem wird etwas geschehen.«

Die Polizisten reagierten instinktiv und schnell. Sie zückten ihre Waffen, nahmen Keira ins Visier.

»Sofort stehenbleiben!«, brüllte einer der FBI-Männer.

»Wie komme ich raus? Wo ist der nächste Ausgang?«, fragte Keira die Schwester.

»Ich ... ich kann nicht.«

»Rede!«

»Keira Bennett, Sie legen sofort die Waffe weg!«, befahl Mr. FBI und kam langsam näher. Seine Kollegen folgten ihm.

»Keinen Schritt, oder ich durchschneide ihre Kehle! Ich ...« Keira holte Luft. Das musste sein, auch wenn es ihr zuwider war. »Ich habe noch eine Schusswaffe. Ich werde ein weiteres Massaker veranstalten, die Schwester und jeden, der sich mir in den Weg stellt, ins Jenseits befördern.« Die Beamten hatten das Video gesehen. Keiras Drohung war glaubhaft. »Einer mehr oder weniger spielt keine Rolle.«

»Sie werden nicht lebend hier rauskommen.«

»Auch das ist egal. Ich habe alles verloren, das einzige, was mir noch bleibt, ist, so viel Schaden wie möglich anzurichten.«

Sie betete inständig, dass sie nichts davon wahrmachen musste. Keira war keine Mörderin. Sie würde auch keine werden. Sie fixierte den FBI-Mann eindringlich, sah ihm fest in die Augen und schickte all ihre Wut und den Zorn, den sie aufgestaut hatte, in ihren Blick.

Er zuckte leicht. Die Regung war kaum zu sehen, hätte sie nicht darauf geachtet.

»Ich meine es ernst.« Sie drückte die Klinge fester auf. Die Schwester schrie. Keira wich zusammen mit ihr zurück, behielt die Menschen ringsum im Auge, um sicherzugehen, dass sie niemand von hinten ansprang.

»Sie können uns nicht entkommen«, sagte Mr. FBI. »Wir finden sie überall.«

Vermutlich spielte er damit auf den Sender in Keiras Blut an. »Ich weiß.«

Sie brauchte nur genügend Vorsprung. Noch wusste sie nicht, wie sie Anthony überhaupt finden konnte. Ganz sicher war er nicht mehr in Fort Winston. Nach Jess konnte sie nicht suchen, weil sie das Amulett trug, das sie vor jeder Magie versteckte.

»Wo sind die Klamotten von dem Typ, den ihr mit mir aus dem See gezogen habt?«, fragte sie die Schwester.

»Was?«

»Antworte!«

»D-die Polizei wollte die Sachen sicherstellen.«

»Wollte. Hat sie aber nicht? Oder wie darf ich das verstehen?«

»Ich ...«

Keira ritzte der Frau die Haut auf. Sie musste ihr mehr Angst machen.

»S-sie sind da. In unserem Bereitschaftsraum. In der Tasche!«

»Gut. Kommen wir von da nach draußen?«

Die Schwester schüttelte den Kopf. Keira quetschte ihren Arm zusammen. Die Frau schrie erneut.

»Ma'am«, rief der FBI-Mann. »Bitte kooperieren Sie mit Miss Bennett. Es wird alles gut.«

Die Schwester nickte. »I-ich ... es ... es gibt keinen Ausgang. Nur eine Feuerleiter. Sie führt in den Hof.«

»Komme ich von da auf die Straße?«

»Ja.«

»Geht doch!« Keira wich mit der Frau nach hinten. Sie hatte nicht vor, die Feuerleiter zu nehmen, aber das mussten die anderen ja nicht wissen. Schritt für Schritt arbeiteten sie sich auf den Bereitschaftsraum zu. Die Beamten folgten ihr im gleichen Tempo. Keira registrierte jede Regung um sich herum, ihre Sinne waren fokussiert. Wie immer, wenn sie ein Ziel vor Augen hatte, bekam sie mehr Energie, mehr Kraft, mehr Mut.

Die Schwester wimmerte. An ihrem Hals lief das Blut hinunter.

»Dir geschieht nichts, wenn du dich ruhig verhältst.«

Sie antwortete nicht. Ihr Atem ging schnell, sie war klatschnass geschwitzt. Sie war jünger als Keira, vielleicht noch in der Ausbildung.

»Ich verspreche es«, sagte sie, auch wenn es vermutlich nicht viel half.

Endlich erreichten sie den Raum. Keira öffnete und spähte hinein. Zwei Ärzte saßen auf dem Sofa und unterhielten sich, eine weitere Frau stand am Kühlschrank.

»Okay, alle raus!«, brüllte Keira und zerrte die Schwester mit in den Raum. »Sofort!«

Die Leute gehorchten. Sie ließen alles stehen und liegen und bewegten sich ruhig auf den Ausgang zu.

»Es darf gerne schneller gehen«, sagte Keira. Während die drei das Zimmer verließen, blickte sie zum Fenster. Es war mittlerweile stockfinster draußen, und es schneite immer noch. Wie die Schwester gesagt hatte, war eine Feuerleiter angebracht. Der Weg nach unten konnte allerdings nicht weit sein. Die Notaufnahme lag ebenerdig, aber das Krankenhaus war leicht abschüssig gebaut.

Kaum waren sie alleine, schloss Keira die Tür ab. »Wo sind die Sachen?«

Die Schwester deutete neben die Couch. Dort lag eine schwarze Sporttasche mit dem Emblem des hiesigen Polizeireviers.

Keira hob sie auf und stellte sie auf der Rückenlehne der Couch ab. »Mach sie auf.«

Die Schwester gehorchte und zog den Reißverschluss auf. Der Geruch nach Fisch und See stieg ihr entgegen.

»Ich brauche sein Shirt oder ein anderes Kleidungsstück, an dem Blut haftet.« Damit könnte Aiden einen Suchzauber fertigen.

Hoffentlich hat Anthony keinen Schutz um die zwei gelegt …

Keira nahm das Shirt entgegen. »Danke. Unsere Reise wird hier enden.«

»Bitte …?«

Sie schlug die Schwester k.o., fing sie allerdings ab, damit es nicht zu viel Lärm machte. Sie war sich sicher, dass es sowieso nicht lange dauern würde, bis die Beamten das Zimmer stürmten.

Keira bettete die Schwester auf die Couch, stopfte das Shirt in eine Jackentasche und öffnete das Fenster. Eiskalte Luft und Schnee wehten ihr entgegen. Keira sah hinunter. Sie schätzte den Abstand nach unten auf knapp fünf Meter.

Rasch griff sie nach ihrem Rucksack und wollte gerade hineingreifen, als die Tür aufging und eine Gasgranate hereinrollte.

Sie wollen mich betäuben.

Keira hielt die Luft an, doch sie hatte die erste Ladung eingeatmet und spürte die Wirkung umgehend. Das Zeug wirkte rasch, und es biss grässlich in den Augen. Nach wenigen Sekunden sah sie nichts mehr. Blind öffnete sie ihren Rucksack, griff nach einer Teleportationskugel. Sie würde zu Aiden reisen. Der Weg war nicht weit, aber es ging schneller auf diese Art. Keira musste mit den Kugeln nicht mehr sparen. Wenn Aiden ihr half, hätten sie einen Parsumi.

Der Raum tanzte vor ihr. Keira zwang den Drang nieder, einzuatmen oder die Augen zu lange zu öffnen. Das Gas biss dennoch in ihrer Lunge, schnitt förmlich in ihre Haut. Lange würde sie nicht durchhalten.

Die Tür ging ein weiteres Mal auf. Sie erkannte im ersten Moment nur Schemen. Die Männer standen mit Masken und erhobenen Waffen vor ihr. Bemerkten, dass Keira keine Geisel mehr hatte.

»Hände hoch und ruhigbleiben!«, brüllte einer durch die Maske.

Keira drehte die Kugel auf.

»Legen Sie das sofort weg!«

Kein Problem. Keira öffnete die Kugel und warf sie zum Fenster hinaus, während sie gleichzeitig ihr Ziel innerlich visualisierte.

»Auf den Boden legen!«

Das kannst du allerdings vergessen. Keira taumelte zurück, Richtung Fenster. Das Portal hing zwischen ihr und dem Weg nach unten.

»Stehenbleiben!«, brüllte der Beamte und rückte nach.

Keira war übel, ihr Magen hob sich, dennoch sammelte sie all ihre Kräfte, wirbelte herum und sprang zum Fenster hinaus.

Der Schuss ertönte fast zeitgleich, verfehlte sie um Haaresbreite. Offenbar hatte er nicht damit gerechnet, dass sie springen würde. Sie hechtete über die Leiter, für eine Sekunde befand sie sich im freien Fall. Sie atmete die frische Luft ein, schloss die Augen und stürzte.

»Was ist ...«

... hörte sie einen der Männer rufen, dann erfasste sie der Sog des Portals und zerrte sie mit sich.

Keiras Eingeweide quetschen sich zusammen.

Die Männer, das Krankenhaus, der Hinterhof lösten sich auf. Und sie sich ebenfalls.

Ende

Vorschau

In den Händen des Feindes. Nicht nur Jess und Jaydee müssen sich der neuen Gefahr stellen, auch Keira kämpft gegen eine unbezwingbare Übermacht. Das halbe Land fahndet nach ihr und treibt die junge Kriegerin von einem halsbrecherischen Manöver ins nächste. Werden ihr die Seelenwächter helfen, oder ist sie weiterhin allein auf sich gestellt?

Während seine Freunde kämpfen, trifft sich Akil mit Noahs Kontaktmann, um so hoffentlich das Armband loszuwerden. Die Begegnung wirft weitere Fragen auf – denn Dr. Bishop ist anders, als Akil erwartet hätte.

Die E-Book Cover

Die Chroniken der
Seelenwächter
Das Böse erwacht
Nicole Böhm

Die Chroniken der
Seelenwächter
Engelsblut
Nicole Böhm

Die Chroniken der
Seelenwächter
Auf Leben und Tod
Nicole Böhm

Glossar

Seelenwächter

Sind menschengleiche Wesen, die von einer Zauberin vor Jahrtausenden erschaffen wurden, um den Schattendämonen Herr zu werden. Die Seelenwächter werden erst als normale Menschen geboren und werden dann auserwählt, um ihr neues Leben als Seelenwächter anzutreten. Hierbei gehen sie in den Tempel der Wiedergeburt und lassen ihr menschliches Dasein hinter sich. Je nach Sternzeichen werden sie verschiedenen Elementen zugeordnet:

Feuer: Widder, Löwe und Schütze
Erde: Stier, Jungfrau, Steinbock
Wasser: Krebs, Skorpion, Fische
Luft: Zwillinge, Waage, Wassermann

Sie leben in Familien in der ganzen Welt verstreut. Meistens besteht eine Familie aus vier Mitgliedern und einem Ältesten (dem Oberhaupt), sobald sie alle Elemente zusammen haben, sind sie am stärksten. Die Seelenwächter leben wie ganz normale Menschen. Sie müssen essen, schlafen und regelmäßig ihre Fähigkeiten trainieren. Um neue Energien zu tanken, suchen sie spezielle Kraftplätze auf, die auf ihre Element abgestimmt sind.

Schattendämonen

Entstehen, wenn ein Mensch stirbt und die Seele nicht ins Licht geht, sondern in der Zwischenwelt hängenbleibt. Um weiter existieren zu können, muss sich die Seele von der Lebensenergie der Menschen ernähren. Zu Beginn ist sie noch schwach und unsichtbar, doch je mehr Lebensenergie die verlorene Seele aufnimmt, umso stärker wird sie. Sie nimmt wieder ihren alten Körper an und wird zum Schattendämon. Die Dämonen legen eine Hand auf die Stirn ihres Opfers, die andere auf den Brustkorb und ziehen so die Seele eines Menschen aus dem Körper. Zurück bleibt eine leere ausgetrocknete Hülle, die nach ein paar Tagen stirbt.

Tempel der Wiedergeburt

Geheimer Ort, an dem die Seelenwächter wiedergeboren werden.

Die vier Elemente und ihre Fähigkeiten

Die Erde beherrscht das Wasser, das Wasser beherrscht das Feuer, das Feuer beherrscht die Luft, die Luft beherrscht die Erde. Ein Kreislauf. Auf ewig.

Terra / Erde – Die Heiler

Erdwächter können sich selbst oder andere heilen. Sie sind der Ruhepol unter den Seelenwächtern, der Anker. Sie besitzen sehr verstärkte Sinne und sind mit der Kraft der Natur verbunden. Sie sind äußerst geduldig, diszipliniert und ausdauernd. Erdwächter lieben die Ordnung und Struktur. Sie sind extrem körperbetont.

Aqua / Wasser – Die Fühlenden

Wasserwächter besitzen empathische Fähigkeiten und nehmen Gefühle anderer über Berührungen auf. Je nach Training können sie diese auch beeinflussen. Wasserwächter tragen ihr Herz auf der Zunge. Sie besitzen eine sehr gute Wahrnehmung anderen Wesen gegenüber und erkennen sofort deren Schwachstellen. Manche Wasserwächter können ihre Zellstruktur so verändern, dass sie eine andere Form annehmen können. Mit viel Übung können sie auch andere Menschen nachahmen.

Ignis / Feuer – Die Magier

Die Feuerwächter strahlen Wärme und natürliche Autorität aus. Sie beherrschen die Künste der Magie und können – je nach

Training – verschiedene Zauber wirken. Die Studien der Magie sind komplex und langwierig.

Feuerwächter zeichnen sich durch Enthusiasmus und eine starke innere Motivation aus. Sie wirken auf andere selbstbezogen, manchmal cholerisch. Wie das Feuer geraten sie leicht außer Kontrolle. Sie sind aufbrausend im Temperament, beruhigen sich jedoch auch schnell wieder.

Aer / Luft – Die Geistigen

Luftwächter leben in der geistigen Welt. Sie können ihren eigenen Geist ausdehnen und so alle Seelen im Umkreis erfühlen. Alle Luftwächter können Gedanken beeinflussen und kontrollieren.

Luftwächter sind die einzigen, die teleportieren können. Ein Rudiment aus früheren Zeiten, in denen die Seelenwächter um die Welt reisen mussten, aber noch kein geeignetes Transportmittel besaßen.

Sehr gute Luftwächter können aus anderen Wesen Fähigkeiten entziehen. Bisher gibt es nur wenige, die diese Fertigkeit erlangt haben.

Titanium

Ein Metall, das verwendet wird, um die Waffen der Seelenwächter zu schmieden. Nur mit einer Titaniumklinge kann ein Schattendämon getötet werden. Auch die Seelenwächter selbst können damit verletzt oder getötet werden. Titaniumwaffen sind sehr wertvoll und werden in einer Schmiede extra angefertigt.

Parsumi

Spezielle Pferderasse die von den Seelenwächtern seit Jahrtausenden gezüchtet wird. Die Parsumi sind in der Lage, „zwischen den Welten“ zu reisen. Dabei bauen sie eine Art Tunnelportal auf, das sie binnen Sekunden von einem Ende der Welt zum anderen tragen kann. Parsumi sind für Menschen nicht sichtbar.

DAS ERBE DER MACHT
Die Schattenchronik
LESERPREIS 2017 PREISTRÄGER
LESERPREIS 2017 PREISTRÄGER
UNSERE PREISGEKRÖNTE SERIE!
DIE MENSCHHEITSGESCHICHTE, SO WIE DU SIE KENNST, IST EINE LÜGE.
DAS ERBE DER MACHT SCHATTENCHRONIK 1
DAS ERWACHEN
ISBN: 978-3-95834-226-2
DAS ERBE DER MACHT SCHATTENCHRONIK 2
FEUERBLUT
ISBN: 978-3-95834-239-2
DAS ERBE DER MACHT SCHATTENCHRONIK 3
ASCHEATEM
ISBN: 978-3-95834-240-8
DAS ERBE DER MACHT SCHATTENCHRONIK 4
ISBN: 978-3-95834-277-4
WWW.GREENLIGHT-PRESS.DE
Eine Serie der Greenlight Press
info@greenlight-press.de

EIN MORDS-TEAM
Wer tötete Marietta King?
DER LAUTLOSE SCHREI
GEFÄHRLICHE SPIELE
DAS BÖSE IM SPIEGEL
DIE MACHT DES GRAFEN
WWW.EINMORDSTEAM.DE
Eine Serie der greenlight Press

Die Seelenwächter kommen wieder!

HELIOSPHERE
2265
Die SCIENCE-FICTION-SERIE
von PERRY RHODAN-Stardust Autor ANDREAS SUCHANEK
NEU ALS HÖRSPIEL
Von den Mark Brandis-Machern
Mit bekannten Stimmen aus Film und Fernsehen
SEIT NOVEMBER 2012
Jeden Monat als E-Book, alle zwei Monate als Taschenbuch
Drei mal nominiert als „Beste Serie" beim Deutschen Phantastik Preis
MEHR INFOS UNTER
Web www.greenlight-press.de | Twitter @Heliosphere2265 | Facebook www.facebook.com/Heliosphere2265